THE
HUNDREDTH
CHILD

LAILA BOUTEMIN

Warnung: In diesem Buch können potenziell unangenehme Inhalte behandelt werden. Hinten im Buch findet ihr eine mit Spoilern enthaltende Liste.

(Nein, ich zahle keine Therapie.)

Für mein früheres Ich, und vielleicht auch für deins.

„Das Nimmerland wird dir dein Herz stehlen, um es zu brechen. Davor kann nicht einmal die unbezwingbare Harlow fliehen, doch sie rennt und ich rannte mit ihr."

-Elena H. G.

Was du nicht tun solltest, wenn du dieses Buch liest:

1. *Lese es nicht Kindern vor.*
   Nur weil es mit Feen, fliegenden Jungs und Inseln beginnt, heißt das nicht, dass es mit Gute-Nacht-Küssen endet.

2. *Iss keine Kekse dabei.*
   Zu viele Krümel an der falschen Stelle und du wirst denken, es ist Feenstaub. Spoiler: Es ist keiner.

3. *Glaub nicht, du weißt, wie die Geschichte endet.*
   Du weißt nichts, Wendy.

4. *Glaub nicht an Helden.*
   Nicht jeder, der fliegt, ist ein Engel. Manche fallen nur langsamer.

5. *Trag keine Uhr beim Lesen.*
   Tick. Tack. Tick. Tack. Du wirst nie wieder eine Uhr auf dieselbe Weise hören.

6. *Zähl nicht die Toten.*
   Denn du wirst anfangen, sie mit denen zu verwechseln, die noch leben.

7. *Wenn du das Gefühl hast, du bist am Ende angekommen- du bist gerade erst am Anfang.*

8. *Und das Wichtigste: Wenn du irgendwann glaubst, du hättest alles verstanden: lies das letzte Kapitel noch mal.*

TRIGGERWARNUNG

(Falls du klare Antworten suchst – hier gibt's nur Fragen.)

Achtung, mutige Abenteurerinnen und Abenteurer! Ihr steht kurz davor, eine Welt zu betreten, in der nichts so ist, wie es scheint. Hier gibt es Blut – nicht à la Hollywood-Splatter, aber auch nicht bloß einen harmlosen Kratzer. Der Tod? Taucht unangekündigt auf und benimmt sich nicht gerade höflich. Messerstechereien? Natürlich. Aber keine Sorge, die Piraten hier führen nicht nur Klingen, sondern auch eine ordentliche Ladung Beleidigungen mit sich.

Und falls ihr glaubt, irgendwem trauen zu können – vergesst es.

Captain Hook? Klingt charmant, aber der Mann ist ein Profi darin, euch mit Worten einzuwickeln, bis ihr nicht mehr wisst, wo oben und unten ist.

Peter Pan? Der Held der Geschichte? Vielleicht. Aber wenn ihm langweilig wird, seid ihr schneller allein, als ihr „zweiter Stern rechts" sagen könnt. Ihm wird schnell langweilig.

Was ihr wissen müsst:

- Für Erwachsene:

Diese Geschichte wird euch auf eine Achterbahnfahrt schicken. Mal fühlt ihr euch wie 12, mal wie 42, als hätte euch jemand mitten ins Spiel „Erwachsenwerden" geworfen, ohne die Regeln zu erklären. Ihr werdet zwischen den Welten schweben – und wenn ihr das nicht zu ernst nehmt, macht es sogar Spaß. Das ein oder andere Mal werden spezifische Altersgruppen beleidigt. Fühlt euch dementsprechend bitte alle angesprochen.

- Für Jugendliche:

Willkommen im Chaos. Mal seid ihr der verlorene Junge, mal der Pirat. Vielleicht auch der eine, der alle nervt, weil er zu viel über das Leben philosophiert (Kein Urteil von mir!). Eure Rolle hier ist so unklar wie alles andere in dieser Welt – und das ist genau richtig so.

Egal, wer ihr seid, es gibt nur eine Regel: *Erwartet das Unerwartete.* Und wenn ihr fliegen wollt? Dann braucht ihr eine Mischung aus Feenstaub, Wahnsinn und der Bereitschaft, einfach loszuspringen – ohne Plan.

Hiermit heiße ich euch alle willkommen an Board. Wer kalte Füße kriegt nimmt die Planke. Schwimmflügel gibt's hier keine. (Krokodile schon, lol.)

Der Junge, der niemals schlief

Die Nacht hatte London mit einer undurchdringlichen Decke aus Finsternis überzogen, und das ferne Geläut einer Kirchenglocke schnitt wie ein langsamer, dumpfer Herzschlag durch die Stille. Es war Mitternacht, die Stunde, in der die Stadt schien, als halte sie den Atem an. Der trübe Mond kämpfte vergeblich gegen die Wolken, die wie schmutzige Watte über den Himmel trieben. Der schwache Schimmer, der hin und wieder durchbrach, reichte kaum aus, die Umgebung zu erhellen, doch er genügte, um den groben, grauen Stein der Wände um mich herum zu erkennen.

Der Schlafsaal war eine kalte, karge Höhle, die kaum mehr Wärme oder Trost bot als die Gassen draußen. Die Betten, schmal und dicht aneinandergereiht, waren nichts weiter als Holzgestelle mit durchgelegenen Matratzen, die von dünnen, fleckigen Decken bedeckt wurden. Der frostige Wind pfiff durch die Ritzen im Mauerwerk und ließ das fahle Licht der Straßenlaternen auf dem Boden tanzen.

Hier lebten wir, die vergessenen Kinder Londons, eingepfercht in ein Waisenhaus, das wie ein dunkler Riese über die schmalen Gassen der Stadt thronte. Seine hohen, steilen Dächer ragten wie Speerspitzen in den Himmel, die Fenster waren schmale Schlitze, die kaum Tageslicht hineinließen. Der Ruß der umliegenden Fabriken hatte die Fassade in ein ewiges Grau gehüllt, das selbst die seltenen Sonnenstrahlen verschluckte.

Ich trug die Uniform, die uns auferlegt worden war – ein dickes, kratziges Kleid aus grobem Stoff, das uns alle gleich erscheinen ließ, ein Heer von blassen, erniedrigten Schatten. Die Farbe war ein düsteres Dunkelgrau, abgenutzt und matt, mit einer verblassten, ehemals weißen Schürze, die nun nur noch an die Vergänglichkeit erinnerte. Das Kleid war schwer und steif, jedes Stück Stoff schien gegen mich zu arbeiten, als würde es meine Bewegungen behindern. Der Saum des langen Rocks reichte bis zu meinen Knöcheln und waberte träge bei jedem Schritt, als wäre auch er müde von all der Schwere, die wir trugen.

Die Stiefel, die ich trug, waren viel zu groß für meine Füße, die Sohlen abgenutzt und schiefgelaufen, was mich ständig in Gefahr brachte, zu stolpern. Doch es war das, womit wir zurechtkommen mussten.

Inmitten all dieser Monotonie war ich ein leuchtender Kontrast. Meine blasse Haut hob sich deutlich von der tristen Umgebung ab, als ob sie den grauen Stoff des Kleides durchbrach, wie das Licht eines schwachen Mondes. Meine dunklen, widerspenstigen Locken fielen in wilden Strähnen über meine Schultern, so ungestüm wie die Gedanken in meinem Kopf, die ebenso unordentlich und wild waren. Die braunen Augen, die mich in den Spiegeln oder in den Augen der anderen betrachteten, schimmerten mit einer Melancholie, die tief in mir lag, doch auch einen Funken Hoffnung bewahrte – ein leises, unaufhörliches Flimmern von etwas, das ich nicht ganz begreifen konnte.

Mit der Sorgfalt eines Diebes schlich ich auf Zehenspitzen durch den Raum, mein Herz hämmerte in meiner Brust, so laut, dass ich fürchtete, es könnte die anderen Kinder wecken. Meine Finger, steif vor Kälte und von Angst erfüllt, tasteten nach dem eisernen Fenstergriff.

Als ich ihn drehte, fühlte sich das Metall an wie das Klauen eines Raubtiers, doch er gab nach, und das Fenster schwang mit einem leisen Knarren auf. Sofort schlug mir die beißende Winterluft ins Gesicht, stach auf meiner Haut wie unzählige Nadeln. Ein Schauder lief mir über den Rücken, aber ich ließ mich nicht aufhalten. Ich war vorbereitet.

Zuerst warf ich den ausgeblichenen Rucksack hinaus, der all meine Habseligkeiten barg. Darin befanden sich nicht viel – eine zerknitterte

Landkarte, ein altes Buch mit losen Seiten, und vor allem das Wichtigste: drei Pfund, die ich in einem unbemerkten Augenblick aus dem Schreibtisch von Ms. Winston, der Leiterin des Waisenhauses, gestohlen hatte. Drei Pfund – ein Vermögen für jemanden wie mich. Es war mehr, als ich je auf einmal besessen hatte, und ich hoffte, dass es genug sein würde, um für ein paar Nächte ein Bett und eine warme Mahlzeit zu kaufen.

Danach folgte die löchrige Decke, die ich als zusätzlichen Schutz gegen die Kälte mitgenommen hatte. Schließlich kletterte ich selbst auf den schmalen Fenstersims. Der Wind zerrte an meinem Kleid, und für einen Moment schien es, als wolle er mich zurück ins Zimmer zwingen. Doch ich ließ nicht locker. Ich stieß mich ab und sprang.

Der Aufprall war härter, als ich erwartet hatte. Meine Beine schmerzten, und der kalte Stein der Straße schien mir die Hitze aus dem Körper zu saugen. Doch ich hatte es geschafft. Der Gedanke an meine Freiheit brannte heller als die Kälte. Mein Atem formte kleine Wolken, die im Dunkel der Nacht verschwanden, während ich meinen Rucksack griff.

Doch bevor ich aufbrechen konnte, durchbrach ein Geräusch die unheimliche Stille. Ein Rascheln, kaum hörbar, kam von über mir. Sofort schoss mein Blick nach oben, suchte die schiefergedeckten Dächer ab. Der Schatten des Waisenhauses lag schwer und reglos in der Dunkelheit, doch das Geräusch ließ mich nicht los. Es musste etwas da sein.

„Hallo?", rief ich, meine Stimme klang unsicher, schwächer, als ich wollte. Die Nacht antwortete mir mit Schweigen, und doch war da ein Gefühl, das mir sagte, ich sei nicht allein. Mein Herz raste, und die Dunkelheit schien mich zu umhüllen, schwerer und dichter als zuvor.

Doch ich durfte nicht verweilen. Der Weg in die Freiheit war schmal, und jede Sekunde hier bedeutete Gefahr. Mit zitternden Händen zog ich den Rucksack enger an mich, warf einen letzten Blick zurück auf das Waisenhaus und verschwand in die Gassen von London.

Die Stunden der Nacht zogen sich wie zäher Nebel dahin, und ich lag wach, während die Kälte der Luft durch jede Faser meines Kleides kroch. Der Schlaf wollte mich nicht finden, und selbst wenn, wäre er ein flüchtiger Trost gewesen. Mein Kopf war erfüllt von Gedanken, von Erinnerungen an all die Dinge, die ich hatte tun müssen – Dinge, die ich hasste, Dinge, die mich kleiner machten, bis ich kaum mehr wusste, wer ich war.

Widerstand zu leisten hatte keinen Sinn gehabt. In den Augen derer, die Macht über mich hatten, war ich nichts, sobald ich mich wehrte. Wertlos, überflüssig. Diese Erkenntnis war ein Schmerz, der tiefer ging als die beißende Kälte.

Ich hatte das Waisenhaus hinter mir gelassen, doch die Freiheit fühlte sich noch ungewohnt an. Die späten Stunden Londons wirkten paradox lebendig. Selbst jetzt, in der tiefsten Dunkelheit, waren die Straßen erfüllt von Bewegung.

Elegante Kutschen rollten vorbei, gezogen von stolzen Pferden, deren Hufe auf dem Kopfsteinpflaster widerhallten. Autos, selten und für mich fast wie ein Wunderwerk, summten und ratterten durch die Hauptstraßen. Männer und Frauen, gut gekleidet, eilten unter den Laternenlichtern entlang, als folgten sie einem Ziel, das nur sie kannten. Ihre Schritte hallten in den engen Gassen wider, doch keiner von ihnen beachtete mich. Ich war unsichtbar, ein Schatten, der in einer Stadt voller Leben keinen Platz hatte.

Eine seltsame Erleichterung durchflutete mich. Niemand sah mich, niemand verlangte etwas von mir. Niemand schrie Befehle, niemand hob die Hand, um mich zurechtzuweisen. Zum ersten Mal seit langer Zeit war ich allein mit mir selbst. Die Lichter der Stadt warfen lange Schatten, die sich an den Gebäudewänden tanzend verflochten. Ich spürte die Freiheit wie einen leichten Wind, der mich umgab, und doch nagte die Unsicherheit an mir.

Ein Zuhause hatte ich nicht mehr, das war klar. Aber ich war nicht allein mit diesem Schicksal. Überall in den Straßen Londons sah ich andere, die ebenfalls entwurzelt waren. Männer, Frauen, Kinder, eingehüllt in zerlumpte Mäntel, zusammengedrängt an wärmenden Feuerstellen, die sie aus Abfällen errichtet hatten.

Einige schliefen zusammengerollt unter Treppen, andere saßen an den Bahnhöfen, die zu einem Zufluchtsort für die Heimatlosen geworden waren. Und dann gab es die Unterkünfte – Orte, von denen ich gehört hatte, wo man sich ein Nachtlager erkaufen konnte, wenn man das Geld dafür hatte.

Ich zog meinen Rucksack enger an mich und suchte in der Dunkelheit nach einem Ort, der mir Schutz bieten könnte. Die Straßen waren beängstigend weit und unpersönlich, doch die engen Gassen, die sich wie Adern durch die Stadt schlängelten, schienen einladender. Jede von ihnen war eine kleine Welt für sich – mit ihren eigenen Geräuschen, Gerüchen und Schatten. Ich entschied mich schließlich für eine schmale, menschenleere Gasse, deren Boden von feuchtem Kopfsteinpflaster bedeckt war. Die Wände waren hoch und eng, und das fahle Licht einer entfernten Straßenlaterne warf einen schwachen Schimmer über die Szene.

Ich ließ mich langsam gegen eine Mauer sinken, spürte den kalten Stein durch das grobe Material meines Kleides. Meine Beine zitterten, sowohl vor Erschöpfung als auch vor Kälte. Der Boden war hart, aber wenigstens war ich hier allein. Ich zog meine Decke aus dem Rucksack, legte sie um meine Schultern und versuchte, mich so klein wie möglich zu machen.

Die Geräusche der Stadt drangen nur gedämpft zu mir, wie aus einer anderen Welt. Das Summen der Autos, das Rufen der Menschen, das gelegentliche Bellen eines Hundes – es wirkte fern, wie ein Lied, das ich nicht verstand. Ich schloss die Augen und lauschte meinem Atem, dem einzigen Geräusch, das ganz mir gehörte.

Vielleicht war dies kein Zuhause, dachte ich. Aber vielleicht konnte ich hier wenigstens einen Moment des Friedens finden, bevor der Morgen anbrach.

Das Rascheln war wieder da. Es schien sich durch die Stille der Nacht zu schneiden wie ein Messer, das mühsam durch zähe Stoffe dringt. Mein Herz setzte einen Schlag aus, bevor es wild zu pochen begann. Ich lag reglos da, die Decke eng um mich geschlungen, während mein Atem in kleinen, unsicheren Wolken vor meinem Gesicht in die Luft stieg. Das Geräusch kam von oben, ganz eindeutig. Es war kein Traum gewesen, kein Hirngespinst, das mein übermüdeter Kopf mir vorgespielt hatte.

Langsam öffnete ich meine Augen, die Lider schwer von der Müdigkeit, die mich doch irgendwie übermannt hatte. Meine Finger tasteten nach meinem Gesicht, rieben über die kalte Haut, als könnte ich so die Benommenheit vertreiben. Die Dunkelheit lag noch immer wie ein schwerer Mantel über der Stadt, und der schwache Schein der Straßenlaterne am Ende der Gasse hatte sich kaum verändert.

Das Rascheln wurde leiser, doch es war noch da, unbeständig, wie das Flüstern eines Geistes, der mir etwas sagen wollte. Ich schluckte schwer und hob den Kopf, spürte, wie die kalte Luft meine Haut streifte und mir die Haare in die Stirn blies. „Hallo?" Meine Stimme war kaum mehr als ein Flüstern, ein vorsichtiges Rufen, das irgendwo zwischen Mut und Angst schwebte.

Ein weiteres Geräusch erklang – ein Zischen, kurz und scharf, wie ein Windstoß, der durch ein schmales Loch pfiff. Die Kälte wurde stärker, als hätte jemand die Tür zu einer eisigen Welt geöffnet, und ich zog die Decke fester um mich, während ich nach oben blickte. Mein Atem stockte.

Dort, nur wenige Meter über mir, direkt an der Wand der Gasse, sah ich sie – Augen. Große, weit aufgerissene Augen, die mich aus der Dunkelheit heraus anstarrten. Es dauerte einen Moment, bis mein Verstand das Gesehene begreifen konnte.

Es war ein Kind. Ein Kind, das sich an die rauen Ziegelsteine klammerte, als wäre es Teil der Mauer selbst. Sein Gesicht war blass und schmutzig, die Augen weit aufgerissen und von einer Intensität erfüllt, die mich frösteln ließ. Ich konnte nicht erkennen, ob es Angst war, die in ihnen lag, oder etwas anderes – Neugier vielleicht, oder Misstrauen.

„Wer bist du?" Meine Worte hallten schwach in der engen Gasse wider, vermischten sich mit dem leisen Rauschen des Windes. Das Kind antwortete nicht, doch seine Augen blieben auf mir haften, wie die einer Katze, die eine Bewegung im Dunkeln beobachtet.

Der Junge war nicht auf einem Dach, noch spähte er aus einem der Fenster auf mich herab. Nein, was ich sah, widersprach jeglicher Vernunft. Er schwebte. Einfach so, als wäre das Luftige seine natürliche Heimat und der Boden unter uns eine fremde Welt, die ihn nicht zu binden vermochte. Mein Atem stockte, und mein Kopf begann zu pochen, als wäre mein Verstand nicht in der Lage, das Gesehene zu begreifen.

„Wie...?" Das Wort entglitt mir, kaum mehr als ein Flüstern. Es war nicht einmal eine Frage, sondern eher ein Ausdruck reiner Verwunderung. Meine Stimme zitterte, und ich fühlte, wie mein Körper sich anspannte, bereit entweder zu fliehen oder zu schreien. Doch stattdessen rieb ich mir hektisch die Augen, als könnte ich den Anblick einfach wegwischen. Doch als ich wieder aufsah, war er immer noch da. Schwebend. Still. Unmöglich.

Mein Mund war trocken, und meine Gedanken wirbelten wie Blätter in einem Sturm. „Ich träume," murmelte ich schließlich, mehr zu mir selbst als zu ihm. Es war die einzige Erklärung, die mein Verstand in dieser seltsamen, unbegreiflichen Situation zuließ. Ein Traum, das musste es sein. Aber warum fühlte sich alles so real an? Die Kälte, die an meinen Fingern nagte, der raue Stein unter mir, der Geruch von feuchtem Pflaster – Träume waren doch nicht so lebendig.

Der Junge, der eben noch in der Luft gehangen hatte, begann langsam, sanft, wie ein Blatt, das zu Boden segelt, zu mir herabzuschweben. Es war nicht der plumpe Fall eines Menschen, der von der Schwerkraft gepackt wurde, sondern eine Bewegung voller Anmut, beinahe spielerisch. Seine Füße berührten den Boden lautlos, als wäre er selbst leichter als eine Feder.

Er stand nun direkt neben mir. Ich spürte seine Präsenz wie eine seltsame, magnetische Energie. Meine Augen suchten sein Gesicht, suchten nach einer Erklärung, doch alles, was ich fand, war ein Lächeln – nicht arrogant, nicht überheblich, sondern verschmitzt, voller Geheimnisse. Es war ein Lächeln, das etwas verbarg, und genau deshalb war es so fesselnd.

„Wie heißt du?" fragte er schließlich, seine Stimme klar und ruhig, wie ein Bach, der über glatte Steine fließt.

Ich starrte ihn an, unfähig, sofort zu antworten, denn jetzt, wo er so nah bei mir stand, konnte ich ihn besser erkennen. Sein Haar war ein wilder Schopf aus blonden und fast braunen Wellen, die ihm ungezähmt in die Stirn fielen. Es sah aus, als hätte es nie eine Bürste berührt, und dennoch passte es perfekt zu ihm, als wäre es ein Teil seiner wilden, ungebändigten Natur.

Doch es war seine Kleidung, die mich wirklich verstörte. Kein Hemd, keine Hose, keine Schuhe. Stattdessen trug er eine Art Gewand aus Blättern, die kunstvoll um seinen Körper drapiert waren, als wären sie aus einem uralten Märchen entsprungen. Sie schimmerten leicht im Mondlicht, als hätte der Tau der Wälder sie benetzt.

Manche waren grün und frisch, andere dunkel, fast schwarz, wie Herbstlaub. Es war ein seltsamer Anblick, so fernab von allem, was ich je gesehen hatte, und doch schien es ihm völlig normal.

„Wie heißt du?" fragte er erneut, und diesmal schwang ein leises Lachen in seiner Stimme mit, als hätte er Spaß daran, mich aus meiner Sprachlosigkeit zu locken.

Ich zögerte, unsicher, ob ich ihm antworten sollte. Wer war er? Und woher kam er? Ganz sicher nicht aus England. Er sah aus, als käme er aus einer anderen Welt – einer, die weder von Fabriken noch von Rauch oder Lärm beherrscht wurde. Vielleicht aus einem dichten, grünen Urwald, einem Ort, an dem die Zeit stillstand und die Regeln der Menschen keine Bedeutung hatten.

„Wer bist *du*?" brachte ich schließlich hervor, die Worte brüchig und leise, fast wie ein Windhauch. Doch das Lächeln des Jungen wurde nur breiter, und seine Augen, leuchtend und klar, schienen für einen Moment wie Sterne in der Dunkelheit.

„Ich? Das ist unwichtig," sagte er mit einem leichten Schulterzucken. „Du hast noch nicht gesagt, wie du heißt."

Sein Ton war so selbstverständlich, so unbeschwert, dass ich spürte, wie die Angst, die mich zuvor gelähmt hatte, langsam nachließ. Doch an ihre Stelle trat etwas anderes – ein seltsames, überwältigendes Gefühl von Neugier. Wer war dieser Junge, der keine Schuhe trug, in Blättern gekleidet war und durch die Luft schwebte, als wäre es das Normalste der Welt?

„Ich…" Meine Stimme brach, und ich spürte, wie meine Kehle brannte. Mit einem leichten Husten versuchte ich, meine Stimme zurückzugewinnen. „Harlow Lorelei," brachte ich schließlich hervor, doch es klang brüchig und unsicher. Ich räusperte mich, doch es half kaum. „Nenn mich einfach… Harlow."

Der Junge nickte, als ob er meinen Namen bereits kannte, oder als ob es für ihn keine Rolle spielte, wie ich mich nannte. Dann sagte er mit einem Lächeln, das sowohl freundlich als auch geheimnisvoll war: „Ich bin Peter."

Seine Stimme war jung, lebendig, doch in ihr lag eine unbeschreibliche Tiefe, als würde er mehr wissen, als er zuzugeben bereit war. Er streckte mir seine schmutzige Hand entgegen, die mit Kratzern und Schrammen übersät war. „Peter Pan," fügte er hinzu, als wäre das alles, was ich wissen müsste.

Einige Sekunden lang starrte ich ihn nur an. Sein Name klang fremd und doch... vertraut. Irgendwo hatte ich ihn vielleicht schon einmal gehört, oder es war die Art, wie er es aussprach – als wäre sein Name Teil einer Legende, die ich zu kennen glaubte.

Schließlich bemerkte ich seine ausgestreckte Hand, zögerte kurz und nahm sie dann vorsichtig in meine eigene. Seine Haut war kalt, rau von der Kälte und dem Schmutz, doch sein Griff war überraschend fest.

„Woher kommst du?" Meine Stimme war leise, doch die Frage drängte sich auf. Etwas an ihm schien nicht von dieser Welt zu sein, und dennoch stand er jetzt hier, direkt vor mir.

Er zuckte leicht mit den Schultern, als wäre es die einfachste Frage der Welt, und deutete mit einem ausgestreckten Finger in den Nachthimmel. „Von ganz weit weg," sagte er schließlich. Sein Blick wanderte zu den Sternen, die über uns funkelten, und ich konnte nicht anders, als ihm zu folgen. Der Himmel wirkte in diesem Moment unendlich, eine leere Leinwand, die er mit seinen Worten ausfüllte.

„Du hast kein Zuhause, oder?" fragte er plötzlich, und seine Stimme war so ruhig, so direkt, dass es mich aus meinen Gedanken riss.

Seine Worte schnitten tief, denn sie waren wahr. Nein, ich hatte kein Zuhause. Nicht mehr. Mein Zuhause war ein Ort gewesen, an dem ich mich nie willkommen gefühlt hatte, ein Ort, den ich hinter mir gelassen hatte, ohne zurückzublicken. Ich nickte langsam, spürte, wie diese simple Bewegung eine Schwere in mir hervorbrachte, die ich bislang verdrängt hatte.

Er sah mich an, und in seinen Augen lag etwas, das ich nicht deuten konnte. War es Mitgefühl? Verständnis? Oder vielleicht nur eine schlichte

Akzeptanz? Er schien nichts weiter dazu sagen zu wollen, und ich fühlte eine seltsame Erleichterung darüber.

„Wie machst du das?" fragte ich stattdessen und deutete vage in Richtung der Stelle, wo er eben noch geschwebt hatte. Ich wollte nicht länger über mich sprechen, nicht über mein verlorenes Zuhause oder die Leere, die in mir nagte. Peter grinste.

Es war kein spöttisches Grinsen, sondern eines, das voller Freude und Stolz war, als hätte ich gerade den Schlüssel zu einem Geheimnis erfragt, das nur er kannte. Er hob einen Fuß, trat einen Schritt zurück und breitete die Arme aus, als wollte er gleich wieder abheben.

„Das?" Peter grinste breit, ein Schimmer von verschmitztem Stolz in seinen leuchtenden Augen. „Das ist ganz einfach," sagte er und zuckte beiläufig mit den Schultern, als ob er von etwas Alltäglichem sprach, wie dem Binden von Schuhen oder dem Summen eines Liedes. „Du musst nur daran glauben, dass du fliegen kannst."

Ich runzelte die Stirn und schüttelte leicht den Kopf. „Glauben?" wiederholte ich skeptisch, meine Stimme ein skeptisches Echo seiner Worte. Glauben allein sollte reichen, um zu fliegen? Es klang so absurd, dass ich nicht wusste, ob ich ihn auslachen oder einfach stehen lassen sollte.

Doch bevor ich die Chance hatte, meinen Unglauben auszusprechen, hob Peter eine Hand, als wolle er mich zum Schweigen bringen. „Aber…" begann er, und seine Stimme senkte sich zu einem geheimnisvollen Ton, als wollte er die Spannung auf die Spitze treiben. Er ließ eine dramatische Pause verstreichen, genug, um mein Interesse trotz allem zu wecken.

„Es hilft," fuhr er fort, sein Lächeln wuchs zu einem verschmitzten Grinsen, „wenn du ein bisschen Staub hast. *Feenstaub.*"

„Feenstaub?" Ich konnte nicht anders, als die Worte fast ungläubig zu wiederholen. Meine Stimme klang schärfer, als ich es beabsichtigt hatte, und meine Stirn legte sich noch tiefer in Falten. Alles an dieser Begegnung war wie ein merkwürdiger Traum, doch dieser Teil schien selbst für ein Märchen zu viel.

„Feenstaub," bestätigte er mit einem bekräftigenden Nicken. Sein Ton war völlig ernst, als ob er über die grundlegenden Regeln des Universums sprach. „Aber den gibt's nicht überall," fügte er hinzu, während er seine Arme verschränkte und mich mit einem Blick musterte, der so sicher war, dass er mich fast einschüchterte. „Und... du brauchst Übung."

„Übung?" Ich lachte kurz auf, eine Mischung aus Unsicherheit und Belustigung. Dieser Junge war verrückt. Ganz sicher. Feenstaub und Übung – als ob er eine geheime Kunst beherrschte, die er mir jetzt großzügig zu erklären gedachte. Doch gleichzeitig – warum fühlte sich seine Überzeugung so... ansteckend an?

Ich schüttelte den Kopf, mehr zu mir selbst als zu ihm. „Das ist doch Unsinn," sagte ich schließlich, aber meine Stimme war leiser geworden, weniger sicher.

„Unsinn?" Peter hob eine Augenbraue, und ein herausforderndes Funkeln trat in seine Augen. „Du denkst, ich spinne, nicht wahr?" Er neigte leicht den Kopf, seine wachsamen Augen fixierten mich wie die eines Raubvogels, der sein Ziel abschätzte.

Ich wollte widersprechen, doch er kam mir zuvor. „Das denken sie alle," sagte er mit einem spielerischen Lachen. „Aber weißt du was?" Er beugte sich leicht zu mir vor, seine Stimme wurde zu einem Flüstern, das dennoch vor Energie und Überzeugung vibrierte. „Wenn du es selbst siehst, wirst du es verstehen."

Bevor ich reagieren konnte, sprang er mit einer katzenhaften Eleganz zurück, direkt auf eine nahegelegene Kiste. Er balancierte darauf, als wäre es ein Podium, bereit, eine große Show zu beginnen. Die Nacht schien sich um ihn zu verdichten, das Mondlicht glitzerte auf seiner seltsamen Kleidung aus Blättern.

Dann breitete er die Arme aus, ein Ausdruck von triumphaler Freude auf seinem Gesicht, als sei dies der Moment, auf den er gewartet hatte. Mit einem kräftigen Sprung erhob er sich in die Luft, und mein Atem stockte. Kein Wanken, kein Zögern – er flog.

Peter bewegte sich mit einer Leichtigkeit, die jenseits aller Vernunft lag. Er schwebte höher, drehte sich einmal in der Luft, als wollte er sichergehen, dass ich jede seiner Bewegungen sah. Der Wind spielte mit seinen Haaren, und sein Lachen schallte durch die stille Nacht – ein Klang, der sowohl verspielt als auch voller Geheimnisse war.

Ich konnte nur stehen und starren, mein Herz raste, mein Verstand suchte verzweifelt nach einer Erklärung. Das hier war unmöglich. Und doch... war es echt.

Ich starrte ihn an, die Stirn in tiefe Falten gelegt, meine Augen schmal vor Unglauben und Verwirrung. Sein Lächeln – dieses selbstsichere, freche Grinsen – schien eine Herausforderung zu sein, eine Aufforderung, die Logik über Bord zu werfen. Doch ich konnte nicht anders, als mich gegen seine Worte zu wehren. „Aber... fliegen ist nicht möglich," sagte ich schließlich, meine Stimme klang entschlossener, als ich mich fühlte. „Also, physikalisch geht das doch gar nicht."

Peter schnappte dramatisch nach Luft, als hätte ich ihn mit einer unsagbaren Beleidigung getroffen. Seine Augen weiteten sich, und er legte eine Hand auf seine Brust, als müsse er einen Schock überwinden. „Bist du etwa..." begann er und hielt inne, sein Gesicht eine Mischung aus Entsetzen und ungläubigem Staunen.

Ich hob eine Augenbraue, verwirrter denn je. „Was?" fragte ich langsam, meine Stimme vorsichtig, als ob ich eine Zeitbombe entschärfen müsste.

Peter beugte sich vor, seine Augen verengten sich zu schmalen Schlitzen. „Ich mag es gar nicht aussprechen..." Er machte eine theatralische Pause,

bevor er die Worte wie einen Fluch ausspuckte. „Bist du etwa...
erwachsen?"

„Was?" rief ich abermals, mehr verwirrt als beleidigt. Doch bevor ich
mich erklären konnte, machte Peter ein würgendes Geräusch, als wäre meine
bloße Anwesenheit eine Zumutung.

„Pirat!" platzte er heraus, und sein Zeigefinger schoss wie eine Waffe in
meine Richtung.

„Pirat?!" Ich sprang auf, mein Kopf schwirrte vor Verwirrung und Ärger.
„Ich bin kein Pirat! Wie kommst du überhaupt darauf?"

Peter musterte mich misstrauisch, als suche er nach einem verräterischen
Zeichen. „Du siehst aus wie einer," sagte er schließlich, und seine Stimme
war voller Verachtung. „So wie du sprichst! Über Physik und sowas. Nur
Piraten und Erwachsene reden so."

Ich hob die Hände, die Handflächen nach oben, als wollte ich mich
verteidigen. „Ich bin kein Pirat!" protestierte ich lautstark. „Ich bin fünfzehn!
Ist man mit fünfzehn nicht noch ein Kind?"

Peter schien kurz nachzudenken, bevor er die Schultern zuckte. „Tja,"
sagte er, als wäre das Thema plötzlich nicht mehr wichtig. „Dann glaubst du
doch an Magie."

Seine plötzliche Wendung ließ mich sprachlos. „Magie?" fragte ich
erneut, und das Wort kam nur als ein schwacher Laut über meine Lippen.

„Wenn du kein Pirat bist und kein Erwachsener, dann glaubst du an
Magie," erklärte Peter mit einer Selbstverständlichkeit, die mich nur noch
mehr verwirrte. Er verschränkte die Arme und musterte mich mit einem
Blick, der aussagte, dass er das letzte Wort gesprochen hatte.

„Das ergibt doch keinen Sinn!", rief ich aus und warf die Hände in die
Luft. Doch Peter grinste nur breiter, als hätte er gerade einen wichtigen Punkt
bewiesen.

„Magie ergibt nie Sinn," sagte er schließlich, und seine Stimme hatte einen seltsamen, geheimnisvollen Ton. „Das ist der ganze Spaß daran."

Ich öffnete den Mund, um zu widersprechen, doch keine Worte kamen heraus. Alles, was ich wusste, alles, was ich für sicher gehalten hatte, schien in dieser seltsamen Begegnung zu verschwimmen. Wer war dieser Junge? Und warum fühlte ich mich, als würde meine Realität unter meinen Füßen zerbröckeln?

„Komm mit mir," sprach Peter schließlich, seine Stimme eine Mischung aus Begeisterung und Nachdruck. Seine Worte klangen wie ein Versprechen, wie die Verlockung einer Freiheit, die ich mir in meinen kühnsten Träumen nicht hätte vorstellen können. Doch obwohl mich seine Worte reizten, zog sich etwas in mir zusammen – ein instinktives, unangenehmes Gefühl tief in meinem Bauch. Es war ein merkwürdiger Zwiespalt.

Dieser Junge, mit seinem seltsamen Lächeln und den noch seltsameren Worten, weckte in mir zugleich Neugier und Misstrauen. Warum war er hier, mitten in der Nacht? Warum suchte er mich aus? Es lag in meiner Natur, das Schlimmste in guten Menschen zu sehen und das Beste in denen, die nicht gut waren. Und doch – was, wenn er wirklich die Rettung war, nach der ich mich so lange gesehnt hatte?

„Mit?" fragte ich, meine Stimme zögernd. „Wohin?"

Peter lehnte sich vor, als wolle er mir ein großes Geheimnis anvertrauen. „Nach Nimmerland," flüsterte er und grinste, als hätte er die magischen Worte gesprochen, die alles erklären würden.

Ich blinzelte. Der Name sagte mir nichts, weder aus meinen flüchtigen Erinnerungen an die Geschichten, die wir uns heimlich im Waisenhaus erzählten, noch aus irgendeinem Buch, das mir je vorgelesen wurde. „Nimmerland?" wiederholte ich, meine Stimme skeptisch.

„Ja!" sagte Peter und deutete mit einer weit ausholenden Geste in den Himmel, als sei es die selbstverständlichste Sache der Welt. „Dort oben."

Ich folgte seinem Finger und runzelte die Stirn. In der Richtung, in die er zeigte, funkelten zwei helle Sterne am samtigen Nachthimmel. Mein Blick wanderte zwischen den Sternen und seinem ernsten Gesicht hin und her. „Dort oben?" Ich lachte leise, ungläubig. „Das soll ein Witz sein, oder?"

Doch Peter nickte ernsthaft, ohne einen Hauch von Zweifel. „Es ist kein Witz," sagte er leise, aber eindringlich. „Komm mit mir. Weg von dieser grausamen Welt."

Seine Worte trafen mich wie ein Schlag. Weg von dieser Welt? Konnte er wirklich meinen, dass es einen Ort gab, der all das Elend, den Schmerz und die Kälte hinter sich ließ? Einen Ort, wo ich keine Angst mehr haben musste?

„Du wirst alles Böse hinter dir lassen und vergessen," fügte er hinzu, seine Stimme jetzt weicher, fast einladend. „Kein Hunger, keine Kälte, keine Einsamkeit mehr. Nur Freiheit."

Ein Funken Hoffnung loderte in mir auf, doch er wurde schnell von meiner Skepsis erstickt. Weg von hier? Würde dann wirklich alles besser werden? Oder war das nur eine weitere Illusion, die zerbrechen würde wie die vielen vor ihr?

„Wo genau liegt dieses... Nimmerland?" fragte ich vorsichtig, bemüht, meine Neugier zu verbergen.

„Dort, wo die Sterne hell leuchten und der Himmel niemals endet," sagte Peter, seine Augen glitzerten im fahlen Mondlicht.

„Ist es schwer, dorthin zu kommen?" fragte ich, immer noch skeptisch, doch ein Hauch von Verlangen schlich sich in meine Stimme.

Peter grinste, als hätte er genau diese Frage erwartet. „Es gibt nichts Leichteres als das," sagte er und trat einen Schritt näher, als wollte er mir das Geheimnis anvertrauen.

Mein Herz schlug schneller, und ich fühlte, wie die Kälte der Nacht um mich herum beinahe verschwand. Was, wenn er wirklich die Wahrheit sagte?

Was, wenn das Nimmerland existierte? Doch der Zweifel nagte immer noch an mir. Wer war dieser seltsame Junge wirklich? Und was würde mich erwarten, wenn ich ihm folgte?

„Hast du keine Eltern, Peter?" Meine Stimme war leise, fast vorsichtig, als ich die Frage stellte. Ich wusste nicht genau, warum, aber irgendetwas an diesem seltsamen Jungen rief in mir den Wunsch hervor, mehr zu erfahren. Vielleicht lag es daran, dass er so anders war, so unbeeindruckt von den Dingen, die mich täglich bedrückten. Oder vielleicht war es die Art, wie er mit einer Selbstverständlichkeit von Dingen sprach, die unmöglich schienen.

Peter lachte auf, ein helles, fast spöttisches Lachen, das in der kühlen Nachtluft widerhallte. „Eltern?" wiederholte er, als sei das Wort selbst ein Scherz. „Ich bin Peter Pan! Ich brauche keine Eltern! Ich habe keine erwachsenen Menschen – und ich will auch keine."

Seine Worte ließen mich stutzen. „Aber…", setzte ich an, doch er hob die Hand, um mich zum Schweigen zu bringen.

„Die einzige Person, die mich erziehen darf, bin ich selbst," erklärte er mit einer Mischung aus Stolz und Trotz, als hätte er diesen Satz schon oft gesagt. Seine grünen Augen funkelten vor Überzeugung, und ich spürte, dass er jedes Wort ernst meinte.

Ich zog die Brauen zusammen, während ich ihn musterte. Er stand da in seinem seltsamen Kostüm aus Blättern, als sei es das Natürlichste der Welt, barfuß, mit Schmutzflecken auf der Haut und einer fast unheimlichen Selbstsicherheit. Wie konnte ein Junge wie er, der höchstens zwölf Jahre alt war, wirklich allein überleben?

„Aber wie…" Ich hielt inne, unsicher, wie ich die Frage formulieren sollte. „Wie kannst du ohne Erwachsene auskommen? Jemand muss sich doch um dich kümmern. Dich füttern, dir helfen, dich beschützen…"

Peter schnaubte, und sein Lächeln verschwand für einen Moment. „Erwachsene," sagte er mit einem Hauch von Verachtung in der Stimme,

„sind die, die dir sagen, was du tun sollst. Sie sind die, die dir Grenzen setzen und dich dazu bringen, an Dinge wie Zeit, Regeln und Verantwortung zu glauben. Sie stehlen dir das Leben, bevor du weißt, was es wirklich ist."

Ich schluckte schwer, während seine Worte in meinem Kopf nachhallten. Es war nicht das, was ich erwartet hatte. Es klang, als hätte er mit einer tiefen, verbitterten Abneigung gegen Erwachsene gesprochen – aber woher kam diese Abneigung?

„Und wer füttert dich?" platzte ich schließlich heraus, unfähig, meine Neugier länger zurückzuhalten.

Peter grinste wieder, als hätte ich eine besonders dumme Frage gestellt. „Ich brauche niemanden, der mich *füttert*," sagte er. „Ich habe gelernt, alles zu finden, was ich brauche. Ich bin frei, Harlow. Keine Regeln, keine Befehle, kein Warten darauf, dass jemand für mich sorgt. Freiheit."

Freiheit. Das Wort hatte einen verlockenden Klang, doch ich konnte nicht leugnen, dass es mich beunruhigte. Wie konnte er das alles allein schaffen? War er wirklich so unabhängig, wie er behauptete, oder war er einfach zu stolz, es zuzugeben, wenn er Hilfe brauchte?

„Aber…" Ich zögerte, unsicher, ob ich die richtigen Worte finden würde, um meinen Gedanken Ausdruck zu verleihen. „Als Kind ist man doch… man ist doch auf jemanden angewiesen, oder nicht? Jemanden, der sich um einen kümmert, jemanden, der einen… liebt?" Meine Stimme wurde leiser, als das letzte Wort über meine Lippen kam, fast so, als hätte ich Angst, es laut auszusprechen.

Peter hielt inne, sein fröhliches Lächeln erstarrte, und sein Blick wich dem meinen aus. Für einen Moment schien es, als hätte ich ihn an einer Stelle getroffen, die er nicht preisgeben wollte. Sein Kinn senkte sich leicht, die lockeren Strähnen seines wilden Haares warfen Schatten über sein Gesicht. Dann, wie auf ein unsichtbares Stichwort, lachte er – aber es war nicht mehr das helle, sorglose Lachen, das zuvor die Nacht durchdrungen hatte. Dieses Lachen war anders. Es war leiser, gebrochener, fast gezwungen.

„Liebe," wiederholte er schließlich, das Wort wie ein bitteres Stück Obst im Mund schmeckend. Er spuckte es regelrecht aus. „Das ist etwas für Erwachsene. Sie reden davon, sie preisen es an, als wäre es der Schlüssel zu allem, was man sich wünschen könnte. Aber weißt du, was es wirklich ist?" Er sah mich an, sein Blick durchdringend, fast herausfordernd. „Es ist eine Lüge. Ein Trick, um dich zu binden. Sie versprechen dir Liebe, aber wenn du sie wirklich brauchst, ist sie nie da. Wer braucht das schon?"

Die Worte trafen mich wie ein Schlag in die Magengrube. Ich wollte widersprechen, wollte ihm sagen, dass er Unrecht hatte, dass Liebe mehr war, dass sie echt sein konnte. Aber ich fand keine Worte. Seine Stimme, sein Blick, alles an ihm ließ mich glauben, dass er das wirklich so meinte. Dass er es selbst erlebt hatte.

Ich beobachtete, wie er seine Arme verschränkte, als wolle er sich vor einer unsichtbaren Kälte schützen, die ihn von innen heraus fror. Seine Haltung war selbstbewusst, beinahe trotzig, doch in seinen Augen lag etwas anderes. Ein Schatten, tief und dunkel, wie ein Geheimnis, das er mit aller Kraft zu verbergen versuchte.

„Peter…" begann ich, doch meine Stimme versagte. Was hätte ich sagen sollen? Dass ich ihn verstand? Dass ich es anders sah? Alles, was mir einfiel, erschien mir hohl und bedeutungslos.

Er sah weg, richtete seinen Blick auf den Himmel, als suchte er nach einem Ausweg. „Weißt du, warum ich fliege?" fragte er plötzlich, seine Stimme leise, fast flüsternd. „Weil ich nie wieder irgendwo festgehalten werden will. Nicht von einem Ort, nicht von Menschen, nicht von irgendetwas, das mich zurückhält. Fliegen ist Freiheit. Es ist besser als Liebe, besser als alles andere."

Ich schluckte schwer, als seine Worte in mir widerhallten. Sie waren voller Überzeugung, aber auch voller Schmerz. Und obwohl er so fest an seine Freiheit glaubte, konnte ich nicht umhin, das leise Zittern in seiner Stimme zu bemerken, das mir zeigte, dass er sich selbst davon zu überzeugen versuchte.

Für einen Moment schien die Nacht stiller zu werden, die Geräusche der Stadt gedämpfter, als ob sie uns Raum geben wollte. Ich sah Peter an, den Jungen, der behauptete, keine Liebe zu brauchen, keine Erwachsenen, keine Bindungen. Und doch fragte ich mich, ob er tief in seinem Herzen nicht genau danach suchte – oder ob er einfach nur gelernt hatte, ohne es auszukommen.

„Du willst doch mitkommen, oder?" fragte Peter erneut, doch dieses Mal schwang etwas in seiner Stimme mit, das sich wie echte Sorge anfühlte. Sein Blick ruhte auf mir, und in seinen Augen flackerte etwas, das ich nicht ganz deuten konnte – ein Mix aus Hoffnung, Dringlichkeit und einem leisen Zweifel. Es war, als ob meine Antwort mehr für ihn bedeutete, als ich zunächst vermutet hatte.

Ich zögerte. Hier bleiben? Wofür? Es gab nichts mehr, was mich hielt. Mein Zuhause war längst nicht mehr das, was es hätte sein sollen. Familie? Freunde? Fehlanzeige. Jeder Abschied, der mir in den Sinn kam, fühlte sich so bedeutungslos an, dass es fast schmerzte. Und dennoch…

„Ich… ich glaube schon," murmelte ich schließlich, meine Stimme kaum mehr als ein Flüstern. Es war, als würde ich mich selbst überreden müssen, diesen Schritt zu wagen.

Peters Gesicht verwandelte sich augenblicklich. Sein Grinsen war so breit, dass es schien, als könnte nichts in der Welt ihm jetzt noch die gute Laune verderben. Er klatschte in die Hände, ein fröhliches Geräusch, das die Dunkelheit um uns herum förmlich zerriss.

„Wunderbar!" rief er aus, als wäre alles bereits entschieden, als hätte ich meine Seele einem unausgesprochenen Versprechen verschrieben. „Dann komm her!"

Er deutete auf eine leere Stelle des Bodens, die nur schwach vom Mondlicht beleuchtet wurde. Ich zögerte einen Moment, doch sein Eifer war ansteckend, und ehe ich mich versah, hatte ich bereits Schritte in die angezeigte Richtung gemacht.

„Stell dich genau da hin," sagte Peter, jetzt mit einer Mischung aus Vorfreude und einer unerwarteten Ernsthaftigkeit in der Stimme. Ich tat, wie er sagte, fühlte mich aber zunehmend unruhig. Er ging einige Schritte zurück, als wolle er sicherstellen, dass nichts und niemand uns stören konnte.

Dann brachte er zwei Finger an die Lippen, und bevor ich auch nur fragen konnte, was er vorhatte, stieß er einen Pfiff aus. Es war kein gewöhnlicher Pfiff – es war, als hätte er einen Befehl gegeben, der von der Luft selbst weitergetragen wurde. Der Klang schien zu vibrieren, sich in die Nacht auszubreiten, bis er irgendwo weit oben in den Himmel verschwand.

Ich wollte gerade fragen, was zum Teufel das sollte, als ein schimmerndes Licht am Horizont erschien. Es war winzig, kaum größer als ein Funke, und bewegte sich so schnell, dass es fast unmöglich war, ihm mit den Augen zu folgen. Das Licht raste auf uns zu, tanzte durch die Luft wie ein Wesen mit eigenem Willen.

„Was ist das?" Meine Stimme zitterte vor Verwirrung und einem Anflug von Furcht. Ich machte einen Schritt zurück, doch Peter hob beschwichtigend die Hände.

„Keine Angst," sagte er und lächelte, als hätte er mit solchen Reaktionen gerechnet. „Das ist Glöckchen, meine Fee. Du kannst sie auch Tink nennen."

„Eine… Fee?" Ich blinzelte, unsicher, ob ich ihn richtig verstanden hatte.

„Ja," bestätigte er mit Nachdruck, seine Stimme voller Stolz. Doch dann wurde sein Tonfall plötzlich ernster, fast belehrend. „Aber hör gut zu: Du darfst niemals an ihrer Existenz zweifeln. Solltest du das jemals laut aussprechen, stirbt eine Fee. Mit jedem überzeugtem ‚*Es gibt keine Feen*' wird ein von ihnen ausgelöscht. Also pass auf, was du sagst."

Ein kalter Schauer lief mir über den Rücken. Die Vorstellung, dass ein unbedachter Satz ein Leben beenden könnte, ließ mich schaudern. Ich starrte die kleine Lichtgestalt an, die jetzt nahe genug war, dass ich mehr erkennen konnte.

Das schimmernde Licht hatte eine Form – winzige, zarte Flügel, die wie aus Glas gefertigt wirkten, und einen kleinen Körper, der golden leuchtete. Sie trug ein Kleid, das wie aus Blättern gemacht war, doch jedes Mal, wenn ich mich bemühte, genauer hinzusehen, verschwamm sie vor meinen Augen. Es war, als wolle sie nicht vollständig wahrgenommen werden, als gehöre sie in eine Welt, die nicht mit sterblichen Augen gesehen werden konnte.

Die Fee – Glöckchen, wie Peter sie genannt hatte – flog um mich herum, ihre Bewegungen so schnell und zappelig, dass ich beinahe das Gleichgewicht verlor, während ich ihr folgte. Sie summte leise, ein Geräusch, das wie ein feines Klingeln klang, und ich hatte das Gefühl, dass sie mich neugierig musterte.

„Glöckchen, gib ihr ein bisschen Staub ab," sagte Peter plötzlich, und in seiner Stimme lag ein Hauch von Autorität. Die Fee hielt abrupt inne, schwebte einen Moment in der Luft, und begann dann schrill zu quietschen. Es klang wie ein entrüsteter Protest, eine lautstarke Weigerung, Peters Anweisungen zu folgen.

Peter stöhnte genervt und rollte mit den Augen. „Immer dasselbe mit dir," murmelte er und griff nach ihr. Er hielt sie zwischen Daumen und Zeigefinger fest, und obwohl sie weiterhin schimpfte und zappelte, wirkte Peter davon völlig unbeeindruckt.

„Hör auf zu jammern," sagte er scharf, bevor er mit der anderen Hand an ihre schimmernden Flügel schnippte. Ein glitzernder Staubregen rieselte herab, golden und funkelnd wie flüssiges Licht.

„Ah!" rief ich erschrocken, als der Staub auf mein Gesicht fiel. Es kitzelte auf meiner Haut, in meinen Haaren, und als ich einatmete, musste ich niesen. Peter lachte leise, doch ich konnte meinen Blick nicht von dem schimmernden Staub abwenden, der jetzt überall um mich herum in der Luft schwebte.

„Das ist Feenstaub," erklärte Peter knapp, als wäre das die normalste Sache der Welt. „Damit kannst du fliegen."

„Fliegen?" Meine Stimme war kaum mehr als ein Flüstern.

„Ja," sagte Peter, als hätte er noch nie an etwas so Einfaches geglaubt. „Aber der Staub allein reicht nicht." Seine Augen funkelten, und er hob einen Finger, wie ein Lehrer, der eine wichtige Lektion erklärte. „Weißt du, was du außerdem brauchst?"

Ich schüttelte langsam den Kopf, meine Gedanken zu verwirrt, um zu antworten.

„Einen wunderbaren Gedanken," sagte Peter, seine Stimme wurde leiser, beinahe sanft. „Etwas, das dich glücklich macht. Ein Moment, eine Erinnerung, ein Traum. Irgendetwas, das dich leicht macht, als könntest du alles schaffen."

Mein Herz begann schneller zu schlagen. Ein wunderbarer Gedanke? Mein Verstand durchsuchte fieberhaft jede Ecke meines Geistes, auf der Suche nach etwas, das diesem magischen Kriterium entsprechen könnte.

„Es ist einfacher, als du denkst," sagte Peter und trat einen Schritt zurück, seine Augen voller Erwartung. „Denk einfach nach und probier es aus."

Ich schloss die Augen und versuchte verzweifelt, an einen glücklichen Moment zu denken. Doch der Kopf fühlte sich leer an, als wäre er von einem dichten Nebel verhüllt. Alles, woran ich denken konnte, waren Bruchstücke von Erinnerungen, die keinen Funken Magie entfachen konnten.

Das Lächeln von einem Lehrer, als er mir in der Schule ein gutes Zeugnis gab – es war nur ein Moment, und er verblasste, sobald er in meinem Gedächtnis auftauchte. Das Geschenk, das ich einmal im Kinderheim erhalten hatte, unerwartet und in seiner Bedeutung klein – aber es hatte mir nie das gegeben, was ich jetzt suchte. Dann das Bild, das ich als Kind gemalt hatte, voller Stolz und kindlicher Freude – auch dieses Bild schien mir in diesem Augenblick nicht genug zu sein. Keiner dieser Momente konnte das Gefühl von „wunderbar" in mir erwecken, das Peter mir versprochen hatte.

„Dein Ernst?" Peters Stimme war wie ein kaltes Rauschen in meinem Kopf, das mich aus meinen Gedanken riss. Ich blickte zu ihm auf, seine Augen weit aufgerissen, als hätte ich ihm gerade ein Rätsel gestellt, das er nicht lösen konnte. „Dir fällt wirklich gar nichts ein?"

Ich zuckte hilflos mit den Schultern. Meine Gedanken schienen sich wie wild um einen Punkt zu drehen, aber sie wollten nicht an das festhalten, was ich wirklich brauchte. Die Frustration stieg in mir auf, doch ich konnte nicht viel dagegen tun. Was war mit mir nur los?

Peter schüttelte den Kopf, ein amüsiertes, aber auch mitfühlendes Lächeln auf den Lippen. „Na gut," sagte er, und sein Ton wurde plötzlich fest, voller Entschlossenheit, als wolle er mir etwas erklären, was ich noch nicht verstehen konnte. „Dann hör mir mal zu. Dort oben, da ist ein Ort – ein Ort voller Wunder. Ein Ort, den du dir nicht mal im Traum vorstellen kannst. Feen, Meerjungfrauen, Indianer… alles, was dein Herz begehrt, ist dort." Er deutete mit einer schwungvollen Handbewegung in den Himmel, als könne er all die Dinge herbeizaubern, die er beschrieb. „Und weißt du was? Es gibt keinen Grund, nicht glücklich zu sein. Wirklich nicht."

„Indianer?" wiederholte ich ungläubig, während meine Augen die dunkle Weite des Himmels absuchten. Die Idee, an diesem Ort, von dem Peter sprach, teilzunehmen, schien völlig abwegig. Doch irgendetwas in Peters Stimme ließ mich innehalten und überdenken, was er sagte.

„Piraten!" rief er plötzlich, und in seinem Gesicht lag eine solche Begeisterung, dass ich nicht anders konnte, als mit ihm mitzufiebern.

„Piraten? Echte Piraten?" fragte ich, ohne es zu merken, dass ein Lächeln auf meinen Lippen spielte. Es war, als ob Peter etwas in mir ansprach, das tief verborgen war, und ich spürte eine ungewohnte Neugier, eine Lust darauf, mehr zu erfahren.

„Echte Piraten!" rief Peter, als hätte er das Geheimnis der Welt für mich gelüftet. „Und wir kämpfen gegen sie! Glaub mir, Harlow, da oben erwartet dich ein Abenteuer, das du dir nicht mal in deinen kühnsten Träumen vorstellen kannst. Meerjungfrauen, Feen, Indianer und Piraten… das ist alles real, und es gehört dir, wenn du es willst!"

Seine Worte hüllten mich ein, wie ein unsichtbares Band, das mich immer tiefer in eine Welt zog, die ich niemals für möglich gehalten hätte. Ich konnte das Kribbeln in meinen Fingerspitzen spüren, ein Gefühl von Freiheit, das durch meine Adern raste. Und dann – ein weiteres Mal – spürte ich es. Es war ein merkwürdiges Gefühl, das mich durchfuhr, als ob der Boden, auf dem ich stand, plötzlich nicht mehr real war.

„Peter!" rief ich mit erschrockenem Unterton und griff verzweifelt nach seinem Arm. Ein Hauch von Panik stieg in mir auf, als ich bemerkte, dass meine Füße den Boden nicht mehr berührten. „Ich… ich schwebe!"

Peter sah mich mit einem triumphierenden Grinsen an, als ob er bereits gewusst hatte, was als Nächstes geschehen würde. „Natürlich tust du das. Du hast es geschafft!"

Ich blickte nach unten, meine Augen weit aufgerissen, und in diesem Moment konnte ich es kaum fassen. Tatsächlich – der Boden war weit entfernt.

Ein Lachen, laut und ungebremst, brach aus mir heraus, so intensiv, dass ich fast die Luft anhalten musste. „Ich fliege!" rief ich, während ich die Schwerelosigkeit genoss. „Ich kann wirklich fliegen!"

Peter lachte mit mir, als würde er mit mir die Freude an diesem unglaublichen Erlebnis teilen. „Natürlich kannst du fliegen," sagte er ruhig, „du hast es immer gekonnt. Du musstest nur den richtigen Gedanken finden."

Ich drehte mich in der Luft, zuerst zögerlich, dann immer mutiger, als die Welt unter mir immer kleiner wurde. Es war ein unglaubliches Gefühl von Freiheit – als würde ich alles hinter mir lassen können, als gäbe es keine Grenzen mehr. Ich war nicht mehr an einen festen Ort gebunden, konnte durch den Himmel gleiten, als wäre ich ein Teil von ihm.

„Ab jetzt wird alles gut," sagte Peter, seine Stimme ruhig und vertrauensvoll. Es war ein Versprechen, das ich ohne zu zögern glaubte. Dann schwebte er zu mir heran, die Augen voller Wärme, und hielt mir seine Hand hin. Es war mehr als nur eine Einladung – es war ein Schlüssel zu einer neuen Welt, einem völlig neuen Leben.

„Harlow Lorelei," sagte er, fast feierlich, „komm mit zum Nimmerland."

Ich sah einen Moment lang auf seine Hand, die mir wie eine Verheißung der Freiheit erschien. Dann, ohne einen weiteren Gedanken zu verschwenden, griff ich nach ihr. Und in diesem Augenblick, als meine Hand seine ergriff, wusste ich, dass sich mein Leben für immer verändern würde. Alles, was ich bis dahin gekannt hatte, war nichts im Vergleich zu dem, was vor mir lag. Ich war bereit für das Nimmerland.

Aus dem Waisenhaus ins
Himmelreich

„Zweiter Stern rechts und geradeaus bis zum Morgen," antwortete Peter mit einem triumphierenden Funkeln in seinen hellwachen Augen, als ich ihn fragte, wo das Nimmerland lag. Seine Stimme hatte einen Rhythmus, fast wie ein Lied, das nur er kannte. Seine Worte klangen so simpel und gleichzeitig wie ein Rätsel, ein Geheimnis, das nur er entschlüsseln konnte. Zweiter Stern rechts und dann geradeaus bis zum Morgen? Es war eine Wegbeschreibung, die in jeder anderen Situation absurd gewirkt hätte – doch hier, mit der kühlen Nachtluft, die an mir zerrte, und den unendlich funkelnden Sternen um uns, fühlte es sich plötzlich real an.

Die Welt unter uns, die vertraute, graue Stadt mit ihren kalten Mauern und leblosen Straßen, war längst verschwunden. Stattdessen erstreckte sich ein Ozean aus Dunkelheit unter uns, nur hin und wieder von Wolkenfetzen durchbrochen, die wie Geister durch die Nacht schwebten. Der Wind spielte mit meinen Haaren, ließ sie wild um mein Gesicht tanzen. Meine Hände umklammerten Peters, der mich sicher durch diese neue, schwindelerregende Dimension führte.

„Peter," begann ich, meine Stimme ein wenig atemlos, während wir weiter flogen. Meine Gedanken rasten schneller als der Wind, der uns trug. „Erzähl mir mehr über diese Welt. Gibt es dort… andere Kinder wie dich und mich? Und wenn ja, was macht ihr? Wie lebt ihr überhaupt?" Die Fragen sprudelten aus mir heraus, ein unkontrollierbarer Strom aus Neugier und Sehnsucht. Mein Herz pochte vor Aufregung, und meine Stimme zitterte vor der Vorstellung, bald in eine Welt einzutauchen, die ich mir nur vage ausmalen konnte.

Peter lachte, sein Klang war hell und frei, fast so, als hätte er selbst den Wind in seiner Stimme eingefangen. „Das sind aber viele Fragen!" rief er, drehte sich mitten im Flug zu mir um und grinste mich an – dieses kindliche, unbesorgte Grinsen, das zugleich verspielt und geheimnisvoll war.

„Also," begann er schließlich, während er eine kleine Schleife flog und mich mit sich zog. Der Sternenhimmel über uns funkelte so klar, dass er fast lebendig wirkte. „Es gibt andere Kinder, ja. Die verlorenen Jungen." Seine Stimme wurde tiefer, voller Stolz und etwas, das wie Beschützerinstinkt klang. „Ich habe sie alle hierhergebracht. Jeden einzelnen. Sie waren… nun ja, verloren, wie ihr Name schon sagt. Niemand wollte sie, niemand hat sie gebraucht – also habe ich sie zu mir geholt."

Ich spürte einen Stich in meiner Brust. Seine Worte klangen einfach, fast beiläufig, aber die Wahrheit dahinter war schmerzlich offensichtlich. Kinder, die niemand wollte. So, wie ich. Peter sprach mit einer Selbstverständlichkeit, die mich innehalten ließ, obwohl wir beide gerade über den Horizont hinwegflogen.

„Und weißt du was?" fuhr er fort, während sein Blick sich plötzlich wieder auf mich richtete. Sein Lächeln wurde weicher, ein wenig verschmitzter. „Du bist eine Ausnahme. Du bist ein Mädchen, das ist ungewöhnlich. Aber nicht nur das – du bist hier, weil du kein Zuhause mehr hast."

Ich hielt die Luft an, als diese Worte mich trafen. Er hatte recht. Es gab nichts, was mich zurückhielt. Kein Zuhause, kein warmes Licht in einem Fenster, das auf mich wartete.

Doch bevor ich in diesen Gedanken versinken konnte, fügte er etwas hinzu, das mich völlig aus dem Konzept brachte. „Und," er hielt inne, fast dramatisch, „weil ich denke, dass du Potenzial hast."

Ich blinzelte ihn an, verwirrt. „Potenzial?" wiederholte ich, meine Stirn in Falten gelegt. Der Wind trug meine Worte davon, doch Peter hörte sie trotzdem.

Er flog ein Stück zurück und sah mich ernst an, seine Augen glühten wie die Sterne um uns herum. „Ja, Potenzial," sagte er, fast feierlich. „Für Abenteuer. Für Freiheit. Für Dinge, die die Erwachsenen dir weggenommen haben, ohne dass du es bemerkt hast."

Seine Worte ließen etwas in mir aufbrechen, ein Gefühl, das ich lange nicht gespürt hatte. Abenteuer. Freiheit. Hatte ich nicht immer davon geträumt? Von einer Welt, die größer war als alles, was ich bisher kannte?

Peter lächelte wieder, dieses freche, ansteckende Grinsen, das ihn so einzigartig machte. „Aber keine Sorge," sagte er und zog mich mit einem spielerischen Schwung ein Stück höher in die Luft, „du wirst alles selbst sehen. Das Nimmerland wartet nicht auf Fragen. Es wartet auf dich."

Ich spürte, wie mein Herz vor Aufregung schneller schlug, als ich in die unendliche Weite vor uns blickte.

„Zu deiner zweiten Frage," begann Peter mit einem wissenden Grinsen, während er mit den Armen eine theatralische Geste machte, „ich habe dir ja schon gesagt, dass es im Nimmerland Wesen gibt, von denen man hier nur in Geschichten hört. Feen, Meerjungfrauen, Piraten – sie sind alle echt. Wirklicher, als du es dir vorstellen kannst."

Seine Stimme klang so sicher, so überzeugt, dass ich ihn für einen Moment einfach nur anstarren konnte. Doch er fuhr bereits fort, seine Worte sprudelten wie ein Bach, der sich seinen Weg durch unbekanntes Gelände bahnte. „In unserer Freizeit besuchen wir magische Orte, die selbst die wildesten Träume übertreffen. Zum Beispiel der Nimmerwald. Ein Ort voller Magie, wo die Luft glitzert und die Schatten in den Bäumen tanzen. Dort gibt's Feen, aber welche zu finden, ist nicht so einfach."

Ich runzelte die Stirn und öffnete den Mund, um etwas zu fragen, doch Peter hob die Hand, als wollte er mich zum Schweigen bringen. „Geduld," sagte er mit einem schelmischen Lächeln. „Feen verstecken sich meistens, sie sind scheu. Aber wenn du das Glück hast, eine Fee zu finden, die sich an dich bindet..."

„Bindet?" fragte ich, meine Stimme war kaum mehr als ein Flüstern.

„Ja, bindet," wiederholte Peter mit Nachdruck, seine Augen funkelten geheimnisvoll im Licht der Sterne. „Wenn eine Fee sich entscheidet, dich als ihren Menschen zu akzeptieren, bleibt sie dir bis zu deinem letzten Atemzug treu. Es ist eine Verbindung, die stärker ist als alles, was du je erlebt hast." Seine Stimme war sanft, doch es lag ein Hauch von Schwere darin, als ob die Bedeutung seiner Worte selbst ihn berührte.

Er hielt inne, und sein Blick veränderte sich. Die sonst so unbekümmerte Ausstrahlung war einer plötzlichen Ernsthaftigkeit gewichen, fast melancholisch. „Aber... wenn du stirbst, stirbt auch die Fee. Ihre Lebensenergie ist mit deiner verbunden."

Die Worte hallten in der Stille nach, und ein leises Quietschen durchbrach plötzlich die Luft. Ich drehte mich erschrocken um und sah Glöckchen, Peters kleine Fee, die in einem sanften goldenen Licht leuchtete. Ihre zierlichen Flügel schwirrten aufgeregt, und sie hielt ihre winzigen Hände vor den Mund, als ob sie den Ausbruch ihrer eigenen Reaktion zu unterdrücken versuchte. Es war ein schriller, fast unwilliger Laut gewesen, aber es lag keine Überraschung darin.

Trotzdem schien sie das Thema zu bewegen, und ich bemerkte, wie ihre Bewegungen unruhig wurden, ein nervöses Hin und Her, als ob sie ihre Gefühle nicht ganz einordnen konnte. Peter schenkte ihr einen kurzen, beruhigenden Blick, als wolle er sie daran erinnern, dass sie nicht allein mit diesem Wissen war.

Ein Schauer lief mir über den Rücken, während ich die Tragweite seiner Worte begriff. Es war nicht nur die Verbindung zwischen Mensch und Fee, die mich faszinierte, sondern auch die Tragik, die in diesem Bund lag. Eine Treue, die so tief reichte, dass sie über Leben und Tod hinausging – und doch genau an diesen gebunden war.

Ich stellte mir vor, wie es sein müsste, eine Fee an meiner Seite zu haben. Ein Wesen, das nicht nur Licht und Magie, sondern auch bedingungslose Loyalität ausstrahlte. Jemand, der mich auf all meinen Abenteuern begleitete, ein lebendiger Funke, der für mich leuchtete, egal wie dunkel der Weg vor uns war. Doch der Gedanke, dass dieser Funke eines Tages mit mir verlöschen könnte, war bittersüß.

„Und dann gibt es noch die Meerjungfrauenlagune," fuhr Peter fort. Seine Stimme wurde ein wenig dunkler, geheimnisvoller. „Das ist ein Ort, der dich in seinen Bann zieht, aber auch etwas Düsteres an sich hat. Die Lagune ist wunderschön, das Wasser glitzert wie ein Edelstein und spiegelt den Mond wider. Aber es ist auch ein gefährlicher Ort. Die Meerjungfrauen sind keine freundlichen, schüchternen Wesen, wie man es vielleicht erwartet. Sie sind launisch, manchmal sogar grausam. Es ist, als ob die Lagune selbst ihre Launen teilt – dunkel, unberechenbar, aber unbestreitbar magisch."

Ich konnte nur mit offenem Mund zuhören. Bilder formten sich vor meinem inneren Auge: glitzernde Wasserflächen, schattenhafte Feen, die durch leuchtende Wälder huschten, und gefährlich schöne Meerjungfrauen, die aus der Tiefe starrten.

„Und dann," setzte Peter mit einem Funkeln in den Augen hinzu, „kämpfen wir natürlich auch gerne gegen die Piraten. Das ist immer der größte Spaß." Er sprach diese Worte mit solcher Leichtigkeit aus, als wäre das Kämpfen gegen gefährliche Seeräuber nichts weiter als ein aufregendes Spiel.

„Piraten? Feen? Meerjungfrauen?" Ich hörte selbst, wie ungläubig ich klang. „Wie kannst du all das aufzählen, als wäre es das Normalste der Welt?"

Peter grinste breit und flog eine kleine Kurve um mich herum, sein Gesicht vor Stolz glühend. „Weil es *meine* Welt ist. Und bald auch deine."

Ich starrte ihn immer noch an, mein Herz pochte wild. „Von solchen Sachen hatte ich immer als Kind geträumt, und jetzt..."

„Jetzt wirst du genau diese Wesen sehen," unterbrach Peter mich, seine Stimme vor Begeisterung überschäumend, „und nicht nur sehen. Du wirst mit ihnen Abenteuer erleben – hautnah. Keine Träume mehr, Harlow. Jetzt ist es echt."

Sein Lächeln war ansteckend, und ich spürte, wie sich die Aufregung in mir ausbreitete. Diese neue Welt, so voller Wunder und Geheimnisse, wartete auf mich. Und ich konnte es kaum erwarten, sie zu betreten.

Die Nacht spannte sich wie ein unendlicher Schleier aus Dunkelheit über uns, nur durchbrochen von den glitzernden Sternen, die wie kostbare Edelsteine am Himmelszelt funkelten. Der Wind pfiff in meinen Ohren, zerrte an meinen Kleidern, die sich wie flatternde Segel um meinen Körper legten, und ließ meine Haut prickeln, als hätte die Kälte selbst kleine Nadelstiche hinterlassen. Doch statt unangenehm war es eine belebende Frische, die meine Sinne schärfte und mich an jedem Atemzug spüren ließ, wie lebendig ich war.

„Lass uns keine Zeit verschwenden und schneller fliegen," drängte ich, meine Stimme voller Eifer und einem Hauch von Ungeduld. Ich spürte, wie mein Herz schneller schlug, angetrieben von einer Mischung aus Adrenalin und kindlicher Vorfreude. Dieses Gefühl der Freiheit, dieses wundersame, berauschende Erlebnis – ich wollte mehr davon.

Peter drehte sich zu mir um, ein spitzbübisches Grinsen auf seinen Lippen, und in seinen Augen funkelte ein Licht, das mit den Sternen am Himmel wetteiferte.

„Nicht mehr skeptisch?" neckte er mich, seine Stimme war ein Spiegel seiner Freude, als hätte er genau diesen Moment erwartet.

Bevor ich antworten konnte, griff er nach meiner Hand. Sie war warm, vertraut, und dieser einfache Kontakt ließ meine Angst und Unsicherheit augenblicklich verblassen. „Dann komm, Harlow," rief er, und seine Stimme war wie ein Versprechen. „Ich zeige dir, wie man wirklich fliegt!"

Mit einem kräftigen Ruck zog er mich mit sich, und wir schossen nach oben, schneller und höher als zuvor. Die Luft wurde dünner, der Wind kälter, aber das Gefühl war unbeschreiblich.

Ein plötzlicher Gedanke brachte mich zurück in die Realität. „Was mache ich mit meinen Sachen?" rief ich, meine Stimme war ein Hauch von Panik, der im Wind verloren ging. „Die liegen noch unten auf dem Boden!"

Peter brach in ein lautes, freies Lachen aus, das von den Himmeln widerhallte. „Lass sie los!" rief er zurück, seine Worte schienen im Wind zu tanzen. „Lass sie alle los! Du wirst sie nicht mehr brauchen. Alles, was du brauchst, wartet im Nimmerland auf dich!"

Seine Worte hallten in mir nach, und obwohl ein Teil von mir an der Vertrautheit meiner alten Welt festhalten wollte, wusste ich tief in meinem Inneren, dass er recht hatte. Es gab kein Zurück.

Nach einer Weile des stillen Fliegens – nur das Geräusch des Windes und mein Herzschlag begleiteten uns – sprach Peter plötzlich, seine Stimme hatte einen ernsteren Ton angenommen. „Hast du schon vom berüchtigtsten Piraten unserer Insel gehört?"

Seine Worte überraschten mich. Ich sah zu ihm, seine Augen suchten meinen Blick, und die Neugier in ihnen spiegelte sich in meinem eigenen

Gesicht wider. „Nein," antwortete ich ehrlich, meine Stimme klang leise in der Weite des Himmels.

„Captain Hook," hauchte er, und seine Stimme war eine Mischung aus Ehrfurcht und Abscheu, als würde allein der Name eine düstere Macht beschwören.

Ein Schauer lief über meinen Rücken, und ich konnte die Gänsehaut auf meinen Armen spüren. „Was ist mit diesem Kapitän?" fragte ich schließlich und versuchte, das Unbehagen in meiner Stimme zu verbergen.

„Er hasst mich," erklärte Peter, seine Worte waren nüchtern, fast kalt. „Nicht nur mich – alle, die ich habe, alle, die zu mir gehören. Die verlorenen Jungen, meine Freunde, und wahrscheinlich auch dich."

Ein kalter Kloß bildete sich in meinem Magen. „Warum?" flüsterte ich, meine Stimme zitterte leicht. „Weshalb hasst er dich so sehr?"

Peter drehte sich leicht zu mir um, sein Gesicht wirkte für einen Moment älter, gezeichnet von Erfahrungen, die ich mir kaum vorstellen konnte. „Weil ich ihn immer wieder besiegt habe," sagte er schließlich. „Und weil ich frei bin. Hook hasst Freiheit. Er hasst alles, was er nicht kontrollieren kann, und ich bin der Inbegriff dessen, was er niemals haben wird."

Ich schluckte hart. Die Worte drangen tief in mich ein und ließen mich die Gefahr spüren, die vor uns lag.

„Wie ist Captain Hook nach Nimmerland gekommen?" fragte ich schließlich. Meine Stimme war jetzt fester, getrieben von einer Neugier, die stärker war als meine Angst. „Ist er dort geboren? Oder ist er wie wir aus einer anderen Welt?"

Peter hielt inne, und für einen Moment schien die Leichtigkeit in seinem Gesicht zu verschwinden. „Er..." begann er, doch seine Stimme stockte. Er hustete, als wolle er die Antwort wegschlucken, und schüttelte dann langsam den Kopf.

„Das ist eine lange Geschichte," sagte er ausweichend, seine Augen richteten sich auf einen Punkt in der Ferne, als wollte er irgendwo da draußen eine Ablenkung finden. „Vielleicht erzähle ich sie dir eines Tages. Aber nicht heute."

Ich wollte nachhaken, doch sein Gesichtsausdruck ließ mich verstummen. Stattdessen ließ ich meinen Blick in die Dunkelheit gleiten. Die Sterne schienen uns zu umhüllen, als wären sie selbst Teil dieser magischen Reise. Ich fragte mich, was wohl hinter diesen Sternen lag und welche Abenteuer auf uns warteten.

Die Nacht war tief und geheimnisvoll, ein samtener Schleier, der die Welt in Dunkelheit tauchte, während die Sterne wie glitzernde Juwelen über uns funkelten. Doch am Horizont zeichnete sich bereits der erste Hauch von Morgen ab. Die Sonne erhob sich langsam, als würde sie zögernd in diese magische Nacht eintauchen.

Ihr Licht malte zarte Schlieren in Orange, Rosa und Gold an den Himmel, die sich wie sanfte Pinselstriche über das Firmament zogen. Diese Farben trafen auf die unendliche Dunkelheit und ließen die Szene zugleich friedlich und atemberaubend erscheinen.

Trotz der Ankunft des Morgens waren die Sterne noch gut zu erkennen, klar und scharf, wie winzige Löcher im Nachthimmel, durch die ein anderes Universum hindurchschimmerte. Doch zwei Sterne stachen besonders hervor, heller und prächtiger als alle anderen. Es waren die Sterne, auf die Peter immer wieder zeigte, wenn er über sein Zuhause sprach.

Ich folgte seinem Blick und fühlte, wie eine leise Neugier in mir wuchs. „Warum kennt keiner das Nimmerland?" fragte ich schließlich, meine Stimme leise, fast ehrfürchtig in dieser ruhigen, mystischen Nacht.

Peter drehte sich zu mir um, sein schelmisches Lächeln erhellte sein Gesicht, während der Wind mit seinem Haar spielte. „Keiner, der dort ankommt, möchte hierher zurück," antwortete er, als wäre die Sache so einfach und doch so tiefgreifend, dass keine weiteren Erklärungen nötig waren.

Ein Ort, so wunderbar, dass niemand zurückkehren wollte? Es klang zu schön, um wahr zu sein, und doch lag eine Überzeugung in Peters Stimme, die keinen Zweifel zuließ.

„Im Nimmerland hast du die Möglichkeit, für immer zu leben," fuhr er fort, und ich bemerkte, wie seine Augen im Schein der Sterne zu leuchten begannen. „Du wirst niemals erwachsen. Du kannst für immer ein Kind bleiben – vorausgesetzt, dass du ein Kind bist, wenn du dort ankommst."

Die Begeisterung in seiner Stimme war so greifbar, dass ich mich davon anstecken ließ. Seine Augen, die wie zwei weitere Sterne am Himmel funkelten, spiegelten eine tiefe Liebe zu diesem mysteriösen Ort wider, von dem er sprach. Es war, als ob allein der Gedanke an das Nimmerland ihm Kraft und Freude gab, eine Art inneres Leuchten, das ihn durchdrang.

„Und wenn man kein Kind mehr ist?" wagte ich schließlich zu fragen. Meine Stimme klang fast zögerlich, als ob ich befürchtete, eine Antwort zu erhalten, die ich nicht hören wollte.

Peters Blick verfinsterte sich einen Moment lang, als hätte ich ein Thema angeschnitten, das er lieber vermieden hätte. „Dann," sagte er langsam, „gehört das Nimmerland nicht mehr dir. Erwachsene haben dort keinen Platz. Sie vergessen, wie man träumt, wie man fliegt… und genau deswegen sollten wir sie auch vergessen."

Ich blickte erneut zu den beiden Sternen, die Peter immer wieder als Wegweiser bezeichnete. Der Gedanke, dass hinter ihnen ein solch wundersamer Ort lag, ließ mein Herz schneller schlagen. Ein Ort, an dem man niemals erwachsen werden musste, an dem die Zeit stillstand und Abenteuer niemals endeten – es war mehr, als ich mir jemals hätte vorstellen können.

„Wirst du mir alles zeigen?" fragte ich schließlich, meine Stimme kaum mehr als ein Flüstern.

„Alles," versprach Peter, sein Lächeln wurde breiter. „Das Nimmerland wird dein Herz erobern. Und ich werde dafür sorgen, dass du jedes Geheimnis entdeckst, das es birgt."

In diesem Moment fühlte ich, wie ein Funke von Peters unerschütterlichem Glauben auf mich überging. Die Sterne, die über uns glitzerten, schienen plötzlich heller zu leuchten, und ich spürte, dass mein Leben nie wieder dasselbe sein würde.

Der Wind war gnadenlos, ein heulender Begleiter, der meine Haare wie wilde Strähnen durch die Luft peitschte und meine Kleidung wie flatternde Fahnen um mich herumzog. Trotz der Kälte, die sich in meine Wangen biss, fühlte ich mich lebendig, als ob mein Herz mit jedem Schlag die Energie der Sterne aufsaugte.

Vor uns leuchtete ein Stern, heller und größer als alle anderen. Er flackerte nicht, sondern brannte mit einer intensiven Klarheit, die den Rest des Himmels verblassen ließ. Peter steuerte entschlossen darauf zu, als wäre er unser Leuchtturm in diesem unermesslichen Meer aus Nacht.

„Wenn ich gleich sage, dass du dich festhalten sollst, dann tu es!" rief er plötzlich. Seine Stimme war scharf, durchdrang den Wind und ließ keinen Widerspruch zu. Mein Herz begann schneller zu schlagen, und eine Welle von Nervosität durchlief mich. Was hatte er vor? Was erwartete uns?

Ich nickte hastig, unsicher, ob er meine Bewegung überhaupt bemerkte. Bevor ich meine Gedanken ordnen konnte, schrie er: „Festhalten!" Seine Stimme war so drängend, dass ich fast aus Reflex handelte. „Und was auch immer du tust, lass nicht los!"

Ohne zu zögern griff ich nach seinem Handgelenk, klammerte mich daran, als wäre es mein einziger Rettungsanker. Seine Haut war überraschend warm, eine tröstliche Wärme inmitten der schneidenden Kälte, die uns umgab.

In diesem Moment schoss Peter nach vorne, und die Welt verwandelte sich in ein Kaleidoskop aus Geschwindigkeit und Wind. Wir rasten durch die Luft, und es fühlte sich an, als ob der Himmel selbst um uns herum explodierte.

Der Wind peitschte mit einer solchen Wucht gegen mein Gesicht, dass mir die Luft wegblieb. Meine Augen tränten, und ich konnte nichts tun, als mich noch fester an Peter zu klammern. Mein eigener Schrei wurde vom heulenden Wind verschluckt, ein Ausdruck von überwältigender Furcht und einer seltsamen, fieberhaften Euphorie.

Je näher wir dem leuchtenden Stern kamen, desto größer wurde er. Doch als wir uns weiter näherten, erkannte ich, dass es kein Stern war. Es war ein Licht – ein gleißendes, lebendiges Licht, umgeben von einer pulsierenden Aura, die wie ein mystischer Schleier wirkte. Es war, als ob das Licht selbst lebte, uns beobachtete, uns prüfte. Die Aura verhinderte, dass ich genau sehen konnte, was vor uns lag. Es war rätselhaft, wie ein Geheimnis, das nur denen offenbart wird, die mutig genug sind, näherzukommen.

„Ist das... das Nimmerland?" flüsterte ich keuchend, obwohl der Wind meine Worte vermutlich ins Nichts trug. Peter antwortete nicht. Sein Griff wurde fester, und seine Augen funkelten entschlossen, während er mit eiserner Konzentration auf das Licht zuflog.

Plötzlich geschah es. Das Licht explodierte in einer blendenden Welle, die alles um uns herum verschlang. Mein Sichtfeld wurde von Weiß erfüllt, so hell, dass es beinahe schmerzte. Ich kniff die Augen zusammen, schloss sie schließlich ganz, als ob ich dadurch Halt finden könnte in diesem Meer aus Licht. Für einen Moment war da nichts – keine Dunkelheit, keine Sterne, keine Geräusche. Nur die Stille. Die Welt hielt den Atem an.

Doch dann kehrten die Geräusche zurück, leise und aus einer fernen Welt. Ein rhythmisches Trommeln, das mit jeder Sekunde deutlicher wurde. Regen. Zuerst war es kaum mehr als ein Flüstern, doch es wuchs schnell zu einem mächtigen Rauschen an, als ob die Natur selbst uns willkommen hieß.

Ich öffnete zögernd die Augen. Das grelle Licht verblasste, und eine neue Welt offenbarte sich vor mir. Unter uns erstreckte sich ein üppiges, saftiges Grün, durchzogen von glitzernden Flüssen, die wie silberne Bänder durch das Land schlangen. Wasserfälle stürzten von majestätischen Klippen hinab, schienen fast zu schweben, bevor sie in funkelnden Nebel übergingen. Der Himmel war nun in einem lebhaften Blau getaucht, durchsetzt mit goldenen Sonnenstrahlen, die wie Finger aus Licht die Landschaft berührten. Die Luft war erfüllt von einem süßen, frischen Duft, der nach Abenteuer und einem Hauch von Magie roch.

„Willkommen im Nimmerland," sagte Peter schließlich. Seine Stimme war leise, fast ehrfürchtig, und doch strahlte sie eine Kraft aus, die mich in ihren Bann zog.

Über den Wolken, unter den Sternen

Als ich den Blick von Peter abwandte, verschlug es mir den Atem. Vor mir breitete sich eine Welt aus, die ich mir nicht einmal in meinen wildesten Träumen hätte ausmalen können. Das Nimmerland war nicht nur groß – es war gigantisch, ein endlos wirkendes Paradies, das jeden Funken meiner Fantasie zum Leben erweckte.

Die Insel erstreckte sich unter uns wie ein lebendiges Gemälde, mit einer schillernden, bunten Bucht, deren Wasser in allen Nuancen von Blau, Türkis und Grün schimmerte. Wellen brachen an den goldenen Stränden, funkelnd wie flüssige Edelsteine im Licht, das aus einer unbekannten Quelle zu strahlen schien. Hinter der Küste erhob sich ein gewaltiges Gebirge, dessen Gipfel sich hoch in die Wolken reckten. Sie waren mit dichtem, smaragdgrünem Wald bedeckt, und ich fragte mich, welche Geheimnisse wohl zwischen diesen uralten Bäumen lauerten.

Weiter im Inneren der Insel erstreckten sich weite Täler und Flüsse, die wie silberne Bänder durch das Grün schnitten. Wasserfälle stürzten aus schwindelerregenden Höhen herab und verwandelten die Landschaft in ein orchestrales Schauspiel aus Bewegung und Klang. Alles wirkte lebendig, vibrierend vor Energie und Magie.

Dann fiel mein Blick auf das Meer, das die Insel wie eine schützende Umarmung umgab. Es war hell und leuchtend, die Wellen schienen zu tanzen, als ob sie ihre Freude über diese magische Welt nicht verbergen konnten. Doch gleichzeitig tobte eine wilde Kraft darin, die nichts von der stillen Erhabenheit der Insel hatte. Das Wasser war ein lebendiges Wesen für sich, wunderschön, aber unberechenbar.

Mein Blick blieb an einem Schwarm Vögel hängen, der über die Bucht hinwegflog. Ihre Bewegungen waren elegant, beinahe choreografiert, als würden sie den Tanz des Windes beherrschen. Einer von ihnen löste sich plötzlich vom Schwarm und schoss in die entgegengesetzte Richtung – direkt auf ein großes Schiff zu.

Das Schiff! Mein Herz machte einen Sprung. Es war gewaltig, mit dunklen, imposanten Segeln, die im Wind flatterten. Sein Rumpf war schwarz, die Verzierungen golden, und es strahlte eine bedrohliche, fast unheimliche Macht aus. Die Fahne, die auf seinem höchsten Mast wehte, ließ keinen Zweifel: ein Schädel und gekreuzte Knochen.

„Lebt dort Captain Hook?" Meine Stimme klang leiser, als ich erwartet hatte, fast ehrfürchtig, während ich auf das Segelschiff deutete. Es war ein trüber Schatten im Gegensatz zu der hellen, lebendigen Welt des Nimmerlands – ein Fremdkörper, der sich in diese zauberhafte Umgebung eingeschlichen hatte.

Peter folgte meinem Blick, seine Augen verengten sich leicht, und ein Ausdruck, der zwischen Abscheu und Herausforderung lag, huschte über sein Gesicht. „Ja," sagte er schließlich, seine Stimme hatte einen dunkleren, ernsteren Unterton als gewöhnlich. „Das ist sein Schiff. Die Jolly Roger."

Ich konnte nicht anders, als die gewaltigen Segel und den drohenden Mast mit neuem Blick zu betrachten. Dies war also das Versteck des berüchtigten Captain Hook – der Mann, vor dem Peter mich gewarnt hatte. Ich konnte mir nur schwer vorstellen, dass in dieser atemberaubenden Welt jemand existierte, der solch düstere Gefahr verkörperte.

„Er hält sich dort versteckt, wenn er nicht gerade Ärger macht," fügte Peter hinzu, seine Lippen verzogen sich zu einem schiefen Lächeln. „Aber glaub mir, Harlow – Hook ist niemals wirklich ruhig. Er plant immer, lauert immer. Er ist wie ein Schatten, der immer versucht, die Freude hier zu verschlucken."

Ich konnte meine Augen nicht von dem Schiff lösen. Es wirkte wie eine unheilvolle Präsenz, die auf seinen Moment wartete, um zuzuschlagen. Doch gleichzeitig verspürte ich eine seltsame Aufregung – die Vorahnung eines Abenteuers, das größer und gefährlicher sein würde, als ich es mir jemals vorgestellt hatte.

„Und eines Tages," sagte Peter, fast zu sich selbst, „werden wir ihm alles nehmen, was er mir genommen hat." Seine Worte waren eine leise, doch entschlossene Ankündigung, und sie ließen eine Gänsehaut über meinen Rücken laufen.

Ich konnte die Augen nicht von der Insel und dem Meer lösen, und obwohl ich wusste, dass es dort Gefahren gab, konnte ich es kaum erwarten, dieses mystische Land zu betreten.

„Warte mal einen Moment," murmelte Peter, während er seine Hand in eine kleine Tasche an seiner grünen Tunika schob. Seine Bewegungen waren flink und suchend, als hätte er genau gewusst, wonach er suchte, es aber in dem Chaos seiner unzähligen Schätze kurz aus den Augen verloren.

Schließlich zog er triumphierend ein kleines, in Leder gewickeltes Objekt hervor. Mit einem verschmitzten Grinsen entrollte er es und hielt mir ein glänzendes Fernrohr entgegen. Es war nicht groß, aber filigran gearbeitet, mit eingravierten Mustern, die wie Sterne funkelten, sobald das Licht darauf fiel.

„Nimm das," sagte er und streckte es mir entgegen. Seine Stimme klang beiläufig, aber seine Augen funkelten vor Vorfreude. „Damit wirst du viel besser sehen können."

Meine Neugier entflammte augenblicklich. Vorsichtig nahm ich das Fernrohr aus seiner Hand, spürte das kühle Metall und die leichte Schwere in meiner Handfläche.

„Danke," murmelte ich, die Aufregung in meiner Stimme kaum verbergend. Sofort hielt ich das Fernrohr an mein Auge, doch anfangs erkannte ich nichts. Nur verschwommene Flecken, die sich ineinander verschoben.

„Geduld," ermahnte Peter lachend, während ich das Fernrohr ungeduldig justierte. „Du musst es scharfstellen."

Ich drehte an dem kleinen Ring am Rand, und plötzlich wurde das Bild klarer, wie ein Fenster, das in eine neue Welt öffnete. Die verschwommenen Farben formten sich zu scharfen Konturen, und ich hielt den Atem an, als sich das Leben auf dem großen Schiff vor mir offenbarte.

Das Schiff, das ich zuvor nur als dunklen Schatten wahrgenommen hatte, war nun ein mächtiger, bedrohlicher Koloss.

Seine Planken waren aus dunklem, verwittertem Holz, das unter der salzigen Gischt des Meeres glänzte. Auf dem Deck bewegten sich Männer – keine gewöhnlichen Seeleute, sondern Piraten, erkennbar an ihren zerlumpten Kleidern, den Waffen, die sie trugen, und ihrer groben Haltung.

„Die Jolly Roger," murmelte ich leise, und das Gewicht dieses Namens hallte in meinem Geist nach.

Plötzlich blieb mein Atem stocken, und mein Herz begann schneller zu schlagen, als ich auf dem Deck des Schiffes eine Gestalt entdeckte, die sofort alle Aufmerksamkeit auf sich zog. Sie war größer als die anderen Männer, und ihre bedrohliche Ausstrahlung ließ sie übermächtig erscheinen, selbst aus dieser Entfernung.

Der Gang dieses Mannes war gemessen, fast schon dramatisch, als wüsste er genau, dass jeder Schritt, den er tat, Blicke auf sich zog. Er bewegte sich mit der Gelassenheit eines Raubtiers, das sich seiner Stellung an der Spitze der Nahrungskette vollkommen sicher war.

Seine Kleidung unterschied sich deutlich von der der anderen. Während die Piraten einfache, zerlumpte Hemden und Hosen trugen, war seine

Garderobe prunkvoll und auffällig. Ein langes, weinrotes Gehrock aus Samt, mit goldenen Stickereien an den Rändern verziert, umhüllte seine schlanke, aber kräftige Gestalt.

Der Kragen war hochgestellt, und aus den weiten Ärmeln lugten weiße Rüschen hervor, die im Wind flatterten. Er trug eine dunkle Hose und kniehohe, glänzende Stiefel.

Doch es war nicht die Kleidung allein, die ihn so bedrohlich wirken ließ – es war die Art, wie er sie trug. In seinem Auftreten lag eine Arroganz, eine selbstverständliche Macht, die nur jemand haben konnte, der viele Schlachten geschlagen und ebenso viele gewonnen hatte.

Mein Blick wanderte zu seiner rechten Hand – oder besser gesagt, zu dem, was sie ersetzt hatte. Der Haken war geschwungen und aus glänzendem Metall gefertigt, scharf und tödlich. Er ruhte auf seinem Gürtel, aber die Art, wie er seine linke Hand locker auf den Haken legte, machte deutlich, dass er jederzeit bereit war, ihn einzusetzen. Es war keine Verzierung, sondern eine Waffe, die er mit der Präzision eines erfahrenen Kämpfers handhabte.

Sein Gesicht war das einer lebenden Legende. Er hatte markante, kantige Züge – hohe Wangenknochen, eine gebogene Nase und ein Kinn, das seine Entschlossenheit widerspiegelte. Sein Teint war blass, fast wächsern, und ließ die dunklen Schatten unter seinen Augen umso deutlicher hervortreten. Doch es waren seine Augen selbst, die mich am meisten fesselten. Sie waren tief, stechend blau, wie das Meer in der Nacht, und schienen alles und jeden mit einem Blick durchschauen zu können. Ein dünner, präzise gezwirbelter Schnurrbart rahmte seinen Mund ein, der zu einem selbstgefälligen Lächeln verzogen war – ein Lächeln, das mehr versprach, als es offenbarte.

Eine dichte, lange Haarmähne fiel ihm in dunklen, geschmeidigen Locken über die Schultern, schimmernd in tiefem Braun, das im Sonnenlicht wie poliertes Holz glänzte. Die Locken schienen ihn wie ein krönender

Rahmen zu umgeben, wild und doch sorgfältig gepflegt, als wäre selbst dieses Detail Teil seines bewusst inszenierten Auftretens.

Er wirkte wie ein Meister der Bühne, der sich an seiner Rolle als unbarmherziger Tyrann labte, und dennoch lag in seinem Blick eine Tiefe, die weit über bloße Arroganz hinausging – etwas Schweres, Dunkles, das in den Schatten seiner Seele brodelte. Es war wie ein unausgesprochener Schmerz, ein steter Hunger, der in den blauen Abgründen seiner Augen glomm und seine Präsenz umso fesselnder machte.

„Ist das...?" flüsterte ich, meine Stimme kaum mehr als ein Hauch. Mein Körper war wie eingefroren, fasziniert und zugleich eingeschüchtert von der lebenden Legende vor mir.

„Captain Hook," antwortete Peter mit einer eisigen Schärfe in der Stimme, die ich bei ihm noch nie gehört hatte. Seine Augen, die sonst vor Launenhaftigkeit und Abenteuerlust sprühten, wurden ernst, beinahe finster.

Ich konnte meinen Blick nicht abwenden. Hook war das genaue Gegenteil von Peter – wo Peter wie ein Windstoß war, unberechenbar und frei, war Hook wie ein Sturm, schwer und unerbittlich. Wo Peter Leichtigkeit und Kindlichkeit verkörperte, war Hook eine Gestalt der Last und des Schicksals.

„Er ist nicht so beeindruckend, wie er tut," sagte Peter schließlich, doch seine Stimme klang bemüht leicht, als wolle er mich und vielleicht auch sich selbst beruhigen. „Aber er kann gefährlich sein. Vor allem, wenn man ihm den Rücken zukehrt."

Mein Blick wanderte zurück zu Hook, der sich nun umdrehte und mit langsamen, bedächtigen Schritten auf einen Piraten zuging. Er beugte sich zu ihm hinab, flüsterte ihm etwas ins Ohr. Der Mann nickte hastig, bevor er davonrannte, als wollte er so schnell wie möglich der Nähe seines Kapitäns entkommen.

„Was hat er mit dir?" fragte ich schließlich, ohne den Blick vom Deck zu lösen.

Peter schwieg einen Moment, seine Miene verschlossen. Dann zuckte er mit den Schultern, doch seine Augen verrieten mehr, als seine Worte es jemals konnten. „Eine alte Rechnung. Die wird er aber nie begleichen können."

Neben der eindrucksvollen Gestalt des Kapitäns bewegte sich ein ganz anderes Bild von einem Mann – klein, gedrungen und in ständiger Hektik, als hätte er es sich zur Lebensaufgabe gemacht, möglichst unsichtbar und doch unentbehrlich zu sein. Sein Bauch wölbte sich über den Bund seiner Hose, und der weiße, ungepflegte Bart, der sein rundes Gesicht umrahmte, wippte bei jeder Bewegung. Auf seinem Kopf thronte eine grob gestrickte, blaue Mütze, die so aussah, als wäre sie schon durch unzählige Stürme mit ihm gesegelt. Sie rutschte ständig hin und her, als müsste er mit ihr kämpfen, während er gleichzeitig bemüht war, Hooks Forderungen nachzukommen.

„Wer ist das?" fragte ich neugierig, während ich das Fernrohr fester hielt und versuchte, die eigenartige Gestalt genauer zu beobachten. Der Kontrast zwischen dem bedrohlichen Hook und diesem kleinen, hektischen Mann war einfach zu frappierend, um ihn zu ignorieren.

Peter kam näher, und ohne zu zögern, schnappte er sich das Fernrohr aus meinen Händen. „Gib mal her," murmelte er, seine Augen blitzten vor Belustigung, als er durch die Linse spähte. „Das… das ist Smee! Der treu ergebene Handlanger unseres *glorreichen* Captains." Seine Stimme triefte vor Sarkasmus, und ein Grinsen breitete sich auf seinem Gesicht aus.

Ich beugte mich näher zu Peter, um ebenfalls einen weiteren Blick auf Smee zu werfen. Der Mann war offensichtlich damit beschäftigt, einen Stapel von Papieren und Karten in Ordnung zu bringen, während Hook, ohne ihn auch nur eines Blickes zu würdigen, Befehle bellte. Smee war wie ein Wirbelwind aus ständiger Bewegung, doch es war nicht der geschickte

Wirbel eines Tänzers – es war eher das Chaos eines Mannes, der zu viel jonglieren musste und kurz davor war, alles fallen zu lassen.

„Er ist also eine Art Assistent?" fragte ich, während ich Smee beobachtete, wie er hektisch eine übergroße Feder aus seinem Gürtel zog und begann, Notizen auf einer Karte zu kritzeln.

Peter lachte auf, ein Ton, der vor Spott und Amüsement vibrierte. „Assistent? Eher wie ein Sklave. Oder ein Hofnarr. Smee macht alles, was Hook verlangt, egal wie lächerlich oder unmöglich es ist. Und manchmal verlangt Hook einfach absichtlich etwas Unmögliches, nur um Smee scheitern zu sehen."

Ich sah wieder hinunter auf das Schiff. Smee hatte inzwischen eine Flasche aus einem Fass gezogen und war dabei, sie eilig zu entkorken, vermutlich um sie Hook zu bringen. Doch in seiner Eile stolperte er über ein Tau, schwankte, und die Flasche flog beinahe über Bord. Gerade noch rechtzeitig fing er sie wieder auf, nur um sich dann hektisch umzusehen, ob jemand sein Missgeschick bemerkt hatte.

„Warum bleibt er bei Hook?" fragte ich und war gleichermaßen fasziniert wie verwirrt. „Er scheint nicht gerade begeistert von seiner Arbeit zu sein."

Peter ließ das Fernrohr sinken und grinste mich an, als hätte ich etwas Naives gesagt. „Weil er Angst hat. Wie jeder auf diesem Schiff. Hook regiert mit Schrecken, und niemand hat den Mut, sich gegen ihn aufzulehnen – nicht einmal Smee. Aber keine Sorge, Harlow, wir werden ihm bald ein wenig... Abwechslung bieten."

Bevor ich antworten konnte, hatte Peter das Fernrohr zurück in seine Tasche gesteckt. Er wandte sich mit einem entschlossenen Funkeln in den Augen zu mir um. „Komm mit, Harlow," sagte er, seine Stimme vor Abenteuerlust vibrierend. „Wir fliegen zu ihnen."

Mein Herz setzte einen Moment aus. „Zu ihnen? Zu den Piraten?"

Peter nickte, als wäre es das Selbstverständlichste der Welt. „Natürlich. Du wolltest doch Abenteuer erleben, oder nicht?"

Ohne auf eine Antwort zu warten, packte er meine Hand, und ich hatte kaum Zeit, Luft zu holen, bevor wir uns in die Luft erhoben. Der Gedanke an das Chaos, das uns auf diesem Schiff erwartete, ließ meine Haut prickeln – vor Aufregung oder Angst, das konnte ich noch nicht sagen.

Ich war mir sicher, dass es keine gute Idee war, mich direkt zum gefährlichsten Ort dieser Insel zu bringen. Besonders, weil ich keinerlei Ahnung hatte, wie ich mich verteidigen sollte. Während wir durch die Luft flogen, schlich sich ein unangenehmes Gefühl in meinen Magen, als würde sich eine düstere Gewitterwolke langsam in mir breitmachen, obwohl der Tag zuvor so strahlend und schön gewesen war. Ich konnte das bedrohliche Gefühl nicht abschütteln. In meinem Kopf wirbelten Gedanken umher – was, wenn etwas schiefging? Was, wenn Peter und ich nicht rechtzeitig fliehen konnten? Was, wenn die Piraten uns erwischten?

„Peter!", rief ich plötzlich, meine Stimme besorgt und zittrig, als ich bemerkte, dass wir immer weiter in die Richtung des Schiffes steuerten. Der Wind, der uns noch vor wenigen Momenten den Atem genommen hatte, fühlte sich nun wie eine kalte Drohung an.

Ich versuchte, mich an den Jungen zu klammern, doch ich konnte seinen Körper kaum noch spüren. Ich flog nicht mehr – es war bloß Peter, der mich in der Luft hielt, und je näher wir dem gefährlichen Schiff kamen, desto mehr schien mein Mut zu schwinden.

Meine Gedanken, die eben noch von Begeisterung erfüllt waren, wichen der Angst, die sich wie ein dichter Nebel in meinen Kopf schlich. Alles, was mir in den Sinn kam, war die Vorstellung, wie wir inmitten von Piraten landen würden, ohne dass ich wusste, wie ich mich verteidigen sollte.

Die süße Vorstellung von einem Abenteuer hatte sich schlagartig in etwas Dunkles verwandelt – ein Monster, das sich hinter einer glänzenden Fassade versteckte. Die Anspannung kroch wie ein kaltes Kribbeln meinen Rücken hinauf, während sich die Welt unter uns immer mehr ausdehnte. Alles, was mir von diesem Moment noch klar war, war das beklemmende Gefühl der Gefahr.

„Peter!", rief ich erneut, aber dieses Mal war meine Stimme panisch, die Worte hingen in der Luft und verflogen viel zu schnell.

Ich konnte es nicht fassen, wie schnell sich alles verändert hatte. Meine Hand rutschte von Peters Arm, als er plötzlich nach Luft schnappte. Die Welt drehte sich, und ich spürte, wie sein Griff sich lockerte. Die unsichtbare Leine, die uns verbunden hatte, zerbrach mit einem Mal. Mein Herz raste, als ich die schreckliche Wahrheit begreiflich wurde – ich stürzte.

Captain Hook und die Kunst der Dramatik

Der Aufprall meines Körpers auf die knarrenden Dielen der Jolly Roger ließ ein Geräusch ertönen, das in meinen Ohren wie das Donnergrollen eines aufziehenden Sturms klang – laut und unaufhaltsam, als wäre die ganze Gewalt der Natur in diesem Moment auf mich herabgefallen.

Ich war aus schwindelerregender Höhe gestürzt, der Fall hatte mich mit aller Wucht getroffen, und für einen Moment konnte ich kaum glauben, dass ich noch atmete. Alles fühlte sich taub an, als ob mein Körper nicht mehr mein eigener war. Doch der Schmerz, der plötzlich in meiner Schulter aufbrach, durchbrach die Lähmung wie ein blitzschneller Schlag. Es war ein schneidender, nagender Schmerz, der mich sofort wieder ins Hier und Jetzt katapultierte.

Keuchend ließ ich die Luft aus meinen Lungen, versuchte, mich irgendwie aufzurappeln, doch meine Glieder schienen gegen mich zu arbeiten, als wäre der Boden selbst gegen mich. In diesem Moment, als ich versuchte, meinen Kopf zu heben und ihn hochzuhalten, hörte ich schwere, dröhnende Schritte. Sie hallten über das Deck der Jolly Roger und ließen jedes einzelne der holprigen Planken erbeben. Die Schritte kamen näher, drängten sich förmlich in meine Wahrnehmung, als wären sie nicht nur aus Fleisch und Blut, sondern aus purem Sturm gemacht. Ich wusste sofort, wer es war. *Captain Hook.*

Ich konnte es fühlen – ein kaltes, unheilvolles Ziehen in der Luft, das selbst die Sonne, die den Regen abgelöst hatte, über uns nicht zu vertreiben vermochte. Sie schien grell und unbarmherzig am blauen Himmel zu brennen, ihre Strahlen schienen den Deck des Schiffes zu versengen. Doch der Glanz des Sonnentages vermochte es nicht, die Dunkelheit zu vertreiben, die sich wie ein unsichtbares Netz über der Jolly Roger legte.

Der Schatten des Mannes, der sich näherte, wirkte riesig, wie ein unaufhaltsames Ungeheuer, das sich über das Schiff bewegte. Doch als ich versuchte, den Rest der Piraten zu sehen, die sich ebenfalls um mich versammelt hatten, verschwammen ihre Silhouetten in einem seltsamen Nebel, als ob die Sonne in ihrem Glanz zu viel für meine Augen war. Es war, als wäre die Welt um mich herum verzerrt, als ob mein Blick von einer unsichtbaren Mauer blockiert wurde. Ich konnte den Hauch von Bewegung wahrnehmen, die Form der Männer, ihre Schatten auf dem Deck, aber ihre Gesichter, ihre Merkmale – alles schien mit einem Schleier bedeckt, als ob sie in einer anderen Dimension existierten.

„Du bist gefallen", erklang eine tiefe, samtige Stimme über mir, und ich spürte, wie der Boden unter mir erzitterte. Ich wusste, dass Hook vor mir stand, der Kapitän, der Mann, vor dem Peter Geschichten erzählt hatte. Meine Augen, noch verwirrt von dem Sturz und dem schmerzenden Körper, hingen wie gelähmt an seinem Bild. Mit einem schmerzerfülltem Ächzen setzte ich mich auf.

„Ich sehe, Peter Pan hat dir von mir erzählt", triumphierte der Mann, und der Klang seiner Stimme war wie das leise Knistern von Stahl, der aufeinanderprallt. Er trat einen Schritt näher, sein Schatten wuchs riesig und düster, bis er mich beinahe ganz umhüllte.

Ein Schauder jagte mir über den Rücken, als er sich über mich beugte, mich mit einem Blick durchdringend musterte. Seine Augen, ein frostiges, glühendes Blau, glitzerten gefährlich. Er war der lebende Alptraum eines jeden Kindes – ein Albtraum, den ich gerade in diesem Moment nicht mehr nur hörte, sondern spürte.

„Wie heißt du, mein Kind?" fragte er fast beiläufig, als hätte er das Spiel längst gewonnen. Sein Tonfall war von der Art, dass es einem das Blut in den Adern gefrieren ließ.

Ich öffnete meinen Mund, doch plötzlich war er so trocken wie Staub. „Harlow", stotterte ich, doch mein Name kam mir nur schwer über die Lippen. „Harlow Lorelei", fügte ich schnell hinzu, doch meine Stimme zitterte, als wäre sie selbst von der kalten Bedrohung, die er ausstrahlte, erfasst worden.

Captain Hook summte meinen Namen, als wäre er ein Gedicht, das er genüsslich auf der Zunge zergehen ließ. „Harlow Lorelei", wiederholte er, und die Worte schienen mit einer finsteren Musik in der Luft zu tanzen. Sein Blick, kühl und schneidend, funkelte vor einem harten, unbarmherzigen Interesse.

Mit einer fast beiläufigen Bewegung hob er seine Hakenhand. Der metallene Haken glänzte in der Sonne, und die scharfe Spitze fuhr langsam, fast verspielt, durch meine dunklen Locken. Ein kaltes Frösteln durchzog mich, als er die Haare berührte, doch ich konnte mich nicht rühren, als stünden meine Füße in Eis. Er war wie ein Räuber, der mit der Beute spielte, bevor er sie verschlang.

„Lange wirst du nicht bei deinem Peter bleiben", murmelte er dann, seine Stimme tief und voller Drohungen, die sich wie schneidende Klingen anfühlten. Die Worte flogen durch die Luft, hingen schwer und bedrohlich zwischen uns. Und dann, wie aus dem Nichts, brach die gesamte Piratencrew in schallendes Gelächter aus. Es war kein freudiges, lebendiges Lachen. Nein, es war das grausige, höhnische Lachen von Menschen, deren Herzen genauso hart und unerbittlich waren wie das Schiff, das sie bewohnten. Ihre Stimmen vermischten sich mit dem Wind und dem Rauschen des Meeres, das das Schiff umtoste, ein unaufhörliches, wildes Toben, das meinen ganzen Körper in Schwingung versetzte.

Ich fühlte, wie das Blut in meinen Adern gefror, wie ein schrecklicher Druck auf meiner Brust lastete. Wo war Peter? Warum war er nicht hier, um mich zu retten? Warum war er nicht da, um diesem Albtraum ein Ende zu setzen?

Doch inmitten der Dunkelheit, die mich umhüllte, war da dieses Gefühl – eine wachsende, unerklärliche Angst, dass ich vielleicht nicht gerettet werden würde. Dass dieser Mann, dieser furchterregende Captain Hook, vielleicht nicht einfach nur eine Bedrohung war.

„Aber meine Lieben," begann Hook, seine Stimme triefend vor gespielter Freundlichkeit, während er sich zur Crew wandte. Er ließ sich Zeit, genoss es, die Spannung aufzubauen, wie ein Puppenspieler, der die Fäden in der Hand hält. „...wie ist sie das hundertste Kind...", fuhr er fort, und plötzlich wandelte sich sein Ton. Er wurde düster, bedrohlich, wie das tiefe Grollen eines Donners, das einen Sturm ankündigte. „...wenn sie gar kein Kind mehr ist?"

Seine Worte hallten in meinem Kopf wider, wie ein Echo in einer tiefen, dunklen Höhle. Was meinte er? Hundertste Kind? *Kein* Kind mehr? Ich verstand es nicht. Das Gewicht seiner Aussage schien etwas Großes zu verbergen, etwas, das ich nicht begreifen konnte, egal wie sehr ich es versuchte.

Mein Atem ging flach, mein Herz pochte schneller. Peter hatte mich auch danach gefragt, ob ich erwachsen war – aber ich hatte nicht gedacht, dass es so wichtig sein könnte. Warum spielten sie beide dieses seltsame Spiel mit meinem Alter?

„Du bist doch kein Kind mehr, oder?" Hooks Stimme war jetzt kaum mehr als ein leises Säuseln, das dennoch durchdringender war als jedes Geschrei. Es kroch mir in die Ohren und jagte mir eine Gänsehaut über den Rücken. Ich spürte die Härte seiner Worte, als wären sie physische Dinge, die sich in meine Haut bohrten. Was wollte er damit sagen? Natürlich war ich ein Kind.

Meine Gedanken wirbelten durcheinander, suchten verzweifelt nach einer Antwort, die einfach nicht zu kommen schien. Was machte einen Menschen überhaupt zu einem Kind? War es das Alter? Oder die Art, mit der man die Welt sah?

„Du weißt, dass du erwachsen bist," fuhr Hook fort, und sein Ton wurde härter, fordernder. Seine Augen fixierten mich mit einer Intensität, die mich nicht entkommen ließ, selbst wenn ich es versucht hätte. „Du kannst es fühlen, nicht wahr?"

Ich öffnete den Mund, wollte protestieren, wollte schreien, dass er falsch lag – aber die Worte blieben mir im Hals stecken.

Der Wind trug eine vertraute, helle Stimme über das Deck – klar, entschlossen und so kraftvoll, dass sie wie ein Lichtstrahl die Dunkelheit durchbrach: „Sie ist nicht erwachsen! Nicht wie du, Hook!"

Mein Kopf ruckte herum, und in diesem Moment schien mein Herz vor Erleichterung einen gewaltigen Sprung zu machen. *Peter.* Da war er, strahlend und unerschütterlich, wie ein Held aus einem Märchen, der genau im richtigen Augenblick auftauchte.

Der Anblick seiner frechen Miene, seiner aufrechte Haltung und der unverwechselbare Klang seiner Stimme lösten einen Knoten in mir, von dem ich nicht einmal wusste, dass er sich gebildet hatte. Ich spürte, wie der Druck, der mich umklammert hatte, plötzlich nachließ, und meine Angst schmolz wie Eis in der Sonne.

Peter schoss heran wie ein Pfeil, ein Wirbel aus grünem Stoff und wilder Energie. Sein Schatten, der größer und unruhiger wirkte als sonst, tanzte über das knarrende Holz der Jolly Roger, ehe er in einem geschmeidigen Schwung direkt neben mir landete. Für einen Moment hatte ich das Gefühl, dass alles um uns herum stillstand, als wäre allein seine Präsenz genug, um die Welt anzuhalten.

Sein Grinsen war so breit und unerschrocken wie immer, eine freche Herausforderung, die ihn fast unantastbar erscheinen ließ. Doch ich, die ihn so nah vor mir hatte, konnte mehr erkennen – die Anspannung in seinen Schultern, das harte Funkeln in seinen Augen. Er war wütend, eine stille, zähe Wut, die er nur knapp unter der Oberfläche hielt.

„Peter Pan!" Der Name zischte aus Hooks Mund, ein Fluch, der über das Deck peitschte. Der Kapitän wirbelte zu uns herum, seine Bewegungen so elegant und tödlich wie die eines Raubtiers. Die bedrohliche Aura um ihn schien dichter zu werden, als er mich vollständig ignorierte und sich auf Peter konzentrierte.

Mit einer einzigen Bewegung zog Hook seinen Säbel, die silberne Klinge glitzerte im gleißenden Sonnenlicht. Er richtete die Spitze direkt auf den Jungen, sein Haken blitzte unheilvoll an seiner Seite. „Wie mutig von dir, hierher zurückzukehren," fauchte er, seine Stimme gefährlich leise, ein Vorbote der Gewalt, die in ihm brodelte.

Peter jedoch schwebte leichtfüßig in der Luft, als sei die Bedrohung vor ihm nicht der gefürchtetste Pirat auf dem Nimmerland, sondern ein harmloser Spielgefährte. Seine Haltung war scheinbar lässig, fast nachlässig, doch seine Augen waren scharf wie der Dolch, den er mit einer schnellen, geschickten Bewegung aus seinem Gürtel zog. Die kleine Klinge schien in der Sonne zu singen, ihr Glanz so klar und entschlossen wie ihr Besitzer.

„Ja, ich," erwiderte Peter, seine Stimme voller jugendlicher Überlegenheit, als könnte nichts und niemand ihn brechen. „Hast du mich vermisst, Captain?"

Die Worte ließen ein gefährliches Lächeln auf Hooks Lippen erscheinen, eines, das eher einem Raubtier als einem Menschen gehörte. „Vermisst?" wiederholte der Kapitän, während er einen Schritt näher trat, seine Stimme ein dunkles, seidenweiches Versprechen. „Oh, Junge, du wirst bald erfahren, was es heißt, jemanden wirklich zu vermissen."

Ich konnte nicht anders, als den Blick zwischen den beiden hin- und herzuwandern. Hook und Peter, zwei Kräfte, so unterschiedlich wie Tag und Nacht, und doch spürte ich, dass sie durch eine düstere, unausgesprochene Verbindung aneinandergekettet waren.

Peter ließ ein spöttisches Lachen hören, ein Klang, der wie eine Herausforderung in der Luft lag. „Sie wird niemals wie du sein!" Seine Stimme war eine Waffe, scharf und sicher.

Bevor ich begreifen konnte, was geschah, stürzte sich Peter mit einer fließenden Bewegung auf Hook. Seine Klinge raste mit blitzender Präzision auf den Kapitän zu. Der Aufprall war ohrenbetäubend. Peters Dolch prallte gegen Hooks Säbel, und ein Funkenregen schoss durch die Luft, während das Metall mit einem scharfen Kreischen aufeinander traf.

Hook grinste, ein unheimliches, selbstsicheres Lächeln, das Peter nicht zu beeindrucken schien. Doch ich konnte etwas Dunkles in diesem Grinsen sehen, etwas, das mir eine Gänsehaut über den Rücken jagte. Es war, als hätte Hook ein Geheimnis, das ihn unerschütterlich machte.

„Warte nur ab", flüsterte er mit einer Stimme, die gefährlich leise war. Seine Augen funkelten wie die einer Schlange, bereit, zuzuschlagen. „Sie ist schon wie ich."

Die Worte trafen mich wie ein Schlag in den Magen. Was meinte er? Mein Atem stockte, und ich fühlte, wie mein Herz schneller zu schlagen begann. Der Wind um uns herum schien lauter zu heulen, und für einen Moment schien die Welt sich langsamer zu drehen.

Peter ächzte wütend, schwang seinen Dolch erneut und zwang Hook zurück. „Das ist eine Lüge!" schrie er, seine Stimme klang jetzt rau vor Zorn. „Sie ist nichts wie du!"

Doch Hook wich nicht zurück. Sein Lächeln blieb bestehen, ein finsterer Ausdruck der Überlegenheit, während er mit gezielten, geschmeidigen Bewegungen Peters Angriffe parierte. Jeder Hieb von Peter wurde von einem flinken Manöver des Kapitäns abgewehrt, und das Geräusch von Metall, das auf Metall traf, hallte über das Deck wie ein unheilvolles Lied.

„Du kannst nicht für sie sprechen, Peter", zischte Hook und trieb Peter mit einem plötzlichen Vorstoß zurück. „Das ist das Problem mit dir. Du glaubst, alles gehört dir – die Kinder, das Nimmerland, sogar die Zeit. Aber weißt du, was das Nimmerland wirklich ist?"

Peter antwortete nicht, sondern griff erneut an, doch Hook wich aus, wie ein Tänzer, der die Schritte seines Partners bereits kennt.

„Es ist ein Käfig", fuhr Hook fort, während er mit einer mühelosen Drehung Peters Klinge blockierte. „Und jeder Käfig hat seinen Schlüssel. Manche sind bereit dazu, ihn zu benutzen... und manche sind einfach blind für ihre eigenen Ketten."

Während die scharfen Klingen von Hook und Peter in einem unheilvollen Duett aufeinander trafen, duckte ich mich geduckt in die Schatten und begann, mich langsam in Richtung Gangway zu bewegen. Mein Herz raste, jede Faser meines Körpers war angespannt. Vielleicht, nur vielleicht, konnte ich diesem Albtraum entkommen.

Mit angehaltenem Atem schlich ich vorwärts, Schritt für Schritt, während das Deck der Jolly Roger unter meinen Füßen widerwillig knarrte. Das Holz klang, als protestiere es gegen jeden meiner Bewegungen, ein stetes Warnsignal in der bedrückenden Stille.

Hinter mir dröhnte das metallische Klingen von Säbel gegen Dolch, ein gnadenloser Kampf, der wie ein unbarmherziger Sturm über das Deck tobte. Doch die Geräusche schienen von mir abzuprallen, ihre Bedeutung wie von einem Nebel verschluckt – mein einziger Gedanke galt der Planke vor mir, dieser schmalen, wackeligen Brücke zur Freiheit.

Die Planke kam näher, schien mit jedem zögernden Schritt größer und greifbarer zu werden. Ich hielt den Atem an, wagte es nicht, über die Schulter zu blicken. Ich konnte mir Peters Gesicht vorstellen – grimmig und entschlossen – und Hooks finstere Augen, die nur darauf warteten, einen Fehler auszunutzen. Doch ich durfte nicht zögern. Nicht jetzt.

Mein Herz schlug wie ein Trommelfeuer, als ich mich der Planke näherte. Die frische, salzige Meeresbrise, die um meine Nase wehte, wirkte wie ein Hauch von Hoffnung.

Dann geschah es.

Mein Fuß trat auf eine lose Diele, und das Geräusch war wie ein Schuss in der Stille. Ein langes, klagendes Knarren durchbrach den Moment und hallte über das Deck. Mein Herz raste, als die Zeit für einen Wimpernschlag stillzustehen schien. Ich fühlte, wie das Blut in meinen Ohren rauschte, und schaffte es kaum zu atmen. Vielleicht hatten sie es nicht gehört. Vielleicht waren die Geräusche des Kampfes laut genug, um mich zu decken.

Doch diese Hoffnung zerschlug sich, als eine schrille Stimme den Moment zerriss. „Sie entkommt!" Es war Smee. Sein Ruf durchbohrte die Luft wie eine Pfeife, laut genug, dass jede Bewegung auf dem Deck zum Stillstand kam. Meine Nackenhaare stellten sich auf.

Ein kalter Schauer lief mir über den Rücken, als schwere Schritte auf mich zukamen. Ich drehte mich langsam um, mein Körper starr vor Angst. Smee, mit seiner schmuddeligen Mütze und dem triumphierenden Grinsen, hatte mich erspäht. Seine kleinen, gierigen Augen funkelten, als hätte er gerade den größten Fang seines Lebens gemacht. „Dich kriegen wir nicht so leicht los", schnarrte er und machte sich bereit, zuzupacken.

Bevor ich überhaupt reagieren konnte, spürte ich, wie zwei kräftige Hände mich grob am Kragen packten. Meine Hände griffen ins Leere, während Smee mit einem höhnischen Grinsen an meinen Schultern zerrte. „Wo willst du denn hin, Mädchen?"

Seine Stimme triefte vor Spott, und ich konnte den Geruch von Tabak und Salz in seiner Nähe kaum ertragen. Mit einem Ruck zog er mich zurück aufs Deck, und meine Beine schleiften über die rauen Holzplanken. Die Splitter schabten an meinen Knien, und ein scharfer Schmerz durchzuckte mich, als ich keuchend versuchte, mich loszureißen.

„Bleib doch still, es wird dir sowieso nichts nützen", murmelte er, mehr zu sich selbst als zu mir, während er mich mit einer geschickten Bewegung vor die Füße der anderen Piraten schleifte.

„Hier haben wir sie, Käpt'n!" rief er triumphierend, während er ein Bündel grober Seile aus seiner Tasche zog. Die raue Faser des Taus fühlte sich wie Feuer auf meiner Haut an, als er begann, meine Handgelenke mit erstaunlicher Geschicklichkeit zu fesseln. Der Knoten war fest und schmerzlich, jede Bewegung verstärkte das Brennen, als würde das Seil meine Haut durchschneiden.

Unterdessen war der Kampf zwischen Peter und Hook noch nicht entschieden. Die beiden wirbelten wie zwei Tänzer über das Deck, ihre Waffen ein ständiges Crescendo von Metall auf Metall. Aber trotz des Lärms drang meine Stimme hervor. „Bitte, lass mich gehen!", flehte ich, meine Augen auf Smee gerichtet, der sich über mich beugte.

Doch er lachte nur rau, seine Augen glitzerten vor Schadenfreude. Mit einem leichten Stoß ließ er mich zu Boden fallen, meine Wange schlug auf die harten Planken. „Du bist jetzt ein Fang der Jolly Roger, Mädchen. Daran wirst du dich gewöhnen müssen."

Die angespannte Stille des Chaos wurde plötzlich von einer Stimme durchbrochen – tief, ruhig, und dennoch so durchdrungen von Bedrohung, dass sie wie ein Messer durch die Luft schnitt: „Lass sie frei, Smee."

Es war Hook.

Seine Worte schienen die Zeit selbst anzuhalten. Die Piraten verstummten sofort, ihre Gesichter wie eingefroren, während sie sich langsam zu ihrem Kapitän umwandten. Der Wind, der eben noch die Segel geschlagen hatte, schien den Atem anzuhalten. Smee, der noch einen Moment zuvor so sicher und überheblich gewirkt hatte, erstarrte. Sein breites Grinsen verschwand, und er sah verwirrt auf, seine Hände immer noch an den Seilen, die meine Fesseln bildeten.

„Aber Captain..." begann er zaghaft, der typische Unterton von Gehorsam in seiner Stimme, doch er kam nicht weit. Ein scharfer, durchdringender Blick von Hook genügte, um ihm die Worte im Hals gefrieren zu lassen. Smee senkte rasch den Kopf, als hätte er in die Sonne gestarrt, und murmelte ein leises „Aye, Captain."

Seine Hände zitterten leicht, als er begann, die Knoten zu lösen, aber seine Bewegungen waren eilig, fast so, als könnte er es sich nicht leisten, Hooks Befehl auch nur einen Herzschlag länger hinauszuzögern.

Ich blinzelte, meine Gedanken ein Durcheinander aus Fragen und Ungläubigkeit. Warum ließ er mich frei? Eben noch hatte ich mich in der sicheren Überzeugung befunden, dass ich ein Spielzeug in den Händen dieser Piraten war, ausgeliefert, gefangen, mit nichts als der Hoffnung auf Peters Rückkehr. Und jetzt – ließ Hook mich tatsächlich gehen? Seine Stimme, seine Worte, die leise, aber unmissverständlich klangen, hallten in meinem Kopf wider. Hatte ich etwas übersehen? War das eine Falle? Nichts an diesem Mann schien mir vertrauenswürdig, und dennoch war er es, der meine Freiheit anordnete. Die Verwirrung pochte wie eine zweite Wunde in meinem Kopf, während die Seile langsam von meinen Gelenken rutschten.

Peter ließ sich von Hooks Bemerkung nicht beeindrucken – zumindest ließ er es sich nicht anmerken. Sein Blick war scharf und abwehrend, sein Körper wie ein Schutzschild zwischen mir und dem Kapitän. Der Dolch in seiner Hand blitzte im Sonnenlicht, und seine Haltung war angespannt, bereit für den nächsten Angriff. „Was hast du mit ihr vor?" fragte er, seine

Stimme scharf wie die Klinge, die er hielt. Es war keine Bitte um Informationen, sondern eine Forderung, die keine Ausflüchte duldete.

Hook verzog die Lippen zu einem Lächeln, das vor triumphierender Selbstgewissheit strotzte. Es war ein Ausdruck, der mir eine Gänsehaut über den Rücken jagte, als wüsste er mehr, als er jemals aussprechen würde.

„Nichts", antwortete er leichthin, doch die dunkle Note in seiner Stimme ließ den simplen Satz wie eine Drohung klingen. „Ich lasse sie gehen. Aber sie wird zurückkommen. Früher oder später."

Seine Worte trafen mich wie ein Schlag. Es war nicht die Tatsache, dass er mich gehen lassen wollte, die mich beunruhigte, sondern die unerschütterliche Sicherheit in seiner Stimme. Es war, als hätte er ein Geheimnis, das mich in seinen unsichtbaren Fäden hielt, ohne dass ich es verstand. Seine Augen, kalt und berechnend, schienen die ganze Zeit über nur mich zu fixieren, selbst während er mit Peter sprach.

Peter schien sich nicht von Hooks Selbstsicherheit beeindrucken zu lassen. Ohne eine weitere Sekunde zu zögern, packte er meinen Arm, sein Griff fest und unnachgiebig. Mit einer schnellen Bewegung zog er mich auf die Beine. Der plötzliche Ruck ließ mich taumeln, aber er ließ mir keine Zeit, mich zu sammeln. Mit einem gezielten Hieb seines Dolches durchtrennte er die groben Seile, die meine Gelenke umschlossen. Die Erleichterung, wieder frei zu sein, wurde durch die brennende Erinnerung an die Seile überschattet.

„Komm," sagte Peter knapp, seine Stimme kurz angebunden und dringend. Es war keine Einladung, sondern ein Befehl. Ehe ich protestieren oder überhaupt nachdenken konnte, hatte er meinen Arm erneut ergriffen. Mit einem einzigen kräftigen Stoß stiegen wir in die Luft. Der plötzliche Wind, kühl und erfrischend, schlug mir ins Gesicht, und die Freiheit des Fliegens breitete sich um mich aus. Doch mein Herz raste vor Angst und Erschöpfung.

Unter uns wurde die Jolly Roger kleiner und kleiner, ihr beeindruckendes Segel schrumpfte zu einem winzigen Fleck auf der leuchtend blauen See. Die Geräusche der Piraten und des tobenden Ozeans verschwanden mit der Entfernung, bis nur noch der Wind um uns rauschte. Doch die Ruhe, die mich in der Höhe umgab, konnte die Unruhe in meinem Inneren nicht besänftigen.

Hooks Worte hallten in meinem Kopf wider, wieder und wieder, wie das Echo eines unausweichlichen Schicksals. *„Früher oder später."* Was meinte er damit? Warum war er sich so sicher, dass ich zurückkehren würde? Jede Silbe seines Satzes schien von einem Wissen durchdrungen zu sein, das mir verborgen blieb, und genau das machte es so beängstigend.

Ich riskierte einen Blick zu Peter. Er wirkte ruhig, aber die Anspannung in seinem Gesicht war nicht zu übersehen. War er ebenso verwirrt wie ich? Oder wusste auch er etwas, das ich nicht wusste?

Fliegende Stiefel

Die warme, süße Luft des Nimmerlands umhüllte mich wie eine liebevolle Umarmung und ließ meine blasse Haut sanft prickeln. Sie trug den Duft von salzigem Meer, blühenden Blumen und einem Hauch von Abenteuer mit sich – ein Geruch, der so einzigartig war, dass ich ihn niemals vergessen würde. Während wir durch den azurblauen Himmel flogen, schien die Welt unter uns fast stillzustehen. Die endlosen Grüntöne der Wälder, das Glitzern der Flüsse und das silberne Funkeln der Wasserfälle wirkten wie ein lebendes Gemälde, gemalt von einer unsichtbaren Hand.

In meinem Inneren begann etwas zu erwachen, das ich seit einer gefühlten Ewigkeit nicht mehr gespürt hatte: *Glück*. Nicht das flüchtige, oberflächliche Glück, das man empfand, wenn ein Wunsch in Erfüllung ging, sondern ein tiefes, reines Glück, das wie eine Blume in mir erblühte – ein Glück, das mit jeder Sekunde stärker wurde, als hätte ein warmer Regen alle Ängste und Zweifel fortgespült.

Peter flog vor mir her, so schnell und wendig wie ein Vogel im Wind. Sein Tempo war atemberaubend, seine Bewegungen so mühelos, dass ich mich fragte, ob er überhaupt je etwas anderes gekannt hatte als das Fliegen. Ich hatte Mühe, mit ihm mitzuhalten, doch das berauschende Gefühl des Fliegens ließ mich nicht los.

Es war, als würde die Schwerkraft keinen Einfluss mehr auf mich haben, als sei ich endlich frei von allen Lasten, die mich jemals zu Boden gezogen hatten.

„Peter!" Meine Stimme durchbrach die Stille zwischen uns, ein Ruf, der sowohl neugierig als auch dringlich klang.

Er verlangsamte, drehte sich in der Luft und ließ seine Füße fast beiläufig über eine Wolke streifen, während er mich fragend ansah. Sein Gesicht wirkte unbeschwert, doch in seinen Augen lag eine Wärme, die mich beruhigte und zugleich neugieriger machte.

Ich holte tief Luft, bevor ich die Frage aussprach, die mir seit unserem Aufbruch von der Jolly Roger wie ein Dorn im Kopf steckte. „Was hat Hook damit gemeint?" Meine Stimme zitterte leicht, obwohl ich es zu unterdrücken versuchte. „Damit, dass ich so werden würde wie er?"

Peter wich meinem Blick aus und sah sich um. Seine Augen schienen das Land unter uns zu scannen, als suchte er eine Ablenkung. Wir flogen nun über die gewaltigen, majestätischen Berge, deren Gipfel schneebedeckt waren und in der Sonne funkelten wie Diamanten. Die kühle Brise, die von den Höhen herabkam, brachte eine willkommene Erfrischung, doch sie vertrieb nicht die Spannung, die meine Frage geschaffen hatte.

Schließlich seufzte Peter leise, ein Geräusch, das fast von der Windstille verschluckt wurde. „Ich weiß es nicht", sagte er und zuckte mit den Schultern, als sei die Frage bedeutungslos. Doch sein Gesicht verriet etwas anderes. In der harten Linie seines Mundes, im leichten Zucken seiner Augenbrauen konnte ich etwas erkennen – eine Unsicherheit, die nicht zu dem sorglosen Jungen passte, den ich bisher kannte.

„Sicher?" Ich ließ nicht locker, meine Stimme war jetzt fester, obwohl mein Herz schneller schlug.

Peter nickte langsam, aber das Nicken wirkte gezwungen, nicht wie die spontane, ehrliche Bewegung, die ich von ihm gewohnt war. „Er ist irre", sagte er schließlich, und sein Lachen klang hohl, ohne die übliche Fröhlichkeit, die seine Worte oft begleitete.

„Ich mache ihn irre."

Seine Worte hallten in mir nach, doch sie beruhigten mich nicht. Stattdessen pflanzten sie einen neuen Samen der Unruhe in mir. Peter klang, als wollte er die Sache abtun, als wäre Hooks Bemerkung nicht der Rede wert, aber etwas in seinem Ton ließ mich vermuten, dass er selbst darüber nachdachte – vielleicht sogar mehr, als er zugeben wollte.

„Komm, wir fliegen weiter", schlug Peter mit einem Hauch von Eile in seiner Stimme vor, und bevor ich antworten konnte, deutete er auf einen majestätischen Berggipfel in der Ferne. „Dorthin." Seine Augen funkelten vor Aufregung, die so ansteckend war, dass ich für einen Moment alles andere vergaß.

Er schoss davon, sein schlanker Schatten glitt über die Wipfel der Bäume, während ich ihm hinterherjagte. Der Himmel war ein tiefes, strahlendes Blau, von der Sonne erhellt, die schon vor Stunden aufgegangen war. Ihre Wärme küsste meine Haut, doch es war eine angenehme Wärme, die nicht überwältigte, sondern wie eine beruhigende Hand auf meinen Schultern lag. Der Wind strich sanft durch mein Haar, und die kühle Brise der Höhe schien die letzten Spuren von Angst aus meinem Inneren zu vertreiben.

Alles würde wieder gut werden, dachte ich und versuchte mich an diesem Gedanken festzuhalten. Peter war bei mir, und die dunklen Schatten der Jolly Roger wurden langsam zu einem blassen, unwirklichen Albtraum. Ich fühlte, wie Hoffnung in mir aufstieg, zart, aber beständig.

„Harlow!" Peters Stimme riss mich aus meinen Gedanken. Sie klang hell und fast spielerisch, doch da war auch etwas anderes – ein Funken echter Freude, der mich überraschte. Er war ein Stück voraus, flog jedoch in einer weiten Kurve zurück, um an meiner Seite zu schweben. „Wir sind fast da", rief er und deutete auf den Boden unter uns. „Wir müssen runter."

Ich runzelte die Stirn und sah ihn ungläubig an. „Jetzt schon?" fragte ich, erstaunt darüber, wie schnell die Distanz verschwunden war.

„Jetzt schon", bestätigte er mit einem schelmischen Grinsen, das ihm wie immer etwas Unbeschwertes verlieh, und griff nach meinem Arm. Seine Hand war warm, und seine Berührung hatte etwas Beruhigendes. Langsam begann er, mich nach unten zu ziehen. Der Waldboden unter uns rückte immer näher, und ich konnte die dichten Baumkronen sehen, die wie ein grünes Meer unter unseren Füßen wogten.

Als wir schließlich landeten, fühlte sich der Waldboden seltsam fest an unter meinen Füßen, als hätte ich vergessen, wie es war, nicht zu fliegen. Die Luft hier war dicker, erfüllt von dem Duft nach Moos, feuchter Erde und blühenden Pflanzen. Das Sonnenlicht, das durch die hohen Äste drang, tanzte in goldenen Flecken auf dem Boden, während der Wind ein leises Rascheln durch das Laub schickte.

Peter deutete auf einen kleinen Platz zwischen einem mächtigen Baum und einem üppig grünen Gebüsch. „Hierhin", sagte er und trat selbst einen Schritt zur Seite, als wolle er mir Raum geben. Ich folgte seiner Geste und trat auf den Platz, die weichen Blätter unter meinen Füßen knirschten leise.

„Gut", murmelte er schließlich, und ein Lächeln breitete sich auf seinem Gesicht aus – ein Lächeln, das zugleich geheimnisvoll und triumphierend wirkte. Er schien zu überlegen, während er mich ansah, doch er sagte nichts weiter. Ich spürte, wie meine Gedanken zu rasen begannen. Was hatte er vor? Warum hatte er mich hierhergebracht?

Peter entfernte sich ein paar Meter von mir, sein Blick konzentriert auf den Boden des dichten, grünen Waldes gerichtet. Seine Hände, schon schmutzig von Erde und Moos, wühlten zielgerichtet in einem Gebüsch neben mir. Ich beobachtete ihn, wie er mit einer kindlichen Begeisterung arbeitete, die gleichzeitig faszinierend und irritierend war. Seine Finger gruben in die feuchte Erde, als wäre dort ein Schatz vergraben, den nur er finden konnte.

„Hab's!" rief Peter triumphierend, seine Stimme durchdringend wie ein Glockenschlag im stillen Wald. Mit einem schnellen Ruck richtete er sich auf, den Blick voller Stolz auf das, was er in seinen schmutzigen Händen hielt. Ein ehemals weißes, nun jedoch dreckiges, graues Tuch baumelte zwischen seinen Fingern. Die Enden waren ausgefranst, die Oberfläche so fleckig, dass es aussah, als hätte es eine Ewigkeit in der feuchten Erde verbracht.

Er hielt es hoch wie eine Trophäe, sein breites Grinsen verriet mehr Freude, als der Zustand des Tuchs rechtfertigen konnte. Es war, als hätte er gerade einen Schatz entdeckt, der nur für ihn von Bedeutung war.

Ich zog die Stirn in Falten und trat vorsichtig einen Schritt näher. „Was ist das denn?" fragte ich, meine Stimme vor Abscheu über den Zustand des Fundstücks triefend. Mein Blick glitt von dem Tuch zu Peters Gesicht, das vor Begeisterung förmlich strahlte.

„Damit," begann er geheimnisvoll, während er einen Schritt auf mich zumachte, „muss ich jetzt deine Augen verbinden." Seine Augen funkelten verschmitzt, und ein Lachen, wie das eines Kindes, das etwas Verbotenes plant, brach aus ihm hervor.

„Was? Warum?" Ich wich zurück, doch meine Worte schienen ihn nur noch mehr zu amüsieren. Bevor ich auch nur den Hauch einer Chance hatte, zu verstehen, was geschah, sprang Peter vor wie ein Raubtier, flink und lautlos. Das Tuch war plötzlich vor meinem Gesicht, und er griff mit einer Entschlossenheit, die keinen Widerspruch duldete, nach meinem Kopf.

„Warte, was—?" begann ich, doch bevor ich den Satz vollenden konnte, legte sich das raue, nach Erde und Moos riechende Material über meine Augen. Dunkelheit verschluckte mein Sichtfeld, während ich spürte, wie Peters geschickte Finger das Tuch hinter meinem Kopf verknoteten.

„Peter! Das ist doch nicht nötig!" protestierte ich, aber er reagierte nicht auf meine Worte. Stattdessen zog er den Knoten so fest, dass ich glaubte, das Tuch wäre eins mit meiner Haut. Es war unangenehm, aber ich konnte spüren, wie Peter vor mir kicherte, als hätte er den größten Spaß seines Lebens.

„Hey, ich meine es ernst! Was soll das?" Ich hob die Hände, tastete nach dem Knoten, doch Peters Finger waren schon da, um meine Bewegungen abzuwehren. „Nichts da, Harlow! Es ist ein Geheimnis! Wenn du es siehst, ist es kein Geheimnis mehr."

„Was ist kein Geheimnis mehr?" Ich versuchte, meine Stimme fest zu halten, aber die Mischung aus Frustration und Neugier war unüberhörbar.

„Unser Zuhause", erklärte er schließlich. Seine Stimme klang jetzt ruhiger, aber immer noch voller Energie. „Niemand darf wissen, wo es ist. Stell dir vor, du erzählst es jemandem. Oder noch schlimmer – Hook findet es heraus!"

„Warum sollte ich—" begann ich erneut, doch er schnitt mir das Wort ab, indem er mir sanft, aber bestimmt die Hände von meiner Augenbinde nahm.

„Vertrau mir einfach. Ich führe dich, okay?" Seine Stimme war näher an meinem Ohr, als ich erwartet hatte, und in ihr lag eine Ernsthaftigkeit, die mich kurz innehalten ließ.

Seine Hände griffen nach meinem Arm, nicht unfreundlich, aber mit Nachdruck. „Komm schon", flüsterte er, und ich spürte, wie er mich langsam vorwärts zog. Blind wie ein Maulwurf ließ ich mich widerwillig leiten, jeder Schritt war ein kleiner Akt des Vertrauens. Das Rascheln von Blättern und das Knacken von Zweigen unter meinen Füßen hallte in meinen Ohren lauter als sonst.

„Peter, ich hoffe, du weißt, was du tust", murmelte ich, während er mich tiefer in die unheimliche Dunkelheit des Waldes zog. Meine Stimme zitterte leicht, und ich wusste nicht, ob es an der kalten Feuchtigkeit lag, die durch meine Kleidung kroch, oder an dem schleichenden Gefühl von Unsicherheit, das mich überkam. Blindlings auf ihn angewiesen, spürte ich jeden Schritt intensiver als sonst – das leise Knirschen von Blättern unter meinen Füßen, das scharfe Stechen eines Astes, der an meinem Schienbein entlangkratzte.

„Pass auf deine Beine auf," sagte Peter plötzlich, seine Stimme so beiläufig, als würde er mir mitteilen, dass es regnete. Ich blieb stehen und wollte nachfragen, was er meinte, als plötzlich ein fremdartiges Geräusch die Stille durchbrach. Es war ein langgezogenes, tiefes Knarren, wie das Schleifen von schweren Seilen durch Ösen, gefolgt von einem Klirren. Irgendetwas – ein Mechanismus? – schien sich vor uns zu öffnen. Das Geräusch hallte in der bedrückenden Stille nach, und ich zuckte unwillkürlich zusammen.

„Was war das?" fragte ich alarmiert, mein Herz begann schneller zu schlagen. Doch Peter ignorierte meine Frage völlig. Stattdessen löste sich seine Hand von meinem Arm, was mich noch unsicherer machte.

„Los, lauf schon," sagte er knapp, seine Stimme jedoch zu heiter, als wäre alles ein Spiel, das nur er verstand. Ich hörte, wie seine Schritte von mir weggingen, leicht und flink wie immer. Er klang… amüsiert.

„Peter?" fragte ich erneut, meine Stimme lauter, unsicherer. „Wohin gehst du?" Aber er antwortete nicht. Stattdessen hörte ich ein leises Kichern, das von irgendwo hinter mir kam und wie ein Echo zwischen den dichten Baumstämmen tanzte.

Ich zögerte, meine Füße wie festgeklebt an den Boden, doch das Gefühl, beobachtet zu werden, drängte mich schließlich, einige Schritte nach vorn zu machen.

Die Dunkelheit schien mich zu verschlucken, die Luft wurde schwerer, kühler. Es war, als ob der Wald selbst den Atem anhielt, während ich mich in seiner Mitte verlor. Keine Geräusche von Tieren, kein Wind, nur das leise Rascheln, wenn ich einen Fuß vorsichtig vor den anderen setzte.

„Peter!" rief ich, meine Stimme hallte hohl durch die gespenstische Stille. Plötzlich spürte ich, wie etwas unter meinen Füßen nachgab. Erde löste sich und rollte wie Staubkörner von einer Kante. Ehe ich begreifen konnte, was geschah, verlor ich den Halt. Der Boden verschwand unter mir.

„Ah!" schrie ich, als ich abrupt zu rutschen begann. Die Geschwindigkeit nahm zu, und meine Hände tasteten panisch nach Halt, fanden jedoch nichts als bröckelige Erde und kleine Wurzeln, die aus dem Boden ragten. Es fühlte sich an, als rutsche ich unaufhaltsam einen engen Tunnel hinunter, während der Druck des fallenden Tuchs über meinen Augen mich weiter in die Dunkelheit trieb.

„Peter! Was passiert hier?!" schrie ich erneut, aber er antwortete nicht. Sein Kichern war längst verstummt, und das einzige Geräusch, das blieb, war das Kreischen von Erde und Steinen, die sich mit mir hinabbewegten. Mein Herz raste, meine Hände schürften auf, als ich versuchte, die Rutschpartie irgendwie zu bremsen.

Schließlich endete die steile Abwärtsbewegung so plötzlich, wie sie begonnen hatte. Ich prallte hart auf etwas Festes, und die Wucht des Aufpralls raubte mir für einen Moment die Luft. Taumelnd lag ich da, während sich ein dumpfer Schmerz durch meine Glieder zog.

Mit zitternden Händen griff ich nach der Augenbinde und fummelte hektisch an dem Knoten, bis ich ihn lösen konnte. Als das Tuch von meinen Augen fiel, blinzelte ich verwirrt. Was war das hier?

Der Raum, in den ich gefallen war, umgab mich wie eine bedrückende, lautlose Kapsel. Die Luft war schwer, erfüllt von dem erdigen Geruch von feuchtem Schlamm und zerfallenen Wurzeln, und die Wände aus komprimierter Erde stiegen so steil auf, dass sie wie die Mauern eines Gefängnisses wirkten. Ich spürte das Pochen meines Herzens in meinen Ohren, spürte, wie meine Brust sich hektisch hob und senkte, als ich nach Atem rang. Alles in mir schrie nach Antworten, doch die Stille um mich herum war erbarmungslos. Was hatte Peter vor? Warum hatte er mich allein zurückgelassen?

Ein schwaches Licht schien von oben in den Raum zu sickern, flackernd wie eine trügerische Hoffnung. Ich blinzelte mehrmals, meine Augen kämpften darum, sich an die plötzliche Helligkeit zu gewöhnen. Zuerst war alles verschwommen, als ob mein Blick durch eine beschlagene Scheibe glitt, doch langsam klärten sich die Konturen.

Ich begann, Umrisse zu erkennen – Schatten, die sich bewegten. Sie waren klein, doch sie waren da, und mit ihnen kam ein Murmeln, erst gedämpft, kaum wahrnehmbar, dann lauter, energischer. Worte, Sätze, die ich nicht verstehen konnte, schwappten wie Wellen an mein Ohr.

Ich rieb mir mit zitternden Händen die Augen, versuchte, das seltsame Bild in etwas Sinnvolles zu verwandeln. Doch noch bevor ich mich richtig orientieren konnte, durchbrach ein scharfer, schriller Ruf die beklemmende Atmosphäre.

„Pirat!"

Das Wort schlug ein wie ein Blitz und hallte von den Wänden wider, jeder Hall schien lauter als der vorherige. Es dauerte einen Moment, bis ich begriff, dass dieser Schrei mir galt. Mein Herz stolperte, und ein Gefühl von Alarm durchflutete mich. Der Raum schien sich in Bewegung zu setzen.

Vor mir standen sie – Jungen, eine ganze Gruppe von ihnen. Ihre Gestalten waren nun klarer zu erkennen: staubige Füße, Gesichter voller Schmutz und wilde Augen, die mich anstarrten, misstrauisch, bereit. Ihre Kleidung bestand aus Fetzen und improvisierten Stücken aus Blättern und Tierfell, alles an ihnen wirkte ungezähmt, unberechenbar. Für einen kurzen Moment hielten sie inne, als ob sie mein Gesicht und meinen Ausdruck studieren wollten, aber dann stürmten sie los, wie ein Rudel junger Wölfe, entschlossen, ihre Beute zu erlegen.

„Warte!" rief ich, meine Stimme brach vor Dringlichkeit. „Ich bin kein Pirat!" Meine Worte hallten schwach gegen die aufkommende Kakophonie ihrer schnellen Schritte. Ich hob die Hände, ein Versuch, mich zu verteidigen, und wich instinktiv zurück, mein Rücken drückte gegen die kalte Erde.

Die Jungen kümmerten sich nicht um meine Worte. Sie bewegten sich wie eine Einheit, angetrieben von einer Mischung aus Neugier, Aufregung und einem Hauch von freudigem Wahnsinn.

Ihre Gesichter trugen ein Wechselspiel aus schalkhaftem Grinsen und lauernder Wachsamkeit, als ob sie noch nicht ganz entschieden hatten, ob ich eine Bedrohung oder eine Ablenkung war.

Jeder von ihnen hatte etwas Eigenes, Einzigartiges – einer trug einen zerlumpten Hut, so schief, dass er fast herunterfiel, ein anderer hatte ein Gesicht voller Sommersprossen, das in der dämmerigen Beleuchtung des Raumes wie ein Kartenmuster wirkte. Ein Junge mit zerzaustem Haar balancierte geschickt auf einem Bein, als ob es die natürlichste Sache der Welt wäre, und betrachtete mich dabei mit einem schelmischen Grinsen. Es gab keinen Zweifel: Das waren die verlorenen Jungen.

Langsam richtete ich mich auf, meinen Blick weiterhin auf die wilde Bande gerichtet, und wollte gerade etwas sagen, da durchbrach ein überraschter Ruf die unruhige Stille. „Schaut euch das an!" rief einer von ihnen, seine Stimme vor Aufregung überschlagend. Er deutete mit einem dreckigen Finger auf meine Füße.

„Stiefel!" rief ein anderer Junge mit zerzaustem Haar, und sein Gesicht leuchtete vor Belustigung. „Sie trägt Stiefel!"

Ich spürte, wie mein Körper sich anspannte, als sie sich auf das einfache, lederne Schuhwerk konzentrierten, das Teil meiner Waisenhausuniform war. Es war, als hätten sie so etwas noch nie gesehen – oder als wäre es für sie der größte Schatz der Welt.

„Hey! Lasst die Stiefel in Ruhe!" rief ich warnend, doch es war, als hätte ich ihre Begeisterung nur angestachelt.

Ehe ich reagieren konnte, war einer von ihnen – ein kleiner Junge mit blitzenden Augen – bereits in die Knie gegangen und zerrte mit erstaunlicher

Kraft an meinem linken Schuh. Ich versuchte, meinen Fuß zurückzuziehen, doch seine Entschlossenheit war stärker.

„Gib ihn her!", rief er, als er das lederne Stück endlich von meinem Fuß riss, und hielt es hoch wie eine wertvolle Trophäe. Das Gelächter, das darauf folgte, hallte durch den Raum.

„Das sieht ja komisch aus!" rief ein anderer Junge, der gerade auf mich zugestürzt war. Er schnappte sich meinen anderen Stiefel mit einer geschickten Bewegung, noch bevor ich mich stabilisieren konnte. In meinem Bemühen, mich zu wehren, verlor ich das Gleichgewicht. Ein kurzer Schrei entfuhr mir, als ich unsanft rücklings auf den Boden fiel.

Grimmig biss ich die Zähne zusammen und richtete mich langsam wieder auf. Der Staub des Bodens haftete an meinen Händen und Knien, und ich spürte die kühle Erde direkt unter meinen nun nackten Füßen. Die Stiefel waren weg, und ich fühlte mich seltsam schutzlos ohne sie. Doch ich ballte die Fäuste und stand aufrecht da, den Blick auf die Bande gerichtet, die immer noch kichernd mit meinem Schuhwerk spielte.

„Was sollen wir mit den Piratenstiefeln machen?" fragte der erste Junge, ein schelmisches Funkeln in seinen Augen. Sein Grinsen kündigte nichts Gutes an, und ich spürte, wie sich meine Brust vor Ärger und Ohnmacht zusammenzog.

„Ich weiß! Wir spielen damit!" rief der Junge mit den Sommersprossen, seine Stimme voller Vorfreude. Ehe ich etwas entgegnen konnte, wirbelte er einen der Stiefel in die Luft. Der schmutzige Lederstiefel flog in einem hohen Bogen, und ein anderer Junge sprang flink vor, fing ihn mit den Händen und lachte triumphierend.

„Hört auf!" rief ich, meine Stimme bebte vor Frust. Ich machte einen Schritt nach vorne und versuchte, nach dem Stiefel zu greifen, doch sie waren zu schnell.

Der Schuh flog erneut, dieses Mal zu einem Jungen mit zerzausten Haaren, der geschickt zur Seite hüpfte und ihn weiterwarf, noch bevor ich in seine Nähe kam.

„Fang ihn doch, Pirat!" höhnte einer der Jungen, während ein anderer plötzlich den zweiten Stiefel aufhob und ihn wie einen Ball durch die Luft schleuderte. Nun schossen beide Stiefel kreuz und quer durch die Gruppe, als wäre das hier ein absurder Wettkampf, bei dem ich die Verliererin war.

„Das sind keine Piratenstiefel!" rief ich, meine Stimme überschlug sich vor Ärger und Frustration. Ich sprang nach vorne, griff nach dem Stiefel, der gerade an mir vorbeisegelte, doch meine Finger schnappten ins Leere.

„Die gehören zur Waisenhausuniform!" fügte ich schärfer hinzu, den Blick auf die Jungen gerichtet, die immer lauter lachten.

Das Wort „*Waisenhaus*" ließ einen der Jungen innehalten. Er war klein, hatte ein dünnes Gesicht und schwarze Haare, die ihm wirr in die Stirn fielen. „Waisenhaus?" fragte er langsam, seine Stimme voller Neugier, die von einem Anflug von Mitgefühl durchzogen war.

Seine Schritte wurden langsamer, und für einen Moment schien er etwas sagen zu wollen. Doch bevor er sprechen konnte, schoss ein anderer Junge herbei und riss ihm den Stiefel aus der Hand.

„Egal, was sie sagt! Ich bin dran!" rief der Junge mit freudigem Übermut, schwang den Stiefel hoch und warf ihn in einer weiten Kurve zu einem anderen Jungen. Der Aufruhr begann erneut, und ich war wieder mitten in ihrem chaotischen Spiel gefangen.

Die Jungen sprangen und lachten, ihre Energie schien grenzenlos. Ich drehte mich, sprang, rannte, doch es war, als wäre ich ein Spielball in ihrer Mitte. Ihre Bewegungen waren zu flink, ihre Hände zu schnell. Die Stiefel flogen über meinen Kopf hinweg, glitten an meinen ausgestreckten Fingern vorbei, immer wieder knapp außer Reichweite.

„Genug!"

Die Stimme, die wie ein Peitschenknall durch die Luft fuhr, ließ alles erstarren. Es war Peter. Sein Tonfall war scharf und unnachgiebig, eine Seite von ihm, die ich bisher nicht gekannt hatte.

Die Jungen hielten in ihrer Bewegung inne, und die ausgelassene Atmosphäre des Spiels verpuffte augenblicklich.

Die Köpfe der Jungen senkten sich, als hätten sie etwas Verbotenes getan, und einer – der Junge mit den Sommersprossen – ließ die Stiefel beinahe ehrfürchtig auf den Boden fallen. Der dumpfe Aufprall hallte nach, während die Stille um uns dichter wurde.

Peter stand mit verschränkten Armen da, sein Blick wanderte von einem zum anderen, und es lag eine Autorität in seinem Auftreten, die selbst die Wildesten von ihnen zu zügeln schien. „Hört zu, Leute," begann er, seine Stimme fest, aber nicht ohne Wärme. Die Jungen richteten sich auf, ihre Augen auf ihn geheftet, wie Schüler, die auf die Zurechtweisung eines Lehrers warteten.

„Sie gehört jetzt zu uns," sagte er und ließ die Worte langsam und betont aus seinem Mund gleiten. „Sie ist ein Waisenkind, genau wie wir."

Ich blinzelte überrascht und spürte, wie eine Welle von Gefühlen durch mich rollte. Natürlich war ich ein Waisenkind. Die Uniform, die Regeln, das Gefühl, an keinem Ort wirklich dazuzugehören und natürlich die fehlenden Eltern– das alles hatte mich mein ganzes Leben lang begleitet. Doch niemand hatte es je so direkt ausgesprochen, so klar benannt wie Peter es gerade getan hatte. Und noch nie hatte jemand dieses Wort mit der Idee von Gemeinschaft verbunden.

Die Jungen musterten mich jetzt mit anderen Augen. Ihre Blicke, die eben noch neugierig, vielleicht sogar ein wenig spöttisch gewesen waren, hatten sich verändert. Da war etwas Neues in ihren Gesichtern: Akzeptanz, vielleicht sogar Stolz.

„Warte, warte!" rief einer von ihnen, ein rundlicher Junge mit einem breiten Grinsen. „Das heißt, sie gehört jetzt wirklich zu uns? Eine von uns?" Seine Augen funkelten vor Aufregung, während er Peter erwartungsvoll ansah.

Peter nickte, ein kleines, zufriedenes Lächeln spielte um seine Lippen. „Ja, Tootles. Sie gehört jetzt zu den Verlorenen."

Ein leises Murmeln ging durch die Gruppe, und ich konnte sehen, wie einige der Jungen begannen zu nicken, als würden sie Peters Entscheidung akzeptieren. Der rundliche Junge, offenbar Tootles, klatschte vor Freude in die Hände und drehte sich zu mir um, als könnte er es kaum erwarten, mich willkommen zu heißen.

„Dann muss sie uns kennenlernen!" rief Tootles, seine Augen leuchteten vor Begeisterung, und sein rundliches Gesicht schien förmlich vor Stolz zu strahlen. Er drängte sich energisch nach vorne, als wolle er unbedingt der Erste sein. Mit einem Daumen deutete er auf sich selbst und verkündete lautstark: „Ich bin Tootles! Ich bin der Dickste von allen, aber ich kann am lautesten lachen!"

Um seine Worte zu untermauern, brach er in ein dröhnendes Lachen aus, das wie das Rumpeln eines alten Motors klang. Sein Körper bebte dabei so heftig, dass seine braunen Haare wild hin- und her wippten. Die riesige Zahnlücke, die sein breites Grinsen zierte, gab ihm einen unbeschwerten, fast schelmischen Ausdruck, und ich konnte nicht anders, als ebenfalls zu lächeln.

Noch bevor ich etwas sagen konnte, drängte sich ein weiterer Junge nach vorne, diesmal mit einem Schwung, der zeigte, dass er gewohnt war, die Aufmerksamkeit auf sich zu ziehen. Er hatte dunkles Haar, das unordentlich in alle Richtungen abstand, und braune Augen, die vor Lebhaftigkeit und einer Spur von Unfug funkelten. „Ich bin Nibs!", rief er und hielt dabei seine Hände triumphierend in die Luft, so schmutzig, dass ich mich fragte, ob sie jemals sauber gewesen waren. „Vielleicht sind meine Hände dreckig, aber weißt du, warum?" Er hielt inne, um einen dramatischen Moment zu schaffen, und fügte dann stolz hinzu: „Weil ich die besten Sachen im Wald finde! Letzte Woche hab ich einen Vogel mit nur einer einzigen Nuss getroffen!"

Peter verdrehte demonstrativ die Augen, doch das Lächeln auf seinen Lippen verriet, dass er Nibs Enthusiasmus insgeheim amüsant fand. „Er übertreibt gern", kommentierte er trocken.

„Gar nicht wahr!" protestierte Nibs mit gespielter Empörung und setzte ein verschmitztes Grinsen auf, das ihn eindeutig verriet.

„Ich bin Jibby," meldete sich eine zarte Stimme zu Wort, bevor jemand anderes dazwischen platzen konnte.

Der Junge, der kleiner war als alle anderen, trat zögernd nach vorne. Seine schwarzen Haare fielen ihm unordentlich ins Gesicht, und er schob sie mit einem schnellen Handgriff zurück, während er mich mit großen, dunklen Augen neugierig musterte. Er war so dünn, dass ich beinahe befürchtete, ein kräftiger Windstoß könnte ihn umpusten. „Ich bin klein", erklärte er und richtete sich dabei betont auf, als wolle er seine Größe vergessen machen, „aber ich bin schneller als alle anderen."

Seine Stimme war voller Entschlossenheit, und er schien bereit, seine Behauptung sofort unter Beweis zu stellen. Doch bevor er losrennen konnte, drängte sich ein Junge mit leuchtend roten Haaren und einem Gesicht, das übersät war mit Sommersprossen, in den Vordergrund.

„Ich bin Slightly", stellte er sich vor, sein Tonfall stolz und fast herausfordernd. In seinen Händen hielt er eine seltsame Waffe, die aussah, als hätte er sie eigenhändig zusammengeschustert. Sie bestand aus unebenem Holz, an dessen Seiten scharfkantige Steine befestigt waren, die bedrohlich herausragten. „Ich bin der Beste, wenn es ums Kämpfen geht", verkündete er und hob die Waffe demonstrativ in die Luft. „Und das hier ist meine neueste Erfindung."

„Sieht gefährlich aus," wagte ich zu sagen, wobei ich einen amüsierten Blick auf die improvisierte Waffe warf.

Slightly grinste, sichtlich zufrieden mit meiner Reaktion. „Das ist sie auch," antwortete er mit unverhohlenem Stolz.

„Charlie ist dran!" rief Jibby plötzlich, und ein weiterer Junge trat vor. Seine Schritte waren ruhig, fast bedächtig, und er strahlte eine natürliche Autorität aus. Er war größer als Jibby, aber nicht der größte in der Gruppe, und trug Kleidung, die aus groben Stücken von Bärenfell zusammengefügt war. Die Felle verliehen ihm ein raues, fast urzeitliches Aussehen, als wäre er direkt aus einer anderen Welt entsprungen.

„Ich bin Charlie," sagte er mit einer ruhigen Stimme, die einen angenehmen Kontrast zur Lebhaftigkeit der anderen bildete. Seine dunklen Augen fixierten mich, und ein sanftes, fast scheues Lächeln spielte um seine Lippen. „Ich bin gut darin, Dinge zu jagen. Aber keine Sorge," fügte er hinzu, sein Lächeln wurde breiter, „ich jage nur Tiere."

„Die meiste Zeit," murmelte Slightly mit gesenktem Blick, und die Jungen brachen in schallendes Gelächter aus.

Ich stand mitten unter ihnen, umgeben von dieser chaotischen Energie und den unterschiedlichen Persönlichkeiten, die auf eine seltsame Art harmonierten. Es war, als ob ich plötzlich in eine völlig andere Welt katapultiert worden war.

„Es ist... nett, euch kennenzulernen," brachte ich schließlich hervor, meine Worte fühlten sich unbeholfen und klein an im Vergleich zu ihrer überschäumenden Energie.

„Das wird lustig mit dir, Mädchen!" rief Tootles und lachte wieder laut auf.

„Wartet mal ... wo ist Anne?" Nibs Stimme durchschnitt das aufgeregte Stimmengewirr der Jungen wie ein scharfes Messer und ließ sie alle verstummen. Ein unruhiges Schweigen breitete sich aus, während ihre Blicke suchend durch den Raum wanderten. Das Gewicht seiner Frage lag schwer in der Luft, und ich spürte eine unbestimmte Spannung. Wer war Anne?

Ich runzelte die Stirn. Der Name klang anders, ein Mädchenname. Bevor ich die Frage laut aussprechen konnte, sprang Tootles energisch ein.

„Anne! Komm raus! Wir haben jemanden für dich!" Seine Stimme hallte durch den Raum, während er aufgeregt in Richtung eines niedrigen Erdlochs deutete, das wie ein überdimensionaler Kaninchenbau wirkte.

Der Eingang war von Wurzeln und Moos eingerahmt und sah gleichzeitig einladend und geheimnisvoll aus.

Für einen Moment blieb alles still, so still, dass ich glaubte, niemand würde auftauchen. Doch dann hörte ich ein leises Rascheln, gefolgt von einem mürrischen Ächzen, das aus der Dunkelheit drang. Langsam erschien eine schmale Gestalt. Zuerst sah ich zerzaustes, dunkles Haar, das sich gegen die Strahlen des Kerzenlichts abzeichnete.

Dann tauchte ein Gesicht auf, das verschlafen und leicht genervt wirkte. Anne blinzelte uns mit halb geschlossenen Augen entgegen, während sie sich hastig den Staub von ihrer abgenutzten Hose klopfte.

„Ich habe geschlafen", klagte sie, ihre Stimme war tief und ein wenig heiser. Ihre Worte trugen eine Mischung aus Trotz und kindlicher Verletzlichkeit, die mich unweigerlich zum Schmunzeln brachte.

Peter schritt mit seiner üblichen entschlossenen Haltung zu ihr hinüber, seine Hände in die Hüften gestützt. Er sah aus, als wolle er ihr gleich eine Lektion erteilen.

„Schlafen ist Zeitverschwendung", erklärte er in einem belehrenden Ton, der Anne jedoch nur dazu brachte, eine Augenbraue spöttisch hochzuziehen.

„Anne, das hier ist Harlow", sagte Peter schließlich, und sein Ton wurde weicher, als er auf mich deutete. „Harlow, das ist Anne."

Anne richtete sich langsam auf, ihre schmalen Schultern spannten sich unter dem einfachen Hemd. Ihre dunklen Augen – fast schwarz – glitten aufmerksam über mich, als ob sie mich in Sekundenbruchteilen bewerten würde.

Ich spürte förmlich, wie sie jedes Detail meines Aussehens erfasste, von den Haarspitzen bis zu meinen mittlerweile baren Füßen. Sie wirkte kritisch, fast skeptisch, als ob sie sich nicht sicher wäre, ob ich echt war.

„Ein Mädchen", stellte sie schließlich fest, ihre kratzige Stimme schien noch von ihrem Schlaf belegt zu sein. Doch bevor ich etwas erwidern konnte, schien ihre Haltung zu kippen. Ein Strahlen trat in ihre Augen, ihre schmalen Lippen verzogen sich zu einem breiten Lächeln, und plötzlich warf sie sich mir mit einer solchen Wucht um den Hals, dass ich beinahe rückwärts stolperte.

„Ich bin gerettet!" rief sie dramatisch aus, ihre Arme schlangen sich überraschend kräftig um meinen Nacken. Sie klammerte sich an mich, als hätte sie soeben einen jahrelangen Albtraum hinter sich gelassen. „Keine Sekunde länger hätte ich es alleine mit diesen Idioten ausgehalten!"

Ihr überschwänglicher Ton und die kindliche Übertreibung in ihrer Stimme waren so herzerwärmend, dass ich trotz des drückenden Griffs laut auflachen musste. „Anne ... du erstickst sie", rief Peter trocken, aber mit einem kaum versteckten Grinsen.

Schließlich ließ sie mich los und trat einen Schritt zurück. Nun konnte ich sie genauer betrachten. Ihr welliges, dunkles Haar fiel ihr wild ins Gesicht, als hätte sie sich nie die Mühe gemacht, es zu bändigen. Doch es passte zu ihrem kantigen Gesicht, das von einer schmalen Narbe über der linken Augenbraue geprägt war – ein Andenken an irgendein Abenteuer.

Ihre beinahe schwarzen Augen blitzten wachsam und schienen immer in Bewegung, als würde sie alles in ihrer Umgebung in sich aufnehmen.

Im Gegensatz zu den Jungen trug Anne keine Tierfelle oder Laub, sondern ein einfaches, abgetragenes Hemd und eine robuste Hose. Beides war voller Löcher und Flecken, die vom Leben in der Wildnis zeugten, und doch schien sie diese Kleidung mit einer gewissen Lässigkeit zu tragen, die sie fast erhaben wirken ließ. Trotz ihrer schmalen Statur strahlte sie eine Art innere Stärke aus, als wüsste sie genau, wie sie mit jedem Problem fertigwerden konnte.

„Komm mit, ich zeig dir alles", sagte sie plötzlich, griff nach meinem Arm und zog mich mit einer Entschlossenheit fort, die keinen Widerspruch duldete. Ihre schlanken Finger waren warm und fest, und ich spürte, dass ich ihr irgendwie vertrauen konnte.

„Du bist das einzige Mädchen hier, oder?" fragte ich schließlich, als sie mich durch den stickigen, erdigen Raum führte.

Sie warf mir ein schiefes, breites Grinsen zu, das ihre Zähne entblößte und ihre Narbe betonte. „Jetzt nicht mehr", antwortete sie, und in ihrem Ton lag eine Mischung aus Humor und Erleichterung.

Als wir an einer großen, fast mystisch flackernden Kerze vorbeikamen, ließ sie meinen Arm los und drehte sich zu mir um. Das warme Licht ließ die Konturen ihres Gesichts weicher erscheinen, und ich konnte die Spuren von etwas Verletzlichem in ihrem Blick sehen, die sie wohl nur selten zeigte.

„Willkommen zu Hause", sagte sie plötzlich und breitete ihre Arme aus, als wolle sie den gesamten Raum um uns herum umfassen.

„Hier leben wir. Es ist nicht viel, aber es reicht. Meistens sind wir draußen unterwegs."

Märchenerzählungen und Abenteuer

Ein lautes, durchdringendes Krähen riss mich aus dem Halbschlaf. Mein Herz setzte für einen Moment aus, und ich blinzelte in das schummrige Licht, das durch winzige Löcher in der Decke des Verstecks drang. Die ersten Strahlen der Morgensonne schienen wie goldene Fäden, die das Erdige und Raue des Raumes in etwas Magisches verwandelten. Noch halb benommen streckte ich mich und spürte die Kühle des Bodens unter meinen Fingern.

Das Krähen wiederholte sich, diesmal näher und lauter. Es war ein raues, lebhaftes Geräusch, das voller Energie steckte. Ich drehte den Kopf und erblickte Peter. Er stand auf einem erhöhten Vorsprung, die Hände in die Hüften gestemmt, sein Blick voller Tatendrang. Es war keine Illusion: Peter hatte gekräht – wie ein echter Hahn, der den Tag begrüßte.

Ein Lächeln breitete sich unwillkürlich auf meinem Gesicht aus. Die Erkenntnis traf mich mit voller Wucht. *Nimmerland.* Ich war tatsächlich hier, mitten in diesem sagenumwobenen Ort, von dem ich nur in Geschichten gehört hatte. Die Abenteuer des Vortags, so unglaublich sie auch gewesen waren, waren keine bloße Träumerei gewesen. Alles war real – die verlorenen Jungen, das Versteck, Peter selbst.

Peter sprang mit einer geschmeidigen Bewegung von seinem Vorsprung herunter und landete federleicht, als hätte er Flügel. Seine Augen blitzten vor Aufregung, und ein schelmisches Grinsen umspielte seine Lippen.

„Bereit für dein erstes richtiges Abenteuer?" fragte er, seine Stimme voller Begeisterung, als wüsste er, dass die Antwort ohnehin „Ja" sein würde.

Ich setzte mich auf und rieb mir den Schlaf aus den Augen. Mein Herz hämmerte leicht – vor Aufregung oder Nervosität, ich konnte es nicht genau sagen. Mein Geist war noch immer ein wenig überwältigt von all dem, was gestern geschehen war. Die Reise zum Nimmerland, die Piraten, die Begegnung mit den verlorenen Jungen, Annes ungestümes Willkommen, das wilde, ungezähmte Leben in diesem Versteck – es war schon jetzt mehr, als ich mir je hatte vorstellen können.

Trotzdem konnte ich nicht anders, als Peters Energie aufzugreifen. Es war, als ob seine Freude ansteckend war, wie ein Feuer, das alles um sich herum entfachte. „Was machen wir denn heute?" fragte ich, bemüht, genauso begeistert zu klingen wie er. Doch innerlich spürte ich, wie meine Finger leicht zitterten – von Müdigkeit, Aufregung oder einem Hauch von Überforderung.

Peters Grinsen wurde breiter, und in seinen Augen glomm etwas auf, das eine Mischung aus Versprechen und Geheimnis war. „Das wirst du schon sehen", antwortete er, und seine Stimme klang wie eine Einladung zu etwas Großartigem und Gefährlichem zugleich.

„Jungs! Macht euch bereit! Heute wird ein Tag, den wir nie vergessen werden!"

Peters Stimme durchbrach die morgendliche Stille des Verstecks wie ein Schlachtruf, der die Luft mit elektrisierender Energie auflud. Sofort geriet alles um mich herum in Bewegung. Es war, als hätte Peters Ankündigung einen Schalter umgelegt.

Die verlorenen Jungen sprangen förmlich aus ihren Schlafplätzen, manche noch mit zerzausten Haaren und verschlafenen Gesichtern, doch ihre Bewegungen waren voller Eifer. Sie schnappten sich alles, was sie finden konnten: Speere aus angespitzten Stöcken, Schleudern, die sie aus Zweigen und alten Lederstreifen gebaut hatten, und Messer, deren Klingen aus geschärften Steinen bestanden. Einige banden sich improvisierte

Rüstungen aus Tierfellen und Holzstücken um, die mit Sehnen oder Pflanzenfasern zusammengehalten wurden. Das Chaos war überall, aber es war ein organisiertes Chaos – jeder wusste genau, was zu tun war.

Anne tauchte plötzlich auf, aus einem der versteckten Gänge, die in die unterirdischen Räume führten. Ihre Augen glühten vor Entschlossenheit, und ein Lächeln spielte um ihre Lippen, das sowohl Vorfreude als auch eine Spur von Herausforderung ausdrückte. Sie trug eine kleine Axt an ihrem Gürtel, deren Griff aus hellem Holz sorgfältig geschnitzt war. In ihren Händen hielt sie einen Bogen, dessen Sehne sie mit einem leichten Ruck überprüfte, bevor sie einen Köcher voller Pfeile über ihre Schulter warf.

„Was für ein Tag wird das, Peter?" fragte sie, während sie sich ihren Platz in der Gruppe suchte. Ihre Stimme war ruhig, aber ihre Haltung verriet, dass sie bereits auf jede Antwort vorbereitet war.

„Ein großartiger!" rief Peter, der inzwischen auf einem der höheren Vorsprünge im Versteck stand. Seine Augen blitzten vor Aufregung, und seine Haltung war so voller Energie, dass es schien, als könne er kaum stillstehen.

„Wir gehen heute zu den Meerjungfrauen!" Peters Stimme durchschnitt die warme, frühe Morgenluft wie ein Trompetenstoß. Seine Worte lösten eine Welle von Jubel und aufgeregtem Gelächter unter den verlorenen Jungen aus. Sie sprangen in die Luft, klatschten sich gegenseitig ab und riefen wild durcheinander, als hätten sie gerade erfahren, dass ein lang ersehntes Fest bevorstand.

„Meerjungfrauen! Endlich!" rief Nibs, seine braunen Augen leuchteten vor Begeisterung. „Ich wette, ich kann eine dazu bringen, mir eine Schuppe zu schenken!"

„Nur, wenn sie dich nicht vorher ins Wasser zieht", höhnte Slightly, der sich ein Holzschwert über die Schulter warf und dabei versuchte, so furchteinflößend wie möglich zu wirken.

Ich konnte nicht anders, als mich von ihrer Energie mitreißen zu lassen. Meerjungfrauen – sie waren das Zeug aus Legenden und Märchen. Doch hier, im Nimmerland, waren sie real. Wie würden sie aussehen? Würden sie freundlich sein, wie in den Geschichten, oder eher... gefährlich, wie Peter es beschrieben hatte? Mein Kopf schwirrte vor Fragen, doch Peters Stimme holte mich zurück in die Gegenwart.

„Aber vorher", begann Peter, seine Stimme tiefer und eindringlicher, was sofort die Aufmerksamkeit aller auf sich zog, „muss ich euch etwas erzählen."

Die ausgelassene Stimmung der Jungen ebbte ab, und ein erwartungsvolles Schweigen legte sich über die Gruppe.

Wir standen in einer unregelmäßigen Reihe vor Peter, Anne neben mir, die Arme verschränkt und mit einem wissenden Lächeln auf den Lippen. Die verlorenen Jungen scharten sich um uns, ihre Gesichter voller Neugier und Spannung.

Peter trat einen Schritt nach vorne, das Licht der schräg einfallenden Sonnenstrahlen ließ ihn fast wie eine Gestalt aus einem Traum wirken. Sein Schatten wirkte groß und imposant an der lehmigen Wand des Verstecks. Er ließ sich Zeit, den Blick über jeden von uns schweifen zu lassen, bevor er weitersprach.

„Eine Geschichte", raunte er, und seine Stimme hatte plötzlich eine sanfte, beinahe hypnotische Qualität. Es war, als ob die Luft um uns schwerer wurde, dichter mit einer Erwartung, die ich nicht ganz greifen konnte.

Ein leises Raunen ging durch die Gruppe. Nibs beugte sich vor, die Hände auf den Knien abgestützt, und Slightly legte seinen Kopf schief, seine Sommersprossen glühten im schwachen Licht. Selbst Anne, die sonst immer so abgeklärt wirkte, richtete sich ein wenig auf, als ob sie unbewusst näher an Peters Worte heranrücken wollte.

Peter stand mitten im Raum, das Licht der Höhlenöffnungen fiel schräg auf ihn und verlieh seiner Gestalt etwas Erhabenes. Mit einer theatralischen Bewegung strich er sich über die Brust, zog einmal tief die Luft ein und hob dann langsam den Kopf, als ob er die Aufmerksamkeit aller gerade erst einforderte. Seine Augen glitzerten vor schelmischer Vorfreude, und die Spannung, die in der Luft hing, schien jeden im Raum zu bannen.

Die verlorenen Jungen hatten sich längst von ihren Aktivitäten abgewandt und bildeten nun einen lockeren Halbkreis um Peter, als wären sie Gefangene seiner Ausstrahlung. Einige lehnten sich vor, andere saßen mit verschränkten Armen da, doch alle schienen bereit, in eine Geschichte hineingesogen zu werden, die nur Peter auf diese Weise erzählen konnte.

„Habt ihr euch jemals gefragt, wie eine richtig verrückte Geschichte anfängt?" begann er mit einer Stimme, die sowohl Vertrautheit als auch Geheimnis versprach. Er ließ den Satz in der Luft hängen, sah in die Runde und wartete, bis die Spannung fast unerträglich wurde. Dann schmunzelte er.

„Es beginnt alles mit einem jungen Mädchen." Seine Stimme wurde sanfter, fast als würde er ein Geheimnis teilen. „Dieses Mädchen... es ist frühmorgens, sie liegt in ihrem Bett und..." – er unterbrach sich, ließ eine Hand dramatisch in die Luft gleiten – „fällt vermutlich gerade raus!"

Die Jungen prusteten los. Einige schlugen sich auf die Oberschenkel, andere kicherten leise, und ich musste ebenfalls lächeln. Peter hatte eine Art, selbst banale Momente in aufregende Szenen zu verwandeln. Er wartete geduldig, bis sich das Gelächter legte, und fuhr dann mit einem schiefen Grinsen fort.

„Und wisst ihr, was sie denkt, als sie da unten auf dem Boden liegt? ‚Na, was mach ich heute so?'" Er zog die Worte in die Länge, ahmte mit einem übertrieben nachdenklichen Gesichtsausdruck das Mädchen nach und brachte damit die nächste Runde Gelächter zum Rollen.

„Klingt jetzt vielleicht nicht nach dem spannendsten Leben", fügte er mit einem Schulterzucken hinzu.

„Aber wartet ab. Es wird noch verrückter, versprochen. Dieses Mädchen liebte bloß ihre Mutter." Er verschränkte die Arme und begann, auf und ab zu gehen wie ein Feldherr, der seine Truppen inspizierte. „Doch, wie das Leben so spielt, musste es natürlich wieder mal die härtesten Prüfungen auspacken – es nahm ihr die Mutter weg."

Ein leises Raunen ging durch die Reihen. Einige Jungen schauten zu Boden, andere nickten, als ob sie den Verlust nachvollziehen konnten.

„Und was passiert dann?" fuhr Peter fort, seine Worte schneller werdend, fast wie ein Maschinengewehr. „Der Vater? Findet einfach so eine neue Frau zum Lieben. Und zack!" Peter schnippte mit den Fingern und drehte sich dramatisch auf der Stelle, was erneut ein Kichern hervorrief. „Das Märchen nimmt eine Wendung, bei der man sich fragt: ‚Warum musste das jetzt passieren?' Aber gut, wer versteht schon das Leben…"

Peter endete mit einem spitzbübischen Grinsen, seine Hände in die Hüften gestemmt, als hätte er gerade die wichtigste Wahrheit des Universums ausgesprochen.

Die Gruppe starrte ihn an, einige mit gebanntem Ausdruck, andere immer noch kichernd über die überspitzte Art, wie er die Geschichte erzählt hatte.

Nach einem Moment des Schweigens hob Slightly die Hand. „Und… was passiert dann?" fragte er, seine Stimme war eine Mischung aus kindlicher Neugier und der Hoffnung, dass die Geschichte noch spannender werden würde.

Peter nickte anerkennend, als ob die Frage die perfekte Einladung war, weiterzumachen. „Oh, glaubt mir, es wird noch besser", versprach er mit einem Zwinkern und holte erneut tief Luft, bereit, uns tiefer in seine Welt aus Worten und Geschichten zu ziehen.

„Irgendwann verschwand auch der Vater – na klar, warum nicht? Warum sollte man es dem armen Mädchen leicht machen?" Peter machte eine dramatische Geste, als ob er selbst der Vater wäre, der einfach aus dem Bild tritt. „Jetzt lebte das arme Mädchen also nur noch mit ihrer ach so lieben Stiefmutter und ihren beiden entzückenden Stiefschwestern." Seine Stimme tropfte vor Sarkasmus, und die verlorenen Jungen kicherten.

„Und diese wunderbare neue Familie hatte natürlich so viel Mitleid mit ihr... oder eben nicht." Peter zog eine Grimasse, die so übertrieben war, dass Tootles vor Lachen fast umfiel. „Sie musste den ganzen Tag schuften – das volle Programm: Böden schrubben, Fenster putzen, wahrscheinlich auch den Garten umgraben. Und als ob das nicht schon genug wäre, ließen sie sie auch noch vor dem Kamin schlafen."

Er breitete seine Arme aus, als ob er den schlimmsten Skandal aller Zeiten verkündete. „Stellt euch das vor: Vor dem Kamin! Kein weiches Bett, keine Decke, nichts. Nur Asche und Ruß. Und was macht man, wenn jemand ständig so aussieht, als hätte er einen Schornstein umarmt? Genau! Man gibt ihm einen Spitznamen! Aschenputtel."

Er ließ das Wort mit einer Mischung aus Triumph und Spott über seine Zunge rollen. „Weil, naja, in einem Märchen muss der Name ja irgendwie auch zum Schicksal passen, oder? Stellt euch vor, sie hieße Bertha."

Die Jungen brachen in schallendes Gelächter aus, und sogar Anne, die normalerweise etwas reservierter war, musste schmunzeln. Ich ertappte mich dabei, wie ich ebenfalls grinste. Es war nicht die Geschichte, die mich zum Lachen brachte – die kannte ich schließlich – sondern Peters unnachahmliche Art, sie zu erzählen.

„Aschenputtel wurde ständig ausgeschlossen", fuhr er fort und zog dabei eine finstere Miene. „Aber nicht, weil sie wie ein Troll aussah – ganz im Gegenteil! Sie war echt hübsch. So hübsch, dass ihre Stiefmutter, diese zauberhafte Person, sich dachte: ‚Ich kann die arme Maus nur leiden, weil sie hübscher ist als ich.'" Peter rollte dramatisch mit den Augen und ließ sich theatralisch zu Boden fallen, was die Jungs erneut zum Lachen brachte.

„Tja, das Leben ist manchmal hart." Er sprang mit einem Satz wieder auf die Füße. „Jedenfalls, eines Tages kommt die große Nachricht: Der Prinz sucht eine Frau! Eine zukünftige Königin! Und wie macht er das? Er schmeißt einen riesigen Ball!"

Peter hob beide Arme, als wolle er die Größe der Veranstaltung unterstreichen. „Da stehen dann alle reichen Leute in ihren schnieken Kleidern rum, tanzen, prahlen mit ihren ach so tollen Tanzschritten und – klar – essen! Viel Essen. Wer könnte da nein sagen?" Er machte eine kurze Pause und blickte in die Runde, als würde er darauf warten, dass jemand widerspricht. Niemand tat es, und Peter grinste zufrieden.

„Aber unsere liebe Aschenputtel? Sie durfte natürlich nicht hingehen." Seine Stimme klang jetzt empört, und er schmollte demonstrativ, während er seine Arme verschränkte.

„Wie gemein!" Anne sprach, bevor sie sich zurückhalten konnte. Ihre Worte hallten nach, und für einen Moment war es still.

Peter nickte, seine Miene ernst. „Ja, gemein ist gar kein Ausdruck! Sie weinte drei Tage und drei Nächte, bis..." Er machte eine lange, theatralische Pause und ließ seinen Blick über die Gruppe schweifen.

„Bis eine Fee vor ihrem Fenster landete", schloss er schließlich, mit einem Grinsen, das so breit war, dass es ansteckend wirkte.

„Glöckchen?", fragte ein größerer Junge neugierig, seine Augen glitzerten vor Erwartung. Die anderen Jungen kicherten und nickten zustimmend, als ob sie alle bereits ahnten, dass etwas Witziges kommen würde.

Peter hob eine Hand, um die Aufmerksamkeit zurückzuerlangen. „So ähnlich", sagte er und zog dabei die Worte absichtlich in die Länge, als wolle er die Spannung steigern. Seine Miene nahm einen ernsten Ausdruck an, der jedoch von einem spielerischen Funkeln in seinen Augen durchbrochen wurde.

„Die Fee, Leute", begann er mit einem verschwörerischen Flüstern, „die Fee dachte sich: ‚*Schluss mit dieser Asche!*'" Er machte eine schwungvolle Handbewegung, als ob er selbst einen Zauberstab schwingen würde. „Und – zack! – verwandelte sie Aschenputtel in eine absolute Augenweide. So schön, dass ihre eigenen Schwestern sie nicht mal mehr erkannten!"

„Das glaub ich nicht", murmelte Tootles, sein breites Grinsen verriet jedoch, dass er von der Geschichte bereits fasziniert war.

„Doch, wirklich! Sie war so atemberaubend, dass sogar die Spiegel in der Nähe vor Scham angelaufen sind!" Peter breitete die Arme aus und verdrehte die Augen. „Und so ging sie also zum Ball. Der Prinz? Komplett hin und weg! Der Typ konnte nicht mal mehr geradeaus schauen, weil er so verzaubert war. Und wie fängt man jemanden wie sie? Ein gutes Gespräch, natürlich! Keine langweiligen Fragen wie ‚Was machst du so?' oder ‚Hast du Hobbys?' – nein, richtige Unterhaltung!"

Peter ließ das Spektakel mit einem breiten Grinsen geschehen, hob dann aber mahnend den Finger in die Luft, was die Gruppe langsam zur Ruhe brachte.

„Aber – und jetzt kommt der Haken, Leute!" Er machte eine bedeutungsvolle Pause, sah jedem einzelnen Jungen in die Augen und ließ die Spannung ins Unermessliche steigen. „Es gibt einen Zeitplan! Um Mitternacht, bumm!" Peter ließ die Hand dramatisch nach unten fallen, als ob eine schwere Tür ins Schloss fiel. „Zurück zur Asche-Edition!"

Er klatschte plötzlich laut in die Hände, was einige der Jungen vor Schreck zusammenzucken ließ. Der Ausdruck auf seinem Gesicht war ernst, fast so, als wäre er selbst Zeuge dieses schicksalhaften Augenblicks gewesen. „Keine Zeit für lange Verabschiedungen, Leute! Keine tränenreichen Reden oder herzzerreißenden Szenen. Aschenputtel? Die macht sich aus dem Staub wie ein Dieb, der gerade die königliche Schatzkammer ausgeräumt hat!"

Seine Gesten wurden noch wilder, als er das Wort „Dieb" betonte. Er deutete mit einem schnellen Fingerzeig in eine imaginäre Ferne, als ob Aschenputtel genau in diesem Moment aus der Tür des Ballsaals rennen würde. „Und der Prinz?" Peter beugte sich vor, seine Augen blitzten vor Begeisterung. „Der Typ rennt ihr hinterher wie ein verliebter Marathonläufer, völlig außer Atem, aber entschlossen bis zum Gehtnichtmehr!"

Die Jungen kicherten erneut, einige riefen „Ja, genau so war's!", während Peter den Höhepunkt der Geschichte mit einer weiteren Geste einleitete. Er trat einen Schritt zurück, hob langsam die Hand und sah in die Runde, als ob er die Bedeutung seiner nächsten Worte besonders unterstreichen wollte.

„Und dann… Moment der Dramatik!" Er ließ die Worte mit gewichtiger Betonung in der Luft hängen, die Spannung im Raum war greifbar. „Verliert sie ihren gläsernen Schuh!" Peter machte eine übertriebene Bewegung, als ob er selbst den Schuh verloren hätte, und ließ eine Hand übertrieben langsam Richtung Boden gleiten, bevor er abrupt stehen blieb und die Jungen mit einem triumphierenden Grinsen ansah.

Das Gelächter brach sofort wieder aus, doch diesmal war es durchzogen von Ausrufen wie „Unglaublich!" und „So ein Schuh!". Peter verschränkte die Arme vor der Brust und ließ seinen Blick über die Gruppe schweifen, sichtlich zufrieden damit, wie er sie mit seiner Erzählung erneut in seinen Bann gezogen hatte.

„Das arme Mädchen schaffte es gerade noch rechtzeitig nach Hause, bevor sie wieder in ihren Ruß-Pyjama schlüpfte. Und der Prinz? Der rast inzwischen durchs ganze Land und klingelt halb die Nachbarschaft wach. Er hat nur diesen einen Plan: Finden, wem der Schuh passt, und sie zur Frau machen. Klingt romantisch, oder? Aber lasst euch gesagt sein – dieser Plan hatte seine Tücken."

Er ließ eine bedeutungsvolle Pause, während die Jungen gebannt an seinen Lippen hingen. „Nach unzähligen Versuchen und jeder Menge peinlicher Anproben – ich meine, wirklich, warum dachte jeder, ein gläserner Schuh sei bequem? – findet er schließlich seine Traumfrau. Aschenputtel! Und tadaaa: Ende gut, alles gut! Hochzeit, Happy End, ein Leben in Glanz statt Asche."

Das letzte Stück der Geschichte ratterte Peter so schnell herunter, dass es klang, als wolle er einen Rekord aufstellen. Die Jungen brauchten einen Moment, um das Gehörte zu verarbeiten, bevor Jibby als Erster langsam in die Hände klatschte.

„Bravo!", rief er, unfähig, sein Lachen zu unterdrücken, während ich ebenfalls zu applaudieren begann. Bald darauf folgte der Rest der verlorenen Jungen, deren Applaus in ein fröhliches, ausgelassenes Klatschen überging.

Peter verbeugte sich tief und breitete seine Arme aus. „Danke, danke! Ich bin dienstags und donnerstags wieder da!" Seine Augen funkelten vor Stolz, während er den verdienten Jubel seiner kleinen Zuhörerschaft entgegennahm.

„Noch eine Geschichte! Bitte, Peter!" Anne schob sich ein Stück nach vorn, ihre dunklen Augen funkelten vor Erwartung, während sie mit übertriebener Dramatik die Hände faltete, als würde sie um ihr Leben betteln. Die anderen Jungen fielen mit einem Chor von „Ja, mehr Geschichten!" ein, und das Versteck füllte sich mit einem Lärm, der nur von purer Aufregung herrühren konnte.

Ich jedoch hatte eine andere Frage auf der Zunge. „Peter", begann ich, und meine Stimme war deutlich leiser als die der Jungen, „woher kennst du eigentlich diese Geschichte? Wer hat sie dir erzählt?"

Peter, der bis dahin wie ein König auf einem imaginären Thron gesessen hatte, lehnte sich zurück und legte den Kopf schief. Ein Hauch von Nachdenklichkeit huschte über sein Gesicht, bevor er seine Arme aufstützte und langsam in die Runde blickte. Er schien die richtigen Worte abzuwägen, was bei ihm äußerst selten vorkam.

Schließlich hob er die Schultern und ließ sie mit einer übertrieben lässigen Bewegung wieder fallen. „Wendy hat sie mir eingeflüstert", sagte er mit einem leichten Schmunzeln, das jedoch nicht ganz bis in seine Augen reichte.

„Wendy?" wiederholte ich leise, während sich in meinem Kopf Fragen formten.

„Wendy!", staunte Nibs, dessen Augen groß wurden, als hätte Peter gerade den Schlüssel zu einem magischen Geheimnis enthüllt. Der Junge sprang von seinem Platz auf und rief eifrig: „Bring uns die Wendy! Bitte, Peter, lass uns die Wendy sehen!"

Ein paar andere Jungen stimmten ein, und plötzlich war das ganze Versteck erfüllt von neugierigen Fragen und Rufen. „Wer ist Wendy?", „Ist sie so cool wie du?", „Kann sie auch Geschichten erzählen?"

Peter hob eine Hand, um den Tumult zu stoppen, und sofort wurde es still. Er schüttelte den Kopf, und sein Ausdruck veränderte sich in etwas, das ich fast als Traurigkeit deuten könnte. „Nein", sagte er, und seine Stimme war fest, aber seltsam ruhig. „Wir sind zu viele. Wendy... Wendy gehört nicht hierher."

Die letzten Worte schienen schwer in der Luft zu hängen, als ob sie mehr Gewicht trugen, als ich auf Anhieb verstehen konnte. Die Jungen schauten ihn mit großen Augen an, einige mit Enttäuschung, andere mit Neugier.

Ich spürte, wie mein Herz einen kleinen Hüpfer machte. Wer war dieses Mädchen, das Peter dazu brachte, so zu sprechen? Und warum schien allein ihr Name einen Schleier von Sehnsucht über die ausgelassene Stimmung zu legen?

„Und übrigens", begann Peter, seine Stimme voller Energie, „wir gehen jetzt los! Wer will mitkommen?"

Das bloße Erwähnen der Lagune löste unter den Verlorenen Jungen eine Welle der Aufregung aus. Ein Kichern und Flüstern ging durch die Gruppe, während sie sich vorstellten, was sie dort erwarten könnte. Peter ließ seinen Blick über uns schweifen, ein schelmisches Grinsen auf seinem Gesicht. „Tootles, Nibs und Charlie, ihr müsst unbedingt mitkommen", fügte er hinzu, während er auf die drei zeigte, die mit einem kurzen Nicken ihre Zustimmung gaben.

Anne stand neben mir, ihre Augen funkelten vor Vorfreude, als Peter sie ebenfalls mit einem flüchtigen Blick aufforderte mitzukommen. Und natürlich war da ich, diejenige, die er ohne Worte aufforderte, ihm zu folgen.

Kaum hatte Peter gesprochen, sah ich Glöckchen, die wie ein winziger, leuchtender Wirbelsturm heranflog. Sie schwebte vor uns und stemmte die Hände in die Hüften, ihre kleine Figur glitzerte im Sonnenlicht, das durch die Bäume fiel. „Heute lauft ihr", verkündete Peter, nach einem Blick in ihre Richtung, in einem Tonfall, der keine Widerrede duldete.

Die Verlorenen Jungen stöhnten synchron auf, ihre Schultern sanken wie bei einer Herde enttäuschter Kinder. Trotzdem schienen sie sich mit ihrem Schicksal abzufinden und stapften in Richtung des Versteckausgangs.

Peter, mit einer fast schon königlichen Geste, griff zu einer Art Hebel. Mit einem leisen Knarren setzte sich der hölzerne Mechanismus in Bewegung, und eine versteckte Klappe in der Erde öffnete sich. Ein schmaler Strahl Tageslicht fiel durch den Eingang, und der Wald des Nimmerlands schien uns einzuladen.

„Wir lassen's offen für die anderen", erklärte Peter beiläufig, als er die Klappe nicht verschloss.

Wir kletterten nacheinander die Strickleiter hinauf, und ich spürte, wie meine Hände sich an dem rauen Seil festklammerten, während ich den Weg nach oben fand. Als ich schließlich ins Freie trat, umfing mich die frische, leicht süßliche Luft des Waldes. Das Geräusch knackender Blätter unter meinen Füßen mischte sich mit dem Rascheln von kleinen Tieren, die zwischen den Wurzeln und Büschen huschten. Über uns rauschten die hohen Baumkronen, ein sanftes Lied, das wie ein ewiger Begleiter des Waldes klang.

Peter flog bereits über uns, seine Silhouette ein dunkler Schatten gegen die blendende Sonne. „Hier lang!", rief er und deutete mit ausgestrecktem Arm auf einen schmalen Pfad, der sich durch das Dickicht schlängelte.

Anne folgte ihm mit einem federnden Schritt, während Tootles, Nibs und Charlie mit gemischten Gefühlen zwischen Eifer und Müdigkeit hinter ihr hergingen. Ich blieb einen Moment stehen, ließ meinen Blick über die saftigen Grüntöne und die tanzenden Lichtpunkte auf dem Boden wandern, bevor ich mich ihnen anschloss.

Der Wald des Nimmerlands war lebendig, mehr als jeder andere Ort, den ich je gesehen hatte. Vögel mit schillernden Federn huschten zwischen den Ästen, und ein leises Summen von Insekten erfüllte die Luft. Peter flog ein paar Meter über uns, seine Bewegungen mühelos und elegant, während Glöckchen wie ein winziger Stern um ihn herumschwirrte.

„Beeilt euch!", rief Peter mit einem Anflug von Ungeduld in seiner Stimme. „Die Meerjungfrauen warten nicht ewig!"

Ich konnte mein eigenes Herz klopfen hören, während wir tiefer in den Wald vordrangen, jeder Schritt voller Vorfreude und einem Hauch von Nervenkitzel. Was auch immer uns bei der Lagune erwarten würde – es fühlte sich an, als stünden wir kurz davor, ein weiteres Geheimnis des Nimmerlands zu lüften.

Peter schoss voran, wirbelte dabei wie ein Blatt im Wind durch die Luft und drehte sich mit einer spielerischen Leichtigkeit mehrfach um seine eigene Achse. Sein Lachen hallte über uns, ein Klang voller Freiheit und Abenteuerlust, während wir ihm am Boden folgten, so schnell unsere Beine uns trugen. Die Bäume wurden allmählich lichter, und der dichte Wald wich einer offenen Weite.

Der Boden unter meinen Füßen veränderte sich, das weiche Knacken der Blätter wurde von dem scharfen Knistern kleiner Kiesel abgelöst. Plötzlich war der Wald hinter uns, und vor uns lag ein atemberaubender Anblick: Die Küste erstreckte sich weit, ein steiniger Strand, der in einem sanften Gefälle ins azurblaue Wasser überging. Die Wellen schlugen leise und rhythmisch gegen die Felsen, als wollten sie uns willkommen heißen.

Ich blieb stehen, um den Moment zu begreifen. Die Luft war erfüllt von der salzigen Frische des Meeres, und eine leichte Brise spielte mit meinem Haar. Der Himmel war ein fast unwirkliches Blau, das sich am Horizont mit dem glitzernden Wasser vereinte. Überall funkelte und schimmerte es, als hätte jemand eine Prise Feenstaub über die Szenerie gestreut.

Peter schwebte über uns, seine Bewegungen langsamer geworden, als ob auch er den Augenblick auskosten wollte. Er ließ sich schließlich auf einem großen Felsen nieder, der vom Wasser glattgeschliffen war, und streckte die Arme triumphierend aus.

„Sind wir da?", fragte ich schließlich, obwohl die Antwort vor mir lag, klarer als die Sonne über uns.

Peter drehte sich mit einem selbstzufriedenen Grinsen zu mir um und nickte knapp. „Ja", sagte er, seine Stimme hatte den Klang eines Entdeckers, der gerade sein Ziel erreicht hatte. „Wir sind da."

Ich konnte spüren, wie die Energie in der Gruppe anstieg. Anne und die Jungen drängten nach vorne, ihre Augen funkelten vor Erwartung. Alles an diesem Ort versprach Abenteuer – und ich wusste, dass wir erst am Anfang dessen standen, was uns hier erwarten würde.

Langsam setzte ich mich in Bewegung, mein Herzschlag ein dumpfes Pochen in meinen Ohren, während ich mich dem seltsam bedrückenden Strand näherte. Jeder Schritt fühlte sich wie ein Wagnis an, als ob ich eine unsichtbare Schwelle überschritt.

Die Luft war dicht, beinahe greifbar, und ein unheimliches Schweigen lag wie ein schwerer Schleier über allem.

Es war, als würde der Strand selbst den Atem anhalten, lauernd, abwartend.

Ich versuchte, meine Schritte so leicht wie möglich zu setzen, doch das Knistern zerbrochener Muschelschalen und das leise Knirschen der feuchten, kiesigen Steine unter meinen nackten Füßen wirkten in der gespenstischen Stille wie das Krachen eines Donners. Mit jedem Tritt schien ich ein Echo in die unendliche Leere des Strandes zu werfen, ein Geräusch, das sich unwillkommen anfühlte, fast wie ein Eindringen.

Vor mir erstreckte sich der Strand in einer grauen Melancholie, ein endloser Teppich aus feinem, aschfarbenem Sand, durchsetzt mit scharfkantigen Felsen, die wie die verkrümmten Finger eines ertrunkenen Riesen aus dem Boden ragten. Glitschige Algen schlangen sich wie grüne Schlangen um die Steine, und verstreute Wrackteile lagen wie Relikte längst vergangener Tragödien verstreut – zerbrochene Planken, zerfetzte Taue und eine verrostete Laterne. Ich konnte mir leicht vorstellen, dass sie von der Jolly Roger stammten.

Das Meer vor uns wirkte trügerisch ruhig, seine glitzernde Oberfläche wie ein Spiegel, der etwas Unheimliches verbarg. Das Sonnenlicht brach sich in den kleinen Wellen, doch das funkelnde Glitzern hatte etwas Falsches, als könnte es jeden Moment zersplittern und etwas Dunkles freigeben, das darunter lauerte. Die Meerjungfrauen? Ich wusste, dass sie irgendwo hier sein mussten, aber wo?

Trotz des hellen Tages schien das Licht der Sonne nicht gegen die merkwürdige Düsternis anzukommen, die diesen Ort erfüllte. Es war, als würde der Strand die Helligkeit verschlucken und in eine kaum greifbare Schwärze hüllen, die über allem lag. Die Schatten der Felsen wirkten tiefer, und das sanfte Murmeln der Wellen hatte etwas Flüsterndes, als würden sie uns vor etwas warnen – oder uns zu sich rufen.

Ich blieb stehen, unfähig, den Blick vom Meer abzuwenden. Ein Schauer lief mir über den Rücken, und ein Teil von mir wollte umkehren, zurück in den schützenden Schatten des Waldes. Doch eine noch stärkere Neugier zog mich weiter, ein Drang, das Geheimnis dieses Ortes zu ergründen, selbst wenn die Luft so schwer war, dass sie mir das Atmen erschwerte.

Das Wasser des Meeres erstreckte sich vor uns, eine scheinbar endlose Fläche, deren kühle Gräue bereits vom Ufer aus spürbar war. Es wirkte ruhig, beinahe einladend, doch unter der glatten Oberfläche lag etwas Unberechenbares, wie eine verborgene Gefahr, die nur darauf wartete, hervorzubrechen. Die Strömung war träge, als würde das Meer selbst tief durchatmen, doch der Schein konnte trügen.

Anne keuchte plötzlich, ihre Augen weit aufgerissen, und genau in diesem Moment sah auch ich es. In der Ferne, fast zu weit entfernt, um es für real zu halten, begann sich eine Welle zu erheben. Sie schien wie aus dem Nichts zu entstehen, ein unheilvoller Wall aus Wasser, der größer und größer wurde. Doch es war nicht nur das Wasser selbst, das sich bewegte. Etwas Fremdes, Lebendiges schien in der Welle zu pulsieren.

Schemenhafte Gestalten, die sich im Inneren wanden und drehten, ihre Bewegungen zu einer einzigen gewaltigen Kraft verschmelzend. Die Welle wirkte, als wäre sie eine eigenständige Kreatur, ein Geschöpf des Meeres, geboren aus der Dunkelheit seiner tiefsten Abgründe.

„Das sind sie", flüsterte Anne, kaum hörbar, als die Welle langsam näherkam. „Die Meerwesen."

„Meerjungfrauen!", rief Nibs erstaunt. „Sie kommen", stellte Peter fest und stellte sich vor uns. Nicht ein Sekundenbruchteil später trieben sie gegenüber von uns im Wasser und starrten Peter und den restlichen verlorenen Jungen ins Gesicht.

Die Meerjungfrauen verhielten sich scheinbar nicht nur anders, als man es erwarten würde, sie sahen auch anders aus.

Ihre Haare klebten dünn und strähnig an ihren Köpfen, als wären sie nicht einfach nass, sondern aus dem Wasser selbst gewebt. Dunkel und schimmernd wie Tintenfäden, flossen sie wie ein lebendiger Vorhang über ihre Schultern und umrahmten Gesichter, die gleichzeitig faszinierend und verstörend waren. Ihre Haut war von einem unnatürlichen, fahlen Weiß, so blass, dass sie beinahe wie aus Wachs wirkte. Doch gerade diese Blässe, kombiniert mit der unheimlichen Eleganz ihrer Züge, verlieh ihnen eine Schönheit, die an etwas Unirdisches erinnerte – wie das verführerische Glitzern von Mondlicht auf tiefem Wasser.

Ihre Gesichter waren scharf geschnitten, mit hohen Wangenknochen, die wie aus Marmor gehauen schienen. Aber es waren die Details, die sie zu etwas Fremdartigem machten: An den Schläfen öffneten sich feine, bewegliche Kiemen, die rhythmisch zitterten und leise knackende Geräusche von sich gaben, als ob sie das Salz der Luft filterten. Ihre Augen waren groß und schwarz wie die Tiefen des Ozeans, unendlich und unergründlich, mit einem unheilvollen Glimmen, das wie Licht aus der Dunkelheit leuchtete. Sie fixierten uns mit einer Intensität, die wie ein stilles Versprechen wirkte – oder eine Warnung.

Als eine von ihnen langsam ihre knochige Hand ausstreckte, schienen Tropfen von Wasser direkt aus ihrer Haut zu perlen, als würde das Meer durch sie hindurchfließen. Ihre Finger waren lang und dünn, von blasser

Haut überzogen, die an die Oberfläche eines toten Fisches erinnerte – glitschig und glänzend. Zwischen den Fingern spannten sich blasse, durchscheinende Schwimmhäute, so zart, dass sie im Sonnenlicht beinahe verschwanden, aber dennoch fest und unnachgiebig wirkten.

Ich konnte nicht anders, als scharf einzuatmen, als ihre Finger mein Gesicht berührten. Ein eisiger Schauer jagte durch meinen Körper, denn ihre Berührung war alles andere als menschlich.

Es war, als hätte mich das Meer selbst mit seinen kalten, unerbittlichen Wellen umfangen. Ihre Nägel waren spitz wie kleine Messer, scharf und zerklüftet wie Korallensplitter, die bei jeder Bewegung zu schimmern schienen. Es war, als würde sie mich nicht einfach berühren, sondern mit ihrer Kälte durchbohren, und doch konnte ich meinen Blick nicht von ihrem Gesicht abwenden.

„Peter Pan", zischte sie mit einer Stimme, die klang, als ob das Salz des Meeres in jedem Wort steckte. Ihre Lippen, blass und geradezu perfekt, als wären sie geradezu zum Verführen erschaffen, verzogen sich zu einem grausamen Lächeln, während sie fortfuhr:

„Er ist wieder da."

Wo der Ozean sein Schicksal dichtet

„Gibt es denn etwas Neues?", fragte Peter mit einem spitzbübischen Funkeln in den Augen, während er sich leicht nach vorne lehnte, als wollte er kein einziges Detail verpassen. Sein Ton war neugierig, beinahe drängend, und er fixierte die drei Meerjungfrauen mit einer Mischung aus Vorfreude und Ungeduld.

Die Meerjungfrau in der Mitte, deren schimmernde Schuppen in der Sonne glitzerten wie zerbrochenes Glas, neigte ihren Kopf zur Seite. Ihre blassen, scharf geschnittenen Züge wirkten dabei seltsam entrückt, fast wie die einer Träumerin. Doch in ihren tiefschwarzen Augen flackerte ein verräterisches Blitzen, als ob sie etwas wusste, das sie nur zögernd preisgeben wollte.

Sie öffnete den Mund, und als sie zu sprechen begann, war ihre Stimme singend, fast hypnotisch. Doch es waren keine gewöhnlichen Worte, sondern Verse – ein Reim, der sich wie ein uraltes Lied anhörte.

„Hook schwebt in Angst und in banger Nacht,

ein Schatten, der ihn ruft und wacht.

Etwas in ihm zieht ihn zurück,

zur Zeit, wo er verlor sein Glück.

Dort, wo das Lachen einst widerhall,

wo Freude zerbrach im letzten Fall.

Die Klinge klang, der Kampf begann,

und all sein Mut zerschellte dann.

Ein Flüstern im Wind, ein bitterer Klang,

die Erinnerung zieht ihn wie ein Zwang.

Zurück ins Gestern, das ihn quält,

wo heute Sieg als Falschheit zählt."

Ich wandte meinen Blick zu Peter, dessen Gesichtsausdruck für mich ebenso rätselhaft war wie die Worte, die ich gerade gehört hatte. Mein Mund stand weit offen, und ich konnte ihn nicht schließen – zu groß war der Schock, den die seltsamen, beinahe übernatürlichen Ereignisse in mir ausgelöst hatten. Wie hatte dieses Wesen es nur geschafft, in einem einzigen, fließenden Atemzug ein solches Gedicht aufzusagen? Es war, als ob die Worte aus einer Quelle tief in ihr selbst sprudelten, makellos geformt, ohne ein einziges Stolpern, ohne auch nur den Hauch von Unsicherheit.

Und dann war da noch die Bedeutung. *Hook? Sieg?* Die Worte hallten in meinem Kopf wider, wieder und wieder, und jedes Mal fühlten sie sich schwerer an, drückender, als ob sie etwas Unheilvolles ankündigten. Die Bedeutung entglitt mir vollkommen, und doch konnte ich das Gefühl nicht abschütteln, dass sie wichtig waren – wichtiger, als ich in diesem Moment erfassen konnte.

Ich erinnerte mich noch genau an die Zeit im alten Kinderheim, als ich *„The Lady of Shalott"* auswendig lernen musste. Jede Strophe hatte ich mir mühsam eingeprägt, dabei ständig die Worte verdreht und war von den strengen Blicken der Betreuer nur noch nervöser geworden. Während ich den Text murmelnd durchging, fühlte es sich an, als würde jedes Wort schwerer wiegen als das vorherige. Der Vortrag selbst verlief genauso katastrophal, wie ich es befürchtet hatte.

Ms. Winston, die strenge Betreuerin, vor dessen beängstigend dünn gezeichneten Augenbrauen Gruselgeschichten erzählt wurden, saß in der ersten Reihe und ließ mich keine Sekunde aus den Augen. Als ich schließlich bei einer Strophe ins Stocken geriet, wagte sie es, mich zu unterbrechen.

„Es heißt *,quoth the Lady'*, nicht *,quote the Lady'"*, warf sie mit einer scharfen Stimme ein, und in diesem Moment hatte ich die Kontrolle verloren.

„Dann trag's doch selbst vor, wenn du's so toll weißt!", war es aus mir herausgeschossen, bevor ich überhaupt nachdenken konnte.

Der Schock stand ihr ins Gesicht geschrieben, und ich wusste, dass ich gerade einen großen Fehler begangen hatte. Noch am selben Nachmittag wurde ich in die Küche geschickt, um als Strafe den Rest des Monats über die Böden zu schrubben und die Töpfe zu polieren. Beim Putzen hatte ich immer wieder den Text vor mich hingemurmelt, um sicherzugehen, dass ich ihn nicht vergaß, während ich die unzähligen Fettflecken von den Pfannen wischte.

Irgendwann hatte ich jedoch gemerkt, wie absurd die Szene war: Ich, über einen klebrigen Herd gebeugt, murmelte leise: *„The mirror crack'd from side to side; 'The curse is come upon me,' cried..."*

Mit einem kräftigen Schütteln meines Kopfes versuchte ich, die Schwere meiner Gedanken abzuschütteln. Meine Augen suchten Peters Blick, in der Hoffnung, dort Antworten zu finden, doch alles, was ich sah, war eine Maske aus Konzentration, fast als ob er versuchte, die Verse Stück für Stück zu entschlüsseln. Mein Herz hämmerte in meiner Brust, während eine Frage in mir immer lauter wurde: Warum in aller Welt reimten diese Kreaturen?

Es war mehr als eine bloße Eigenart. Diese Worte, mit ihrer Rhythmik und ihren Bildern, hatten etwas Unausweichliches an sich – als ob sie nicht nur Botschaften, sondern auch eine Art Zauber enthielten. Die Reime schienen nicht zufällig gewählt, sie waren präzise, geschliffen wie ein Messer, bereit, eine Wahrheit zu schneiden, die ich noch nicht begreifen konnte.

Die Spannung wurde fast unerträglich, und meine Augen wanderten zurück zu dem Meerwesen, das nun in einer seltsamen Ruhe im dem Wasser schwebte. Ihre Bewegungen waren geschmeidig, aber ihre Präsenz blieb beunruhigend – eine Mischung aus Schönheit und Gefahr, die meine Nerven prickeln ließ. Sie schien die Wirkung ihrer Worte zu genießen, das Glitzern in ihren schwarzen Augen war unverkennbar.

Dann hob sie ihren Kopf ein wenig höher, als hätte sie einen Entschluss gefasst, und ein leises Zischen entwich ihrer Kehle. Die anderen beiden Meerjungfrauen, die zuvor wie Schatten im Wasser verharrt hatten, bewegten sich jetzt langsam näher, ihre Haltungen gespannt, ihre Blicke schwer und geheimnisvoll. Es war, als ob die gesamte Lagune den Atem anhielt.

Und schließlich, nach einer spürbaren Pause, setzte die Meerjungfrau ihre Worte fort.

„In baldiger Zeit kommen drei Neue,

hierher, Peter, ein Grund zur Freude.

Doch merke dir, mein Junge, gut:

Alles, was glänzt, birgt dunklen Mut.

Die Neuen sind frisch, noch grün und keck,

doch wer weiß, was schlummert im Versteck?

Ein Lachen, ein Licht, ein lauter Schrei,

doch manchmal bringt Neues auch Gefahr herbei.

Also freu dich, Peter, doch bleib bedacht,

denn jedes Geschenk hat seine Macht.

Und sei gewarnt, vor jedem Plan,

denn auch das Gute hat einen Haken dran."

„Denn auch das Gute hat einen Haken dran?", murmelte ich leise vor mich hin und biss mir sofort auf die Lippen, als ein unpassendes Kichern in mir aufstieg. Es war eine absurde Vorstellung, doch in diesem Moment schien selbst das Unsinnige eine eigenartige Logik zu haben. Alles Gute hatte einen Haken dran... alles, außer Captain Hook. Oder etwa nicht?

Mein halbherziger Versuch, die düstere Atmosphäre zu durchbrechen, verpuffte, als die Worte der Meerjungfrau erneut durch die Luft schnitten. „Einer von euch wird es nicht mehr erleben", sagte sie mit einer beinahe bedauernden Note, doch ihre Stimme blieb seltsam kalt, als wäre sie lediglich ein Bote, der keine Verantwortung für die Botschaft trug.

„Wer?", schoss es aus Peter heraus, sein Tonfall ein Mix aus Dringlichkeit und Alarm. Doch das Meerwesen schüttelte nur stumm den Kopf, während ein Hauch von etwas, das wie schlecht gespieltes Mitleid wirkte, auf ihrem Gesicht erschien. Die Anspannung um uns herum schien greifbar, und ich fühlte, wie sich mein Magen zusammenzog. Der Gedanke war so fremd, so abstoßend, dass ich ihn am liebsten sofort verdrängt hätte, doch er blieb wie eine bleierne Last in meinem Kopf.

Plötzlich spürte ich etwas Kaltes an meinem Hals. Mein Körper erstarrte, als ich begriff, was es war – eine glitschige, knorrige Hand, die sich wie eine eisige Kralle um meinen Hals legte. Eine der Meerjungfrauen hatte ihren langen Arm ausgestreckt und schien mich abermals ins Wasser ziehen zu wollen. Ihre Berührung war unangenehm feucht und zäh, wie das Gewebe einer Alge, und ihre scharfen Nägel drückten leicht gegen meine Haut.

„Lass es!", rief ich, die Panik in meiner Stimme unverkennbar, und riss mich mit aller Kraft von ihr los. Meine Füße rutschten über die glitschigen Felsen, aber ich schaffte es, mich gerade so zu fangen. Die Meerjungfrau fauchte leise, ihr Gesicht verzerrt zu einer Mischung aus Wut und Enttäuschung, als ob sie beleidigt wäre, dass ich ihr nicht einfach gehorcht hatte.

„Aus!", keifte Peter, seine Stimme scharf wie ein Peitschenhieb. Seine Hand legte sich fest auf meine Schulter, und er zog mich ein Stück zurück, weg von der Reichweite der Meerjungfrauen. „Bleib hier", sagte er, seine Stimme nun gedämpfter, aber nicht weniger bestimmt.

Im nächsten Moment war Peter an meiner Seite. Er stellte sich zwischen mich und die Meerwesen, seine Haltung angespannt, sein Blick hart und beschützend. Die Meerjungfrau zischte erneut, diesmal lauter, bevor sie sich mit einer fließenden Bewegung ins Wasser zurückzog. Ihre beiden Gefährtinnen folgten ihrem Beispiel, wie Schatten, die in der Dunkelheit verschwanden. Doch selbst unter der glitzernden Wasseroberfläche spürte ich ihre Blicke auf uns – durchdringend, beobachtend, wartend.

Peter hielt seinen Blick fest auf die Lagune gerichtet, als ob er jede Bewegung im Wasser wahrnahm, jede Welle, die etwas Unheilvolles ankündigen könnte. Die Stille, die folgte, war erdrückend, nur unterbrochen vom leisen Plätschern der Wellen und meinem eigenen, unregelmäßigen Atem.

Anne und die anderen Jungen standen etwas abseits, ihre Gesichter blass wie der Mond, doch jeder von ihnen trug ein dünnes, seltsam gezwungenes Lächeln. Die Worte der Meerjungfrau schienen sie mit einem einzigen Triumph übertönen zu wollen. „Wir werden drei neue Verlorene haben", verkündete Tootles mit einem Anflug von Stolz in der Stimme, als ob diese Nachricht alle anderen Sorgen auslöschen könnte.

Doch mir gelang es nicht, diese Leichtigkeit zu teilen. Drei Neue, aber zu welchem Preis? Die Worte der Meerjungfrau hallten in meinem Kopf nach, und ich konnte mich nicht von der bedrückenden Frage lösen: Wer sollte nicht mehr erleben, was kommen würde? War das ein Schicksal, das schon beschlossen war?

Ich ließ meinen Blick über die Gruppe schweifen, suchte nach Anzeichen von Sorge oder Unruhe. Doch die Jungen wirkten erstaunlich unbeeindruckt von der düsteren Vorahnung, als hätten sie sie einfach abgeschüttelt wie ein Regentropfen. War das eine Art Selbstschutz? Oder waren sie so an die Unberechenbarkeit des Nimmerlands gewöhnt, dass sie solche Prophezeiungen nicht ernst nahmen?

Peter hingegen war anders. Sein breites Grinsen schien zwar wie gewohnt unerschütterlich, doch in seinen Augen lag ein Hauch von Nachdenklichkeit, der mich stutzig machte. Es war, als würde sein Verstand im Hintergrund mit den Worten der Meerjungfrau ringen, auch wenn er es sich nicht anmerken lassen wollte. „Drei Neue", wiederholte er schließlich und nickte langsam, als würde er sich selbst überzeugen müssen.

Mit gemächlichen Schritten begannen wir, uns von der Meerjungfrauenlagune zu entfernen. Der steinige Strand knirschte unter unseren Füßen, und ich merkte, wie schwer die Stille auf mir lastete. Schließlich war es Anne, die die Stille durchbrach. „Kennst du diese Kinder schon?", fragte sie und warf Peter einen neugierigen Blick zu.

Peter ließ sich Zeit mit seiner Antwort. Er zuckte mit den Schultern, sein Grinsen wurde noch breiter, fast herausfordernd. „Kann sein", sagte er mit einer lässigen Gleichgültigkeit, die nur er so perfekt spielen konnte. Dann fügte er, als ob es eine beiläufige Bemerkung wäre, hinzu: „Vielleicht." Es war unmöglich zu sagen, ob er die Wahrheit kannte oder sich einfach einen Spaß daraus machte, uns alle im Ungewissen zu lassen.

Hinter uns gähnte Tootles ausgiebig, seine Müdigkeit schien ihn langsam einzuholen. „Ich hätte doch mehr schlafen sollen", murmelte er, während er sich den Kopf rieb. Nibs nickte und rieb sich ebenfalls die Augen, als ob er den gleichen Gedanken hatte. Doch trotz ihrer offensichtlichen Erschöpfung wirkten sie fast erleichtert, als ob das Schreckgespenst der Vorhersage der Meerjungfrauen mit der Entfernung zur Lagune an Macht verloren hätte.

Ich hingegen spürte keine solche Erleichterung. Der Schatten der Warnung folgte mir wie eine kalte Brise, und obwohl ich mich bemühte,

Peters sorgloser Haltung zu folgen, nagte die Ungewissheit weiter an mir. Drei neue Kinder kamen – aber würde einer von uns gehen müssen? Und warum wirkte Peter, trotz all seiner gespielten Sorglosigkeit, so nachdenklich?

„Seid ihr etwa wieder müde?", fragte Anne mit einem schelmischen Grinsen, ihre Stimme klang so leicht und verspielt, dass sie die angespannte Stimmung fast vollständig zerschlug. Sie trat langsam näher ans Wasser, ihre Schritte hinterließen feine Eindrücke im Sand, bis sie sich bückte und ihre Finger in die glitzernde Oberfläche des klaren Wassers tauchte.

Mit einer schnellen Bewegung schöpfte sie etwas Wasser und spritzte es den Jungen ins Gesicht. Tootles schrie überrascht auf, als die kühle Flüssigkeit seine Wange traf, und sprang hastig zurück. „Hör auf, Anne!", rief er lachend, während er sich instinktiv schützend die Arme vors Gesicht hielt und gleichzeitig begann, von ihr wegzulaufen.

Anne lachte hell auf, ein Klang wie Glocken im Sommerwind. „Warum sollte ich?", rief sie neckend, während sie noch mehr Wasser schöpfte und damit erneut nach Tootles warf, der panisch zur Seite sprang. Ihre Bewegungen waren wie ein Tanz, leichtfüßig und voller Freude, und die anderen Jungen begannen zu kichern, sich gegenseitig anzuschubsen, als wollten sie Anne in ihrem Spiel herausfordern.

Der Moment war unbeschwert, fast magisch. Das Sonnenlicht glitzerte auf den Wassertröpfchen, die in die Luft stoben, die Jungen lachten, ihre Stimmen hallten über den Strand, und für einen Augenblick schien die düstere Vorahnung, die die Meerjungfrauen mit ihren Worten heraufbeschworen hatten, zu verblassen wie eine ferne Erinnerung.

Doch während ich die Szene beobachtete, spürte ich, wie etwas Schweres und Fremdes sich in meinem Inneren regte. Es war, als stünde ich abseits eines großen Fensters und blickte auf eine Welt, die mir nicht ganz gehörte. Das Lachen und die Spiele der Jungen, so ansteckend sie auch waren, schienen mich nicht wirklich zu erreichen. Wie konnten sie nur so schnell vergessen, was geschehen war? Wie konnten sie so sorglos sein, wenn die Schatten der Worte der Meerjungfrauen noch immer über uns lagen?

Ich wollte Teil ihrer Leichtigkeit sein, wollte den Moment genießen, wie sie es taten. Aber irgendetwas in mir hielt mich zurück, etwas, das mich anders fühlen ließ, wie ein Fremder in einer Gruppe von Freunden, die ein Geheimnis teilten, das mir für immer verborgen bleiben würde.

Peter hatte mir versprochen, dass das Nimmerland ein Ort sei, an dem man alles vergessen könnte, was einen bedrückte. Aber jetzt, in diesem Moment, wurde mir klar, dass das nicht für mich galt. Die Worte der Meerjungfrau, die unheilvolle Prophezeiung, und vor allem das Gefühl, dass etwas Schreckliches auf uns wartete – all das blieb bei mir, klammerte sich an mein Herz wie eine dunkle Wolke.

Ich betrachtete Anne, wie sie mit einem breiten Lächeln und funkelnden Augen das Wasser nach den Jungen spritzte, und fragte mich, ob sie wirklich so unbeschwert war, wie sie schien. Ob sie wirklich glaubte, dass alles gut werden würde. Oder ob sie, genau wie ich, etwas unter der Oberfläche verbarg, das sie niemandem zeigen wollte.

Die Wasserschlacht kam allmählich zum Ende, als Tootles, Nibs, Charlie und Anne außer Atem ins seichte Wasser taumelten, ihre Kleidung durchnässt und ihre Gesichter vor Lachen gerötet. Anne strich sich das klatschnasse Haar aus der Stirn und atmete schwer, während die Jungen schnaufend in den Sand sanken. Es war ein Moment des Friedens nach all der Heiterkeit, doch dieser wurde von Peters plötzlicher Frage unterbrochen.

„Ist alles in Ordnung?" Seine Stimme war leiser, durchdringender als gewohnt, und ich bemerkte, wie seine grünen Augen mich aufmerksam musterten.

Ich wandte mich von ihm ab, doch Anne, immer eine, die nichts übersah, trat einen Schritt näher. „Du siehst traurig aus", stellte sie mit sanfter Besorgnis fest, während sie mir prüfend in die Augen schaute.

„Nein, alles gut", stritt ich schnell ab, wobei meine Stimme einen Hauch zu fest klang. Ich schüttelte meinen Kopf, als wollte ich die schweren Gedanken loswerden. „Was für ein Schwachsinn", murmelte ich mehr zu mir selbst, doch Anne ließ sich davon nicht ganz überzeugen und hielt mich noch kurz im Blick, bevor sie langsam nickte.

Peter hingegen ließ es dabei bewenden, wie er es oft tat, wenn er beschloss, den Dingen nicht weiter auf den Grund zu gehen. Stattdessen breitete sich ein vertrautes, schelmisches Grinsen auf seinem Gesicht aus, ein Ausdruck, der mir sagte, dass er bereits einen neuen Plan hatte. „Wenn alles gut ist", begann er mit einem Hauch von Theatralik in der Stimme, „dann können wir dir ja den Rest des Nimmerlands zeigen."

Seine Worte lösten etwas in mir aus, einen Funken Vorfreude, der die Schwere in meinem Inneren kurzzeitig überstrahlte. Ich spürte, wie meine Lippen sich zu einem Lächeln verzogen, und nickte energisch. „Ich will alles sehen!", sagte ich mit mehr Nachdruck, als ich erwartet hatte.

„Kann ich dieses Mal fliegen?", fragte ich dann, fast flehend, während meine Augen hoffnungsvoll an Peter hingen. Fliegen – das war es, was ich mir am meisten wünschte, das Gefühl der Freiheit, das die verlorenen Jungen und Peter so oft zu genießen schienen.

Peter lachte leise, ein glockenhelles Geräusch, das von einem frechen Funkeln in seinen Augen begleitet wurde. „Dieses Mal werden alle fliegen", verkündete er schließlich, und seine Worte waren kaum verklungen, als die anderen vor Freude aufschrien. Jubel brach aus, und Tootles, der sich eben noch schwer atmend im Sand zusammengekauert hatte, sprang auf und hob triumphierend die Arme.

„Glöckchen!", rief Peter, und seine Stimme war laut und klar, als er zwei Finger in den Mund steckte und einen Pfiff ausstieß, der durch die Bäume hallte. Einen Augenblick lang blieb alles still, dann bemerkte ich ein goldenes Flimmern, das aus den Schatten des Waldes hervorbrach. Das Licht tanzte und funkelte, und ich wusste sofort, dass es Glöckchen war.

Die kleine Fee schoss in einem gleißenden Bogen auf uns zu, ein Strahl aus flimmerndem Gold, der die Schatten unter den Bäumen erhellte. Mit einem angriffslustigen Glitzern in ihren winzigen Augen schwebte sie vor Peter, die Hände in die Seiten gestemmt. Sie wirkte, wie immer, gleichzeitig majestätisch und frech, ein Wesen von schillernder Schönheit und trotziger Energie.

„Bereit für ein bisschen Feenstaub?", fragte Peter, wobei er Glöckchen mit einem Zwinkern ansah. Sie verschränkte die Arme, sah ihn kurz an, als überlegte sie, ob er es verdient hatte, und nickte dann widerwillig. Ich konnte mir ein leises Lachen nicht verkneifen – die Beziehung zwischen Peter und Glöckchen war immer wieder faszinierend.

„Arme Fee", scherzte ich und beobachtete, wie Glöckchen in schillernden Kreisen über uns flog. Ihr Tempo war atemberaubend, und ihre Bewegungen hatten etwas Dringliches. „Sie fliegt, als würde sie kein Essen mehr bekommen, wenn sie zu lange trödelt."

Peter lachte auf, ein warmes, glockenhelles Geräusch, das fast so spielerisch wirkte wie Glöckchens Tanz in der Luft. „Sie macht das gerne", sagte er mit einem wissenden Nicken, als wolle er eine unsichtbare Wahrheit bestätigen. Seine grünen Augen blitzten, als er sich leicht zu mir vorbeugte und hinzufügte: „Und übrigens, Feen ernähren sich selbst. Von zerplatzten Lachblasen."

Ich hielt inne, blinzelte und sah ihn ungläubig an. „Was bitte? Lachblasen? Das ist doch Unsinn!"

Peter seufzte dramatisch, als ob er einem besonders begriffsstutzigen Schüler eine Lektion erteilen müsste. „Das ist die Substanz, die aus unserem Lachen besteht", erklärte er schließlich in einem Tonfall, der deutlich machte, dass er diesen Fakt als ebenso selbstverständlich ansah wie die Existenz von Sternen am Himmel.

„Natürlich", murmelte ich sarkastisch, doch bevor ich weiter nachhaken konnte, mischte sich Anne ein. Sie klang so ernsthaft, dass es für einen Moment so wirkte, als würde sie aus einem Lexikon des Nimmerlands vorlesen. „Wenn wir lachen, oder wenn irgendein anderes Wesen lacht, wird Energie freigesetzt. Diese Energie setzt sich auf Tau ab. Und dann trinken die Feen diesen Tau."

Ich runzelte die Stirn. „Ihr meint, Feen trinken… Tau, der aus Lachen gemacht ist?" Das klang so absurd, dass ich nicht sicher war, ob sie mich auf den Arm nehmen wollten.

Anne nickte eifrig, wobei ihre Zöpfe fröhlich hin und her wippten. „Genau! Aber das ist noch nicht alles. Die Lachblasen haben sogar unterschiedliche Geschmäcker, je nachdem, von wem sie kommen. Glöckchen mag Peters Lachen am liebsten."

Peter grinste selbstzufrieden und verschränkte die Arme vor der Brust. „Natürlich tut sie das. Mein Lachen ist das Beste."

Ich schüttelte den Kopf, konnte mir aber ein amüsiertes Lächeln nicht verkneifen. Das war typisch Peter – immer ein bisschen zu überzeugt von sich selbst, aber auf eine Art, die ihn unwiderstehlich charmant machte. „Das ist ja… abgefahren", murmelte ich und ließ meinen Blick erneut zu Glöckchen schweifen. Die Vorstellung, dass sie mit einer Vorliebe für bestimmte Lachblasen durch die Gegend flog, war so skurril, dass ich sie beinahe glauben wollte.

„Warte, heißt das, wenn ich jetzt lache, dann…?" Ich ließ die Frage in der Luft hängen und schaute neugierig zu Peter.

„Dann machst du Glöckchen vermutlich ein kleines Festmahl", antwortete Peter mit einem frechen Lächeln. „Aber nur, wenn du richtig lachst. Kein halbherziges Kichern."

„Kein Druck", fügte Anne mit einem Zwinkern hinzu, und ich musste tatsächlich lachen – ein freies, ehrliches Lachen, das von der absurden Idee genährt wurde. Glöckchen hielt für einen Moment inne, sah zu mir herüber und machte ein schnelles, kaum sichtbares Nicken, als würde sie bestätigen, dass mein Lachen tatsächlich etwas taugte.

„Siehst du?", sagte Peter zufrieden, während Glöckchen sich wieder in die Lüfte schwang. „Ich hab doch gesagt, sie macht das gerne."

„Glöckchen, gib ihnen etwas Feenstaub ab!", befahl er schließlich nach einer kurzen Pause, seine Stimme durchdrungen von dieser unverkennbaren Mischung aus Autorität und Leichtigkeit, die ihn auszeichnete.

Glöckchen flatterte sofort vor mein Gesicht, ihr kleines, funkelndes Wesen leuchtete wie ein Stern im Dämmerlicht. Mit einem schnellen, wirbelnden Manöver pustete sie mir eine Wolke aus goldenem Staub direkt ins Haar. Die schimmernden Partikel schwebten wie magischer Nebel um mich herum, bevor sie sanft auf meinen Schultern und Haaren landeten, wo sie glitzerten, als sei ich in Sternenstaub gehüllt.

Ebenso bedachte sie Charlie, Nibs, Tootles und Anne mit einem großzügigen Funkenregen, jeder von ihnen strahlte jetzt, als hätte die Magie sie von innen heraus erleuchtet. Es war ein atemberaubender Anblick, und für einen Moment hielt ich den Atem an. Die Luft selbst schien elektrisiert, erfüllt von einer Energie, die man nicht greifen konnte, die aber dennoch da war.

„Peter braucht wohl keinen Staub", bemerkte Anne trocken, und wir lachten leise. Er grinste nur und hob die Schultern, als wollte er sagen: *Natürlich nicht, ich bin schließlich Peter Pan.*

„Nur noch ein guter Gedanke fehlt", fügte Anne hinzu und sah uns ermutigend an. Ich schloss die Augen und ließ die Worte auf mich wirken. Ein guter Gedanke. Was konnte das für mich sein?

Seit meiner Ankunft im Nimmerland hatte ich festgestellt, dass mein wunderbarer Gedanke nichts Greifbares war – kein Gegenstand, kein Ort, nicht einmal eine Person. Es war die Vorstellung meiner Zukunft. Die Freude darüber, dass ich endlich irgendwohin gehörte.

Dass ich hier, mit Peter, Anne und den verlorenen Jungen, ein neues Kapitel voller Abenteuer und Glück aufschlagen konnte. Ich stellte mir vor, wie frei ich sein würde, wie die Welt hier nur aus Möglichkeiten bestand.

Ein prickelndes Gefühl durchströmte meinen Körper, als ob der Gedanke selbst sich in Magie verwandelte. Meine Füße wurden leichter, dann lösten sie sich sanft vom Boden. Ich öffnete die Augen und spürte den Moment, in dem ich abhob. Der Wind erfasste mich, kühl und klar, und trug mich mit sich fort. Ein Lächeln breitete sich auf meinem Gesicht aus, während mein Herz vor Aufregung hämmerte.

„Gut", lobte Peter, der in der Luft neben mir schwebte und mich mit einem schelmischen Glanz in den Augen musterte. „Das geht ja schon viel schneller als beim ersten Mal."

Neben mir stieß Anne einen freudigen Jubelruf aus, und auch die anderen Jungen waren in der Luft, jeder von ihnen in einen Schimmer aus goldenem Feenstaub gehüllt. Gemeinsam hoben wir höher und höher ab, bis die Baumwipfel des Nimmerlandes weit unter uns verschwanden. Der Boden wirkte plötzlich so fern, als hätte er nie existiert, und die Insel entfaltete sich unter uns wie eine Schatzkarte: die Lagunen, die Wälder, die Berge und die geheimnisvollen Schatten, die alles miteinander verbanden.

Peter flog voraus, drehte sich dann elegant in der Luft und schwebte rückwärts, damit er uns alle im Blick hatte. „Wo wollen wir als Erstes hin?", fragte er, seine Stimme voller Vorfreude, und ließ seinen Blick über das Land schweifen.

Ich folgte seinem Blick und staunte über die unzähligen Möglichkeiten, die sich vor uns auftaten. Der Himmel war unser Reich, und das Abenteuer rief.

„Lieber nicht zu den Piraten", sagte ich schnell und hob warnend die Hände. Allein der Gedanke an Captain Hook und seine Crew ließ mir einen kalten Schauer über den Rücken laufen. „Ich will mir die Kraft für andere, schönere Orte aufheben und nicht für..." Ich suchte nach den richtigen Worten, „...Hooks absurdes Geschwafel."

„Nicht zu den Piraten", wiederholte Peter zustimmend, mit einem amüsierten Funkeln in den Augen.

„Schade", murrte Nibs enttäuscht und schob die Unterlippe vor. „Ich hätte gerne gegen sie gekämpft."

Ich schüttelte vehement den Kopf, als hätte er mich aufgefordert, in einen Vulkan zu springen. „Ich nicht", sagte ich entschieden, mein Tonfall ließ keinen Zweifel an meiner Abneigung.

Peter schmunzelte und schwebte ein wenig höher, seine Arme hinter dem Kopf verschränkt, als hätte er nicht die geringste Sorge. „Wie wäre es dann mit dem Teich des Krokodils?" fragte er plötzlich und warf uns einen fragenden Blick zu.

„Welches Krokodil?", fragte ich misstrauisch, meine Augen schmal zusammengekniffen.

„Captain Hooks größter Albtraum", erklärte Nibs mit einem breiten Grinsen, und sein Lachen hatte etwas Verschwörerisches.

Peter flog ein paar lässige Kreise über unseren Köpfen, bevor er begann, in seiner unverwechselbaren, dramatischen Art zu erzählen. „Hook und ich – wir hatten ein... kleines Duell." Er betonte das Wort „*klein*", als wäre es ein Geheimnis, das er kaum preisgeben wollte, während seine Augen in kindlicher Begeisterung leuchteten. „Er wollte etwas, was ich hatte – oder besser gesagt... er wollte mich. Tja, Pech für ihn."

„Und dann?", fragte ich, obwohl ich ahnte, dass die Geschichte sich zu etwas weitaus absurderem entwickeln würde, als ich mir vorstellen konnte.

Peter streckte die Arme aus und machte eine scharfe Bewegung mit seiner Hand. „Schnipp-schnapp! Seine Hand war ab!" Er lachte ausgelassen, und die verlorenen Jungen stimmten ein. „Ich habe sie einem Krokodil gefüttert, und das Beste ist..." Er ließ die Worte in der Luft hängen, bis Nibs begeistert ergänzte: „Es hat sie so sehr gemocht, dass es den Rest von ihm auch haben will!"

Ich starrte ihn ungläubig an. „Das ist... grauenhaft!"

„Das ist genial", korrigierte Peter mit einem breiten Grinsen.

Die Vorstellung war gleichermaßen grotesk wie faszinierend. Bevor ich weiter darüber nachdenken konnte, rief Peter plötzlich: „Folgt mir!", und mit einem Ruck schoss er in die Höhe.

Wir flogen höher und höher, der Wind peitschte uns ins Gesicht, und der weite Himmel öffnete sich wie ein grenzenloses Meer über uns.

Unter uns erstreckten sich die Berge des Nimmerlands, schroffe Felsen, die sich wie Zähne in den Himmel bohrten. Wir überquerten einen glitzernden See, der nicht weit von der Meerjungfrauenlagune lag, und ich konnte die Farben des Regenbogens auf seiner Oberfläche tanzen sehen.

Das Fliegen – es war jedes Mal aufs Neue ein Wunder. Der Wind trug mich wie eine unsichtbare Hand, und das Gefühl der Schwerelosigkeit war wie ein Lied, das nur ich hören konnte. Mein Herz schlug schneller vor Freude, meine Lungen fühlten sich erfüllt von frischer Luft und Freiheit, und ein unkontrollierbares Lächeln breitete sich auf meinem Gesicht aus.

„Fast da!", rief Peter über seine Schulter hinweg, seine Stimme trug sich wie ein Echo über den Wind. Er flog voraus, seine Bewegungen so mühelos wie die eines Vogels.

„Hier müssen wir runter!", rief Nibs und deutete auf eine Stelle unter uns. Der Boden war dicht bewaldet, doch dazwischen sah ich das glitzernde Band eines Flusses, das sich durch das Grün schlängelte.

Ohne zu zögern stürzte ich mich kopfüber in die Tiefe. Der Wind rauschte an meinen Ohren vorbei, und ein Gefühl von unbändiger Freiheit überkam mich.

Mit einem eleganten Schwung landete Peter direkt neben mir. „Je länger du hier bist, desto glücklicher wirst du sein", rief er über die Schulter zurück, seine Stimme voller Zuversicht.

Anne landete neben mir, ihre Augen funkelten. „So ging es mir auch", sagte sie mit einem warmen Lächeln, das sich anfühlte wie eine stille Verbundenheit. Ihre Worte ließen die letzten Zweifel in mir verblassen – ich war hier, im Nimmerland, und ich war bereit für alles, was noch kommen würde.

Unsere Flüge wurden langsamer, und nach und nach verloren wir an Höhe, bis wir uns schließlich dem Boden näherten. Der Wind, der uns zuvor getragen hatte, ließ nach, und ich spürte die vertraute Schwerkraft zurückkehren.

Peter landete als Erster. Mit einer Leichtigkeit, die mich schon fast neidisch machte, setzte er auf einem kleinen Stück festen Bodens auf und sah sich lässig um, als hätte er gerade nichts Spektakuläres getan. Die verlorenen Jungen folgten ihm, jeder mit seiner eigenen, unbeholfen-abenteuerlichen Art zu landen. Nibs machte eine Rolle vorwärts, während Tootles mit ausgestreckten Armen wie ein Flugzeug auf dem Boden aufkam. Charlie stolperte ein wenig, lachte dann aber über sich selbst.

Anne und ich waren die Letzten, die landeten. Ich konzentrierte mich darauf, meine Geschwindigkeit zu reduzieren, und setzte schließlich mit einem weichen Aufprall auf dem weichen Moos auf. Meine Knie gaben kurz nach, aber ich hielt mich aufrecht und fühlte mich erstaunlich stolz auf meine gelungene Landung.

„Nicht schlecht!", lobte Peter mit einem Augenzwinkern, während er sich gegen einen Baumstamm lehnte. „Beim nächsten Mal machst du das mit geschlossenen Augen."

Ich sah mich um. Die Umgebung war dicht bewaldet, doch das Sonnenlicht, das durch die Baumwipfel fiel, tauchte alles in ein goldenes Glitzern. Vor uns erstreckte sich ein kleiner Teich, umgeben von hohen Gräsern und knorrigen Bäumen.

Das Wasser war so klar, dass ich die Steine auf dem Grund sehen konnte – und etwas anderes, das sich langsam bewegte.

„Willkommen am Teich des Krokodils", verkündete Peter mit einer Mischung aus Stolz und Nervenkitzel in seiner Stimme. „Aber passt auf, dass ihr nicht zu nah ans Wasser geht." Sein Grinsen ließ keinen Zweifel daran, dass er wusste, wie er die Spannung aufrecht erhalten konnte.

„Aber ihr müsst jetzt wirklich leiser sein", warnte er und seine Stimme klang plötzlich ernster als zuvor. Es war ein Befehl, kein freundlicher Hinweis, und alle verhielten sich sofort still.

Ich blieb stehen und blickte mich um. Der Wald um uns herum war in eine dichte, fast unheimliche Stille gehüllt, nur das leise Rascheln der Blätter im Wind und das entfernte Plätschern des Sees begleiteten die unheimliche Ruhe. Doch da war dieses Geräusch.

Ein Ticken, das sich durch die Luft zog, als würde eine unsichtbare Uhr ihre Zeit schlagen. Es klang so rhythmisch, so gleichmäßig – *Tick, Tack, Tick, Tack* – und doch nicht wie jedes gewöhnliche Uhrwerk. Es schien tiefer zu kommen, als ob es irgendwo aus dem Inneren des Waldes emporstieg, als ob der Wald selbst ein Geheimnis barg, das er schon zu lange verbergen wollte.

„Was ist das für ein Geräusch?", fragte ich leise, doch mein Herz raste. Es war fast, als würde sich die Welt um uns herum verändern, als ob die Zeit plötzlich langsamer verging.

Peter drehte sich zu mir, seine Miene war nachdenklich, fast ein wenig entschuldigend. „Ach ja, ich habe dir ganz vergessen, den Rest der Geschichte zu erzählen. Naja, es ist eher ein kleines, unnötiges Detail", sagte er, als wäre es keine große Sache, aber ich spürte, dass etwas mehr dahintersteckte.

Ich wartete, doch er schien zögerlich. „Nachdem das Krokodil Hooks Hand verschlungen hatte", begann er schließlich, „wollte es mehr. Es schien, als hätte ihm die Hand richtig gut geschmeckt. Vielleicht hatte das Krokodil einfach ein Faible für Piraten – wer weiß?" Peter grinste, aber es war ein schmaler, düsterer Grinser, als er an das Krokodil zu denken schien.

„Damit Hook immer wusste, wo das Krokodil war, gab ich ihm einen Wecker", fuhr Peter fort, und in seiner Stimme lag etwas, das ich fast als einen Hauch von Stolz beschreiben würde – als ob der eigentliche Plan mehr von einer gewitzten List als von einem zufälligen Vorfall zeugte. „Und dieser Wecker liegt wohl immer noch in seinem Magen. Laut und unaufhörlich. *Tick, Tack, Tick, Tack...*"

Ich starrte ihn an, während sich das Bild von Captain Hook in meinem Kopf formte – wie er seine Hand an das Krokodil verlor, und noch schlimmer, wie er seither von diesem unaufhörlichen Ticken verfolgt wurde. Die Vorstellung war nicht nur komisch, sondern auch irgendwie verstörend. Ich musste unwillkürlich kichern, doch als das Bild des Krokodils, das ohne zu zögern die Hand des Piraten verschlang, in mir aufstieg, verging mir das Lächeln. Ein frösteln zog sich meinen Rücken hinauf.

„Und das ist der Grund, warum Hook immer verrückt wird, wenn er eine Uhr hört", erklärte Anne, ihre Stimme nun ernst und nachdenklich.

Peter nickte und schaute uns dabei mit einem fast triumphierenden Blick an. „Genau. Das Krokodil hat ihm nicht nur die Hand genommen, sondern auch ein Stück seines Verstandes.

Jedes Mal, wenn Hook jetzt das Ticken einer Uhr hört – eine, die nicht die ist, die ich ihm nach dem Vorfall geschenkt habe – wird er wild. Er rastet völlig aus. Es ist, als ob er die Uhr als eine Erinnerung an die größte Niederlage seines Lebens zerstören muss."

Ich zog eine Augenbraue hoch und starrte Peter an, während seine Worte in meinem Kopf nachklangen. Die Vorstellung, dass der furchtlose und grausame Captain Hook von einem Krokodil und einer verdammten Uhr in den Wahnsinn getrieben wurde, war fast zu absurd, um sie zu begreifen. Es war, als würde ein Riese von einer Ameise besiegt worden– und das machte es umso schwerer, es zu fassen. Ein Mann, der das Meer beherrschte, der vor keinem Feind Halt machte, wurde also von einem scheinbar zufälligen Vorfall und einem ständigen Ticken in den Wahnsinn getrieben? Es wirkte fast wie ein schlechter Scherz.

„Wow", murmelte ich, die Worte kamen mir schwer über die Lippen. „Wenn Hook nicht der böse Pirat wäre, der er ist, würde ich fast Mitleid mit ihm haben." Der Gedanke, dass dieser scheinbar unerschütterliche Mann in seiner Seele von etwas so Alltäglichem wie einer Uhr verfolgt wurde, ließ mich beinahe unwillkürlich den Kopf schütteln.

Peter zuckte mit den Schultern, als würde er diesen Gedanken als völlig irrelevant abtun, als wäre er nicht der Rede wert. „Pah, wenn du wüsstest, wie viele Leute ihm Mitleid schenken. Aber nicht hier, nicht im Nimmerland. Hier zählt nur das, was du tust."

Seine Stimme hatte eine Schärfe, die mich überraschte. Es war, als ob er eine unsichtbare Grenze zog – die Grenze zwischen der Welt, in der wir uns befanden, und der Welt, in der die Regeln des Erwachsenenlebens und die gedanklichen Maßstäbe eine Bedeutung hatten.

Wir gingen weiter, und der Weg, den wir einschlugen, wurde zunehmend schmaler. Das Ticken des Weckers war jetzt deutlich lauter, es schien uns zu verfolgen, sich zu verdoppeln, als wir uns dem Ziel näherten. Es drang in meine Ohren, füllte meinen Kopf. *Tick, Tack, Tick, Tack* – die Geräusche hallten in mir wider, wie ein Countdown, als ob die Zeit selbst uns beobachtete.

„Wir müssen hier lang", sagte Peter plötzlich, als er auf einen gewaltigen Baum zeigte, der sich inmitten des Waldes erhob. Es war ein riesiger, knorriger Baum, der so alt und mächtig wirkte, dass er fast wie ein Wächter der Vergangenheit erschien. „Der Teich des Krokodils ist nicht mehr weit. Aber sei vorsichtig, hier passiert immer etwas Seltsames."

Das Ticken wurde lauter. *Tick, Tack, Tick, Tack.* Jetzt war es fast ein Rauschen, als wäre die Zeit in den Wald eingedrungen. Der Baum stand wie ein Monument der Geschichte, und ich konnte fast fühlen, dass irgendetwas Großes in der Luft schwebte.

„Immer die Helfende, niemals die, der geholfen wurde"

Das leise Tropfen des Wassers, das sich an den verschlungenen Wurzeln und dichten Sträuchern sammelte, welche von den mächtigen Kronen der Urwaldbäume des feuchten Nimmerwaldes hinabhingen, hallte in der stickigen Luft um uns wider. Es war, als ob der Wald selbst atmete, jeder Tropfen ein Teil eines geheimnisvollen Pulsschlags. Begleitet wurde dieses rhythmische Tropfen von einem unheimlich regelmäßigen Ticken – dem Ticken eines Weckers, dessen Ursprung wir nun allzu gut kannten.

Mit jedem Schritt wurde dieses Ticken lauter, schärfer, und das dumpfe Rauschen des Waldes schien sich in Erwartung zu verdichten. Ich konnte förmlich spüren, wie wir dem Biest immer näher kamen. Es lag in der Art, wie der Wind plötzlich stockte, wie die Blätter an den riesigen Farnen aufhörten zu zittern. Meine Haut prickelte unangenehm, als ob der kalte Schweiß, der sie bedeckte, bei jeder Sekunde kälter würde. Doch es half nichts – die unheimliche Präsenz, die auf uns lauerte, ließ keinen Raum für Wärme.

Ich war mir sicher, dass uns nichts passieren konnte. Immerhin war das hier Nimmerland – der Ort, an dem Abenteuer an jeder Ecke lauerten, aber echte Gefahr nur eine Geschichte zu sein schien. Wir wollten schließlich nur ein bisschen Spaß haben, nicht wahr?

Doch als Peter plötzlich innehielt und sein breites Grinsen sich in einen geheimnisvollen Ausdruck verwandelte, begann mein Vertrauen ins Wagnis zu schwanken. Seine grünen Augen funkelten vor Aufregung, und ein Hauch von Herausforderung lag in der Luft.

„Wer traut sich?", begann er, seine Stimme einladend, fast spielerisch, doch mit einem gefährlichen Unterton. Wir sahen ihn erwartungsvoll an, doch die nächste Frage ließ uns alle erstarren. „Wer traut sich, das Krokodil anzufassen?"

„Bist du lebensmüde?", platzte ich hervor, mein Herz raste. Der Gedanke allein jagte mir Schauer über den Rücken. Das Krokodil, das Captain Hooks Hand verschlungen hatte – das Ungeheuer, das den gefürchtetsten Piraten im Nimmerland in einen Zustand ständiger Paranoia versetzt hatte? Niemals. Die bloße Vorstellung, dass ich auch nur in die Nähe seines schuppigen Leibs kommen könnte, ließ mir das Blut in den Adern gefrieren. „Nein, danke", fügte ich entschieden hinzu.

Peter ließ sich von meiner Reaktion jedoch nicht beirren. Im Gegenteil, sein Grinsen kehrte zurück, herausfordernder denn je. „Tootles, du machst das", verkündete er, als ob es keine Diskussion gäbe.

Tootles starrte ihn mit großen Augen an, als hätte Peter ihm gerade vorgeschlagen, direkt in den Schlund des Monsters zu springen. „Ich?!" Seine Stimme überschlug sich fast. Er schüttelte hektisch den Kopf, sein Gesicht kreidebleich. „Keine Chance!"

„Ich will auch nicht", gab Anne kleinlaut zu, ihre Stimme zitterte leicht. Neben ihr nickte Charlie eifrig, als wolle er Peters Blick ausweichen.

„Und du, Nibs?" Peter wandte sich mit erhobener Augenbraue an den Jungen. Nibs wich erschrocken zurück, seine Hände griffen unwillkürlich nach meiner Schulter, und er versteckte sich regelrecht hinter mir. „Niemals!", rief er, und seine Stimme bebte vor Angst.

Peter seufzte theatralisch, den Kopf in die Hände geschlagen. „Euer Ernst? Keiner von euch hat den Mut, sich dieser kleinen Herausforderung zu stellen?" Er ließ seinen Blick dramatisch über unsere Runde schweifen, doch niemand wagte, den Kopf zu heben. Jeder von uns war wie angewurzelt. „Keine Freiwilligen?", fragte er erneut, seine Stimme klang fast beleidigt.

Wir alle schüttelten synchron den Kopf, als hätten wir uns abgesprochen. Peter ließ die Arme sinken und schüttelte fassungslos den Kopf. „Dann bin ich es wohl, der es machen muss", murmelte er schließlich, als spräche er zu sich selbst. Seine Stimme hatte einen seltsamen Nachhall, eine Mischung aus Stolz und leichtem Ärger.

„Peter, das ist verrückt", flüsterte ich und sah ihn flehend an. Doch er war längst in seinem Element, ein Held, der sich seiner selbst bewusst war. „Keine Sorge", sagte er und grinste uns zu, als wäre dies nur ein weiteres harmloses Abenteuer. „Ich habe alles im Griff."

Er machte einen Schritt nach vorne, und ich spürte, wie die Luft um uns herum dichter wurde, als ob die Zeit selbst den Atem anhielte. Wir sahen ihm nach, während er sich mit einer Mischung aus Wagemut und Leichtsinn dem dunklen Wasser näherte.

Das Ticken der Uhr in der Ferne schien lauter zu werden, und ich hatte das Gefühl, dass wir an der Schwelle zu etwas standen, das unser bisheriges Verständnis von Gefahr übersteigen könnte.

Die Luft schien sich zu verdichten, als Peter uns mit erhobenem Finger ermahnte: „Bereitet euch darauf vor, fliehen zu müssen." Seine Stimme war fest, doch in seinen Augen glomm ein Funken kindlicher Aufregung, der mich mehr beunruhigte als beruhigte.

„Nein, Peter, lass es!", rief ich leise und instinktiv, meine Stimme ein Hauch über dem Flüstern. Die Worte waren jedoch durch meine Hand gedämpft, die ich vor meinen Mund hielt, als ob das allein verhindern könnte, das Krokodil zu wecken. Mein Herz raste. Der Gedanke, dass wir hier an einem Ort standen, der solch ein Monster beherbergte, ließ mir das Blut in den Adern gefrieren.

„Wir können doch fliegen", flüsterte Anne und legte tröstend eine Hand auf meine Schulter. Ihre Worte waren sanft, doch ich konnte das leichte Zittern in ihrer Stimme nicht überhören. Sie wollte mich beruhigen, aber es klang mehr, als wolle sie sich selbst Mut zusprechen.

Peter ignorierte unser Flüstern vollständig. Er hob dramatisch die Hand und erklärte feierlich: „Lasst das Abenteuer beginnen!" Mit einer Bewegung, die so entschieden war, als wollte er einen Pakt mit dem Unbekannten schließen, schlug er mit der flachen Hand auf den Felsen vor sich.

Aber es war kein Felsen.

Der Moment, in dem Peter seine Hand hob und sie kraftvoll auf die raue Oberfläche niedersausen ließ, schien sich in die Länge zu ziehen. Das Geräusch hallte dumpf, doch es wurde begleitet von einem tiefen, vibrierenden Knurren. Mein Magen krampfte sich zusammen, als mir klar wurde, dass der „Felsen" sich bewegte. Die Bewegung war träge, aber unverkennbar.

Peter zog seine Hand zurück, ein leises „Autsch" vernehmbar, als er sie ausschüttelte. Sein Schlag schien ihm mehr wehgetan zu haben als dem, worauf er eingeschlagen hatte. Doch er grinste unbeeindruckt und klopfte erneut.

Ich trat unwillkürlich einen Schritt zurück, als ich erkannte, dass sich die Struktur, die wir für Stein gehalten hatten, entfaltete. Glatte, dunkelgrüne Schuppen reflektierten das fahle Licht, jede von ihnen so groß wie eine meiner Handflächen. Der „Felsen" erhob sich mit einem Ächzen, das klang, als käme es aus den Tiefen der Erde.

Und dann öffneten sich die Augen.

Zwei schreckliche Schlitze aus blutrotem Licht erschienen in der Dunkelheit. Sie starrten uns an, funkelnd und wachsam, wie zwei glühende Kohlen. Das Knurren wurde tiefer, ein Grollen, das durch den Boden vibrierte. Mein Blick wanderte über die massive Gestalt des Krokodils: Der Körper war unglaublich lang, eine gepanzerte Festung aus Schuppen und Muskeln, die sich wie ein Bollwerk in den Wald erstreckte. Der Kopf allein war so groß wie ein Boot, mit einer schrecklichen, schnabelförmigen Schnauze, die mit Reihen von gezackten Zähnen gespickt war – jeder Zahn so lang wie ein Finger.

Sein Bauch war gewaltig, eine breite, hellere Fläche, die den Anschein erweckte, dass dort ein riesiger Stein pochend schlug – das tickende Herz des Ungeheuers. *Tick, Tack, Tick, Tack...* Der unheimliche Rhythmus war nun viel lauter und schien direkt aus seinem Inneren zu kommen.

„Peter, hör auf", flehte ich erneut, meine Stimme ein heiseres Flüstern. Doch er schien die Warnung nicht zu hören – oder schlimmer, er ignorierte sie. Stattdessen grinste er breit, ein Glanz von Wagemut in seinen Augen.

Das Krokodil gab erneut ein Knurren von sich, diesmal lauter und deutlicher. Es rollte mit dem riesigen Kopf, öffnete das Maul ein Stück und entblößte eine dunkle, feuchte Höhle, in der die Zähne wie Dolche blitzten. Das Geräusch, das aus seiner Kehle kam, war ein Gemisch aus einem tiefen Grollen und einem ekelerregenden, schleifenden Laut, als ob Steine aufeinander reiben würden.

„Nein, Peter, es wacht auf!", zischte ich panisch. Meine Finger gruben sich in die Rinde eines Baumes neben mir, als ob ich mich an ihm festhalten könnte, falls der Boden unter uns zu beben beginnen sollte.

Peter ließ sich von meinem Flehen nicht beirren. Stattdessen trat er einen Schritt näher und schien das erwachende Ungetüm mit einer Mischung aus Neugier und Übermut zu beobachten. Sein Grinsen wurde breiter, seine Haltung gelassener, als hätte er die völlige Kontrolle über die Situation.

„Das ist Wahnsinn", flüsterte Anne, ihre Augen geweitet vor Schreck. Charlie nickte stumm, unfähig, seinen Blick von dem sich erhebenden

Krokodil abzuwenden. Nibs schien in Schockstarre hinter mir zu verharren, seine Hände klammerten sich fest an meinen Arm.

Das Krokodil ruckte mit dem Kopf, und der dumpfe Klang seiner Bewegungen ließ meinen Magen zusammenziehen. Sein massiger Schwanz, mit stachelartigen Vorsprüngen bedeckt, peitschte leicht über den Boden und zertrümmerte dabei einen kleinen Baum.

„Tick, Tack, Tick, Tack...", murmelte ich unwillkürlich. Das Ticken schien mich zu hypnotisieren, so eindringlich und rhythmisch wie das Dröhnen meines eigenen Herzschlags.

Plötzlich hielt das Krokodil inne, seine roten Augen fixierten uns mit einem Blick, der mich erstarren ließ. Es wirkte, als wisse es, dass wir hier waren – und dass wir ihm gehören könnten, wenn es nur wollte.

„Flieht!", schrie ich mit aller Kraft, doch meine Stimme wurde von der grollenden Kehle des Krokodils fast verschluckt. Meine Beine zitterten, und als ich versuchte, mich in die Luft zu erheben, fühlte ich die Furcht wie ein unsichtbares Gewicht an meinen Gliedern zerren. Der wunderbare Gedanke an Freiheit, an Abenteuer, war alles, was mich hielt. Ich klammerte mich verzweifelt daran, bis ich endlich spürte, wie sich meine Füße vom Boden lösten. Der Luftzug um meine Ohren war ein flüchtiger Trost, doch die Bedrohung hinter mir ließ diesen Moment nicht lange währen.

„Raus von hier!", rief Peter mit einem Lachen, das so unpassend erschien, dass es mich beinahe aus dem Takt brachte. Seine Stimme hatte etwas von einem Dirigenten, der ein tödliches Konzert leitete.

Das unaufhörliche *Tick, Tack* hallte wie ein makabres Lied durch den Raum, ein unheilvolles Versprechen, dass die Zeit für uns ablief. Jeder Schritt des Tieres ließ die Erde vibrieren, die Vibrationen kletterten meine Beine hinauf und fesselten mein Herz mit eisigem Griff.

Als wir endlich ins Freie traten, traf mich das warme Licht der Sonne wie eine Welle, die mich für einen Moment von der klammen Angst befreite.

Doch die Illusion der Sicherheit verging schnell. „Wo müssen wir lang?",
rief Charlie, seine Stimme überschlug sich vor Panik.

„Hier lang!", befahl Peter und deutete auf das hohe Gebirge vor uns. Der
Weg war steinig und steil, doch es gab keine Wahl. Hinter uns brüllte das
Krokodil – ein ohrenbetäubender Laut, der wie ein Donnerschlag die Welt
zu zerreißen schien.

Sein Brüllen war nicht einfach ein Geräusch. Es war eine Waffe. Der
Klang schnitt durch die Luft, als wären tausend eiserne Nägel gleichzeitig
über eine gigantische Tafel gezogen worden. Er war so durchdringend und
schmerzlich, dass meine Hände reflexartig an meine Ohren flogen, um den
Lärm abzuwehren. Aber es war vergeblich – der Ton drang durch jede
Barriere, als ob er direkt in meinem Kopf widerhallte.

„Weiter, nicht stehen bleiben!", rief Peter mit einer Dringlichkeit, die
mich aus meiner Starre riss. Ich wagte einen Blick nach unten, nur um zu
sehen, wie nah das Ungeheuer gekommen war. Seine massiven, schuppigen
Beine bewegten sich mit einer beunruhigenden Präzision, seine riesigen
Klauen hinterließen tiefe Narben im Boden. Sein langer, gepanzerter
Schwanz peitschte durch die Luft, riss kleine Bäume aus dem Boden und
ließ Steine fliegen.

Meine Kehle war trocken, und mein Atem ging stoßweise, als ich flog
und gleichzeitig versuchte, höher in die Luft zu kommen. Doch die Angst
lastete schwer auf mir, zog mich nach unten.

„Peter, ich falle!", schrie ich verzweifelt, als meine Kraft und guten
Gedanken nachgaben und ich das Gleichgewicht verlor. Die Erde schien auf
mich zuzukommen, und die Vorstellung, dass das Krokodil genau hinter mir
war, trieb einen eiskalten Dolch der Panik in meine Brust.

„Guter Gedanke!", rief Peter zurück, sein Tonfall unerbittlich, fast
befehlend. Es war keine Hilfe, die er anbot, sondern eine Aufforderung – ein
Weckruf, dass ich selbst die Kontrolle zurückgewinnen musste.

Denk an deine Zukunft! Denk an deine Zukunft! Die Worte hallten in meinem Kopf wider, aber meine Zweifel waren stärker. Was, wenn ich keine Zukunft hatte? Was, wenn dies der Moment war, an dem das Abenteuer sein Ende fand?

Mit einem schmerzhaften Aufprall landete ich auf dem Boden, die harte Oberfläche stahl mir den Atem. Für einen Moment sah ich Sterne vor meinen Augen tanzen, und mein Körper schrie vor Schmerz. Doch das Donnern der Schritte des Krokodils hinter mir ließ mir keine Zeit, nachzugeben. Der Schatten des Ungeheuers legte sich über mich wie eine drohende Decke, und der Hauch seines fauligen Atems jagte mir einen Schauer über den Rücken.

Mit zittrigen Armen und Beinen kämpfte ich mich hoch, die Angst wie ein treibender Strom in meinen Adern. Vor mir hörte ich Peters Stimme, laut und klar: „Spring, flieg, denk an dein Abenteuer!" Seine Worte waren wie ein Anker in der tobenden See meiner Panik.

Ich wusste, dass ich keine Zeit hatte, mich um die stechenden Schmerzen in meinen Gliedern zu kümmern-und auch nicht um Peters Befehl. Alles in mir schrie nach Flucht – raus, weg von hier, bevor es zu spät war. Mit einem Keuchen stemmte ich mich auf, das Adrenalin, das in meinen Adern rauschte, verdrängte jede andere Empfindung.

Einen Fuß vor den anderen setzte ich, vorsichtig und dennoch gehetzt, während meine Schritte über das knisternde Laub und das knorrige Geäst unter mir klangen. Der Waldboden fühlte sich uneben und trügerisch an, als ob er mich mit jedem Schritt tiefer in seine dunklen Geheimnisse ziehen wollte.

Plötzlich durchbrach ein lautes, ohrenbetäubendes Kreischen die Stille, scharf und bedrohlich wie eine zersplitternde Glasscheibe. Es schien von allen Seiten gleichzeitig zu kommen, ein unnatürlicher Laut, der mir das Blut in den Adern gefrieren ließ. Mein Herz setzte einen Schlag aus, und ich blieb wie erstarrt stehen, während meine Augen hektisch versuchten, die Quelle des Geräuschs im dichten Geflecht der Schatten um mich herum auszumachen.

Es war das Kreischen der Bestie hinter mir, die anscheinend den Geruch meines schwitzenden Körpers wahrnahm. Das Krokodil würde mich schnappen.

Um an Tempo zuzulegen, lief ich schneller. So würde es nicht passieren; das hier war nicht mein Ende. Immer schneller rannte ich, die Luft peitschte in mein Gesicht und verbrannte meine Augen, doch das Krokodil war noch immer hinter mir her.

Ich brauchte einen Plan. Irgendeine Idee, irgendeinen rettenden Gedanken, der mich aus dieser Hölle bringen würde. Mein Atem ging stoßweise, und mein Herz schlug so heftig, dass ich glaubte, es könnte jeden Moment zerspringen. So würde ich nicht sterben – nicht wie ein gehetztes Tier, ohne auch nur den Versuch gemacht zu haben, mein Leben zu retten.

Während ich durch das Dickicht hetzte, meinen Blick auf die Schatten vor mir und die Gefahr hinter mir gerichtet, hob ich instinktiv den Kopf. Über den dichten Baumwipfeln, dort, wo das Licht kaum noch durchbrach, zeichnete sich eine Bewegung ab. Ein Vogel glitt durch die graue Luft, seine Schwingen breit und kraftvoll. Ich erkannte ihn sofort – denselben Vogel, den ich gesehen hatte, als ich hier angekommen war.

Er flog mit einer mühelosen Eleganz, sein schwarzes Gefieder glänzte schwach im diffusen Licht, und zwischen den dunklen Federn trug er eine einzige, schneeweiße Feder, die wie ein stiller Leuchtturm inmitten des Grauens wirkte. Damals hatte er mich nicht beeindruckt, nur ein Vogel, der in Richtung der Jolly Roger geflogen war. Doch jetzt erschien er mir wie ein Zeichen, ein Fragment von Hoffnung. Vielleicht zeigte er mir den Weg. Vielleicht führte er mich zur Rettung.

Immer schneller hetzte ich durch den Wald, die Äste der Bäume rissen an meinen Haaren und Kleidern, als wollten sie mich festhalten. Mein Atem ging stoßweise, meine Lungen brannten wie Feuer, aber ich konnte nicht langsamer werden. Hinter mir war es, das Krokodil, seine donnernden Schritte schienen immer näher zu kommen. Und dann hörte ich es – ein markerschütterndes, triumphierendes Krähen, das wie ein Schlachtruf durch die Luft gellte. Peter.

Er lenkte es ab. Das Krokodil. Er schien keine Angst zu haben, und ich konnte nicht entscheiden, ob das bewundernswert oder einfach nur verrückt war. Für einen Moment wagte ich einen Blick nach oben, suchte nach ihm in den Baumwipfeln, und genau in diesem Moment geschah es.

Ohne Vorwarnung prallte ich gegen etwas – nein, gegen jemanden. Die Wucht ließ mich nach hinten stolpern, und ich landete hart auf dem Boden. Der Aufprall raubte mir für einen Moment den Atem, doch die Furcht ließ mir keine Zeit, um den Schmerz zu spüren. „Renn!", schrie ich panisch, ohne zu wissen, wer da vor mir stand.

Mein Blick hob sich, und meine Augen weiteten sich vor Schreck. Eisblaue Augen bohrten sich in meine, starr und durchdringend wie ein winterlicher Sturm. Der Schock ließ mich erstarren, als ich realisierte, gegen wen ich gerade gerannt war. „Hook", flüsterte ich, meine Stimme brüchig.

Er stand da, ein Bild der Unruhe, seine steife Haltung verriet, dass auch er wusste, was hinter uns war. „Was machst du hier?", keuchte ich, mein Herz hämmerte wie wild. Bevor er antworten konnte, verstärkte sich das Geräusch. *Tick. Tack. Tick. Tack.* Das Ticken des Weckers schnitt durch die Luft wie ein messerscharfer Dolch.

„Renn!", wiederholte ich eindringlicher, und ohne nachzudenken, griff ich nach seinem Arm und zog ihn mit mir. Was machte ich da? Half ich gerade Captain Hook? Doch als ich in sein Gesicht blickte, erkannten meine Augen etwas, was ich noch nie zuvor gesehen hatte – echte, unverfälschte Angst. Die Härte in seinem Blick war verschwunden, seine Augen waren weit aufgerissen, und sein Gesicht, das sonst so selbstbewusst war, wirkte jetzt wie das eines Mannes, der dem Tod ins Auge sah.

Es schien eine Ewigkeit zu dauern, bis er sich bewegte, als wäre sein Verstand erst jetzt fähig, die Situation zu begreifen. „Es ist hinter uns", sagte er, seine Stimme klang heiser, fast tonlos. Und dann, plötzlich, schrie er: „Es ist hinter uns!" Es war kein Befehl, kein Gehabe, sondern ein reines Kreischen der Panik, und er rannte.

Noch nie hatte ich Captain Hook so gesehen. Seine sonst so stolze Haltung war dahin, sein Mantel flatterte hinter ihm her, und seine Schritte waren unkoordiniert, fast verzweifelt. Wir rannten zusammen, durch den immer dünner werdenden Wald, während das donnernde Stampfen des Krokodils uns verfolgte. Der Boden unter unseren Füßen vibrierte bei jedem Schritt des riesigen Ungeheuers.

Dann, plötzlich, wechselte das Geräusch um uns herum. Das Rauschen von Wasser, zunächst leise, drang an mein Ohr. Mit jedem Schritt wurde es lauter, bis es schließlich das Knarren der Bäume übertönte. Ich wusste nicht, was mich erwartete, aber ich hatte keine Zeit, darüber nachzudenken.

„Das Meer!", rief Hook, und seine Stimme klang wie eine Mischung aus Erleichterung und Verzweiflung. Das letzte Dickicht brach vor uns auf, und die Welt verwandelte sich. Der dichte, bedrückende Wald endete abrupt, und vor uns breitete sich eine raue Küstenlandschaft aus.

Doch das Krokodil war nicht zu bremsen. Es hatte den Wald verlassen, und jetzt war es noch bedrohlicher. Sein massiver Körper bewegte sich unaufhaltsam, und seine Augen funkelten in der Sonne wie die einer urzeitlichen Bestie. Und dann, aus seinem schrecklichen Maul, kam ein Brüllen, das die Wellen des Meeres übertönte.

„Das ist Wahnsinn!", schrie ich, während meine Beine weiterliefen, so schnell sie konnten. Ich wusste, wir hatten nicht viel Zeit. Der Rand der Küste war gefährlich nah.

Es war der Ort, an dem die Jolly Roger vor Anker lag, ihre dunklen Segel ein gespenstischer Kontrast zum düsteren Himmel darüber. Das Schiff lag dort, wie eine drohende Festung, die jeden Ausweg versperrte. Ein unheilvolles Gefühl kroch in mir hoch, wie eisige Finger, die meinen Nacken hinaufkletterten.

Und plötzlich begriff ich. Hook war nichtzufällig hier. Es war kein geplanter Hinterhalt, sondern reines Pech – oder vielleicht doch Schicksal. Offenbar hatte er nur einen kurzen Spaziergang unternehmen wollen, fernab der engen Gänge seines Schiffes. Doch genau dabei war er auf mich gestoßen, eine Begegnung, die für ihn wie eine Einladung wirken musste.

Abermals griff ich panisch nach dem Arm des Kapitäns und zog ihn in Richtung der Küste. „Hier lang!", schrie ich und drängte ihn immer mehr zu seiner Bucht, obwohl die Richtung in die er gehen musste, offensichtlich war. Er rannte doch das Krokodil schien uns noch immer zu verfolgen.

Ich hatte keine andere Wahl, als abzuwarten und auf Peter zu vertrauen. Irgendwie musste alles wieder vorbeigehen, wie ein Sturm, der schließlich weiterzog. Doch mit jedem keuchenden Atemzug, mit jedem schmerzenden Schritt, den meine erschöpften Beine noch zustande brachten, rückte das Krokodil hinter uns näher.

Seine donnernden Schritte ließen den Boden unter meinen Füßen erbeben, und jedes tiefe Grollen, das aus seiner Kehle drang, schnitt wie ein Messer durch die ohnehin zerrissene Stille. Das Brüllen wurde lauter, unbarmherzig, ein schreckliches Echo, das mich verfolgte. Ich konnte spüren, wie seine Präsenz mir im Nacken saß, wie der feuchte, faulige Atem des Biests förmlich nach mir griff.

Meine Muskeln schrieen vor Erschöpfung, aber ich durfte nicht stehen bleiben. Nicht jetzt. Das Knacken von Ästen und das Scharren seiner Krallen waren wie die unerbittliche Mahnung, dass die Zeit knapp wurde – viel zu knapp.

Die Erkenntnis traf mich wie ein Schlag ins Gesicht: Ich konnte nicht weiter weglaufen. Es war zwecklos. Das Krokodil war schneller, stärker, unermüdlich. Der Rhythmus seines Ticks und Tacks schnitt wie ein scharfer Takt durch die Zeit, der unaufhaltsam das Ende einläutete. Meine Beine brannten, mein Atem war heiser, aber ich wusste, dass die Flucht allein nicht genug sein würde. Ich musste etwas tun – jetzt.

Peters Krähen durchschnitt abermals die Luft, eine Mischung aus Waghalsigkeit und Trotz, die selbst in diesem Moment ein Stück Hoffnung zu schenken schien. Doch selbst mit ihm auf meiner Seite schien die Zeit gegen uns zu arbeiten. Hook rannte immer noch an meiner Seite, seine mächtige Gestalt wankte, gezeichnet von der Flucht und der Angst. Sein Atem ging stoßweise, und Schweiß glänzte auf seiner Stirn, während sein Mantel wie ein Banner hinter ihm flatterte.

Der Geruch von Salz und das aufbrausende Donnern der Wellen waren wie eine Einladung zur Rettung. Aber das Krokodil war dicht hinter uns. Es brauchte nur noch einen Sprung, um uns zu erreichen. Panik packte mich. Mein Herz raste, als ich den einzigen Plan asusheckte, der uns vielleicht eine Chance geben würde.

Mit einem tiefen Atemzug legte ich meine zitternden Hände auf Hooks Schultern. Bevor er reagieren konnte, schubste ich ihn mit aller Kraft nach vorne, in Richtung der Bucht. „Renn!", brüllte ich, meine Stimme überschlug sich vor Anstrengung und Entschlossenheit.

Hook stolperte, fiel hart auf die Knie, und für einen Moment dachte ich, er würde liegen bleiben. Doch die Gefahr hinter uns war zu groß, zu nah. Mit einem wütenden Fluch rappelte er sich hoch, und dann lief er wieder los – Richtung Jolly Roger. Seine Schritte wurden schneller, verzweifelter, und ich konnte sehen, wie er schließlich über die Planken des Schiffs hechtete. Der Anblick, wie er sich auf seinem Schiff in Sicherheit brachte, war ein seltsamer Trost.

Aber jetzt war ich allein. Immer die Helfende, dachte ich bitter, niemals die, der geholfen wurde. Das Krokodil war hinter mir, sein schreckliches Maul so nah, dass ich das Schmatzen seiner Kiefer hören konnte. Der Boden vibrierte unter seinen massiven Schritten, und die Schatten seiner monströsen Gestalt drohten mich zu verschlucken. Es würde mich erwischen, und ich hatte niemanden mehr, der mir helfen konnte.

Ich verlangsamte meine Schritte, ließ meine Hände sinken. Vielleicht war das der Moment, an dem ich akzeptieren musste, dass dies mein Ende war. Der Tod kam schnell, ohne Gnade, und ich konnte nur hoffen, dass er nicht allzu schmerzhaft sein würde. Mein Atem war flach, meine Augen schlossen sich, während ich das Unvermeidliche erwartete.

Doch dann geschah etwas, das ich nicht für möglich gehalten hatte.

Ein plötzlicher Ruck – stark, doch irgendwie tröstlich – riss mich von meinen Füßen. Ehe ich es realisieren konnte, war ich in der Luft. Mein Herz schlug schneller, aber diesmal nicht aus Angst, sondern aus Überraschung. Ich öffnete die Augen und sah ihn: Peter Pan. Seine Hand hielt meine fest, sein Gesicht war wie immer von einem breiten, herausfordernden Grinsen erhellt.

„Ich lasse meine Freunde nicht zurück", sagte er knapp, aber seine Stimme war voller Entschlossenheit.

Unter uns ließ das Krokodil einen ohrenbetäubenden Brüller ertönen, doch es war zu spät für das Biest. Wir waren außer Reichweite. Der Wind zerrte an meinem Haar, meine Füße baumelten frei, und die beängstigende Dunkelheit des Waldes wich allmählich dem offenen, grenzenlosen Himmel.

Die Jolly Roger lag wie ein schimmernder Schatten im Wasser, sicher in der Ferne. Hook war gerettet. Und ich – ich war auch gerettet, dank Peter. Mein Herz raste immer noch, und ich fühlte Tränen in meinen Augen aufsteigen, aber diesmal nicht aus Angst. Es war Erleichterung, reine und überwältigende Erleichterung.

Peter und ich flogen weiter, höher, bis wir über dem tosenden Meer schwebten. Die Wellen unter uns waren unruhig, als ob sie die Spannung des Moments widerspiegelten, aber ich fühlte mich sicher. Schließlich landeten wir auf einem kleinen Vorsprung, wo Peter mich vorsichtig absetzte.

„Siehst du?", sagte er mit einem Hauch von Stolz in seiner Stimme. „Wir haben es geschafft. Ich hab dir doch gesagt, dass ich dich rette."

Ich wollte etwas erwidern, doch meine Stimme versagte mir. Stattdessen ließ ich mich in den Sand fallen, das Adrenalin immer noch in meinen Adern. Wir hatten es wirklich geschafft.

Verblasste Visionen

„Peter, was hast du dir nur dabei gedacht?" Meine Stimme hallte durch das Versteck, laut und scharf vor Wut. Meine Worte trugen all die aufgestaute Angst und Verzweiflung, die mich seit der Begegnung mit dem Krokodil nicht losließen. Mein Körper schmerzte, jeder Muskel fühlte sich an, als hätte er sich in glühende Drähte verwandelt, und selbst die kleinste Bewegung war eine Tortur. Aber ich konnte nicht einfach still sitzen – zu groß war die Unruhe, die in mir brodelte.

Peter hingegen stand lässig da, die Hände in die Hüften gestemmt, und grinste so unverschämt sorglos, dass ich ihn am liebsten geschüttelt hätte. „Es hat doch Spaß gemacht", sagte er und zuckte mit den Schultern, als wäre alles nicht mehr als ein harmloses Spiel gewesen. Seine grünen Augen funkelten vor Freude – oder war es Stolz? –, und ich hätte schwören können, dass er in Gedanken schon das nächste waghalsige Abenteuer plante.

„Spaß?" Ich spürte, wie meine Stimme vor Empörung zitterte. „Peter, ich bin fast gestorben!" Der Schrecken der letzten Momente war noch so frisch, dass mein Herz schneller schlug, während die Erinnerungen vor meinem inneren Auge aufflackerten. Das Krokodil, seine riesigen Zähne, das bedrohliche Ticken – es war, als würde ich alles noch einmal erleben.

Doch Peter reagierte nicht so, wie ich erwartet hatte. Während wir zurückgeflogen waren, hatte ich darauf gewartet, dass er mich zur Rede stellen würde, dass er wütend wäre, weil ich Hook gerettet hatte. Aber nichts dergleichen war geschehen. Für Peter existierte Captain Hook in diesem Moment wohl gar nicht. Ein Teil von mir war erleichtert darüber, der andere jedoch fühlte sich plötzlich unbedeutend.

„Ich finde, dir hat es gutgetan", meinte er schließlich, als ob er einen Gefallen getan hätte. Seine Worte waren so leicht dahingesagt, dass ich mich noch mehr ärgerte.

Ich schüttelte ungläubig den Kopf. „Gutgetan? Dass ich mein Leben an mir vorbeiziehen gesehen habe?" Meine Stimme überschlug sich fast. „Ist dir eigentlich klar, was hätte passieren können? Sind wir dir so egal?"

Doch Peter ließ sich davon nicht beeindrucken. „Ja", sagte er mit einem Lächeln, das ich am liebsten von seinem Gesicht gewischt hätte. „Adrenalinkicks sind immer gut!"

Ich starrte ihn einen Moment lang einfach nur an, sprachlos vor Frustration. Dieser Junge war wirklich nicht bei Verstand. Schließlich verschränkte ich die Arme vor der Brust, drehte mich von ihm weg und murmelte: „Du bist unmöglich." Es war zwecklos, mit ihm zu diskutieren. Peter Pan würde niemals einsehen, dass er falsch lag.

Während ich tief durchatmete, ließ ich meinen Blick auf die kratzige Waisenhausuniform fallen, die noch immer an meinem Körper klebte. Die Erinnerungen an den Tag, an die Erstickung unter diesen schweren Stoffschichten, schienen mich erneut zu überwältigen. Mit einem Seufzen begann ich, die steife, dicke Oberkleidung abzulegen.

Das Kleid kratzte wie immer, als ich es über den Kopf zog, und ich warf es schließlich achtlos zur Seite. Darunter trug ich nur die dünne Bluse und die einfache Hose, die man uns Kindern unter der Uniform gegeben hatte. Die kühle Luft auf meiner Haut fühlte sich wie eine Befreiung an, und ich rieb meine schmerzenden Schultern, während die Spannung langsam nachließ.

„Wie auch immer", murmelte ich schließlich. Der Kampf, ihn zur Vernunft zu bringen, war zu anstrengend, und ich hatte ohnehin keine Energie mehr übrig. Peter betrachtete mich mit einem Ausdruck, den ich nicht deuten konnte – irgendwo zwischen Mitleid und Nachsicht.

„Am Ende wird alles gut", sagte er, seine Stimme sanfter als zuvor. „Immer."

Bevor ich antworten konnte, rief Charlie mit seiner unverkennbaren kindlichen Begeisterung: „Wie in Aschenputtel!"

Ein trockenes Lachen entkam mir. *Aschenputtel?* Mein Leben fühlte sich definitiv nicht wie ein Märchen an, jedenfalls nicht wie eines mit einem glücklichen Ende. Aber vielleicht, nur vielleicht, war in Charlies naiven Worten ein winziger Funken Hoffnung verborgen.

„Hast du eigentlich bald wieder neue Geschichten von Wendy?", fragte Nibs mit leuchtenden Augen. Die anderen Jungen um ihn herum nickten zustimmend, ihre Gesichter voller Erwartung. Ich warf einen Blick zu Peter. Er stand vor uns, die Arme verschränkt, mit einem schelmischen Grinsen auf den Lippen, das wie immer eine Mischung aus Neugier und Wagemut ausstrahlte. „Ich könnte neue besorgen", überlegte er langsam, wobei er mit einem Finger an seine Kinnspitze tippte, als ob er in Gedanken versank. „Ich könnte heute Nacht wieder zu Wendy", fügte er hinzu, und das war der Moment, in dem die verlorenen Jungen zu jubeln begannen.

„Neue Geschichten!", rief Tootles, und seine Stimme überschlug sich fast vor Freude. Ich konnte förmlich sehen, wie sich die Luft um ihn herum mit seiner Begeisterung füllte, während die anderen mit freudigem Kreischen um Peter herumsprangen.

Doch dann machte Peter eine dramatische Pause, als hätte er plötzlich einen besseren Plan. „Ich könnte aber auch...", sagte er geheimnisvoll, seine Augen blitzten, und alle hielten den Atem an. „Ich könnte jetzt zu Wendy!"

Das war genug, um die verlorenen Jungen in einen wahnsinnigen Sturm der Begeisterung zu versetzen. Sie rasten um ihn herum, sprangen, lachten und riefen seinen Namen. Der Klang ihrer Freude hallte in den Wänden des Verstecks wider, und es war, als würde die ganze Höhle mit ihren Stimmen vibrieren.

„Was machen wir solange?", fragte Nibs, der Junge, der immer eine Frage nach der anderen hatte und dessen Augen niemals still zu ruhen schienen. Er wirkte, als ob die Welt für ihn ständig in Bewegung war, als ob er nie wirklich innehielt.

Peter überlegte kurz und schien in Gedanken zu versinken. „Spielt solange was", sagte er schließlich, doch dann, fast als würde er sich selbst korrigieren, fuhr er fort: „Oder nein…" Ein Funkeln trat in seine Augen, und er unterbrach sich selbst mit einem leichten Lächeln. „Kocht doch schon mal mit Anne das Abendessen."

Ich starrte ihn überrascht an. Erst jetzt fiel mir auf, dass ich in den gesamten Tagen hier im Nimmerland so gut wie nichts gegessen hatte, abgesehen von den wilden roten Beeren, die ich einmal an einem Strauch entdeckt hatte – und das auch nur beiläufig. Ich schielte unauffällig zu Anne, die mit einem leisen Lächeln nickte.

„Ich helfe mit!", rief Nibs sofort, der in dieser Hinsicht immer besonders eifrig war. „Ich auch!", stimmte ich ihm zu, überrascht von der plötzlichen Begeisterung, die sich in mir regte. Es war eine seltsame Mischung aus Neugier und dem drängenden Gefühl, etwas zu tun zu haben. Peter schien es nicht weiter zu stören, dass wir uns entschieden hatten, zu bleiben. Im Gegenteil, er schien das alles für eine gute Gelegenheit zu halten.

„Dann kann ich ja gehen", verkündete Peter mit einem selbstzufriedenen Grinsen. Ohne eine Sekunde zu zögern, stieß er sich mit einer geschmeidigen Bewegung vom Boden ab und schwebte in die Luft. Seine Bewegungen waren gewohnt leichtfüßig, fast wie die eines Tänzers, der keinen festen Boden unter den Füßen braucht. Doch, typisch Peter, dachte er nicht im Geringsten daran, dass er sich in einem unterirdischen Versteck befand, wo die Decke alles andere als hoch war.

Ein lautes, dumpfes *Klonk!* hallte durch den Raum, als sein Kopf mit voller Wucht gegen das niedrige Gestein prallte. „Autsch!", rief er laut und rieb sich die Stirn, während er ein Stück zurücktaumelte. Sein Gesicht verzog sich für einen Moment in einer Grimasse, bevor es sich wieder zu seinem typischen schelmischen Ausdruck glättete, als ob nichts gewesen wäre.

„Na gut, jetzt aber wirklich", murmelte er, wobei er einen flüchtigen Blick nach oben warf, diesmal vorsichtiger „Ich mach mich mal davon", murmelte er und flog hastig zum Ausgang.

„Hier geht's lang zur Küche", sagte Anne mit einem schmunzelnden Blick, als sie uns den Weg durch das Versteck zeigte. Sie deutete auf eine schmale, verworrene Gangbiegung, die in die Tiefen der Höhlen führte, die wir Zuhause nannten.

Der Gang vor uns war schmal und die Wände waren rau, die Luft roch nach feuchtem Moos und Altem. Wir passierten eine Reihe von abgestuften Steinen, die in die Dunkelheit führten. Anne führte uns ohne Zögern. In der Ferne hörte man das leise Tropfen von Wasser, und über unseren Köpfen erklangen das leise Flattern der Flügel von Glöckchen, die immer noch irgendwo in den höheren Teilen des Verstecks umherflog.

„Kommt, wir müssen uns beeilen, bevor es noch dunkler wird", sagte Anne und drängte uns vorwärts. Ihre Schritte hallten in der stillen Höhle, während Nibs und ich uns gegenseitig anstupsten und unsere eigenen Gedanken über das bevorstehende Abendessen teilten. Aber mehr als das, war es das Gefühl von Abenteuer, das uns nun trieb.

Wir betraten einen weiteren Raum, der inmitten des weitläufigen unterirdischen Verstecks der verlorenen Jungen verborgen lag. Er war schummrig beleuchtet, nur einige Lichter schienen durch kleine Risse in der Decke oder von glühenden Pilzen, die in einer Ecke wuchsen, einen diffusen Schein zu verbreiten. Der Raum war größer als die anderen, mit niedrigen Wänden, die leicht unregelmäßig waren, als wären sie mit bloßen Händen aus dem Erdreich gegraben worden.

In der Mitte stand ein hölzerner Tisch, alt und grob zusammengezimmert, mit Kerben und Schrammen übersät, die von Jahren intensiver Nutzung zeugten. Daneben war ein großer Metallkübel aufgestellt, dessen Boden eine freie Fläche für ein Feuer bot. Die glühende Asche vom letzten Kochen schien noch nicht vollständig erloschen zu sein, denn feine Rauchfäden stiegen auf und verloren sich in der stickigen Luft.

Ich blieb stehen und ließ meinen Blick skeptisch durch den Raum wandern. „Hier kochen wir?", fragte ich, meine Augenbrauen in einem spöttischen Bogen hochgezogen. Es sah nicht gerade wie ein Ort aus, an dem man kulinarische Meisterwerke erschaffen konnte.

Anne nickte jedoch eifrig und trat an einen Schrank, der an der gegenüberliegenden Wand stand. Er war ebenfalls aus grobem, dunklem Holz gefertigt, das dem Tisch ähnelte, mit einer Oberfläche, die sich mit tiefen Rillen und Astknoten rau anfühlte. „Da sind die Sachen drin, die wir brauchen", erklärte sie und zog eine quietschende Tür auf.

Ich trat näher und spähte hinein. Der Schrank war vollgestopft mit seltsamen Utensilien – nicht die üblichen Pfannen oder Töpfe, sondern Dinge wie rostige Kellen, improvisierte Messer aus angeschliffenen Muscheln und eine Ansammlung von Tontöpfen, die in verschiedenen Größen gestapelt waren. Kräuterbündel hingen an einem Haken und verbreiteten einen herben, erdigen Duft. Alles war chaotisch und doch auf seltsame Weise funktional.

„Und das soll reichen?", fragte ich zögernd, wobei ich eine verbeulte Kelle hochhob und sie kritisch betrachtete. Anne zuckte mit den Schultern, ein Grinsen auf ihrem Gesicht. „Es reicht immer", antwortete sie. „Hier im Nimmerland machen wir das Beste aus dem, was wir haben."

„Du musst dir vorstellen, dass es schmeckt", erklärte Tootles mit einem Enthusiasmus, der fast ansteckend war – *fast*. Ich starrte ihn an, als hätte er mir gerade erzählt, dass der Himmel grün sei. Vorstellen? Das war ihr

Geheimnis? Mein Magen knurrte protestierend, während sich mein Gesicht in eine Mischung aus Skepsis und leiser Verzweiflung verzog. Diese Kinder wollten mir ernsthaft weismachen, dass sie Sand und Laub aßen und das einfach durch die Kraft ihrer Fantasie in etwas Essbares verwandelten?

Anne bemerkte meinen zweifelnden Blick und trat näher. Ihre freundliche Art hatte etwas Beruhigendes, und sie griff behutsam in den Schrank. „Es funktioniert wirklich", sagte sie mit einem sanften Lächeln, als wollte sie mich überzeugen, ohne mich zu bedrängen. Doch ich war noch nicht bereit, so leicht nachzugeben. Der Gedanke, meine Zähne in etwas zu schlagen, das nach Baumrinde schmecken könnte, ließ mich innerlich schaudern.

„Lecker, Bananen!", rief Tootles plötzlich mit übertriebener Begeisterung, die in diesem Moment so fehl am Platz wirkte, dass ich mich fast fragte, ob er mich absichtlich ärgern wollte. Er hielt triumphierend etwas in die Luft, und mein Blick folgte seiner Hand. Doch anstelle einer saftigen gelben Frucht – einer Banane, die meine hungrigen Gedanken sofort zu schmecken glaubten – baumelte nur ein welkes Blatt in seinen Fingern.

Es war dünn und zerschlissen, seine ehemals grüne Farbe war einem blassen, kränklichen Gelb gewichen, das eher an Staub erinnerte als an Frische. Die Kanten waren unregelmäßig, eingerissen, als hätte der Wind es durch die Welt getragen und dabei all seinen Lebenssaft entzogen. Es hing träge in seiner Hand, wie ein schlaffer Fetzen, der jeden Moment zerbröseln könnte.

Tootles rieb sich mit theatralischem Ernst den Bauch, seine Augen funkelten vor gespielter Vorfreude. „*Mhmmm*", murmelte er, seine Stimme ein übertriebenes Brummen, das die Luft mit einer überzogenen Erwartung füllte. „Ich kann den süßen Geschmack schon riechen!" Er schnupperte an dem Blatt, als wäre es das köstlichste Ding der Welt, und biss dann tatsächlich hinein.

Ich zog die Augenbrauen hoch, mein Misstrauen wich einem Moment reinen Entsetzens. Doch Tootles kaute – und lachte. „Siehst du?" Er grinste breit, wobei kleine Fasern des Blattes an seinen Lippen klebten. „Bananen! Süß und saftig, wie immer!"

Mein Blick wanderte von seinem triumphierenden Gesicht zu dem welken Überbleibsel in seiner Hand und zurück. Konnte das wirklich wahr sein? Oder war das alles nur ein Scherz, den sie mit den Neuen trieben? Anne schien meinen Zweifel zu spüren und klopfte mir ermutigend auf die Schulter.

„Hier im Nimmerland", erklärte sie sanft, „funktioniert das alles anders. Es geht nicht darum, was es ist, sondern was du willst, dass es ist."

Ihre Worte klangen wie ein Rätsel, und doch hatten sie eine seltsame Logik, die ich nicht leugnen konnte. Aber konnte ich das wirklich glauben? War mein Hunger stark genug, um meinen Verstand dazu zu bringen, etwas anderes zu sehen als das, was vor mir lag?

Anne stellte sich in die Nähe und machte schließlich eine fließende Bewegung mit ihrer Hand, die aussah, als würde sie etwas Schweres oder Wertvolles aus dem Schrank ziehen. Ihre Finger krümmten sich in der Luft, doch als sie den vermeintlichen Gegenstand zu fassen bekam, stellte ich mit einem Blick fest, dass ihre Hände leer blieben. Sie hielt nichts als Luft, ihre Bewegung war ebenso schnell wie bedeutungslos.

Sie setzte die Sachen, die wohl nur sie und die verlorenen Jungen als deliziöses Mahl erkannten, auf dem kleinen Holztisch ab. „Wo ist denn jetzt das richtige Essen?", hakte ich abermals nach, und die Kinder sahen mich erschrocken an.

„Du kannst es immer noch nicht sehen?", fragte Slightly mit geweiteten Augen. „Vorstellen musst du es dir, bis du es siehst", riet Tootles. Ich versuchte mir fest vorzustellen, dass die Dinge, die auf dem Tisch lagen und meinen Reiz zum Würgen erregten, existierten und lecker aussahen. „Und ihr seht es wirklich?", vergewisserte ich mich mit skeptischer Miene.

Die verlorenen Jungen und Anne nickten im gleichen Augenblick, als hätten sie diese Geste schon unzählige Male geübt. Ihre Blicke waren auf mich gerichtet, gespannt und erwartungsvoll, als warteten sie auf ein Zeichen, auf ein Wort, das ihnen sagen würde, was nun zu tun war. Tootles hingegen machte einen Schritt auf den Tisch zu, seine Hand griff nach etwas, das ich nicht sofort erkennen konnte.

Ich blinzelte mehrmals, versuchte, die Schärfe meiner Sicht zurückzubekommen, doch jedes Mal, wenn ich meine Augen öffnete, war da nichts, was man als Essen bezeichnen konnte. Stattdessen lagen vor mir seltsame, unbewegliche Objekte, die keinerlei Bezug zu einer Mahlzeit hatten. Sie sahen aus, als gehörten sie nicht hierher, sondern in den tiefen, geheimnisvollen Wald – grob bearbeitetes Holz, grüne Pflanzenstängel, ledrige Rindenstücke und verfallene Steine, die nur eines gemein hatten: Sie waren definitiv nichts Essbares.

„Ich sehe aber wirklich nichts!", rief ich, meine Stimme klang genervt, aber auch ein wenig verzweifelt. Die Blicke der anderen bohrten sich in mich, erwartungsvoll, beinahe drängend. Anne und Charlie tauschten einen Blick, eine Mischung aus Unglauben und leiser Enttäuschung, bevor sie gleichzeitig ihre Köpfe schüttelten.

„Hast du denn keine Fantasie?", fragte Nibs schließlich, seine Augen weiteten sich, als hätte ich gerade behauptet, der Himmel sei grün. Sein Ton war vorwurfsvoll, aber auch überrascht, als wäre das Fehlen von Fantasie etwas Unvorstellbares, etwas, das nicht sein durfte.

„Nein!", entgegnete ich, fast trotzig, obwohl sich in meinem Inneren ein unangenehmes Gefühl regte. Ein Gefühl, das mich klein und fehl am Platz fühlen ließ.

Anne runzelte die Stirn und murmelte, mehr zu sich selbst als zu mir: „Aber alle Kinder haben doch Fantasie." Ihre Stimme zitterte leicht, als könnte sie selbst den Gedanken nicht fassen. Ihre Worte hallten in meinem Kopf nach, und ich spürte, wie sie an mir nagten. *Alle Kinder haben Fantasie.* Aber wenn das stimmte – warum konnte ich nichts sehen?

Es konnte nur zwei Möglichkeiten geben: Entweder hatte ich die Fantasie in mir, und sie lag verborgen, irgendwo tief in meinem Inneren, unerreichbar und in Ketten gelegt. Oder aber – und dieser Gedanke ließ mich innerlich zusammenzucken – sie war verloren. Für immer.

„Vielleicht braucht sie einfach mehr Zeit", meinte Charlie schließlich, und sein Tonfall war versöhnlich, beinahe tröstend. Aber seine Worte fühlten sich wie ein Pflaster an, das über eine viel zu große Wunde geklebt wurde. Zeit – wie war das nur möglich, an einem Ort, in dem Zeit nicht existierte?

Ich biss die Zähne zusammen, zwang mich, den drängenden Gedanken zu verdrängen, und atmete tief durch. Es brachte nichts, jetzt zu verzweifeln. Ich musste mich auf das Hier und Jetzt konzentrieren, darauf, einen Weg zu finden, dieses Gefühl der Leere zu überwinden.

„Na schön", sagte ich schließlich, mehr zu mir selbst als zu den anderen. „Vielleicht... vielleicht brauche ich wirklich nur ein bisschen Übung." Mein Versuch, hoffnungsvoll zu klingen, war halbherzig, aber besser als nichts.

Anne nickte zögernd, als wollte sie meine Worte glauben, und Nibs warf mir einen Blick zu, der irgendwo zwischen Skepsis und Neugier schwankte. Doch die Unruhe in meinem Inneren blieb. Es fühlte sich an wie ein stilles, aber unerbittliches Rauschen, das nicht weichen wollte – die leise Angst, dass ich vielleicht wirklich verloren war.

„Stellt sie drüben ab." Anne drückte mir und Nibs jeweils zwei große Schüsseln und einen Teller in die Hände. Der Teller war schwerer, als ich erwartet hatte, und als ich einen Blick darauf warf, erkannte ich, was er trug: eine riesige Torte aus dunklem, feuchtem Matsch.

Sie war kunstvoll aufgeschichtet, jede Schicht schien sorgfältig geformt zu sein. Die Krönung bildete eine kleine, leuchtend gelbe Blume, die in ihrer Zartheit wie ein Paradox wirkte – wie etwas, das nicht zu dieser chaotischen Welt aus Sand und Schlamm gehörte. Sie erinnerte mich an die Blumen, die man als Kind in Sandkasten-Torten steckten, bevor sie in einem einzigen Ruck zerstört wurden.

Ich ging schnell in den größten Raum des Baus. „Wo soll ich es ablegen?", fragte ich Nibs. „Hierhin", antwortete er schließlich und deutete auf eine freie Stelle des Bodens. „Nicht auf einen Tisch?", fragte ich verwirrt. Die Jungen aßen doch nicht allen Ernstes auf dem Boden, oder? „Nein, kein Tisch", bestätigte Nibs. „Komm, wir holen mehr, heute ist es unsere Aufgabe, den Boden zu decken." Ich folgte Nibs, der schon im nächsten Raum verschwand.

„Nimm die Gläser mit", befahl Anne und überreichte mir zwei Berge an aufeinandergestapelten, aus Holz geschnitzten Bechergläsern.

„Lauf dieses Mal langsamer", empfahl sie mit einem schiefen Lächeln, als sie mir die Gläser in die Hand drückte. Ihre Stimme war ruhig, aber es schwang eine leise Warnung mit. „Sonst machst du die Gläser noch kaputt, bevor wir überhaupt anfangen."

Ich nickte, ihre Worte im Hinterkopf, und balancierte die Gläser vorsichtig vor mir her, während ich den Gang entlangging. Das sanfte Klirren der Gläser begleitete mich, und ich spürte den kühlen Rand unter meinen Fingern. In dem anderen Raum angekommen, stellte ich sie behutsam auf den Boden, der mit leeren Tellern und Schüsseln übersät war. Die Haufen wirkten chaotisch, fast wie ein Puzzle, das darauf wartete, zusammengesetzt zu werden. Ich begann, die Gläser sorgfältig neben jede Schüssel zu platzieren, die Bewegung mechanisch, aber beruhigend.

Plötzlich hallte Annes energische Stimme durch die unterirdischen Gänge. „Setzt euch!", rief sie mit einer Autorität, die nicht zu überhören war. Kurz darauf strömte die Menge Jungen in den Raum, und die Atmosphäre verwandelte sich in ein einziges Durcheinander aus Gelächter, Rufen und unbändigem Kichern. Ich saß bereits auf dem Boden, beobachtete die Szene und konnte mir ein Schmunzeln nicht verkneifen, als ich sah, wie die Jungen sich um die Schüsseln drängten, ihre Gesichter voller Erwartung und Begeisterung.

Jibby ließ sich mit einem lauten Plumps direkt neben mich fallen. Sein Magen knurrte so laut, dass es im gesamten Raum widerhallte. Der Klang war fast komisch – ein tiefes, hungriges Grollen, das alles andere übertönte. Für einen Moment herrschte absolute Stille, bevor das Gelächter losbrach. Es war ansteckend, und ich konnte nicht anders, als mitzulachen. Er rieb sich verlegen den Bauch, sein Gesicht rot vor Scham, aber auch er begann schließlich zu kichern.

Als sich die Wogen des Gelächters glätteten, wandten sich alle Augen erwartungsvoll Anne und mir zu. Es war ein ungesprochenes Ritual, diese stille Bitte um Erlaubnis, zu beginnen. Die Spannung im Raum war fast greifbar, eine Mischung aus kindlicher Ungeduld und Vorfreude. Anne nickte kaum merklich, ein Zeichen, dass sie verstanden hatte, und öffnete bereits den Mund, um die Mahlzeit offiziell einzuläuten.

Doch bevor sie dazu kam, rief Tootles laut: „Guten Appetit!" Seine Stimme zerschnitt die Stille, und bevor irgendjemand reagieren konnte, hatte er schon beide Hände in einer der Schüsseln vergraben. Mit einem siegessicheren Grinsen zog er eine Handvoll zusammengeballtes Laub und Sand hervor, als wäre es ein köstlicher Leckerbissen, und schob es sich in den Mund.

Das war das Startsignal. Mit einem Freudengeschrei stürzten sich die anderen Jungen auf die Schüsseln, ihre kleinen Hände schnell und gierig, jeder darauf bedacht, das zu ergattern, was sein Magen begehrte – auch wenn es nur Sand, Pflanzen und Laub war. Die Geräusche waren chaotisch: Schmatzen, Gelächter und das gelegentliche Kreischen, wenn jemand etwas besonders „Leckeres" fand.

Ich beobachtete die Szene mit einer Mischung aus Faszination und Verwunderung. Es war surreal, diese ungebremste Freude zu sehen, während sie so offensichtlich imaginäre Speisen verschlangen. Ihre Augen leuchteten, und die Hingabe, mit der sie ihre Mahlzeit genossen, war erstaunlich. Anne warf mir einen wissenden Blick zu, ein leichtes Schmunzeln auf den Lippen, und ich konnte nicht anders, als den Kopf zu schütteln. So unlogisch es auch schien – in diesem Moment war das Nimmerland lebendig, pulsierend vor Fantasie und unbändiger Lebensfreude.

Ich saß dort, wie ein begossener Pudel, und konnte mich nicht überwinden, in das skurrile Schauspiel einzutauchen. Es war, als stünde ich vor einer unsichtbaren Mauer, die mich von ihrer Fantasiewelt trennte. Doch Anne, die sich nicht aus der Ruhe bringen ließ, griff nach einer der hölzernen Flaschen mit echtem Wasser und stellte sie vor mir ab. „Trink wenigstens etwas", meinte sie leise, ihr Lächeln aufmunternd.

Dankbar nahm ich die Flasche und goss das Wasser in meinen Becher. Das gluckernde Geräusch war irgendwie beruhigend, ein Anker in der Absurdität dieser Welt. Ich nahm einen Schluck und ließ das kühle Wasser über meine Zunge fließen. Es half, meinen wachsenden Knoten aus Verwirrung und Frustration ein wenig zu lösen. Ich war nicht hungrig, zumindest nicht körperlich, aber der Gedanke, dass die anderen etwas sahen, das mir verborgen blieb, nagte an mir.

Plötzlich zerriss ein lautes, unverkennbares Krähen die Luft. Mein Kopf schnellte hoch, und ich sah, wie auch die Jungen abrupt verstummten. Alle drehten sich zur Tür. Peter war zurück!

„Peter ist wieder da!", rief Charlie mit einem überschwänglichen Lachen. Ohne eine Sekunde zu zögern, sprangen die Jungen auf und stürmten Richtung Ausgang, ihre Freude fast greifbar. Ich folgte ihnen, meine Neugier geweckt. Wie konnte Peter es schaffen, innerhalb so kurzer Zeit zwischen den Welten zu reisen? War es die Magie des Nimmerlands, die diese Geschwindigkeit ermöglichte?

Als wir draußen ankamen, flog Peter in einer geschmeidigen Bewegung auf uns zu. Mit den Händen in die Hüften gestemmt, drehte er sich ein paar Mal in der Luft und ließ sein typisches Krähen hören. Seine Augen funkelten, und sein Lächeln war so strahlend wie immer. „Ich bin wieder da!", rief er mit einem triumphierenden Ton, der keinen Zweifel daran ließ, dass er sich seines dramatischen Auftritts bewusst war.

Die Jungen jubelten lauter, ihre Stimmen ein Chor der Begeisterung. Anne warf ihm einen strahlenden Blick zu, und auch ich konnte mir ein breites Lächeln nicht verkneifen. Es war unmöglich, sich von seiner unerschöpflichen Energie nicht mitreißen zu lassen. „Peter!", rief ich, meine Stimme voller Freude, und er erwiderte meinen Blick mit einem warmen Grinsen.

„Ich habe euch so viel zu erzählen!", verkündete er mit funkelnden Augen, während er sich geschickt durch die Menge der Jungen bewegte. Anne trat vor und deutete auf den Platz, den wir für ihn gedeckt hatten. „Komm", sagte sie und klang dabei so freundlich wie bestimmt. „Setz dich und erzähl uns alles."

Peter ließ sich mit einer dramatischen Geste nieder und holte tief Luft, als wollte er uns auf das vorbereiten, was er gleich erzählen würde. Die Jungen setzten sich eilig um ihn herum, die Augen weit aufgerissen, als könnten sie seine Geschichte kaum erwarten. Selbst ich, obwohl noch skeptisch gegenüber all dem, spürte, wie die Spannung im Raum wuchs.

Peter begann mit einem breiten Lächeln: „Das Märchen, das ich euch heute erzähle, beginnt – wie könnte es auch anders sein – mit einem wunderschönen Königreich." Seine Stimme senkte sich, wurde geheimnisvoll, und er fuhr fort: „Ihr wisst schon, so ein Ort, wo die Sonne immer scheint, die Blumen immer blühen, und die Leute anscheinend nichts Besseres zu tun haben, als hübsch auszusehen und in Märchenplotts verwickelt zu werden."

Die Jungen lachten, aber ihre Augen klebten förmlich an Peter. Und obwohl ich es mir nicht anmerken lassen wollte, fand auch ich mich darin wieder, seinen Worten zu lauschen, während sich die Magie seiner neuen Geschichte langsam um uns legte.

Verlorene Schatten

„In diesem Königreich gab's eine ziemlich schräge Regel: Wurdest du hässlich geboren, hatte das Leben es irgendwie auch auf dich abgesehen – hässlich innen, hässlich außen. Sahst du aber gut aus? *Jackpot!* Alles lief wie geschmiert. Jetzt zu unserer Geschichte: Es war da eine junge Dame, die bald Mutter werden würde. Ja, sie hatte ein Baby im Bauch und wahrscheinlich schon die ersten Namenslisten und Babykleidung am Start", erzählte Peter.

„Eine Mutter", raunte Tootles nach einigen Momenten des Lachens.

Ich hatte keine Eltern gehabt, und dieser Gedanke war mir so vertraut, dass er kaum noch schmerzte – eher war er wie eine blasse Narbe, die nur manchmal zu jucken begann. Doch hier, inmitten der verlorenen Jungen, dämmerte mir, dass ich nicht allein war mit dieser Leere. Es schien, als hätten auch sie keine Eltern gehabt, oder wenn doch, dann waren diese nur noch vage Schatten in ihren Erinnerungen, zu schemenhaften Gestalten verblasst, die keine Namen, keine Stimmen und keinen Halt mehr boten.

Ihre Augen verrieten nichts, wenn man das Thema nur streifte, und ihre Lachen, so hell sie auch klangen, hatten einen Hauch von etwas Zerbrechlichem, Unausgesprochenem.

Es war, als hätte die Abwesenheit von Eltern nicht nur eine Lücke in ihrem Leben hinterlassen, sondern auch eine Welt geschaffen, in der solche Bindungen kaum mehr Bedeutung hatten.

Peter fuhr fort: „Genau. Diese Frau liebte ihr ungeborenes Kind über alles, obwohl es noch gar nicht auf der Welt war. Klingt schön, oder? Aber Moment, Märchen-Alarm! Nicht jeder fand das so super. Denn diese Frau war niemand Geringeres als die Ehefrau des Königs – und der Typ war nicht nur mächtig, sondern auch ziemlich begehrt. Seine Frau war also nicht die einzige, die ihn liebte. Oh nein, da gab es auch andere Damen, die sich einbildeten, er gehöre ihnen. Eine von denen war so eifersüchtig, dass sie buchstäblich über Leichen ging – oder in diesem Fall über Nadeln. Sie vergiftete die Nadel, mit der die Königin sich bei der Geburt ihres Kindes in die Haut stach. Ziemlich dramatisch, oder? Aber hier fängt es erst an!"

„Wie grausam", stellte Anne entsetzt fest. Weshalb konnte man seine Mitmenschen nicht einfach leben lassen? Die Blicke der verlorenen Jungen waren fest auf Peter gerichtet, in der Hoffnung, dass er fortfuhr, doch auf jedem einzelnen Gesicht heftete ein stark amüsiertes Schmunzeln. Trotz der dunklen Wendung, die das Märchen nun aufnahm, verlieh die Art und Weise auf die Peter sie erzählte eine Dramatik, über die man nur lachen konntee.

„Und wie läuft das in Märchen so oft? Die Mutter starb tragischerweise, und was macht der König? Natürlich, er heiratet die Frau, die sie auf dem Gewissen hatte – weil Märchenkönige anscheinend immer ein Händchen für schlechte Entscheidungen haben."

Alle im Raum schnappten nach Luft, und ich erkannte einige heruntergeklappte Kiefer. „Hat das Kind überlebt?", fragte Anne, und Peter nickte. „Dazu kommen wir gleich. Die böse Frau, jetzt Königin, dachte wohl, sie könnte mit ihren fiesen Taten durchkommen, aber das Leben hatte andere Pläne. Mit jeder gemeinen Aktion wurde sie hässlicher – als ob das Universum selbst sie für ihre Bösartigkeit bestrafte. Doch statt sich zu bessern, dachte sie: *,Ich will das perfekte Leben! Ich will jung und schön sein!'* Also griff sie zu magischen Mitteln. Sie braute Tränke, die sie immer jünger aussehen ließen, und suchte Kontakt zu den finstersten Hexen, die sie finden konnte. Schließlich bekam sie einen magischen Spiegel. Aber dieser Spiegel war nicht irgendein Spiegel – nein, der war verflucht! Er reflektierte nur noch das, was der Mann, der sich darin ansah, wirklich sah – und das war vermutlich nicht das, was er sich erhofft hatte, denn der Spiegel war ein echter Wahrheitsfanatiker! Stets fragte die böse Königin: ,*Spieglein, Spieglein an der Wand, wer ist die Schönste im ganzen Land?*' Und der Spiegel antwortete dann immer mit: ,*Ihr, meine Königin, Ihr seid die Schönste im ganzen Land.*'"

„Aber Peter, ihre Schönheit ist doch nicht natürlich", konterte Anne.

„Sie ist trotzdem da." Peter blickte sich für einen Moment nachdenklich um und fuhr schließlich fort.

„Umso älter die Tochter des Königs wurde, desto hübscher wurde sie – und das konnte sogar der magische Spiegel nicht ignorieren. Also, immer wenn die böse Königin ihren üblichen, egozentrischen Blick in den Spiegel warf und fragte: ,*Spieglein, Spieglein an der Wand, wer ist die Schönste im ganzen Land?*', bekam sie eine Antwort, die ihr absolut nicht passte: ,*Schneewittchen*'. Und ja, übrigens, Schneewittchen war der Name der Prinzessin. Aber die Königin? Die fand das ganz und gar nicht lustig. Eifersucht ist doch immer so ein schöner Begleiter in Märchen!"

Ich kicherte leise, während Anne, und die verlorenen Jungen ihr Prusten zu unterdrücken versuchten.

„Die Königin war natürlich stinksauer. Schließlich wollte sie die Schönste im Land bleiben, und da kam dieses Schneewittchen, das ihr ordentlich die Show stahl. Also beschloss sie, dass die einzige Lösung war: Schneewittchen muss tot sein. Sie versuchte es mehrere Male – ziemlich chaotisch, wenn ihr mich fragt – und am Ende schickte sie ihren Jäger in den Wald, damit er sich mal um das *Problem* kümmert und das arme Mädchen erledigt. Natürlich dachte die Königin, sie hätte jetzt endgültig gewonnen. Aber, wir wissen, es läuft nicht alles immer nach Plan, vor allem in Geschichten!"

Das unaufhörliche Kichern unsererseits verschwand allmählich und verwandelte sich in ein gebanntes Schweigen.

„Der Jäger, der eigentlich den Auftrag hatte, Schneewittchen zu töten, hatte ein klitzekleines Moralproblem – und statt das Mädchen zu töten, ließ er sie einfach laufen. Um sich aus der Affäre zu ziehen, schnitt er das Herz eines Wildschweins auf, packte es in einen Beutel und tat so, als wäre es das Herz von Schneewittchen. Schneewittchen hat im Wald nach einem Zuhause gesucht, bis sie schließlich eine Hütte sah", fuhr Peter fort. „Hast du sie dann ins Nimmerland gebracht?", fragte Charlie. Peter schüttelte kichernd seinen Kopf. „In der Hütte lebten sieben Zwerge, die sie aufgenommen haben. Die böse Königin fand heraus, dass Schneewittchen noch lebte, und tötete den Jäger."

„Nein!", rief Anne entsetzt. Wieso starben eigentlich immer die Menschen, die die besten Absichten hatten?

„Die Königin hatte mittlerweile auch den König, ihren Mann, umgebracht und scheute nicht vor mehr Toten zurück. Sie ging nun auf die Suche, um Schneewittchen eigenhändig umzubringen."

Peters Stimme wurde mit jedem Satz, den er aussprach, dunkler, und die Anzahl an lustigen Kommentaren nahm langsam ab.

„Also, passt auf: Die Alte hat sich als Oma verkleidet, kommt bei der Prinzessin vorbei und meint so: ‚Hier, Apfel gefällig?‘ Klar, Prinzessin futtert das Ding, fällt um wie ein nasser Sack – *tot*. Aber halt, doch nicht wirklich tot! Denn irgendein Prinz – warum auch immer – entscheidet sich, sie mit einem ‚*Akt wahrer Liebe*‘ zu retten. Was genau das sein soll? Keine Ahnung, klingt nach Märchenlogik. Jedenfalls, zack, High-Five der wahren Liebe, sie wacht auf, happy end, Tschüss, Abspann!"

Wie beim letzten Mal, als Peter uns ein Märchen erzählte, begann ich zu applaudieren. Mittlerweile krümmten sich die verlorenen Jungen vor Lachen und Anne jubelte begeistert, während die verlorenen Jungen langsam in unser Klatschen einfielen

„Was sagt uns die Geschichte?", fragte ich schließlich, meine Stimme ruhig, aber mit einem Hauch von unterdrückten Kichern. Ich hatte einmal gehört, dass jede Geschichte, egal wie fantastisch, eine tiefere Bedeutung in sich trug – eine Botschaft, die es zu entschlüsseln galt. Irgendetwas, das uns etwas über uns selbst oder die Welt lehren konnte.

Peter lehnte sich in seinem improvisierten Stuhl aus zusammengenageltem Treibholz zurück, ein schelmisches Grinsen breitete sich auf seinem Gesicht aus. Seine Haltung war lässig, aber seine Augen funkelten vor einer schelmischen Energie, die ich bereits gut kannte. „Die Geschichte sagt uns", begann er, seine Stimme ein wenig gedehnt, als würde er eine große Weisheit verkünden wollen. Doch irgendetwas in der Art, wie sich seine Mundwinkel nach oben zogen, verriet mir bereits, dass er nicht ernsthaft antworten würde.

„Die Geschichte sagt uns, dass wir aufhören sollten, Obst und Gemüse zu essen", fuhr er fort und platzte daraufhin selbst in schallendes Gelächter, bevor jemand anders überhaupt reagieren konnte.

Die verlorenen Jungen ließen sich von seiner unbändigen Freude mitreißen und brachen in ein wahres Gelächter aus, das den Raum erfüllte. Einige von ihnen hielten sich die Bäuche, als könnten sie nicht glauben, wie lustig Peters Kommentar war. Andere ließen sich nach hinten auf den Boden fallen, strampelten mit den Beinen in der Luft und lachten so laut, dass ihre Stimmen wie Echos gegen die Wände prallten. Die gesamte Szene war ein einziges Chaos aus kindlicher Ausgelassenheit.

Ich konnte mir ein schiefes Lächeln nicht verkneifen, auch wenn ich schmunzelnd die Augen verdrehte. „Der war's jetzt nicht", murmelte ich, mehr zu mir selbst als zu den anderen, aber meine Worte gingen ohnehin in dem Lärm unter.

Es war während Peters Erzählung geschehen: Die Dunkelheit hatte sich wie ein dichter Mantel über das Nimmerland gelegt. Die spärlichen

Lichtstrahlen, die durch die winzigen Ritzen in der Decke fielen, waren längst erloschen, und nur das silbrige Schimmern des Mondlichts, das irgendwo von draußen seinen Weg ins Innere fand, erhellte den Raum in einem sanften, geheimnisvollen Schein.

Eine Eule rief ihr melodisches, melancholisches Lied, und irgendwo in der Ferne zirpten Grillen ein leises Konzert, als wollten sie die Geschichten Peters untermalen. Die Stimmen der Jungen wurden leiser, ihre Energie wirkte erschöpft, aber ihre Augen glitzerten noch immer im Nachhall der Abenteuer, die sie mit ihren Fantasien miterlebt hatten. Es war, als würde das Nimmerland selbst den Moment festhalten wollen, bevor es in die Stille der Nacht eintauchte.

„Ich denke, wir sollten langsam schlafen gehen", schlug Anne vor, ihre Stimme leise, aber bestimmt. *Endlich.* Ein Erleichterungsseufzen entfloh mir, bevor ich es zurückhalten konnte. Der Tag war lang, chaotisch und anstrengend gewesen, und jeder Muskel in meinem Körper schrie nach Ruhe. Der Gedanke, mich endlich hinzulegen und die Welt für ein paar Stunden auszublenden, fühlte sich wie ein Geschenk an.

„Bitte!", flehte ich und erhob meine Hände, als würde ich Annes Vorschlag an den Himmel loben. Doch Peter schnaubte nur und verdrehte demonstrativ die Augen. „Meiner Meinung nach", begann er, und ich konnte schon jetzt den belehrenden Ton in seiner Stimme hören, „ist Schlafen immer noch eine der größten Zeitverschwendungen, die es gibt."

Ich starrte ihn an, fassungslos. Natürlich, Peter Pan, der ewige Junge, der keine Verantwortung kannte, konnte keinen Sinn im Schlaf sehen. „Braucht dein Körper denn keinen Schlaf, Peter?" Meine Stimme klang müder, als ich es wollte, und auch ein wenig genervt.

„Hinlegen!", rief Tootles plötzlich und unterbrach die Diskussion, die sich gerade entspannen wollte. Und mit einem Schlag war die Anordnung wie ein Befehl an die verlorenen Jungen – sie ließen sich auf der Stelle fallen, wo sie gesessen hatten, manche mit einem theatralischen Plumpsen, andere, indem sie sich regelrecht auf den Boden warfen. Sie lachten, quiekten und wühlten sich in ihre improvisierten Schlafplätze, als hätten sie das schon tausendmal getan.

Ich beobachtete sie und konnte nicht anders, als den Kopf zu schütteln. Doch anstatt mich über die Unordnung zu ärgern, ließ ich meinen Blick durch den Raum wandern. Irgendwo in der Nähe war eine etwas dunklere Ecke, abgeschirmt von der Helligkeit des kleinen Feuers, das langsam herunterbrannte. Der Gedanke, ein wenig Abstand von der lauten Menge zu haben, war verlockend.

Langsam stand ich auf und ging zum anderen Ende des Raumes. Der Boden unter meinen Füßen war kühl, und das Holz knarzte leise bei jedem Schritt. Dort angekommen, ließ ich mich auf eine Stelle nieder, die ein wenig weicher schien, vielleicht durch Moos oder alte Decken, die jemand dort vergessen hatte. Ich zog meine Knie an die Brust und legte meinen Kopf darauf, während ich die Geräusche um mich herum wahrnahm – die leisen Atemzüge der Jungen, das Knistern des Feuers, die beständige Musik der Grillen draußen.

Für einen Moment fühlte ich mich seltsam friedlich, fast wie ein Teil dieses Ortes, obwohl ich wusste, dass ich hier nicht wirklich hingehörte. Aber das war ein Gedanke für morgen. Heute war ich einfach nur müde.

Es wurde allmählich ruhiger im Raum. Das leise Murmeln und gelegentliche Kichern der verlorenen Jungen wich einem sanften Schnarchen, das den Raum mit einem gleichmäßigen Rhythmus erfüllte. Die flackernden Schatten des fast erloschenen Feuers tanzten noch träge an den Wänden, doch auch sie wirkten, als würden sie bald zur Ruhe kommen.

Peter hingegen, wie ich es fast erwartet hatte, war nirgendwo zu sehen. Er hatte sich nicht hingelegt, wie es alle anderen getan hatten. Stattdessen hatte er sich, so wie immer, hinausgeschlichen und war davongeflogen.

Sein Verschwinden war so selbstverständlich und beiläufig gewesen, dass niemand es wirklich bemerkte.

Doch ich selbst konnte nicht schlafen, so sehr ich es mir wünschte. Mein Körper war schwer von der Erschöpfung, jeder Muskel schmerzte bei der kleinsten Bewegung, als hätte ich die ganze Welt auf meinen Schultern getragen. Dennoch blieben meine Augen weit geöffnet und starrten wie von selbst an die dunkle Decke über mir. Schlaf schien eine unerreichbare Oase, so nah und doch so fern.

Die Geschehnisse der letzten Tage rasten durch meinen Kopf wie ein unaufhaltsamer Strom. Es war zu viel, um es zu verarbeiten. Das Nimmerland hatte mir kaum einen Moment der Ruhe gelassen, und nun, in der Stille, fühlte es sich an, als würde mein Verstand von den Erinnerungen überwältigt.

Ich seufzte leise und versuchte, meinen rasenden Gedanken Einhalt zu gebieten, aber es war, als würde ich gegen den Strom kämpfen. Die Dunkelheit war voller Bilder, voller Eindrücke, die mich nicht losließen. Und so lag ich da, wach, erschöpft, gefangen in meinen eigenen Gedanken, während die Insel langsam in einen scheinbar friedlichen Schlaf versank.

Seufzend rappelte ich mich auf und setzte mich vorsichtig hin. Der Raum war von Stille erfüllt, nur das leise Schnarchen der verlorenen Jungen unterbrach die Ruhe. Sie waren alle in einen tiefen Schlaf gefallen, ihre Gesichter entspannt und friedlich, als wären sie in eine Welt jenseits unserer Reichweite entrückt. Doch zwischen ihnen war jemand fehl am Platz. Anne.

Ich blickte mich suchend um, peilte selbst die dunklen Ecken des Raumes ab, doch kein Haarschopf mit den langen, welligen Strähnen war zu sehen. Ein leichtes Unbehagen kroch in mir hoch. Wo war sie nur? „Anne?“, flüsterte ich vorsichtig in die Stille, doch die Antwort war nur ein leises Echo meines eigenen Namens. „Anne?“ Wieder nichts.

Mich langsam aufrichtend, schlich ich vorsichtig an den schlafenden Jungen vorbei. Meine Schritte waren leise und bedacht, als hätte die Stille selbst mich zum Schweigen ermahnt. Die Küche war leer. Kein Geräusch, kein Zeichen, dass sie hier gewesen wäre. Ein Seufzen entglitt mir. Dann blieb mir nur noch eine Möglichkeit: rauszugehen.

Vielleicht fand sich draußen etwas frische Luft, die die dröhnende Last in meinem Kopf vertreiben konnte. Ich ging zurück zum Saal, der durch die Dunkelheit wie eine gespenstische Kulisse wirkte. Fast unmerklich trat ich über die schlafenden Kinder hinweg, wobei ich beinahe über Tootles stolperte, der sich ungeschickt auf dem Boden ausgestreckt hatte. Ein tiefer Atemzug, und ich hielt mich an der Wand fest, um mein Gleichgewicht zu wahren.

Der Ausgang war in Sicht, und ich wusste, dass ich keine Augenbinde mehr benötigte. Der Weg zum Baum war mir längst vertraut. Doch als ich die kleine hölzerne Sprossenleiter erblickte, stockte mein Atem. Ich hatte sie nie wirklich benutzt. Normalerweise war es Peter, der uns in die Lüfte hob, doch nun, ohne Feenstaub, war ich auf mich allein gestellt.

Ich atmete tief durch, griff nach der ersten Stufe und zog mich hoch. Die Leiter ächzte unter meinem Gewicht, und der Wind zerrte an meinen Haaren, als ich mich Stück für Stück nach oben arbeitete. Jeder Zug fühlte sich wie ein unendlicher Kampf an, als würde jeder Muskel in meinem Körper gegen den Widerstand der Schwere ankämpfen. Der Laubgeruch stieg mir in die Nase, und schließlich, nach einer letzten Anstrengung, fand ich mich auf der Plattform wieder.

Mit einem knappen Ruck rappelte ich mich auf, meine Knochen knackten, als sich die Wirbelsäule wieder streckte. Ich schüttelte mich kurz, um den Schmerz zu vertreiben, doch in meinem Inneren nagte die Frage: *Wo war Anne?*

Die Luft war seltsam klar, fast kristallin, wie der Hauch einer Erinnerung, die sich im Mondlicht verflüchtigte. Jeder Atemzug schien den Raum um mich herum noch lebendiger zu machen, als könnte ich die Nacht selbst in mir spüren. Der Mond schickte seine silbernen Strahlen durch die dichten Äste der Bäume, deren stämmige Silhouetten im Dunkeln fast bedrohlich wirkten. Ohne die sanfte Berührung des Lichtes, das ihre Konturen erweckte, hätten sie wie schwarze Riesen aus einer anderen Welt ausgesehen.

Die Geräusche der Nacht, die mir zuvor so vertraut und beruhigend gewesen waren, schienen jetzt intensiver zu hallen. Das Zirpen der Grillen, das gleichmäßige Rauschen des Windes, und da waren noch zwei Stimmen, die gedämpft durch den Raum wehten. Sie klangen vertraut, doch es dauerte einen Moment, bis ich sie einordnen konnte. Peter und Anne. Ihre Stimmen vermischten sich mit den Nachtgeräuschen, doch trotz der Entfernung konnte ich die Uneindeutigkeit ihrer Worte hören.

„Ich denke, wir sollten aufpassen", sagte Peter, seine Stimme trug einen ernsten Unterton. Es war das gleiche flüsternde, beinahe warnende Flüstern, das er oft benutzte, wenn er sich unsicher war, aber auch das Gefühl hatte, die Kontrolle zu verlieren. „Aber sie hat doch noch gar nichts gemacht", entgegnete Anne, und ihre Stimme klang weniger besorgt, mehr nachdenklich, fast sanft.

„Aber wir wurden gewarnt! Von Hook, von den Meerjungfrauen… und von Zeichen, die wir nicht einfach ignorieren können!", fauchte Peter, seine Stimme war nun von einer Dringlichkeit durchzogen, die mich zusammenzucken ließ. Da war Angst – Angst, die so untypisch für ihn war, dass sie mich fast erschreckte. Es war ein Flüstern, das dennoch nach hallendem Echo klang, als würde jeder seiner Worte tiefer in die Nacht eindringen.

„Aber irgendetwas an ihr... lässt mich sicher fühlen", entgegnete Anne, ihre Worte fast wie ein beruhigendes, aber zugleich ungelöstes Rätsel. Die Unsicherheit in ihrer Stimme ließ mich innehalten. Meinte sie mich?

„Das ist ein Argument, Anne. Ein einziges. Aber..." Peter brach ab, seine Worte verloren sich in einem stummen, verzweifelten Seufzen. Ich konnte mir den Blick auf seinem Gesicht vorstellen, den Ausdruck eines Jungen, der zwischen Misstrauen und Vertrauen hin- und hergerissen war. „Ich möchte nicht wieder denselben Fehler begehen", sagte er dann, und ich beobachtete, wie seine Hand mit einem scharfen Ruck durch seine blonden Wellen fuhr, als wollte er sich von seinen eigenen Gedanken befreien.

„Ich kann das verstehen, Peter", sagte Anne schließlich, ihre Stimme jetzt ruhiger, fast ein wenig besänftigend. Sie sprach langsamer, als wolle sie ihm Zeit geben, über ihre Worte nachzudenken. „Aber lass uns doch abwarten."

Ich konnte den Blick, den sie ihm zuwarf, fast spüren, so eindringlich war er. Es war, als würde sie in seine Seele sehen und darauf hoffen, eine Antwort zu finden, die sie selbst noch nicht kannte. Doch Peter schwieg. Ein stummes Zögern, das mich noch mehr beunruhigte als jedes seiner Worte.

Da stand ich, verborgen im Dunkeln, und fragte mich, was das alles zu bedeuten hatte. Hatten sie über mich gesprochen?

„Die Geschichte wiederholt sich", flüsterte Peter, seine Stimme tief und voller Bedeutung. Die Worte hallten in der stillen Nacht nach, und ich erstarrte. *Die Geschichte wiederholt sich?* Ich zog mich einen Schritt zurück und spürte den kalten, feuchten Boden unter meinen nackten Füßen. Meine Gedanken rasten, während ich versuchte, seine Worte zu entschlüsseln. Die Dunkelheit schien sich plötzlich dichter um mich zu legen, als hätte sie ihre eigenen Geheimnisse, die auf mich warteten.

Langsam trat ich einen Schritt zurück, um nicht entdeckt zu werden. Barfuß konnte ich mich fast lautlos bewegen, doch jede dieser Bewegungen schien in der Nacht zu hallen, als ob die Bäume und der Wind die Luft mit

Spannung erfüllten. Was war es, das Peter meinte? Was wusste er, das ich nicht wusste?

Ich schlich weiter zum Baum, die knorrigen Wurzeln in der Dunkelheit tastend, bis ich endlich die vertrauten Sprossen der Leiter erreichte. Ohne ein Geräusch sprang ich, leicht wie eine Katze, ab und landete auf allen Vieren, geduckt und vorsichtig, als wäre der Boden selbst ein feindliches Terrain. Mein Herz schlug schnell, und jeder Atemzug war zu laut in der Stille der Nacht.

Vorsichtig rollte ich mich in den Bau, verschmolz mit den anderen und tat mein Bestes, so ruhig wie möglich zu sein. Ich legte mich hin, so still wie es ging, und versuchte, meine Atmung zu verlangsamen, um wie die anderen verloren Jungen zu wirken – tief in den Schlaf versunken. Doch trotz der körperlichen Erschöpfung waren meine Gedanken wie ein wildes Gewitter, das nicht zur Ruhe kommen wollte. Was, wenn „sie" von mir die Rede war? Was war Peters Plan? Die Frage quälte mich, als die Zweifel immer stärker in mir aufstiegen.

Ein Geräusch brach plötzlich die Stille: Schritte, leise, aber bestimmt. Nicht die Schritte eines der verlorenen Jungen, sondern die von jemandem, der wusste, was er tat – jemand, der sich vorsichtig bewegte. *Anne.* Ich hielt den Atem an, meine Augenlider flatterten, doch ich zwang mich, sie geschlossen zu halten, während ich versuchte, mich unsichtbar zu machen.

Die Schritte kamen näher, dann hörte ich Anne, die vorsichtig die Sprossenleiter hinunterkletterte. Sie schlich, fast wie ich, als hätte sie es ebenso gelernt, im Verborgenen zu bleiben. Sie kam näher, näher, bis ich fast hören konnte, wie sie an mir vorbeiging. Ein unwillkürliches Zucken ließ mich innehalten. Doch dann – ein winziger Stoß, ein unabsichtliches Anstupsen mit ihrem Bein. Es war so beiläufig, als würde sie sich sicher sein, dass ich nichts bemerken würde.

Ich wagte es, die Stille zu brechen. „Anne?", flüsterte ich, versuchte, meine Stimme müde klingen zu lassen, als hätte ich den Schlaf nur für einen Moment unterbrochen.

„Was ist?", fragte sie, ihre Stimme süß und unschuldig, als setzte sie sich sacht neben mich. Ich konnte das Schmunzeln in ihrer Stimme hören, und es ließ mich noch misstrauischer werden.

„Wieso seid ihr noch wach?", fragte ich, meine Stimme vorsichtig. Es war eine einfache Frage, aber sie war von Bedeutung, von einer Bedeutung, die ich selbst nicht genau fassen konnte.

„Peter schläft nie", antwortete Anne, und ihre Stimme klang gelassen, als spräche sie von etwas Gewöhnlichem. „Und ich bin kurz raus mit ihm, wir haben einen Spaziergang gemacht."

Ich nickte, als wäre das alles selbstverständlich. „Peter hat mir was erzählt", fuhr sie fort, und ich spürte, wie sie sich ein kleines Schmunzeln nicht verkneifen konnte. „Als er vorhin raus aus dem Nimmerland ging, um zu Wendy zu fliegen und seine Geschichte zu holen, da hat er seinen eigenen Schatten verloren."

Ein Kichern entglitt mir. „Wie geht das denn?", fragte ich, beinahe amüsiert.

Anne lachte leise. „Keine Ahnung", sagte sie, und ihre Stimme klang fast versöhnlich, als würde sie sich in einem geheimen Witz verlieren, den nur sie verstand.

Doch in mir brodelte es. Alle Worte, die sie sprach, die Unschuld in ihrer Stimme – alles musste ich hinterfragen. Was wusste sie? Warum verteidigte sie mich, als wäre sie sich sicher, dass ich nichts von all dem wusste? Vielleicht wusste sie mehr, als sie preisgab. Vielleicht ahnte sie etwas, das nicht einmal ich voraussehen konnte. Und dieser Gedanke ließ die Dunkelheit noch schwerer auf mir lasten. *War ich in Gefahr, ohne es zu wissen?*

Unbekannte Worte

„Mitkommen!" Die Stimme schnitt durch den Schleier meines Halbschlafs wie ein ungebetener Wecker. Langsam öffnete ich die Augen, die noch schwer von Müdigkeit waren. Meine Lider flackerten, und das schwache Licht des Raumes brannte wie ein ferner Sonnenstrahl durch die Dunkelheit meines Zustands. Neben mir kniete Peter, seine Gesichtszüge angespannt und von etwas getrieben, das ich im ersten Moment nicht begreifen konnte. Seine Hand rüttelte ungeduldig an meiner Schulter, dann an Annes, die neben mir lag, noch tief im Schlaf gefangen.

„Aufwachen, los!" Peters Stimme hatte diesen ungewöhnlich fordernden Ton, den ich von ihm nicht kannte. Anne murmelte etwas Unverständliches, ein halb verschluckter Laut, der wohl ihren Protest ausdrücken sollte, ohne den Schlaf zu unterbrechen. Ich blinzelte ihn an, verwirrt und irritiert zugleich.

„Peter, was ist los?", fragte ich schließlich, meine Stimme heiser und schwerfällig, wie es oft nach einem zu kurzen Schlaf der Fall war. Mein inneres Zeitgefühl flüsterte mir zu, dass nicht viel Zeit vergangen sein konnte, seit ich eingeschlafen war. Vielleicht eine Stunde, vielleicht weniger.

Peter hielt in seiner Bewegung inne, blickte mich mit seinen ernsten Augen an und erklärte kurz: „Wir machen einen Ausflug." Seine Worte waren knapp, fast beiläufig, doch sein Tonfall ließ keinen Zweifel daran, dass er es ernst meinte. Er wandte sich erneut Anne zu, die sich noch nicht ganz aus ihrer Traumwelt verabschiedet hatte.

„Wir gehen raus, ich habe eine Idee."

Anne rieb sich genervt die Augen. „Hoch mit dir", wies Peter an und zog mich an meinem Arm in eine stehende Position. „Leise raus!", befahl er daraufhin flüsternd und zog Anne ebenfalls hoch, ich konnte jedoch ein gewisses Schmunzeln aus seiner Stimme heraushören. Ich kletterte mit klammen Händen die Strickleiter hinauf. Noch immer war es dunkel, doch die Morgendämmerung hatte bereits eingesetzt.

Es war nicht länger nur ein Meer aus Schwarz und Silber. Stattdessen wurde alles in das tiefe Dunkelblau des Himmels gehüllt, das von einem sanften, fast magischen Licht durchzogen war. Die Sterne funkelten und strahlten mit einer Intensität, die den ganzen Himmel zu erleuchten schien. War einer dieser Sterne vielleicht London? Und hatte nicht auch das Nimmerland seinen Platz irgendwo dort oben, zwischen den unzähligen funkelnden Lichtern? Anne folgte mir, ihre Hände suchten sich einen Halt an der rauen Wand, und ich hörte, wie sie hinter mir schwer nach Luft schnappte. Ihr Ächzen verriet, dass auch sie den mühsamen Aufstieg spürte, doch sie ließ sich nicht entmutigen.

„Ich konnte Glöckchen nicht eher rufen, es wäre viel zu laut gewesen", entschuldigte sich Peter mit einem entschuldigenden Blick, seine Stimme fast verschwörerisch. Wie jedes Mal, wenn er die Fee rief, steckte er seine Finger in den Mund und pfiff, ein klarer, scharfer Ton, der die Nacht durchbrach. Es dauerte nicht lange, da hörten wir das zarte Flattern von Flügeln und dann, wie aus dem Nichts, tauchte Glöckchen auf. Sie kam wie ein kleines, leuchtendes Hündchen angeflogen, ihre Flügel blitzten im silbrigen Licht des Mondes.

Mit einem eleganten Schwung landete sie vor uns und streute eine Wolke von funkelndem, magischem Staub. Der Duft von Blumen und frischer Luft wehte uns entgegen, als der feine Staub sich um uns legte und uns mit einem Hauch von Zauber durchzogen.

„Dankeschön", flüsterte ich, während ich sie mit einem Lächeln bedachte. Es war ein müdes Lächeln, aber voller Dankbarkeit – auch wenn der schwache Schein des Mondes es kaum sichtbar machte.

Peter, als wäre es das Normalste der Welt, warf einen Blick auf die Fee, dann auf uns, und seine Augen leuchteten auf. „Ich habe einen sehr lustigen Plan", sagte er mit einem Grinsen, das so viel versprechen ließ, dass ich innerlich zusammenzuckte. Doch bevor er weitersprechen konnte, unterbrach ich ihn hastig, meine Stimme ein wenig zu dringend: „Bitte, nichts, bei dem man sein Leben riskieren muss."

Ich sah ihn an, gespannt, ob er es wirklich hören würde. Die Sekunden verstrichen, und ich konnte genau beobachten, wie sich seine Miene von neugierig zu belustigt wandelte. Dann brach er in ein freches Lächeln aus, das nur zu gut kannte. „Ertappt", lachte er, die Worte sprudelten förmlich aus ihm heraus.

Ich seufzte tief, mehr aus Resignation als aus Erschöpfung. Anne, die neben mir stand, gluckste leise.

„Ich hatte die Idee, als ich in London unterwegs war", begann Peter schließlich, als wolle er sich die Zeit für seine Erklärung lassen, „und sie ist wirklich gut. Aber bevor ich euch alles erzähle, kommt, wir fliegen erst mal hoch!"

Bevor ich noch etwas sagen konnte, spürte ich schon, wie der Wind an mir zog. Ohne ein weiteres Wort dachte ich an das, was noch kommen würde, an die Risiken, die uns bevorstanden, und an das Leben, das wir gerade wieder einmal aufs Spiel setzten. Doch dann war da dieser unbestimmte Funken in mir, dieser Drang, mit ihnen zu fliegen, in den weiten, offenen Himmel. Und so folgten Anne und ich ihm, ohne weiter zu zögern. Der Wind riss uns empor, und in einem Augenblick, der sich wie eine Ewigkeit anfühlte, waren wir in der Luft.

„Wir gehen jetzt zu den Piraten", erklärte Peter, seine Stimme voller Abenteuerlust, und ich konnte förmlich spüren, wie er dabei in den Schatten der Nacht eintauchte, als ob er die Dunkelheit genauso herausforderte wie die Piraten selbst.

Ich seufzte noch einmal, diesmal schwerer, das Herz pochte schneller. Schon wieder ein Spiel mit dem Leben. Schon wieder ein Risiko, das wir freiwillig eingingen. Aber was blieb uns anderes übrig?

„Ihr beide bekommt jeweils eine Aufgabe", begann Peter mit einem breiten Grinsen, das in der Dunkelheit wie ein Blitz aufzuckte. „Harlow, da du dir gewünscht hast, weniger in Gefahr zu schweben, bekommst du die ungefährlichste Aufgabe, die wir haben. Zumindest ... die *relativ* ungefährlichste." Seine Betonung ließ keinen Zweifel daran, dass auch diese Aufgabe ihre Tücken hatte.

Anne nickte, und es war, als wäre der leichte Schreck der letzten Minuten von ihr abgefallen. Ihre Augen glänzten nun wacher, fokussierter, bereit für das Kommende.

Wir flogen weiter, die Nacht umarmte uns mit ihrem dunklen Schleier, während die Luft um uns herum immer kühler wurde. Das gemächliche Tempo unseres Fluges ließ die Vorfreude, aber auch die Spannung langsam ansteigen, als wir der Bucht des Kapitäns näherkamen. Der Wind, der vom Meer heraufzog, wurde kräftiger, sein salziger Hauch wehte mir ins Gesicht, und ich konnte die feuchte Schwere der nahen Küste riechen.

„Hier ist der Plan", fuhr Peter fort, seine Stimme fast übergangslos ernst. „Ich werde gleich auf das Schiff fliegen und die Aufmerksamkeit aller Piraten auf mich ziehen, besonders die von Captain Hook." Er grinste selbstsicher, fast überheblich, und ich konnte förmlich sehen, wie er die Herausforderung bereits in seinem Kopf durchspielte. „Während Anne und ich uns mit ihm und seinen Schergen beschäftigen, schleichst du dich auf das

Schiff – unbemerkt – und gehst in Hooks Kabine. Sie ist am hinteren Teil des Schiffs, hinter der Tür beim Steuerrad."

Ich nickte langsam, während ich seine Worte auf mich wirken ließ. Ein riskanter Plan, ja, aber mein Part war nicht völlig unvernünftig – zumindest nicht für Peters Verhältnisse. Es war gefährlich, doch eine Art prickelnde Aufregung regte sich in mir. Ich lebte nur einmal, und was war ein Leben ohne den Nervenkitzel, Abenteuer zu erleben, die niemand sonst je erzählen könnte?

„In der Kabine findest du seine Sammlung von Haken", fuhr Peter fort, seine Stimme voller Enthusiasmus. „Er hat eine Menge davon, also such dir den gefährlichsten aus." Seine Augen leuchteten, als wäre das die einfachste und offensichtlichste Aufgabe der Welt.

Ein Haken? Was sollte ich denn bitte mit einem Haken anfangen? Der Gedanke erschien mir absurd, aber Peters Eifer ließ keinen Raum für Zweifel.

„Ich überlege mir ein Codewort", fügte er hinzu, wobei sein Tonfall eine Mischung aus Ernst und Abenteuerlust annahm. „Wenn ich dieses Wort sage, kommst du aus der Kabine und wirfst mir den Haken zu. Verstanden?"

Ich nickte erneut, doch mein Herz pochte nun etwas schneller. *Riskant*. Mehr als ich erwartet hatte. Aber ich hielt den Mund – dieser Plan war, wie absurd er auch klang, zu hundert Prozent Peters Handschrift.

Es war mir gar nicht aufgefallen, dass wir aufgehört hatten zu fliegen, bis ich mich plötzlich über einer Flotte wiederfand. Die Segel der Schiffe, vom Mondlicht gespenstisch beleuchtet, wiegten sich leicht im Wind, und darunter erstreckte sich das endlose, glitzernde Schwarz des Meeres.

„Anne, du kämpfst weiter. Ich schnappe mir den Haken, und dann ... dann schlage ich Hook mit seiner eigenen Waffe!" Peters Stimme war jetzt ein Flüstern, aber sein Eifer war unüberhörbar. Es war ein verrückter Plan, doch man konnte ihm nicht absprechen, dass er genial war. Verrückt, aber genial.

Trotz meiner Verwirrung – oder vielleicht gerade deswegen – spürte ich, wie sich mein anfänglicher Widerstand in Neugier verwandelte. Warum nicht? Manchmal war es einfacher, sich treiben zu lassen, als nach dem Warum zu fragen.

Mit einem kaum hörbaren Seufzen nickte ich schließlich. Anne warf mir einen fragenden Blick zu, doch als Peter sie aufmunternd ansah, zuckte sie nur die Schultern.

„Hier entlang", wisperte Peter schließlich, seine Stimme war kaum mehr als ein Hauch in der kühlen Nachtluft. Anne und ich folgten ihm, während wir uns durch die Dunkelheit bewegten, die nur vom silbrigen Licht des Mondes durchbrochen wurde. Peters Augen blitzten, als er sich zu uns umdrehte. „Anne, wir gehen gleich zum Hauptmast. Harlow, du weißt, was zu tun ist. Das Codewort ist *Stockfisch*!" Seine Stimme hatte einen fast triumphalen Unterton, als hätte er sich über die Wahl des Wortes selbst amüsiert.

Ich nickte knapp, mein Herz begann schneller zu schlagen.

Anne warf mir ein aufmunterndes Lächeln zu, ihre Augen voller Entschlossenheit. „Wir sehen uns später", flüsterte sie und hob die Hand zu einem kurzen Abschiedswinken. Ich erwiderte die Geste, ehe ich in die Tiefe flog, meinem Ziel entgegen.

Das Deck des Schiffes war näher, als ich gedacht hatte, und ich landete so sanft wie möglich. Ein großes, massives Fass aus dunklem Holz stand am Rand des Decks, ein perfektes Versteck. Peter hatte gesagt, er würde die Aufmerksamkeit der Piraten auf sich ziehen, und ich hoffte, dass er sein Versprechen hielt.

Leise ließ ich mich hinter das Fass gleiten und hockte mich hin, bis mein Körper sich wie ein eng zusammengerollter Igel anfühlte. Jeder Muskel in mir war gespannt, während ich versuchte, so unsichtbar wie möglich zu wirken. Noch war das Deck leer, die Bretter knarrten nur leicht unter der sanften Bewegung des Schiffs. Doch es war, als ob die Stille selbst ein Vorbote der Gefahr war.

Mein Blick wanderte nach oben, wo ich Peter und Anne entdeckte. Sie kletterten geschickt am Hauptmast empor, ihre Bewegungen waren fließend, als hätten sie diese Art von Fluchtspiel unzählige Male geübt. Peters Silhouette zeichnete sich klar gegen den Himmel ab, und ich konnte sehen, wie er tief Luft holte.

„Guten Morgen, Nimmerland!" schrie er plötzlich, seine Stimme durchbrach die Nacht wie ein Kanonenschuss.

Ich biss mir auf die Lippe, um nicht laut loszulachen. Natürlich tat Peter genau das, was man von ihm erwartete – oder besser, was niemand sonst je tun würde. Dieser Junge würde jede noch so wilde Idee in die Tat umsetzen, ohne einen Moment an die Konsequenzen zu denken.

Doch das Lachen blieb mir im Hals stecken, als ein Geräusch hinter mir ertönte. Ein dumpfes Rumpeln, das aus dem Inneren des Schiffs zu kommen schien, verstärkte das Gefühl der Anspannung. Sekunden später folgte eine wütende Stimme, die so laut war, dass sie die Planken vibrieren ließ: „Mister Smee!" Es war Captain Hook. Er war wach, und er klang alles andere als gut gelaunt.

Ich hielt den Atem an und schielte vorsichtig zur Seite. Aus den Augenwinkeln sah ich, wie Peter reagierte. Sein Lachen hallte wie ein freches, unbezwingbares Echo über das Deck.

„Bleib doch in deiner Bude hocken, Feigling!" rief er, seine Worte trieften vor Spott und kindlicher Belustigung. Zu allem Überfluss begann er wie ein Hahn zu krähen, ein schriller Laut, der die Wut von Hook nur weiter anfachen musste.

Das Poltern wurde lauter, und dann, mit einem heftigen Knall, öffnete sich die Holztür am hinteren Teil des Schiffs. Ich duckte mich tiefer hinter das Fass und spähte vorsichtig hervor. Ein Schatten fiel auf das Deck, groß und bedrohlich.

„Peter Pan."

Mein Körper erstarrte, während ein ungewollter Schauer meine Wirbelsäule hinunterlief. Es war eine Stimme, die sich in den Verstand grub, süßlich wie Gift, ein Versprechen von Gefahr.

Dann trat er aus dem Schatten. Kapitän Hook, gekleidet wie ein Schauspieler, der auf seine Bühne tritt – oder ein Raubtier, das sich Zeit ließ, seine Beute zu umkreisen. Sein Auftritt war eine sorgfältig kalkulierte Inszenierung. Das lange rote Jackett, die glänzenden Stiefel, selbst der spöttische Schwung seines Huts – all das schrie förmlich nach Aufmerksamkeit, nach Macht, nach Bewunderung.

Sein Blick fixierte sich auf Peter, mit einer Mischung aus verhohlener Abscheu und amüsiertem Interesse.

„Ah, da ist er ja."

Seine Stimme war nun weicher, fast singend, als würde er mit einem Kind reden, das sich in Schwierigkeiten gebracht hatte – doch seine Augen verrieten etwas anderes. Es war die Art von Blick, die wie eine Klinge durchschneiden konnte, ein funkelnder Abgrund, der sowohl versprach als auch drohte.

Hook ließ die Worte in der Luft hängen, während er sich langsam nach vorn beugte. Sein Lächeln war breiter geworden, fast einladend, aber es war ein Lächeln, das man einem Raubtier zutraute, kurz bevor es zuschlug.

„Na, Peter? Hast du nicht etwas vergessen? Vielleicht, mir deinen *Respekt* zu erweisen?"

Ich erkannte in diesem Moment meine Chance. Während Peter die Spannung zu ertragen versuchte, seine Kiefermuskeln angespannt und die Fäuste geballt, richtete ich meinen Blick auf die offene Tür hinter Hook. Er war so darauf bedacht, die Kontrolle über die Situation zu behalten, dass er die Möglichkeit eines Überraschungsmoments vielleicht übersah. Aber Vorsicht war geboten – jeder falsche Schritt, und die leise Bedrohung in seinem Tonfall würde sich in tödliche Konsequenzen verwandeln.

Peter trat näher, mit einem herausfordernden Funkeln in den Augen, Anne dicht an seiner Seite. „Wollt ihr denn nicht kämpfen?" fragte er, seine Stimme triefte vor provokanter Unschuld. Es war die Art von Frage, die nicht unbeantwortet bleiben konnte – und das wusste er nur zu gut.

Anne, die neben ihm stand, verschränkte lässig die Arme und fügte trocken hinzu: „Hol doch deine Freunde." Ihre Worte trafen Mister Smee wie ein Befehl, der keine Widerrede duldete. Ohne einen Augenblick zu zögern, stampfte er mit seinen kräftigen, stämmigen Beinen lautstark auf den Boden des Schiffs. Das hölzerne Deck knarrte unter der Wucht seiner Schritte, und der Klang hallte in die nächtliche Stille hinaus.

Es dauerte nicht lange, bis das Ergebnis seiner Aufforderung sichtbar wurde. Aus einer schmalen Treppe, die vom Unterdeck heraufführte, stürmten aufgeregte Piraten nach oben, ihre Schritte schwer und energisch, als hätten sie nur auf diesen Moment gewartet.

„Was ist los, Captain?" Eine Stimme durchbrach die Anspannung mit einer unerwarteten Lässigkeit, beinahe spöttisch, und ich wandte meinen Blick zu ihrem Ursprung. Der Pirat, der gesprochen hatte, hob sich sofort von der ungehobelten Menge ab.

Er war jung – fast erschreckend jung. Nicht älter als sechzehn, schätzte ich. Sein Gesicht war scharf geschnitten, und obwohl er die schäbige Kleidung eines Piraten trug, schien er eine seltsame Eleganz auszustrahlen, die nicht recht zu seiner Umgebung passen wollte. Für einen Moment konnte ich nicht anders, als ihn anzustarren, fasziniert von dem Kontrast zwischen seinem jugendlichen Aussehen und der rauen, düsteren Atmosphäre des Schiffs.

Sein dunkles Haar fiel ihm in unordentlichen Strähnen über die Stirn, scheinbar unbeeindruckt von Wind und Wetter. Ein leuchtend rotes Tuch war geschickt um seinen Kopf gebunden, wodurch sein Gesicht noch markanter wirkte. Seine Haut war sonnengebräunt, glatt und makellos, ein Widerspruch zu den Narben und Falten, die ich sonst bei Piraten erwartet hätte.

Doch das Auffälligste war sein Lächeln – ein breites, strahlendes Lächeln, das von makellosen Zähnen dominiert wurde. Makellos, abgesehen von den goldenen Akzenten, die im Dämmerlicht funkelten und fast schon protzig wirkten. Es war das Lächeln eines Jungen, der genau wusste, dass er Aufmerksamkeit erregte, und es genoss.

Er stand mit einer lässigen Haltung da, eine Hand am Gürtel, wo ein einfaches, aber scharf aussehendes Messer hing. Die Art, wie er sich bewegte und sprach, hatte etwas Sorgloses an sich, fast Verspieltes, und doch lag in seinen Augen ein wacher, berechnender Blick, der ahnen ließ, dass er weit mehr war als nur ein unbedarfter Junge.

Er richtete seine Frage direkt an Hook, doch ein Funkeln in seinen Augen verriet, dass er dabei gleichzeitig die Aufmerksamkeit aller anderen suchte. Vielleicht war es sein Alter, vielleicht seine überhebliche Art, aber er schien ein Spiel zu spielen – eines, das ich noch nicht ganz durchschaut hatte.

„Das ist los!", rief Hook und deutete mit seinem Haken auf Peter. „*Pan* ist los." Peter nickte mir unauffällig zu, und ich zwang mich dazu, meinen Blick von dem Piratenjungen abzuwenden. Ich sah aufgeregt nach hinten und schlich auf allen Vieren in Richtung der Kapitänskabine. Ich würde es schaffen.

Die Holzdielen des Schiffes knarrten leise unter meinen Schritten, doch niemand schien es zu bemerken. Der Lärm draußen übertönte mich – das Klirren und Kreischen von Metall auf Metall hallte über das Deck. Peter und Anne mussten bereits in einen Kampf verwickelt sein. Die wütenden, schnellen Bewegungen der Klingen sprachen für sich, ein roher, gefährlicher Tanz, den ich mir lieber nicht aus der Nähe vorstellen wollte.

Ich schloss die Tür hinter mir und achtete darauf, dass kein verräterisches Geräusch entstand. Erst als der Raum von der Außenwelt abgeschottet war, fiel mir auf, dass ich den Atem angehalten hatte. Ich holte tief Luft, und das Gefühl, die stickige, warme Luft des Raumes einzuatmen, war seltsam beruhigend. Es war, als ob die Welt hier drinnen langsamer wurde.

Das schwache Licht von Kerzen tauchte den Raum in ein blasses, flackerndes Glühen. Es war wärmer hier als draußen, als würde die stickige Enge den Wind aussperren. Anders als das restliche Deck der Jolly Roger, das rau und funktional war, wirkte dieser Raum wie ein Stück aus einer anderen Welt.

Die Wände waren mit schweren, dunkelroten Vorhängen behängt, und jeder Gegenstand schien mit einer Liebe zum Detail gefertigt worden zu sein, die fast unheimlich wirkte.

Die Möbel zogen meinen Blick auf sich. Jedes Stück war sorgfältig gestaltet, mit feinen Mustern aus Gold, die in das dunkle Holz geschnitzt oder eingearbeitet waren. Das Muster erinnerte mich an Schlangen, die sich wanden, und an Meerestiere, die sich fast zu bewegen schienen, wenn das Kerzenlicht darauf fiel. Mein Blick blieb an einem massiven Klavierflügel hängen, dessen glänzender Lack selbst im trüben Licht tiefschwarz schimmerte. Die Tasten waren makellos, und es wirkte fast deplatziert – ein Musikinstrument, das mehr in ein Herrenhaus passte als auf ein Piratenschiff.

Dann bemerkte ich das Bett. Es stand in einer Ecke, breit und einladend, mit schweren Decken und Kissen, die luxuriös wirkten, aber gleichzeitig so perfekt arrangiert, dass sie kaum benutzt schienen. Daneben stand ein Tisch, dessen Oberfläche fast vollständig von Karten und Papieren bedeckt war, als hätte jemand sie vor kurzem noch studiert. Es war eine merkwürdige

Mischung aus Pracht und Bedrohung, wie ein Käfig, der so verlockend war, dass man vergaß, dass er verschlossen werden könnte. Ich fühlte, wie eine eigenartige Beklommenheit in mir aufstieg, doch es war zu spät, jetzt zurückzuweichen.

Die Wände des Raumes waren gesäumt von schweren, wuchtigen Schränken, deren Regale mit Waffen aller Art überquollen – scharfe Dolche, funkelnde Schwerter und rostige Pistolen, die alle ihre eigene Geschichte zu tragen schienen. Der Anblick ließ mich innehalten, die Vielfalt war überwältigend und bedrückend zugleich. In der Mitte des Raumes thronte ein großer Tisch, kunstvoll aus dunkelbraunem Holz geschnitzt, seine Oberfläche glatt und glänzend, als hätte sie erst kürzlich eine Politur erhalten. Er schien alles zu dominieren, ein stummer Zeuge zahlloser Pläne und Intrigen.

Ich ließ meinen Blick schweifen, von den Schränken zum Tisch und wieder zurück. Wo sollte ich nur anfangen zu suchen? Der Raum war wie ein Labyrinth aus Möglichkeiten, jede Ecke barg Geheimnisse, die vielleicht genau das enthielten, was ich finden musste.

Mein Instinkt, wie ein leiser, drängender Flüsterton in meinem Hinterkopf, wies mir den Weg: Der Schreibtisch des Kapitäns. Er war ein imposantes Möbelstück, aus dunklem, glänzendem Holz gefertigt und mit kunstvoll geschnitzten Verzierungen versehen, die an stürmische Wellen erinnerten.

In einer Ecke des Tisches stand ein kleines Tintenfass, daneben eine Schreibfeder, die wie achtlos abgelegt schien, doch bei genauerem Hinsehen perfekt in einem Halter ruhte. Die Spuren von Tinte auf der Spitze zeugten davon, dass sie vor nicht allzu langer Zeit benutzt worden war.

Ich zögerte keine Sekunde. Mit einem nervösen Blick über die Schulter, um sicherzugehen, dass ich noch allein war, begann ich, die Schubladen des Schreibtisches hektisch aufzuziehen. Jede Schublade war schwerer, als ich erwartet hatte, und der dumpfe Klang des Holzes, das gegen das Gehäuse schlug, ließ mein Herz schneller schlagen.

Die erste Schublade war leer, abgesehen von einem einzigen, rostigen Schlüssel, der nichts auszusagen schien. In der zweiten lagen sorgfältig aufgerollte Karten, deren Kanten vom Gebrauch ausgefranst waren. Als ich die dritte Schublade öffnete, geschah es. Mit einem leisen Rascheln glitt ein vergilbtes Pergament durch einen schmalen Spalt am Boden des Möbels und segelte langsam zu Boden, als hätte die Zeit selbst kurz angehalten.

Mein Atem stockte. Ich ließ die Schublade halb offen und ging in die Hocke, um nach dem Papier zu greifen. Es fühlte sich trocken und brüchig unter meinen Fingern an, ein Relikt aus einer anderen Zeit. Mein Blick flog über die verblassten Schriftzeichen, die mit einer kalligrafischen Präzision geschrieben waren, die unheimlich wirkte. Was auch immer auf diesem Pergament stand, es musste wichtig sein – wichtiger, als ich in diesem Moment vielleicht begreifen konnte.

Ich richtete mich auf, das Papier in der Hand, und hielt es ins flackernde Kerzenlicht, das die Schatten im Raum zum Tanzen brachte. Es war unmöglich, nicht zu spüren, dass ich dabei war, etwas zu entdecken, das weit über meinen ursprünglichen Plan hinausging.

Hatte ich denn wirklich so wenig Zeit? Die Frage nagte an mir, während ich das alte Pergament in den Händen hielt. Der Gedanke an Peter und seinen Plan, an den Haken, den ich finden sollte, drängte sich in meinen Verstand wie eine mahnende Stimme. Doch genauso laut war die Versuchung, einen Blick auf das Papier zu werfen. Es würde doch nicht schaden, oder? Nur ein schneller Blick.

Meine Hände zitterten, als ich das dünne, brüchige Blatt langsam auseinanderfaltete. Das Gefühl des Pergaments war fremdartig, fast schon unheimlich – eine seltsame Mischung aus fragiler Zerbrechlichkeit und der unverwüstlichen Härte eines Objekts, das der Zeit getrotzt hatte. Der leicht modrige Geruch stieg mir in die Nase, ein Duft von etwas, das lange verborgen gelegen hatte.

Das Papier war vergilbt, seine Oberfläche von feinen Linien durchzogen, die wie Narben wirkten. Die Ränder waren dunkelbraun, vielleicht verbrannt, und bei jeder Bewegung rieselten winzige Stückchen ab, als ob das Pergament selbst vor meinen Augen zerfiele. Ich bemühte mich, so vorsichtig wie möglich zu sein, doch meine Eile machte mich ungeschickt.

Das Kerzenlicht flackerte über die Schrift, die sich auf dem Papier erstreckte – schwungvolle, elegante Linien, die scheinbar mit einer Feder geschrieben worden waren. Der Text war in einer altmodischen Handschrift verfasst, und obwohl die Tinte an manchen Stellen verblasst war, konnte ich einige Worte erkennen.

Mein Atem ging flach, während ich versuchte, mich auf die Worte zu konzentrieren, doch der Gedanke an Peter, an Hook und den Rest der Crew pochte wie eine Trommel in meinem Kopf.

„Oh, Peter, so gar mancherlei habe ich dir zu künden. Ich flehe dich an, erlöse mich aus diesem Orte, denn ich vermag es nicht länger zu ertragen. Auch obgleich du mir schwurst, es nach William nimmermehr zu tun, bitte ich dich inständig: Nimm mich mit dir fort. Hier mag ich nicht länger verbleiben, hier will ich nicht mehr gedeihen. Ja, am liebsten wollte ich gänzlich nicht mehr gedeihen.

– "

Meine Augenbrauen zogen sich skeptisch nach oben. Wer, um alles in der Welt, schrieb heute noch so altmodisch? Und wer war dieser „J"? Was war ihm zugestoßen, und warum hatte Peter mir nie von ihm erzählt? Die Fragen drängten sich unaufhaltsam in meinen Kopf, während ich mich hastig im Raum umsah. Könnten hier noch weitere Briefe versteckt sein?

Mit zwei schnellen Schritten war ich wieder an der Schublade. Meine Hände wühlten energisch zwischen den verstreuten Inhalten, als wäre die Antwort direkt vor mir verborgen. Leere Blätter flogen über meine Schulter, ein Becher mit Stiften kippte klappernd um, aber ich achtete nicht darauf. Mein Blick war starr auf die Suche fixiert. Es musste noch mehr geben. Es *musste* einfach. Ich musste wissen, was danach geschehen war. Peter hätte „J" doch sicher mit ins Nimmerland gebracht – oder etwa nicht?

Nachdem der Schreibtisch mich enttäuscht hatte, wandte ich meinen Blick zu dem hohen Schrank, der sich an der gegenüberliegenden Wand erhob wie ein stummer Wächter. Er war aus dem gleichen dunklen Holz gefertigt wie die anderen Möbel und verziert mit filigranen Schnitzereien von Meerjungfrauen und Sturmwellen. Der massive Schrank wirkte fast zu prunkvoll, um bloß Kleidung zu beherbergen – und genau das ließ meinen Verdacht wachsen.

Mit einem leisen Seufzen trat ich näher, streckte die Hand aus und schloss die Finger um den kühlen, metallenen Knauf. Ich drehte ihn langsam, so leise wie möglich, und spürte, wie das Schloss nachgab. Mit einem leichten Knarren öffneten sich die Türen, und ich lugte neugierig in das Innere. Der Geruch von Leder, Salz und einer kaum wahrnehmbaren Note von etwas Parfümartigem schlug mir entgegen.

Der Schrank war vollgestopft mit Kleidungsstücken, die so übertrieben prächtig waren, dass ich unwillkürlich die Augenbrauen hob. Mäntel mit Goldstickereien, feinste Hemden aus Seide und schwere Westen in tiefem Purpur hingen sauber sortiert nebeneinander. Es war eine Garderobe, die mehr zu einem König als zu einem Piraten zu gehören schien. Aber ich war nicht hier, um seine Mode zu bewundern.

„Da muss doch etwas versteckt sein", murmelte ich leise vor mich hin, während ich begann, die Kleidungsstücke energisch zur Seite zu schieben. Jedes Stück, das mir im Weg war, landete achtlos auf dem Boden – ein purpurner Mantel mit silbernen Knöpfen, eine dunkelblaue Jacke mit Epauletten gleichen Verzierungen, die viel zu prunkvoll war, um sie im Kampf zu tragen. Mein Atem ging schneller, während ich hektisch tiefer wühlte.

Den Brief, den ich zuvor gefunden hatte, hatte ich vorsorglich in der kleinen Tasche meiner Hose verstaut. Ein schneller Griff dahin versicherte mir, dass er noch da war – ein Gefühl von Sicherheit inmitten meiner Unsicherheit. Doch der Schrank blieb hartnäckig. Es gab nichts, keinen weiteren Brief, keinen leeren Umschlag, nicht einmal ein loses Blatt Papier.

Die Erkenntnis frustrierte mich. Ich beugte mich tiefer hinein, griff in die Ecken des Schranks, tastete die Rückwand ab, als könnte ein Geheimfach verborgen sein. Aber außer dem Rascheln von Stoff und dem leisen Knarren des Holzes blieb alles still. Meine Hände zitterten leicht, sei es vor Anspannung oder Enttäuschung.

Als ich schließlich zurücktrat, ließ ich meinen Blick über das Chaos gleiten, das ich angerichtet hatte. Ein Berg von Stoffen und Mänteln lag zu meinen Füßen, während der Schrank selbst nun leer und unbeeindruckt wirkte, als würde er mein Scheitern verhöhnen. Doch ich wusste, dass ich nicht aufgeben konnte. Irgendwo in diesem Raum musste der Schlüssel zu unserem Plan verborgen sein – ich hatte nur noch nicht den richtigen Ort gefunden.

Mit der Hoffnung, dass ich etwas übersehen hatte und bloß genauer hinsehen musste, steckte ich meinen Kopf in den Schrank. Ich zog Kleiderbügel heraus, faltete Mäntel auseinander, doch fand nichts.

„Stockfisch!" Die Stimme von draußen hallte laut und klar durch die Luft – Peter! Ich erstarrte, als ich plötzlich begreif, was er meinte. *Der Haken!*

Ich hatte vollkommen vergessen, nach ihm zu suchen. Mein Herz schlug schneller, die Panik breitete sich wie ein Feuer in mir aus. Ohne nachzudenken, griff ich nach dem ersten Gegenstand, den ich in die Finger bekam, und stürmte aus der Kajüte.

„Stockfisch!", rief Peter ein zweites Mal, als hätte er geglaubt, ich hätte ihn nicht gehört. Doch das war ein schwerer Fehler. *Ich habe ihn gehört!* Aber ich konnte nicht einfach stillstehen. Die Situation war ausweglos, ich war in einem Schlamassel, und alles, was ich tun konnte, war zu reagieren.

Die Tür zur Kajüte, die mir gerade noch als Zuflucht erschienen war, stand zwischen mir und dem, was jetzt kommen würde. Mit einer hastigen Bewegung schwang ich den Arm aus und riss die Tür auf. Und da stand er – Peter, der ungestüme Junge, dessen Augen vor Ungeduld blitzten. „Gib mir den Haken!", rief er, und ich konnte die Dringlichkeit in seiner Stimme hören. Ich blieb stehen, starrte ihn einen Moment lang an, während ich versuchte, meinen Kopf zu sammeln. Ich war zu spät, viel zu spät. Keine Zeit mehr, um zu überlegen.

Mit einem ruckartigen Schwung öffnete ich die Tür der Kajüte, die knarrend und laut aufschlug. Der Wind, der durch den Spalt strömte, traf mich wie ein kalter Schlag. Sofort war er da – der Junge, dessen scharfer Blick mich durchdrang. „Gib mir den Haken!", hallte seine Stimme laut und dringlich in der Luft.

Für einen Moment blieb ich stehen, das Blut raste in meinen Ohren. In der Hektik meines Tuns hatte ich völlig den Überblick verloren. Aber jetzt blieb mir keine Zeit mehr. Ich atmete tief ein und mit einem schnellen, entschlossenen Wurf ließ ich den silbernen Kleiderbügel durch die Luft fliegen – ein glänzender Streifen, der sich in der Dunkelheit abzeichnete.

Kein tödlicher Haken. Es war ein Kleiderbügel.

Ein Spiel mit der Vergänglichkeit

Entsetzen. Es war der erste Ausdruck, den ich auf Peters Gesicht las, ein seltenes, fast erschreckendes Gefühl, das sich in seinen geweiteten Augen und der Spannung seiner Kiefermuskeln spiegelte. Sein Blick war starr auf mich gerichtet. Anne jedoch schien nichts von seiner Reaktion mitzubekommen. Sie war zu sehr in den Kampf vertieft, den sie mit beeindruckender Entschlossenheit führte.

Der Junge, der ihr gegenüberstand, war eine merkwürdige Mischung aus Jugendlichkeit und Gefahr. Es war der Piratenjunge.

Die Strähnen seines dunklen Haares hingen ihm noch immer locker in die Stirn, doch jetzt, im Licht der lodernden Fackeln, bemerkte ich, wie sie vom Schweiß glänzten. Sein rotes Tuch, das um seinen Kopf gebunden war, hatte sich gelockert und rutschte leicht zur Seite, wodurch mehr von seiner sonnengebräunten Haut sichtbar wurde.

Seine Bewegungen waren geschmeidig und präzise, beinahe katzenartig, und sein Gesicht zeigte ein amüsiertes Lächeln, das jedoch nicht die Bosheit in seinen goldschimmernden Zähnen verbergen konnte. Es war, als ob er den Kampf genoss, als ob jeder Schlag, den Anne führte, für ihn ein aufregendes Spiel war. Doch in seinen Augen, die dunkel wie die Tiefe des Meeres waren, lag ein scharfer, berechnender Blick, der zu alt für sein jugendliches Gesicht schien.

Anne ließ sich davon nicht beeindrucken. Mit einem gezielten Hieb ihres Dolches brachte sie ihn kurz aus dem Gleichgewicht. Ihr Gesicht war vor Konzentration angespannt, ihre Augen verengten sich zu schmalen Schlitzen, während sie ihre nächste Bewegung plante. Doch der Junge reagierte blitzschnell. Mit einer geschickten Drehung wich er aus, ließ sich tief fallen und schlug mit seinem eigenen Messer nach Annes Beinen. Sie sprang zurück, gerade rechtzeitig, doch ich konnte das leise Keuchen hören, das ihren Lippen entkam.

Ein Moment der Stille, in dem beide ihre Positionen neu sortierten. Der Junge strich sich kurz über die Wange, wo eine feine, blutige Linie zurückgeblieben war – Annes Dolch hatte ihn knapp erwischt. Doch anstatt wütend zu werden, lächelte er breiter. „Nicht schlecht", murmelte er, seine Stimme leise und fast bewundernd, doch es war die Art von Bewunderung, die einem Raubtier gehört, das seine Beute lobt, bevor es zuschlägt.

Ich blickte wieder zu Peter, der mich mit einem Ausdruck von Enttäuschung ansah. Sein Blick schnitt durch mich wie ein scharfer Dolch, doch bevor ich etwas sagen konnte, durchbrach ein boshaftes Lachen die Spannung. Hook. Das kalte, selbstzufriedene Lachen des Kapitäns zog meine Aufmerksamkeit sofort von Peter weg.

Noch ehe ich reagieren konnte, packte Hook Peter mit seinem Haken am Kragen und zog ihn brutal zu sich heran. Ein siegessicheres Grinsen verzerrte sein Gesicht.

„Das ist alles, was du kannst, Pan?", höhnte er, und seine Worte hallten wie ein verdammtes Urteil in der Luft.

Peter, so entschlossen er auch gewesen war, konnte sich nicht mehr wehren. Hook hielt ihn in einem Griff, der alle Freiheit nahm. In dieser Position war Peter unfähig zu fliegen – die Fähigkeit, die ihn so oft vor dem Tod gerettet hatten, schien nun nutzlos. Ein kaltes Schaudern durchfuhr mich. Wenn er jetzt starb, dann war es meine Schuld.

Ich stand da, hilflos. Ohne Waffe, ohne Plan. Der Deck des Schiffes schien sich zu dehnen, die Regale und die Kanonen verschwammen vor meinen Augen, als ich verzweifelt nach etwas suchte, das mir einen Vorteil verschaffen könnte. Doch alles, was ich sah, war die unaufhaltsame Nähe des Abgrunds.

Der lärmende Kampf um mich herum war wie ein düsteres Schauspiel, das sich in jeder Ecke des Schiffs widerspiegelte. Anne kämpfte mit einer Energie, die ich nur von ihr kannte, doch zwei Piraten gleichzeitig schienen ihr einiges abzuverlangen. Ihre Bewegungen waren präzise, aber die Übermacht der Männer begann, ihre Schnelligkeit und Kraft zu dämpfen. Die beiden Piraten, die sich wie Schatten um sie schlossen, waren keineswegs unerfahren – sie wussten, wie man einen Gegner in die Enge trieb. Doch das war nicht alles.

Der Rest der Piraten stand wie auf ein unsichtbares Signal hin regungslos, ihre Blicke auf ihren Kapitän gerichtet, der den Kampf scheinbar nur beobachtete. Sie warteten auf einen Befehl – und ich konnte nur hoffen, dass dieser nicht bald erteilt würde.

Ich spürte, wie meine Gedanken sich verdichteten und jeder Moment an Bedeutung gewann. Anne konnte die beiden nicht länger alleine in Schach halten, und ich musste schnell handeln. Meine Augen suchten nach der besten Möglichkeit, ihr zu helfen, während mein Körper sich wie von selbst in Bewegung setzte. Die Plattform des Steuerrads war nur einen Schritt entfernt, doch der Blick auf Anne ließ mich keine Zeit verschwenden. Ihre Atmung war angestrengt, und die beiden Piraten machten keinen Anschein, nachzugeben. Es war klar, dass sie sie überwältigen wollten.

Mit einem raschen Blick auf die Männer, die sich gegen Anne erhoben, sprang ich die wenigen Stufen hinunter, die zur unteren Ebene führten. Der Holzboden des Schiffs knarrte unter meinen schnellen Schritten, aber ich achtete nicht auf den Lärm. Die Welt schien sich um mich zu drehen, während ich mich dem Kampf näherte. Jeder Schritt musste präzise und schnell sein. Es durfte keinen Moment der Unsicherheit geben.

Ich schlich mich von der Seite an, spürte das Adrenalin, das meine Adern füllte, und griff entschlossen nach dem größeren der beiden Piraten. Mit einem kräftigen Ruck zog ich ihn zur Seite, weg von Anne und ihrem Gegner, und ließ ihn hinter mir stolpern. Der Piratenjunge versuchte, sich zu fangen, doch sein Gleichgewicht war gestört, und er taumelte einen Schritt zurück.

Ich hatte keine Waffe, keine echte Verteidigung – aber ich hatte meine Gelegenheit. Während der Piratenjunge vor mir taumelte, schätzte ich meine Chancen ab. Seine schlanke Gestalt wirkte noch immer erstaunlich flink, trotz der Anstrengung, die ihm der Kampf abverlangte. Sein Hemd, aus einfachem, leicht verschmutztem Stoff, klebte leicht an seinem Körper, durchtränkt von Schweiß, der sich in den V-Ausschnitt hinabsenkte. Unter dem roten Tuch, das seine Haare zurückhielt, blitzte ein scharfer Blick hervor, und seine Lippen waren zu einem schmalen Strich gepresst – ein Ausdruck, der Wut und Berechnung zugleich verriet.

Einen Moment zögerte ich, dann wartete ich bewusst, ließ ihn sich wieder aufrappeln. Sein Haar fiel ihm erneut in die Stirn, als er mühsam auf die Knie kam, die Hände suchend nach Halt auf dem Boden. Seine Haut war von der Sonne gezeichnet, braun gebrannt, doch an seinen Handgelenken und im Nacken erkannte ich blassere Stellen – ein Beweis für ein Leben, das zwischen der harten Arbeit auf See und den Schatten der Segel verbracht wurde.

Ich holte tief Luft, ballte meine rechte Hand zur Faust und schlug mit all meiner verbliebenen Kraft gegen sein Kinn. Das Geräusch war dumpf, und für einen Augenblick schien er zu erstarren, bevor er nach hinten taumelte. Der Ausdruck in seinen Augen, dieser gefährliche Mix aus Arroganz und Selbstsicherheit, wich einer Mischung aus Überraschung und Schmerz.

Er strauchelte, und genau im richtigen Moment stellte ich ihm mein Bein in den Weg. Sein Gleichgewicht war gebrochen, und im nächsten

Augenblick fiel er schwer zu Boden. Staub und Splitter von den alten Holzplanken wirbelten auf, während sein Körper aufprallte. Doch ich wusste, dass er sich schnell wieder fangen würde – die Energie in seinen Bewegungen hatte er bisher noch nicht verloren.

Bevor er die Gelegenheit hatte, sich erneut aufzurichten, trat ich fest auf seinen Brustkorb, gerade genug Druck ausübend, um ihn am Boden zu halten. Er wand sich unter meinem Gewicht, seine Augen – hell jedoch durchdringend, wie ein aufziehender Sturm – funkelten vor Zorn, doch ein Lächeln spielte immer noch auf seinen Lippen. Selbst jetzt, als er wehrlos unter mir lag, wirkte er fast provozierend, als würde er den Moment bereits als eine neue Chance betrachten.

Ich ließ mich nicht beirren. Mein Blick fiel auf den Degen in seiner Hand, die Finger, die ihn trotz allem noch umklammerten. Mit einem schnellen, ruckartigen Griff packte ich die Waffe und riss sie ihm aus der Hand. Seine Finger öffneten sich widerwillig, doch er gab den Degen schließlich frei.

Die Klinge war schwerer, als ich erwartet hatte, und für einen Moment fühlte ich die Erleichterung, etwas in der Hand zu halten, das mir eine echte Chance gab. Doch unter mir regte sich der Junge erneut, und ich wusste, dass dieser Kampf noch lange nicht vorbei war.

Hastig rannte ich zum Bug des Schiffes, meine Schritte hallten dumpf auf den knarrenden Planken wider. Der Wind peitschte mir entgegen, trieb mir die Haare ins Gesicht und riss an meiner Kleidung, während das Rauschen des Meeres und das gelegentliche Knirschen des Schiffes ein dröhnendes Echo um mich herum bildeten. Vor mir sah ich sie: Peter und Hook, in einer Konfrontation, die aussah wie ein Duell zwischen Leben und Tod.

Peter stand aufrecht, seine Haltung strahlte diese eigenartige Selbstsicherheit aus, die ihm immer zu eigen war, selbst in den brenzligsten Situationen. Doch es war Hook, der die Aufmerksamkeit auf sich zog. Der Kapitän, mit seiner imposanten Statur und dem unverkennbaren Hauch von

Wahnsinn in seinen Augen, hob seinen handlosen Arm, an dessen Ende der glitzernder, tödliche Haken befestigt war. Die Bewegung war bedrohlich, fast wie ein Ritual, das den Schlag ankündigte, der alles beenden würde.

Mein Herz raste, der Schrei, der sich in meiner Kehle formte, war erstickt von der Erkenntnis, dass ich nur einen Moment hatte, um zu handeln. Ohne weiter nachzudenken, schrie ich laut auf, ein verzweifeltes, durchdringendes Geräusch, das sich mit dem Heulen des Windes vermischte.

Ich stürmte auf Hook zu, meine Beine fühlten sich an, als würden sie unter mir versagen, doch ich ließ mich nicht aufhalten. Als ich endlich bei ihm ankam, warf ich mich mit aller Kraft auf ihn und klammerte mich fest an seinen handlosen Arm. Der Haken fühlte sich kalt und unbarmherzig an, doch ich ließ nicht los. Meine Finger gruben sich in den Stoff seines Mantels, meine Arme umklammerten seinen Arm wie ein Schraubstock.

Hook schrie vor Wut auf, sein Kopf ruckte zu mir herum, und für einen kurzen Moment trafen sich unsere Blicke. Seine Augen waren wie glühende Kohlen, voller Zorn und Entschlossenheit, und ich spürte die immense Kraft, die er in seinem Körper trug, als er versuchte, sich von meinem Griff zu befreien. Der metallische Klang seines Hakens, der gegen den Luftzug schlug, war das Einzige, das ich hören konnte.

Peter hingegen blieb erstaunlich ruhig. Trotz der Gefahr, die so greifbar war, dass ich sie beinahe schmecken konnte, hatte er diese unerschütterliche, fast provozierende Gelassenheit. Sein Mundwinkel zuckte leicht, ein winziges, selbstsicheres Lächeln, das Hook nur noch mehr in Rage versetzte.

„Lass ihn los!", schrie ich, meine Stimme überschlug sich vor Angst und Entschlossenheit. „Peter, flieh!" Meine Worte zerschnitten die bedrohliche Stille wie ein Dolch, und Captain Hook wandte sich mir zu. Sein hasserfüllter Blick durchbohrte mich, als ob er mich allein mit seinem Zorn vernichten könnte.

„Du lästiges Vieh", zischte er und packte mich brutal am Arm. Mit einer unbarmherzigen Bewegung schüttelte er mich ab, sodass ich rücklings auf das Deck stürzte. Der Aufprall nahm mir für einen Moment die Luft, aber ich konnte nicht aufgeben. Nicht jetzt. Wenn es sein musste, würde ich mein Leben geben – für Peter und dafür, dass er mir eines Tages verzeihen konnte.

Aber wozu hatte ich mir den Säbel geholt, wenn nicht, um zu kämpfen? Noch bevor der Gedanke ganz durch meinen Kopf schoss, drängte ich meinen schmerzenden Körper dazu, sich zu bewegen. Hastig rappelte ich mich hoch, die Welt drehte sich für einen Moment, doch ich ignorierte es. Mit zitternden Händen griff ich nach dem Schwert und schmetterte es mit aller Kraft gegen das von Captain Hook.

Das metallische Kreischen der Klingen hallte über das Deck. Hook verzog das Gesicht vor Wut. „Du hast den Moment zerstört!", brüllte er, seine Stimme ein unheilvolles Grollen. Seine Klinge schoss mit unheimlicher Geschwindigkeit auf mich zu, doch ich blockte den Angriff, meine Arme zitterten vor der Anstrengung.

Unauffällig schielte ich zu Peter. Er hatte sich inzwischen aufgerappelt und schlich sich mit der Präzision eines Raubtiers an Hook heran. Mein Herz raste, doch ich zwang mich, so zu tun, als hätte ich ihn nicht bemerkt. Der Kampf mit Hook verlangte meine ganze Aufmerksamkeit – jeder Schlag, den ich parierte, brachte mich näher an den Abgrund der Erschöpfung. Doch ich durfte nicht verlieren.

Ich musste überleben. Nicht nur für Peter, sondern auch für die Antworten, die ich suchte. Wem gehörte dieser geheimnisvolle Brief? Und wie war er in Hooks Besitz gelangt? Diese Gedanken hielten mich wachsam, ließen mich die Schläge des Kapitäns abwehren, obwohl meine Arme brannten.

Dann sah ich es: Peter war jetzt direkt hinter Hook. Der Kapitän hatte nichts bemerkt. Mein Herz machte einen Satz, als Peter plötzlich in die Luft sprang, leichtfüßig wie ein Schmetterling, und den dunkelroten Hut von Hooks Kopf riss.

„Habe ich dich überrascht?", fragte Peter lachend, seine Stimme war eine Mischung aus Spott und kindlicher Freude.

Hook fuhr herum, sein Gesicht eine Maske aus Wut und Überraschung. „Oh nein, das hast du nicht!", spuckte er und holte mit einer wilden Bewegung aus, um Peter zu packen. Doch der Junge war schneller. Er wich mit Leichtigkeit aus und schwang sich geschickt in die Luft, gerade außer Reichweite von Hooks Finger.

„Dreh dich um, Hook!", rief ich, während ich die Gelegenheit nutzte, mich von seiner Angriffsreichweite zu lösen. Doch bevor er meiner Aufforderung folgen konnte, ließ Peter seine eigene Klinge aufblitzen. Mit einem scharfen, ratschenden Geräusch schlitzte er Hooks Mantel auf.

„Nein, Hook, hierhin!", rief Peter erneut lachend, seine Stimme klang nun wie ein freches Lied. Der Kapitän drehte sich wild im Kreis, ein verärgerter Stier, unfähig, die Kontrolle zurückzugewinnen.

In der Zwischenzeit eilte ich zu Anne, die sich mit einem letzten widerspenstigen Piraten herumschlug. Der Mann hatte keine Chance – nicht gegen Annes Geschick und unsere Entschlossenheit. Leise stellte ich mich hinter ihn und packte ihn am Kragen seiner schmutzigen Bluse. Mit einem überraschten Keuchen wurde er vorgezogen, direkt in Annes wartenden Schlag.

„Von rechts!", rief ich und Anne antwortete prompt: „Ich von links!" Mit einer präzisen Bewegung riss ich mit meinem Säbel die Kleidung des überforderten Piraten auf. Er taumelte, der Ausdruck reiner Furcht stand ihm ins Gesicht geschrieben.

„Armer Pirat", bedauerte Anne, doch ihr breites Grinsen verriet das Gegenteil. Mit einem kraftvollen Tritt beförderte sie ihn gegen die Reling.

Hinter uns hörte ich Peter, wie er nach Glöckchen pfiff, ein scharfer, durchdringender Ton, der die Luft durchdrang. Im nächsten Augenblick hob sich mein Körper von Deck. Der kalte Morgenwind strich durch mein Haar, als wir in die Lüfte stiegen.

Unter uns schrumpfte das Piratenschiff zu einer kleinen Szene des Chaos, und ein unwillkürliches Lachen stieg in mir auf. Wir hatten es geschafft. Für den Moment waren wir frei.

„Bis zum nächsten Mal!", rief Peter mit einer Mischung aus Triumph und Abschied in der Stimme, sein Echo hallte über die Weiten der Insel. Ohne eine weitere Erklärung wandte er sich abrupt ab. „Wir gehen jetzt nach Hause", murmelte er leise, fast zu sich selbst, und stieß sich von der Luft ab, seine Silhouette schimmerte kurz im ersten Licht des Morgens.

Anne und ich zögerten nicht. Mit einem gemeinsamen Schlag unserer Hände folgten wir ihm, unsere Bewegungen von einem unausgesprochenen Drang angetrieben, ihn nicht aus den Augen zu verlieren. Unter uns lag die Insel, die uns schon so viele Abenteuer beschert hatte, wie ein stiller, träumerischer Teppich aus Grün und Gold.

Die verlorenen Jungen mussten mittlerweile erwacht sein. Sicherlich würden sie sich wundern, wo wir drei geblieben waren. Ich stellte mir ihre Gesichter vor – die Neugier, die Sorge, die aufkeimende Ungeduld. Doch all das erschien im Moment so weit weg, wie die Insel selbst, die immer kleiner unter uns wurde.

Die Luft war kühler als erwartet, aber lange nicht mehr so durchdringend kalt wie bei unserer Ankunft. Stattdessen verspürte ich die Wärme der aufgehenden Sonne, die mit ihren dünnen goldenen Strahlen meine Haut kitzelte. Sie schien spielerisch zu versuchen, mich aufzuwecken, mich aus der Schwere meiner Gedanken zu reißen.

Doch diese Gedanken ließen sich nicht vertreiben. Das Licht blendete mein Sichtfeld, als wir höher stiegen, und ich kniff die Augen zusammen, um Peter nicht zu verlieren. Plötzlich hallte seine Stimme scharf durch die Luft: „Schneller fliegen!"

Ich spürte, wie mein Herz einen Schlag aussetzte. War es nur der Wind, oder klang er wütend? Nein, ich kannte ihn nun gut genug, um zu wissen, dass er wirklich verärgert war. Und wie konnte ich es ihm übelnehmen? Mein Magen zog sich bei dem Gedanken zusammen. Ich hatte versagt – und das auf die denkbar peinlichste Weise.

Peters Pläne waren immer kühn, oft gefährlich, aber fast immer erfolgreich. Dieses Mal aber hatte ich ihn enttäuscht. Statt des Hakens- der Waffe, die er Hook beschert hatte- hatte ich ihm einen Kleiderbügel zugeworfen. Einen Kleiderbügel! Der Fehler lastete schwer auf mir, wie ein unsichtbarer Stein, der mich daran hinderte, leichter zu fliegen, schneller voranzukommen.

Anne war an meiner Seite, aber ich wagte nicht, sie anzusehen. Stattdessen richtete ich meinen Blick stur auf Peter, dessen Figur vor uns wie eine entschlossene Linie gegen den hellen Horizont wirkte. Sein Tempo schien immer weiter zuzunehmen, als wollte er den Abstand zwischen uns vergrößern, so sehr, dass wir ihn nie wieder erreichen könnten.

Ich biss die Zähne zusammen, meine Muskeln brannten, aber ich ließ nicht nach. Nicht jetzt. Nicht, wenn es noch eine Möglichkeit gab, wieder gutzumachen, was ich falsch gemacht hatte.

Mir war die ganze Situation unangenehm, ein Gefühl, das sich wie eine unsichtbare Last auf meine Schultern legte. Es war, als ob eine stumme Spannung in der Luft hing, die niemand so recht auszusprechen wagte. Doch im Gegensatz zu Peter, so redete ich mir zumindest ein, könnte ich wohl darüber hinwegkommen. Könnte ich das wirklich? Es würde Zeit brauchen, sicher, und ein Teil von mir fühlte sich nicht gewiss, ob ich die Stärke dazu hatte, aber es war nicht unmöglich, oder?

Peter hingegen … bei ihm war ich mir nicht so sicher. Er war jemand, der sich stark und unbezwingbar gab, aber vielleicht täuschte dieser Eindruck. Was, wenn ihn das mehr traf, als er zugab? Hatte es seinen Stolz verletzt? Sein Ego? Ich konnte es mir vorstellen. Für jemanden wie Peter, der so viel auf seine Stärke, seine Selbstständigkeit und seine Überlegenheit hielt, musste ein solcher Moment wie ein direkter Schlag ins Gesicht wirken.

Vielleicht schmerzte ihn nicht nur die Tatsache selbst, sondern auch der Gedanke, dass ich, oder jemand anderes, ihn so sehen konnte – schwach, verwundbar, menschlich. Das war etwas, das nicht in das Bild passte, das er scheinbar von sich selbst vermitteln wollte, und ich fragte mich, ob er sich im Inneren dafür mehr verurteilte, als er jemals zugeben würde. Aber vielleicht, so hoffte ich zumindest, könnte er genauso wie ich darüber hinwegsehen. Vielleicht würde die Zeit auch ihm helfen, es zu akzeptieren, es hinter sich zu lassen.

Oder war es für ihn anders? War es nicht nur sein Stolz, sondern etwas Tieferes, das ihn plagte? Ein Gedanke, der an ihm nagte, ihm das Gefühl gab, dass er versagt hatte – nicht nur vor mir, sondern vor sich selbst?

„Wir sind da", sagte Anne mit einem leisen Lächeln. Ihre Stimme war ruhig, doch ich bemerkte den Anflug von Besorgnis darin, als sie sah, wie ich gedankenverloren weiterflog. „Nicht so in deinen Gedanken verlieren", fügte sie sanft hinzu, ihre Worte ein Versuch, mich aus meinem Kopf zu holen.

Ich zuckte leicht zusammen, als ihre Stimme zu mir durchdrang, und lenkte mich zurück in Richtung unseres Ziels. Unter uns erhob sich der vertraute Baum, dessen knorrige Äste wie ein schützendes Dach über unserem Zuhause wachten.

„Runter mit euch", rief Peter, seine Stimme scharf und entschlossen.

Anne und ich wechselten einen fragenden Blick. Etwas in Peters Ton ließ uns beide innehalten, doch wir widersprachen nicht.

Als wir den Boden erreichten, blieb Peter mit verschränkten Armen stehen. Der Schatten des Baumes verdeckte sein Gesicht teilweise, doch seine Haltung sprach Bände. Seine Schultern waren angespannt, und seine Augen funkelten in einer Mischung aus Nachdenklichkeit und Entschlossenheit.

„Harlow, du kannst schon gehen", sagte er, ohne mir dabei in die Augen zu sehen. Seine Stimme war ruhig, aber da war ein Unterton, der mich innehalten ließ.

„Anne, wir können kurz spazieren. Bitte."

Ich blinzelte, überrascht von seinen Worten. Warum wollte Peter mich nicht dabeihaben? Ein unsichtbarer Knoten zog sich in meiner Brust zusammen, ein Gemisch aus Unbehagen und Verletztheit.

Anne zögerte, warf mir einen kurzen, fragenden Blick zu, bevor sie zögerlich nickte. Ihre Augen waren wie immer voller Verständnis, doch sie schien ebenso wenig zu wissen wie ich, was Peter im Sinn hatte.

Wortlos duckte ich mich zum dunklen Eingang unseres Verstecks. Der Baum öffnete sich vor mir wie ein Maul, die Schatten verschlangen mich fast augenblicklich. Das Licht der Außenwelt verblasste hinter mir, während ich den engen Tunnel betrat.

Die Luft war kühl und roch nach Erde und Holz, eine beruhigende Mischung, die sonst Geborgenheit versprach. Doch heute fühlte sich der Weg nach unten fremd an, als würde der Baum mich mit jeder Stufe weiter von den anderen abschneiden.

Einen Schritt nach dem anderen tastete ich mich vorwärts, bis meine Hand die kalten, rauen Sprossen der Leiter fand. Langsam begann ich den Abstieg, jeder Griff ein bewusster Versuch, meine Gedanken zu ordnen.

Warum hatte Peter mich fortgeschickt? Der Gedanke ließ mich nicht los, während ich tiefer in die vertraute Dunkelheit hinabstieg. War er wütend? Enttäuscht? Oder war da etwas anderes, das er vor mir verbergen wollte?

Die Leiter knarrte leise unter meinem Gewicht, als ich weiter hinunterkletterte. Als meine Füße schließlich den Boden des Verstecks erreichten, blieb ich für einen Moment stehen. Der vertraute Raum breitete sich vor mir aus, doch ich fühlte mich, als wäre ich irgendwo völlig Fremdes angekommen.

„Harlow!", rief Charlie, seine Stimme klang fröhlich, beinahe erleichtert, als ich den Raum betrat. Sein breites Grinsen stand im Kontrast zu meinem Gemütszustand. „Wo ist Peter?", fragte Nibs sofort, seine Augen funkelten erwartungsvoll.

Natürlich ging es nur um Peter. Warum sollten sie sonst mit mir sprechen? Ein bitteres Lächeln zog kurz über mein Gesicht, doch ich ließ es nicht lange verweilen. „Er ist draußen", murmelte ich abwesend, meine Gedanken woanders.

Ohne ein weiteres Wort ließ ich mich zurück auf den Boden sinken. Der kalte, raue Untergrund bot wenig Trost, aber er war das Einzige, was ich gerade wollte. Meine Augen brannten vor Müdigkeit, doch der Schlaf hatte mich in der Nacht gemieden. Ich schloss die Lider, in der Hoffnung, den erdrückenden Schleier der Unruhe für einen Moment zu vertreiben.

Doch es war sinnlos. In meiner Bauchgegend breitete sich ein merkwürdiges Gefühl aus, wie ein unangenehmes Ziehen, das mit jeder Sekunde stärker wurde. Es war, als ob eine unsichtbare Hand an meinen Eingeweiden zerrte, mich aufrütteln wollte. Etwas stimmte nicht.

Ich wusste es einfach. Es war ein leises, aber unaufhaltsames Drängen in mir, eine Stimme, die mich aufforderte, aufzustehen und nachzusehen. Dieses Gefühl war zu stark, um es zu ignorieren, und ich hasste es, wie es mich förmlich dazu zwang, zu handeln.

„Wohin gehst du?", fragte Nibs, seine Stimme klang neugierig, vielleicht sogar ein wenig besorgt, als er sah, wie ich mich wieder aufsetzte.

„Ich hole nur Peter", murmelte ich und vermied seinen Blick. Meine Stimme war leiser als sonst, fast tonlos, wie eine Lüge, die ich nicht ganz aussprechen wollte.

Ich machte mich auf den Weg zur Leiter, die ich erst vor wenigen Minuten hinabgestiegen war. Mit schnellen, leisen Bewegungen kletterte ich wieder nach oben, jeder Griff an den Sprossen fühlte sich schwerer an, als er sein sollte.

Die Luft schien plötzlich kälter, als ich mich der Öffnung näherte. Mein Atem ging flach, und mein Herzschlag pochte so laut in meinen Ohren, dass ich fürchtete, er würde mich verraten. Ich wusste, dass ich leise sein musste.

Anne und Peter durften mich nicht hören – nein, ich musste sie hören. Jeder Schritt war ein Balanceakt zwischen Eile und Vorsicht, die Dunkelheit des Baumes schien mich zu verschlucken, während ich mich der Schwelle näherte.

Als ich schließlich hinaustrat, hielt ich für einen Moment inne. Mein Blick wanderte suchend über das Gelände, und schließlich fand ich sie. Anne und Peter saßen wieder an derselben Stelle wie gestern. Ihre Körper waren einander zugewandt, und obwohl ich ihre Gesichter nicht sehen konnte, lag eine seltsame Spannung in der Luft.

Ich duckte mich instinktiv hinter eine dicke Wurzel, mein Herz raste, als ich versuchte, den Atem so leise wie möglich zu halten. Was taten sie hier, und warum hatte ich dieses Gefühl, dass es so wichtig war?

Leise schlich ich mich hinter den dicken Stamm eines Baumes, das raue Holz fühlte sich kühl und beruhigend an meiner Hand an, während ich mich daran festklammerte. Meine Atmung ging flach und zitternd, und ich bemühte mich, sie zu kontrollieren – so leise wie möglich, fast lautlos. Es war wie bei den Versteckspielen früher, nur dass dieses Mal der Einsatz ungleich höher war.

Die Stimmen von Peter und Anne drangen zu mir durch, gedämpft, aber voller Emotionen. „Nein!", hörte ich Peter flüstern, seine Stimme bebte vor unterdrückter Wut. „Ich weiß, dass es kein Versehen war."

Meine Brust zog sich schmerzhaft zusammen, als seine Worte durch die Nacht schnitten. Was glaubte er, zu wissen? Ich spürte, wie ein brennender Kloß in meinem Hals entstand, doch ich schluckte ihn schnell hinunter. Peter dachte, ich hätte absichtlich meine Aufgabe verpatzt. Aber warum sollte ich das tun? Der Gedanke war so absurd, so falsch, dass er mir den Boden unter den Füßen wegzuziehen schien.

„Ich weiß es einfach", wiederholte er, diesmal mit einer bedrohlichen Bestimmtheit in der Stimme. Ich wagte einen vorsichtigen Blick durch zwei dicht gewachsene Äste, die mir wie ein Fenster in die Szene dienten.

Anne stand ihm gegenüber, und ich erkannte an ihrer Haltung, dass sie versuchte, ruhig zu bleiben. Sie schüttelte langsam den Kopf, und ein Funken Erleichterung flammte in mir auf. Sie glaubte mir. Sie war auf meiner Seite.

„Was hat sie denn gemacht, dass sie einen verdammten Kleiderbügel mit einem Haken verwechselt hat?!", fuhr Peter plötzlich auf. Seine Stimme war nicht mehr nur ein Flüstern, sondern ein unterdrückter Schrei voller Frustration, der durch die Stille der Nacht hallte.

Ich zuckte förmlich zusammen und presste mich enger an den Baum. Peters Worte trafen mich wie ein Schlag, jeder einzelne von ihnen schnitt durch mich hindurch.

„Ich weiß es nicht", antwortete Anne schließlich mit einem tiefen Seufzen. Ihre Stimme war weich, beinahe müde, als ob sie Peters Zorn zu besänftigen suchte.

Warum sprach Peter mit ihr und nicht mit mir? Warum stellte er mich nicht direkt zur Rede, anstatt hinter meinem Rücken zu flüstern? Diese Fragen wirbelten in meinem Kopf herum, während ich mich weiter an die raue Rinde klammerte.

„Wir müssen aufpassen", warnte Peter mit einer eisigen Kälte in der Stimme, die ich nur selten bei ihm gehört hatte. Es war, als hätte sich eine Mauer um ihn aufgebaut, ein Schutzschild aus Misstrauen.

Anne sagte nichts, aber ich konnte sehen, wie ihre Schultern sich ein wenig strafften. Sie wusste, was kommen würde, noch bevor er die Worte aussprach.

„Im schlimmsten Fall müssen wir...", begann Peter und hielt inne. Seine Stimme zitterte leicht, als ob selbst er mit dem Gedanken kämpfte, den er gerade aussprach.

Ich hielt den Atem an, jeder Muskel in meinem Körper war angespannt, mein Herz schlug so laut, dass ich fürchtete, sie könnten es hören.

„Wir müssen sie, wenn es nicht anders geht, beseitigen", beendete er schließlich mit einer Härte, die mir den Boden unter den Füßen wegzog.

Anne öffnete den Mund, um zu antworten, doch ihre Worte gingen in dem Sturm meiner Gedanken unter. Was sollte ich jetzt tun? Sollte ich bleiben, kämpfen, beweisen, dass er Unrecht hatte? Oder war es besser, einfach zu fliehen?

Beseitigen. Das Wort hallte in meinem Kopf wider, als hätte es ein Echo hinterlassen, das ich nicht abschütteln konnte. Was sollte das nun bedeuten? Beseitigen? Das war nicht das Vokabular, das ich von Peter kannte, nicht die Art von Gedanke, die er aussprechen würde – oder zumindest dachte ich das bisher. Es klang nicht nach dem Peter, den ich zu kennen glaubte, nicht nach dem unbeschwerten, manchmal leichtsinnigen Jungen, der lieber Tricks und Täuschungen einsetzte, als direkt zu kämpfen.

Peter, der so sehr für Freiheit und Abenteuer stand, der immer eine spielerische Leichtigkeit in seinen Plänen bewahrte – konnte er wirklich etwas so Grausames meinen? Es war schwer, das mit dem Bild zu vereinen, das ich von ihm hatte.

Vielleicht, überlegte ich, hatte er es nicht so gemeint, wie es klang. Vielleicht war es ein unüberlegtes Wort, das ihm herausgerutscht war, etwas, das die Hitze des Augenblicks geformt hatte. Aber ein anderer Teil von mir, leise und nagend, fragte: Was, wenn er es genau so meinte?

Was, wenn Peter nicht der war, für den ich ihn hielt?

„Bist du noch ganz bei Trost?", flüsterte Anne, ihre Stimme drängend, fast vorwurfsvoll.

Peter erwiderte ihren Blick mit einem Funken sturer Entschlossenheit. „Ja, bin ich," zischte er zurück, seine Stimme voller Trotz, „und ich habe dir auch schon gesagt, dass ich nicht denselben Fehler mache."

Ein Schauder lief mir über den Rücken. Entsetzt schüttelte ich den Kopf, als könnte ich seine Worte damit ungeschehen machen. Fast zeitgleich tat Anne es ebenfalls, ihre Bewegungen waren langsam, aber eindringlich, als wollte sie ihn mit ihrer Ablehnung zum Umdenken bringen.

Ich zwang mich dazu, mich nicht zu verraten, obwohl mein Herz so heftig schlug, dass ich befürchtete, die beiden könnten es hören. Es war mir plötzlich klar: Ich musste vorsichtig sein, in jedem Wort, das ich sagte, in jeder Handlung. Nie wieder würde ich mit Peter oder irgendjemandem sprechen, ohne vorher genau zu überlegen, welche Folgen es haben könnte.

„Du kannst das nicht tun, Peter", wisperte Anne, diesmal ruhiger, fast flehentlich. Sie schien sich daran erinnert zu haben, dass sie leise bleiben musste – nicht nur wegen der Nacht, sondern auch wegen mir. Sie glaubte, ich könnte sie hören, und sie hatte recht.

„Schau mal", begann sie mit einem beschwichtigenden Ton, der selbst aus der Ferne spürbar war. Ihre Haltung veränderte sich; sie war weniger konfrontativ, fast so, als wolle sie ihm etwas anbieten, das ihn besänftigen könnte. „Wir passen mehr auf sie auf als die anderen. Wir achten auf alles, was sie tut. Und wenn sie wieder etwas macht, was uns negativ auffällt... dann können wir überlegen, was wir mit ihr machen."

Sie machte eine Pause, ließ ihre Worte wirken, bevor sie mit festerer Stimme fortfuhr: „Aber jemanden Schuldlosen zu verbannen? Das wäre eine Schande."

Peters Schultern hoben und senkten sich in einem tiefen Seufzen, das selbst aus der Entfernung schwer und erschöpft wirkte. Der Ausdruck in seinem Gesicht war schwer zu deuten, doch schließlich nickte er knapp, wenn auch widerwillig.

„Ich nehme sie nicht mehr mit zu den Piraten", erklärte er mit schneidender Klarheit und drehte sich mit einer fließenden Bewegung um, als wollte er die Diskussion damit beenden.

Anne nickte langsam, ein Hauch von Erleichterung lag in ihrer Haltung, obwohl sie ihre Augen nicht von ihm abwandte.

„Danke, Anne", flüsterte ich kaum hörbar zu mir selbst, die Worte fühlten sich an wie ein leiser Schwur. Irgendwann würde ich ihr das persönlich sagen, irgendwann, wenn alles vorbei war.

„Ich gehe", sagte Peter knapp, und seine Stimme klang endgültig, fast kalt.

„Okay", murmelte Anne leise, als wolle sie ihn nicht weiter provozieren.

Ich drückte mich fester an den Baumstamm, meine Gedanken rasten. Wie sollte ich von hier verschwinden, ohne dass sie mich bemerkten? Die beiden waren wachsam, und ich konnte mir keinen Fehler erlauben.

„Warte, Peter", sagte Anne plötzlich, ihre Stimme sanfter, fast weich. Er hielt inne und warf ihr einen fragenden Blick zu.

„Pass auf dich auf, wenn du wieder weggehst", flüsterte sie, ihre Worte voller Sorge, die sie offensichtlich nicht verbergen konnte.

Peter nickte kurz, ohne ein weiteres Wort, und ich wandte meinen Blick von ihnen ab. Die Luft um mich herum schien stillzustehen, als ich darüber nachdachte, was ich tun sollte.

Die Zeit, die ich hier hatte, war begrenzt – das wusste ich jetzt mehr denn je. Wenn ich nicht aufpasste, würde ich alles verlieren.

Ich musste nur noch herausfinden, ob es weitere Briefe gab und wer dieser „J" war. Danach würde ich Nimmerland verlassen.

Überleben – das war das Einzige, was jetzt zählte.

Das Nimmerland zu überleben.

Die Verlorenen

Mit einem Satz sprang ich zurück in unser Versteck, meine Beine trugen mich, als hätte ich nicht einen Moment zu verlieren. Der Aufprall meiner Füße auf den harten Erdboden war hart und unnachgiebig und schickte eine Vibration durch meinen Körper, die ich bis in meine Knie spüren konnte. Der Boden war trocken, und der Staub, den ich beim Landen aufwirbelte, schwebte wie eine kleine Wolke um mich herum. Ein feiner, beißender Geruch stieg mir in die Nase, und ich konnte nicht verhindern, dass ich hustete, meine Hand hektisch vor den Mund haltend.

Ich sah mich kurz um, meine Augen gewöhnten sich an das schummrige Licht, das durch die grob gezimmerten Öffnungen in der Wand des Verstecks fiel.

Schon lange bevor ich eines ihrer Gespräche mit eigenen Ohren hörte, regte sich etwas in mir, ein Gefühl, das ich zunächst nicht klar benennen konnte.

Es war, als hätte ein stilles Feuer in meinem Inneren begonnen, das sich langsam ausbreitete. Dieser Argwohn, der sich wie eine brennende Sonne in meiner Brust ausbreitete, war unmöglich zu ignorieren.

Es war nicht einfach nur eine flüchtige Ahnung oder ein Gedanke, den man mit einem Kopfschütteln beiseite wischen konnte. Nein, es war etwas Tieferes, Unerklärliches, das sich mit jeder kleinen Geste zwischen den beiden, mit jedem unausgesprochenen Blick, den sie miteinander teilten, weiter entfachte. Es war wie das grelle Licht der Mittagssonne, das sich in den Augen schmerzlich bemerkbar machte, selbst wenn man die Lider fest zusammenpresste.

Ich versuchte, es zu verdrängen, redete mir ein, dass ich überreagierte, dass es nichts war, worüber ich mir Sorgen machen müsste. Doch das Gefühl blieb. Es schlich sich in meine Gedanken wie ein stiller Schatten, der immer hinter mir lauerte, selbst wenn ich ihn nicht ansah. Jedes Wort, das ich zwischen ihnen auffing, jede flüchtige Bemerkung, wurde zu einem Teil eines Puzzles, das ich nicht zusammenfügen konnte, und doch wirkte es immer mehr wie ein unausweichliches Bild.

Vielleicht war es Unsicherheit, vielleicht war es Angst – oder war es etwas, das ich noch nicht verstand? Aber eines wusste ich mit Sicherheit: Dieser Argwohn war keine Illusion, keine Einbildung. Er war da, so real und unübersehbar wie die Sterne am Himmel, und je länger ich versuchte, ihn zu ignorieren, desto heller brannte er in mir.

„Harlow! Jibby, Nibs und Tootles wollen mit dir raus", rief Slightly und gestikulierte dabei wild mit den Armen, als wolle er damit seine Worte unterstreichen.

Ich blinzelte ihn an, noch etwas benommen von meinen eigenen Gedanken, und spürte einen leichten Schmerz in meiner Stirn, als ob die Anspannung der letzten Tage einen physischen Abdruck hinterlassen hätte. „Was?", fragte ich verwirrt und versuchte, seinen Enthusiasmus zu erfassen.

Slightly blieb stehen und wiederholte mit einer Energie, die mich beinahe neidisch machte: „Jibby, Nibs und Tootles wollen raus."

Die Worte hingen für einen Moment in der Luft. Rausgehen? Einfach so? Mit ihnen? Ein kleiner Zweifel regte sich in mir – sollte ich das wirklich tun? Würden sie etwas merken? Irgendetwas an mir, an meiner Unsicherheit oder meinen wahren Gedanken? Aber dann schob ich die Sorgen beiseite. Das war genau die Art von Normalität, die ich brauchte, um mich selbst davon zu überzeugen, dass alles in Ordnung war.

„Können wir machen", antwortete ich schließlich mit einem müden Lächeln und versuchte, ein wenig von ihrer Unbekümmertheit zu spiegeln. „Aber wohin wollen sie denn eigentlich?"

Slightly drehte sich schwungvoll um, sein roter Schopf wippte dabei in die Richtung, aus der er gekommen war. „Tootles, wo wolltet ihr nochmal hin?", rief er.

Tootles gesellte sich schnell zu uns. Er schwenkte den Ast, den er fest in der Hand hielt, als wäre es ein Schwert, und blieb direkt vor mir stehen. „Einfach raus, ein bisschen rumspazieren", erklärte er, seine Augen glitzerten vor Begeisterung.

„Kommst du mit?", fragte Nibs, der plötzlich hinter Tootles auftauchte und sich mit einer Mischung aus Neugier und Vorfreude an mich wandte.

Ich zögerte kurz, ließ den Blick über die erwartungsvollen Gesichter schweifen und nickte dann langsam. „Ich denke, ich kann mitkommen, wenn es nichts Gefährliches wird", antwortete ich und versuchte, den Zweifel aus meiner Stimme herauszuhalten.

Die Reaktion der beiden ließ mich beinahe lachen. Nibs und Tootles klatschten sich mit einem triumphierenden Grinsen ab, als hätten sie gerade die größte Schlacht ihres Lebens gewonnen. Ihre Energie war ansteckend, und für einen Moment spürte ich eine kleine Welle von Erleichterung in mir aufsteigen.

„Jibby, komm her, sie kommt mit uns!", rief Tootles über die Schulter dem Jungen zu, der etwas abseits stand.

Der dürrere Junge mit einem Schopf von lockigem Haar blickte auf, seine Augen weiteten sich, als hätte er das nicht erwartet. Er sprintete zu uns, wobei er fast über seine eigenen Füße stolperte, und blieb schließlich grinsend vor mir stehen. „Du kommst wirklich mit?", fragte er mit einer Mischung aus Unglaube und Freude, als sei das eine Entscheidung von größter Tragweite.

„Ja", bestätigte ich mit einem leichten Lächeln, das sich von selbst einstellte. Ihre Unbeschwertheit war wie eine kleine Flucht aus den dunkleren Gedanken, die mich sonst in den letzten Stunden verfolgt hatte.

„Das wird toll", erklärte Jibby und winkte den anderen enthusiastisch zu.

Ich spürte einen Hauch von Neugier und sogar ein kleines bisschen Vorfreude. Es würde eine gute Gelegenheit sein, meine Gedanken zu ordnen, herauszufinden, was als Nächstes zu tun war – und vielleicht, nur für einen Moment, die Sorgen zu vergessen, die mir ständig im Nacken saßen.

„Muss ich jetzt ernsthaft nochmal da hoch?" Ich ließ meinen Blick entnervt zur Strickleiter schweifen, die ich an diesem Vormittag schon gefühlt unzählige Male erklommen hatte. Die Seile, ausgefranst und abgenutzt, hingen wie eine stumme Herausforderung vor mir, und meine Arme fühlten sich bei der bloßen Vorstellung schwer an.

Jibby grinste mich an, seine lockigen Haare tanzten bei jeder Bewegung seiner Schultern, während er kaum sein Lachen zurückhalten konnte. „Natürlich musst du!"

Tootles und Nibs kicherten, als hätten sie sich darauf geeinigt, mein Leid zu genießen. „Ich gehe als Erster!", rief Jibby plötzlich und machte einen entschlossenen Schritt nach vorne.

„Nein, ich!", konterte Tootles mit einer Geschwindigkeit, die seine schwere Statur kaum vermuten ließ, und rannte direkt auf den Ausgang zu. Es kam, wie es kommen musste: Bevor einer von ihnen überhaupt einen Fuß auf die Leiter setzen konnte, stürzten sie sich spaßeshalber aufeinander und begannen, wie tollwütige Welpen zu ringen.

„Hör auf, dich vorzudrängeln!", beschwerte sich Tootles, während Jibby ihn lachend in den Schwitzkasten nahm. Jibby war kleiner, schon fast zierlich, und Tootles hatte eine unberechenbare Energie, die ihn wie einen wirbelnden Derwisch wirken ließ. Mit einem dramatischen Aufschrei ließ sich Tootles auf den Boden fallen, wobei seine Beine wild in die Luft strampelten.

„Oh, bitte!", jammerte ich, den Hauch eines Lächelns nicht unterdrückend, während ich mich vor ihn stellte. „Ich glaube, ich möchte jetzt doch ganz gerne da hoch."

Mit einem schnellen Schritt trat ich über die am Boden kämpfenden Jungen hinweg und machte mich auf den Weg zur Leiter. Ihre kleinen Kämpfe ignorierend, zog ich mich langsam an den Sprossen hoch. Nibs folgte mir mit einem leichten Schmunzeln im Gesicht, als wollte er sich den Kommentar sparen, der ihm auf der Zunge lag.

Oben angekommen, spähte ich über die Kante des Ausgangs und wartete kurz, bis Nibs ebenfalls die letzte Sprosse erklommen hatte. „Kämpfen die da unten immer noch?" Seine Stimme war ruhig, aber ich konnte die leichte Belustigung darin hören.

Neugierig steckte ich meinen Kopf durch die Öffnung, um nachzusehen, was die beiden trieben. „Ja, sie kämpfen noch", bestätigte ich kopfschüttelnd. Tootles hatte sich mittlerweile halb aufgerichtet und versuchte, sich von Jibby loszuwinden, während Jibby ihn mit einer Mischung aus Gelassenheit und Vergnügen festhielt.

„Jetzt kommt hoch!", rief ich schließlich, meine Stimme scharf genug, um sie aus ihrem Getümmel zu reißen. „Es ist doch völlig egal, wer als Erster da ist!"

Mit einem letzten, dramatischen Stöhnen richtete Tootles sich auf. „Na gut, na gut, ich komme ja schon!", maulte er, seine Haare zerzaust und voller Blätter, während er sich nach oben kämpfte.

Jibby folgte ihm, deutlich weniger hastig, aber mit einem breiten Grinsen, als hätte er den Kampf für sich entschieden. „Manchmal frage ich mich wirklich, wie oft sie so etwas machen", murmelte Nibs neben mir, als wir uns umblickten und die Umgebung des Nimmerwaldes erneut auf uns wirken ließen.

Die Sonne strahlte hell durch das dichte Blätterdach, und der Wald schien lebendig zu sein, voller leiser Bewegungen und Geräusche. Der Wind raschelte durch die Äste, als ob er uns willkommen hieße. „Endlich", sagte ich leise, während ich die frische Luft tief einatmete.

Der Nimmerwald war ein Ort, der auf mich gleichermaßen beruhigend und unheimlich wirken konnte. Seine hohen, knorrigen Bäume standen wie uralte Wächter über uns, ihre dichten Kronen so miteinander verflochten, dass sie das Sonnenlicht nur in feinen, tänzelnden Strahlen hindurchließen. Die Rinde dieser Bäume war nicht gewöhnlich – sie schimmerte manchmal in einem merkwürdigen, silbrigen Glanz, als ob sie von den Träumen der Nacht durchzogen worden wäre.

Der Boden unter meinen Füßen war weich, fast federnd, bedeckt mit einem Teppich aus Moos, das in verschiedenen Grüntönen schimmerte. Hier und da wuchsen seltsame Pflanzen, deren Blätter wie Hände geformt waren und sich im Wind zu bewegen schienen, obwohl keine Brise wehte. Manche von ihnen glühten leicht im Schatten, ein kühles, gedämpftes Licht, das den Pfaden des Waldes eine seltsame, andere Weltlichkeit verlieh.

„Wir gehen hier entlang", verkündete Nibs und reckte seine Nase in die Luft, als hätte er einen unsichtbaren Wegweiser erschnuppert. Ohne ein weiteres Wort setzte er sich in Bewegung, eine zufällige Richtung wählend, die uns tiefer in den Nimmerwald führte, weg von dem Platz, an dem ich Anne und Peter zuletzt gesehen hatte.

Die drei Jungen marschierten vor mir her, ihre Schritte auf dem federnden Waldboden fast lautlos. Das einzige Geräusch kam von Tootles, der hin und wieder einen Stock aufhob, um damit spielerisch durch die Luft zu schlagen. Ich folgte ihnen, die ungewohnte Stille zwischen uns wie ein unsichtbares Band, das sich immer enger zog.

„Was wollen wir machen?", fragte ich schließlich, meine Stimme durchbrach die Stille wie ein Stein, der ins Wasser fiel.

„Hat jemand Ideen?", fragte Tootles, während er seinen Stock energisch gegen einen Baumstamm klopfte und dabei kleine Stücke Moos herabregnen ließ.

Nibs drehte den Kopf leicht über die Schulter und hob eine Hand, um uns zum Schweigen zu bringen. „Wie wäre es mit…" Er blieb stehen, eine Hand auf dem Kinn, während seine Stirn sich in tiefem Nachdenken kräuselte.

Ich nutzte die Gelegenheit, um die unvollständigen Ideen zu ergänzen. „Wir waren diese Woche schon am Teich des Krokodils, an der Meerjungfrauenlagune, bei den Piraten…"

„Ich hab's!", rief Nibs plötzlich, seine Augen weiteten sich vor Aufregung, und er schlug mit der Faust in die Handfläche, als hätte er gerade die Lösung für ein großes Rätsel gefunden.

„Die Indianer!"

Indianer? Das Wort ließ in meinem Kopf einen Moment lang widerhallen, während ich versuchte, mich zu erinnern. Peter hatte sie einmal erwähnt, an dem Tag, als er mich hierhergebracht hatte. Es war nicht mehr als eine flüchtige Bemerkung gewesen, ein Wort, das er beiläufig in ein Gespräch eingeflochten hatte, als sei es nicht von großer Bedeutung. Doch jetzt, da ich es erneut hörte, schien es plötzlich mehr Gewicht zu haben, als ich damals gedacht hatte.

„Indianer?" fragte ich, meine Stimme leicht unsicher, während ich versuchte, mir einen Reim darauf zu machen. Was hatte Peter wirklich gemeint, als er von ihnen sprach? Waren sie eine Bedrohung? Verbündete? Oder einfach nur ein weiterer Teil dieses seltsamen, lebendigen Ortes, den er sein Zuhause nannte?

Ich blickte zu Nibs, suchte in seinem Gesicht nach einer Antwort, doch seine Miene war schwer zu deuten. Statt einer Erklärung bekam ich nur dieses typische, vage Lächeln, das er immer trug, wenn er etwas wusste, das er für sich behalten wollte. Es brachte mich nur noch mehr aus der Fassung.

„Was wollen wir denn von den Indianern?" hakte ich nach, diesmal mit mehr Nachdruck. Mein Tonfall verriet, dass ich mehr als nur neugierig war – ich wollte es wirklich wissen. Sollten wir mit ihnen sprechen? Sie um etwas bitten? Oder, und der Gedanke ließ meine Brust enger werden, sollten wir sie plündern?

„Wir könnten einen von ihnen entführen und als Geisel halten", schlug Nibs plötzlich vor, und seine Stimme klang fast beiläufig, als hätte er gerade über das Wetter gesprochen. Einen Moment lang schien die Welt stillzustehen, und mein Atem stockte. Ich schnappte nach Luft, das Gewicht seiner Worte traf mich wie ein Schlag in die Magengrube.

„Wie bitte?" fragte ich, meine Stimme zitterte vor Entsetzen, und meine Augen suchten hektisch nach einem Zeichen, dass ich ihn vielleicht falsch verstanden hatte.

Doch Nibs Miene war ernst, seine Lippen zu einem schmalen Strich gepresst, als wolle er die Wirkung seiner Worte noch auskosten. Dann, als hätte er die Spannung genossen, die er erzeugt hatte, brach ein schiefes Lächeln über sein Gesicht.

„Ich mach nur Spaß", sagte er schließlich, und seine Stimme nahm einen leichteren Ton an. Er hob die Hände, als wolle er sich verteidigen, und fügte hinzu: „Wir besuchen sie einfach."

Jibby kicherte leise, während ich auf ihn herabsah. Er war zwar einen Kopf kleiner als der Durchschnitt der restlichen Jungen, hatte jedoch etwas an sich, was ihm eine besondere Reife verlieh.

„Um zu den Indianern zu gehen, müssen wir in Richtung Nordwesten. Folgt mir." Nibs, Jibby und ich folgten dem schnell voranmarschierenden Tootles. Fast glaubte ich, dass ich endlich einen ungefähren Orientierungssinn für das Nimmerland entwickelt hatte. Es war ein seltsames, neues Gefühl, als hätte sich tief in mir etwas verändert – wie ein unsichtbarer Kompass, der sich plötzlich in meinem Inneren installiert hatte.

Das Nimmerland, das mir anfangs wie ein endloser Irrgarten vorgekommen war, voller trügerischer Pfade und verworrener Entscheidungen, schien nun einen Hauch von Ordnung zu bekommen. Die Wälder, die zerklüfteten Hügel und sogar die sanften Wellen der See wirkten nicht mehr so chaotisch, sondern beinahe vertraut – zumindest in den Momenten, in denen ich still blieb und lauschte.

„Ich habe eine Idee!", rief Tootles und drehte sich plötzlich um. Nibs und Jibby stießen aufgrund seines unerwarteten Halts in ihn, und ich konnte mich gerade noch bremsen, bevor ich auch in sie geprallt wäre.

„Wir tarnen uns auch als Indianer", schlug er vor, mit einem Tonfall, der verriet, dass er diese Idee für ausgesprochen brillant hielt. Für einen Moment starrte ich ihn ungläubig an, ehe ich die Vorstellung vor meinem inneren Auge aufsteigen ließ – und konnte nicht verhindern, dass ein Kichern über meine Lippen kam.

Die Vorstellung war einfach zu absurd. Ich sah die drei Jungen vor mir, mit bunt bemalten Gesichtern, ihre dünnen Oberkörper mit wilden Mustern aus Farben bedeckt, wie eine kindliche Nachahmung echter Krieger. Nibs mit einer Feder hinter dem Ohr, die ihm ständig ins Gesicht rutschte, während er versuchte, ernst zu bleiben, oder Tootles, der stolz wie ein Häuptling posierte, auch wenn seine Bemalung schief und unfertig war. Es war ein Bild, das ich kaum ernst nehmen konnte.

„Und wie wollen wir das anstellen?" fragte ich schließlich, meine Stimme noch immer von unterdrücktem Gekicher begleitet.

Er jedoch ließ sich von meinem Amüsement nicht aus der Ruhe bringen. Stattdessen trat ein schelmisches Funkeln in seine Augen, das mich fast glauben ließ, er hatte diesen Vorschlag nur gemacht, um genau diese Reaktion von mir zu bekommen.

„Ganz einfach", erwiderte er mit einer übertriebenen Lässigkeit und hob bedeutungsvoll einen Finger, als hätte er bereits einen perfekten Plan. „Wir finden ein bisschen Schlamm, ein paar Zweige, und den Rest denken wir uns aus."

„Schlamm?" wiederholte ich, meine Augenbrauen hoben sich skeptisch. Das Bild, das er mir in den Kopf setzte, wurde nur noch alberner. Jetzt sah ich uns alle vor, wie wir uns mit schlammigen Händen bemalten, verzweifelt versuchten, Zweige in unseren Haaren zu befestigen, während der ganze Plan langsam in ein Chaos aus Rutschpartien und Lachen zerfiel.

Mein Kichern wandelte sich in ein herzhaftes Lachen, das ich nicht länger unterdrücken konnte. Und obwohl ich wusste, dass der Vorschlag uns wahrscheinlich keinen Schritt näher an unser Ziel bringen würde, war ich Nibs für diesen Moment der Leichtigkeit fast dankbar.

„Oder hat jemand einen farbigen Stift?", fragte Jibby und zog fragend eine Augenbraue hoch, während er in seine Taschen griff. Seine Hände tasteten hektisch umher, aber er schien nichts zu finden. Ich tat es ihm nach und schob meine Finger in die Taschen meiner Hose, spürte jedoch nur Leere.

Nibs stieß ein verärgertes Seufzen aus und klopfte seine Jacke ab. „Ich habe auch nichts", murmelte er enttäuscht, während Tootles und Jibby nun auch ihre Taschen durchsuchten.

Das leise Rascheln von Stoff erfüllte den Wald, als wir alle gleichzeitig nach einem Stift suchten.

Plötzlich spürte ich etwas Dünnes zwischen meinen Fingern. Ich zog meine Hand langsam hervor und hielt ein Stück Papier in der Hand. Der Brief. Der Brief von „J". Mein Herz setzte einen Schlag aus. In all der Hektik hatte ich völlig vergessen, dass ich ihn in meiner Hosentasche verstaut hatte. Jetzt hielt ich ihn in meinen Fingern, klein, unscheinbar – und doch voller Geheimnisse.

Ich sah mich um. Niemand schien bemerkt zu haben, was ich wieder gefunden hatte. Schnell schob ich das Papier zurück in meine Tasche, meine Finger umklammerten es fest, während ich den anderen Jungen weiter zusah, wie sie ihre Taschen durchwühlten.

„Wir haben keine Stifte", erklärte Tootles schließlich mit einem resignierten Schulterzucken. Dann huschte ein breites Grinsen über sein Gesicht, und er bückte sich plötzlich zum Boden. „Aber wisst ihr was? Wir machen es einfach genauso wie die Indianer. Bemalen wir uns mit den Farben der Natur!"

„Du willst *was*?", fragte ich ungläubig und schielte zu Tootles hinüber, der bereits eine Hand voll feuchter Erde aufgehoben hatte.

„Komm schon, das wird lustig!", rief er aus und hielt die Erde triumphierend hoch. Nibs nickte begeistert und ließ sich nicht zweimal bitten. Mit einem kurzen Satz nach vorne griff er ebenfalls in den Boden und schloss die Hände um eine Ladung matschigen Schlamms.

„Tunkt eure Finger da rein und schmiert es euch aufs Gesicht", befahl er mit einer Stimme, als hätte er gerade die Kriegsbemalung für eine bevorstehende Schlacht erfunden.

Jibby brach in schallendes Gelächter aus.

„Das ist verrückt! Aber ich mache mit!" Er griff in den Dreck, zog seine Hand hervor und starrte kurz auf die schmatzende Masse, bevor er einen großen braunen Streifen quer über seine Wange zog.

„Seht ihr? Ich sehe jetzt aus wie ein richtiger Krieger!", prahlte er, während der Matsch langsam über sein Gesicht zu tropfen begann.

„Ein Krieger? Du siehst aus wie ein bemalter Baum", neckte ich ihn und konnte nicht anders, als zu lachen.

„Du bist nur neidisch!", konterte Jibby und schleuderte mir einen kleinen Spritzer Matsch entgegen.

„He, pass auf!", rief ich aus, wich zurück – und trat dabei direkt in einen besonders feuchten Haufen Schlamm. Nibs und Tootles bogen sich vor Lachen, als ich versuchte, mein Gleichgewicht wiederzufinden und dabei versehentlich mit einem matschigen Finger meine eigene Stirn beschmierte.

„Willkommen im Club, Harlow!", jubelte Tootles und zeichnete mit einer dramatischen Geste zwei dicke braune Streifen auf seine Wangen.

„Tootles!", rief ich angewidert, als der kühle, glitschige Schlamm langsam von meiner Stirn auf meine Nase tropfte. Ich verzog das Gesicht, doch schon in der nächsten Sekunde brach ein schelmisches Grinsen auf meinem Gesicht hervor. „Das werdet ihr bereuen!"

Ich marschierte direkt zu Nibs, der noch immer mit leuchtenden Augen und einer Handvoll Schlamm dastand. Ohne zu zögern, tauchte ich meine eigene Hand in die klebrige Masse. Der Matsch fühlte sich kalt und schwer an, und ich konnte nicht anders, als kurz zu schaudern. Aber jetzt war ich bereit.

„Na warte, Tootles!", zischte ich lachend und fixierte mein Ziel mit einem Blick, der keinen Zweifel daran ließ, dass ich nicht locker lassen würde. Tootles, der noch immer triumphierend grinste, bemerkte erst zu spät, was ich vorhatte.

„Harlow, nein!", rief er entsetzt und hob abwehrend die Hände, aber ich war schneller. Mit einem entschlossenen Satz nach vorne schnellte meine Hand vor und klatschte ihm eine großzügige Portion Schmutz direkt auf die Stirn.

„Jetzt passt du wirklich zu uns, Tootles!", rief ich, während ich einen breiten, matschigen Strich zog, der sich quer über seine Stirn bis zu einer seiner Wangen erstreckte.

„Das war's!", schrie Tootles mit vorgetäuschter Empörung, seine Stimme überschlug sich fast. „Jetzt gibt es Krieg!"

Bevor ich reagieren konnte, hatte er selbst in den Schlamm gegriffen und mir einen Batzen direkt auf die Schulter geschleudert. Ich quietschte überrascht, doch mein Lachen machte es unmöglich, mich wirklich zu ärgern.

„Du willst Krieg? Krieg bekommst du!", rief ich, meine Stimme vor Lachen zitternd, und griff erneut nach einer Handvoll Schlamm.

Nibs und Jibby beobachteten die Szene mit breitem Grinsen, bis sie schließlich selbst nicht mehr widerstehen konnten. „Das lasse ich mir nicht entgehen!", rief Jibby und schleuderte ohne Vorwarnung eine Ladung Matsch in Nibs Richtung.

„Hey!", protestierte Nibs, doch seine empörte Miene hielt nur für einen Moment. Dann griff er ebenfalls nach Schlamm, und das Chaos nahm seinen Lauf.

Der Nimmerwald hallte wider vom Lachen und dem Aufschrei derjenigen, die gerade Opfer eines besonders präzisen Schlammtreffers wurden. Die Luft war erfüllt von dem dumpfen Platschen der Erde, und bald waren wir alle bedeckt – Gesichter, Arme, sogar Haare waren nicht verschont geblieben.

„Das ist kein Krieg mehr, das ist eine Schlacht!", rief Jibby, als er einem besonders großen Klumpen von Tootles knapp auswich.

Ich kauerte mich hinter einem Baumstamm, meinen Vorrat an Schlamm fest in der Hand, und wartete auf den perfekten Moment, um zurückzuschlagen. „Seid ihr bereit?", rief ich, bevor ich mich mit einem lauten Lachen aus meiner Deckung stürzte und eine doppelte Ladung auf Tootles und Nibs schleuderte.

„Du bist fällig, Harlow!", brüllte Tootles, während Nibs bereits mit seiner nächsten Attacke in Position ging.

Irgendwann ließ die Intensität unserer Schlammschlacht nach, unser Lachen ebbte langsam ab und wurde von schwerem Atmen und Grinsen ersetzt, das kaum aus unseren matschverschmierten Gesichtern weichen wollte. Ich wischte mir mit dem Handrücken über die Stirn – ein zweckloser Versuch, den Schlamm zu entfernen, der nur dazu führte, dass ich ihn noch weiter verteilte.

„Ich glaube, wir sehen schlimmer aus als Piraten nach einem Sturm", bemerkte Tootles und schüttelte den Kopf. Schlammklumpen lösten sich von seinen Haaren und fielen auf den Waldboden.

„Sprich nur für dich, ich finde, ich habe mich künstlerisch ausgedrückt", erwiderte Jibby grinsend und deutete auf die braunen Streifen, die seine Arme bedeckten.

„Na gut, Künstler", mischte sich Nibs ein, „aber wenn wir noch länger so rumlaufen, werden wir alle wie Baumstämme aussehen."

„Was meinst du mit *wir werden*?", fragte ich trocken, was Nibs ein schallendes Lachen entlockte.

„Komm, ich weiß, wo wir uns sauber machen können", sagte Jibby schließlich, und ohne auf eine Antwort zu warten, lief er los.

„Ein Bach!", rief Tootles begeistert, als wir ihm folgten. Die Idee wirkte plötzlich wie die Rettung schlechthin.

Der Weg durch den Nimmerwald war kurz und vertraut, aber diesmal veränderte sich etwas – der leichte Geruch nach Erde und Moos wurde von einem frischen Hauch begleitet, der nur vom Wasser kommen konnte. Der Klang eines plätschernden Baches wurde immer deutlicher, und schließlich brachen wir durch das dichte Grün auf eine kleine, sonnenbeschienene Lichtung.

Der Bach glitzerte im Sonnenlicht, sein klares Wasser spiegelte die Farben des Waldes wider. Es wirkte wie ein Wunder, eine Einladung, all den Schlamm und die Albernheit der letzten Stunde hinter uns zu lassen.

„Da ist er!", rief Tootles und rannte auf den Bach zu. Ohne zu zögern sprang er hinein, das Wasser spritzte in alle Richtungen.

„Tootles, warte!", rief ich, aber es war zu spät. Der Junge hatte bereits begonnen, sich die Hände und das Gesicht mit eiskaltem Wasser abzuschrubben.

„Ist das kalt!", johlte er, aber der Ausdruck purer Freude auf seinem Gesicht verriet, dass ihm das wenig ausmachte.

„Na, dann los", meinte Jibby und folgte ihm, ohne auch nur die Schuhe auszuziehen.

Einen Moment lang zögerte ich, sah hinunter auf meine schlammverkrusteten Hände und Arme. Dann zuckte ich mit den Schultern. „Warum nicht?"

Ich trat an den Rand des Baches, zog die Hose hoch und setzte einen Fuß ins Wasser. Ein Schauer lief mir über den Rücken – das Wasser war wirklich kalt, aber es fühlte sich erfrischend an. Bald stand ich bis zu den Knien im Bach und spritzte mir das Wasser ins Gesicht. Der Schlamm löste sich langsam, hinterließ ein Gefühl von Reinheit, das ich seit Stunden nicht mehr gespürt hatte.

Nibs war der Letzte, der sich uns anschloss, aber er kam nicht allein ins Wasser. „Kopf runter, Harlow!", rief er, bevor er eine Handvoll Wasser in meine Richtung warf.

„Hey!", rief ich und lachte. Schon bald waren wir wieder mitten in einem wildem Spiel, aber diesmal war es das Wasser, das in die Luft flog, anstatt des Schlamms.

Nach und nach wurde der Bach ruhiger, und schließlich kehrten wir zu einem sanften Plätschern zurück. Der Schlamm war verschwunden, und an seiner Stelle hatten wir etwas anderes gefunden – ein Gefühl von Leichtigkeit und Kameradschaft, das den Tag perfekt machte.

„Wir gehen in die falsche Richtung", bemerkte ich schließlich und blieb abrupt stehen. Mein Blick wanderte von Jibby zu Tootles, die beide innehielten, während Nibs unbekümmert einen Schritt weiterging, bevor er meinen Worten Bedeutung schenkte.

Er drehte sich mit einem breiten Grinsen zu uns um. „Weiter geht's", rief er fröhlich und hob die Arme, als würde er uns mit seiner Energie vorantreiben wollen.

Ich runzelte die Stirn, warf ihm jedoch ein herausforderndes Lächeln zu. „Weiter geht's", bestätigte ich mit einem Anflug von Entschlossenheit, obwohl ich nicht sicher war, ob er wusste, wohin er uns führte.

Der Nimmerwald lag still um uns, aber nicht leblos. Über unseren Köpfen wölbten sich die Kronen der uralten Bäume wie ein schützendes Gewölbe. Das Licht der goldenen Sonne brach durch das dichte Blätterdach und fiel in sanften, tanzenden Strahlen auf den Waldboden, der von moosigen Teppichen und kleinen Wildblumen bedeckt war. Ein leichter Wind fuhr durch die Blätter, brachte sie zum Rascheln und schuf eine Melodie, die nur der Wald zu kennen schien.

„Wieso hast du so eine gute Laune, Nibs?", fragte Jibby mit gespielter Skepsis und sah zu ihm hinüber, während wir durch das dichte Unterholz liefen.

„Weil wir auf einem Abenteuer sind!", erklärte Nibs lachend und wich geschickt einem tiefhängenden Ast aus. „Man weiß nie, was hinter der nächsten Ecke lauert."

„Oder ob wir überhaupt jemals aus diesem Labyrinth herausfinden", fügte ich trocken hinzu, konnte mir aber ein Schmunzeln nicht verkneifen.

Sie tanzten auf dem Waldboden, spielten mit den Schatten der Blätter, die wie ein lebendiges Mosaik über den moosbewachsenen Grund huschten. Jeder Strahl schien eine kleine Lichtinsel zu schaffen, als ob die Sonne selbst neugierig war und einen Blick auf das wilde Treiben unter den Bäumen werfen wollte.

Der Wald war erfüllt von einem leisen Rauschen, ein sanftes Flüstern der Blätter, die im Wind miteinander sprachen. Hier und da knackte ein Ast unter unseren Füßen, das Geräusch schien lauter als es war, verstärkt von der Stille, die nur gelegentlich von den Rufen versteckter Vögel unterbrochen wurde.

Die Luft war erfüllt von einem würzigen Duft – eine Mischung aus feuchtem Moos, der Erde und den blühenden Pflanzen, die sich in kleinen Gruppen zwischen den Baumstämmen versteckten.

Einige Farbtupfer schimmerten im Schatten, winzige Blüten in leuchtendem Gelb und zartem Violett, die wie kleine Geheimnisse des Waldes wirkten.

„Da vorne! Siehst du die Treppen, die auf den kleinen Berg dort oben führen?", fragte Jibby und deutete auf den Ort, den er beschrieb.

„Ja, sehe ich", bestätigte ich.

„Dort leben sie", erklärte Tootles. Sein Tonfall klang ehrfürchtig, als ob er über ein geheimes Versteck sprach, das nur die Mutigsten betreten durften.

Ich sah die staubigen, von der Sonne gebleichten Treppen, die sich wie eine Schlange den Hügel hinaufwanden. Ein plötzliches Kribbeln durchzog mich, eine Mischung aus Aufregung und einem Hauch Trotz.

„Wollen wir ein Wettrennen machen?", schlug ich vor und sah die drei Jungen mit einem herausfordernden Grinsen an. Vielleicht, dachte ich, könnte ich so all das, was mir in letzter Zeit schwer im Magen lag, für einen Moment vergessen. Je mehr Spaß ich hatte, desto weiter rückten Peter und seine Drohungen in den Hintergrund.

„Ein Wettrennen?", wiederholte Nibs und zog eine Augenbraue hoch, während Tootles aufgeregt nickte.

„Okay", rief Tootles begeistert. „Auf die Plätze, fertig–"

Doch bevor er den Satz beenden konnte, war ich bereits losgerannt, meine Beine trugen mich wie von selbst vorwärts.

„Hey, das ist unfair!", hörte ich Tootles hinter mir rufen, sein Protest wurde von einem schnellen Lachen übertönt, das von Jibby kam. Sekunden später waren ihre Schritte dicht hinter mir, das leise Knirschen des Staubs unter ihren Füßen vermischte sich mit dem Wind, der mir ins Gesicht pfiff.

Der Nimmerwald zog an mir vorbei, ein verschwommener Mix aus Grün und Gold, während meine Füße leicht wie Federn den Boden berührten. Dieses Mal rannte ich nicht, um zu entkommen – ich rannte, weil ich es wollte. Ein seltenes Gefühl von Freiheit durchströmte mich, und ich lächelte.

Der Wind spielte in meinem Haar, während ich immer näher an die Treppen herankam, die wie ein stiller Wächter am Ende unseres Weges standen. Mit einem letzten energischen Schritt streckte ich meine Hand aus und berührte die erste der mit hellbraunem Staub bedeckten Stufen.

„Erste!", rief ich triumphierend, mein Atem ging schnell, doch ich fühlte mich lebendig.

Hinter mir kamen die anderen herangestürmt, ihre Gesichter eine Mischung aus Anstrengung und Belustigung.

„Du bist aber zu früh gerannt!", beschwerte sich Nibs keuchend, während er mit verschränkten Armen stehen blieb und mich tadelnd anblickte.

Ich zuckte bloß mit den Schultern, mein Grinsen wich nicht aus meinem Gesicht. „Da hättet ihr euch mehr beeilen müssen", erwiderte ich unbekümmert und ließ mich rücklings auf die Stufen fallen, die kühle, raue Oberfläche unter mir.

Jibby schnaubte und deutete nach oben auf die scheinbar unendliche Reihe von Treppenstufen, die sich vor uns erstreckte. „Wir gehen jetzt hoch", sagte er, seine Stimme klang entschlossen, fast herausfordernd.

Ich nickte und richtete mich wieder auf, mein Blick wanderte die Stufen hinauf. Eine Spur von Abenteuerlust glomm in mir auf, während ich mich zusammen mit den anderen auf den Weg machte.

Gerade als wir uns bereit machten, die erste der unzähligen, staubbedeckten Stufen hinaufzusteigen, fiel mein Blick auf Jibby. Mit der Hand bereits ausgestreckt, um das Geländer zu greifen, hielt ich inne.

Ein schmaler, getrockneter Streifen Schlamm prangte immer noch deutlich auf seiner Stirn, ein Überbleibsel unserer vorangegangenen „Kriegsbemalung". Die Farbe war inzwischen rissig geworden, und die erdige Brauntönung hob sich scharf von seiner blassen Haut ab.

Ein unwillkürliches Lächeln schlich sich auf mein Gesicht. „Jibby", begann ich und verschränkte die Arme vor der Brust, während ich den Kopf leicht zur Seite legte, „du weißt schon, dass du noch immer wie ein Krieger aussiehst, oder?"

Verwirrt runzelte er die Stirn und tastete mit der Hand sein Gesicht ab. Seine Finger glitten ungeschickt über seine Wangen und Nase, verfehlten aber den Schlammstreifen um ein gutes Stück. „Wo denn?", fragte er und sah mich mit einem skeptischen Blick an.

„Genau hier", sagte ich grinsend und tippte mit meinem Zeigefinger auf die Stelle über meinen eigenen Augenbrauen, um ihm den Ort anzuzeigen.

Als Jibby noch immer vergeblich über seine Stirn rieb, seufzte ich leise, trat einen Schritt näher und hob die Hand. „Lass mich das machen, bevor du dir das halbe Gesicht wundreibst", sagte ich schmunzelnd.

Er zögerte kurz, verschränkte dann aber widerwillig die Arme und beugte sich ein wenig vor. „Na schön, aber wehe, du machst das schlimmer."

Mit einem schiefen Grinsen befeuchtete ich meinen Daumen leicht mit der Zungenspitze. „Stillhalten", warnte ich ihn, während ich die Hand langsam zu seiner Stirn führte.

Der Schlamm war trocken und bröckelig, aber nach ein paar entschlossenen Bewegungen des Daumens begann er sich zu lösen.

In meinen Gedanken versunken, strich ich mit den Fingern über die Schmutzstellen auf seinem Gesicht, als wollte ich die Verschmutzung abwischen und mit ihr auch die Zweifel, die mich quälten. Die Hände verharrten einen Moment lang, als hätte der berührte Bereich plötzlich eine Bedeutung erlangt, die ich nicht erklären konnte. Jibby… „J"! Ein kurzer, scharfer Gedanke schoss mir durch den Kopf. Niemand anderes in dieser Welt trug einen mit J beginnenden Namen außer ihm.

Es war eine verblüffende Erkenntnis, die wie ein Blitz durch meinen Geist zuckte. War er es? Jibby? Es gab so viele Erinnerungen an ihn, an seine schelmischen Augen, sein ungestümes Lachen, seine schräge Art, die Dinge zu sehen, die die Welt zu einem Abenteuer machten.

Doch so sehr ich versuchte, seine Züge mit denen des Jungen vor mir zu vergleichen, fehlte mir noch immer das eine, das entscheidende Stück. Jibby sprach nicht so, wie er geschrieben hatte- wenn er es doch war. Der Stil, mit dem der Brief verfasst wurde war altmodisch, schon fast königlich.

Der Gedanke wirbelte in mir herum wie ein stürmischer Wind. Es war fast unmöglich, ihn zurückzuhalten. Jibby… Der Name klang vertraut, doch gleichzeitig fremd, als hätte er sich in der Zeit verändert, sich in diese neue Gestalt verwandelt. Doch warum kam mir der Gedanke so plötzlich und so klar? Sollte ich wirklich glauben, dass er es war?

Ich starrte auf das Gesicht vor mir, versuchte, jede Falte, jedes Detail, das sich hinter dem Schmutz und den unordentlichen Haaren verbarg, zu entschlüsseln. Aber es war, als ob der Junge ein Rätsel darstellte, das sich noch nicht vollständig offenbaren wollte.

Das Dorf der Stammeskrieger

Aus der Puste keuchend, zogen wir uns die letzten Stufen der langen, steilen Treppe hinauf, die uns so sehr gequält hatte. Jeder Schritt schien die Muskeln in meinen Beinen mehr zu brennen, und der stechende Schmerz in meiner Brust ließ mich kurz glauben, dass ich nicht mehr weitermachen konnte. Doch schließlich erreichten wir den letzten Absatz, und ein erleichtertes „Endlich!" entfuhr Nibs, der sich an der Wand abstützte, als wollte er sich an etwas festhalten, das ihm Halt gab.

Ich konnte nur ein zustimmendes Geräusch von mir geben, das in etwa so viel wie „Ja, danke!" ausdrückte, und ließ mich dann mit einem dramatischen Seufzen auf den Boden plumpsen. Der kalte Stein unter mir schien wie eine Erlösung, als hätte ich das ganze Gewicht der Welt von meinen Schultern abgeworfen. Mein Körper fühlte sich schwer an, als ob er sich aus den letzten Resten seiner Energie befreien wollte.

„Kommt, weiter!" hörte ich plötzlich eine fordernde Stimme. Tootles stand bereits einige Schritte weiter oben, die Hände in die Hüften gestemmt, als wäre er die Verkörperung von Energie und Entschlossenheit. Sein Blick war fest, und seine Miene verriet keine Spur der Erschöpfung, die uns anderen so deutlich ins Gesicht geschrieben stand.

Es schien, als wäre er der Einzige unter uns, der noch einen Funken Motivation übrighatte, der es schaffte, seine Muskeln zu zwingen, weiterzumachen. Mit einem knappen, aber entschlossenen Nicken drehte er sich wieder um und begann, die letzten paar Stufen hinaufzusteigen. Die unbarmherzige Hitze der Sonne brannte auf uns herab, und ich spürte, wie der Schweiß meine Stirn hinunterlief, doch trotz allem konnte ich nicht anders, als über Tootles unerschütterliche Entschlossenheit zu schmunzeln. Woher nahm er nur diese Energie?

Die stickige Luft hing schwer über der Lichtung, als ich mich aus der klammen Erde erhob. Meine Glieder fühlten sich an, als hätte ich seit Tagen nicht mehr geruht. Ein scharfer, beißender Geruch drang mir in die Nase, und ich hielt kurz inne, während ich mich orientierte. Es roch nach verbranntem Holz, durchzogen von der schweren, stechenden Note von Öl. Der Gestank kroch mir in den Hals, ließ mich husten und zwang mich, mit der Hand vor der Nase Luft zu fächeln. „Was zur Hölle stinkt hier so?" Meine Stimme war rau, fast wie ein Kratzen auf Sandpapier.

Nibs, der schweigsam in Richtung des Windes blickte, nickte stumm, als wäre die Antwort längst klar. Sein Arm hob sich, schwer wie Blei, und wies auf einen schmalen Kieselweg, der sich durch das Gras schlängelte und dann hinter einer Biegung in die Ferne verschwand. Dort, wo der Rauch aus den Überresten eines Dorfes aufstieg.

„Da müssen wir hin", murmelte er fast unverständlich, die Erschöpfung in seiner Stimme nicht zu überhören. Er schien jeden Moment in sich zusammenzusacken, doch seine Entschlossenheit hielt ihn aufrecht.

„Können wir nicht eine Pause machen? Nur kurz?" Jibby klang beinahe flehend, doch keiner von uns antwortete. Stattdessen schüttelten wir gleichzeitig den Kopf, wie von einer unsichtbaren Macht synchronisiert. Wir wussten alle, dass es keine Zeit für Pausen gab. Nicht jetzt.

„Wenn wir schon mal hier sind…" Ich seufzte und schüttelte den Staub von meinen Händen. Der Weg vor uns schien endlos und unwirtlich, doch es gab keinen anderen. Nibs machte den ersten Schritt, seine Füße schleiften beinahe über den Kies, so schwer war jeder Schritt für ihn.

„Warte, Nibs", rief ich hinter ihm her, während ich mich zu Jibby umdrehte, der noch immer auf dem Boden hockte. „Hoch mit dir", murmelte ich und griff nach seinem Arm, um ihm aufzuhelfen. Er schnaubte, dankte aber nicht. Es war nicht nötig. Unsere Erschöpfung sprach lauter als Worte.

Tootles und Jibby kamen schließlich in Bewegung, ihre Schritte träge, aber entschlossen. Gemeinsam joggten sie mir hinterher, während ich mich bemühte, mit Nibs Schritt zu halten. „Wir müssen uns nicht hetzen", rief ich und legte ihm kurz die Hand auf die Schulter. Der Druck schien ihn zu bremsen, und mit einem langsamen Nicken nahm er das Tempo zurück. Schließlich fielen wir in einen gemächlicheren Schritt.

Der Kies knirschte unter meinen nackten Füßen, und ich spielte mit den kleinen, spitzen Steinen, kickte sie vor mir her, um meinen Gedanken ein Ventil zu geben. Die Stille wurde nur vom gelegentlichen Rascheln des Windes durchbrochen.

Nach einigen Schritten hob ich den Blick zu den anderen. „Und was sagen wir, wenn wir da sind?" Meine Stimme durchbrach die Ruhe, zögernd, fast zaghaft, und ich sah die Jungen neugierig an. Keine Antwort. Nur der Wind und das entfernte Knistern der Flammen, die irgendwo hinter der Biegung immer noch wüteten.

Tootles holte tief Luft, als ob er gerade die Antwort parat hatte, die uns allen irgendwie entglitten war. Er öffnete den Mund, doch bevor ein einziges Wort entweichen konnte, geschah es. Mit einem plötzlichen, unkontrollierten Schritt stolperte er vorwärts, die Füße trafen einen Widerstand, und er fiel – aber nicht wie erwartet einfach nur auf den Boden.

Es war, als ob etwas ihn mit einer unsichtbaren Hand ergriffen und mit voller Wucht auf den Rücken gezogen hätte. Ein dumpfer Schlag hallte durch die Stille der Umgebung, als Tootles Körper hart auf dem kalten Stein auftraf. Ein Schmerz verzerrte sein Gesicht, als er mit einem kurzen, gequetschten Keuchen den Boden berührte, doch es war nicht der gewöhnliche Stolperer, der ihn zu Fall brachte.

Es geschah so schnell, dass ich kaum reagieren konnte. Ein plötzlicher Ruck riss uns von den Füßen, und ich schlug hart auf den Boden auf. Der Aufprall dröhnte durch meinen Körper, während ich mit einem keuchenden Laut die Luft ausstieß. Es war kein Mensch, der uns niedergerungen hatte, sondern ein grober Strick aus beigem Stoff, der sich wie ein Schlangenleib um unsere Beine schlang. Die raue Oberfläche kratzte meine Knöchel auf und hinterließ ein schmerzhaftes Brennen.

„Was zur Hölle ist das?!" Meine Stimme war schrill, beinahe erstickt, während ich mich wand und nach irgendeinem Halt suchte. Der Strick hielt uns fest, zog uns erbarmungslos nach vorn.

„Die Indianer!" Nibs Stimme hallte durch das Chaos, laut und angespannt. „Wir hätten aufpassen müssen!" Seine Worte schnitten durch den Lärm meiner panischen Gedanken wie ein Messer.

Ich versuchte, meinen Kopf zu heben, um zu sehen, wer oder was uns gezogen hatte, doch die rohe Gewalt des Seils hielt mich auf den Boden gepresst. Mein Gesicht schrammte über den kiesigen Untergrund, und der Druck auf meine Brust machte das Atmen schwer. Jeder Versuch, mich aufzurichten, war vergebens – das Tempo, mit dem wir über den Boden geschleift wurden, war zu hoch.

Plötzlich, ohne Vorwarnung, hielt alles inne. Der Strick ließ uns los, und ich keuchte auf, als ich endlich Luft holen konnte. Meine Arme zitterten, als ich mich mühsam hochstützte und den Kopf hob. Um uns herum erstreckte sich ein weitläufiger Platz, hell erleuchtet von einem Dutzend Fackeln, die an hohen, schlanken Pfählen befestigt waren. Die Flammen flackerten und warfen lange, zitternde Schatten, die über den Boden tanzten.

„Hallo?" Jibbys Stimme war kaum mehr als ein unsicheres Flüstern, das in der erdrückenden Stille des Platzes verschwand. Neben mir setzte sich Nibs auf, sein Gesicht schweißbedeckt und bleich.

Die Fackeln warfen ihr flackerndes Licht auf die umliegenden Hütten und den glatten, festen Boden des Platzes, auf dem wir wie gestrandete Schiffswracks lagen. Mein Herz klopfte wild. Weshalb hatte uns niemand vor diesem Empfang gewarnt?

In meinem Kopf drängten sich die Fragen. Welche Rolle spielten diese Menschen in unserem Schicksal? In welchem Verhältnis standen sie zu den verlorenen Jungen? Doch bevor ich auch nur eine Antwort finden konnte, erklang ein schweres, rhythmisches Geräusch hinter mir.

Schritte. Zwei Paar. Langsam, aber sicher kamen sie näher. Ich drehte meinen Kopf so weit, wie der Schmerz es zuließ, doch die Schatten, die sich auf uns zubewegten, ließen nichts erkennen. Ein Schauer lief mir über den Rücken, und für einen Moment wagte ich nicht einmal zu atmen.

„Howgh."

Das Wort kam wie ein dumpfer Donnerschlag, rau und tief, durch die Stille hinter mir. Die Stimme war unverkennbar – voller Autorität, zugleich drohend und unerschütterlich ruhig. Ein Schauer lief mir über den Rücken, und ich wirbelte herum, mein Herz hämmerte in meiner Brust wie ein entfesselter Trommelschlag.

Mein Atem stockte, als ich in die Richtung blickte, aus der die Stimme gekommen war, doch die Flammen der Fackeln warfen nur zitternde Schatten auf die massive Gestalt, die sich dort abzeichnete.

„H-Howgh", piepste Jibby neben mir. Sein Ton war so dünn und wackelig, dass es mich fast zum Lachen gebracht hätte – wenn die Situation nicht so bedrohlich gewesen wäre. Ich sah aus den Augenwinkeln, wie er sich unwillkürlich kleiner machte, sein Kopf schien zwischen den Schultern zu verschwinden, und er schien tatsächlich um ein paar Zentimeter zu schrumpfen.

„Wir sind in Frieden hier!", rief ich aus, bevor ich überhaupt nachdenken konnte. Meine Stimme klang lauter, als ich es beabsichtigt hatte, fast wie ein Ruf in die Leere.

Doch meine Worte hatten kaum die Luft verlassen, da fiel mir Tootles' finsterer Blick auf. Er funkelte mich an, als hätte ich ein unausgesprochenes Tabu gebrochen, und schüttelte kaum merklich den Kopf.

Neben mir nickte Nibs hektisch, als wollte er meine Worte unterstreichen, bevor er rasch hinzufügte: „Zumindest... wollten wir euch nichts antun." Seine Stimme klang angespannt, doch er sprach mit einer Überzeugung, die vielleicht nur er selbst fühlte. Sein Kopf zuckte energisch nach vorne, wieder und wieder, als ob er die Unsicherheit aus seinen eigenen Worten vertreiben wollte.

Die Gestalt hinter uns blieb stumm, regungslos, wie ein drohender Schatten, der auf uns herabsah. Die flackernden Fackeln zeichneten harte Konturen auf ihre Gesichtszüge, die ich nur schemenhaft erkennen konnte. Ihre Augen glitzerten kurz im Licht, dunkel und unergründlich. Jeder Atemzug, jede Bewegung von uns schien von dieser unheimlichen Präsenz bemessen und gewogen zu werden.

Der Mann hinter uns blickte uns mit einem skeptischen Blick an, als ob er uns genaustens mustern wollte. Es war ein Blick, der sowohl Neugier als auch Vorsicht ausstrahlte, als wäre er sich der Gefahr bewusst, die uns möglicherweise anheften könnte. Das Erste, was mir an ihm ins Auge fiel, war der auffällige Kopfschmuck aus Federn, der stolz in seinem schwarzen Haar thronte und sich bei jeder Bewegung des Mannes sanft wiegte. Die Federn schimmerten in den unterschiedlichsten Farben – tiefes Rot, kräftiges Blau und dunkles Braun – und gaben seinem Erscheinungsbild eine majestätische, beinahe mystische Aura.

Doch es war nicht nur der Kopfschmuck, der meine Aufmerksamkeit fesselte. Der Indianer hatte zwei schlichte, schwarze Striche auf seinen

Wangen gemalt, die bis zum Kinn reichten und wie eine Art Zeichen zu wirken schienen, als ob sie ihm eine Bedeutung verliehen, die nur wenigen bekannt war. Sie unterstrichen die Schärfe seiner Gesichtszüge und ließen seine Miene noch ernster erscheinen. In den Außenwinkeln seiner zusammengekniffenen Augen waren winzige, kaum sichtbare Falten, die sich bei jedem seiner Blicke vertieften und seine Lebenserfahrung widerspiegelten. Es war, als ob jeder Blick, den er warf, tausend Geschichten erzählte, von denen wir nur einen Bruchteil begreifen konnten.

Die Stille zwischen uns schien sich fast greifbar zu machen, als der Indianer uns weiterhin musterte. Der Wind spielte mit den Fäden seiner Haare, und ein leises Rascheln von Blättern und Zweigen begleitete die angespannte Stille. Ich konnte nicht sagen, was er von uns dachte, aber sein Blick ließ es mich wissen – er war niemand, den man so leicht täuschen konnte.

„Ach ja?", fragte er, kniete sich hin und zog Nibs an seinem Arm aus unserer Sichtweite. Ich hörte, wie er jemanden rief, und Sekunden später stand er wieder vor uns. „Ihr kommt in Frieden?", fragte er abermals, und der Mann, den er zur Hilfe gerufen hatte, griff nach meinem Arm und trug mich weg von Jibby und Tootles.

„Lass mich los!", zankte ich und zappelte verzweifelt in dem Versuch, mich aus seinem festen Griff zu befreien. *Keine Chance.*

Fest knallte ich auf den Boden, als er mich unvorsichtig absetzte.

„Das tat weh!", beschwerte ich mich und sah, wie zwei weitere Männer Tootles und Jibby hinter sich herzogen. „Tootles, du hättest uns warnen müssen!", rief ich. „Warum *ich*?", fragte er, wurde jedoch unterbrochen.

„Normalerweise," begann der Mann vor uns, und seine tiefe Stimme schnitt wie ein Messer durch die angespannte Stille, „würden wir euch jetzt kochen."

Seine Worte ließen die Luft um uns schlagartig gefrieren. Mein Herz setzte einen Schlag aus, doch ich schaffte es, ein gequältes Lachen hervorzubringen – kurz, hohl und völlig fehl am Platz. Ich wollte glauben, dass es ein Witz war, eine makabre Art von Humor, um uns einzuschüchtern. Doch als ich genauer in sein Gesicht blickte, erstarb mein Lachen in meinem Hals. Seine Augen, kalt wie obsidianfarbener Stein, und die unbewegten Züge seines Gesichts ließen keinen Raum für Zweifel.

Er meinte es ernst.

„Der grüne Junge ist aber nicht bei euch", fuhr der Mann unbeirrt fort. Meinte er Peter? Seine Stimme blieb ruhig, doch jeder einzelne seiner Worte lastete schwer auf uns. „Und das bedeutet, es ist unwahrscheinlich, dass ihr euch einen Plan ausgedacht habt."

Nibs, der die ganze Zeit starr vor Angst gewesen war, kam plötzlich in Bewegung. Mit einem fast verzweifelten Kopfnicken und aufgerissenen Augen stammelte er: „Bitte, bitte kochen Sie uns nicht!" Seine Stimme zitterte so sehr, dass sie fast brach, doch der Flehens Ton darin war nicht zu überhören.

Der Mann blinzelte, langsam, als wollte er die Worte verarbeiten, und öffnete dann den Mund zu einer Antwort. Doch bevor er etwas sagen konnte, hallte eine zweite Stimme über den Platz – heller, klarer und voller Nachdruck.

„Wir kochen euch doch nicht!"

„Tigerlilly!", rief Tootles, und die Erleichterung in seiner Stimme war fast greifbar. Sein Gesicht hellte sich auf, als hätte jemand die Sonne zurück in den Himmel geschoben.

Die Szene erstarrte für einen Moment, als ob selbst die Schatten innehalten würden.

Tigerlillys Anwesenheit war wie ein Stein, der in ein glattes Wasser fiel, und ich konnte spüren, wie die Wellen dieser Veränderung uns alle erreichten. Doch ob sie uns retten oder tiefer in die Gefahr ziehen würde, blieb ungewiss.

Tigerlilly fiel sofort auf, als sie neben den beiden anderen Kriegern trat. Ihre Bemalung war weniger auffällig als die der Männer, deren Gesichter von wilder Kriegsbemalung dominiert wurden, aber gerade diese Zurückhaltung ließ sie hervorstechen. Die beiden schwarzen Linien, die sich präzise unter ihren Augen entlangzogen, und die rotbraunen Muster auf ihrer Stirn wirkten nicht wie bloßer Schmuck. Sie hatten eine klare, gezielte Bedeutung, als ob sie mehr waren als Zierde – Symbole von Erfahrung und Fokus.

Ihre Haare waren in zwei feste Zöpfe geflochten, die dicht an ihrem Kopf entlangliefen. Kein loses Haar störte ihre Bewegungen, und die Zöpfe schienen Teil ihrer Kampfbereitschaft zu sein. Sie schwangen leicht mit, wenn sie sich bewegte, eine kontrollierte Dynamik, die ihre Geschmeidigkeit unterstrich.

Ihre Augen waren groß und durchdringend, mit einem wachsamen Ausdruck, der jede Bewegung in ihrer Umgebung erfasste. Sie schienen mehr zu sehen, als nur das Offensichtliche – ein Blick, der tiefer ging, der nicht nur das Verhalten, sondern auch die Absichten der Menschen durchschauen wollte. Es war kein Blick, der leicht zu täuschen war, und doch lag darin keine Härte. Es war, als ob sie ständig zwischen Neugier und einem stillen, wachsamen Urteil balancierte.

Tigerlilly wirkte nicht wie eine Kriegerin, die ihre Stärke durch Lautstärke oder Erscheinung beweisen musste. Ihre Haltung, ihre Präzision und der kontrollierte Ausdruck in ihrem Blick ließen keinen Zweifel daran, dass sie wusste, wie man kämpfte – und wann. Sie strahlte eine stille, aber unerschütterliche Präsenz aus, die stärker war als jeder noch so auffällige Federschmuck.

„Bitte rette uns!", flehte ich, meine Stimme zitternd vor Verzweiflung. Mein Herz raste, während ich Tigerlillys durchdringenden Blick auf mir spürte. Sie schien mich förmlich zu durchleuchten, jede Regung, jede einzelne Regung meines Gesichts zu analysieren.

„Ihr taucht nicht grundlos hier auf", sagte sie schließlich, ihre Stimme fest, aber nicht unfreundlich. Die Worte hingen wie eine Herausforderung in der Luft. Ich schüttelte vehement den Kopf, so hastig, dass meine Locken wild um mein Gesicht tanzten und mir die Sicht nahmen.

„Wir waren doch nur gelangweilt!", platzte Jibby heraus. Seine Stimme klang fast hysterisch, und ich spürte, wie die Spannung in der Luft noch dichter wurde.

„Bitte lasst uns frei!", rief ich aus und blickte sie flehend an. Tigerlilly schien kurz zu überlegen, während sie einen Schritt näherkam. Ihre Bewegungen waren ruhig, vorsichtig, wie die einer Katze, die ihre Beute musterte.

„In Frieden?", fragte sie schließlich, ihre Stimme gesenkt, aber voller Nachdruck.

„In Frieden", wiederholte ich, meine Augen fest auf ihre gerichtet. Ich hoffte, dass sie die Ehrlichkeit darin lesen konnte, dass sie sehen würde, wie sehr wir uns in dieser Situation überfordert fühlten.

Nach einem Augenblick des Schweigens hob sie ihre Hand und befahl: „Bindet sie los."

Das dunkelhaarige Mädchen deutete mit einer entschiedenen Geste auf uns, und ich atmete tief durch, ein Hauch von Erleichterung durchströmte mich.

„Wirklich vielen Dank", seufzte ich, während ich die grimmigen Männer ansah, die sich daran machten, die groben Bänder um meine Beine zu lösen. Der Stoff hatte meine Haut aufgerieben, und die Erleichterung, endlich befreit zu sein, war überwältigend.

Während sie dieselbe Prozedur bei Nibs, Tootles und Jibby durchführten, streckte ich vorsichtig meine schmerzenden Gelenke, schüttelte die Taubheit aus meinen Füßen und rappelte mich auf. Kaum dass ich wieder stand, brach der große Mann, der uns zuvor so eingeschüchtert hatte, das Schweigen.

„Was wollt ihr?" Seine Stimme war barsch, fordernd.

Nibs versuchte etwas zu sagen, doch die Worte schienen ihm im Hals stecken zu bleiben. Stattdessen gab er nur ein unverständliches Murmeln von sich. Ich drehte mich zu Tootles um, der verdutzt zurückblickte.

„Genau, Tootles", sagte ich mit einem nervösen Lächeln. „Was wollen wir hier?" Langsam machte ich einen zögerlichen Schritt zurück, das Gefühl von Flucht in meinem Nacken.

„Wir?", wiederholte Tootles, während er offensichtlich nach den richtigen Worten suchte. „Ähm, also… Wir wollten möglicherweise unseren Abend hier verbringen."

Seine Stimme war klein, fast schüchtern, und er blickte dabei auf den Boden, als ob er den Mut nicht aufbrachte, Tigerlilly direkt anzusehen. Tigerlilly zog skeptisch die Augenbrauen hoch.

„Einfach einen Tag das machen, was wir tun?" Ihr Ton war zweifelnd, und ihre Augen huschten misstrauisch von einem zum anderen.

Wir nickten synchron, fast wie Marionetten an einem unsichtbaren Faden.

„Und Peter ist nicht hier?", fragte der große Mann neben ihr, seine Augen verengten sich prüfend.

Wieder nickten wir eifrig, und diesmal fügte ich schnell hinzu: „Wir sind alleine." Meine Stimme klang fast flehend, ein verzweifelter Versuch, sie zu überzeugen.

Die Indianer tauschten Blicke, ihre Gedanken schienen in einem stummen Dialog zu kreisen. Schließlich murmelte Tigerlilly nachdenklich: „Schaden tut es uns nicht."

„Außer, wenn sie etwas vorhaben", warf einer der Männer ein und verschränkte die Arme vor der Brust.

„Was sollen sie denn tun?", fragte ein anderer, dessen Tonfall fast genervt klang.

„Wir wollen wirklich nichts Böses!", rief Nibs, und seine Stimme klang so ehrlich wie nur möglich.

Die Männer schnaubten unisono und tauschten einen letzten skeptischen Blick, bevor einer von ihnen mit einem Augenrollen murmelte: „Von mir aus."

Tigerlilly trat erneut vor, ihre Haltung klar und bestimmend. „Steht auf", befahl sie knapp. „Und hier lang."

Sie deutete mit einer raschen Geste auf einen Pfad, der im Schatten der Fackeln verschwand. Ohne zu zögern, folgten wir, die Erinnerung an unsere Fesseln noch frisch in den Gliedern, während sich die Nacht wie ein dichter Schleier um uns legte.

Der Ort, zu dem sie mit einer fließenden Handbewegung gewiesen hatte, war ein großer, weiträumiger Platz, der von der Natur selbst eingerahmt zu sein schien.

Mehrere Bänke und einfache Holzhocker waren in einem lockeren Kreis angeordnet, als ob sie sich um etwas Wichtiges versammeln wollten. Der Boden war mit weichem Moos und verstreuten Blättern bedeckt, und der Geruch von Holz und Erde lag in der Luft. Es war ein Ort der Gemeinschaft, ein Platz, an dem Gespräche und Rituale ihren Raum fanden.

In der Mitte des Sitzkreises, der von den Bänken umrahmt war, thronte eine riesige Feuerstelle. Das Feuer darin war klein, aber lebendig, die Flammen züngelten wild und hell in die Luft. Die orange-roten Lichter tanzten in sanften Wellen, warfen sich auf den Boden und die Gesichter der Umstehenden, die sich im flimmernden Schein des Feuers versammelten. Das knisternde Geräusch des brennenden Holzes hallte in der stillen

Atmosphäre des Platzes wider und verlieh dem Moment eine fast zeremonielle Schwere.

„Setzt euch, die Sonne geht gleich unter", sagte Tigerlilly. Ohne zu zögern nahmen die drei Jungen und ich auf der nächsten Bank Platz und warteten.

„Anouk, ruf das Volk!", befahl sie einem Jungen, der die gesamte Szene bis dahin aus sicherer Entfernung beobachtet hatte.

Er erhob sich, verschwand hinter einem der zahlreichen Zelte mit den spitzen Strohdächern und kehrte kurz darauf mit einer Trommel zurück. Geschickt klemmte er sie sich unter den Arm und begann, mit den Händen einen langsamen, rhythmischen Schlag zu spielen.

„Was passiert hier?", fragte ich leise, doch die anderen schienen von dem Anblick vor uns vollkommen gefesselt.

„Er ruft die Anderen", erklärte Tigerlilly ruhig, die meine Frage offenbar gehört hatte.

Der Junge mit der Trommel beschleunigte die Schläge auf das Instrument und wurde immer lauter. Vereinzelt traten Kinder, Männer und Frauen aus ihren Zelten. Die leeren Plätze füllten sich mit Indianern, und jeder von ihnen schien uns bereits einen argwöhnischen Blick zugeworfen zu haben.

Der campingplatzähnliche Ort war nach einiger Zeit vollständig überfüllt.

„*Howgh!*", hörte ich eine laute, raue Stimme rufen. Es war der Mann, der uns empfangen hatte, derjenige, der am gesprächigsten war- für seine Verhältnisse. Alle Indianer des Kreises erwiderten im Chor: „*Howgh!*"

„Howgh?", piepste ich nervös, die Unsicherheit in meiner Stimme kaum zu verbergen. Neben mir prustete Tootles los und versuchte, sein Lachen zu unterdrücken, was die Situation nur noch unangenehmer machte.

Der Mann in der Mitte des Kreises, dessen Präsenz den gesamten Platz beherrschte, hob eine Hand, und augenblicklich wurde es still. „Wir haben heute...", begann er mit einer tiefen, gewichtigen Stimme, „besondere Gäste, wie ich erfahren habe."

Ich warf den Jungen neben mir einen schnellen Blick zu, meine Augen voller Erwartung. Sie blieben jedoch ebenso stumm wie ich, während der Mann fortfuhr.

„Falls es euch noch nicht aufgefallen ist, ich bin der Häuptling dieser Kolonie."

Das war definitiv an uns gerichtet. Er senkte den Kopf in einer respektvollen Verbeugung vor uns, eine Geste, die mich gleichermaßen überraschte und verunsicherte

„Das hier", sagte der Häuptling mit einem leichten Nicken in Richtung der Frau an seiner Seite, „ist meine Frau Yuma." Ihre Haltung war aufrecht, ihre Augen wachsam, und ihr Gesicht trug eine würdige Ruhe.

„Und Tigerlilly,", fügte er hinzu, sein Blick wanderte zu der jungen Frau- oder eher dem Mädchen, das uns zuerst angesprochen hatte, „unsere Tochter."

Die drei standen wie ein lebendiges Symbol für die Stärke und Einheit ihres Volkes, und ich konnte nicht anders, als sie mit einer Mischung aus Respekt und Faszination anzusehen.

Yuma trat einen Schritt näher an uns heran, ihre Bewegungen waren ruhig und bedacht, als ob sie jede Entscheidung, jede Geste genau abwog. Sie war eine Frau mittleren Alters, ihre Haut hatte die tiefe, warme Farbe von gebranntem Braun, die vom Leben im Freien und den Jahren im rauen Klima gezeichnet war.

Ihre Haare, die in langen, tiefschwarzen Strähnen über ihre Schultern fielen, waren fest zu einem dickeren Zopf geflochten, der mit bunten Perlen und kleinen Federn geschmückt war, die sanft im Wind wogten.

Einige graue Strähnen schlichen sich in das dunkle Haar, was ihr ein weises und gelebtes Aussehen verlieh. Ihr Gesicht war von zarten Linien und

Falten durchzogen, die von einem Leben voller Erfahrung erzählten, und ihre Augen, tief und dunkel, schimmerten mit einer Mischung aus Weisheit und Misstrauen.

Mit einer fast unmerklichen Bewegung hob Yuma ihre Hand und ließ ihre Finger durch die Luft gleiten, während sie uns jeden von uns einzeln musterte. Als sie schließlich vor mir stand, stockte sie für einen Moment. Ihr Blick schien zu verharren, als sie mich genauer betrachtete. Ihre Augen weiteten sich leicht, und sie schnappte erschrocken nach Luft, als ob sie etwas gesehen hätte, das sie überraschte – vielleicht sogar beunruhigte. Ihre Miene verdüsterte sich für einen Augenblick, bevor sie sich wieder fangen konnte.

Ich kniff verwirrt die Brauen zusammen. War etwas? Ihre Reaktion hatte mich verwirrt, und ich konnte keinen Hinweis darauf erkennen, was sie so aus der Fassung gebracht hatte. Ihre Haltung war die einer Frau, die selbst in den schwierigsten Momenten Ruhe und Kontrolle ausstrahlte, aber jetzt war sie für einen Moment von etwas erschüttert worden. Doch sie sagte nichts, sondern hielt ihren Blick fest auf mir gerichtet, als ob sie eine Antwort in mir suchte – oder etwas, das ich noch nicht verstanden hatte.

„Komm mit, Mädchen, ich muss dich begutachten", sagte sie abwesend und zog mich in die Mitte des Sitzkreises. Es war dunkel geworden; die einzige Quelle, die uns wärmte und mein Gesicht beleuchtete, war das Lagerfeuer.

Yuma nahm mein Gesicht in ihre linden Hände, strich mit ihrem Daumen über meine Wange und hob mein Kinn an. „Bist du dir sicher, dass du zu diesen Jungen gehörst?", fragte sie flüsternd, als wäre es eine geheime Frage, die sie mit mir teilte. Weshalb sollte ich nicht zu ihnen gehören? „Du siehst anders aus als sie. Du *bist* anders."

Verwirrt kniff ich die Augen zusammen. „Hab ich was im Gesicht?", fragte ich, was die Jungen neben mir zum leisen Kichern brachte.

Inwiefern war ich denn anders als die verlorenen Jungen? Ich hatte keine Eltern, die auf mich aufpassten, kein Zuhause und war noch ein Kind, genauso wie sie.

„Du bist doch gar kein Kind mehr", murmelte die Häuptlingsfrau verwirrt. Schon wieder.

„Setz dich", riet die Frau schließlich und lächelte mich herzlich an. „Wir können ja später reden. Was wir jetzt tun, ist die Runde zu eröffnen." Yuma hob ihre beiden Arme in die Luft, als würde sie jemanden anpreisen.

Nibs, Tootles, Jibby und ich standen ebenfalls auf, alle noch etwas unsicher, aber mit einem festen Willen, uns anzupassen. Wir versuchten, das zu tun, was die Indianer vor uns taten, obwohl wir keine Ahnung hatten, wie es richtig ging.

Die Bewegungen, die sie machten waren schnell und fließend, jeder Schritt ein Versuch, dem Rhythmus zu folgen, den wir um uns herum spürten. Wir liefen im Kreis, stolperten über unseren eigenen Takt, versuchten die Arme zu schwingen und die Füße im richtigen Moment zu heben, aber es fühlte sich an, als ob wir ständig einen Schritt hinterherhinkten.

Minuten später, nach einigen chaotischen Runden, in denen wir uns mehrmals beinahe ineinander verheddert hatten, blieb die Gruppe abrupt stehen. Die Indianer setzten sich wieder auf die Bänke, ihre Bewegungen fließend und ruhig, als ob sie uns beobachteten, wie wir uns noch immer versuchten, in den Tanz einzufügen. Es war eine fast meditative Stille, die uns umgab – bis ein lautstarker Ruf die Luft zerriss.

Der Jubel brach plötzlich aus, ein markantes, stampfendes Geräusch, das den Boden zu vibrieren schien. Es war kein gewöhnliches Rufen, sondern ein kraftvoller, fast triumphaler Schrei, der die Luft erfüllte. Der Klang war roh und wild, aber zugleich voller Energie, als ob die gesamte Gruppe einen Moment des Sieges und der Freude teilte.

Es war, als ob der Jubel nicht nur ihre Freude, sondern auch ihre Geschichte erzählte, als ob jeder Ruf ein Stück ihrer Kultur, ihrer Stärke und ihrer Zugehörigkeit zum Land war.

Es war wild und ungestüm, voller Leben und Kraft. Die Stimmen der Männer und Frauen erhoben sich zu einer Art Gesang, der sich wie eine Welle durch die Gruppe bewegte, bis er die Bäume und den Himmel berührte. In ihren Stimmen lag ein Hauch von Stolz, der sich in den Rufen vermischte, ein Gefühl, als ob sie uns einluden, ein Teil von etwas Größerem zu sein. Sogar wir, die noch immer unsicher und chaotisch in unserem Tanz waren, spürten die Kraft dieses Jubels, der uns mitreißend und unaufhaltsam war.

„Ich will hier weg", zischte Nibs leise, seine Stimme voller Anspannung. Seine Hände ballten sich zu Fäusten, und sein Blick wanderte nervös über die Feiernden.

Doch ich schüttelte nur den Kopf, ein breites Grinsen breitete sich auf meinen Lippen aus.

„Beruhig dich", flüsterte ich, ohne den Blick von der Menge abzuwenden, die sich im Rhythmus der Trommeln bewegte. Die flackernden Lichter der Fackeln tanzten über ihre Gesichter und verstärkten die Magie des Moments.

Nibs hingegen ließ sich nicht so leicht besänftigen. Als das Fest für einen Augenblick leiser wurde, räusperte er sich hörbar und richtete sich auf.

„Könntet ihr uns gestatten, das Fest zu verlassen?", fragte er laut, seine Stimme ein wenig höher, als er es wohl geplant hatte.

Alle Köpfe drehten sich zu uns um, und ich spürte, wie die Aufmerksamkeit wie ein Gewicht auf uns lastete. Der Häuptling, der an einem Platz am Feuer thronte, richtete seinen Blick auf mich und die Jungen neben mir. Sein Gesicht war eine Maske aus Ruhe, doch seine dunklen Augen schienen uns zu durchdringen, während er uns musterte.

Ein langes Schweigen folgte, in dem die Trommeln verhallten. Schließlich brummte er mit einem kurzen Nicken: „Wenn ihr wünscht."

Die Spannung fiel mit einem Mal von mir ab, doch der Häuptling ließ sich nicht von uns aus der Ruhe bringen. Er richtete sich auf, seine mächtige Gestalt wirkte noch imposanter im Schein des Feuers. Mit einem leichten Lächeln auf den Lippen verkündete er: „Ihr könnt nun gehen. Ich bedanke mich im Namen des Volkes und meiner Frau für euren angenehmen Besuch."

Seine Worte trugen die feierliche Würde eines Rituals. Ich erhob mich, die anderen taten es mir nach. Mit einer Mischung aus Respekt und Unsicherheit verbeugte ich mich leicht vor ihm und wagte sogar, einen angedeuteten Knicks hinzuzufügen.

„Tschüss", flüsterte ich Tigerlilly zu, als ich an ihr vorbeiging. Meine Stimme war leise, beinahe vertraulich. „Und Dankeschön."

Sie erwiderte meinen Blick mit einem kaum merklichen Lächeln und einem leichten Nicken. Der Augenblick fühlte sich wie ein stiller Pakt an, eine unausgesprochene Anerkennung, bevor ich mich endgültig abwandte und den anderen folgte.

Hinter uns verblasste das Fest, doch die Eindrücke blieben lebendig, wie ein Traum, den man nicht ganz loslassen möchte.

Der Himmel war eine undurchdringliche Masse aus tiefem Grau, und kein einziges Sternenlicht schimmerte durch die dichten Wolken. Der Mond, verborgen hinter dem düsteren Schleier, verlieh der Nacht eine noch unheilvollere Schwärze. Jeder Schritt durch die Dunkelheit schien die Stille um uns herum zu verstärken, nur unterbrochen vom gelegentlichen Rascheln des Windes, der durch das hohe Gras fuhr.

„Ich bin müde", gähnte Jibby, seine Stimme ein sanftes Klagen in der Nacht.

„Ich auch", stimmte ich zu, während meine Füße, schwer vor Erschöpfung und schmerzend von den langen Wegen, mich dennoch zur schmalen Treppe des Berges trugen. Die steilen, unebenen Stufen forderten unsere letzten Kräfte, aber wir setzten Schritt für Schritt, bis der Weg schließlich nach unten führte.

Plötzlich durchbrach ein aufgeregter Ruf die Stille. „Da oben!", schrie Tootles, sein Finger zitternd in den pechschwarzen Himmel gerichtet.

Ich blickte hoch und hielt den Atem an. Zwischen den Wolken erschien ein goldenes, flimmerndes Licht, wie ein Feuerfunke, der sich seinen Weg durch die Dunkelheit bahnte. Dann erkannte ich es: eine fliegende Gestalt, die von diesem Licht begleitet wurde.

„Peter und Glöckchen!", rief Nibs mit vor Aufregung zitternder Stimme.

Er sprang vor und winkte mit beiden Armen wild in die Luft, als wollte er sicherstellen, dass Peter ihn sah. Sein Ruf schien zu wirken, denn die fliegende Gestalt änderte ihren Kurs und kam näher, bis Peter schließlich vor uns schwebte, mit Glöckchen, die in einer warmen, leuchtenden Spirale um ihn herumtanzte.

„Was macht ihr denn hier?", fragte Peter, seine Stimme eine Mischung aus Neugier und leiser Schärfe. Sein Blick wanderte von einem Gesicht zum nächsten, ignorierte mich jedoch auffällig.

Ich räusperte mich, um seine Aufmerksamkeit zu erlangen. „Wir haben einen Ausflug gemacht", erklärte ich, versuchend, so lässig wie möglich zu klingen.

„Einen Ausflug", wiederholte Peter, sein Tonfall jedoch von Argwohn durchzogen.

Sein Blick wurde schärfer, als er sich in die Richtung der hohen Treppe wandte, die hinter uns emporragte. „Wohin? Ach ja, dumm, dass ich frage. Zu den Indianern, richtig?"

Jibby lächelte unschuldig und nickte leicht, während Nibs die Führung übernahm. „Ja, wir haben den Abend dort verbracht", sagte er, seine Stimme betont ruhig. „Und jetzt sind wir sehr müde."

Peter ließ sich ein wenig tiefer sinken, schwebte nun fast auf Augenhöhe. Seine Arme streckte er nach oben, als würde er sich die Müdigkeit aus den Gliedern recken.

„Kann ich auch verstehen", murmelte er, noch immer mit einer Mischung aus Gelassenheit und Strenge, bevor er selbst ein herzhaftes Gähnen ausstieß.

„Ich war nochmal in London", fügte er schließlich hinzu, seine Stimme plötzlich weicher.

Die Spannung löste sich in einem Moment der Neugier. „Haben wir etwas Neues von Wendy?", fragte Jibby eifrig, seine Augen voller Hoffnung.

Peter nickte, ein geheimnisvolles Lächeln umspielte seine Lippen. Glöckchen klimperte mit ihren Flügeln, während sie triumphierend um ihn kreiste, als wollte sie die Geschichten, die sie gehört hatten, bereits ankündigen.

„Unter anderem schon", bestätigte er mit einem leicht spöttischen Grinsen, das sich kaum auf seinem Gesicht hielt. „Wollen wir nach Hause?" Tootles, Nibs, Jibby und ich nickten eifrig, jeder von uns mit der gleichen Mischung aus Erschöpfung und Erleichterung in den Augen. Die Anspannung der letzten Stunden, die ständige Ungewissheit und das Gefühl, auf dünnem Eis zu tanzen, schien sich in diesem Moment aufzulösen.

Peter lachte, doch etwas an diesem Lachen klang nicht richtig. Es war hohl, fast leer, und hallte in der stillen Luft des Waldes wider. Es war nicht das unbeschwerte Lachen, das ich von ihm kannte, das fröhliche, wilde Lachen, das uns alle mitgerissen hatte.

Nein, dieses Lachen hatte etwas Künstliches, etwas Gefährliches an sich, als ob es eine Fassade war, die er aufrechterhielt, um sich selbst zu täuschen

– oder uns. Es klang kalt und ausdruckslos, als ob er in diesem Moment nicht wirklich bei uns war, sondern in einer anderen Welt, in Gedanken versunken, die wir nicht kannten.

Ich spürte ein unangenehmes Ziehen in meiner Brust, ein Gefühl, das mir sagte, dass mit Peter etwas nicht stimmte. Doch bevor ich weiter darüber nachdenken konnte, hatte er sich schon abgewandt und war in die Richtung des Waldes gestapft, als ob nichts gewesen wäre. Die anderen folgten ihm, doch ich konnte den Gedanken nicht abschütteln, dass hinter diesem Lachen mehr steckte, als er zugeben wollte.

„Glöckchen!", rief Peter mit einem spitzbübischen Grinsen, und im nächsten Moment tauchte das goldene Wesen in der Luft auf. Sie flog zappelig durch die Luft, ihre winzigen Flügel flatterten in einem kaum wahrnehmbaren, aber rasenden Tempo, als ob sie ständig in Bewegung war.

Ihr Gesicht war fein und voller Schalk, mit großen, neugierigen Augen, die stets auf der Suche nach Abenteuern schienen. Ihr Haar, von einem hellen, fast silbernen Blond, fiel in unordentlichen Locken über ihre Schultern, und ihre Ohren waren spitz, was sie noch ein wenig lebendiger und schelmischer wirken ließ.

Mit einem zappelig-geschickten Flugmanöver bremste sie kurz vor Peters Schulter ab und setzte sich auf ihn, als wäre sie dort selbstverständlich zuhause. Ihr Blick war fest auf ihn gerichtet, ihre winzigen Hände auf seinen Arm gestützt, als ob sie die Kontrolle über ihn und die Umgebung in diesem Moment ganz in ihre Hände genommen hätte. Sie war so lebendig und quirlig, dass es fast so schien, als ob sie nie stillstehen konnte, als ob der Wind und die Freiheit ihr Element waren. Glöckchen war ein Wesen, das man nicht einfach beschrieb – sie war ein lebendiger Funken in einer Welt aus Magie und Geheimnissen.

„Gib den Verlorenen Feenstaub." Peter blickte mich direkt an. „Und auch Harlow", ergänzte er, wenn auch etwas langsamer.

Die Fee, die nie länger als einen Moment an einem Ort verweilte, verharrte für einen Augenblick, als ob sie den Befehl in ihrem kleinen, frechen Kopf durchdachte. Ihre schimmernden Flügel zuckten, und ein leises Zischen erfüllte die Luft, als sie sich auf den Weg machte, um den Zauber zu wirken. Sie flog in einem eleganten Bogen weg von Peters Schulter und stieg höher in die Luft, ihre goldenen Flügel hinterließen eine Spur von funkelndem Staub, der wie Sternenstaub schimmerte.

Mit einer fließenden Bewegung tauchte sie in die Nähe von uns – Nibs, Tootles, Jibby und mir – und schwenkte ihren kleinen, feinen Arm, der von einer silbernen Spur begleitet wurde. Dann ließ sie den Feenstaub aus ihrer Hand in die Luft rieseln, der wie winzige, schimmernde Kristalle herabfiel und den Raum um uns in einen goldenen Schimmer hüllte. Es war, als ob die Luft selbst zu leben begann, als ob jeder Flocke des Staubs eine andere, unbekannte Magie innewohnte.

Sie flatterte noch einmal nervös um uns herum, als ob sie sicherstellen wollte, dass jeder von uns genug von dem magischen Staub abbekam, und dann, genauso schnell wie sie gekommen war, zog sie sich wieder zurück, ihre Flügel flatterten ungeduldig und ihr Blick blitzte frech.

Es war ein seltsames Gefühl, als der Staub die Haut berührte. Eine sanfte Wärme kroch durch meinen Körper, begleitet von einem Kribbeln, als ob ein neuer Funke in mir entzündet worden wäre. Ein vertrautes Gefühl von Leichtigkeit, als ob die Schwerkraft für einen Moment keine Macht mehr über mich hatte, schlich sich in meinen Gliedern ein.

Hinter der Fassade

Als ich aus dem Schlaf erwachte, kitzelte etwas Unangenehmes meine Nase. Es dauerte einen Moment, bis ich begriff, dass es die dünnen Strahlen der Morgensonne waren, die sich neugierig ihren Weg durch das Blätterdach über mir bahnten und genau auf mein Gesicht fielen. Ihre Wärme fühlte sich angenehm an, doch der feine, flimmernde Staub, der in der Luft tanzte und von ihrem Licht erhellt wurde, erinnerte mich an die unzähligen Pollen im Frühling. Ein unangenehmes Kribbeln breitete sich in meiner Nase aus, das ich nicht ignorieren konnte.

Unweigerlich musste ich niesen, ein Geräusch, das die friedliche Stille des Morgens unterbrach. Ich hörte, wie sich kleine Gruppen der Jungen laut unterhielten. „Peter!", rief Charlie und ging zum Ausgang. Ich setzte mich müde auf und streckte mich gähnend. „Peter, komm doch zu uns", bat Nibs, der ebenfalls zum Ausgang ging und neugierig herausschaute. Ich hörte, wie jemand auf das Versteck zulief. Mein Körper versteifte sich. Würde Peter jetzt kommen?

„Was macht ihr so?", fragte Peter und flog zu uns. Er gab einigen Jungen einen freundschaftlichen Handschlag, und nickte Anne- und schließlich auch mir zu.

„Ich war gestern wieder in London", begann er, während er sich mit einem nachdenklichen Blick über den Kopf kratzte, als wolle er eine Erinnerung aus den Tiefen seines Geistes hervorziehen.

Seine Stimme klang unbeschwert, doch seine Augen flackerten kurz, als hätte er etwas Eigenartiges gesehen. „Die Leute dort... sind ganz komisch drauf."

„Was meinst du damit?", fragte ich neugierig, spürte, wie die Atmosphäre um uns herum dichter wurde. Es war, als ob er etwas Wichtiges zu sagen hatte, etwas, das sich nur zögernd enthüllen ließ.

„Was ist London?", kam es plötzlich von Tootles, der sich mit seiner üblichen Unbefangenheit neben uns in das weiche Moos setzte. Sein Gesicht war von ehrlichem Interesse erfüllt, und er kaute nachdenklich auf einem Grashalm herum, während er uns abwartend ansah.

Peter drehte sich langsam zu ihm um, und ein flüchtiges Lächeln spielte um seine Lippen. „London ist der Ort, von dem ihr alle kommt", erklärte er, und seine Stimme hatte etwas Magisches, beinahe Schicksalhaftes. Doch da war auch ein Anflug von Traurigkeit in seinen Worten, eine Spur von Verlust, die in der Luft schwebte wie ein kaum wahrnehmbarer Duft.

Die anderen Jungen, die sich nach und nach zu uns gesellten, sahen Peter mit großen Augen an. Ihr Schweigen sprach Bände. Erinnerten sie sich tatsächlich nicht mehr an das Leben, das sie vor dem Nimmerland geführt hatten? Oder wollten sie es einfach nicht wissen? Es war schwer zu sagen, und in ihren Mienen spiegelte sich ein Gemisch aus Unwissenheit und zaghaftem Erkennen.

Nibs, der sich immer lieber mit der Gegenwart als mit nebulösen Erinnerungen beschäftigte, unterbrach die Stille mit einem leichten Räuspern. „Naja, wie auch immer", begann er, während er Peters Blick einfing und das Thema mit einer lässigen Handbewegung wegwischte.

„Du hast uns doch gestern erzählt, dass Wendy dir eine neue Geschichte erzählt hat." Seine Worte trugen die Leichtigkeit eines Jungen, der nur das Abenteuer und das Hier und Jetzt kennt.

Peter drehte sich nun vollständig zu ihm um, sein Ausdruck lebhafter als zuvor. „Das stimmt", sagte er, und ein Funken von Begeisterung blitzte in seinen Augen auf. „Es war eine wirklich außergewöhnliche Geschichte." Er machte eine theatralische Pause, als würde er uns alle mit einem unsichtbaren Faden fesseln, und die Jungen rutschten unwillkürlich näher heran.

„Erzähl sie uns, Peter!", rief Slightly, der sich schon auf den Knien vor Peter niederließ, als wäre er bereit, jedes Wort mit der Andacht eines Priesters zu empfangen. Die anderen nickten eifrig, und ein erwartungsvolles Knistern lag in der Luft. Peter ließ sich Zeit, spielte mit der Spannung, und seine Augen funkelten vor Freude, während er das nächste Wort auf der Zunge balancierte.

Ich musterte Peter mit neugierigem Blick, die Erinnerungen an den gestrigen Abend langsam zurückkehrend. Es war wahr – er hatte uns etwas gesagt, doch in unserer Erschöpfung hatten wir ihm kaum Gehör geschenkt. Wir waren einfach zu müde gewesen, die Worte wirklich zu hinterfragen oder ihre Bedeutung zu ergründen. Stattdessen hatten wir uns mit klammen Fingern, die noch immer die Kälte des Waldes spürten, und müden Mienen durch die enge Öffnung ins Versteck gekämpft.

Die Anstrengung des Tages hatte uns jede Energie geraubt, und unsere Gedanken waren von einem einzigen Wunsch beherrscht: Schlaf. Keine Gespräche, keine Pläne – nur die stille Umarmung der Dunkelheit, die uns für ein paar Stunden von der Realität abschirmte.

Jetzt aber, im klaren Licht des Morgens, wurde mir bewusst, dass ich die Fragen, die ich gestern verdrängt hatte, nicht länger ignorieren konnte. Was hatte Peter gesagt? Und was bedeutete es wirklich?

Sein Gesicht, wie immer von einem verschmitzten Ausdruck geprägt, verriet nichts. Doch seine Augen – diese lebhaften, grünen Augen – schienen voller Geheimnisse zu sein, als ob sie mehr wüssten, als sie preisgeben wollten. Irgendetwas lag in der Luft, und ich konnte nicht sagen, ob es das Unausgesprochene zwischen uns war oder einfach nur die Anspannung, die sich langsam über uns legte.

Peter starrte gedankenverloren in die Luft, als wollte er dort die Worte finden, die sich in seinem Kopf verbargen. Sein Blick war fern, seine Stirn leicht gerunzelt, und er rieb sich mit einer langsamen, fast nachdenklichen Bewegung die Nase. „Ja, habe ich", murmelte er schließlich, als würde er die Frage an sich selbst beantworten.

„Erzähl es uns!", rief plötzlich Jibby, der sich unauffällig am Rande des Gesprächs positioniert hatte, um nichts zu verpassen. Seine Stimme hallte durch den Raum, und alle Augen richteten sich auf Peter.

„Ein neues Märchen?", fügte Slightly aufgeregt hinzu. Der Junge mit den feuerroten Haaren und der kleinen Zahnlücke strahlte vor Vorfreude. Er rutschte näher heran, als könnte er Peters Worte so schneller aufsaugen.

Die anderen Jungen, die bisher nur am Rande mit halbem Ohr zugehört hatten, spürten die wachsende Spannung und setzten sich nun ebenfalls hin, ihre Gesichter erwartungsvoll und neugierig.

Leises Flüstern erfüllte den Raum wie das Rascheln von Blättern im Wind, und die Jungen bildeten eine lockere Halbkreisform um Peter. Der Augenblick fühlte sich fast heilig an.

„Bitte, bitte, Peter! Wir müssen jedes Märchen hören!", flehte Charlie mit einer Dringlichkeit, die keinen Zweifel daran ließ, wie sehr er Peters Geschichten liebte. Seine Augen leuchteten, und er sah Peter an, als sei dieser ein Magier, der Wunder aus dem Nichts zaubern konnte.

Peter zog seine Mundwinkel zu einem schiefen, spitzbübischen Grinsen nach oben und gab nach. „Von mir aus", sagte er mit übertriebener Dramatik, während er die Augen verdrehte und eine Hand auf die Brust legte, als würde er von ihrer Hartnäckigkeit überwältigt.

Er erhob sich mit einer geschmeidigen Bewegung und stellte sich in die Mitte des Raumes. Der schwache Schein des Feuers, das in der Ecke des Raumes flackerte, warf tanzende Schatten auf die Wände und ließ Peters Figur fast übernatürlich erscheinen. Sein Blick glitt über die Runde, geheimnisvoll und durchdringend, als wolle er sicherstellen, dass er jeden Einzelnen von uns in seinem Bann hielt.

„Es beginnt alles – wie fast jedes Märchen – in einem weit entfernten Königreich. Dieses Königreich war genauso prächtig und märchenhaft, wie man es sich vorstellt: mit hohen Türmen, die in den Himmel ragten, grünen Wiesen, die sich bis zum Horizont erstreckten, und einem großen Schloss, das im Herzen des Landes thronte. Und natürlich, wie es sich für ein echtes Märchen gehört, gab es dort auch einen König. Dieser König, ein gütiger und weiser Mann mit einer Krone, die in der Sonne funkelte, war voller Vorfreude. Warum? Weil er und die Königin ein Kind erwarteten. Ein Thronfolger war unterwegs! Oder vielleicht eine Thronfolgerin – denn Märchen mögen es ja bekanntlich, spannend zu bleiben."

Die verlorenen Jungen und Anne kicherten leise bei Peters Worten, ihre Augen glänzten in der dämmernden Abendsonne, während sie aufmerksam lauschten.

„Nach einer langen und – sagen wir mal – anstrengenden Geburt, die eine Menge Schreie, Schweiß und Tränen mit sich brachte, kam endlich das ersehnte Kind zur Welt", fuhr Peter mit bedeutungsvoller Stimme fort. „Das gesamte Königreich jubelte, denn dies war kein gewöhnliches Baby. Es war die zukünftige Hoffnung des Landes! Und wie feiert ein Königreich solch einen Anlass? Richtig – mit einer Party, die alles übertrifft."

Peter machte eine ausladende Geste, als würde er die Größe des Festes beschreiben.

„Die Königsfamilie ließ die Korken knallen. Es war kein normales Fest, nein, es war das Event des Jahrhunderts. Sie schmückten das Schloss mit goldenen Girlanden, luden Musiker aus allen Ecken der Welt ein und stellten ein Festmahl zusammen, das selbst die wählerischsten Gäste zufrieden stellte."

Er ließ die Worte kurz in der Luft hängen, bevor er mit einem schelmischen Lächeln hinzufügte: „Und jetzt kommt der Clou – die Gästeliste. Neben Königen, Königinnen und allerlei wichtigen Leuten gab es auch zwölf Feen. Aber nicht irgendwelche Feen, sondern die Besten der Besten- absolute Elite. Sie hatten bestimmt schon tagelang ihre Zaubersprüche durchgeprobt, um sicherzugehen, dass ihr Geschenk für die Prinzessin perfekt war."

„Feen wie Glöckchen?", rief Jibby aufgeregt und rutschte vor Spannung ein Stück näher an Peter heran.

„Genauso!", bestätigte Peter, während er auf den Jungen deutete. „Diese Feen waren freundlich, glitzernd und – wie Glöckchen – absolut bezaubernd. Jede von ihnen trat nacheinander vor das königliche Kind, das übrigens ein Mädchen war – die zukünftige Prinzessin – und sprach ihre Segnung aus."

Peter hielt eine kurze Pause, sah jeden der Zuhörer eindringlich an und senkte dann bedeutungsvoll die Stimme.

„Die Feen übertrafen sich gegenseitig mit ihren Gaben. Die erste wünschte der kleinen Prinzessin eine unvergängliche Schönheit, die zweite schenkte ihr einen messerscharfen Verstand, und so ging es weiter – jede Gabe besser als die letzte. Alles lief perfekt, beinahe *zu* perfekt."

Er beugte sich vor, seine Stimme wurde leiser, geheimnisvoller. „Bis die letzte Fee an der Reihe war. Sie war gerade dabei, ihren Zauberstab zu heben, um ihre Segnung auszusprechen, als es passierte."

Anne hielt die Luft an. „Was passierte?", flüsterte sie mit großen Augen.

„Drama, Leute!", rief Peter plötzlich und ließ sich dramatisch zurückfallen, was die Jungen zum Lachen brachte. „Eine Tür flog auf, der Saal wurde totenstill, und herein stürmte... ein ungebetener Gast."

Die Spannung wuchs, als Peter mit ernster Miene weitersprach.

„Es war niemand anderes als eine böse Fee. Und nicht so eine süße, kleine Glitzerfee wie Glöckchen, oh nein! Sie war das volle Gegenteil: düster, rachsüchtig und richtig sauer. Warum? Weil sie nicht eingeladen worden war! Stellt euch das vor – keine Einladung zu DER Party des Jahrhunderts!"

Er schüttelte den Kopf, als könnte er es selbst kaum glauben. „Also stand sie da, alle Augen auf sie gerichtet, und sprach mit eiskalter Stimme ihren Fluch aus: ‚*Die kleine Prinzessin wird sich, sobald sie erwachsen ist, an einer giftigen Spindel stechen und sterben.*' Na, danke auch für dieses ‚Geschenk', oder?"

Anne schnappte hörbar nach Luft, ihre Augen weiteten sich vor Empörung, als hätte Nibs soeben das Unaussprechliche gesagt. „Deswegen ist erwachsen werden blöd", konterte er schulterzuckend, mit einer Mischung aus Trotz und Genugtuung in der Stimme. Seine Worte hallten in der stillen Lichtung nach, als wären sie ein Tabu, das niemand bisher gewagt hatte auszusprechen.

Die verlorenen Jungen hielten inne, ihre zuvor lebhaften Bewegungen erstarrten für einen Augenblick. Einer nach dem anderen nickte, zögernd zuerst, dann immer entschlossener, wie um Nibs Aussage zu bestätigen. Der erste, der das Schweigen brach, war Jibby, der ein tiefes Seufzen von sich gab. „Ja, Mann! Erwachsensein bedeutet doch nur Regeln, Verpflichtungen und…" – er schauderte theatralisch – „Steuern!"

„Und keine Abenteuer mehr", fügte Slightly hinzu, während er einen kleinen Stock in den Boden rammte, als wollte er damit seine Abscheu unterstreichen. „Nie wieder Piraten, keine magischen Wälder, keine Feen… Alles wird so… trist."

„Aber warum?", rief Anne plötzlich, ihre Stimme überschlug sich fast vor Aufregung. „Warum muss es denn so sein? Wieso können wir nicht einfach… beides haben? Abenteuer und… na ja, ein bisschen Verantwortung?" Ihre Augen funkelten, als wollte sie sich selbst davon überzeugen, dass es möglich war.

Nibs schnaubte. „Weil Erwachsene alles kaputt machen, Anne. Die träumen nicht mehr. Sie glauben nur an das, was sie sehen. Wo bleibt da die Magie?"

Peter setzte seine Erzählung fort, seine Stimme wurde etwas ernster, aber sein schelmisches Lächeln verriet, dass er den Spannungsbogen genau im Blick hatte. „Zum Glück," begann er, „war da noch die letzte Fee. Eine kluge, weise Fee, die sich bisher zurückgehalten hatte. Wahrscheinlich, weil sie schon so eine Ahnung hatte, dass hier gleich was ordentlich schieflaufen würde."

Er hielt kurz inne, ließ seine Zuhörer einen Moment zappeln, bevor er weitersprach. „Während das Chaos ausbrach und die Hofleute entsetzt murmelten, trat sie langsam vor. Ihre Schritte waren leise, fast unhörbar, und doch wirkte sie plötzlich wie die wichtigste Person im ganzen Raum. Sie hob die Hand, um Ruhe zu gebieten, und als sie sprach, war ihre Stimme sanft und doch durchdringend, wie ein leichter Windhauch, der durch die Bäume zieht."

Peter wechselte plötzlich in eine hohe, zierlich wirkende Tonlage, die ihn kichernd innehalten ließ, bevor er die Fee imitierte: *„‚Die Prinzessin wird nicht sterben,'* sagte sie, *‚sondern in einen hundertjährigen Schlaf fallen.'"* Er machte eine dramatische Pause und hob die Hände theatralisch, als würde er eine unsichtbare Magie aus der Luft greifen. *„‚Und damit die arme Prinzessin nicht allein schnarcht, wird das ganze Königreich mit ihr schlafen!'"*

Seine Zuhörer brachen in Gelächter aus, sowohl wegen der hohen Stimme als auch wegen der absichtlich überspitzten Geste, die er hinzufügte.

Peter grinste breit und fuhr fort: „Also, Leute, immer noch ein bisschen Drama – schließlich ist es ein Märchen – aber wenigstens kein tödliches Ende. Und ganz ehrlich, wenn ich hundert Jahre schlafen müsste, würde ich auch wollen, dass ihr alle mitkommt. Wer will schon allein schlafen, oder?"

„Was für eine schlaue Fee!", rief Jibby begeistert, während die anderen zustimmend nickten. Charlie lachte leise. „Die hätte ich gerne mal getroffen. Klingt nach jemandem, der immer einen Plan B hat."

Peter neigte den Kopf, als wollte er sagen: *Wartet ab, es kommt noch besser.*

„Na ja, das Märchen war natürlich noch nicht vorbei. Aber bis hierhin, gebt zu, ist es schon ziemlich aufregend, oder?"

„Ich würde auch gerne einhundert Jahre lang schlafen", sprach Charlie mit einem breiten Grinsen und gluckste, als hätte er gerade den besten Witz des Abends gemacht. Einige der verlorenen Jungen stimmten in sein Lachen ein, doch Peter hob mahnend die Hand, seine Augen funkelten vor gespielter Strenge.

„Lasst mich doch ausreden", bat er in übertrieben dramatischem Tonfall, und die Gruppe verstummte, obwohl sie immer noch kicherte. Peter setzte an, und seine Stimme wurde wieder ernst, fast feierlich:

„Der König, ganz der übervorsichtige Papa, verfiel in eine regelrechte Panik. Der Gedanke, dass seine geliebte Tochter dem Fluch zum Opfer fallen könnte, ließ ihn keine Ruhe mehr finden. Also ließ er eine königliche Verordnung ergehen: Jede einzelne Spindel im ganzen Reich sollte vernichtet werden. Schmiede arbeiteten Tag und Nacht, um die Werkzeuge zu zerstören, Schneider klagten, weil sie plötzlich keine Arbeit mehr hatten, und selbst die ältesten, längst vergessenen Spinnräder wurden aus staubigen Dachböden hervorgeholt und verbrannt. Der König war sich sicher, dass er damit jegliche Gefahr gebannt hatte. Keine Spindeln, kein Fluch – so einfach war das in seinen Augen."

Peter beugte sich etwas vor, als würde er ein Geheimnis teilen. „Die Prinzessin, von alldem völlig unberührt, wuchs in einer perfekten, abgeschirmten Welt auf. Keine Sorgen, keine Gefahren – nur weiche Kissen, goldene Teller und ein Leben voller Geborgenheit. Doch wie es oft in

Märchen so ist, bringt eine solche Sicherheit auch ihre eigenen Probleme mit sich."

„Wie Langeweile", murmelte Nibs, was Peter mit einem bestätigenden Nicken quittierte.

„Ganz genau! Die Prinzessin hatte keine Ahnung von den dunklen Geheimnissen, die das Schloss barg. Sie wusste nicht, was Gefahr bedeutete, und hatte nie das Bedürfnis verspürt, sich mit der Welt außerhalb ihrer schützenden Mauern auseinanderzusetzen. Doch dann kam ihr achtzehnter Geburtstag."

Peter machte eine bedeutungsvolle Pause, während die verlorenen Jungen und Anne ihn erwartungsvoll anstarrten.

„An diesem Tag fühlte sie sich... anders. Vielleicht lag es an der Zahl, vielleicht an der festlichen Stimmung, oder vielleicht hatte sie einfach genug davon, immer dieselben Gänge und Zimmer zu sehen. *Heute ist der Tag, an dem ich das ganze Schloss erkunde!*', dachte sie sich.

Mit einem rebellischen Funkeln in den Augen schlich sie sich von ihrer Geburtstagsfeier fort, während niemand es bemerkte. Sie wanderte durch die Gänge, öffnete Türen, die sie noch nie zuvor gesehen hatte, und entdeckte Flure, die wie in den Schatten verborgen lagen. Schließlich stieß sie auf eine schmale, staubige Wendeltreppe, die sich in die Höhe wand."

Peter hielt kurz inne, ließ den Moment wirken, bevor er weitersprach: „Die Prinzessin war fasziniert. ,Warum habe ich diese Treppe noch nie gesehen?', fragte sie sich. Ihre Neugier wuchs mit jedem Schritt, und ohne nachzudenken, begann sie die Stufen hinaufzusteigen. Der Staub wirbelte um ihre Füße, und die Luft wurde kühler, je höher sie kam. Am Ende der Treppe befand sich eine alte, knarrende Holztür. Mit klopfendem Herzen stieß sie sie auf."

„Warum kennt sie ihr eigenes Zuhause nicht?", unterbrach Anne neugierig, und Peter drehte sich grinsend zu ihr um.

„Märchenlogik!", rief er mit gespieltem Triumph, als wäre das die selbstverständliche Antwort auf alles.

„Und jetzt weiter!", drängte sie ungeduldig.

Peter nickte und nahm den Faden wieder auf. „Hinter der Tür befand sich ein winziger Raum im höchsten Turm des Schlosses. Das Licht fiel durch ein kleines Fenster auf ein seltsames, fremdartiges Gerät, das in einer Ecke stand. Die Prinzessin starrte darauf, die Stirn gerunzelt. ‚Was zur Guten ist das denn?', fragte sie sich laut, obwohl niemand da war, der ihr hätte antworten können. Das Gerät sah alt und merkwürdig aus, seine Form war ihr völlig unbekannt. Doch in ihr wuchs ein Gefühl – ein unstillbarer Drang, das Geheimnis zu lüften, weil wie es so ist, muss man ja immer, wenn man ein Geheimnis kennt, zum Ort, aus dem es stammt."

Wenn man ein Geheimnis lüften will, muss man dorthin gehen, wo es seinen Ursprung hat.

Diese Worte hallten in meinem Kopf nach, wie ein Echo, das sich nicht vertreiben ließ. Mein Blick schweifte unruhig umher, doch meine Hand bewegte sich wie von selbst. Sie glitt zu meiner Hosentasche, als könnte sie von allein das Rätsel lösen, das mich seit Tagen beschäftigte.

Der Brief.

Sein knisterndes Papier war ein stummer Zeuge meiner Unruhe, ein Geheimnis, das ich sogar vor Peter verbarg. Er war ein Rätsel, dessen Lösung in meinen Händen lag – und doch wagte ich es nicht, es direkt anzugehen. Die Gedanken wirbelten in meinem Kopf: Wer hatte ihn geschrieben? Warum? Eine Ahnung regte sich in mir, ein Name schlich sich an die Oberfläche: Jibby. Aber eine Ahnung war nicht genug. Ich brauchte Gewissheit, Beweise.

Peter hatte mir, ohne es zu wissen, einen Rat gegeben. Sein Kommentar war beiläufig gewesen, fast schon leichtfertig, aber es war genau das, was ich gebraucht hatte. Wenn man ein Geheimnis lüften will, dann muss man den Mut haben, sich ihm zu stellen, den Ort zu finden, an dem es begonnen hat. Ich spürte, wie eine seltsame Mischung aus Furcht und Entschlossenheit in mir aufstieg.

Die Tasche fühlte sich plötzlich schwerer an, als hätte der Brief selbst ein Eigenleben entwickelt, das mich drängte, ihn ein weiteres Mal zu lesen – oder besser, das Rätsel endlich zu lösen.

Aber was, wenn ich fand, was ich befürchtete? Oder schlimmer noch: Was, wenn ich etwas fand, das ich gar nicht erwartet hatte?

Mein Herz klopfte schneller, meine Finger umklammerten das Papier. Die Worte von Peter waren zu einem Anker geworden, der mich in die Richtung zog, die ich sonst vielleicht gemieden hätte. Es gab nur einen Weg, dieses Geheimnis zu lüften. Und ich wusste genau, dass ich diesen Weg gehen würde – ob ich bereit war oder nicht.

Peter ließ eine Pause entstehen, die so lange dauerte, dass sie die Spannung ins Unerträgliche steigerte. Seine Stimme wurde leiser, als wolle er die Zuhörer zwingen, sich näher heranzulehnen, um kein Wort zu verpassen.

„Mit der Zeit passierte das, was immer passiert, wenn niemand den Garten pflegt: Die Natur holte sich alles zurück. Pflanzen wucherten und breiteten sich aus, als hätten sie nur darauf gewartet, dass die Menschen verschwinden. Sie rankten sich über die Mauern, krochen in die Fenster, und schließlich verwandelte sich das gesamte Schloss in ein undurchdringliches Labyrinth aus dornigen Rosenranken."

Er hob bedeutungsvoll eine Hand und zeichnete mit den Fingern die Vorstellung von Dornen in die Luft, die sich unaufhaltsam ausbreiteten.

„Es war, als hätte der Fluch nicht nur die Menschen, sondern auch die Umgebung in einen endlosen Schlaf gehüllt. Die Zeit stand still, und doch wuchs alles weiter – eine unkontrollierbare, wilde Schönheit, die das Schloss verbarg. Niemand wagte es, sich dem Ort zu nähern. Und so wurde die

Prinzessin, die einst voller Leben war, zum Symbol des Vergessens. Die wenigen, die noch von ihr wussten, nannten sie Dornröschen."

Peter hielt erneut inne, ließ den Moment wirken. Dann fuhr er mit einem Schimmer von Abenteuerlust in den Augen fort: „Aber, wie in jedem guten Märchen, blieb das natürlich nicht das Ende. Eines Tages kam ein Prinz. Er war jung, mutig und – wie soll ich sagen – vielleicht ein bisschen zu optimistisch für seinen eigenen Geschmack. Als er von dem verfluchten Schloss und der schlafenden Prinzessin hörte, dachte er sich: ‚*Warum eigentlich nicht? Ein paar Dornen können mich nicht aufhalten.*' Und so zog er aus, bewaffnet mit einem Schwert und einem ziemlich großen Ego."

Die verlorenen Jungen kicherten, doch Peters Ton wurde sofort wieder ernst. „Was er nicht wusste, war, dass die Dornen nicht nur einfache Pflanzen waren. Sie hatten eine Art Leben, eine bösartige Energie, die ihn aufhalten wollte. Sie wuchsen zurück, wo er sie durchtrennte, schnappten nach ihm wie eine Schlange, und ihre Stacheln waren schärfer als jedes Schwert. Es war ein harter Kampf, aber der Prinz gab nicht auf. Er schnitt, hackte und bahnte sich Schritt für Schritt seinen Weg durch das Labyrinth, getrieben von einem seltsamen Gefühl – vielleicht war es Hoffnung, vielleicht war es der Zauber des Märchens selbst."

Peter lehnte sich vor, seine Stimme wurde eindringlicher. „Endlich, nach Stunden, die sich wie Tage anfühlten, erreichte er das Schloss. Es war seltsam still, so als würde die Welt den Atem anhalten. Staub und Spinnweben lagen wie ein Schleier über allem, und doch schien eine unsichtbare Kraft ihn zu dem Turm zu ziehen, in dem Dornröschen schlief."

Ich dachte unwillkürlich an das Krokodil und seinen unheilvollen Wecker – eine ständige Mahnung an die Gefahr, die es mit sich brachte. Peters Stimme riss mich aus meinen Gedanken.

„Er fand sie schließlich, auf einem Bett, umgeben von Licht, das durch ein zerbrochenes Fenster fiel. Sie sah aus, als würde sie nur träumen, als hätte die Zeit sie nie berührt. Und dann, mit einem Herz voller Mut – oder vielleicht einfach einer gehörigen Portion Märchenglück – beugte sich der Prinz hinunter und küsste sie."

Peter machte eine dramatische Geste mit den Armen, als würde er selbst den Kuss nachstellen. „In diesem Moment brach der Fluch. Das ganze Königreich erwachte, als hätte jemand einen Wecker gestellt. Köche in den Küchen blinzelten verwirrt, Diener ließen Staubwedel fallen, und sogar der königliche Goldfisch im Teich schwamm wieder munter herum."

Die verlorenen Jungen jubelten leise, doch Peter hob beschwichtigend die Hand.

„Aber das war noch nicht alles. Die Dornen, die das Schloss wie ein Käfig umschlossen hatten, begannen zu verdorren. Sie zerfielen zu Staub, und das Sonnenlicht brach durch, als hätte es nur darauf gewartet, die Welt wieder zu erhellen. Dornröschen, jetzt endlich wach und frei, sah den Prinzen an, der sie gerettet hatte. Und wie es in Märchen eben so ist, dauerte es nicht lange, bis sie sich *verliebten*."

Peter grinste verschmitzt.

„Natürlich folgte eine gigantische Hochzeit – ihr wisst schon, mit jeder Menge Torte, einem Tanz, der ewig zu dauern schien, und all den Märchenkram, den man sich vorstellen kann. Und, wie man so sagt: Sie lebten glücklich bis ans Ende ihrer Tage. Kein Fluch, keine Dornen, keine Spindeln mehr. Nur noch Glück, Liebe und wahrscheinlich jede Menge Kuchen."

Unser Gelächter hallte laut durch die Höhle, erfüllt von einer unbändigen Fröhlichkeit, die nur Kinder so mühelos hervorbringen konnten. Doch kaum verklang es, trat eine spürbare Unzufriedenheit in die Stimmen der anderen.

„Das war's schon?" Anne sah Peter mit einer Mischung aus Enttäuschung und Ungläubigkeit an. Ihr Ton war fast vorwurfsvoll, als ob sie mehr erwartet hatte – nein, als ob sie mehr *verdient* hätte.

„Das kann doch nicht wirklich die letzte Geschichte gewesen sein, Peter!", rief Slightly entsetzt. Seine Stimme bebte vor Ungeduld, und er stampfte mit dem Fuß auf, als wollte er Nachdruck verleihen.

„Ja, wir wollen mehr!", schrie Tootles, der vor Aufregung kaum stillsitzen konnte. Seine Augen funkelten, als hätte er gerade einen besonders spannenden Abenteuerroman mitten im besten Kapitel weggelegt bekommen.

Peter, wie immer ein Meister darin, die Aufmerksamkeit auf sich zu ziehen, lachte nur leise und ließ die Pause absichtlich ein wenig zu lange werden. Er blickte nachdenklich in die Runde, schien mit sich selbst zu ringen, bevor er schließlich murmelte: „Vielleicht kann ich doch irgendwann Wendy hierherbringen."

Die Reaktion kam wie ein Blitz. „Ja!", rief Tootles sofort, seine Stimme vor Begeisterung überschlagend.

„Bitte, Peter!", fügte Anne hinzu, ihre Augen groß und mit einer fast flehentlichen Hoffnung gefüllt, die mich einen Moment lang innehalten ließ.

„Es wäre das Tollste, was passieren könnte!", ergänzte Jibby, zappelig und voller Energie, als könnte er keine Sekunde länger ruhig bleiben.

Ich selbst hielt mich zurück, obwohl ich innerlich brannte vor Neugier. Wer war diese Wendy, die alle so sehr sehen wollten? Und warum war sie so wichtig, dass allein die Erwähnung ihres Namens die Stimmung der Gruppe derart elektrisierte?

Peter ließ die Augen über uns schweifen, als würde er prüfen, wer wirklich bereit war, das nächste Abenteuer mit ihm zu wagen. Dann fragte er mit spielerischer Ernsthaftigkeit: „Okay, wer kommt mit, um sie zu beobachten?"

Die Reaktion war jedoch nicht die, die er erwartete hatte. Niemand trat vor. Kein Flüstern, kein Kichern, nur ein nervöses Schweigen, das sich wie eine kalte Decke über die Runde legte.

„Die Außenwelt ist uns zu fremd", erklärte Tootles schließlich. Seine Stimme war leise, fast zögerlich, doch die Wahrheit in seinen Worten war unüberhörbar. Er blickte in die Runde, suchte Bestätigung bei den anderen, die langsam nickten.

Er setzte erneut an, diesmal mit einem Ton, der schwerer wirkte: „Wir haben Angst vor der Außenwelt, weil es dort…" Er stockte, schluckte schwer, bevor er die Worte schließlich hervorstieß: „Weil es dort *Erwachsene* gibt."

Das letzte Wort schien im Raum zu hängen wie ein dunkler Schatten. „Und die sind nicht nur auf Schiffen wie bei Hook", fuhr Tootles fort, seine Stimme nun fast ein Flüstern, „sie sind überall."

Peter seufzte, eine Mischung aus Frustration und Resignation, die ihn für einen Moment älter wirken ließ, als er sonst war. Schließlich schüttelte er den Kopf und sprach mit einem Anflug von Trotz in der Stimme: „Dann geh ich halt alleine."

Er stand auf, seine Haltung war entschlossen, fast herausfordernd. Doch bevor er ging, drehte er sich noch einmal zu uns um und rief: „Los, macht wieder das, womit ihr angefangen habt, bevor ich gekommen bin!"

Zögerlich, fast widerwillig, kehrten die Jungen zu ihren ursprünglichen Plätzen zurück. Die Stimmung war nicht mehr dieselbe wie zuvor. Während sie sich langsam wieder in Gespräche vertieften, warfen sie Peter verstohlene Blicke zu, als könnten sie nicht ganz glauben, dass er tatsächlich bereit war, alleine nach draußen zu gehen.

Ich selbst blieb still, doch in meinem Inneren rumorte es. Die Geschichte, die Andeutungen, die geheimnisvolle Wendy – all das ließ mich nicht los. Und während Peter sich umdrehte und Richtung Ausgang ging, fragte ich mich, ob dieses Abenteuer nicht gerade erst begonnen hatte.

Peter schoss mit einem scharfen Zischen der Luft aus dem Raum, als hätte ihn die Enge des Verstecks plötzlich erdrückt. Ein leises Flattern der Blätter außerhalb des Baus blieb zurück, Echo seines Abgangs, das kaum zur Ruhe kam, bevor Charlie sich neben mich setzte. Seine Anwesenheit war wie ein Schatten, leise, aber präsent. Mit einem kurzen Zupfen an meiner Hose brachte er mich aus meinen Gedanken.

„Wollen wir raus?", fragte er, seine Stimme weich, aber bestimmt.

Ich bemerkte, wie der Brief in meiner Tasche leicht hervorgerutscht war, vermutlich durch Charlies unabsichtliches Ziehen. Mein Herz schlug schneller, doch ich schob ihn unauffällig zurück, als wäre er ein Geheimnis, das sich nur mir anvertraut hatte.

Peter... In letzter Zeit war seine Nähe für mich wie ein Rätsel, das ich nicht lösen konnte. Trotz seines kindlichen Lächelns und seiner humorvollen Märchenerzählungen lag eine Schwere in seiner Art, eine Art Distanz, die mich Unbehagen verspüren ließ.

„Meinst du, dass wir mit Peter nach London fliegen?", fragte ich, mehr, um meine Gedanken zu ordnen, als um eine echte Antwort zu erwarten.

„Nein, einfach raus", antwortete Charlie. Seine Worte waren klar und einfach, doch in ihnen lag etwas, das meine Aufmerksamkeit fesselte.

Mit einem müden Seufzen erhob ich mich schließlich. „Wenn's sein muss."

Draußen, im vertrauten Nimmerwald, wirkte alles sofort anders. Die dichten Bäume warfen lange Schatten über den moosbedeckten Boden, und die Luft war erfüllt von den leisen Geräuschen der Nacht. Es war beruhigend und zugleich unruhig – genau wie meine Gedanken.

„Manchmal habe ich das Gefühl, dass Peter etwas vor uns verbirgt. Denkst du nicht auch, Harlow?" Charlies Stimme war ruhig, fast beiläufig, doch seine Worte ließen eine Schwere in mir aufsteigen.

Ich hielt kurz inne und sah ihn an. Seine Augen blickten direkt in meine, neugierig und ernst. Er sprach aus, was ich selbst kaum zu denken gewagt hatte.

„Ja?", fragte ich, meine Stimme kaum mehr als ein flüsterndes Murmeln. Alles schien sich immer um Peter zu drehen, und ich hatte keine Wahl, als Charlie zuzustimmen, auch wenn ich mir dabei den Kloß im Hals herunterwürgte. Es war seltsam, wie Peter stehts in der Lage war, den Raum mit seiner Präsenz zu füllen, wie sich alles um ihn gruppierte, ohne dass er es jemals direkt verlangte.

Was hatte er damals gemeint? *Beseitigen*. Diese Worte klangen wie ein Fluch in meinen Ohren, und sie ließen mich nicht los. Es war eine Andeutung, die mich nachts wach hielt, eine drohende Ungewissheit, die ich nicht wirklich begreifen konnte. Peter, der so selbstsicher und unerschütterlich schien, der immer einen Plan hatte und zu wissen schien, was zu tun war, hatte in diesem Moment etwas ausgesprochen, das nicht in die Welt seiner üblichen Sprüche und Streiche passte. *Beseitigen*. Wie konnte er das gemeint haben? Konnte er es ernst gemeint haben? Oder war es nur eine weitere seiner rätselhaften Bemerkungen, die er nie wirklich zu Ende erklärte?

Bevor Peter mich umbringen konnte, musste ich ihm auf irgendeine Weise zeigen, dass er nicht immer der Mittelpunkt des Universums war, der alles und jeden um sich versammeln ließ, wie die Sonne, um die sich die Planeten drehten. Er war nicht unfehlbar, und ich war fest entschlossen, ihm das klarzumachen. Er musste verstehen, dass auch er Fehler machte – auch wenn er sie niemals so offensichtlich zeigte, wie wir es taten. Vielleicht lag genau da der Knackpunkt: Peter glaubte, er könne sich immer alles erlauben, und die Welt sollte sich um ihn drehen, ohne Rücksicht auf Verluste.

„Vor allem, wenn er die Fehler macht", schmunzelte Charlie plötzlich und warf einen vielsagenden Blick in meine Richtung. „Dann ist er ganz komisch."

Ich musste innehalten. Bis zu diesem Moment war Peter immer der Unantastbare für mich gewesen – der Unfehlbare, der mit seiner

Selbstsicherheit und seinem Charme uns alle in den Bann zog. Aber plötzlich fühlte ich einen klitzekleinen Riss in diesem Bild. *Fehler.*

Ein Gedanke blitzte in meinem Kopf auf, der mich für einen Moment stocken ließ: der Brief, den ich damals im Kapitänszimmer gefunden hatte, der von diesem geheimnisvollen Jungen verfasst worden war. In diesem Moment schien der Brief mit einem weiteren Lichtstrahl durch meine Gedanken zu brechen. Hatte der Brief etwas mit Peter zu tun? Hatte er einen Fehler gemacht, der mehr bedeutete, als wir es je vermutet hatten? Vielleicht war es genau dieser Fehler, der ihn in diese dunklen, gefährlichen Gedanken über *Beseitigen* trieb.

Meine Gedanken wirbelten weiter. Und irgendwie wusste ich, dass die Antwort auf all diese Fragen in diesem Brief versteckt war – in den Zeilen, die ich noch nicht vollständig entschlüsselt hatte. Aber eines war klar: Wenn Peter Fehler machte, dann hatte auch ich eine Chance, ihm zu zeigen, dass er nicht der unangefochtene Herrscher in diesem Spiel war.

„Auch, wenn du gesagt hast, dass du es nach William nie wieder tun wirst, bitte ich dich", hallte es in meinem Kopf wider. War William einer dieser Fehler gewesen? Wer war William überhaupt?

Wenn man ein Geheimnis lüften will, muss man da hin, wo es herkommt.
Ich musste zur Jolly Roger.

Sicher war ich mir damit, dass sich auf diesem Schiff noch viele Hinweise auf die mysteriöse Vergangenheit von *J*, William und natürlich Peter Pan verbergen würden. Es war nicht schwer, diese Tatsache zu erahnen – das Schiff, diese vergessene Insel, sie schienen nur darauf zu warten, dass jemand den Schleier lüftete und die Geheimnisse ans Licht brachte. Denn eins stand fest: Etwas an Peter Pan war faul, und ich war entschlossen, herauszufinden, was es war.

Es war, als würde sich eine dunkle Wolke immer weiter über ihm zusammenziehen. Trotz all seiner Unbeschwertheit, seinem Charme und dieser unerschütterlichen Fassade, die er aufbaute, gab es immer wieder Momente, in denen ich einen Blick hinter diese Maske werfen konnte. Ein Blick, der mich frösteln ließ. Es war nicht nur der Brief, der unheilvolle Hinweise auf die Vergangenheit und die Beziehungen zu anderen Jungen gab. Es war das Gefühl, dass etwas tief im Inneren von Peter – vielleicht sogar in seinem ganzen Wesen – nicht stimmte.

Er hatte viel über seinen eigenen Stolz, über sein unbesiegbares Wesen gesprochen. Doch ich konnte erkennen, dass es mehr war als nur diese glänzende Fassade. Vielleicht war er selbst ein Teil dieser Geschichte, die er nie wirklich erzählte – ein Kapitel, das er vor uns allen verborgen hielt, das er nicht wollte, dass wir es je entdeckten. Aber warum? Was war er wirklich? Was hatte er in seiner Vergangenheit hinter sich?

Diese Fragen brannten in mir, stärker als jede andere. Je mehr ich über Peter nachdachte, desto mehr wusste ich, dass ich tief graben musste, um all das herauszufinden.

Und ich würde nicht ruhen, bis ich das Geheimnis gelüftet hatte.

Blicke aus Smaragd

„Ich muss los!", rief ich, ohne zu zögern, und spürte, wie die Worte förmlich aus mir herausplatzten. Charlie starrte mich mit einem verwirrten Blick an, als hätte er nicht ganz mitbekommen, was ich gerade gesagt hatte.

„Warum denn so plötzlich?", fragte er und trat einen Schritt auf mich zu, aber ich war schon in Bewegung.

„Wo gehst du denn hin?", rief er mir hinterher, doch ich ließ ihm keine Zeit, weiter nachzufragen. Mein Herz pochte in meiner Brust, schneller und lauter, als je zuvor. Ich wusste, dass ich keine Sekunde verlieren durfte, um herauszufinden, was wirklich hinter Peters Geheimnissen steckte.

„Ich komme gleich wieder!", versprach ich und warf ihm noch einen flüchtigen Blick zu, bevor ich wieder nach vorne sah, meinen Schritt beschleunigte. Der Drang, sofort zu handeln, war wie ein Dröhnen in meinen Ohren, ein Gefühl, das mich antrieb, als gäbe es keine Zeit zu verlieren. Ich konnte nicht stillstehen, konnte nicht länger abwarten. Etwas musste sich ändern, und ich war fest entschlossen, es herauszufinden.

Mit schnellem Tempo preschte ich durch den schattigen Wald, die Äste und Sträucher zogen an mir vorbei, als würden sie mich herausfordern, schneller zu sein. Die kühle Morgenluft streifte meine Haut, kühl und frisch, ähnlich wie beim Fliegen, und hinterließ eine leichte Gänsehaut auf meinen Armen.

Der Duft des Waldes, eine Mischung aus feuchter Erde und dem holzigen Geruch der Bäume, füllte meine Nase und schien mich noch mehr anzutreiben. Doch anders als beim Fliegen, wo der Wind mich förmlich trug und ich in einem unaufhaltsamen Rausch durch den Himmel zog, war der Weg zur Jolly Roger nun lang und mühsam.

Ich konnte nicht so schnell laufen, wie ich durch die Lüfte ziehen konnte, und jeder Schritt fühlte sich an wie ein Kampf gegen die Schwere der Welt um mich herum. Meine Beine brannten, als ich über unebene Wurzeln und steinige Pfade sprang, doch ich konnte und wollte nicht langsamer werden. Die Gedanken an das, was ich entdecken musste, trieben mich weiter, ließen mich die Müdigkeit vergessen. Es gab keine Zeit zu verlieren – ich musste herausfinden, was Peter wirklich vorhatte, und warum dieses Gefühl, dass etwas nicht stimmte, mich nicht losließ.

Der Wald wurde dichter, die Bäume standen näher beieinander, und das Licht der Sonne drang nur in vereinzelten, goldenen Strahlen durch das dichte Blätterdach. Ich wusste, dass ich mich beeilen musste, bevor die Dunkelheit des Waldes mich einholte.

Ich wusste nur ungefähr, in welche Richtung ich rennen musste, doch irgendetwas in mir wies mir den Weg – ein unsichtbarer Kompass, der mich unaufhaltsam vorwärts trieb.

Die Äste unter meinen nackten Füßen knackten und rieben sich an meiner Haut, doch ich achtete kaum darauf. Der scharfe Schmerz, wenn ein Zweig mich streifte, wurde schnell von der Aufregung in mir überdeckt.

Ich befand mich im ungefährlichsten Teil des Waldes vom Nimmerland – weit entfernt von den finsteren Ecken, in denen die Gefahr lauerte. Der Teich des Krokodils lag auf der anderen Seite des Waldes, und ich hatte das Gefühl, dass diese Strecke sicher war. Doch selbst hier, an diesem scheinbar harmlosen Ort, war ich mir nie ganz sicher.

Das Nimmerland war unberechenbar, und die Stille des Waldes schien eher eine täuschende Ruhe zu sein, als eine echte Sicherheit. Aber ich hoffte, dass ich in dieser relativen Unbekümmertheit nach Hinweisen suchen konnte, ohne mich allzu sehr in Gefahr zu begeben.

Jeder Schritt brachte mich tiefer in das Dickicht. Das Licht der Sonne hatte mittlerweile den Boden nur noch spärlich erreicht, da die Bäume sich immer dichter aneinanderreihten. Es war still, nur das gelegentliche Rauschen der Blätter und das entfernte Zwitschern von Vögeln unterbrachen die Stille. Ich hörte keine Schritte, keinen Wind, keine fremden Geräusche – bis auf das Knacken des Laubs unter meinen Füßen. So war es mir lieber; ich wollte nicht gestört werden, keine Aufmerksamkeit auf mich lenken. Schließlich war ich auf der Jagd nach Antworten, und jedes Geräusch, das in dieser Stille aufbrach, könnte das Ende meines heimlichen Suchen bedeuten.

Eine halbe Stunde später hörte ich das Rauschen der schäumenden Gischt, und ein Lächeln huschte über mein Gesicht. Meine Instinkte hatten mich nicht im Stich gelassen. Ich folgte dem Geräusch des Meeres, ließ mich von dem Klang des Wassers leiten, das gegen die Felsen schlug. Das Licht der Sonne brach durch die Baumkronen und fiel in goldenen Strahlen auf meine Haare, die trotz ihrer dunklen Farbe glänzten, als wären sie von selbst in ein warmes Licht getaucht. Ich spürte den Wind in meinem Gesicht, der salzig und erfrischend war, als ich mich in der Bucht umsah.

Und dann, zwischen den Bäumen und dem schimmernden Wasser, erblickte ich sie – die Jolly Roger. Das Schiff ragte majestätisch empor, viel größer als ich es je gesehen hatte, und schien die Bucht mit seiner imposanten Präsenz zu dominieren.

Der schwarze Rumpf glänzte im Licht der Sonne, das unheilvoll über den Wellen tanzte. Die Segel waren aufgezogen, jedoch nicht gehisst, sie wehten mit dem Wind in einem ruhigen, aber dennoch kraftvollen Rhythmus. Ihre Farbe war ein tiefes, sattes Schwarz, das in kontrastierendem Blick zu den weißen Schädeln und Knochen stand, die auf den Segeln prangten – ein klares Symbol für Gefahr und Tod.

Der scharfe, beunruhigende Geruch von Salzwasser und brennendem Holz mischte sich in die Luft, und der ganze Anblick war von einer fast grimmigen Schönheit. Rund um das Schiff wuselten Piraten in all ihren Formen und Größen. Einige saßen an Fässern und tranken laut lachend, ihre rauen Stimmen von Volksliedern und Geschichten begleitet. Andere waren in angeregte Gespräche vertieft, ihre Körper bewegten sich im Takt der Musik, die das Leben an Bord begleitete. Der Anblick war so unbeschwert, so lebendig – und doch wusste ich, dass hinter diesem scheinbaren Frohsinn ein tiefer, dunkler Abgrund lauerte.

„Sie sind böse", flüsterte ich, als hätte ich mit diesen Worten die einzige Frage, die mir auf der Zunge brannte, selbst beantwortet. Ich konnte es nicht anders sagen. Das Schiff, die Piraten, alles an diesem Ort – es war wie eine andere Welt, eine, die sich von unserer so scharf unterschied. Und dennoch, obwohl es in dieser Szenerie so viel Unheil gab, konnte ich nicht anders, als den Blick noch einmal über das riesige Schiff gleiten zu lassen.

Ich hielt inne, als ich einen besonders vertrauten Anblick auf dem Deck erhaschte- oder viel eher: Ein Anblick, von dem ich mir wünschte, dass er vertraut werden würde. Zwischen den ausgelassenen Piraten, die in fröhlicher Gelassenheit sangen und tranken, fiel mir sofort der Piratenjunge ins Auge. Es war der Junge, dem ich den harten Kinnhaken und Tritt auf den Brustkorb verpasst hatte.

Er war nicht wie die anderen, die sich in einer Mischung aus Lärm und trügerischem Mut auf ihren Fässern ausruhten. Er war anders. Während die Männer sich amüsieren, war er hier, fast unbemerkt, und trug Fässer und Kisten über das Deck. Seine Bewegungen waren schnell, zielgerichtet, und obwohl er genauso jung war wie ich, hatte er etwas in seiner Art, das an Selbstbeherrschung und Erfahrung erinnerte.

Das dünne Hemd, das er trug, war längst durchschwitzt und klebte an seinem Körper. Es war von der Farbe des Rosts, und seine dünnen Ärmel hatten sich hochgerollt, was seine Arme zur Geltung brachte. Es war fast nicht zu übersehen, wie viel Muskelkraft in diesem Jungen steckte, wenn auch durch die raue Arbeit an Bord, die ihn älter erscheinen ließ. Seine braunen Haare klebten ihm schweißnass an der Stirn, und ich konnte sehen, wie die Strähnen von der Feuchtigkeit beschwert waren, als er sich mit einem Fass in den Händen vorbeibewegte.

Und doch, trotz dieser rauen Arbeit, war es das rote Tuch, das seinen Kopf zierte, das mich an ihn erinnerte. Es war dasselbe Tuch, das ich schon von früher kannte, dass ihm zu einem fast markanten Aussehen verhalf, als würde es etwas von seiner Identität festhalten.

Ich hatte ihn immer nur flüchtig gesehen, doch in diesem Moment bemerkte ich, wie er sich von den anderen Piraten unterschied – erschien in einem eigenen Rhythmus zu arbeiten, als ob er für den Moment nichts anderes im Kopf hatte, als sich in die Arbeit zu stürzen und alles um sich herum zu vergessen. Und das war beunruhigend – inmitten all des Chaos schien er derjenige zu sein, der einen klaren Kopf behielt.

Vorsichtig drückte ich mich an die Planke, die vom Schiff zum Land führte, und ließ meinen Blick über das riesige Schiff schweifen. Die Jolly Roger war ein gewaltiges Ungetüm, das sich bedrohlich gegen den Himmel abzeichnete, ihre schwarzen Segel flatterten im Wind, als wollten sie mich herausfordern. Der Gedanke, unbemerkt auf das Schiff zu gelangen, schickte einen Schauer über meinen Rücken, doch ich wusste, dass es keine andere Wahl gab. Ich musste wissen, was Peter und die Piraten vorhatten.

Mit einem schnellen Blick nach links und rechts, um sicherzugehen, dass mich niemand beobachtete, duckte ich mich und begann, vorsichtig auf Zehenspitzen zu gehen. Der Boden unter meinen Füßen war hart und knirschte leise, doch ich war so auf der Hut, dass ich keine Geräusche von mir gab.

Meine Augen huschten über das Schiff, suchten nach einem unscheinbaren Eingang – einem geheimen Zugang, den nur ein paar eingeweihte Piraten kannten. Vielleicht gab es eine kleine Luke oder ein vergessenes Fenster, das mich unbemerkt ins Innere führen würde.

Ich nahm den ganzen Umfang des Schiffs unter die Lupe, blieb immer wieder hinter den großen Ankerseilen oder den dicken Masten, die wie Wachen aus dem Boden ragten, und wartete geduldig, bis sich die Geräusche des Decks wieder beruhigten.

Ein paar Piraten waren mit dem Heben und Senken von Kisten beschäftigt, andere tanzten und sangen in der Nähe des Ruderhauses. Die frische Meeresbrise trug ihre Stimmen zu mir, aber ich ließ mich nicht ablenken. Ich wusste, ich hatte nur ein paar Minuten, bevor sie mich bemerkten. Der Bug des Schiffes ragte bedrohlich vor mir auf, bedeckt von einer dichten Schicht grüner Algen und verkrusteten Pflanzen, die durch das ständige Salz des Meeres und den spritzenden Regen in die hölzernen Planken eingedrungen waren. Das Holz fühlte sich unter meinen Fingern kalt und rutschig an, als ich mich vorsichtig näherte, immer darauf bedacht, keinen Laut von mir zu geben.

Der salzige Geruch des Meeres mischte sich mit dem muffigen, feuchten Duft der Algen und ließ die Luft um mich schwer und stickig wirken. Die Oberfläche war glitschig, jeder Schritt auf dem nassen Holz konnte mir die Balance rauben.

In unmittelbarer Nähe lagen drei große Fässer, die im Wind hin und her schwankten. Sie waren der einzige Schutz, den ich finden konnte, um nicht direkt gesehen zu werden, also schlich ich zu ihnen hin, mein Herz schlug laut in meiner Brust. Ich ging in die Hocke, um die Fässer genauer zu inspizieren, jedes einzelne von ihnen ein potenzielles Hindernis oder ein Versteck, das mir helfen könnte. Ich klopfte vorsichtig auf das erste Fass, lauschte angestrengt, doch es klang hohl – leer. Ein leichtes Klopfen ließ die

Echos im Inneren des Fasses widerhallen, als ob es keinen Widerstand mehr bot.

Ich blieb für einen Moment wie erstarrt stehen, als ich die Stimmen hörte, die durch das leise Rauschen des Windes an mein Ohr drangen. Zuerst war es Smee, dessen Stimme, ruhig und geduldig, durch das Knarren des Schiffs drang.

„Nein, Captain", hörte ich ihn sagen, seine Worte fast in einer Art resignierter Unterwerfung.

Dann ertönte Hook's Stimme, schneidend und voller Überheblichkeit, als ob er über allem stand, als ob der ganze Wind und das Meer sich seinem Willen beugen mussten.

„Wie auch immer, hol die Fässer, Smee." Es war nicht einfach ein Befehl, sondern ein Ton, als ob er keinerlei Einwände duldete. Die Worte kamen mit einer natürlichen, fast selbstverständlichen Autorität, wie das Befehlen eines Mannes, der seine Macht längst als unerschütterlich erachtete.

Smee antwortete mit einem knappen „Aye, Captain", aber ich konnte den leichten Hauch von Erschöpfung in seiner Stimme hören, als ob er schon zu viele Befehle erhalten hatte, die nichts Gutes verhießen. Ein schwaches Knarren von Holz kündigte an, dass er sich entfernte.

Ich atmete kaum hörbar aus. Mein Kopf schoss sofort zu den Fässern, die hinter mir standen, und ein schneller Blick auf die Crew des Schiffs zeigte mir, dass sie abgelenkt waren. Das war meine Chance, das Schiff unbemerkt zu betreten! Ich musste mich nur schnell bewegen und jedes Geräusch vermeiden, um nicht die Aufmerksamkeit des Kapitäns auf mich zu ziehen.

Mit einem hastigen Satz stellte ich mich vor das Holzfass und hob den schweren Deckel an. Der Geruch von altem, salzigem Holz und abgestandenem Wasser stieg mir in die Nase, als ich mich prüfend an den Kanten des Fasses abstützte. Es war groß genug, um mich aufzunehmen –

bis zu meinem Schlüsselbein reichte es, und ich war mir sicher, dass ich mich irgendwie zusammenkrümmen konnte, um im Inneren Platz zu finden.

Schnell blickte ich noch einmal über die Schulter. Es war keine Zeit zu verlieren. Vorsichtig, um keinen Mucks von mir zu geben, kletterte ich hinein, zog die Knie an und hockte mich eng zusammen, als wollte ich mich unsichtbar machen. Der Deckel des Fasses war schwer und aus grobem, verwittertem Holz, aber ich schaffte es, ihn leise wieder zu senken.

Mit einem fast unmerklichen Geräusch fiel der Deckel in seine ursprüngliche Position. Ein feiner Spalt blieb, sodass ich noch etwas Licht erhaschte und den Raum darin wenigstens ein wenig atmen konnte.

Gerade als ich mich wieder beruhigte und versuchte, mein Herzschlagen zu verlangsamen, hörte ich das Knarzen von Holzschuhen auf den Planken. *Smee.* Er kam die Gangway herunter, seine Schritte dumpf und gleichmäßig, als würde er schon seit Jahren diese Route entlanglaufen. Der dumpfe Klang seiner Schritte hallte in meinen Ohren, als er sich dem Schiff näherte. Ich presste mich noch enger in das Fass, als sich ein Knoten in meinem Magen bildete. Jeder Schritt, der näher kam, ließ das Gewicht auf meinen Schultern schwerer werden.

„Aye, Captain", hörte ich Smee genervt murmeln, und ich wusste, dass er sich gleich dem Boot nähern würde. „Aye, Captain!?", wiederholte er und schnaufte genervt. Ein Schmunzeln konnte ich nicht unterdrücken. Ich hielt den Atem an, denn von nun an konnte jedes Geräusch, das aus dem Fass drang, mich verraten. Die Sekunden zogen sich in die Länge, als ich dort in meinem Versteck ausharrte, der Deckel auf meinen Schultern fast wie eine Last, die mich erdrücken wollte.

Doch dann, ein Hauch von Bewegung. Smee hatte sich abgewandt und entfernte sich mit langsamen, schweren Schritten. Die Gefahr war vorbei – zumindest für den Moment. Ich atmete tief durch und hoffte, dass dieses Versteck für eine Weile ausreichte.

Grummelnd hob er schließlich das Fass an, und ich konnte förmlich spüren, wie der schwere Holzbehälter unter meinem Gewicht ächzte. Ein tiefes Keuchen entfuhr ihm, als er das Fass mühselig wuchtete.

„Was hat der Captain denn hier reingemacht? Ein paar Grogfässer? Oder eine ganze Ladung rostiger Eisenhaken?", stöhnte er und ließ sich dann mit einem resignierten Seufzen zurückfallen, bevor er das Fass wieder abstellte.

Ich konnte es nicht mehr halten und kicherte leise. Sofort presste ich mir erschrocken die Hand auf den Mund, als wäre die Geräuschwolke, die da in der Luft hing, ein zu offensichtlicher Hinweis auf mein Versteck. Hatte er mich gehört?

Doch zum Glück schien es nicht so, denn Smee seufzte noch einmal und schüttelte den Kopf. „Hoffentlich ist da keine alte Flasche Rattenbräu drin, das Zeug hat mir einmal fast den Bart abgefressen", murmelte er und begann das Fass zu rollen, als wäre es das normalste der Welt, auf einem Piratenschiff Fässer zu bewegen, die anscheinend ein eigenes Leben führten.

Ich wirbelte hin und her, mein Körper schlingerte in dem Fass wie ein Schiff auf stürmischer See. Jeder Stoß und jede Drehung ließ mich schwanken, und ich kämpfte verzweifelt gegen das wachsende Gefühl der Übelkeit an. Der ständige Druck auf meinen Magen und die Geschwindigkeit des Rollens machten es immer schwerer, ruhig zu bleiben, und ich konnte kaum noch klar denken.

Endlich, nach einer gefühlten Ewigkeit, stoppte das Fass mit einem harten Ruck.

Das plötzliche Aufeinandertreffen mit dem Boden ließ mich hart aufschlagen, und ein scharfer Schmerz durchzuckte meinen Ellenbogen. Ich stieß ein leises Stöhnen aus, versuchte aber sofort, es zu unterdrücken, um nicht entdeckt zu werden. Zitternd rieb ich mir den schmerzenden Arm, während ich den Raum um mich herum in völliger Stille lauschte.

Die Schritte von Smee entfernten sich langsam, begleitet von einem entfernten Murmeln, das immer leiser wurde, bis es schließlich völlig verhallte. Ich hielt den Atem an und lauschte, mein Herz pochte laut in meiner Brust. Vorsichtig verlagerte ich mein Gewicht auf die rechte Seite, spürte das Fass unter mir kippen und rollte mich geschickt hinaus. Ein kurzer Moment der Ungewissheit, dann landete ich gedämpft auf dem harten Holz. Der Aufprall war weich genug, um keine Geräusche zu verursachen, doch ich hielt inne, den Atem anhaltend.

Langsam und vorsichtig schielte ich durch einen kleinen Spalt im Fass. Mein Blick suchte die Umgebung ab, mein Herz hämmerte in meiner Brust. Die Luft war still, fast erdrückend ruhig, als ob die ganze Jolly Roger in Erwartung von etwas Unausgesprochenem verharrte. Nicht weit, nur ein paar Schritte entfernt, zeichnete sich die bekannte Treppe ab, die nach oben zum Kapitänszimmer führte. Es war die gleiche Treppe, die ich schon beim ersten Mal gesehen hatte, als ich mich durch das Deck des Schiffes geschlichen hatte.

Das Lenkrad der Jolly Roger war in meiner Sichtlinie, ein Mahnmal der Macht, das stolz über das Deck ragte. Doch mein Ziel war nicht das Lenkrad – es war der Zugang zum Kapitänszimmer, und ich wusste, dass ich mich beeilen musste, bevor Smee oder einer der anderen Piraten zurückkehrte. Ich nahm einen tiefen Atemzug und zog mich mit der flinken Beweglichkeit eines Schattens aus meiner Deckung.

Ich hörte Smee, wie er ein weiteres Fass abstellte. „Ich hätte schwören können…", murmelte er verwirrt, als er das Fass bemerkte, in dem ich mich noch immer befand.

„Wie ist das denn hierhin gekommen?", fragte er und rollte mein Fass zurück an seinen ursprünglichen Platz.

„Was da wohl drin ist", murmelte er nachdenklich und schien den Deckel öffnen zu wollen. Panik durchfuhr meinen Körper. Doch genau in dem Moment schrie Captain Hook von oben: „Mister Smee!"

Erleichtert stieß ich die angehaltene Luft aus.

„Aye, Captain?", fragte Smee und ließ vom Fass ab.

„Kommen Sie auf der Stelle her", befahl Hook mit gefährlich leiser Stimme.

„Wieso brauchen Sie so lange?", rief er, als Smee vor ihm stand. Durch den winzigen Schlitz im Holz schaffte ich tatsächlich, etwas zu erkennen.

„Ehm, entschuldigen Sie, Kapitän", stotterte Smee und schrumpfte um ungefähr fünf Zentimeter. Ich verkniff mir ein Lachen.

„Kommen Sie!", befahl Hook mit seiner tiefen, bedrohlichen Stimme, während er die massive Holztür seines Kabinetts hinter sich zuwarf. Das Geräusch hallte durch das düstere Äußere des Schiffes, als wäre es ein Donner, der über das Deck rollte. Die Flammen der Laternen flackerten unruhig, als ob sie die brodelnde Unruhe ihres Kapitäns widerspiegeln könnten.

Er rieb sich nervös die Hände, bevor er schließlich mit einem Seufzen die Stille durchbrach. „Ach, Captain", begann er in einem fast flehenden Ton, „Sie sind so unglücklich in letzter Zeit. Warum lassen wir das hier nicht alles hinter uns? Kehren wir aufs Meer zurück, dorthin, wo wir hingehören!"

Hook drehte sich langsam um, und ein Schatten legte sich über sein markantes Gesicht.

„Das geht nicht", murmelte er, ohne Smee direkt anzusehen. Seine Augen fixierten stattdessen etwas Unsichtbares, als ob er mit einem Dämon kämpfte, den nur er sehen konnte.

„Warum denn nicht?" Smee trat einen Schritt näher, seine Stimme war drängender geworden. „Lassen Sie den Jungen doch hinter sich, Captain. Ich habe es doch schließlich auch geschafft."

Hook lachte leise, aber es war kein fröhliches Lachen, sondern ein kaltes, bitteres Geräusch, das mich erschaudern ließ. „Nein, Smee", sagte er mit einer unergründlichen Schwere in seiner Stimme. „Ich gebe nicht eher Ruhe, als dass ich den Kopf des Jungen oder den Mond selbst an meinem Haken habe."

Smee sah seinen Kapitän verwirrt an, doch er wagte es nicht, weitere Fragen zu stellen. Stattdessen griff er nach der Flasche Rum auf dem Deck und schenkte sich selbst einen Schluck ein, bevor er sich an Hook wandte. „Was hält uns denn davon ab, einfach zu verschwinden?" fragte er vorsichtig, fast flüsternd.

Hook drehte sich abrupt zu ihm um, seine Augen glitzerten gefährlich im Schein der Laternen.

„Bald wird es passieren", sagte er langsam, als ob er jedes Wort mit Vorsicht wählte.

„Was wird passieren, Captain?" Smees Stimme bebte vor Neugierde, gemischt mit einer Spur Angst. Er war so ahnungslos wie ich während mein Herz wild gegen meine Brust schlug.

Hook trat näher an Smee heran und neigte sich leicht zu ihm, als wollte er ein Geheimnis teilen.

„Das hundertste Kind", flüsterte er, und seine Stimme war kaum mehr als ein heiseres Raunen. Die Worte hingen in der Luft wie ein dunkles Omen. Wieder diese mysteriöse Erwähnung. Hatte er nicht auch mich so genannt, als ich zum ersten Mal an Bord gekommen war? Was bedeutete das?

„Captain", begann Smee zaghaft, „warum lassen Sie die Kinder nicht einfach vergessen? Die Indianer könnten sie aufnehmen. Wir könnten..."

„Nein!", unterbrach Hook scharf und mit einer Endgültigkeit, die jegliche Diskussion beendete. Die Vehemenz in seiner Stimme ließ Smee zusammenzucken, und auch ich hielt unwillkürlich den Atem an. Es war diese Art von Moment, in der man spürte, dass etwas Großes,

Unaufhaltsames bevorstand. Doch die Ungewissheit zerrte an meinen Nerven. Warum konnte mir niemand erklären, was hier vor sich ging? Plötzlich hob Hook den Kopf, und ein gefährliches Feuer flackerte in seinen Augen. Seine Miene verwandelte sich in jene eines Mannes, der eine Entscheidung getroffen hatte, die er nicht mehr zurücknehmen konnte.

„Kameraden!", rief er mit einem donnernden Befehl, der durch die Wände des Schiffs hallte. „Wir gehen raus!"

Smee blinzelte verwirrt. „Was machen wir, Captain?" Seine Stimme war ein unsicheres Echo des zuvor befehlenden Tones.

Hook zog mit einer dramatischen Geste seinen Degen und richtete ihn auf die Gangway. Seine Stimme, scharf und unnachgiebig, schnitt durch die Luft wie eine Klinge. „Wir suchen sie."

Die Crew stand unsicher auf dem Deck, das Gemurmel der Piraten mischte sich mit dem Rauschen des Windes. Einige blickten nervös zu ihren Waffen, andere zuckten unruhig mit den Schultern. Die Spannung war greifbar, doch niemand wagte es, zu handeln. Es war der Moment, in dem alles offen war – eine Spannung, die selbst das Meer schien zu spüren.

Plötzlich durchbrach ein lautes Krachen die Stille, als Hook einen Schuss abfeuerte. Der Klang hallte über das Schiff, als würde er die Luft selbst zerschneiden. Ein paar Männer zuckten zusammen, andere blinzelten, doch niemand rührte sich. Für einen Moment schien es, als hielte das ganze Schiff den Atem an.

„Kommt endlich in Gang, ihr Dreckshunde!", brüllte Hook, seine Stimme voller Zorn. „Alle an Land! Sofort!"

Seine Worte schienen wie ein Befehl zu wirken, der ohne Widerstand befolgt wurde. Innerhalb weniger Momente erhob sich die gesamte Piratenmannschaft, ihre Stiefel scharrten über das Deck, und sie marschierten in geordnetem Gänsemarsch vom Schiff. Das Geräusch der Stiefel, das Klirren von Waffen und das leise Murmeln untereinander mischten sich zu einer dröhnenden Melodie der Nervosität und Unruhe. Unter den abziehenden Piraten stachen einige besonders hervor. An der Spitze der Gruppe lief der Junge.

Neben ihm ging eine rothaarige Frau, deren lange Locken unter einem breitkrempigen Hut hervorquollen. Sie trug ein kurzes, abgenutztes Korsett über ihrem Hemd, das kaum zu den robusten Stiefeln passte, die sie trug. Ihr Gehabe war selbstbewusst, und sie sprach in schnellen, energischen Worten mit dem Jungen.

„Das Mädchen, hm?" Sie zog eine Augenbraue hoch und warf ihm einen skeptischen Blick zu. „Glaubst du wirklich, es ist klug, nach ihr zu suchen? Der Captain hat schon für weniger Köpfe rollen lassen."

Der Junge lachte leise und entblößte dabei seine Zähne – ein Anblick, den ich schon gesehen- aber immer wieder aufs Neue seltsam faszinierend war. Seine Zähne waren makellos, gerade und hell, abgesehen von einem goldenen Eckzahn und zwei weiteren goldenen Zähnen im Unterkiefer.

„Das *Mädchen* hat mehr drauf, als du denkst", meinte er mit einem Hauch von Bewunderung in der Stimme, bevor er hinzufügte: „Aber der Käpt'n will sie haben, also werden wir sie finden."

Hinter ihnen liefen zwei stämmige Männer, die sich verblüffend ähnlich sahen. Beide hatten breite Schultern, dicke Arme und scheinbar eine Vorliebe für dreckige Hemden, die kaum über ihre Bäuche reichten. Zwillinge, das war offensichtlich, auch wenn einer von ihnen einen buschigen Bart trug und der andere glatt rasiert war. Sie tauschten flüsternd Worte aus, während sie gelegentlich prüfend den Horizont musterten.

Am Ende der Gruppe hinkte ein älterer Mann mit zotteligem Bart und einem nachlässig zusammengebundenen Zopf. Seine Kleidung war zerlumpt, und er schien sich kaum Mühe zu geben, mit den anderen Schritt zu halten. Trotzdem hatten seine wachsamen Augen etwas Schlaues, Berechnendes.

Und in diesem Moment, als sich der letzte Pirat vom Deck entfernte, konnte ich nicht anders, als einen kleinen triumphierenden Grinser aufzusetzen. Alles lief perfekt. Der Plan, der in meinem Kopf gewachsen war, nahm Form an, und für den Moment schien das Schiff der Jolly Roger leer – der ideale Moment, um mich durchzuschleichen und weiterzukommen.

Nachdem ich sichergestellt hatte, dass niemand mehr auf dem Schiff war, setzte ich mich auf, hob den Deckel des Fasses und kroch leise hinaus. Meine Beine zitterten leicht, vom engen Platz und der Anspannung, doch ich zwang sie, mich weiterzutragen. Geduckt, um nicht entdeckt zu werden, schlich ich vorsichtig in Richtung der Treppe.

Jeder Schritt war bedächtig, jeder Atemzug flach und leise, um nicht das leiseste Geräusch zu verursachen. Der salzige Geruch des Meeres vermischte sich mit dem modrigen Aroma des alten Holzes, das unter meinen nackten Füßen knarrte.

Endlich erreichte ich die Tür des Kapitänszimmers. Ihre Oberfläche war schwer und aus dunklem Holz gefertigt, mit eingravierten Mustern, die wie wütende Wellen aussahen. Zögerlich legte ich meine Hand auf den kühlen Türgriff und drückte ihn langsam herunter. Die Tür öffnete sich mit einem leisen Knarren, das sich in meinen Ohren ohrenbetäubend laut anhörte.

Der Geruch traf mich wie ein Schlag. Ein schwerer, intensiver Duft aus Zigarrenrauch und Leder schlug mir entgegen, durchzogen von einer erdigen Moschusnote, die an altes Parfüm erinnerte. Es war ein überwältigender Geruch, der die Luft förmlich einnahm, als würde er jedem Besucher unmissverständlich klar machen, wer hier das Sagen hatte.

Die Dunkelheit des Raumes wurde von dem flackernden Licht einer Laterne in der Ecke durchbrochen. Ihre Flamme warf unruhige Schatten auf die schweren Möbel aus Mahagoni, die den Raum beherrschten. Eine prächtige Karte breitete sich über den großen Schreibtisch aus, und daneben lagen Feder und Tinte, als wäre Captain Hook selbst gerade erst aufgestanden, um die Mannschaft zu scheuchen.

Ich trat leise an den Schreibtisch heran, dessen massive Holzoberfläche voller Kratzer und Dellen war, als hätte sie jahrelang wütende Fäuste und Schwerter ertragen müssen.

Mit zitternden Händen begann ich, die Schubladen zu öffnen, eine nach der anderen. Papier, leere Tintenfässer und abgenutzte Federkiele – nichts, was nach einem Hinweis oder einem Geheimnis aussah. Mein Herz klopfte schneller, aber ich zwang mich, ruhig zu bleiben.

Nachdem der Schreibtisch nichts hergab, wandte ich mich dem hohen Wandschrank zu, der in der Ecke des Zimmers stand. Die Scharniere quietschten, als ich die Tür aufzog, und ich hielt kurz inne, lauschend, ob jemand das Geräusch gehört hatte. Der Schrank war vollgestopft mit Kleidung – schwere Mäntel aus rotem Samt, verziert mit goldenen Knöpfen, die den Stil des Captains widerspiegelten. Ich schob die Kleidung hektisch beiseite, doch auch hier war nichts, was mir weiterhelfen konnte.

Schließlich wandte ich mich einer Kommode zu, deren Schubladen mit kunstvoll geschnitzten Griffen verziert waren. Als ich die oberste Schublade öffnete, fiel mein Blick auf eine goldene Box.

Sie schimmerte im Licht der Laterne und war mit filigraner schwarzer Spitze verziert. Zögernd nahm ich sie heraus und öffnete den Deckel. Ein funkelnder Schatz lag darin – Halsketten, Ohrringe und lose Diamanten, die in allen Farben des Lichts glänzten. Doch es war nicht der Schmuck, der meine Aufmerksamkeit fesselte.

Zwischen all dem Reichtum lag etwas viel Einfacheres, fast Fehl am Platz: ein handgemachtes Armband, aufgereiht aus bunten, unregelmäßigen Perlen. Die Farben waren verblasst, doch der Charme blieb unübersehbar. Es war ein Stück, das nur ein Kind gemacht haben konnte – zart, unschuldig und voller Bedeutung.

Ein kalter Schauer lief mir über den Rücken, als ich es in die Hand nahm. Warum bewahrte Hook so etwas auf? Ohne lange darüber nachzudenken, steckte ich das Armband zusammen mit dem geheimnisvollen Brief in meine Tasche und schloss die Box wieder. Irgendetwas an diesem kleinen Fund sagte mir, dass ich auf dem richtigen Weg war.

Das Klopfen der Schritte auf den hölzernen Dielen ließ mein Herz rasen, und die Angst ließ meine Hände zittern. Hastig stellte ich die goldene Box zurück an ihren Platz und zog die Schublade zu, so leise wie möglich. Doch die Schritte kamen immer näher, gleichmäßig und unaufhaltsam.

Mit einem raschen Blick durch den Raum entdeckte ich den offenen Wandschrank und warf mich hinein. Der Duft nach schwerem Parfüm und altem Stoff stieg mir in die Nase, als ich mich zwischen den Mänteln und Westen von Hook drängte. Ich zog die Tür gerade so weit zu, dass ich einen schmalen Schlitz zum Beobachten hatte, und hielt den Atem an.

Die Tür zum Kapitänszimmer öffnete sich mit einem gedehnten, klagenden Knarren. Die Schritte verstummten kurz, als ob der Eindringling den Raum begutachten würde. Dann hörte ich, wie sich die Dielen erneut unter dem Gewicht einer Person bogen. Der Klang war leichter als erwartet – kein schwerer Stiefel, der auf den Boden donnerte, sondern ein sanfteres, fast schleichendes Geräusch.

Ich presste mein Auge an den kleinen Spalt des Schranks und erwartete, die imposante Gestalt von Hook oder vielleicht einen seiner rauen Männer zu sehen. Doch zu meiner Überraschung waren es nicht die Augen eines Piraten, in die ich mit verängstigter Miene starrte.

Es waren die grünen Augen von Peter Pan.

Der Sprung ins kalte Wasser

Unsere Blicke hatten sich nicht wirklich getroffen – zumindest redete ich mir das ein –, aber ein unbehagliches Gefühl blieb. War er sich meiner Anwesenheit bewusst? Oder war es nur mein aufgewühltes Inneres, das mir Streiche spielte?

Er musterte den Raum kurz, dann ging er direkt zum Schreibtisch. Seine Bewegungen waren so vertraut, fast routiniert, als wüsste er genau, wonach er suchte. Mit geübten Griffen zog er die Schubladen auf, blätterte durch lose Papiere und Notizen, bevor er eine nach der anderen geräuschvoll wieder zuschob. Es war, als würde er eine Spur suchen – dieselbe Spur, der auch ich gefolgt war.

Ich hielt den Atem an, als er sich über den Schreibtisch beugte und mit den Fingern über die Oberfläche strich, genau dort, wo ich vor wenigen Minuten gestanden hatte. Es war ein seltsamer Moment, fast wie ein Spiegelbild meiner eigenen Handlungen. Dass Peter hier war und offensichtlich dasselbe Ziel hatte wie ich, ließ mich frösteln. Warum tat er das? Suchte er nach Hinweisen auf Hook? Oder wusste er mehr, als er jemals preisgegeben hatte?

Glöckchen schwirrte mit hektischen Bewegungen durch den Raum, ein winziger, goldener Wirbelwind, der Chaos verbreitete. Ihre durchscheinenden Flügel surrten wie die Flügel einer Libelle, während sie mit beeindruckender Kraft kleine Papierstapel anhob und sie achtlos wieder fallen ließ.

Einige Blätter segelten in leichten Bögen zu Boden, andere wurden von ihrer schnellen Flugbahn wild durch die Luft gewirbelt.

Ihre zierlichen Arme waren zwar schmal, aber es war erstaunlich, wie viel Unordnung sie in so kurzer Zeit verursachen konnte. Sie schien sich keinen Moment zu beruhigen, flog mal hierhin, mal dorthin, stieß gegen einen Federhalter, der klappernd zu Boden fiel, oder zog energisch an einem Stück Stoff, das über der Stuhllehne hing.

Peter schien von ihrem Verhalten unbeeindruckt. „Glöckchen, lass das," murmelte er, ohne sich wirklich an sie zu wenden. Doch sie ignorierte ihn, warf ihm nur einen beleidigten Blick über die Schulter zu und setzte ihr Durcheinanderwirbeln fort. Ein kleines Glöckchen Läuten – ihr Markenzeichen – klang wie ein sarkastisches Kichern durch den Raum.

Ich hielt immer noch den Atem an, meinen Blick durch den schmalen Schlitz des Schrankes fixiert. Ihre hektischen Bewegungen waren so unvorhersehbar, dass ich fast befürchtete, sie würde den Schrank als nächstes ins Visier nehmen. Es war, als würde sie den Raum durchstöbern, um Peter zu helfen, doch ihre Methode war weniger hilfreich als destruktiv.

„Hör auf, Glöckchen", wiederholte Peter, diesmal etwas schärfer. Seine Augen folgten ihrem Flug, und seine Stirn war in einer Mischung aus Genervtheit und Konzentration gerunzelt. Glöckchen zögerte für einen Moment, schwebte in der Luft und legte die Arme vor ihrer winzigen Brust zusammen. Dann flog sie in einem letzten provokativen Kreis über den Schreibtisch, bevor sie zischend davonflog.

Ich durfte mich nicht auffällig verhalten, nicht nach der letzten Unterhaltung zwischen Anne und ihm.

„Glöckchen?", fragte Peter und sah die kleine Fee an. „Wo soll ich als nächstes suchen?" Er blickte sich suchend im Raum um, gezielt auf den nächsten Ort zum Durchwühlen.

Bitte nicht zum Schrank, bitte nicht zum Schrank...

Glöckchen hielt einen Moment inne, schwebte in der Mitte des Raumes und ließ ihren winzigen, funkelnden Blick umherschweifen. Ihre durchdringenden, leuchtenden Augen musterten alles mit einer merkwürdigen Mischung aus Argwohn und Neugier. Es war, als könnte sie jeden Winkel des Kapitänszimmers mit ihrem bloßen Blick durchdringen.

Zuerst flog sie zur Kommode, landete leichtfüßig auf der obersten Schublade und zog mit einem Ruck daran, doch die Schublade blieb verschlossen. Sichtlich frustriert trat sie mit ihrem Fuß gegen das Holz, bevor sie sich abermals in die Luft erhob und in einem eleganten Bogen zum Klavierflügel schwebte. Sie ließ ihre kleinen Finger flüchtig über die Tasten gleiten, und ein leises, disharmonisches Klingen erfüllte den Raum.

Mein Herz setzte einen Schlag aus, als sie schließlich in Richtung des Schranks flog. Die zarte Bewegung ihrer Flügel verursachte kaum ein Geräusch, und ihre glänzende Gestalt tauchte den Raum in ein goldenes Schimmern. Sie schien in der Luft zu zögern, schwebte direkt vor meinem Versteck und legte eine Hand an ihre winzige Hüfte, während sie mit der anderen eine lose Haarsträhne zurückstrich.

Ihr Kopf neigte sich leicht zur Seite, als ob sie nachdenken würde. Ihre Augen wanderten über den Schrank, und mein Atem stockte. Würde sie mich entdecken? Doch dann, gerade als ich sicher war, dass sie die Schranktür öffnen würde, wirbelte sie abrupt herum und flog ein paar Kreise durch den Raum, als könnte sie sich nicht entscheiden, welches Möbelstück ihre Aufmerksamkeit als Nächstes erregen sollte.

Peter, immer noch mit der Durchsuchung des Schreibtisches beschäftigt, blickte kurz auf. „Glöckchen, hör auf zu trödeln," sagte er, seine Stimme leicht genervt. Sie ließ ein leises Klingeln hören, das nach Trotz klang, und flog schließlich wieder zurück in die Nähe des Klaviers. Ich wagte es, endlich wieder einzuatmen, mein Herz hämmerte laut in meiner Brust.

„Ich guck hier nochmal genauer", murmelte Peter und hockte sich unter den Tisch. „Ich habe das Gefühl, dass hier irgendetwas ist." Erleichtert seufzte ich. Er wollte nicht zum Schrank. Zumindest noch nicht.

Glöckchen hielt abrupt inne, ihre Flügel schwirrten nur leise, und ihre Augen waren so weit aufgerissen, dass sie beinahe funkelten wie winzige Edelsteine. Ich fühlte mich wie eingefroren, unfähig auch nur einen Laut von mir zu geben. Mein Atem hing schwer in meiner Kehle, während ich ihre winzige Gestalt beobachtete, die sich langsam auf den Schrank zubewegte.

Sie flatterte vorsichtig näher, ihre Bewegungen wurden langsamer, fast zögerlich. Ihre Pupillen verengten sich, als sie durch den schmalen Schlitz spähte, genau an der Stelle, an der ich zuvor einen Blick auf Peter erhascht hatte. Ihr Blick traf meinen, und für einen quälenden Moment war es, als würde die Zeit stillstehen.

In ihren Augen las ich alles – Überraschung, Verwunderung, und schließlich die klare Erkenntnis. Sie verstand. Ihr Gesichtsausdruck veränderte sich, wurde fragend, forschend. Ihre Stirn zog sich in winzigen Falten zusammen, und ihre Lippen, so zart wie Rosenblätter, öffneten sich ein wenig, als wollte sie etwas sagen. Doch kein Laut drang heraus, nur ein leises, zartes Klingen, das wie ein fragender Ton in der Luft hing.

Ihre Mimik sprach Bände, auch ohne Worte: *Was tust du hier?* Ihre leuchtenden Augen forderten eine Antwort, die ich ihr nicht geben konnte. Ich fragte mich selbst dasselbe. Was tat ich hier? Warum war ich so töricht gewesen, mich auf dieses gefährliche Abenteuer einzulassen? Der Kloß in meinem Hals wurde größer, und ich konnte meinen pochenden Herzschlag in den Ohren spüren.

Glöckchen zog ein wenig zurück, als ob sie sich unsicher war, ob sie Peter alarmieren sollte. Ihre Flügel summten nervös, und ich konnte förmlich sehen, wie ihre Gedanken rasten. Wenn sie mich verriet, war es vorbei. Jeder Muskel in meinem Körper spannte sich an, bereit zu handeln – doch was konnte ich tun? Ich war gefangen in diesem Moment, und alles hing nun an dem winzigen, flimmernden Wesen, das mich unbarmherzig anstarrte.

„Glöckchen hier ist nichts, ich komme", rief Peter. Die Fee drehte sich entsetzt um und schüttelte ihren Kopf. Was tat sie denn da? „Komm, wir suchen im Schrank", schlug Peter vor.

Bitte nicht.

Die Dunkelheit umhüllte mich wie ein schützender Mantel, doch die Angst, gleich entdeckt zu werden, nagte an meinen Nerven wie eine unsichtbare Klinge. Mein Herz hämmerte in meiner Brust, so laut, dass ich fürchtete, selbst Peter und Glöckchen könnten es hören. Jeder Atemzug fühlte sich schwer an, als würde die Luft um mich herum dichter werden, erstickender.

Meine Hände klammerten sich an den Stoff des Schrankinneren, doch die Feuchtigkeit meiner Handflächen machte es schwierig, einen festen Griff zu behalten.

Kleine, kalte Schweißtropfen sammelten sich in meinen Handinnenflächen, rannen an meinen Fingern entlang und hinterließen ein unangenehmes, klebriges Gefühl. Ich ballte meine Hände zu Fäusten, doch das Zittern meines Körpers konnte ich nicht unterdrücken.

Das Licht im Raum schien mit jeder Sekunde heller zu werden, auch wenn ich wusste, dass es nur in meinem Kopf war. Der Gedanke, entdeckt zu werden, wuchs wie ein Ungeheuer, das mich verschlingen wollte. Wenn ich ins Licht treten müsste, dann nicht freiwillig – das war sicher.

Glöckchen hob ihren winzigen Arm und zeigte mit einem raschen, zackigen Schwung auf den Klavierflügel. Meine Augen weiteten sich, und ich hielt unwillkürlich den Atem an. Deckte sie mich? Sie musste mich gesehen haben, das hatte der Ausdruck auf ihrem schillernden Gesicht geradezu verraten. Und nicht nur das – sie hatte mich erkannt. Es war unmöglich, dass sie nicht wusste, wer sich hier im Schrank versteckte.

Peter drehte sich zur Kommode und dann zum Flügel, runzelte die Stirn, während er die Umgebung musterte. Er schien einen Moment lang zu überlegen, sein Zeigefinger tippte nachdenklich an sein Kinn. Das leise Sirren von Glöckchens Flügelschlag war das einzige Geräusch im Raum, während die Anspannung immer unerträglicher wurde.

Meine Knie wackelten leicht, und ich kämpfte darum, das Zittern meines Körpers unter Kontrolle zu halten. Warum deutete sie nicht auf den Schrank? Was hatte sie vor? Peter schien ihrer Geste Glauben zu schenken, aber wie lange würde das anhalten?

„Gute Idee", murmelte Peter und nickte Glöckchen anerkennend zu, bevor er sich langsam in Richtung des Klavierflügels bewegte. Mit jedem Schritt, den er sich von meinem Versteck entfernte, löste sich die Spannung in meinen Muskeln ein wenig. Doch die Gefahr war noch lange nicht vorüber – ich wusste, dass ich erst dann sicher war, wenn Peter das Zimmer verließ. Bis dahin durfte ich keinen Laut von mir geben.

Glöckchen schwirrte aufgeregt um Peter herum, ihre Flügel leuchteten wie ein Glühwürmchen in der Dunkelheit des Raumes. Sie warf mir einen kurzen, schwer zu deutenden Blick zu, bevor sie ihre Aufmerksamkeit wieder auf Peter richtete.

Peter beugte sich leicht vor, seine grünen Augen suchten die glänzende Oberfläche des Flügels ab. „Mal sehen, was Hook hier versteckt", murmelte er und begann, die Umgebung genauer zu inspizieren.

Mein Atem war flach, fast schmerzhaft kontrolliert, und ich konnte spüren, wie mein Herzschlag in meinen Ohren dröhnte. Das Zittern meiner Finger wurde immer stärker, und ich umklammerte den Stoff meiner Hose, um mich zu beruhigen. Ich musste durchhalten. Nur ein bisschen länger.

„Halt das", sagte Peter knapp und streckte Glöckchen einen kleinen Gegenstand entgegen. Sein Ton war beiläufig, doch Glöckchen reagierte prompt und nahm das diverse Etwas entgegen. Es schimmerte im schwachen Licht, das durch die Schlitze des Schrankes fiel, doch ich konnte nicht erkennen, was es war – nur, dass es silbern und klein war. Vielleicht ein

Schlüssel? Eine Waffe? Die Ungewissheit machte meine Anspannung nur noch schlimmer.

Peter packte den Rand des Klavierdeckels mit beiden Händen und hob ihn mit einem leisen, angestrengten Stöhnen an. Das Scharnier knirschte, als er den Deckel vollständig öffnete.

„Komm mal her und mach Licht", sagte er, ohne Glöckchen anzusehen. Seine Stimme klang so beiläufig, als wäre er in seinem eigenen Zuhause.

Glöckchen gehorchte zögernd, ihre Bewegungen wirkten weniger eifrig als sonst. Sie flog näher an den geöffneten Klavierflügel heran, ihre Flügel glühten sanft und beleuchteten das Innere des Instruments mit ihrem goldenen Licht. Die feinen Saiten und Hämmer des Flügels funkelten kurz auf, als ihr Licht auf sie fiel.

Peter steckte seinen Kopf in die akustische Anlage, wobei sein Gesicht teils im Dunkeln verschwand. „Hm... hier ist nichts", murmelte er, während er mit den Händen tastend über die Innenseite des Flügels fuhr. „Vielleicht doch nur ein Versteck für Schmuck und Ramsch."

Glöckchen warf mir, während sie Peter Licht spendete, erneut einen kurzen Blick zu. Ihre Augen funkelten, und es schien, als ob sie mich mit diesem Ausdruck warnte. Ich schluckte schwer, versuchte, die Panik in mir zu ersticken. Würde sie mich wirklich weiterhin vor Peter decken?

Die Fee flog im anschließenden Moment in die dunkelste Ecke des Klaviergehäuses, ihre Flügel schimmerten gedämpft, als sie sich tief in die Schatten hineinbewegte. Ihre kleinen Hände griffen nach etwas, das in der Dunkelheit verborgen lag. Angestrengt zog sie daran, ihre winzigen, dürren Arme zitterten ein wenig unter der Anstrengung. Schließlich befreite sie es und flatterte triumphierend zurück ins Licht.

Es war ein dunkelgrünes Stück Stoff. Die Ecken waren abgerundet, und das Material wirkte alt, fast abgenutzt, aber sorgfältig gefaltet. Glöckchen hielt es vor sich hoch, und das grüne Gewebe schimmerte matt im Licht ihrer Flügel.

Peter, der immer noch halb in den Flügel gebeugt war, richtete sich mit einem Satz auf. „Was ist das?" Seine Stimme klang überrascht, fast ein wenig angespannt. Er nahm das Stoffstück vorsichtig aus Glöckchens Händen und hielt es gegen das Licht.

„Ein Taschentuch?", murmelte er, als er es auseinanderfaltete. Doch seine Miene veränderte sich, als er die Innenseite betrachtete. Auf dem Stoff war etwas aufgestickt, etwas, das offenbar seine Aufmerksamkeit erregte. Peter starrte es an, als würde er versuchen, eine Erinnerung aus der Tiefe seines Gedächtnisses hervorzuholen.

„Das ist nicht...", begann er, doch er beendete den Satz nicht. Seine Augen verengten sich, und er faltete das Taschentuch rasch wieder zusammen, als wolle er verbergen, was darauf zu sehen war. Glöckchen schwebte neugierig neben ihm und beobachtete sein Gesicht aufmerksam.

Ich kniff die Augen zusammen, um zu erkennen, was Peter entdeckt hatte, das ihn so schockierte, doch ich konnte nur raten. Was auch immer dieses grüne Stück Stoff war, es hatte eine Bedeutung, die er für sich behalten wollte.

Peter schien ganz in seiner eigenen Welt zu sein, als er es in eine der Taschen seiner grünen, improvisierten Bekleidung legte. Sein Gesicht zeigte eine merkwürdige Mischung aus Zufriedenheit und Konzentration, als würde er einem geheimen Plan folgen, den nur er verstand.

„Gelbe Ente!", wiederholte er fröhlich, und ein leichtes Kichern lag in seiner Stimme. Doch es war kein Kichern des Vergnügens, eher ein beunruhigendes, fast spöttisches Lachen.

Ich konnte nicht anders, als mich über ihn zu wundern. Gelbe Ente? Was in aller Welt sollte das bedeuten?

„Gut, Glöckchen", fuhr er fort, als ob er mit einem unsichtbaren Gesprächspartner sprach. „Aber denk daran: Harlow darf nichts über ihn erfahren. Über ihn oder seine Vergangenheit. Verstehst du?" Ich dachte an die vielen Rätsel, die ich in letzter Zeit entdeckt hatte.

Die geheimen Andeutungen, die Hinweise, die ich immer wieder bei Peter bemerkt hatte. Der geheimnisvolle Brief, die Erwähnung von „J" und „*William*". Und jetzt sprach Peter von einer Vergangenheit, von etwas, das er vor mir verstecken wollte. Vielleicht war es „J". Vielleicht war es William. Vielleicht sogar beide? Aber ich konnte nicht sicher sein.

Ich beobachtete, wie Glöckchen eifrig nickte und wieder in die Luft flog, als Peter sie aufforderte, noch mehr Dinge zu suchen. Doch ich konnte mich nicht mehr auf das, was sie tat, konzentrieren. Meine Gedanken rasten.

Glöckchen schien unruhig zu sein, sie flatterte nervös hin und her, als ob sie versuchte, ihre Gedanken zu ordnen. Ihr kleines Gesicht verzog sich in eine Mischung aus Besorgnis und Unsicherheit, als sie ihr Kleid mit ihren winzigen Händen zurechtrückte und immer wieder auf der Stelle zappelte.

Es war untypisch für die lebhafte Fee, die sonst mit freudiger Energie durch die Luft schwirrte, als würde sie jeden Moment in die Freiheit aufbrechen wollen. Etwas war anders. Etwas hatte sie beunruhigt.

„Alles in Ordnung?", fragte Peter, seine Stimme war schroff und durchdringend, als wollte er sicherstellen, dass sie nichts unternahm, was ihm nicht passte.

Doch das, was mich am meisten beunruhigte, war nicht Glöckchens Verhalten – es waren die Stimmen, die ich jetzt klar und deutlich hörte.

Sie waren nicht die vertrauten, leicht verrückten Worte von Peter oder den Verlorenen. Es waren tiefe, rauchige Stimmen, die in der Ferne miteinander sprachen, und sie kamen näher. Piraten.

Ich musste mich schnell entscheiden. Ich wagte einen Blick durch den Spalt des Schrankes, in dem ich mich immer noch versteckte.

Was ich dort sah, ließ mein Herz schneller schlagen.

Die Piraten waren unterwegs, und das bedeutete, dass sie jeden Moment auf dem Schiff auftauchen könnten. Sie waren laut, ihre Schritte hallten über das Deck, begleitet von einem unverkennbaren Klirren von Schwertern und dem Klingen von Metall. Und je näher sie kamen, desto mehr drängte sich mir der Gedanke auf: Was wollten sie hier? Warum suchten sie plötzlich nach *mir*?

„*Sie kommen!*", dachte ich. Schnell war klar, dass ich keine Zeit mehr zu verlieren hatte.

„Glöckchen, wir müssen raus!", zischte Peter. *Ich* musste raus!

Die Tür schlug mit einem dumpfen Geräusch hinter ihnen zu, und der Raum kehrte in eine merkwürdige Stille zurück, die nur durch das leise Klirren der Piratenmänner, die näher kamen, durchbrochen wurde. Das Licht, das durch das Fenster fiel, schien das Chaos im Raum nur noch zu verstärken – verstreute Papiere, ein umgeworfener Stuhl und der zerknitterte Vorhang, der schief am Fenster hing.

Glöckchen und Peter waren fort, und ich war wieder allein. Mein Herz pochte schneller, als ich mich weiter im Schrank duckte, um nicht bemerkt zu werden. Die Stimmen der Piraten waren jetzt lauter, und ihre Schritte hallten von Deck zu Deck, begleitet von den ungeduldigen Flüchen und befahlen von Captain Hook. Ich konnte die Hektik fast spüren.

Mein Atem ging flach, als ich mich langsam aus dem Schrank schob und mich in Richtung des Fensters bewegte. Jeder Schritt war ein riskantes Manöver, begleitet vom Surren der Piratenstimmen, die immer näher kamen.

Die Vorstellung, in Hooks Fängen zu landen, ließ mir das Herz bis zum Hals schlagen.

Das Fenster war hoch und schmal, und darunter erstreckte sich das glitzernde, tiefblaue Meer. Die Gischt der Wellen spritzte hin und wieder hoch, während das Schiff sanft schaukelte. Ich schluckte schwer, als ich die

Höhe einschätzte. Der Abstand zur Wasseroberfläche war größer, als ich gedacht hatte. Dennoch blieb keine andere Wahl.

Mit zittrigen Händen öffnete ich das Fenster, und der salzige Geruch des Meeres schlug mir entgegen. Ein kalter Windstoß ließ mich erschaudern, während ich mich auf das Sims schwang. Für einen Moment hielt ich inne, balancierte vorsichtig auf den schmalen Balken und presste mich an die Außenwand des Schiffes.

Die Stimmen der Piraten kamen immer näher, und meine Finger zitterten, als ich den Fensterrand ein letztes Mal umklammerte. Der kalte Wind peitschte gegen meine Wangen, meine Haare flatterten um mein Gesicht, während ich nach unten starrte. Die Wellen unter mir wirkten wie ein pulsierender Abgrund, der mich gleichermaßen anzog und erschrak. Mein Herz hämmerte in meiner Brust, und ein Gedanke brannte sich in mein Bewusstsein: *Jetzt oder nie.*

Ich atmete tief ein, ließ den Fensterrahmen los und stieß mich mit einem kräftigen Satz vom Sims ab. Für einen kurzen Moment hing ich zwischen Himmel und Meer, die Schwerkraft hielt inne, und mein Körper schien schwerelos. Der Wind rauschte in meinen Ohren, und die salzige Luft füllte meine Lungen. Das Schiff verschwand über mir, während ich die Arme eng an den Körper presste, um den Sturz zu kontrollieren.

Der Aufprall mit der Wasseroberfläche war wie ein Schlag, eisig kalt und fordernd. Das Meer verschlang mich mit einem dumpfen, donnernden Geräusch. Mein Körper tauchte tief ein, umgeben von wirbelnden Luftblasen und einer überwältigenden Dunkelheit. Alles um mich herum war verschwommen, nur das pochen meines Herzens war klar und laut.

Das Wasser war überall: kühlend, erstickend, lebendig. Mit einem kräftigen Schwung stieß ich mich nach unten ab, tiefer hinein ins Unbekannte.

Und die Piraten bemerkten mich nicht.

Ein Funken Magie

Das Wasser war eiskalt, wie tausend winzige Nadeln, die gleichzeitig meine Haut berührten. Es schien, als hätte das Meer beschlossen, mich in seinem eisigen Griff festzuhalten, während ich mich mühsam nach oben kämpfte. Mit kräftigen Zügen schob ich mich durch das Dunkelblau, spürte, wie die Luft in meinen Lungen knapp wurde und meine Muskeln brannten. Doch die Oberfläche war nahe.

Mit einem letzten, verzweifelten Stoß brach ich durch das Wasser, und die Welt explodierte in Geräuschen und Licht. Ich schnappte nach Luft, keuchte, während Tropfen von meinem Gesicht herunterliefen. Die Sonne war nur noch ein flacher Halbkreis am Horizont, ein warmes, goldenes Leuchten, das das Wasser in allen Farben des Feuers reflektierte. Der Himmel darüber war in sanften Schichten von Orange, Rosa und tiefem Violett getaucht, und die ersten Sterne flackerten in der Ferne.

Ich zitterte unkontrolliert, und meine Zähne klapperten, während ich mich orientierte. Das Meer um mich herum war ruhig, als hätte es meinen Sprung einfach hingenommen und mich danach wieder ausgespuckt. Ich hob den Blick, spürte die Kälte noch immer auf meiner Haut, aber für einen Moment war ich nur da, mitten im Ozean, unter einem Himmel, der langsam in die Nacht überging.

Schwimmen konnte ich, das war keine Frage, doch das Meer hatte seine eigene Sprache, eine, die ich nicht verstand. Es war unberechenbar, seine Strömung zerrte an mir, als wollte es mich von meinem Ziel abbringen. Jeder Zug meiner Arme fühlte sich an, als würde ich gegen eine unsichtbare Wand ankämpfen. Das Wasser umschloss mich wie ein lebendiges Wesen, das sich mit jedem Atemzug veränderte.

Ich hob den Blick gen Himmel, suchte einen Moment der Orientierung, der Ruhe. Und da sah ich sie – einen Schwarm Vögel, der in perfekter Formation flog. Ihre Körper zeichneten eine präzise V-Form gegen das schwindende Licht der Dämmerung. Sie zogen in Richtung Süden, ihre Flügel gleichmäßig schlagend, als hätten sie einen unausgesprochenen Pakt geschlossen.

Es war seltsam tröstlich. Auch hier, in einer Welt, die so anders und seltsam war, folgten diese Vögel denselben Regeln wie in meiner. Vielleicht war nicht alles so fremd, wie es schien. Ich holte tief Luft, ignorierte das Brennen in meinen Armen und das Zittern meines Körpers, und schwamm weiter, begleitet von der V-Formation über mir, die langsam in der Dunkelheit verschwand.

Mit kräftigen, aber angestrengten Ruderbewegungen kämpfte ich mich durch das kalte Wasser. Jeder Schlag meiner Arme fühlte sich schwerer an, als würde das Meer gegen mich arbeiten. Die Küste war noch weit entfernt, und ich berechnete im Kopf immer wieder die Distanz. Sie schien auf der anderen Seite des Schiffs unerreichbar, eine entfernte Silhouette im schwachen Licht der untergehenden Sonne.

Doch geradeaus schwimmen war keine Option – das Risiko, von den Piraten entdeckt zu werden, war zu groß. Mein Weg würde länger und schwieriger sein. Ich schlug einen weiten Bogen um das Schiff, immer darauf bedacht, im Schatten zu bleiben. Die Strömung spielte nicht mit, sie zerrte an mir, drehte meinen Körper und erschwerte jede Bewegung.

Mit meinen Armen kraulte ich so schnell ich konnte, doch immer wieder musste ich innehalten. Mein Atem ging stoßweise, und mein Herz hämmerte wild. Ich trieb für einige Sekunden auf dem Rücken, versuchte meine

Atmung zu beruhigen und mich zu sammeln, bevor ich wieder weiterschwamm. Meine Beine fühlten sich an wie Blei, meine Arme brannten vor Anstrengung, doch ich durfte jetzt nicht aufgeben.

Mit einem Blick zur Küste nahm ich mein Ziel erneut ins Visier. Trotz der Schmerzen und des eiskalten Wassers biss ich die Zähne zusammen und setzte meinen Weg fort, einen Zug nach dem anderen, während die Dunkelheit über das Nimmerland herabsank.

Das salzige Wasser brannte leicht in meiner Kehle und hinterließ ein kratziges Gefühl auf meiner Zunge, während ich mich weiter vorankämpfte. Mit jedem Atemzug spürte ich, wie meine Lungen gegen die Kälte protestierten, doch die Nähe des Strandes gab mir neue Kraft.

Endlich, nach unzähligen Armzügen, spürte ich den Widerstand des Bodens unter meinen Füßen. Der weiche Sand unter der dünnen Schicht Wasser war rutschig, und es dauerte einen Moment, bis ich genug Halt fand, um mich aufzurichten.

Das Wasser zog mit kleinen Wellen an meinen Beinen, während ich mich langsam weiter vorwärts kämpfte.

Meine Beine zitterten, meine Muskeln waren wie Feuer, doch ich biss die Zähne zusammen und trat Schritt für Schritt dem Ufer entgegen. Der Sand fühlte sich grob und kalt an, doch es war die beste Berührung, die ich mir vorstellen konnte. Erschöpft ließ ich mich auf die Knie fallen, das Wasser schwappte um mich herum, und ich hob den Kopf in den dunkler werdenden Himmel.

Ich hatte es geschafft – zumindest fürs Erste.

Die Dunkelheit des Waldes verschlang mich fast sofort, als ich die Bucht hinter mir ließ. Meine nackten Füße schlugen hart auf den unebenen Boden, traten auf kleine Äste und kalte Steine, doch der Schmerz schien weit weg. Die beißende Kälte kroch durch meine durchnässte Kleidung und schien jeden Teil meines Körpers zu umklammern.

Ich biss die Zähne zusammen, zwang meine Beine weiter vorwärts, auch wenn sie bei jedem Schritt schwerer wurden. Meine Atemzüge waren kurz und scharf, kleine Wolken aus Dampf stiegen vor meinem Gesicht auf und lösten sich in der Nachtluft. Mein Herzschlag pochte laut in meinen Ohren, ein unaufhörlicher Takt, der mich antrieb.

Jedes Rascheln der Blätter, jedes Knacken eines Zweigs ließ mich schneller werden. Ich konnte mir nicht erlauben, stehen zu bleiben, nicht jetzt. Das Nimmerland war kein Ort, an dem man sicher war, schon gar nicht in der Nacht.

Mein Kopf war leer, erfüllt nur von dem Drang, weiterzulaufen. Egal wie sehr die Kälte meinen Körper lähmte, egal wie schwer meine Glieder wurden – ich musste zurück, musste in die Sicherheit des Verstecks. Die Dunkelheit wurde immer dichter, die Bäume um mich herum immer höher. Doch ich ließ mich nicht aufhalten.

Jeder Schritt war ein Triumph gegen die klirrende Kälte und die Erschöpfung, die drohte, mich zu übermannen. Jeder Atemzug war ein weiterer Beweis, dass ich es schaffen würde, egal wie weit der Weg noch sein mochte.

Mit zittrigen Händen hielt ich mich an der hölzernen Sprosse fest und schob mich vorsichtig weiter hinunter. Die vertrauten Stimmen aus dem Versteck wurden lauter, und das warme Licht, das von unten zu mir emporstieg, wirkte wie ein Versprechen von Sicherheit und Geborgenheit.

Nibs Stimme war voller Energie, als ob er eine Geschichte erzählte. „...und dann hat Peter gesagt, dass ich es nicht schaffen würde – aber ich hab's geschafft!" Sein Stolz war kaum zu überhören, und ich konnte nicht anders, als bei seinem typischen Übermut zu lächeln, obwohl meine Beine schwer und meine Kleidung durchweicht waren.

Mein rechter Fuß tastete nach der nächsten Sprosse, und das Holz fühlte sich glatt und kühl unter meinen tauben Fingern an. Die Hitze des Raumes darunter schien den beißenden Frost von mir wegzudrücken, und ich spürte, wie meine Muskeln sich allmählich entspannten. Endlich erreichte ich den Boden und duckte mich durch die enge Öffnung in den Raum.

Die anderen Kinder drehten sich zu mir um, ihre Gesichter hell vor Freude und Überraschung. Nibs sprang von seinem Platz auf und lief auf mich zu. „Du bist wieder da!" rief er. „Wir dachten schon..."

„Alles gut", unterbrach ich ihn sanft und ließ mich erschöpft auf den nächstgelegenen Hocker sinken. „Ich bin zurück." Jibby grinste breit und begann sofort, weiterzureden, als ob meine Ankunft ihm nur neuen Schwung gegeben hätte. Während er sprach, schaute ich mich um.

Hier war es warm. Hier war ich zu Hause.

„Warum bist du denn so nass?", fragte Anne mit besorgtem Blick, ihre Stirn in Falten gelegt, bevor sie sich ohne weiteres im Nebenzimmer auflöste. Ihr besorgter Ton schlich sich tief in mein Innerstes, doch ich wusste, dass ich keine Zeit hatte, mich zu erklären. Charlie trat in den Raum, seine Augen musterten mich von Kopf bis Fuß.

Ich stotterte, als meine Gedanken durcheinanderwirbelten. Die Kälte der Nacht, das nasse Kleid, das an meiner Haut klebte, und die Erinnerung an das endlose, eisige Wasser, das mich verschlungen hatte – all das machte es schwer, ruhig zu bleiben. Nervös fuhr ich mir durch das nasse Haar, als ob ich versuchte, meine Gedanken zu ordnen. „Ehm... ich war schwimmen", murmelte ich, doch die Worte fühlten sich seltsam falsch an, als ob sie nicht ganz der Wahrheit entsprachen.

Charlie sah mich genau an. In seinem Blick war eine Mischung aus Misstrauen und Neugier, aber auch ein Hauch von Besorgnis, der mir unangenehm war. Er trat einen Schritt näher, als ob er den richtigen Moment abwarten wollte, um eine weitere Frage zu stellen. Aber das war nicht nötig, denn in meinem Kopf rasten die Gedanken weiter, unaufhaltsam.

„Was wolltest du vorhin, als du so schnell verschwunden bist eigentlich machen?", fragte er schließlich. Ich überlegte nicht lange. „Ach", fing ich an und nahm die Decke aus Bärenfell, die Anne mir entgegenhielt als sie zurückkam, „hat sich schon geklärt."

„Harlow, du zitterst ja immer noch vor Kälte", bemerkte Anne nach einer Weile und legte ihren Kopf leicht schief, während sie mich prüfend ansah. Ihre Augenbrauen zogen sich zusammen, als würde sie in Gedanken nach einer Lösung suchen. „Das geht so nicht. Deine Sachen sind noch klatschnass – wenn du sie anhältst, trocknen sie nie."

Ohne eine Antwort von mir abzuwarten, stand sie auf. Ihre Bewegungen waren zügig, aber nicht hektisch, fast so, als hätte sie sich längst dazu entschlossen, zu handeln. Ich verfolgte, wie sie durch die Tür in den angrenzenden Raum verschwand. Dort hörte ich, wie sie etwas suchte – ein leises Rascheln von Stoff, das dumpfe Geräusch, als ein Gegenstand von irgendwo herunterfiel.

Nach einem kurzen Moment kehrte sie zurück, in ihren Händen ein großes Stück Stoff, das in der warmen Beleuchtung des Zimmers einen erdigen Braunton hatte. Auf den ersten Blick schien es eine Decke oder vielleicht ein einfaches, altmodisches Kleid zu sein.

„Das hier müsste passen", sagte sie und hielt das Kleidungsstück hoch, wobei sich die Falten des Stoffes glätteten. „Es ist nichts Besonderes, aber es ist trocken und warm." Ihre Stimme war sanft, aber bestimmt, als ob sie keinen Widerspruch erwartete.

„Das ist eine Hose, darin wirst du weniger frieren als in den Sachen, in denen du geschwommen bist." Anne hielt mir das Kleidungsstück hin, ein leises Lächeln auf den Lippen, während ihr Blick mich aufforderte, es anzunehmen.

Ich nickte stumm, mein Blick blieb an der Hose hängen, die sie mir entgegenstreckte. Der Stoff fühlte sich unter meinen Händen schwer und rau an, ähnlich wie die Decke, die ich eben noch fest um meinen Körper gewickelt hatte. Es war aus demselben dicken Bärenfell gefertigt, das bereits die Kälte der Nacht von mir ferngehalten hatte. Doch in dieser Form schien es praktischer, weniger sperrig – wie gemacht für die Bewegungen eines kühlen Abends draußen.

Das Bärenfell hatte einen tiefen, erdigen Braunton, durchzogen von unregelmäßig abstehenden Haaren, die wie eine Erinnerung an das Tier wirkten, das es einst war. Die Oberfläche fühlte sich robust an, mit einer Textur, die beinahe eine rohe Wildheit ausstrahlte. Trotzdem schien die Innenseite weich und wärmend, als würde sie die Kälte der Außenwelt gnädig abblocken.

Als ich die Hose näher betrachtete, bemerkte ich die präzisen Nähte entlang der Seiten, grob, aber stabil, als sei sie dafür gemacht, lange zu halten – durch Regen, Frost und vielleicht sogar Stürme. Ein Hauch von Fellgeruch stieg mir in die Nase, vermischt mit dem erdigen Aroma, das mich unweigerlich an tiefe Wälder erinnerte.

Langsam nahm ich sie an, spürte das Gewicht und die dichte Wärme des Pelzes in meinen Händen. Sie war schwerer, als ich erwartet hatte, und trotzdem versprach sie, mir einen Hauch von Geborgenheit inmitten dieser unwirtlichen Kälte zu schenken.

„Ich verschwinde kurz und ziehe mich um", murmelte ich leise, meine Stimme kaum mehr als ein heiseres Flüstern. Ohne eine Antwort abzuwarten, nahm ich die Hose und schritt in das Zimmer, aus dem Anne sie zuvor geholt hatte.

Die Luft im Raum war still und kalt, ein scharfer Kontrast zur Wärme der Bärendecke, die ich eben noch um mich gewickelt hatte. Zitternd zog ich mein vor Nässe triefende Hose aus, die sich wie eine kalte, schwere Last von meiner Haut löste. Es fiel mit einem dumpfen Platschen zu Boden, hinterließ eine kleine Pfütze auf dem Boden. Unter der triefenden Bluse, die ich ebenfalls auszog trug ich nur ein einfaches, dünnes Unterhemd, das nicht viel Schutz vor der klammen Kälte bot.

Ich griff nach der Hose. Der Pelz fühlte sich rau und zugleich wohltuend an meinen Händen an, ein Versprechen von Wärme und Schutz. Während ich das Kleidungsstück anzog, bemerkte ich, dass der dicke Stoff die letzten Spuren von Feuchtigkeit, die auf meiner Haut hafteten, in sich aufsog. Die Hose saß ein wenig locker, reichte aber bis knapp über meine Knöchel und hielt die Kälte ab.

Als ich meine nassen Sachen aufhob, fiel mein Blick auf die kleinen, wertvollen Gegenstände, die ich aus der Tasche meiner alten Hose fischte: das hölzerne Armband, und der Brief, dessen Papier an den Rändern aufgeweicht war. Sorgfältig steckte ich beides in die Taschen der neuen Hose – ein vertrauter Platz, der sich trotz der Fremdheit der Kleidung sicher anfühlte.

Ich atmete tief durch, versuchte, die Kälte aus meinen Gliedern zu vertreiben, und wandte mich schließlich wieder der Tür zu. Mit leisen, unsicheren Schritten ging ich zurück in den Raum, wo Anne und die verlorenen Jungen auf mich warteten.

Als ich zurückkam, blickten sie alle auf. Ihre Gesichter wirkten müde, von einem langen Tag und der beißenden Kälte gezeichnet. Ich hüllte mich sofort in die Bärendecke, die immer noch eine wohlige Wärme ausstrahlte, ließ mich erschöpft auf den Boden sinken und zog die Decke fest um mich.

„Hast du Peter irgendwo gesehen?" Tootles Stimme unterbrach die Stille. Seine Augen waren wach, aber von einer sachten Unruhe erfüllt.

„Nein, habe ich nicht", log ich, meine Stimme brüchig, begleitet von einem rauen Husten. Ich spürte die fragenden Blicke der anderen auf mir, aber niemand sagte etwas.

„Er ist bestimmt wieder bei Wendy", meinte Anne nach einer kurzen Pause, ihre Worte klangen fast beiläufig, als wolle sie die Situation entschärfen.

„Ja, bestimmt", murmelte ich, während ein heißes Brennen hinter meinen Augen aufstieg. Meine Nase lief, und die Müdigkeit schien sich wie eine schwere Decke über meinen gesamten Körper zu legen.

Die anderen begannen sich ebenfalls hinzulegen. Anne, Nibs, Charlie, Tootles und Jibby rollten sich in Decken oder Kissen ein, während Slightly bereits in tiefem Schlaf lag. Der Raum wurde erfüllt von einem leisen Murmeln und gelegentlichen Seufzern, die sich mit der trügerischen Stille der Nacht mischten.

„Seid ihr auch so müde wie ich?", fragte ich, ein Gähnen unterdrückend, das mir dennoch die Worte zerschnitt.

Anne nickte und zog ihre Decke enger um sich. „Sehr müde", stimmte sie zu, ihre Augenlider schwer.

Ich ließ meinen Blick über die Gesichter der anderen schweifen, ihre Atemzüge wurden langsam und gleichmäßig. Meine Gedanken wanderten kurz zu Peter und Wendy, bevor ich sie entschieden verdrängte. Schließlich schloss ich die Augen, spürte das Gewicht der Bärendecke und die Wärme der Hose, die sich wie eine Schutzbarriere zwischen mir und der Kälte legten.

Doch selbst im Halbschlaf konnte ich das Gewicht des Armbands und des Briefs in meiner Tasche spüren – ein leises Flüstern vergangener Momente inmitten der Dunkelheit.

Ich atmete tief ein, schloss meine Augen und lauschte dem sanften Rauschen der Nacht. Der Geruch von feuchtem Moos und frischer Erde füllte meine Lungen, als ein leises Geräusch meine Sinne schärfte. Zuerst war es kaum hörbar, ein zartes Flattern, als ob sich ein Vogel oder eine andere Kreatur in der Nähe bewegte. Doch es war kein gewöhnliches

Geräusch – es war das Flügelschlagen von etwas, das zärter und leichter war. Meine Ohren sträubten sich, während ich versuchte, das Geräusch einzuordnen.

Dann, ein leises, gedämpftes Murmeln. Stimmen? Oder war es etwas anderes? Mein Herz klopfte schneller, und ich spürte, wie sich eine nervöse Anspannung in meiner Brust festsetzte. Ich drehte mich zu Jibby, der ruhig neben mir stand, und flüsterte fast unhörbar: „Jibby, wer ist das?"

„Peter!", rief Charlie aufgeregt, seine Stimme durchbrach die Stille des schummrig beleuchteten Raumes. Augenpaare wandten sich in Richtung des Eingangs, wo die Silhouette des Jungen sichtbar wurde, der niemals erwachsen werden wollte.

„Hallo, verlorene Jungen!" Peters Stimme hallte durch das Versteck, breit grinsend und voller unbändiger Energie. „Ich bin wieder da!"

Anne setzte sich langsam auf, rieb sich die Augen und schenkte ihm ein sanftes Lächeln. „Manche schlafen schon", flüsterte sie und legte den Finger an die Lippen. „Nicht so laut."

Peter ließ sich davon jedoch nicht beeindrucken. Er kicherte, als hätte sie ihm gerade eine besonders lustige Geschichte erzählt, und schwang sich mit einer fließenden Bewegung in die Luft.

„Dann wecken wir sie halt!" rief er ausgelassen und stieß ein lautes, triumphierendes Krähen aus, das den Raum erfüllte wie ein Trompetenstoß.

„Peter!", protestierte Slightly, der sich schlaftrunken herumwälzte und sich ein Kissen über die Ohren zog.

Ich presste die Hände gegen meine eigenen Ohren, doch das Krähen schien durch jede Barriere zu dringen. Peters Lachen folgte dicht darauf, ein schallendes Echo seiner Freude.

Ein leises, glockenähnliches Flattern zog meine Aufmerksamkeit auf sich. Glöckchen schwirrte durch die Luft, ihre winzigen Flügel in einem zarten Glühen.

Es war offensichtlich, dass sie zunächst weggeflogen war, bevor Peter eingetroffen war – vielleicht, um ein Abenteuer in ihrer eigenen kleinen Welt zu erleben.

„Wie machst du das eigentlich?" Annes Stimme durchbrach den Moment, ihre Augen auf Peter gerichtet, während sie sich neugierig zu ihm drehte.

Peter blickte sie fragend an. „Was meinst du?"

Anne deutete mit einem Nicken auf Glöckchen, die sich gerade auf Peters Schulter niedergelassen hatte, wie ein Vogel auf seinem Ast. „Das mit dem Pfeifen", erklärte sie.

Charlie, der immer noch halb liegend war, nickte zustimmend. „Jedes Mal, wenn du pfeifst, kommt Glöckchen. Hast du sie… dressiert?"

Nibs begann leise zu kichern, und Tootles konnte ein glucksendes Lachen nicht unterdrücken. „Bestimmt hat Peter ihr jedes Mal ein Leckerli gegeben", witzelte er.

Ich lächelte müde über ihre Albernheit, doch Peter schüttelte entschieden den Kopf, sein Gesicht plötzlich ernst.

„Ihr habt das falsch verstanden", begann er. „Ihr könnt das mit jedem Wesen machen, wenn ihr nur wirklich wollt."

Seine Worte ließen mich innehalten. „Wie meinst du das?" fragte ich schließlich, und auch Anne sah ihn mit großen Augen an.

Peter flog eine kleine Runde durch den Raum, seine Bewegungen voller Leichtigkeit, bevor er triumphierend in der Luft stehen blieb. „Das werde ich euch heute beibringen!" verkündete er mit funkelnden Augen.

Die Spannung im Raum stieg spürbar, und selbst die Müdigkeit wich von den Gesichtern der Verlorenen.

Jeder sah nun erwartungsvoll zu Peter auf, dessen Grinsen breiter wurde. Es schien, als habe er nicht nur etwas zu zeigen, sondern auch einen kleinen Funken Magie mitgebracht, den er in dieser Nacht mit uns teilen wollte.

„Schon immer da"

„Glöckchen, geh nochmal raus, damit ich es allen zeigen kann", sagte Peter in einem Tonfall, der keine Widerrede duldete, und deutete mit einer knappen Handbewegung zur Tür. Die kleine Fee neigte kurz ihr strahlendes Köpfchen, als ob sie zögerte, dann summte sie etwas Unverständliches und flog hinaus.

Ihre leuchtenden Flügel schwirrten mit einem feinen Sirren, das in der Stille des Raumes nachhallte. Während sie durch den schmalen Ausgang verschwand, zog sie eine schimmernde goldene Spur hinter sich her, die sich wie ein glitzernder Schleier durch die Luft wandte und langsam verblasste.

Ich beobachtete, wie das warme, sanfte Leuchten in der Dunkelheit des Waldes verschwand, bis nichts mehr davon übrig war. Ein leiser Seufzer entkam mir, während ich meine Gedanken zu sortieren versuchte.

„Ihr wisst, wie man pfeift?", fragte Peter plötzlich und riss uns mit seinem schwungvollen Ton aus unserer Starre. Seine grünen Augen funkelten voller Vorfreude. Anne, die bisher ruhig neben mir gestanden hatte, hob leicht überrascht den Kopf und nickte zögernd.

„Ja, natürlich", antwortete sie, ihre Stimme zart, aber fest.

Peter grinste, seine Miene verschmitzt wie immer. „Gut", sagte er, während er sich umdrehte, seine Hände in die Hüften stemmte und den Kopf leicht in den Nacken legte, als ob er bereits seinen nächsten Plan ausheckte. Seine Energie schien ansteckend, selbst in Momenten wie diesen, und für einen Augenblick blitzte ein Funken Neugier in meinen Gedanken auf: Was hatte er diesmal vor?

Ich wusste, wie man pfiff, zumindest theoretisch. Doch die Wahrheit war, ich hatte es noch nie wirklich ausprobiert. Meine Lippen formten sich wie von selbst zu einem leichten *O*, und ich holte tief Luft, doch der Gedanke, dass es misslingen könnte, ließ meine Wangen vor Verlegenheit warm werden. Nibs hob seine Hand zögernd, die Finger leicht gespreizt, und musterte sie, als wäre sie ein Werkzeug, das er noch nie zuvor benutzt hatte.

„Man macht so zwei Finger in den Mund, oder?", fragte er unsicher und schielte zu Peter, der mit einer Mischung aus Ungeduld und Schalk auf seinem Gesicht nickte. „Genau", bestätigte Peter, seine Augen funkelten vor Begeisterung.

Ich schloss meinen Mund wieder und fühlte, wie mein Atem stockte. Irgendwie war mir die Leichtigkeit der Situation abhandengekommen, meine Lippen prickelten nervös von dem gescheiterten Versuch. Mein Hals fühlte sich plötzlich rau an, und ich musste husten, die kleinen Geräusche hallten unangenehm im Raum wider.

Peter schien das nicht zu bemerken, oder es war ihm egal. „Das Wichtigste beim Rufen ist nicht die Technik", erklärte er mit seiner gewohnten Selbstsicherheit. „Sondern der Wille. Es ist so, dass ihr ganz fest an das denkt, von dem ihr euch wünscht, dass es kommt."

Die Gruppe war still. Nibs, der immer noch skeptisch auf seine Hand starrte, versuchte, seine Finger in den richtigen Winkel zu bekommen.

Anne schien schon wieder ihre Lippen zu spitzen, während ich mich fragte, was genau Peter wohl meinte. War das wirklich nur ein Spiel – oder etwas Größeres? In meinen Gedanken malte ich mir aus, was ich mir herbeiwünschen würde, wenn ich tatsächlich an den Zauber glaubte.

„Das ist alles?" Annes Stimme durchbrach die Stille, scharf und leicht genervt, während sie Peter mit hochgezogener Augenbraue musterte. Ihre Worte klangen wie eine Herausforderung, aber der zarte Funken Neugier, der in ihrem Blick aufblitzte, verriet, dass sie doch mehr wissen wollte, als sie zugeben wollte.

Peter blieb mitten in der Luft schweben, seine Haltung lässig, als würde ihn nichts auf der Welt beeindrucken können. Doch ihr Ton ließ ihn kurz stutzen. Mit einer Hand kratzte er sich am Kopf, eine Geste, die nicht so recht zu seiner sonst so selbstsicheren Art passen wollte. „Ich glaub schon", überlegte er laut, sein Blick wanderte zur Decke, als suche er dort nach einer Bestätigung.

Anne verschränkte die Arme vor der Brust und betrachtete ihn weiterhin mit skeptischem Blick. „Du glaubst?" Ihr Tonfall ließ keinen Zweifel daran, dass sie mehr erwartete – oder zumindest eine präzisere Antwort.

Peter zog die Stirn in Falten, ein Ausdruck, der ihm fast ungewohnt stand. „Ja, ich glaub schon", wiederholte er, diesmal etwas leiser, als ob er die Unsicherheit in seinen eigenen Worten schmecken könnte. „Aber..."

Er machte eine kleine Pause, die Spannung im Raum wurde schon fast greifbar. Die verlorenen Jungen, die bis dahin eher gelangweilt oder müde gewirkt hatten, richteten sich nun auf und lauschten aufmerksam.

„Aber nur weil ihr ein Wesen gerufen habt, heißt das noch lange nicht, dass es euch gehört", fuhr Peter fort, seine Stimme jetzt ernster. Er ließ sich langsam auf den Boden sinken, während sein Blick durch die Runde wanderte. „Wesen... haben ihren eigenen Willen. Sie sind keine Spielzeuge, die ihr herbeipfeifen könnt, nur weil es euch gerade passt."

Anne zog ihre Stirn kraus, eine Mischung aus Verwirrung und Frustration in ihrem Gesicht. „Was soll das heißen? Wir können sie rufen, aber sie tun trotzdem nicht, was wir wollen?" Peter grinste, diesmal breit und verschmitzt, wie jemand, der gerade ein Geheimnis enthüllen will, aber noch die Spannung auskostet.

„Genau. Ihr könnt sie rufen, ja. Aber wenn sie kommen, dann entscheiden sie selbst, ob sie euch zuhören – oder einfach wieder das tun, was sie wollen."

Nibs kicherte leise, doch Peter warf ihm einen strengen Blick zu. „Das ist kein Spiel", sagte er mit einer Schärfe in der Stimme, die selten bei ihm zu hören war. „Wenn ihr sie schlecht behandelt oder versucht, sie zu zwingen, dann... nun ja, sagen wir, ihr wollt nicht wissen, was dann passiert."

Neben uns nahm Nibs bereits eifrig seine Finger in den Mund. Sein Gesichtsausdruck war eine seltsame Mischung aus Konzentration und Verzweiflung, und er schien sich felsenfest vorgenommen zu haben, dass es diesmal klappen musste.

Doch als er die Luft durch die Finger presste, ertönten nur klägliche Geräusche, die eher an das Quietschen eines undichten Ventils erinnerten, begleitet von kleinen, glitzernden Spucke Tröpfchen, die sich in der Luft verteilten.

Anne schnaubte und wischte sich schnell über die Wange, wo ein Tropfen gelandet war. „Ihh, Nibs!", rief sie entsetzt, wobei sie ihre Hand schützend vor das Gesicht hielt. Ich konnte nicht anders, als zu lachen, auch wenn ich mir sicher war, dass es mir keinen Deut besser gelingen würde. Peter hingegen grinste breit, als sei das klägliche Ergebnis genau das, was er erwartet hatte.

„Immerhin hast du es versucht", meinte er schließlich, während er sich lässig an die Wand lehnte. Sein Blick wanderte durch die Gruppe, als suchte er nach dem Nächsten, der es wagen würde, sein Glück zu versuchen. „Aber denk dran: Es geht nicht nur ums Pfeifen. Es geht darum, was du herbeirufst." Seine Worte hingen wieder wie ein Rätsel in der Luft, und ich fragte mich, ob er etwas wusste, das wir nicht wussten.

„Warte, ich zeig's euch", unterbrach Peter glucksend, bevor Nibs einen weiteren Versuch starten konnte. Er trat ein wenig in die Mitte des Raumes und hob lässig die Hand. „Passt genau auf", sagte er mit einem Grinsen, als wäre das alles für ihn ein Kinderspiel. Mit einer schnellen Bewegung steckte er Zeige- und Mittelfinger in den Mund und pustete.

Das schrille Pfeifen, das folgte, war durchdringend, klar und so laut, dass es fast schmerzhaft in den Ohren hallte. Ehe jemand reagieren konnte, blitzte es golden an der Türöffnung auf. Ein schimmernder Lichtstrahl raste in den Raum, drehte sich in einer eleganten Schleife um Peter, und da war sie – Glöckchen. Die kleine Fee flatterte energisch vor seinem Gesicht und schien ihn mit einem vorwurfsvollen Blick zu mustern, als wollte sie sagen: *Schon wieder?*

„Schaut", sagte Peter triumphierend und hielt die winzige Gestalt in seiner Hand, als wäre sie ein Preis, den er gewonnen hatte. Glöckchen verschränkte demonstrativ die Arme und drehte ihm den Rücken zu, doch ihr Glühen erlosch nicht.

„Ich will auch!", rief Charlie plötzlich und sprang vor Begeisterung fast auf. Er stopfte hastig zwei Finger in den Mund und blies, wobei seine Backen sich zu einer enormen Größe aufplusterten. Und tatsächlich – ein lautes Pfeifen ertönte, nicht so perfekt wie bei Peter, aber laut genug, um die Gruppe staunen zu lassen. „Ha!", rief er stolz und ließ die Finger mit einem ploppenden Geräusch aus dem Mund gleiten.

„Wen rufst du?", fragte ich neugierig, denn es schien kein klares Ziel hinter seinem Versuch zu stecken. Er kratzte sich am Kopf, während sein Gesicht ein unschuldiges Grinsen annahm. „Keine Ahnung", antwortete er mit einem Achselzucken, als wäre das völlig unwichtig. Anne schüttelte energisch den Kopf und verschränkte die Arme vor der Brust.

„Du musst es schon wissen, während du es tust", erklärte sie mit einem leichten Tadel in der Stimme. Doch bevor jemand etwas sagen konnte, hob sie selbst zwei Finger an die Lippen und pfiff. Ihr Ton war überraschend scharf und klar. Wir warteten gespannt, ob etwas passieren würde.

„Ich habe beispielsweise an Glöckchen gedacht", erklärte Anne, ihre Stimme stolz, während sie ihre Finger von den Lippen nahm.

Charlie lachte laut auf und schüttelte den Kopf.

„Glöckchen ist aber nicht gekommen!", rief er, seine Augen funkelten vor amüsierter Schadenfreude. Anne verdrehte genervt die Augen, ihr Gesichtsausdruck ein Gemisch aus Frustration und Ungeduld. „Das war vielleicht nur Zufall", murmelte sie abwehrend, doch ihre erröteten Wangen verrieten, dass sie sich ein wenig ertappt fühlte.

Jibby trat schüchtern vor, die kleinen Hände zu Fäusten geballt. Seine braunen Augen glitzerten vor Vorfreude, auch wenn er sich sichtlich nervös auf die Unterlippe biss. Er hob zögernd seine Finger an die Lippen und pustete. Nichts. Kein Ton entwich, nur ein leises Hauchen, das im Raum verschwand.

Die Gruppe brach in herzliches Lachen aus, aber es war kein böswilliges Lachen, sondern eines, das Jibbys unschuldigen Charme nur noch unterstrich. Der kleine Junge kratzte sich verlegen am Kopf, doch bald lachte er mit. Sein breites Grinsen war so ansteckend, dass ich selbst ein Lächeln nicht unterdrücken konnte. „Du bist wirklich niedlich, Jibby", sagte ich leise, mehr zu mir selbst, doch er hörte es und grinste noch breiter.

Jibby schien fest entschlossen, es nicht bei diesem einen Versuch zu belassen. Mit einem Ausdruck konzentrierter Entschlossenheit hob er seine Finger erneut an die Lippen und pustete. Dieses Mal ertönte tatsächlich ein leiser, aber klarer Pfeifton, der den Raum durchdrang.

Plötzlich entwand sich Glöckchen mit einem leichten Ruck aus Peters Griff, flatterte hoch in die Luft und raste mit einer Eleganz zu Jibby, die uns alle in Staunen versetzte. Der kleine Junge riss vor Freude die Augen auf, als die leuchtende Fee direkt vor seinem Gesicht schwebte.

„Du hast es geschafft!", rief ich begeistert und zog ihn in eine feste Umarmung, seine kleine Gestalt in meinen Armen warm und lebendig. Jibby lachte leise, ein Jubeln, das voller Stolz und kindlicher Freude war.

Peter trat näher und legte eine Hand feierlich auf Jibbys Schulter, sein Gesicht strahlte vor Anerkennung. „Ich hätte zwar nicht gedacht, dass ihr euch bei der Sache so schwertut", begann er, seine Stimme neckend, aber mit einem Lächeln, das die Worte milderte. „Aber Jibby ist der Erste, der es geschafft hat."

Der Junge schaute zu Peter auf, als hätte er gerade den größten Preis der Welt gewonnen, und sein Lachen erfüllte den Raum, begleitet von Glöckchens schimmerndem Tanz um ihn herum.

Peters Hand lag noch immer schwer auf Jibbys schmaler Schulter, und das breite Grinsen des Jungen wirkte ansteckend. Doch ich konnte meinen Blick nicht von dem kleinen Detail abwenden, das gerade sichtbar wurde, als sein Ärmel nach unten rutschte. Mein Atem stockte.

Da war es. Das Armband. Ein einfaches Stück Handarbeit, bestehend aus kleinen, unregelmäßigen Perlen in Grün, Lila und Gelb. Es war fast identisch mit dem, das ich heute in Hooks Kapitänszimmer gefunden und heimlich eingesteckt hatte. Die Farben waren leicht verblasst, als hätte es schon viele Abenteuer hinter sich, doch die Anordnung der Perlen und das dünne Band, das sie zusammenhielt, waren unverkennbar.

Meine Gedanken rasten. Wie konnte das sein? Das Armband in meiner Tasche war ein einsames Relikt, ein Teil einer Vergangenheit, die irgendwo anders hingehörte. Und jetzt war es hier, an Jibbys Handgelenk. Mein Herz schlug schneller. War es ein Zufall? Oder war das, was ich auf der Jolly Roger gefunden hatte, mehr als nur ein verlorener Schatz?

Meine Finger schlossen sich um die Perlen in meiner Tasche, und das kühle, glatte Material fühlte sich plötzlich schwer an. Ein mulmiges Gefühl breitete sich in meiner Magengegend aus. Zwei identische Armbänder? Das konnte kein Zufall sein. Ich zwang mich, ruhig zu bleiben, auch wenn mein Herz schneller schlug.

„Jibby?" Meine Stimme klang etwas fester, als ich beabsichtigt hatte, und ich musste mich räuspern, um den Ton weicher zu machen. „Woher hast du dein Armband?"

Der kleine Junge sah mich mit seinen großen, unschuldigen Augen an und zuckte mit den Schultern. „Ich weiß es nicht mehr", murmelte er leise, während er das Armband zwischen seinen kleinen Fingern drehte. „Es war schon immer da." Die Einfachheit seiner Antwort hätte mich beruhigen sollen, doch sie tat es nicht.

„Schon immer da", wiederholte ich, in meinen Gedanken versunken. Das war keine Erklärung, es war ein Rätsel. Mein Blick wanderte erneut zu seinem Handgelenk. Die Perlen sahen abgenutzt aus, als wären sie jahrelang getragen worden, doch sie wirkten nicht fremd an ihm. Es passte zu Jibby, als wäre es ein Teil von ihm. „Das ist hübsch", sagte ich schließlich, bemüht, meine Nervosität zu verbergen. „Wer weiß, vielleicht ist es ein Glücksbringer."

Jibby lächelte verlegen und hielt sein Handgelenk an sein Gesicht, als wolle er das Armband genauer betrachten. „Vielleicht", stimmte er zu und ließ das Thema genauso schnell fallen, wie es aufgekommen war.

Doch in mir rumorte es weiter. Warum hatte ich ein identisches Stück auf der Jolly Roger gefunden? Und wie konnte Jibby es schon immer gehabt haben? War es tatsächlich das gleiche Armband? Oder gab es eine Verbindung zwischen den beiden?

Mein Griff um das Schmuckstück in meiner Tasche wurde fester. Es war klar, dass dieses Rätsel mehr war als bloßer Zufall – es musste eine Geschichte erzählen- eine, die ich noch nicht kannte.

Das Mädchen inmitten der Welten

„Ich gebe jedenfalls nicht auf." Annes entschlossener Ton riss mich aus meinen Gedanken, die wie ein düsteres Netz in meinem Kopf gesponnen waren. Meine Finger lockerten sich langsam um das Armband in meiner Tasche, doch der Druck in meiner Brust blieb bestehen. Woher hatte Jibby dieses Armband? Hatte er und Captain Hook womöglich eine Verbindung, von der wir nichts wussten? Und wenn ja, was verband sie? Die Fragen wirbelten durch meinen Kopf wie aufgewühltes Laub im Herbstwind. Keine einzige davon konnte ich beantworten – jedenfalls noch nicht.

„Was meinst du?" Meine Stimme klang hohl, fast wie ein Echo aus einem tiefen Schacht.

Anne stampfte mit dem Fuß auf und ballte die Hände zu Fäusten, ihre Augen funkelten. „Ich will das können!", rief sie und sah mich so an, als wäre es ihre Lebensaufgabe.

„Ach so, dieses Pfeifen?" fragte ich und hob eine Braue.

Sie nickte eifrig, das Licht im Raum spiegelte sich in ihrem energischen Blick. „Ja, genau! Wenn Peter und Glöckchen das so einfach hinbekommen, warum sollte ich es nicht auch schaffen?"

Tootles, der sich bis dahin auf dem Boden ausgestreckt hatte, sprang mit einer Theatralik auf, die einem Schauspieler würdig gewesen wäre.

„Ich glaub an dich!" Seine Stimme war übertrieben optimistisch, fast singend, und er hob beide Arme in die Luft, als wolle er Anne zu einer Heldin erklären.

Anne verschränkte die Arme und verdrehte die Augen. „Du bist unmöglich, Tootles", sagte sie, doch ein kleines Lächeln spielte um ihre Lippen.

„Alles in Ordnung, Harlow?" Charlie blickte mich einige Sekunden später mit einer Mischung aus Sorge und Neugier an, als sie meinen Gesichtsausdruck bemerkte. Ich hatte wohl zu lange in Gedanken versunken dagesessen, als würde ich an etwas festhalten, das mich nicht losließ. Das Gefühl war unangenehm, wie ein Schatten, der sich immer weiter ausbreitete.

Ich schüttelte mich, als könnte ich damit etwas von mir abstreifen. Meine Gedanken? Oder eher die Fragen, die mich quälten? Es war, als ob sie einen Teil von mir gefangen hielten und nicht losließen, egal wie sehr ich versuchte, sie zu entkommen.

„Ich bin nur etwas müde", murmelte ich, um die Situation abzulenken und den immer noch unbehaglichen Blicken zu entkommen. Es war die einfachste Ausrede, die mir einfiel. Doch der Moment, in dem ich es sagte, fühlte sich hohl an, unzureichend. Ich wusste selbst, dass das nicht alles war.

Jedoch war da noch Peters Blick. Er hatte die gesamte Unterhaltung mitverfolgt, auch wenn er sich nicht direkt einmischte. Doch seine Augen bohrten sich jetzt in mich, als wollten sie jede Regung in meinem Gesicht lesen, jedes Zucken der Muskeln erkennen, das von einem geheimen Gedanken verraten würde. Irgendetwas war ihm aufgefallen, das wusste ich. Ein verdächtiger Ausdruck, ein Moment des Zögerns. Vielleicht vermutete er, dass etwas nicht stimmte.

Ich sah, wie er sich leicht vorbeugte, als würde er mehr erfahren wollen. Doch er sagte nichts. Vielleicht wollte er nicht, dass es offensichtlich wurde, dass er mehr wusste. Und vielleicht hatte er auch recht. Vielleicht war es besser, dass ich all diese Fragen für mich behielt, zumindest noch für eine Weile.

Ich sah schnell zur Seite, um nicht zu verraten, dass ich ihn doch bemerkt hatte. Der Blick von Peter fühlte sich fast wie eine Präsenz an, die sich um mich legte, doch ich ließ mich nicht beirren. Ich tat so, als hätte ich ihn nicht angesehen, als wäre ich vollkommen in etwas anderem vertieft.

„Ich habe eigentlich noch was für euch", murmelte er dann, seine Stimme klang irgendwie abwesend, als wäre er in Gedanken woanders. Vielleicht war es nicht nur das, was er mir sagen wollte, sondern auch das, was er hinter den Worten verbarg.

Trotzdem, die Art, wie er sprach, ließ mich spüren, dass er Fragen hatte. Fragen, die er sich nicht zu stellen traute, oder die er sich noch nicht ganz eingestehen wollte. Über mich? Vielleicht. Es schien fast, als ob er mit jedem Wort versuchte, die Gedanken zu ordnen, die durch seinen Kopf rasten. Doch er sagte nichts. Nicht direkt.

Ich konnte die Spannung förmlich spüren, die zwischen uns in der Luft lag. Ich hatte auch Fragen, viele Fragen, doch sie brannten auf eine andere Weise in mir. Ich wollte alles wissen, was mir entglitten war, und vor allem, was in dieser seltsamen Welt vor sich ging.

Und ich würde jede einzelne Frage bis zum Grund verfolgen, egal, wie schwer der Weg sein mochte.

„Was denn?", fragte Nibs neugierig, seine Stimme durchbrach die aufkommende Stille. Ich spürte, wie sich seine neugierigen Augen auf mich richteten, und für einen Moment fühlte ich mich wie ein offenes Buch, das er zu durchblättern versuchte.

Die anderen schienen nichts Merkwürdiges zu bemerken, außer vielleicht, dass ich etwas in mich gekehrt war, mehr als sonst. Vielleicht war es das nachdenkliche Stirnrunzeln, das ich nicht ablegen konnte, oder die Art, wie ich plötzlich in die Ferne starrte, als versuche ich, etwas zu ergründen, was mir noch immer unklar war.

„Nichts", murmelte ich schließlich, meine Stimme klang etwas unbestimmt, als ich versuchte, mich wieder zu fangen. „Ich hab nur... nachgedacht." Doch während ich die Worte aussprach, wusste ich, dass es mehr war. Es war nicht nur Nachdenken. Es war ein innerer Kampf, der mich beschäftigte, ein Drang, Antworten zu finden, der sich wie eine unaufhaltsame Welle in mir aufbaute.

Anne beobachtete mich still, doch sie sagte nichts. Die anderen, wie immer unbeschwert, hatten längst das Thema gewechselt und redeten über etwas anderes, was mich für einen Moment wie einen Beobachter aus der Ferne erscheinen ließ. Doch tief in mir wusste ich, dass der Moment, in dem ich die Antworten finden würde, näher rückte. Und dass Peter, mit seinen Fragen und seinem stillen Blick, eine Rolle dabei spielen könnte.

Peter schüttelte langsam den Kopf, als ob er nicht ganz begreifen konnte, was er da eben gehört hatte. Der Blick, den er mir zuwarf, schien durchdringend, als versuchte er, hinter meine Fassade zu blicken. Ich versuchte, mein Gesicht zu kontrollieren, keine der aufkommenden Gedanken in meinen Augen zu zeigen. Doch ich konnte das Gefühl nicht abschütteln, dass er mehr wusste, als er sagte, dass er mehr verstand, als er mir durch diesen intensiven Blick offenbarte.

„Peter?" Nibs Stimme riss mich aus meinen Gedanken. Peter schüttelte sich daraufhin, als wäre er von einem plötzlichen Zittern erfasst worden, und blickte dann wieder in die Runde.

„Ja, also...", begann er, „ich war wieder in London und ratet mal, wo: bei Wendy!"

Das hörte sich beinahe wie eine Ankündigung an, die nicht nur die Aufmerksamkeit, sondern auch das übliche Jubeln der verlorenen Jungen nach sich zog. Sobald Wendy erwähnt wurde, erhellten sich die Gesichter der Jungen, als wäre sie ein unsichtbares Band, das sie alle miteinander verband.

„Hast du nicht beim letzten Mal gesagt, dass es die letzte Geschichte sei?", fragte Anne, mit einem skeptischen Blick, der ihren fragenden Ton verstärkte. Peter nickte, aber der Ausdruck in seinem Gesicht ließ Zweifel aufkommen.

„Die Eltern von Wendy haben gesagt, dass sie erwachsen werden soll. Ich dachte, dass sie nie wieder Geschichten erzählen würde, aber jetzt macht sie es heimlich."

Es war immer dasselbe, dachte ich. Die Tatsache, dass Wendy so eine wichtige Rolle in Peters Leben spielte, dass sie den Mittelpunkt seiner Geschichte ausmachte, selbst wenn sie es nicht wollte. Die verlorenen Jungen jubelten wieder, als hätten sie nichts anderes zu tun, als sich über solche Nachrichten zu freuen. Ihre Freude war ansteckend, doch ich konnte mir das Lächeln nicht abringen. Etwas anderes hielt meine Gedanken gefangen.

„Wie kann man nur so grausam sein und jemanden zum Erwachsenwerden zwingen?", fragte Jibby, der mit einer unschuldigen Sorge in seiner Stimme die Worte aussprach. „Erwachsenwerden ist das Schlimmste, was es gibt!", fuhr Peter fort, seine Stimme war fest, als würde er in diesem Moment alles andere als kindlich sein wollen.

„Erwachsene sind Verräter, allesamt. Heuchler, das sind sie." Peter sprach die Worte mit einer solchen Überzeugung, dass es fast wie ein Mantra klang. Die Stimmung im Raum veränderte sich augenblicklich, als seine Stimme die Schwere dieser Aussage trug. Die verlorenen Jungen verstummten, ihre jubelnden Gesichter zogen sich in nachdenkliche Mienen zurück.

Peter sah dabei aus, als ob er tief in seinen eigenen Gedanken versunken war. Seine Augen wurden plötzlich dunkel, fast leer, als er weiter sprach.

„Sie versprechen uns Abenteuer, Freiheit, eine Welt voller Magie – und dann schnappen sie uns und sperren uns in ihre engen Käfige. Sie sagen, wir sollen groß werden, aber in Wirklichkeit rauben sie uns alles, was uns je wichtig war."

Peter ließ sich auf einen kleinen, moosbedeckten Baumstamm nieder, der wie ein Thron wirkte, und zog die Aufmerksamkeit aller im Raum auf sich.

Seine grünen Augen glitzerten im schwachen Licht des Verstecks, während er eine dramatische Pause einlegte. Es war, als ob er einen Moment lang die Welt um uns herum in den Bann seiner Worte zog, bevor er sprach. Er schien für einen Moment alle Sorgen, Fragen und plagende Gedanken zur Seite zu schieben, in dem er sein typisches, spitzbübisches Grinsen aufsetzte.

„Dieses Mal startet unser Märchen nicht mit einem prächtigen Königreich oder einer glänzenden Krone, sondern mit einem kleinen Mädchen. Das Mädchen lebte allein mit ihrer Mutter am Rande eines Waldes. Aber nicht irgendein Wald – nein, dieser hier war finster und gruselig. Kein Nimmerland-Zauberwald mit Feen und Glitzerstaub. Hier lauerten böse Wesen in den Schatten, und die Bäume schienen nachts fast zu flüstern. Selbst tagsüber sah der Wald nicht gerade einladend aus – wie eine schlechte Einladung zu einem noch schlechteren Abenteuer."

Etwas an Peters Worten ließ die verlorenen Jungen erschaudern. Ich knibbelte nervös an der Haut meiner Finger.

„Eines Tages erfuhr das kleine Mädchen und ihre Mutter, dass die Großmutter krank geworden war. Die Mutter war in großer Sorge, konnte ihre eigene Mutter aber nicht besuchen – ob es am gruseligen Wald oder an anderen Märchenausreden lag, sei mal dahingestellt. Also schickte sie ihre Tochter los, bewaffnet mit einem Korb voller Kuchen und Wein, weil nichts besser gegen Krankheiten hilft als eine Mischung aus Zucker und Alkohol. Die Tochter kannte den Weg zur Großmutter in- und auswendig, aber ihre Mutter warnte sie immer wieder eindringlich: ‚Geh nicht vom Pfad ab!' Und so marschierte das kleine Mädchen mutig los, mit ihrem Korb voller Leckereien und genug Abenteuerlust, um alle Warnungen zu ignorieren."

Tootles machte ein würgendes Geräusch. „Ihh, Wein!", rief er. „Erwachsenenzeugs!" Peter machte ein Geräusch, das uns darauf hinwies, zu verstummen.

„Ach, und übrigens: Das Mädchen trug immer einen roten Mantel, und jetzt fällt's mir wieder ein – die hieß *Rotkäppchen*! Also, Rotkäppchen marschierte tapfer in den tiefen, düsteren Wald, aber ein bisschen Angst hatte sie schon. Schließlich hörte man in ihrem Dorf ständig Geschichten über ein böses Biest, das angeblich im Wald lebte. Aber Märchen sind Märchen, und wer würde schon auf Gerüchte hören, wenn man Kuchen und Wein bei sich hat?"

Peter hielt inne, zupfte gedankenverloren an einem der Blätter, die kunstvoll in seine Kleidung eingearbeitet waren, und ließ seine Worte kurz in der Luft hängen. Sein Blick schweifte in die Runde, als wollte er sicherstellen, dass alle ihm gespannt lauschten – und natürlich taten wir das. Seine Erzählungen hatten eine magnetische Wirkung, als könnten sie uns direkt in die Geschichten hineinziehen, die er so lebendig malte.

„Gerade als Rotkäppchen sich an die gruselige Atmosphäre des Waldes gewöhnt hatte und dachte: ,*So schlimm ist es ja gar nicht*'…" Peter ließ seine Stimme leiser werden, als wolle er uns zwingen, uns nach vorne zu lehnen, um kein Wort zu verpassen. Ich bemerkte, wie Tootles sich fast unmerklich weiter auf seine Ellbogen stützte, seine Augen groß und wachsam.

„…hörte sie ein seltsames Geräusch."

Peter machte eine dramatische Pause, sah Nibs direkt an und grinste, als hätte er die Spannung für ihn allein aufgebaut. Ich zog unwillkürlich die Knie enger an meinen Körper.

„Ihr Herz machte einen Sprung," fuhr er fort, diesmal schneller, seine Worte scharf wie ein Windstoß, „und plötzlich – zack!"

Seine Stimme explodierte regelrecht, und ich zuckte leicht zusammen, ebenso wie die anderen. „Stand ein riesiger Wolf vor ihr!" Peter weitete die

Augen, seine Hände formten eine bedrohliche Klaue in der Luft, und ich konnte mir den Wolf fast vorstellen – seine glühenden Augen, das hungrige Hecheln.

„Und nicht so ein süßer, flauschiger Wolf aus einem Kinderbuch", fügte er hinzu, seine Stimme nun tiefer, fast gefährlich, „sondern einer mit einem Blick, der sagte: *Ich habe heute noch nichts gefrühstückt.*"

„Das kann doch nicht gut gehen", hauchte Tootles, seine Stimme zitterte leicht, als hätte er die Szene selbst erlebt.

„Auf keinen Fall", stimmte Jibby zu, sein Blick besorgt auf Peter gerichtet, als könnte der Junge in Grün gleich verkünden, dass Rotkäppchen gefressen wurde.

Anne nickte, ihre Stirn in tiefe Falten gelegt. „Was macht sie jetzt?" fragte sie, ihre Worte mehr gefordert als gesprochen.

Ich konnte die Anspannung in der Luft förmlich spüren, wie sie sich zwischen uns verdichtete, fast greifbar wurde. Peter bemerkte es ebenfalls, denn er lehnte sich ein Stück zurück und ließ sich mit einem zufriedenen Ausdruck Zeit.

„Was sie gemacht hat?" Er wiederholte die Frage, seine Stimme triefte vor Unschuld. „Nun ja…" Er drehte sich spielerisch in der Luft, zupfte erneut an einem Blatt und ließ uns noch ein wenig zappeln.

„Sie…" begann er dann, und seine Augen funkelten wie die eines Kindes, das gerade ein besonders aufregendes Geheimnis enthüllen wollte. Doch dann stockte er plötzlich, als ob er sich das Ende seiner eigenen Geschichte noch einmal überlegen müsste, und ließ uns in der Dunkelheit seiner Worte zurück.

Die verlorenen Jungen rückten enger zusammen, ihre Blicke an Peter geheftet, als würde allein ihr Fokus die Fortsetzung erzwingen können. Selbst Glöckchen, die sonst selten bei Geschichten verweilte, schwebte leise in seiner Nähe, ihr Licht flackerte wie ein Funke ungeduldiger Neugier.

„Also? Was dann?" platzte es schließlich aus Charlie heraus, der sich auf die Knie gezogen hatte und Peter anstarrte, als hinge sein Leben von der Antwort ab.

Peter grinste, seine Zähne blitzten in der Dunkelheit, und seine Stimme nahm wieder diesen geheimnisvollen Unterton an, der die Spannung ins Unermessliche trieb. „Das…", sagte er gedehnt, „erzähl ich euch vielleicht morgen."

Ein kollektives Stöhnen brach aus der Gruppe, doch ich konnte das amüsierte Glitzern in seinen Augen sehen. Er wusste genau, wie er uns fesseln konnte, und er genoss es – jede einzelne Sekunde davon.

Peter ließ seinen Blick schweifen, seine Augen leuchteten, als er die Wirkung seiner Worte bemerkte. Die verloren Jungen, bis eben noch von Müdigkeit geplagt, saßen nun kerzengerade, ihre Augen weit aufgerissen. Selbst Anne, die sich sonst so unbeeindruckt zeigte, wirkte ergriffen. Doch Peter war nicht fertig – noch lange nicht.

„Rotkäppchen ahnte nichts von alldem", begann er mit einer Stimme, die vor Theatralik nur so triefte. „Die Blumenwiese war wunderschön. So viele Farben! So viele Düfte! Rotkäppchen konnte nicht widerstehen und pflückte einen Strauß, der so groß war, dass sie ihn kaum tragen konnte. Aber…"

Peter lehnte sich ein Stück vor, seine Stimme wurde leiser, geheimnisvoller, „während sie noch dabei war, die letzte Blume zu pflücken, spürte sie plötzlich etwas. Einen Schatten, der sich über die Wiese bewegte. Ein kalter Schauer lief ihr über den Rücken. Hatte sie sich das nur eingebildet? Oder… war da jemand?"

Jibby zog scharf die Luft ein, und ich bemerkte, wie seine Hände sich in die Decke krallten. Tootles flüsterte etwas, das wie ein Gebet klang, während Slightly unruhig auf der Stelle wippte.

Peter ließ uns keinen Moment zur Ruhe kommen. „Rotkäppchen schüttelte die Angst ab", erzählte er weiter, „und dachte: *Ach, das war bestimmt nur der Wind.'* Also machte sie sich wieder auf den Weg. Mit ihrem prächtigen Blumenstrauß in der Hand spazierte sie den schmalen Pfad entlang. Aber irgendetwas fühlte sich falsch an. Die Vögel, die vorhin noch gesungen hatten, waren verstummt. Die Bäume standen so dicht, dass kaum noch Licht durch die Äste drang. Es war, als würde der Wald selbst den Atem anhalten."

„Was ist passiert?" flüsterte Anne, ihre sonst so starke Stimme klang jetzt fast zaghaft.

Peter grinste, doch es war kein fröhliches Grinsen. Es war das Grinsen eines Geschichtenerzählers, der genau wusste, wie er sein Publikum in den Bann zog.

„Als Rotkäppchen endlich bei der Hütte ihrer Großmutter ankam, war alles still. Zu still. Sie klopfte an die Tür, doch es gab keine Antwort. Das war seltsam, dachte sie, denn ihre Großmutter war immer so herzlich und empfing sie schon von weitem."

„Und dann? Und dann?" drängte Charlie, seine Stimme überschlug sich beinahe.

Peter hielt inne, musterte uns alle und genoss die angespannte Stille. „Tja, was dann? Ich glaube, ihr kennt den Rest der Geschichte, oder nicht?"

Ein kollektives Stöhnen ging durch die Runde, doch bevor jemand protestieren konnte, hob Peter beschwichtigend die Hände. „Na gut, na gut. Ich erzähl's zu Ende."

Die Worte flossen jetzt schneller, seine Stimme gewann an Tempo und Dramatik.

„Rotkäppchen stand da, starr vor Schreck, als der Wolf mit seinem knurrenden *‚Damit ich dich besser fressen kann!'* auf sie zusprang. Es war, als würde die Zeit für einen Moment stillstehen – sie konnte weder schreien noch sich bewegen. Doch genau in diesem Augenblick, in dem alles verloren schien, hörte sie ein Geräusch. Ein Knarzen, als würde eine Tür vorsichtig geöffnet."

Peter machte eine theatralische Pause, ließ seinen Blick durch den Raum schweifen, als wollte er sicherstellen, dass wir alle an seinen Lippen hingen. Und natürlich taten wir das. Selbst ich, die die Geschichte so gut kannte, fühlte ein leises Kribbeln der Spannung.

„Es war der Jäger", fuhr er schließlich fort, seine Stimme jetzt tiefer, eindringlicher. „Ein Mann, der den Wald wie seine Westentasche kannte. Er hatte bemerkt, dass die Vögel verstummt waren, dass die Luft schwerer geworden war, und er wusste: Irgendetwas stimmte hier nicht. Also folgte er seinem Instinkt – und das führte ihn direkt zu der kleinen Hütte."

Ich konnte sehen, wie Tootles unruhig auf seinem Platz hin und her rutschte, und Anne hielt unbewusst den Atem an.

„Der Jäger spähte durch das kleine Fenster der Hütte", erzählte Peter weiter, „und was sah er? Den Wolf, der Rotkäppchen zu Boden gedrückt hatte und sie mit seinem riesigen Maul anstarrte. Für einen Moment überlegte der Jäger, ob er vielleicht erst Verstärkung holen sollte, aber dann dachte er: ,Keine Zeit!'"

„Das nenne ich mutig", murmelte Anne leise, ihre Arme vor der Brust verschränkt, aber ihre Augen leuchteten.

„Er stieß die Tür auf, mit einer Wucht, die die ganze Hütte erzittern ließ", erzählte Peter mit einem breiten Grinsen. „Der Wolf fuhr herum, überrascht und wütend zugleich, aber bevor er reagieren konnte, hatte der Jäger schon seine Axt gezückt. ,Lass das Mädchen in Ruhe!' rief er mit einer Stimme, die den Wolf für einen Moment erstarren ließ."

Ich unterbrach Peters Erzählung kurz, konnte mir ein Kommentar nicht verkneifen. „Ich frage mich, ob der Jäger wirklich so heldenhaft war – oder ob er einfach so dumm war und den Wolf unterschätzt hat."

Peter warf mir einen Blick zu, ließ sich aber nicht beirren. „Vielleicht beides", antwortete er schulterzuckend, bevor er weitersprach. „Jedenfalls stürzte sich der Wolf auf den Jäger, doch dieser war vorbereitet. Mit einem gezielten Schlag seiner Axt versetzte er dem Wolf einen Hieb, der ihn taumeln ließ. Es war ein Kampf, der die Wände der Hütte erbeben ließ. Rotkäppchen nutzte die Gelegenheit und rannte zur Tür, ihre Augen weit vor Angst, aber auch vor Hoffnung."

„Und dann?" drängte Charlie, seine Stimme fast ein Flüstern vor Spannung.

„Dann", sagte Peter mit einem triumphierenden Funkeln in den Augen, „besiegte der Jäger den Wolf. Ein letzter, mächtiger Schlag – und der Wald war wieder sicher. Rotkäppchen und ihre Großmutter, die der Wolf glücklicherweise nur versteckt und nicht gefressen hatte, waren gerettet."

„Das ist wirklich das Ende?" fragte Tootles misstrauisch, als könnte Peter uns noch eine Wendung zumuten.

„Das ist das Ende", versicherte Peter. „Ein glückliches Ende, wie es sich gehört."

Ein leises Aufatmen ging durch die Runde, doch ich bemerkte, wie einige der Jungen immer noch vor Spannung zitterten. Auch Anne wirkte nicht völlig überzeugt, als hätte sie erwartet, dass Peter die Geschichte noch auf den Kopf stellen würde.

„Was lernen wir daraus?" fragte Peter schließlich, seine Arme in die Hüften gestemmt, als er uns alle nacheinander ansah.

„Dass man Fremden – und Wölfen – nicht trauen sollte?" schlug Jibby zögerlich vor.

„Dass man besser nicht vom Weg abkommt?" warf Slightly ein.

Peter grinste und ließ uns zappeln. „Vielleicht. Aber vor allem: Dass die besten Geschichten die sind, bei denen man nie genau weiß, wie sie ausgehen."

Damit lehnte er sich zurück, das Grinsen eines Jungen, der wusste, dass er uns in den Bann gezogen hatte, immer noch auf seinem Gesicht. Und ich? Ich schmunzelte leise. Es war typisch Peter, die Erzählung genauso aufregend wie unberechenbar zu gestalten.

Peter ließ seine Hand sinken und blickte in die Runde, als erwarte er, dass einer von uns ein weiteres Märchen aus der Tasche zaubern würde. Doch niemand sprach. Schließlich brach er das Schweigen, seine Stimme war leiser und gedämpfter als sonst, fast so, als würde er ein Geheimnis verraten. „Ich habe überlegt, Wendy vor ihren Eltern zu retten."

Die Worte hingen einen Moment in der Luft, als hätte jemand ein schweres Buch aufgeschlagen und uns eine Seite gezeigt, die wir nie lesen sollten.

„Wendy?" wiederholte Anne, ihre Stirn kräuselte sich vor Verwirrung. „Was meinst du damit, Peter?"

Ich hingegen konnte mich nicht zurückhalten. Der Gedanke, dass Wendy, das Mädchen, dessen Name oft wie ein Hauch durch unsere Gespräche schwebte, tatsächlich hierherkommen könnte, ließ mein Herz schneller schlagen – ob vor Vorfreude oder Unbehagen, wusste ich nicht genau. „Wendy würde hierher kommen?"

Peter drehte sich mit einem seiner berühmten Grinsen zu mir um, das so schelmisch war, dass ich nicht wusste, ob ich ihm vertrauen sollte. „Vielleicht", sagte er und dehnte das Wort so, dass es wie eine Verlockung klang. „Es ist doch nur fair, oder? Wenn ihre Eltern sie nicht zu schätzen wissen, warum sollte sie dann dort bleiben?"

„Aber Wendy hat doch ein Zuhause", warf Slightly ein. Er schien ebenso verwirrt wie ich – und vielleicht auch ein wenig besorgt. „Ein richtiges Zuhause, mit Eltern, die sie lieben."

Peter zuckte mit den Schultern, als wäre das eine unwichtige Kleinigkeit. „Liebe ist nicht immer genug", erwiderte er, seine Stimme jetzt ungewohnt ernst. „Manchmal brauchst du Abenteuer, Freiheit, einen Ort, an dem du wirklich du selbst sein kannst. Und genau das kann ich ihr bieten."

„Was, wenn sie es nicht will?" fragte Anne skeptisch, ihre Arme vor der Brust verschränkt. Ihr Ton war kühl, aber in ihren Augen flackerte eine Mischung aus Interesse und Vorsicht.

Peter lachte, als wäre das die dümmste Frage, die er je gehört hatte. „Natürlich wird sie wollen! Wer würde das nicht? Hier gibt es nur Spaß und Abenteuer!"

Während Peter weiterredete, spürte ich, wie sich meine Gedanken überschlugen. Wendy hier? Sie war das Mädchen, das in all unseren Geschichten auftauchte, dass Peter zum Lächeln brachte, wie es sonst niemand konnte. Doch was würde es bedeuten, wenn sie tatsächlich hierherkäme?

„Und wenn sie sich nach ihrem Zuhause sehnt?" wagte ich schließlich zu fragen, meine Stimme leise, fast unhörbar.

Peter drehte sich zu mir um, sein Lächeln verschwand. Für einen Moment glaubte ich, einen Hauch von Unsicherheit in seinen Augen zu sehen, bevor er ihn mit seinem üblichen Übermut überdeckte.

„Dann zeige ich ihr, dass sie hier ein besseres Zuhause hat", sagte er entschlossen. „Ein Zuhause, wo sie wirklich dazugehört."

Die verlorenen Jungen wechselten Blicke. Einige schienen von Peters Idee begeistert, andere schienen weniger sicher zu sein. Und ich? Ich wusste nicht, was ich davon halten sollte. Die Vorstellung von Wendy hier war gleichermaßen faszinierend wie beunruhigend.

„Also, was sagt ihr?" fragte Peter schließlich, seine Arme weit ausgebreitet. „Wollen wir Wendy retten oder nicht?"

Die Frage hing schwer im Raum, und ich spürte, wie etwas Neues begann – etwas, das alles ändern könnte.

Zwischen den Zeilen

Ich ließ meinen Blick zwischen dem Armband und dem Brief hin- und herwandern. Die bunten Perlen des Armbands schimmerten matt im schummrigen Licht des Verstecks, und ich spürte die Kühle des Materials in meiner Handfläche.

Jibby hatte gesagt, dass es „schon immer da" gewesen sei – aber was bedeutete das? Was, wenn er sich nicht erinnern konnte, weil er es nicht wissen durfte? Die Gedanken wirbelten in meinem Kopf wie ein Sturm, und doch blieben sie ohne Ziel.

Ich öffnete den Brief erneut, auch wenn ich wusste, dass es vergeblich war. Die Tinte hatte sich in trägen, schwarzen Linien verzogen, als wäre sie selbst vor mir davongelaufen. Einzelne Worte schienen hervorzuspringen, doch sie ergaben keinen Sinn.

Peter drehte sich im Schlaf, und ich hielt den Atem an. Sein Gesicht war entspannt, fast kindlich.

Es war schwer zu glauben, dass derselbe Peter, der Geschichten mit solcher Leidenschaft erzählte, auch derjenige war, der gegen Captain Hook kämpfte und uns immer wieder aus gefährlichen Situationen rettete. In diesem Moment wirkte er einfach nur... verletzlich.

Ich wusste, dass ich mehr erfahren musste. Nicht nur über das Armband und den Brief, sondern auch über die Verbindung, die Jibby und vielleicht sogar Peter zu Hook hatten. Aber wie? Und wann? Ich lehnte mich an die kühle Wand des Baus und schloss kurz die Augen. Die Ereignisse des Tages wirbelten durch meinen Kopf wie ein Sturm. Das Flackern der Erinnerungen an das Schiff, an Hook, an das Armband und schließlich an Jibby ließ mich nicht los. Ich spürte eine Mischung aus Anspannung und Entschlossenheit in mir aufsteigen – eine Flamme, die Peter unbewusst entzündet hatte, als er mich bremsen wollte.

Das Armband war der Schlüssel, da war ich mir sicher. Jibbys Worte klangen nicht nach einer Lüge, aber auch nicht nach der ganzen Wahrheit. War er sich wirklich dessen Ursprunges nicht bewusst? Oder war seine Erinnerung daran einfach... gelöscht?

Ich rieb mir die Stirn. „Immer das, was mir verwehrt bleibt", murmelte ich zu mir selbst und spürte einen Hauch von Bitterkeit in meiner Stimme. Es war eine alte Gewohnheit, die mich schon oft in Schwierigkeiten gebracht hatte. Doch diesmal war es anders. Diesmal war es keine einfache Neugier, die mich antrieb. Es war der Drang, Antworten zu finden – über Jibby, über Peter, über Hook und dieses Armband.

Im Schlaf wirkte Peter wie ein gewöhnlicher Junge, nicht wie der selbsternannte Anführer und Held vom Nimmerland. Die leichte Arroganz, die ihn sonst wie eine Rüstung umgab, war verschwunden. Seine Gesichtszüge waren weich und entspannt, fast kindlich. Es war, als hätte der Schlaf ihn in die Unschuld zurückversetzt, die er tagsüber so sorgfältig verbarg.

Ein seltsames Gefühl durchfuhr mich, eine Mischung aus Nervosität und... Neugier? Vielleicht war es etwas anderes, etwas Tieferes, das ich nicht benennen konnte. Aber es trieb mich dazu, näher an ihn heranzurücken. Ich hielt den Atem an, während ich jeden seiner Atemzüge zählte, die sich wie flüsternde Wellen an einem stillen Strand erhoben und senkten.

Meine Hand zitterte leicht, als ich sie langsam zu seiner Kleidung bewegte. Die Fingerspitzen streiften vorsichtig den Stoff seiner Jacke, und ein kurzer Moment der Angst durchzuckte mich: Würde er aufwachen? Doch Peter rührte sich nicht.

Mit einer kaum wahrnehmbaren Bewegung öffnete ich die erste Tasche. Nichts. Nicht einmal ein Krümel. Ich schluckte und ließ die Hand weitergleiten, die zweite Tasche suchend. Wieder nichts. Mein Herz schlug schneller, lauter. Es fühlte sich an, als müsste Peter es hören können.

Dann fiel mein Blick auf den kleinen Samtbeutel, der an seinem Gürtel befestigt war. Er hing nur wenige Zentimeter von seinem Dolch entfernt, dessen Klinge im schwachen Licht gefährlich funkelte. Ich musste schlucken, mein Mund war plötzlich trocken. War es das Risiko wert?

Mein Atem ging flach, und ich zwang mich zur Ruhe. Ganz langsam schob ich meine Hand zu dem Beutel. Die Schnur, die ihn verschloss, war straff gezogen, aber nicht verknotet. Ich hielt inne und lauschte, ob Peters Atem sich verändert hatte. Seine Brust hob und senkte sich gleichmäßig, unbeeindruckt von meiner Nähe.

Mit aller Vorsicht nahm ich die Schnur zwischen meine Finger und zog daran. Sie gab nach, doch das Geräusch des reibenden Stoffes schien ohrenbetäubend laut in der Stille. Ich hielt inne, meine Nerven zum Zerreißen gespannt, während ich Peters Gesicht beobachtete. Er rührte sich um keinen Zentimeter.

Plötzlich zuckte Peter im Schlaf. Sein Arm bewegte sich unwillkürlich, und ein erschrecktes Keuchen entwich meinen Lippen, bevor ich es unterdrücken konnte. Mein Herz setzte einen Schlag aus, und die Welt schien für einen Moment stillzustehen. Meine Nerven waren zum Zerreißen gespannt, und meine Finger erstarrten, noch immer den Beutel haltend.

Peters Atem stockte kurz, und ich hielt den Atem an, mein Blick starr auf sein Gesicht gerichtet. Dann, wie ein Blatt, das sich im Wind wieder zur Ruhe legt, entspannte er sich erneut. Der Rhythmus seines Atems kehrte zurück, gleichmäßig und tief. Ich wagte es, meine Finger wieder zu bewegen, so langsam, dass es sich fast schmerzhaft anfühlte.

Mit der Vorsicht eines Diebes, der sich durch ein Labyrinth von Fallen bewegt, zog ich schließlich das Innere des Beutels hervor. Meine Finger berührten etwas Weiches, ein Stück Stoff. Vorsichtig zog ich es heraus, darauf bedacht, den Beutel dabei nicht zu bewegen oder ein verräterisches Rascheln zu verursachen.

Endlich hatte ich es in der Hand – das Taschentuch. Ich erkannte sofort den dunkelgrünen Stoff und den Aufdruck der gelben Ente, die sich darauf abzeichnete. Das war es, wonach ich gesucht hatte. Das war der Schlüssel zu so vielen Fragen, die mich quälten.

Meine Beine fühlten sich wie Wackelpudding an, als ich mich so leise wie möglich von Peter entfernte. Jeder Schritt zurück in den Schatten des Raumes war eine Prüfung meiner Selbstbeherrschung. Ich spürte jeden Atemzug, jede Bewegung meiner Füße, als könnte jeder kleinste Fehler meine Tarnung auffliegen lassen.

Endlich erreichte ich die dunkelste Ecke des Raumes, und eine Welle der Erleichterung überkam mich. Ich ließ mich auf den Boden sinken, drückte das Taschentuch fest in meiner zitternden Hand und versuchte, meine rasenden Gedanken zu ordnen. Die Spannung, die sich wie ein schwerer Knoten in meiner Brust zusammengerollt hatte, löste sich langsam.

Mit zitternden Fingern zündete ich die Kerze an, die ich zuvor in der Küche gefunden hatte. Die Flamme flackerte unruhig, als wolle sie sich gegen die Dunkelheit wehren, die den Raum verschluckte. Das schwache Licht reichte gerade aus, um die drei Objekte vor mir in einen schimmernden Schein zu hüllen: das Armband, das Taschentuch und den beschädigten Brief.

Das Taschentuch zog meinen Blick am meisten an. Ich hob es vorsichtig auf, als wäre es aus zerbrechlichem Glas. Der Stoff war überraschend weich, obwohl er sicher schon viel erlebt hatte. Die kleinen goldenen Fäden, die die gelbe Ente und die Initialen „J.S." formten, glänzten matt im Kerzenlicht.

Jede noch so feine Naht der Stickerei schien eine Geschichte zu erzählen, die ich nicht entschlüsseln konnte.

Mein Daumen strich über die Stickerei, während in meinem Kopf Fragen aufflammten wie Funken eines Feuers.

Wer war „J.S."? Was verband diese Person mit Peter, mit Jibby – und womöglich auch mit mir? Das Taschentuch war ein weiteres Puzzlestück, ein winziger Hinweis, der sich einfach nicht einfügen wollte.

Ich legte das Tuch behutsam zurück und griff nach dem Armband. Die Perlen, aus denen es bestand – leuchtend grüne und sonnengelbe – waren unregelmäßig geformt, fast so, als wären sie handgemacht. Das Material fühlte sich kühl an, und eine der Perlen schien einen kleinen Riss zu haben. Wie oft hatte es wohl schon getragen werden müssen, um solche Spuren zu hinterlassen? Zuletzt wandte ich mich dem Brief zu. Er war schwer zu entziffern, die Tinte verschmiert und die Ecken vom Meerwasser zerfressen, doch seine Worte hatten sich schon längst in mein Gedächtnis gebrannt.

Der Raum war still, nur das leise Flackern der Kerze und mein eigener Atem erfüllten die Dunkelheit. Alles in mir schrie danach, eine Verbindung zwischen diesen Dingen zu finden – eine Erklärung, die Sinn ergab. Doch je länger ich die Objekte betrachtete, desto mehr Fragen drängten sich auf.

War das Taschentuch mit den Initialen ein Zeichen? War es nur Zufall, dass das Armband fast identisch mit dem war, das ich bei Jibby gesehen hatte? *Jibby*. Sein Name hallte wie ein Echo in meinen Gedanken. War er der Schlüssel zu all dem? Niemand hatte mir je seinen vollständigen Namen verraten, nicht einmal er selbst. Aber die Initialen „J.S." – sie passten einfach zu gut. Mein Puls beschleunigte sich, als ich zu dem schlafenden Jungen hinübersah.

Er lag zusammengekauert auf einer der improvisierten Betten aus Moos und Stofffetzen, die wir alle nutzten. Sein Atem ging ruhig und tief, und sein schmaler Körper wirkte noch kleiner, als er unter der Decke verborgen lag.

Die Perlen seines Armbands schimmerten im schwachen Licht der Kerze, fast wie ein stiller Vorwurf, dass ich mehr wissen musste.

Sollte ich ihn einfach fragen? Der Gedanke war verlockend, aber auch riskant. Was, wenn ich mich irrte? Was, wenn Jibby etwas verbarg, das er nicht preisgeben wollte? Doch das Schlimmste war die Vorstellung, dass er es vielleicht selbst nicht wusste.

Ich biss mir auf die Lippe, meine Finger krallten sich in den weichen Stoff des Taschentuchs. Es fühlte sich an, als würde es mir alle Antworten zuflüstern, wenn ich nur lange genug hinsah – aber natürlich schwieg es. Die Initialen, die Ente, das Armband: Es war alles zu viel und doch nicht genug.

Stattdessen traf ich eine Entscheidung, die mich selbst überraschte. Leise, fast lautlos, schlich ich mich zu ihm. Der Raum war still, das einzige Geräusch war das sanfte Rauschen des Windes, das durch die Bäume draußen zog. Mit jeder Bewegung schlich ich näher an ihn heran, mein Herz pochte dabei schneller, als ich es gewohnt war.

Jibby lag auf seiner Seite, in tiefem Schlaf, seine kleinen Atemzüge gleichmäßig und beruhigend. Vorsichtig, als wollte ich ihn nicht wecken, ergriff ich seinen Arm. Die Berührung war sanft, beinahe zärtlich. Die Haut unter meinen Fingern fühlte sich überraschend warm an. Langsam, mit einem Gefühl der Entschlossenheit, zog ich das Armband von seinem Handgelenk. Der zarte Stoff glitt über seine Haut, der Druck, der es gehalten hatte, war sofort verschwunden.

Kaum hatte ich das Armband in meinen Händen, trat ich auf etwas. Ein leises Geräusch – ein scharfes Knacken, als ich versehentlich auf einen Ast oder ein dünnes Stück Holz trat. Ich hielt den Atem an, meine Nerven gespannt wie Draht. Die Stille, die darauf folgte, schien endlos zu dauern.

Und dann, als ich noch immer regungslos da stand, spürte ich es – ein Augenblick der Ruhe, bevor ein leises, fast unhörbares Murmeln die Stille durchbrach. „Was machst du da?"

Die Stimme kam aus der Dunkelheit, leise, aber klar. Ein Schauer lief mir über den Rücken, als ich mich ruckartig umdrehte. Doch es war nicht Peter, der mich beobachtete.

„Irgendwas ist komisch mit dir", sagte Anne schließlich, ihre Stimme ruhig, aber fest. Ihr Blick war scharf, wie ein Messer, und er ruhte auf dem Armband in meinen Händen. Der Blick, den sie mir zuwarf, war durchdringend, als ob sie in meine Gedanken eindringen könnte. Es war, als ob sie genau wusste, dass etwas nicht stimmte, doch sie ließ mir keinen Raum für Ausflüchte.

„Nein, so ist es nicht", stammelte ich, während ich das Armband in meinen Fingern festhielt und hastig den Kopf schüttelte. Ich versuchte, so normal wie möglich zu wirken, doch meine Gedanken wirbelten durcheinander. Was sollte ich ihr sagen? Was würde sie denken, wenn sie wusste, was ich gerade herausfand?

Anne ließ sich jedoch nicht beirren. Ihre Augen verengten sich zu Schlitzen, und ohne zu zögern deutete sie auf das Armband in meiner Hand. „Und was ist das dann hier?", fragte sie, ihr Tonfall war unerbittlich.

Sie wusste, dass ich etwas verbarg, und ich konnte nicht länger tun, als wäre alles in Ordnung. Ich seufzte tief und schloss die Augen, als die Last meiner Gedanken über mich kam.

„Das ist... eine lange Geschichte", murmelte ich. Ich wollte ihr nicht alles erzählen, wollte sie nicht in das Dunkel meiner Fragen und Vermutungen hineinziehen. Doch ich wusste, dass ich keine Wahl hatte.

Anne grinste plötzlich, ein schelmisches, fast freches Lächeln, das in ihren Augen aufblitzte. „Gut, dass ich für immer ein Kind sein werde", sagte sie, und ihre Stimme war jetzt leicht und verspielt. „Also habe ich unendlich viel Zeit, dir zuzuhören."

Der Sprung ins kalte Wasser

Der Wind zerrte an meinen Haaren, als ich die letzten Sprossen der Strickleiter hinaufstieg. Anne folgte mir dicht auf, ihre Schritte rhythmisch und entschlossen. Mit einem kräftigen Atemzug verließ sie das Versteck, die klare Luft des Waldes umspielte sie wie ein unsichtbares Tuch. Der Duft von Erde und Moos lag in der Luft, doch der Wind trug auch etwas Unruhiges mit sich, wie eine Vorahnung.

„Komm, wir entfernen uns ein wenig von hier", schlug sie vor, ihre Stimme leise, aber bestimmt. Ich nickte stumm und folgte ihr, froh über die Idee. Die Nähe zum Baum ließ mich unruhig werden. Jeder Schatten, jede Bewegung der Blätter schien ein Zeichen dafür zu sein, dass jemand lauschen könnte – einer der verlorenen Jungen oder, schlimmer noch, Peter selbst.

Anne ging voraus, ihre Schritte leichtfüßig und zielgerichtet, während ich die Umgebung absuchte. Der Wald schien lebendig zu sein. Zweige raschelten im Wind, und hin und wieder knackte ein Ast unter unseren Füßen. Wir bahnten uns unseren Weg durch das Dickicht, bis wir schließlich eine kleine Lichtung erreichten, die vom Mondlicht erhellt wurde.

„Hier sollten wir ungestört sein", sagte Anne, während sie sich auf einen moosbedeckten Baumstumpf setzte. Ihr Blick war auf mich gerichtet, neugierig, aber auch geduldig. Ich zögerte. Der Wind spielte mit meinem Haar und brachte die Kälte der Nacht mit sich, die sich wie eine unsichtbare Hand um meinen Körper legte.

„Also, worum geht es?", fragte sie schließlich, ihre Stimme ein sanftes Drängen. Ich atmete tief durch, den Kopf gesenkt, während ich das Armband in meinen Händen hielt. Das sanfte Leuchten der Perlen schien im Mondlicht fast magisch. Es war, als ob die Geschichte, die ich gleich erzählen würde, längst in die Nacht geschrieben war.

„Es ist schwierig zu erklären", begann ich, und meine Stimme klang unsicher, fast brüchig. Doch ich wusste, dass ich nicht länger schweigen konnte.

„Was ist denn jetzt los?", fragte sie leise, aber eindringlich. Ihre Stimme schnitt durch die Stille, die sich zwischen uns gelegt hatte. Ich seufzte, schwer und zögerlich, bevor ich mich neben sie niederließ. Der kalte Boden drückte gegen meine Beine, und ich spielte mit den Perlen des Armbands in meiner Hand.

„Naja", begann ich zögernd, den Blick auf die funkelnden Farben der Perlen gesenkt, „vielleicht kannst du mir ja helfen."

Anne bewegte sich leicht, rückte ein Stück näher. Ihre Augen, in denen sich das silberne Licht des Mondes spiegelte, drängten mich stumm, weiterzusprechen. Es war, als würde die Nacht selbst gespannt auf meine Worte warten.

„Es hat alles an dem Tag begonnen", fuhr ich fort, und meine Stimme zitterte leicht, „als Peter, du und ich zur Jolly Roger gegangen sind, um Hook und seine Mannschaft zu ärgern."

Anne nickte, ihre Augenbrauen zogen sich leicht zusammen. „Natürlich erinnere ich mich. Das war der Tag, an dem du Peter den Kleiderbügel zugeworfen hattest, stimmt's?."

Ich konnte ein kurzes, trockenes Lachen nicht unterdrücken. „Ja, das stimmt. Aber es war nicht nur das." Ich hob den Blick, und unsere Augen trafen sich. „An dem Tag habe ich etwas gefunden, Anne. Etwas, das mich seitdem nicht mehr loslässt."

Ihre Miene wurde ernst, und sie lehnte sich ein wenig vor.

„Was genau?"

„Das hier ...", begann ich leise, während ich in meiner Tasche kramte. Meine Finger ertasteten das raue, leicht wellige Papier, das seit jenem Tag einen Platz bei mir gefunden hatte. Ich zog den vergilbten Brief heraus, seine Ecken ausgefranst, die Schrift darauf durch Feuchtigkeit und Zeit verblasst.

Anne beugte sich leicht vor, ihre Augen huschten zwischen meinem Gesicht und dem zerbrechlichen Stück Papier hin und her. Ich spürte, wie sich die Kälte der Nacht mit der Nervosität in meiner Brust vermischte.

„Als wir auf der Jolly Roger waren", begann ich, meine Stimme kaum mehr als ein Flüstern, „war ich in diesem Raum. Hooks Raum." Ich hielt kurz inne, ließ die Worte wirken. Anne schluckte hörbar, und ich fuhr fort.

„Ich habe gesucht, in Ecken und Schränken, die besser unangetastet geblieben wären. Als Erstes habe ich die Schublade seines Schreibtisches geöffnet."

Mein Herz schlug schneller, als die Erinnerung zurückkam, lebendig und klar.

„Ein Brief?" Anne hob fragend eine Augenbraue, ihre Stimme eine Mischung aus Verwunderung und Neugier. „Was stand darin?"

Ich zog den Brief ein wenig näher an meine Brust, als wäre er ein Geheimnis, das ich nur zögerlich teilen wollte. Dann jedoch reichte ich ihn ihr langsam. „Sieh selbst", murmelte ich und beobachtete ihre Reaktion genau.

Anne nahm das Papier mit vorsichtiger Neugier, als hätte sie Angst, es zu beschädigen. Sie drehte es so, dass das Mondlicht die verblassten Worte gerade so erhellte. Ihre Augenbrauen zogen sich zusammen, während sie versuchte, die kursiven Buchstaben zu entziffern.

„Die Schrift ist fast unleserlich", murmelte sie. „Was ist hier passiert?" Ihre Finger glitten über die feuchten, leicht aufgerauten Stellen, wo die Tinte durch meine Flucht verwischt war.

Ich zuckte mit den Schultern, schob die Erinnerung an das salzige Wasser und den engen Fluchtweg beiseite. „Es hat ein bisschen gelitten", gab ich zu. „Aber ich kenne den Inhalt. Ich habe ihn so oft gelesen, dass ich ihn fast auswendig kann."

Anne sah mich fragend an, bevor sie mir den Brief zurückgab.

„Also?"

„Oh, Peter, so gar mancherlei habe ich dir zu künden. Ich flehe dich an, erlöse mich aus diesem Orte, denn ich vermag es nicht länger zu ertragen. Auch obgleich du mir schwurst, es nach William nimmermehr zu tun, bitte ich dich inständig: Nimm mich mit dir fort. Hier mag ich nicht länger verbleiben, hier will ich nicht mehr gedeihen. Ja, am liebsten wollte ich gänzlich nicht mehr gedeihen. – J. ", zitierte ich mit Nachdruck.

Anne blickte erst mich an, dann den Brief, ihre Stirn in Falten gelegt, als könnte sie durch bloßes Anstarren eine Antwort finden. „Und was genau bedeutet das jetzt?", fragte sie schließlich, ihre Stimme leise, aber angespannt.

Ich ließ den Blick auf den Boden fallen, während ich meine Finger über den zerknitterten Rand des Briefes gleiten ließ. „Das versuche ich herauszufinden", murmelte ich, bevor ich den Brief sorgfältig wieder in meine Tasche schob. Die Worte, die darauf standen, hallten in meinem Kopf nach, wie ein unaufhörlicher Flüsterton, der keine Ruhe gab.

Während ich mir mit einer müden Hand die Nase rieb, sprach ich weiter: „Als ich das dort gelesen habe, konnte ich nicht aufhören, darüber nachzudenken. Es fühlte sich an wie ein Schlüssel – ein Schlüssel zu etwas, das ich verstehen muss."

Anne musterte mich, und ich konnte spüren, dass sie meine Worte in ihrem Kopf drehte und wendete. Dann machte sie ein leises Geräusch, ein kurzes *Hmm*, als hätte sie gerade eine Verbindung hergestellt.

„Du hast also die Zeit vergessen, weil du mehr herausfinden wolltest?",
fragte sie einen Moment später langsam, ihre Stimme klang skeptisch, aber
nicht ohne Mitgefühl.

Ich nickte und hob den Blick, traf kurz ihre Augen. „Ja. Ich habe nach
ähnlichen Briefen gesucht. Nach Hinweisen, irgendetwas, das mir erklären
könnte, was das hier bedeutet. Aber nichts war da. Zumindest an dem Tag."

Anne lehnte sich leicht zurück und verschränkte die Arme, während sie
mich weiterhin mit prüfendem Blick musterte. „Deswegen hast du keinen
Haken gefunden", stellte sie fest, ihre Stimme beinahe beiläufig, als hätte sie
soeben ein einfaches Rätsel gelöst.

Ich nickte langsam, meine Gedanken zurück bei dem hektischen Moment
auf der Jolly Roger.

„Genau", bestätigte ich leise. „Ich habe einfach nach irgendetwas
gegriffen, als Peter mich gerufen hat. Es ging so schnell, und ich wollte nicht,
dass er..."

Ich stoppte, ließ den Satz unvollendet, aber Anne verstand. Sie schürzte
die Lippen nachdenklich. „Jetzt verstehe ich", murmelte sie, ihre Augen kurz
auf den Boden gerichtet, bevor sie mich wieder ansah.

Ich atmete tief aus, ließ die aufgestaute Luft meiner inneren Anspannung
entweichen. Der Mond schien kühl über uns hinweg, und die Schatten der
Bäume bewegten sich sanft mit dem Wind. „Ich weiß einfach nicht, was ich
noch tun soll", gab ich schließlich zu, meine Stimme brüchig.

„Nachdem wir zurückgeflogen waren, habe ich eurem Gespräch
gelauscht." Anne starrte mich an, ihre Augen weiteten sich vor
Überraschung. „Was? Du hast gelauscht?"

Ich lächelte sanft, beinahe entschuldigend. „Ja, und danke nochmal, dass
du mich verteidigt hast."

Ihr Gesicht entspannte sich, und sie zuckte mit den Schultern. „Ich fand
es unfair, was Peter gesagt hat, und ehrlich gesagt völlig unberechtigt."

„Genau," stimmte ich zu, mein Blick wanderte zu den Schatten um uns herum. „Und als ich dann hörte, dass sich die Geschichte irgendwie wiederhole und dass Peter einen gravierenden Fehler gemacht hatte..."

Ich hielt inne, um ihre Reaktion zu sehen, aber Anne nickte nur, als ob sie mich ermutigen wollte, weiterzusprechen. „...da wurde ich noch neugieriger. Hätte ich dieses Gespräch nicht gehört, hätte ich den Brief womöglich sogar vergessen."

Ich zuckte mit den Schultern, das Gewicht dieser Erkenntnis drückte dennoch auf meine Gedanken. Für einen Moment senkte ich den Kopf, ließ die Worte und das, was sie bedeuteten, in der stillen Nachtluft hängen. „Es hat sich alles so verdreht angefühlt, Anne. Als ob da mehr ist, als er uns sagt."

Ich war bereits dabei, in meinen eigenen Gedanken zu versinken, als Anne ihre Hand auf meine Schulter legte. Ihre Berührung holte mich in die Realität zurück, aber es war das, was sie sagte, das mich völlig aus der Fassung brachte.

Sie nickte nachdenklich, bevor ihre leise, aber entschlossene Stimme durch den Raum drang: „Was auch immer das ist, wir kriegen das raus."

Ich blinzelte überrascht und suchte ihren Blick, aber sie schaute mit einer Ernsthaftigkeit zu mir, die mich gleichzeitig beruhigte und beunruhigte. Anne war nicht diejenige, die sich leichtfertig in Peters Pläne hineinziehen ließ – zumindest dachte ich das bis jetzt. Ihr Entschluss, aktiv mitzumachen, fühlte sich an wie ein Blitzschlag, unerwartet und durchdringend.

„Ich habe Hinweise darauf gefunden, dass Jibby möglicherweise ‚J' sein könnte," begann ich, fast zögerlich, und spürte, wie meine Stimme vor Spannung zitterte. „Deshalb habe ich weiter nachgeforscht. Ich habe mich auf die Jolly Roger geschlichen."

Anne zog überrascht die Augenbrauen hoch, aber ich sprach weiter, ohne ihren erstaunten Blick abzuwarten. „Ich habe es geschafft, Hooks ganzes

Zimmer auf den Kopf zu stellen. Dabei habe ich ein Armband gefunden. Genau das gleiche Armband, das Jibby trägt."

Ein kurzes Schweigen legte sich über uns, bis Anne endlich ihre Stimme wiederfand. „Aber... was hat Jibby denn mit Hook zu tun?" Ihre Worte waren kaum mehr als ein Flüstern, doch die Verwirrung in ihrem Gesicht sprach Bände.

„Das wollte ich dich fragen," entgegnete ich und beugte mich leicht vor, meine Hände auf den Knien zu Fäusten geballt. „Du bist schon länger im Nimmerland als ich. Du kennst Peter besser, kennst seine Geschichten, möglicherweise seine Geheimnisse. Denkst du, du könntest mir irgendwie helfen?"

Anne sah mich an, ihre Stirn in Falten gelegt, als ob sie fieberhaft nach einer Antwort suchte.

„Bitte, Anne," drängte ich, und meine Stimme wurde leiser, fast flehend. „Auch wenn es nur ein kleiner Gedanke oder Hinweis ist, den du hast, bitte erzähle ihn mir."

Meine Augen hielten ihren Blick fest, mit einer Intensität, die ich nicht unterdrücken konnte. Es war, als ob meine ganze Hoffnung an diesem Moment hing. Ich fühlte mich wie ein Kind, welches sehnsüchtig darauf wartet, dass eine strenge Mutter ihre Meinung änderte und endlich einen Herzenswunsch erfüllen würde.

Anne starrte gedankenverloren in die Dunkelheit, ihre Finger spielten nervös mit den Enden eines ihrer beiden Zöpfe. Die Stille der Nacht war schwer, nur das leise Rascheln der Blätter begleitete uns.

„Du hast wirklich nichts weiter? Nur das Armband und den Brief?" Ihre Stimme klang leise, fast flehend.

Ich nickte langsam und wählte meine Worte sorgfältig. „Heute, auf dem Schiff... da ist Peter plötzlich aufgetaucht. Es war genau, als ich das zweite Mal gesucht habe. Er hat Glöckchen erzählt, er müsse verhindern, dass ich etwas herausfinde. Aber er hat nicht gesagt, was. Dann fand er ein Taschentuch mit dem Aufdruck einer Ente." Ich hielt inne und musterte Annes Gesicht. „Weißt du irgendetwas darüber? Über Peter? Oder vielleicht William oder Jibbys Vergangenheit?"

Anne senkte den Blick und hielt inne, als müsse sie erst nachdenken. Schließlich sagte sie leise: „Ich weiß nur, dass Peter vor langer Zeit einen Fehler gemacht hat. Einen schlimmen Fehler. Aber er redet nie darüber." Ihre Stimme zitterte leicht, und sie zog ihre Schultern enger, als wolle sie sich vor der kalten Luft oder einer unsichtbaren Last schützen.

„Wer ist am längsten schon hier?" fragte ich, die Unruhe in meiner Stimme kaum verbergend.

Anne schloss die Augen, als durchforstete sie ihre Gedanken, bevor sie langsam antwortete: „Jibby. Ich glaube, es ist Jibby."

Mein Herz sank. Jibby, der kleine Junge, der so wenig sprach, so unschuldig schien. „Aber wenn ich ihn frage..." begann ich, doch Anne unterbrach mich mit einem leisen, resignierten Seufzen.

„Er wird es Peter erzählen," sagte sie mit einer Bestimmtheit, die keine Zweifel zuließ.

Ich biss mir auf die Lippe und starrte gedankenverloren auf den Boden, meine Gedanken überschlugen sich. Was konnten wir denn sonst tun? Wie sollten wir an die Wahrheit kommen, ohne Peter direkt zu konfrontieren oder Jibby in Gefahr zu bringen?

Anne unterbrach meine Überlegungen, ihre Worte trafen mich wie ein gezielter Pfeil. „Jetzt verstehe ich aber, warum Peter sich in deiner Nähe immer so merkwürdig verhält."

Ich hob den Kopf und sah sie an. „Wieso?"

„Er will perfekt sein," flüsterte sie, ihre Stimme kaum mehr als ein Hauch. „Niemand sollte erfahren, dass er auch Fehler macht. Du siehst seine Fehler."

Ihre Worte hallten in mir wider, schmerzhaft und klar.

„Peter ist ein Mensch," murmelte ich, mehr zu mir selbst als zu Anne. „Er kann nicht perfekt sein, so sehr er es auch versuchen wird."

Anne nickte langsam, aber ich sah die Zweifel in ihren Augen. Peter war der Held, der niemals stolperte, niemals versagte – so glaubten sie alle. So wollte er, dass sie ihn sahen.

Doch ich wusste es besser.

Er war nicht perfekt. Und genau das machte ihn nur noch menschlicher. Nur noch zerbrechlicher. Alle glaubten an den unfehlbaren Peter Pan. Alle – außer mir.

„Ich habe eine Idee!" Anne sprang plötzlich auf, ihre Augen funkelten im fahlen Licht des Mondes, als hätte sie gerade ein Geheimnis entschlüsselt.

Ein Lächeln stahl sich auf meine Lippen, angesteckt von ihrer plötzlichen Begeisterung. „Was für eine?" fragte ich, neugierig nach vorn gelehnt, meine Stimme drängend.

Anne verschränkte die Arme vor der Brust und zog die Augenbrauen vielsagend hoch. „Du hast mich gefragt, ob ich dir helfen könnte und ob ich irgendetwas wüsste. Und weißt du was?"

Ich hob fragend eine Braue, während sie theatralisch eine Pause machte, um ihre nächsten Worte zu betonen.

„Nachdem du mir alles so ausführlich erklärt hast, ist mir aufgefallen, dass ich mehr weiß, als ich dachte."

Ihre Worte ließen mich erstarren, und ich richtete mich abrupt auf. „Was meinst du damit?"

Anne sah mich triumphierend an, ihre Miene von einem selbstzufriedenen Grinsen geprägt. „Peter! Immer wenn er alleine sein will, zieht er sich an einen bestimmten Ort zurück."

Ich runzelte die Stirn. „Einen Ort? Was für einen Ort?"

„Er hat uns nie erzählt, wo dieser Ort ist. Es ist sein Geheimnis. Aber eines Tages…"

Anne senkte ihre Stimme zu einem dramatischen Flüstern und beugte sich näher zu mir. „Eines Tages war ich so neugierig, dass ich ihm gefolgt bin."

Meine Augen weiteten sich, mein Herz schlug schneller. „Du hast ihn verfolgt?" fragte ich, aufgeregt nach vorne gebeugt.

Sie nickte langsam, ein Funkeln in ihren Augen. „Ja. Ich habe beobachtet, wohin er geht, wenn er glaubt, dass niemand hinsieht. Und ich weiß genau, wo dieser Ort ist."

Ihre Worte setzten in mir eine Flut von Gedanken in Bewegung. Könnte dieser geheime Rückzugsort der Schlüssel sein? Ein Ort, an dem Peter die Wahrheit versteckte, vor uns, vor sich selbst?

„Zeig mir diesen Ort," bat ich, meine Stimme drängend. Anne sah mich an, ihre Augen strahlten Entschlossenheit aus, während ein Lächeln ihre Lippen umspielte.

„Mit dir waren wir noch nie dort," begann Anne, ihre Stimme hatte etwas Geheimnisvolles, das meine Neugier noch mehr anstachelte. „Dort gibt es kein Leben und alles, wirklich *alles* ist still. So ruhig, dass man fast glauben könnte, selbst die Zeit bleibt dort stehen. Es ist die Schädelskluft."

Das Wort hallte in meinem Kopf nach, und ein leichter Schauer lief über meinen Rücken. Ich hatte schon oft von oben auf die riesige Insel geschaut, ihre Wälder, Klippen und verborgenen Buchten bewundert. Doch bei all den Erkundungen, bei all den Abenteuern, die wir erlebt hatten, konnte ich mich an keinen Ort erinnern, der auch nur ansatzweise so klang. Ein Felsen? Ein Schädel?

„Wo liegt das?" Meine Stimme war leise, als ob ich fürchtete, die Antwort könnte irgendetwas in mir auslösen, das besser verborgen bliebe.

Anne blickte in die Dunkelheit der Nacht hinaus, als würde sie versuchen, den Ort mit ihren Gedanken hervorzurufen. „Nordöstlich von hier," erklärte sie schließlich. „Von unserem Versteck aus folgt man einem kaum erkennbaren Pfad durch den Wald, vorbei an den alten, knorrigen Bäumen. Irgendwann beginnt das Gelände abzufallen, und dann sieht man sie – die Schädelskluft. Es ist eine Ruine, die einmal eine Burg gewesen sein muss. Die Zugbrücke führt zu einem Felsen. Er hat die Form eines riesigen Schädels."

„Und diese Burg?" fragte ich, meine Stimme zögernd.

„Sie wurde vor langer Zeit überschwemmt," fuhr Anne fort, ihre Augen glitzerten im Mondlicht. „Die Flut hat sie zerstört. Nur bei Ebbe kann man noch die Überreste sehen – zerbrochene Mauern, versunkene Säulen, die wie Knochen aus dem Schlamm ragen. Es sieht unheimlich aus, wie ein Mahnmal aus einer anderen Zeit. Aber sobald die Flut zurückkehrt, wird alles verschluckt. Dann bleibt nur ein stiller, schwarzer See, der die ganze Kluft ausfüllt."

Ein kalter Windhauch ließ die Bäume über uns leise rascheln, und ich spürte, wie sich eine Gänsehaut über meine Arme zog. Unbewusst fuhr ich mit meinen Fingern darüber, doch die Kälte schien aus einem anderen Grund da zu sein – sie kam von der Vorstellung dieses verlassenen Ortes.

„Und dorthin geht Peter freiwillig?" fragte ich schließlich, mein Atem leicht zitternd.

Anne nickte langsam, ihre Miene ernst. „Ja. Es ist der einzige Ort, an dem er wirklich allein ist. Selbst wir, die Verlorenen , folgen ihm nicht dorthin. Er braucht diese Stille, dieses... Vergessen."

„Vergessen?" wiederholte ich, meine Stimme war kaum mehr als ein Flüstern.

Anne zuckte die Schultern, aber ihre Augen verrieten, dass sie mehr wusste, als sie sagen wollte. „Ich glaube, dort denkt er über Dinge nach, über die er uns nichts erzählen will. Vielleicht über den Fehler, den er gemacht hat. Vielleicht über andere Dinge, die wir nie verstehen werden."

„Du denkst, dass wir, wenn wir dorthin gehen, etwas finden werden?" Meine Stimme zitterte leicht vor Spannung, aber ich hielt Annes Blick stand. Ihre Augen funkelten vor Zuversicht, als sie entschlossen nickte.

„Vielleicht hat Peter dort etwas versteckt," begann sie, ihre Worte waren von leiser Aufregung durchzogen. „Oder... vielleicht verrät der Ort selbst etwas über ihn. Etwas, das uns hilft, hinter diese perfekte Fassade zu blicken, die er so hartnäckig aufrechterhält."

Anne schwieg für einen Moment, bevor sie mit einem Seufzen hinzufügte: „Ich habe mich jedoch nie getraut, allein hinzugehen. Es ist seltsam da, verstehst du? Es fühlt sich an, als würde man etwas betreten, das niemand betreten soll. Aber wenn wir es zusammen machen, dann... dann könnten wir es schaffen."

Ihre Ehrlichkeit ließ mich innehalten. Anne, die mutig genug war, Peter die Stirn zu bieten und mir bei diesem seltsamen Rätsel half, gestand, dass sie Angst vor diesem Ort hatte. Doch diese Angst hielt sie nicht zurück – sie motivierte sie, mit mir einen Weg zu finden.

Ich spürte ein leichtes Lächeln auf meinen Lippen. „Selbst wenn wir nichts finden," sagte ich langsam, „könnten wir vielleicht ein Stück von Peter verstehen, das wir noch nie gesehen haben."

Anne erwiderte mein Lächeln. „Genau das denke ich auch."

„Dann sollten wir es versuchen," schlug ich vor, meine Stimme nun entschlossener. „Ja," stimmte Anne zu, ihre Miene hellte sich auf.

„Noch vor Sonnenaufgang, wenn die Ebbe beginnt, machen wir uns auf den Weg."

Jenseits des Gewöhnlichen

Der Wind heulte durch die weit hoch liegenden Baumkronen und ließ die Äste knarren, als ob sie unter der unsichtbaren Last ächzten. Blätter lösten sich von den Zweigen und trudelten wie kleine, dunkle Tänzer durch die kühle Nachtluft, bevor sie auf unseren Köpfen landeten. Anne wischte sich eines aus dem Gesicht, schob die losen Strähnen ihrer Haare zurück und setzte erneut zum Pfeifen an.

Ihre schrillen Pfiffe hallten durch den Wald, klar und durchdringend, ein unüberhörbarer Ruf. Ich konnte mir ein Lächeln nicht verkneifen, als ich mich an einen Baumstamm lehnte und sie beobachtete. „Denkst du wirklich, dass das funktioniert?", fragte ich schmunzelnd.

Anne ließ ihre Hände sinken, warf mir einen kurzen Seitenblick zu und zuckte mit den Schultern. „Besser versuchen und dabei scheitern, als es nicht versucht zu haben," murmelte sie, fast trotzig.

Ihr Eifer war ansteckend. Ich grinste und nickte zustimmend. „Na gut, da hast du einen Punkt. Und ehrlich gesagt," fuhr ich fort, meine Stimme ein wenig ernster, „wäre es wirklich um einiges einfacher, zum Felsen zu fliegen, als zu wandern. Glöckchen herbeizuholen wäre unsere Rettung."

„Genau!" Anne richtete sich wieder auf, ihre Augen funkelten im schwachen Mondlicht, das durch die Blätter sickerte. Sie nahm erneut Zeige- und Mittelfinger in den Mund und pustete mit aller Kraft.

Der Wind trug die Töne mit sich, ließ sie durch den Wald wirbeln und zwischen den Stämmen widerhallen.

Ich schüttelte den Kopf, amüsiert über ihre Hartnäckigkeit, ließ sie aber gewähren. Ihre Entschlossenheit, den kleinen Funken Hoffnung nicht aufzugeben, bewunderte ich insgeheim.

Während ich sie beobachtete, fiel mir auf, wie eigenartig vertraut und gleichzeitig fremd sie wirkte. Anne schien immer voller Energie und Zuversicht, und doch gab es Momente wie diesen, in denen sie wie ein unermüdliches Kind wirkte – ein Kind, das trotz aller Widrigkeiten niemals aufgeben wollte.

„Hoffen wir mal, dass Glöckchen dich hört," sagte ich schließlich, mehr zu mir selbst als zu ihr.

Anne nickte, mit einem kleinen Lächeln auf den Lippen, als ob sie sich sicher war, dass die kleine Fee auftauchen würde. Der Wind zerrte an unseren Haaren und Kleidern, die Geräusche der Natur verschmolzen mit den schrillen Tönen ihrer Pfiffe.

Eine Weile liefen wir so, zwischen den wiegenden Schatten der Bäume, unsere Gedanken mit dem Wind fortgetragen. Die Möglichkeit, fliegen zu können, versprach uns eine Leichtigkeit, die wir in diesem Moment dringend brauchten. Denn obwohl wir nicht genau wussten, was uns in der Schädelskluft erwartete, wussten wir doch, dass der Weg dorthin nicht leicht sein würde – weder körperlich noch seelisch.

Mit einer Grimasse zog ich ein feuchtes, halb verrottetes Blatt aus meinen Haaren und warf es angewidert auf den Boden.

„Dieser Wind wird immer unverschämter," murmelte ich und strich mir über den Kopf, um sicherzugehen, dass sich nicht noch mehr davon in meinen Locken verfangen hatten. Die kühle Nachtluft kroch mir inzwischen unter die Kleidung und ließ mich frösteln.

„Es ist kälter als sonst," stellte ich schließlich fest, meine Stimme gedämpft von dem leisen Heulen des Windes. „Und windiger."

Anne warf mir einen kurzen Blick zu, als ob sie meine Worte abwog. „Kann sein," meinte sie nachdenklich, doch ihre Stimme verriet, dass sie mit ihren Gedanken woanders war. Vielleicht war sie dabei, die bevorstehende Reise in die Schädelskluft noch einmal durchzugehen – oder sie plante heimlich einen ihrer unberechenbaren Schritte.

Ich verschränkte die Arme vor der Brust und rieb mir die nackte Haut, die sich rau und kalt anfühlte. „Wenn es noch kühler wird, kann ich genauso gut in Eis übergehen," murmelte ich halb im Scherz, obwohl mir nicht wirklich danach zumute war. Der Wind spielte mit meinen Haaren, ließ sie wie einen dunklen Vorhang vor meinen Augen tanzen, während ich versuchte, den Knoten meiner Gedanken zu lösen.

Über uns bewegten sich die Baumkronen, ein endloses Geflecht aus Schatten und Mondlicht, das durch die unaufhörliche Bewegung zu flackern schien. Immer wieder fielen Blätter von den Zweigen, tanzten in unberechenbaren Bahnen, bis sie schließlich am Boden landeten. Eines davon landete auf meiner Schulter, wo ich es mit einem leisen Seufzen abstreifte.

„In ein paar Stunden wird es hell," bemerkte ich schließlich, meinen Blick auf den Horizont gerichtet, der noch immer in tiefer Dunkelheit lag. Die Zeit schien wie Sand durch meine Finger zu rieseln. Der Gedanke, dass der Morgen kommen würde, machte mich rastlos. Wir hatten uns so weit vorgewagt, und doch fühlte es sich an, als würde sie uns davonlaufen.

„Wir dürfen keine Zeit verschwenden", sagte Anne, ihre Stimme fest und entschlossen, als ob sie meine Gedanken gehört hätte.

„Denkst du, Peter macht etwas, wenn er uns erwischt?", fragte ich, meine Stimme von einer unterschwelligen Nervosität durchzogen. Die Vorstellung, Peter auf uns aufmerksam zu machen, ließ meinen Magen unruhig werden. Anne legte nachdenklich den Kopf in den Nacken, die Augen auf den weiten Nachthimmel gerichtet.

„Vielleicht", antwortete sie nach einer kurzen Pause, „aber er wird uns nicht erwischen." Ihre Worte waren wie ein stilles Versprechen, das die Luft um uns herum füllte, und ich konnte die Entschlossenheit in ihrer Haltung spüren. Sie war sich sicher.

Wir beschleunigten unseren Schritt, und das Geräusch unserer hastigen Bewegung wurde lauter: das Knacken von Ästen unter unseren Füßen, das Knirschen von trockenen Blättern und die feinen Erdkrümel, die in den Wind wirbelten.

Es war, als ob die Nacht selbst uns beobachtete, aber wir ließen uns nicht beirren. Der Wind, der uns um die Ohren pfiff, trieb uns nur weiter an. Ich konnte das Flattern meiner Hose spüren, die sich im Wind wie ein Tuch hinter mir her zog, doch das war nebensächlich – das Ziel war wichtiger. Würden wir rechtzeitig dort sein?

„Siehst du das?", fragte Anne plötzlich und deutete vor sich. Ihr Blick war auf etwas fixiert, das in der Dunkelheit vor uns aufgetaucht war. Ich folgte ihrem Finger und spürte einen kleinen Funken Hoffnung in mir auflodern. Die Dunkelheit, die uns umhüllte, löste sich langsam auf, und ich konnte die Umrisse des Waldes vor uns klarer erkennen. „Der Laubwald geht hier in Nadelwald über", erklärte sie.

Ich zog die Brauen zusammen und nickte. Das war mir nicht entgangen. Als ich zuvor über das Gebiet geflogen war, hatte ich die Grenze gesehen – die klare Linie, an der der dichte Laubwald plötzlich in den dunkleren, stachligen Nadelwald überging. Wir mussten uns mittlerweile tief im Westen befinden, weit entfernt von der Sicherheit des Baulagers und weiter weg von den vertrauten Pfaden der verlorenen Jungen.

Der Boden unter unseren Füßen wurde härter, der Waldboden karger, und der Geruch der Nadelbäume mischte sich mit der frischen, kühlen Luft. Es war stiller hier, abgesehen vom Rascheln der Nadelzweige im Wind und dem entfernten Murmeln eines Bachs, der in der Nähe fließen musste. Jeder

Schritt von uns hallte laut in der tiefen Stille des Waldes, als wollten wir die gesamte Nacht aufwecken. Doch wir blieben entschlossen, uns von keinem Geräusch ablenken zu lassen. Ich deutete in eine Richtung, die im schwachen Licht des Mondes nur schemenhaft zu erkennen war.

„Und da müssen wir hin?", fragte ich, wobei meine Augenbraue skeptisch nach oben schoss. Anne nickte eifrig, ohne einen Hauch von Unsicherheit in ihrem Blick. Sie hakte sich mit ihrem rechten Arm bei mir ein, ein fröhliches Funkeln in ihren Augen, und sprang in einem hopserartigen Lauf in die angegebene Richtung.

Trotz der Dunkelheit und der unheimlichen Stille des Waldes, die uns umhüllte, schien Anne keine Spur von Angst zu empfinden. Sie schien fast wie in einem Abenteuerbuch, unerschrocken und fröhlich. „Hast du denn keine Angst?", fragte ich, als wir uns weiter in die unheimliche Nacht voran bewegten.

„Nö", grinste sie und kicherte, als ob sie die ganze Sache wie ein riesiges Spiel empfand. Ich schüttelte schmunzelnd den Kopf. Ihre Unbeschwertheit war fast ansteckend.

„Ich bin mir sicher, dass wir etwas finden werden", sagte sie voller Überzeugung, ihre Stimme so klar wie der Wind, der durch die Baumwipfel pfiff. Langsam hob ich eine Augenbraue, während ich sie beobachtete.

„Ich meine ja...", begann sie dann, nach einer kurzen Pause, als würde sie sich jetzt erst der Bedeutung ihrer Worte bewusst werden. „Du hast doch auch schon was gefunden, oder? Den Brief, die Armbänder... Ich bin mir wirklich sicher, dass wir einer Sache auf der Spur sind."

Ihre Worte ließen einen Funken Hoffnung in mir aufblitzen, doch plötzlich schnappte ich nach Luft, als mir etwas einfiel. „Habe ich dir eigentlich richtig vom Taschentuch erzählt?", fragte ich mit weit aufgerissenen Augen.

„Welchem Taschentuch?", fragte Anne, während sie mit einer Mischung aus Neugier und Verwirrung auf mich schaute.

Schnell griff ich in die Tasche meines Hemdes und zog das kleine, fast schwarze Taschentuch hervor. Es war leicht und fühlte sich rau an, und als ich es Anne reichte, betrachtete sie es mit einer Aufmerksamkeit, die nichts entging.

„Oh, das grüne? Das hast du vorhin erwähnt", murmelte sie mit hochgezogenen Augenbrauen. Ihre Stimme war ernst, und ich konnte sehen, wie sie über die Details nachdachte. „Jibby kann das schon mal nicht gehören. Er fürchtet Enten mehr als den Tod."

Ich starrte sie verwirrt an. „Was?" Meine Stimme war fast ein Flüstern, als ich versuchte, die Logik hinter ihren Worten zu erfassen.

„Wieso hat er Angst vor Enten?", fragte ich leise, während ein Lächeln meine Lippen umspielte. Die Vorstellung, dass jemand vor so einem scheinbar harmlosen Tier Angst haben könnte, war irgendwie zu absurd, um sie ernst zu nehmen.

„Wir wissen es nicht", antwortete Anne mit einem Schulterzucken, „sie ist einfach da, diese Angst. Keine Ahnung, wo sie herkommt." Sie klang fast ein wenig ratlos, was bei Anne eher selten war. Doch was mich wirklich verwirrte, war die Leichtigkeit, mit der sie es hinzunehmen schien.

„Er kann sich nicht daran erinnern?", fragte ich, und Anne nickte langsam, als wäre sie sich dabei gar nicht so sicher.

„An gar nichts", flüsterte sie dann geheimnisvoll, wobei sie mit ihren Händen eine fast gespenstische Bewegung in der Luft machte, als wolle sie etwas Unheimliches heraufbeschwören. Es war offensichtlich, dass sie versuchte, die Situation ein wenig aufzulockern, doch ein unbehagliches Gefühl kroch trotzdem in mir hoch.

„Merkwürdig", murmelte ich, während ich das Taschentuch wieder in meine Tasche steckte. Es gab noch so viele Fragen, die unbeantwortet blieben. Warum war dieses Taschentuch so wichtig? Und warum schien alles um Jibby so geheimnisvoll?

Anne zog mich aus meinen Gedanken zurück. „Vielleicht gibt es Dinge, die wir einfach nicht wissen sollen", sagte sie leise. Doch ihre Worte ließen mich noch mehr nachdenken. Wären diese Geheimnisse wirklich so harmlos, oder war da mehr dahinter?

Jibby, Tootles, Nibs und all die anderen, die ich hier im Nimmerland getroffen hatte, schienen mit der Zeit ein Stück mehr von sich selbst zu verlieren. Ihre Erinnerungen an das Leben vor ihrer Ankunft hier, an ihre Familien, an die Welt, die sie einst gekannt hatten – alles das verblasste langsam in den Schatten ihrer neuen Existenz. Doch ich? Ich war anders. Ich konnte mich erinnern. An alles.

Das Leben vor dem Nimmerland war ein Ort der Schatten, gezeichnet von Kälte und Einsamkeit. Ich erinnerte mich an das Kinderheim, an die feuchten Wände, die in den langen Winternächten von der Kälte zitterten. Es war ein Ort, an dem niemand wirklich zu Hause war, ein Ort, an dem das Wort „Familie" nur ein leeres Versprechen war. Die Matratzen, dünn und durchgelegen, schienen mehr an den harten, kalten Boden des Raumes gebunden als an die Hoffnungen der Kinder, die auf ihnen lagen. Die Fenster waren so schmutzig, dass das Licht nur gedämpft hindurchbrach, als wollte es selbst vor der Dunkelheit fliehen.

Es gab keine Geschichten, keine Lieder, nur die monotone Routine des täglichen Lebens. Die Erzieherinnen waren streng und die Augen der Kinder leer, geprägt von einem Leben ohne Liebe, ohne Zuneigung. Niemand fragte nach deinen Träumen, niemand interessierte sich für deine Wünsche. Es gab nur Pflichten – zum Arbeiten, zum Gehorchen, zum Schweigen.

Die Kinder, die dort waren, hatten keine Namen für ihre Eltern, und diejenigen, die sich an einen Namen erinnerten, wussten, dass er zu etwas gehörte, das längst verloren war.

Ich war eines dieser Kinder, verwaist und vergessen, ohne Hoffnung auf Rettung. Und dann kam der Tag, an dem ich einfach fortging. Es war kein großer Akt der Rebellion, kein Abenteuer. Es war das Gefühl, dass ich nicht länger dort sein wollte – nicht länger in einem Ort, der mir nichts schenkte außer der Bitterkeit der Tage.

Und nun war ich hier, im Nimmerland.

Doch die Frage, die mich immer wieder quälte, war, wie lange das noch so bleiben würde. Würde ich irgendwann wie sie werden, die verlorenen Jungen? Würde die Vergessenheit mich ebenso einholen wie sie, sanft und unaufhaltsam, bis ich nicht mehr wusste, wer ich wirklich war, woher ich kam? Oder würde sie mich immer nur streifen, wie ein Hund, der seinem Herrchen folgt, aber nie wirklich zu ihm gehörte – stets in meiner Nähe, aber nie wirklich Teil von mir?

Es war eine unheimliche Vorstellung, diese Vergessenheit. Wie ein Schatten, der sich immer näher schlich, ohne dass man ihn je wirklich ergriff. Würde ich irgendwann auch nur noch ein Hauch der Person sein, die ich vor dem Nimmerland war? Oder war das der Preis, den man zahlen musste, um ein Teil dieses seltsamen, magischen Ortes zu werden?

Und was war mit ihnen? Den anderen hier? Waren sie wirklich „normal"? War es normal, dass jeder von ihnen etwas in sich trug, das mein Verständnis der Welt erschütterte?

Ihre ganz eigenen Geheimnisse, ihre Art, das Leben zu sehen – so anders als alles, was ich jemals gekannt hatte. Doch vielleicht war ich die Abnormale. Vielleicht war ich diejenige, die nicht in dieses bizarre Puzzle passte, diejenige, die sich gegen die Strömung stellte, anstatt mit dem Strom treiben zu lassen.

Oder war es vielleicht doch anders? Vielleicht waren sie es, die nicht wirklich in die Welt passten – mit ihren fehlenden Erinnerungen, ihrer Art, das Leben im Nimmerland zu akzeptieren, ohne jemals zu hinterfragen, was außerhalb dieser Insel lag.

Aber was bedeutete das schon in einem Land wie diesem, in dem alles auf den Kopf gestellt schien?

Wo der Tod die Luft erfüllt

Ein beißend süßlicher Geruch zog durch die Luft und schlug mir entgegen, als wäre er auf der Jagd nach mir. Er vermischte sich mit dem ständigen Duft von metallischem Blut und Verwesung, der die Umgebung bereits durchzogen hatte. Anne schien den gleichen Geruch zu bemerken, denn sie verzog das Gesicht und rümpfte die Nase. Ein unerklärliches Unbehagen breitete sich in mir aus, während der widerliche Duft wie ein unsichtbares Band um uns schlang.

„Es wird nicht mehr lange dauern", sagte sie, ihre Stimme gedämpft und doch fest. „Je näher wir dem Felsen und der Ruine kommen, desto mehr umgibt uns dieser Geruch. Der Geruch des Todes."

Ihre Worte ließen mich frösteln. Der Tod war nie ein abstraktes Konzept für mich gewesen, aber hier, in dieser seltsamen Welt, schien er greifbar, stehts anwesend. Der Geruch, der mich umhüllte, war nicht direkt unangenehm – er war bloß... unheimlich. Eine ständige Mahnung an das, was hier vor sich ging, ein unaufhörliches Flüstern der Dunkelheit.

Die Ruine vor uns war ein unheimlicher Anblick – ein Relikt aus einer anderen Zeit, das sich stolz, aber traurig gegen den trüben Himmel abzeichnete. Der Hauptteil der Burg war fast vollständig von der Natur zurückerobert worden. Ihre Mauern, einst von massiven Steinen erbaut, waren größtenteils zerfallen.

Überall hingen Moos und Efeu wie die Finger eines längst vergessenen Geistes, der versuchte, das Gebäude vor der Vergessenheit zu bewahren. Die Türme waren nur noch brüchige Überreste, die in alle Richtungen abgebrochen und von der Zeit entstellt worden waren, als ob sie sich verzweifelt gegen den langsamen Verfall stemmten.

Doch das Tor – das Tor war noch da. Es war ein überwältigendes Kunstwerk aus dunklem, gelebtem Metall, das in der trüben Dämmerung glänzte, als würde es selbst das Licht verschlingen. Große, geschwungene Verzierungen zogen sich um die eisernen Balken, in denen sich Spiralen und mysteriöse, fast vergessen anmutende Symbole verflochten. Keine Rostflecken, keine Schrammen oder Risse; das Tor war im Vergleich zum Rest der Ruine makellos, so als hätte es alles überstanden, was die Jahre anrichteten.

„Der Schädelsfelsen ist eigentlich von den Ruinen einer alten Burg umgeben", begann Anne zu erzählen. Ihre Stimme hatte diesen Ton, den sie immer anschlug, wenn sie eine spannende Geschichte loswerden wollte.

Ich hob eine Augenbraue. „Eine alte Burg?"

Anne nickte eifrig. „Ja, aber die Burg ist längst verfallen. Das Wasser steigt ständig und überschwemmt die Überreste. Die Strömung trägt die vielen Steine und Trümmer immer wieder weg." Sie malte mit ihren Händen eine unsichtbare Strömung in die Luft, als wollte sie verdeutlichen, wie alles immer weiter geschoben wird.

„Und die Steine? Verschwinden die einfach?" fragte ich, obwohl ich ahnte, dass sie darauf nur gewartet hatte.

„Nicht ganz", fuhr sie fort, ein wenig theatralisch. „Irgendwann sammeln sie sich an einer bestimmten Stelle. Und jetzt kommt's: Diese Stelle hat die Form eines riesigen Totenkopfes! Deswegen nennen wir den Ort auch Schädelsfelsen." Sie machte eine dramatische Pause, als ob sie mir Zeit geben wollte, die Bedeutung ihrer Worte zu begreifen.

„Ein Totenkopf?" Ich konnte nicht verhindern, dass ein Hauch von Skepsis in meiner Stimme mitschwang. „Wie ein Totenkopf?"

„Ja, wirklich!" Anne ließ sich nicht beirren. „Jeden Morgen, wenn die Sonne aufgeht, scheint das Licht durch die Höhlen der Augen. Es sieht dann aus, als würden sie glühen." Ihre Augen funkelten fast ebenso wie die, von denen sie sprach.

Ich hörte Annes Worte, doch sie schienen an mir abzuprallen, während ich noch immer mit dem Bild des Schädels im Kopf kämpfte. Die Vorstellung, dorthin zu gehen, versetzte mir einen kalten Schauer. Und trotzdem, als ich Annes entschlossenen Blick sah, wusste ich, dass es kein Zurück mehr gab.

„Augen zu und durch", murmelte ich schließlich gedankenverloren, mehr zu mir selbst als zu ihr. Wir hatten keine Ahnung, was uns dort oben wirklich erwartete. Es könnte alles sein – von Geheimnissen, die Peter verbarg, bis hin zu Dingen, die wir vielleicht lieber nie erfahren würden.

„Das Schlimmste, was passieren kann, ist, dass wir nichts finden", sagte ich dann mit einem Anflug von Zuversicht, der mir selbst fremd klang. Doch selbst diese Worte konnten die Nervosität in meinem Inneren nicht vertreiben.

Vielleicht war es nicht nur die Angst vor dem Unbekannten, die mich beunruhigte. Vielleicht war es die Tatsache, dass wir es mit Peter zu tun hatten – einem Jungen, der mehr Geheimnisse hatte, als wir je zu begreifen hofften.

Ich starrte auf die gigantischen, schwarzen Metallstangen, die sich vor uns erhoben, als wären sie ein Bollwerk aus vergangener Zeit – finster und bedrohlich. Das Tor war so groß, dass es den gesamten Raum vor uns dominierte, und in der feuchten Dunkelheit schien es noch gewaltiger zu wirken. Die Tropfen, die von den spitzen, messerscharf aussehenden Eisenstangen herabfielen, reflektierten das schummrige Licht und gaben dem ganzen Tor einen geisterhaften, beinahe lebendigen Charakter. Der Gestank des Schimmels, der sich in den Ritzen der Metallstangen angesammelt hatte, stach mir in die Nase, als hätte er eine eigene Macht, die meinen Körper mit unangenehmem Druck erfüllte.

Ich hustete heftig und trat einen Schritt zurück, die Augen weit geöffnet. Die Luft fühlte sich plötzlich viel schwerer an, als hätte der Ort uns mit seiner Präsenz in den Griff genommen. Anne stand immer noch unbeeindruckt, als wäre es das Normalste der Welt, so ein Tor zu begegnen.

„Wir schaffen das", sagte sie dann mit einem fast ungläubigen Lächeln, als hätte sie keine Angst, als sei das nichts weiter als ein weiterer Schritt auf dem Weg zu ihrem Ziel. Ihre Stimme war fast fröhlich, als sie mich zu ermutigen versuchte. Doch ich konnte das Unbehagen nicht abstreifen. Ich sah Anne an, als fragte ich, wie sie inmitten all dieser Dunkelheit so ruhig bleiben konnte.

Ich blickte neugierig auf die Apparatur, die Anne näher untersucht hatte. Es war ein seltsam anmutendes, im Boden verankertes, halbes Lenkrad, das bis zu meiner Hüfte reichte.

Die Oberfläche war rostig und der Metallrahmen von einer dünnen Schicht Moos und Staub bedeckt, als ob er schon jahrelang unbeachtet geblieben wäre. Es sah aus, als hätte jemand versucht, es zu verstecken oder zu tarnen, doch die Form war eindeutig – ein Mechanismus, der nur darauf wartete, aktiviert zu werden. Die beiden Enden des Rads ragten scharf hervor, die Metallstangen fühlten sich kalt an, als ich sie nur schon von Weitem betrachtete.

„Was ist das?", fragte ich und kniff die Brauen zusammen, als ich versuchte, die Funktionsweise zu verstehen.

Anne machte einen Schritt näher und legte ihre Hände an die Ränder des Mechanismus. „Wir müssen es drehen", erklärte sie mit einer Anspannung in ihrer Stimme, die verriet, wie sehr sie auf den Erfolg dieses Versuchs hoffte. Ihre Finger umfassten das rostige Rad, und mit einem kräftigen Ruck versuchte sie, es zu bewegen. Das alte Metall ächzte unter ihrem Druck und gab einen unangenehm kreischenden Laut von sich, als ob es das erste Mal seit Ewigkeiten in Bewegung gesetzt wurde.

„Dann müsste diese Eisenkette da oben das Tor öffnen", fügte sie hinzu, während sie sich anstrengte, das Rad weiterzudrehen. Ich schaute nach oben, und tatsächlich – die massive Eisenkette, die über dem Tor hing, zuckte und begann sich langsam zu lockern, als würde sie auf den Befehl des Mechanismus reagieren.

Ich trat neben Anne und legte meine Hände fest auf die kalten, rostigen Ränder der Kurbel. Meine Finger umklammerten das Metall, während ich all meine Muskeln anspannte, mich tief in die Bewegungen konzentrierte.

Mit einem Zischen, das die Stille der Umgebung durchbrach, versuchte ich, das Rad zu drehen.

Ein schmerzerfülltes Ächzen entwich mir, als ich das grässliche Quietschen der Apparatur hörte, das durch meine Finger jagte und tief in meine Knochen vibrieren ließ. Die Gitterstruktur schien gegen uns zu kämpfen, als ob das rostige Metall sich nach all den Jahren der Vernachlässigung gegen die Kraft unseres Zugriffs stemmte.

Anne, die neben mir stand, stieß durch zusammengebissene Zähne ein „Gleich haben wir es" hervor, ihre Stimme verriet die Anspannung, mit der sie sich in den Mechanismus einbrachte.

„Nein, nicht jetzt", murmelte ich verzweifelt, als ich mit aller Kraft weiterdrehte. Doch dann – ein unerwarteter Ruck, der durch die Kurbel fuhr. Die feste Blockade verschwand, als das Rad, das zuvor so fest verklemmt gewesen war, sich plötzlich wieder mit einer fast beängstigenden Leichtigkeit drehen ließ. Es fühlte sich an, als hätte das gesamte Tor auf einmal nachgegeben.

„Geschafft!", keuchte ich, mein Herz hämmerte in meiner Brust. Mein Blick war auf das Tor gerichtet, das sich nun langsam und mit einem ohrenbetäubenden Kreischen zu öffnen begann. Die riesige, eiserne Kette, die das Tor zuvor festzurrte, surrte in die Höhe und zog das Tor Stück für Stück mit sich, während das Metall gegen den Rost und die Dunkelheit des Verfalls ankämpfte. Mit jedem Zentimeter, den das Tor sich öffnete, kam der Raum dahinter immer näher – die Stille des Unbekannten, die sich wie ein unsichtbares, dunkles Loch vor uns ausbreitete.

Anne und ich standen einfach da, starrten uns an, atmeten schwer, und unser Blick traf sich, als die letzten Riegel des Tores zischend und knirschend in die Höhe stiegen. Es war, als würde die Luft um uns herum dicker werden, als ob wir dabei zusahen, wie ein geheimer, alter Ort endlich aus dem Vergessen ins Leben zurückkehrte.

Für einen Moment, der sich wie eine Ewigkeit anfühlte, waren wir beide stumm. Ein Jubel lag in der Luft, doch wir hielten uns zurück – eine unausgesprochene Vereinbarung, die Stille in diesem Augenblick zu bewahren. Die Türe war offen, und wir hatten es geschafft. Doch was würde uns dahinter erwarten?

„Rein da", drängte Anne mich aufgeregt, ihre Stimme klang beinahe wie ein Lachen, das im Raum verhallte. Sie schob mich sanft weiter, doch ich blieb zögernd stehen. Die Dunkelheit jenseits des geöffneten Tors wirkte wie ein lebendes Wesen, das uns in seine Umarmung ziehen wollte, und ich konnte das unangenehme Gefühl von etwas Unbekanntem, das in den Schatten lauerte, nicht abschütteln.

„Warte!", rief ich, meine Stimme zitterte vor unschlüssiger Angst. Ich wollte einen Moment innehalten, um zu überlegen, ob es wirklich klug war, diesem dunklen Ort zu vertrauen. Was, wenn wir etwas fanden, das wir lieber nicht entdeckt hätten? Was, wenn dieser Ort uns nicht einfach Geheimnisse, sondern Schrecken bot?

Anne drehte sich zu mir, ihr Gesicht war von Aufregung und Neugierde gezeichnet, doch in ihren Augen lag auch etwas, das mich unweigerlich ansteckte – ein Funken von Abenteuer, der die Angst in mir herausforderte.

„Hier ist niemand", sagte sie und schien zu versuchen, mich zu beruhigen. Ihre Worte klangen fast zu sicher, als dass sie meine wachsende Besorgnis lindern könnten.

„Es ist einfach unheimlich", murmelte ich, versuchte, meine Gedanken zu ordnen. „Hör nur mal die Geräusche."

Ich lauschte angestrengt, während ich sprach, und es war, als ob der Raum selbst zu atmen begann. Tropfendes Wasser, das von den Überresten der Decke in dunkle Pfützen fiel. Der heulende Wind, der durch die zerstörte Burg zog und sich wie ein unsichtbarer, gequälter Atem durch die Ruinen schlängelte. Und – war es meine Einbildung? – das leise, fast unhörbare Flüstern, das aus den Ritzen der zerfallenen Mauern zu kommen schien. Die Stimmen schienen sich zu vermischen mit dem Wind, und ich konnte kaum unterscheiden, ob sie lebendig oder tot waren.

Der Raum hinter dem Tor war mehr als nur ein verfallener Burghof – er wirkte wie ein Ort der Erinnerung, der von der Zeit selbst verschlungen worden war. Die Decke war längst verschwunden, und was einst vielleicht ein prächtiger Innenhof gewesen war, war nun nur noch ein Schatten seiner selbst. Überall lagen Trümmer, zerbrochene Steine und morsche Balken, die wie stumme Zeugen der Vergangenheit den Boden bedeckten. Und zwischen den Überresten der einstigen Pracht krochen die Schatten, die dem Raum ein noch gespenstischeres Aussehen gaben.

„Anne, hörst du diese Stimmen?", fragte ich, meine eigene Stimme war kaum mehr als ein Flüstern, als ich den Raum absuchte. Die Geräusche, die ich wahrnahm, waren so leise und doch so eindeutig, dass ich das Gefühl hatte, sie würden mir direkt ins Ohr hauchen. Irgendetwas Unbekanntes, fast wie eine Mahnung, schwebte durch die Ruinen.

Anne, die bereits ein Stück weiter in den Hof gegangen war, blieb kurz stehen, drehte sich aber dann fragend zu mir um. Sie schüttelte den Kopf.

„Welche Stimmen?" Ihre Stirn legte sich in Falten, als sie mich unsicher ansah. Offenbar hörte sie nichts von dem, was mich so beunruhigte.

Ich zuckte nur mit den Schultern, versuchte, das Unbehagen, das mich überkam, zu ignorieren. „Vielleicht bilde ich mir das nur ein", murmelte ich, obwohl ich mir nicht sicher war. Die Stimmen hatten sich mit dem Wind vermischt, klangen gedämpft, aber nicht weniger eindringlich.

Anne stellte sich mit verschränkten Armen auf und ließ ihren Blick über die Ruinen gleiten. „Sollen wir weiter?", fragte sie schließlich, als wäre es die einzige logische Entscheidung, die wir treffen konnten. Ihre Stimme klang fest, als wollte sie mir damit einen Hauch von Sicherheit geben.

„Wo können wir am besten etwas finden?"

Ich hatte meine Bedenken, aber die Sache schien klar: Wir mussten weiter. Und dann blieb mir nichts anderes übrig, als mich dem Plan zu fügen. Anne dachte einen Moment nach, und dann zuckte sie mit den Schultern.

„Ich schlag vor, wir teilen uns auf. So finden wir schneller, was wir suchen. Wenn einer von uns etwas entdeckt, kann der andere sofort dazustoßen."

„Muss das sein?", fragte ich und verzog das Gesicht. Die Vorstellung, mich alleine in diesen unheimlichen Ruinen umzusehen, jagte mir einen kalten Schauer über den Rücken. Aber ich wusste, dass es keinen anderen Weg gab.

Und trotzdem fragte ich mich, ob es nicht sicherer gewesen wäre, wenn wir zusammenbleiben würden. Vielleicht war es klüger, der anderen nicht den Rücken zu kehren, wenn der Ort so voller Gefahren war.

„Ja, muss es", erwiderte Anne, und ihre Stimme klang so entschlossen, dass ich nicht weiter widersprechen konnte. „So geht es doch viel schneller!"

Sie schob mich mit einer festen Handbewegung in die Richtung, in die wir uns weiterbewegen sollten.

Seufzend schloss ich die Augen für einen Moment, versuchte, die Klumpen der Angst, die sich wie kleine steinerne Felsen in meiner Brust festsetzten, beiseite zu schieben.

Die Furcht war immer noch da, eine unsichtbare Last, die mich drückte, doch ich wusste, dass ich weitergehen musste. Wer wusste, was wir hier finden würden – vielleicht war es das, was uns endlich Antworten brachte.

Wenn der Boden zu schwanken beginnt

„Du nach links, ich gehe rechts entlang", schlug Anne vor, ihre Stimme klang entschlossen und klar, als würde sie keinerlei Zweifel zulassen. Ich nickte langsam, ein stummes Einverständnis, obwohl ich innerlich zögerte. „Gut, ruf mich einfach, wenn du etwas siehst."

Anne erwiderte mein Nicken mit einem kurzen Blick, der so fest war, dass er meine Unsicherheit beinahe zerstreute. „Und du auch", fügte sie hinzu, bevor sie ohne weiteres Zögern in die rechte Richtung schritt.

Einen Moment lang stand ich da; mein Blick wanderte durch die Ruinen des Burghofs. Jetzt, wo ich alleine war, fiel mir auf, wie wenig ich bisher wirklich wahrgenommen hatte. Der Mond hatte den dunklen Himmel erklommen und tauchte die Szene in ein unheimliches, silbriges Licht. Die Überreste der Mauern warfen zerklüftete Schatten auf den Boden, und in der Mitte des Hofes lag ein seichter See.

Er war ruhig, fast einladend, doch als ich näher hinsah, entdeckte ich etwas, das mir die Kehle zuschnürte. Der Wasserspiegel war niedrig, vermutlich aufgrund der noch ausstehenden Flut, und auf dem schlammigen Boden des Sees zeichneten sich dunkle, groteske Formen ab. Es dauerte einen Moment, bis ich begriff, was ich da sah. Gliedmaßen. Körper. Menschen – oder besser gesagt, das, was von ihnen übrig war.

Es waren keine vollkommenen Körper mehr, zumindest nicht in dem Sinne, wie ich sie mir vorstellte. Es waren Skelette, ihre blassen Knochen teilweise vom Schlamm bedeckt, doch in der leichten Bewegung des Wassers schienen sie manchmal fast lebendig. Der Anblick war grotesk –

Schädel mit zahnlosen Mündern lagen halb versunken, als würden sie höhnisch in die Dunkelheit grinsen.

Die Rippenkörbe waren in sich eingestürzt, die einzelnen Knochen zerschlagen oder zerbrochen, als hätte jemand sie mit Gewalt von ihren Körpern getrennt. Einige Gliedmaßen schienen noch aneinanderzuhängen, aber nur durch die zähen Reste verrotteter Sehnen, die wie dünne, schwarze Fäden an den Gelenken klebten.

Eine Hand, oder besser gesagt, das Skelett einer, lag aufrecht im Schlamm, die fingerlosen Knochen wirkten wie eine letzte, vergebliche Bitte um Hilfe. Einzelne Wirbel schwammen lose im Wasser, als wären sie Spielzeuge, die der See achtlos hin und her trieb. An manchen Stellen hatten sich Algen und Schimmel angesiedelt, als hätte die Natur versucht, die grässlichen Überreste in sich aufzunehmen.

Die Schädel waren das Schlimmste. Ihre leeren Augenhöhlen starrten mich an, kalt und unnachgiebig, und ich konnte nicht anders, als mir vorzustellen, welche Gesichter einst diese Köpfe geziert hatten. Der Mond warf Lichtreflexe auf ihre runden, glatten Oberflächen, und es sah so aus, als würden sie auf mich warten – auf mich lauern.

Der Wind ließ das Wasser leicht kräuseln, und mit jeder Bewegung schwangen die Knochen, knackten leise oder scharrten aneinander. Es war ein geisterhaftes Konzert aus Totenstille und den flüsternden Klängen des Verfalls.

Instinktiv trat ich einen Schritt zurück, doch meine Augen blieben auf die grässliche Szene geheftet. Die Leichenteile lagen verstreut, ihre Haltungen wirkten verzweifelt, als hätten sie sich im letzten Moment gegen das Unvermeidliche gewehrt. Der Mond ließ das Wasser leicht glitzern, was die Szenerie nur noch makabrer machte.

Ich zwang mich, den Blick nicht abzuwenden, atmete tief durch und rief: „Anne?" Meine Stimme klang hohl in den stillen Ruinen. Sekunden später tauchte sie auf, kam ein paar Schritte näher und sah mich fragend an.

Mit zitternder Hand deutete ich auf den See und die unheimliche Ansammlung darin. „Wer ist das, oder besser gesagt: Wer war das?"

Anne hielt inne, ihr Blick folgte meinem Finger. Für einen Moment schien es, als überlege sie, wie sie antworten sollte. Doch das Seltsamste war, dass sie nicht überrascht wirkte. Kein Entsetzen, keine Furcht – nur eine gewisse Traurigkeit schimmerte in ihren Augen.

„Das", begann sie schließlich mit einer Stimme, die fast zu leise war, „das sind Menschen, die hier zugrunde gegangen sind. Sie wurden bei Ebbe an diese Plattform gebunden, und wenn die Flut kam …" Sie ließ den Satz unbeendet, aber die Bedeutung ihrer Worte hing wie ein dunkler Schleier zwischen uns.

Ich spürte, wie sich mein Magen zusammenzog. Mein Kopf war voller Fragen, doch keine brachte ich über die Lippen. Anne hingegen schien in Gedanken versunken, als hätte sie diese Szene schon unzählige Male gesehen.

„Das ist ja schrecklich", flüsterte ich, meine Stimme kaum mehr als ein Hauch in der drückenden Stille. Meine Augen konnten sich kaum von den grotesken Überresten lösen, die im Mondlicht schimmerten wie ein bizarres, stilles Mahnmal. Anne nickte, ihre Miene ausdruckslos, doch ihre Stimme trug einen Hauch von etwas, das ich nicht recht deuten konnte – vielleicht Bitterkeit, vielleicht Resignation.

„Weißt du, Harlow," begann sie, ohne mich direkt anzusehen, „hier passieren die schrecklichsten Dinge. Und niemand weiß wirklich, warum. Manche erzählen sich Geschichten. Sie sagen, der Duft des Todes zieht Menschen in seinen Bann, wenn sie ihn zu sehr in sich aufnehmen, wenn sie

… Gefallen daran finden…" Sie stockte kurz, und ich konnte sehen, wie sich ihre Kehle bewegte, als sie schwer schluckte.

„Wenn sie Gefallen daran finden, zieht er sie mit. Aber ich denke, das ist Unsinn. Geschichten, um die Angst zu schüren."

Ich schüttelte ungläubig den Kopf, fühlte, wie die Wellen aus Furcht und Ekel in mir hochschwappten.

„Warum sind wir hier?"

Die Frage war leise, kaum mehr als ein Gedanke, der sich in Worte verwandelt hatte.

„Warum riskieren wir unser Leben für ein paar Hinweise?"

Meine Stimme zitterte, und ich bemerkte, dass meine Finger unbewusst zupackten, als würden sie nach Halt suchen.

Anne drehte sich zu mir um, und in ihren Augen war ein Funken von Entschlossenheit. „Wie auch immer", sagte sie mit einem Schulterzucken, das wie ein geübter Versuch wirkte, die Schwere des Augenblicks abzustreifen.

„Lass uns mit der Suche beginnen."

Ohne ein weiteres Wort wandte sie sich ab, ließ mich allein mit meinen Gedanken und einem flüchtigen „Wir sehen uns gleich."

Ich blieb stehen, meine Füße tief in der kalten, feuchten Erde. Der Boden schmatzte bei jeder kleinen Bewegung, die ich machte, als wolle er mich zurückhalten, mich an diesen Ort binden. Der modrige Geruch, ein Gemisch aus Erde, Tod und fauligem Wasser, schien dichter zu werden, als ich tiefer in den Burghof ging.

Die nasse Erde fühlte sich seltsam an meinen Füßen an – kühl, weich und doch widerlich klebrig. Ich hob einen Fuß, und ein schmatzendes Geräusch erklang, als der Schlamm sich weigerte, mich loszulassen. Meine Zehen spürten kleine, harte Partikel, die wie winzige, uralte Fragmente von etwas Schrecklichem wirkten.

Um mich herum waren die Schatten tiefer geworden, obgleich der Mond immer noch am Himmel stand. Der Wind ließ die verbliebenen Mauern leise ächzen, als wollten sie von dem Leid erzählen, das hier einst geschehen war. Ich hielt den Atem an und lauschte. Das Tropfen des Wassers und das gelegentliche Rascheln von Laub wurden von einer eigenartigen Stille durchbrochen – der Art Stille, die schwer auf den Ohren liegt und das Herz schneller schlagen lässt.

Tief atmete ich ein, ließ die kühle, feuchte Luft durch meine Lungen strömen, während ich meinen Blick schweifen ließ. Der Mond warf ein fahles Licht auf die unebene Erde, die von den Ruinen der Burg und ihren Geschichten durchdrungen war. Mein Herz hämmerte in meiner Brust, als ich einige Meter vor mir zwei dunkle Gänge entdeckte. Ihre Eingänge klafften wie geöffnete Mäuler, die nur darauf warteten, mich zu verschlingen. Das Schwarz in ihrem Inneren war so dicht, dass es selbst das Licht des Mondes zu verschlucken schien.

Ich spürte, wie ein kalter Schauer über meinen Rücken lief. Noch war ich im Freien, und selbst hier schien der Ort von etwas Unheimlichem durchzogen. Doch ich wusste, dass ich in die Tunnel hinabsteigen musste. Irgendetwas lag in ihnen verborgen – etwas, das uns weiterhelfen würde. Bestimmt. Mein Verstand wiederholte dieses Wort wie ein Mantra, doch mein Bauchgefühl schrie nach Vorsicht.

Ich ließ meinen Blick noch einmal zurück über den Burghof wandern, als könnte ich etwas finden, das mir das Hinabsteigen ersparen würde. Doch es war nichts da, nur die Stille und die schattenhaften Überreste der Mauern, die sich um den Hof erhoben.

Der muffige Geruch von nasser Erde und modrigem Stein vermischte sich mit dem allgegenwärtigen Hauch von Verfall. Ich holte tief Luft, als könnte ich Mut in mich hineinsaugen, und setzte einen Fuß vor den anderen.

Mit jedem Schritt näherte ich mich den Eingängen, und meine Haut begann zu prickeln, als würde eine unsichtbare Kraft gegen mich ankämpfen. Das Gefühl, dass der heutige Tag eine entscheidende Rolle für die Ermittlungen spielen würde, wurde mit jedem Schritt stärker. Es war, als ob die Schatten der Vergangenheit ihre Hände nach mir ausstreckten, mich drängen wollten, weiterzugehen – oder mich vielleicht auch warnen wollten.

Ich machte einen letzten Schritt und hielt inne, kaum einen Meter vor den beiden klaffenden Öffnungen. Mein Blick wanderte von einem Tunnel zum anderen, während die Dunkelheit sich vor mir auszudehnen schien, ein schwarzes, undurchdringliches Nichts, das jede Form von Licht und Wärme zu verschlingen versprach. Meine Hände zitterten leicht, und ich ballte sie zu Fäusten, um die Angst in Schach zu halten.

War es wirklich eine gute Idee? Die kalte, klare Antwort war nicht zu überhören: *Nein*. Nichts an diesem Ort war eine gute Idee, und doch stand ich hier, unfähig, einen Rückzieher zu machen. Die Ermittlungen. Anne. Die Geheimnisse, die uns vielleicht näher zu Peter führen würden. Ich konnte jetzt nicht zurück.

Mit klopfendem Herzen schloss ich für einen Moment die Augen und zwang mich, den aufkommenden Zweifel beiseitezuschieben.

„Los", murmelte ich leise zu mir selbst, meine Stimme kaum mehr als ein Flüstern in der erdrückenden Stille. Dann öffnete ich die Augen und trat entschlossen auf den linken Tunnel zu.

Die Gänge bestanden aus grob behauenen, feuchten Steinen, die auf den ersten Blick nicht stabiler wirkten als der Rest der zerfallenen Burg. Sie ragten unregelmäßig in den Raum hinein, manche scharfkantig wie ungesicherte Klingen, andere überwuchert mit Moos und Flechten, die sich in den Rissen eingenistet hatten. Ein leises Tropfen hallte von den Wänden wider und verstärkte das beklemmende Gefühl, das mich ergriffen hatte.

Mit einer vorsichtigen Bewegung griff ich in die hintere Tasche meiner Hose und zog eine kleine, abgenutzte Streichholzschachtel hervor – ein kostbares Überbleibsel meiner alten Welt, das ich stets bei mir trug. Meine Hände zitterten leicht, als ich den Karton öffnete und einen flüchtigen Blick auf die wenigen verbleibenden Hölzchen warf.

Ich wusste, dass ich sie sparsam verwenden musste, wenn ich nicht in völliger Dunkelheit enden wollte.

Mein Blick wanderte die unregelmäßigen Innenwände des rechten Gangs entlang. Ich hoffte auf etwas, das einer Fackelhalterung ähnelte, vielleicht eine alte Metallklammer oder eine Nische, die mir helfen könnte, eine Lichtquelle länger zu bewahren. Doch die Wände boten nichts als kalten, unbarmherzigen Stein, der im schwachen Licht kaum mehr als Schatten war. Enttäuschung nagte an mir, und ich presste unwillkürlich die Lippen zusammen.

„Na gut", murmelte ich leise zu mir selbst, fast als wolle ich die trostlose Stille überlisten. Mit klammen Fingern zog ich eines der dünnen Stäbchen aus der Schachtel. Es fühlte sich seltsam zerbrechlich an, wie eine Verbindung zwischen der trügerischen Sicherheit meiner Hoffnung und der drohenden Realität um mich herum.

Langsam rieb ich das Streichholz an der rauen Seite der Schachtel entlang. Der Funke sprang über, und mit einem leisen, zischenden Geräusch, das mich an das Fauchen einer wütenden Katze erinnerte, erwachte die Flamme zum Leben. Das flackernde Licht warf tanzende Schatten an die Wände und ließ die Gänge für einen Moment lebendig wirken, als hätten die Steine selbst eine Geschichte zu erzählen.

Ich hielt die Flamme vorsichtig vor mich hin, mein Atem flach, während ich versuchte, die Dunkelheit zu durchdringen, die mich von allen Seiten umgab.

Die niedrige Decke drückte eine bedrückende Enge auf mich aus, als ob die Welt über mir jeden Moment einbrechen könnte. Die ungleichmäßigen Steine, aus denen sie bestand, waren kalt und feucht, und einige scharfkantige Vorsprünge streiften bei jedem Schritt meine Locken. Ein unangenehmer Schauder lief mir den Rücken hinunter, und ich zwang mich, eine gebückte Haltung einzunehmen, um mir nicht schmerzhaft den Kopf an den hervorstehenden Felsen zu stoßen.

Der schmale Gang erstreckte sich vor mir wie ein dunkles Labyrinth ohne Versprechen oder Ziel. Das Flackern meines Streichholzes beleuchtete die Umgebung nur schwach und ließ die Schatten an den Wänden tanzen, als würden sie mich verspotten. Wo sollte ich nur anfangen zu suchen? Der Gedanke, nichts zu finden, nagte an mir und wurde mit jedem Schritt stärker.

Ich kam dem Ende des Gangs immer näher, doch mit jedem Meter schwand die Hoffnung, in dieser bedrückenden Dunkelheit etwas von Bedeutung zu entdecken. Der Weg schien leer, nur Steine und feuchter Boden begleiteten meine Schritte.

Als ich nur noch drei Schritte vom anderen Ende entfernt war, entwich mir ein leises Seufzen – eine Mischung aus Frustration und Erleichterung, dass dieser Gang wenigstens keine unangenehmen Überraschungen bereithielt.

Doch dann passierte es. Ein klatschendes Geräusch hallte in der Stille wider, als mein Fuß auf etwas Weiches und Nasses trat. Ich hielt abrupt inne und ließ meinen Blick mit einem Hauch von Panik und Verwunderung nach unten gleiten. Das schwache Licht der Flamme flackerte, als würde es meine Verwirrung teilen, und beleuchtete gerade so den Boden vor mir.

Mein Atem stockte, und ich zog die Augenbrauen überrascht hoch. Da war etwas – etwas, das nicht einfach ein Teil der feuchten, dreckigen Umgebung war. Es schimmerte seltsam, wie etwas, das nicht an diesen trostlosen Ort gehörte.

Was war das? Langsam ließ ich mich auf die Knie sinken und hob das Streichholz näher, um besser sehen zu können. Mein Herz klopfte schneller, und meine Gedanken rasten, während ich mich der Entdeckung zuwandte.

„Anne!", rief ich plötzlich, dieses Mal lauter und dringlicher, meine Stimme ein zerbrechlicher Mix aus Aufregung und Verwirrung. Die Worte hallten durch den engen Gang, während ich mich bückte, um das mysteriöse Objekt aufzuheben, das unter meinem Fuß gelegen hatte. Die kalte Feuchtigkeit des Fundes drang durch meine Finger, doch ich hielt es fest umklammert, ohne einen weiteren Gedanken daran zu verschwenden.

Ich drehte mich um, um zurückzulaufen, doch ein plötzlicher Schmerz durchzuckte meinen Kopf, als ich die niedrige Decke über mir vergaß. „Verfluchtes Ding!", entfuhr es mir, ohne viel Würde, und ich presste die freie Hand gegen die schmerzende Stelle. Es war keine Zeit für Vorsicht – ich musste es Anne zeigen, was auch immer es wohl war.

Mit hastigen, ungeschickten Schritten stürmte ich den Gang zurück, wobei das Wasser in den Pfützen unter meinen Füßen laut aufspritze. Kalte Tropfen klatschten gegen meine Beine und durchnässten meine Kleidung, doch ich kümmerte mich nicht darum. Mein Atem ging schwer, mein Herz schlug schnell, und in meinem Kopf drehte sich alles um die Frage:

Was ist das?

„Ja?", hörte ich plötzlich Annes Stimme, doch sie klang komisch, als würde der hallende Gang sie verzerren. Ich blieb abrupt stehen, verwirrt, und ließ meinen Blick durch die Ruinen schweifen.

„Anne?", rief ich erneut, dieses Mal zögernder, und drehte mich langsam um meine Achse.

„Hier bin ich!" Ihre fröhliche Stimme kam von links. Ich sah sie schließlich, wie sie winkend aus einem anderen Bereich der Ruinen hervortrat. Erleichterung überkam mich, und ich stürmte auf sie zu.

„Was ist denn los?", fragte sie, die Stirn leicht gerunzelt, doch ein amüsiertes Funkeln lag in ihren Augen.

„Schau, was ich gefunden habe!", sagte ich keuchend und hielt ihr das Objekt hin, das ich nun erst wirklich betrachtete. Es war nass und glitschig, schwer von der Feuchtigkeit, die diesen Ort durchzog. Anne nahm es vorsichtig in die Hände und hielt es näher an das Mondlicht, das durch die fehlende Decke fiel. Das Licht schimmerte auf dem durchnässten Lederumschlag.

„Ein Buch?", fragte sie, während sie die Finger über den aufgequollenen Einband gleiten ließ. Die goldene Prägung auf dem Deckel war kaum mehr lesbar, und die Seiten schienen aneinanderzukleben, aber es war eindeutig ein Buch. Ein altes, geheimnisvolles Notizbuch, das mehr Fragen aufwarf, als es Antworten versprach.

„Scheinbar", murmelte ich leise, während ich das Buch anstarrte, das sich wie ein feuchter Stein in meinen Händen anfühlte. „Ich habe es mir selber noch nicht richtig angesehen. Kannst du erkennen, was darin steht?"

Anne nickte, wobei sie ihren Blick nicht von dem Buch nahm. „Man muss aber sehr vorsichtig blättern, damit die Seiten nicht reißen", sagte sie mit gedämpfter Stimme. „Sie sind ziemlich aufgeweicht."

Langsam reichte sie mir das Buch zurück. Ich nahm es vorsichtig entgegen, so behutsam, als hätte sie mir gerade ein Ei in die Hand gedrückt. Der aufgequollene Einband knarzte leise, als ich ihn öffnete, und ein modriger Geruch stieg mir in die Nase. Mit zitternden Fingern begann ich, die Seiten durchzublättern. Die ersten paar Seiten waren vollkommen leer, nichts als verblasste, aufgeweichte Fläche, die sich beim Umblättern unter meinen Fingerspitzen fast wie feuchtes Papier aufzulösen schien. Ich hielt den Atem an, um mich zu konzentrieren.

Weiter blättern. Seite um Seite – leer. Manche Seiten waren so beschädigt, dass sie in Fetzen herabhingen, andere waren komplett aus dem

Buch gerissen. Es wirkte fast so, als hätte jemand absichtlich versucht, alles, was von Bedeutung war, aus diesem Buch zu entfernen.

Enttäuschung machte sich in mir breit, doch ich blätterte weiter, meine Hände immer vorsichtiger. Irgendwo musste doch etwas sein. Und dann, gerade als ich aufgeben wollte, spürte ich, wie mein Daumen auf eine seltsam rauere Fläche stieß. Es war die letzte Seite, und sie war beschriftet. Nein, nicht nur die letzte Seite – die innere Seite des Einbands selbst war ebenfalls mit Notizen versehen.

Ich starrte auf die verwischten Worte, das Wasser hatte die Tinte fast unkenntlich gemacht. Doch genug war noch zu erkennen. Mein Atem stockte, als ich die Linien näher betrachtete. „Anne!", rief ich plötzlich, die Aufregung in meiner Stimme kaum zu unterdrücken. „Anne, ich kenne diese Schrift!"

Anne trat rasch an meine Seite und beugte sich über das Buch. Ich fuhr mit einem Finger über die schwachen Linien, mein Herz raste. Diese Handschrift ... diese geschwungenen Buchstaben und diese feinen, markanten Schlaufen. Ich hatte sie schon einmal gesehen, das war sicher. Ihre Augen weiteten sich aufgeregt.

„Woher?", keuchte sie.

„Vom Brief!"

„Der Brief von Hook?", fragte sie.

„Ja, der von „J", den ich bei Hook gefunden habe."

Anne schnappte ungläubig nach Luft und schlug sich die Hand vor den Mund. „Dann müssen wir das jetzt lesen, schnell! Hör auf zu reden und mach schon!" Ein hysterisches Lachen brach aus ihr heraus, das sie nicht zu unterdrücken schien.

Erneut griff ich in die tiefe Tasche meiner Hose und zog das Schächtelchen mit den Streichhölzern heraus. Meine Finger waren klamm und rutschig, sodass die kleine Schachtel mir beinahe entglitt. Schnell fasste ich sie fester, öffnete sie mit einem leisen Knacken und zog eines der winzigen Streichhölzer hervor.

„Das muss jetzt klappen", murmelte ich leise, fast als würde ich die Worte an das kleine Holzstück richten. Es war meine letzte Hoffnung, um die Schrift besser erkennen zu können.

Mit einer geschickten Bewegung rieb ich das Streichholz an der rauen Seite der Schachtel entlang. Ein Funken sprang auf, und einen Augenblick später flammte es auf, das Licht zuckend und flackernd in meinen Händen. Der kleine Lichtschein schien die Dunkelheit kaum zu durchdringen, doch es war genug, um das Buch in einem warmen, lebendigen Glanz erscheinen zu lassen.

„Halt mal", sagte ich und schob das flackernde Streichholz Anne entgegen, die überrascht die Hand ausstreckte.

„Was hast du vor?", fragte sie, während sie die kleine Flamme in sicherem Abstand von ihrer Handfläche hielt.

„Jetzt muss es schnell gehen", entgegnete ich knapp, den Blick konzentriert auf die feuchte Seite des Buches gerichtet.

Die Wärme der Flamme war kaum zu spüren, aber ihr Licht reichte aus, um die schwache Schrift besser zu erkennen. Ich nahm das Buch behutsam in beide Hände, legte es so, dass das Licht die Linien auf der letzten Seite beleuchtete, und beugte mich näher.

Die Schrift war verblasst, die Tinte von der Feuchtigkeit fast zu einem unlesbaren Schimmer verschmiert. Dennoch konnte ich einige geschwungene Buchstaben ausmachen, die wie eine kryptische Botschaft wirkten. Mein Herz raste, als ich versuchte, die Worte zu entziffern, bevor das Streichholz herunterbrannte.

„Beeil dich", drängte Anne, ihre Stimme drängend, aber nicht unfreundlich. Die kleine Flamme war schon nahe an ihren Fingern, doch sie hielt sie tapfer still.

„Hier weile ich nun und erkenne, da es schon zu spät ist, dass er es war. Niemals war es Peter, der unser Held genannt werden konnte. Die ganze Zeit hindurch war ich einem Irrtum erlegen. Nicht hätte ich je ahnen können, zu welchen Taten er fähig sein würde – und dies immerdar von Neuem. Doch bin ich es allein, der überdauert. Ich werde es sein, der Peter zu Fall bringen wird, und wäre es das Letzte, das ich vollbrächte.

-J."

„Lies das da unten, da steht noch was", befahl Anne eindringlich und rückte näher an mich heran, ihre Augen glimmerten vor Spannung im schwachen Lichtschein. Ich verstand ihren Gedankengang sofort – die Streichhölzer waren begrenzt, und jeder Moment zählte.

„Los!", drängte sie erneut, ihre Stimme klang fast atemlos.

„Ja, beruhig dich", erwiderte ich halb lachend, halb nervös. Die Anspannung, die in der Luft lag, war greifbar, und mein Herzschlag beschleunigte sich, als ich die verbliebene Schrift genauer in Augenschein nahm.

Doch als meine Augen auf den Text fielen, verschlug es mir den Atem. „Ach du–", entfuhr es mir, bevor ich abrupt verstummte.

Es war nicht nur der Inhalt, der mich erschütterte, sondern auch die Art und Weise, wie er dort stand. Die Worte, dünn und zittrig geschrieben, wirkten fast, als wären sie nicht auf Papier gebracht, sondern in die Seite hineingeritzt. Sie formten eine klare Botschaft:

Ich hol ihn mir.

Ein eiskalter Schauer kroch mir den Rücken hinab. Doch das wahrhaft Gruselige war nicht, was geschrieben stand – es war womit.

Ich hielt das Buch näher ans Licht, meine Hände zitterten leicht. Die Schrift glänzte schwach, fast wie ein gealtertes Siegelwachs, aber mit einem rostigen Schimmer. Mein Magen zog sich zusammen, als ich erkannte, dass es keine Tinte war, die diese Worte festhielt. Es war Blut.

Nicht frisch – nein, das Blut war alt, an den Rändern bereits zu einer dunklen, rotbräunlichen Kruste oxidiert. Es war so in das Papier eingezogen, dass es fast ein Teil der Seite zu sein schien, als hätte es sich mit der Zeit untrennbar verbunden. Doch die Intensität der Worte war dadurch nicht weniger eindringlich.

Anne bemerkte mein Schweigen und die starre Haltung, die ich eingenommen hatte. „Was ist los, Harlow?", fragte sie mit einer Mischung aus Sorge und Neugier in der Stimme.

Gerade in diesem Moment erlosch die kleine Flamme. Die Dunkelheit umhüllte uns erneut, dichter und drückender als zuvor.

„Es ist Blut", hauchte ich schließlich, meine Stimme kaum mehr als ein Flüstern.

Anne machte einen Schritt zurück, ihre Silhouette war im Dämmerlicht kaum noch zu erkennen. „Blut?", wiederholte sie ungläubig, ihre Stimme bebte leicht.

„Ja", antwortete ich, und mein Atem wurde immer schneller. „Jemand hat das hier nicht geschrieben, um es zu sagen … sondern um es zu schwören."

„Anne", begann ich, doch meine Stimme brach mitten im Satz. Etwas schien mir die Luft aus der Kehle zu pressen. Ich schluckte schwer, bevor ich es endlich hervorbrachte: „Anne, das ist Blut." Kaum waren die Worte ausgesprochen, überkam mich ein Gefühl von Übelkeit, so stark, dass ich mich nach vorne beugen musste, meine Hände auf meine Knie gestützt. Der saure Geschmack stieg in meinen Rachen.

„Alles gut", sagte Anne beruhigend, während sie mir einen flüchtigen Klaps auf die Schulter gab. Ihre Stimme war warm, fast schwesterlich, und ich konnte nicht anders, als ihr zu vertrauen, dass es in Ordnung war, diese Entdeckung für den Moment hinter uns zu lassen. Ich nickte langsam, meine Augen suchten ihre. In ihrem Gesicht spiegelte sich Entschlossenheit, doch auch ein Hauch von Unbehagen – ein Gefühl, das ich nur allzu gut verstand.

„Wollen wir nach Hause?", fragte ich schließlich, meine Stimme war kaum mehr als ein Flüstern. Es war ein verzweifelter Versuch, der Dunkelheit dieses Ortes zu entkommen und das Grauen hinter uns zu lassen. Anne schien zu überlegen, dann nickte sie langsam, ihre Lippen verzogen sich zu einem beruhigenden Lächeln. „Ja", sagte sie leise, fast tröstend. „Ja, wir können nach…"

Doch sie hielt plötzlich inne. Mitten im Satz erstarrte sie, als hätte jemand sie zu Stein verwandelt. Ihre Augen weiteten sich, und ihre Gesichtszüge gefroren in einer Mischung aus Entsetzen und Konzentration.

„Anne, was ist los?", fragte ich hastig, mein Herz begann schneller zu schlagen. Ich trat einen Schritt auf sie zu, legte ihr eine zitternde Hand auf die Schulter, doch sie reagierte nicht. Ihre Lippen öffneten sich, doch kein Laut kam heraus. Und dann hörte ich es.

Ein Geräusch, das die Stille durchbrach wie eine klaffende Wunde, unnatürlich und schneidend in der bedrückenden Atmosphäre. Ein Geräusch, das mir seltsam vertraut vorkam, wie ein dunkler Schatten aus meinen schlimmsten Albträumen.

Es war leise, kaum mehr als ein Flüstern in der Ferne, doch es hallte durch die Gänge wie das Schlagen eines riesigen Herzens. Die Takte schienen mit jeder Sekunde lauter und deutlicher zu werden, bis sie die Luft um uns herum erfüllten und jegliches andere Geräusch verschluckten.

Mein Magen verkrampfte sich, und eine kalte Angst kroch in mir empor, unaufhaltsam wie die Flut, die die Burg eines Tages verschlingen würde. Ich wusste, was dieses Geräusch bedeutete. Es war unverkennbar und es gehörte zu einer Gefahr, die man nicht sehen konnte, aber deren Präsenz wie ein drohender Schatten über einem hing.

Tick. Tack. Tick. Tack.

Ein Herzschlag zu wenig

„Es ist das Krokodil", stellte ich fest, obwohl es wie ein dünnes, hilfloses Flüstern in meiner Kehle klang. Ich konnte mich kaum rühren, als der kalte Schweiß meine Stirn benetzte und meine Muskeln sich weigerten, zu reagieren. Meine Augen weiteten sich, als ich den riesigen Schatten in der Dunkelheit erblickte. Es war groß, viel größer, als ich es in Erinnerung hatte. Die riesigen Schuppen auf seiner Haut glänzten im schwachen Licht, als würde es aus der Hölle selbst emporsteigen.

„Harlow", hörte ich Anne hinter mir, ihre Stimme war scharf, die Furcht darin jedoch ebenso unüberhörbar. „Sollen wir rennen oder ruhig bleiben?"

Ich brauchte nicht lange, um zu entscheiden. „Rennen!", schrie ich, meine Stimme drang scharf durch die Dämmerung, mein Herz pochte bis zum Hals.

„Wir teilen uns auf, gleiche Richtung wie vorhin!", befahl sie mir, bevor sie sich ohne zu zögern in die Dunkelheit stürzte. Ich warf einen letzten Blick auf sie, sah, wie sie mit schnellem Schritt in die Tiefe eines Ganges verschwand, während das Ungeheuer mir näher kam.

Da hörte ich es: das Knirschen seiner Zähne, das Zischen seiner rasenden Bewegungen. Das Krokodil, riesig und mit seinen Augen wie glühende Kohlen, raste direkt auf mich zu. Es war nicht mehr nur ein Schatten, es war jetzt eine unaufhaltsame Bedrohung.

„Versteck dich einfach!", rief ich Anne hinterher, meine Worte hallten leise wider, während ich den Blick wieder auf das Krokodil richtete, das mich unaufhaltsam verfolgte. Die Panik stieg in mir auf, doch ich konnte keinen Moment verschwenden, um über die Gefahr nachzudenken.

Ich nahm meine Knie in die Hand und sprintete los, ohne einen einzigen Zweifel. Meine Füße schlugen gegen den Boden, der feucht und rutschig unter meinen Socken war. Der Schmerz, der mich jedes Mal durchzuckte, wenn ich versuchte zu rennen, war wie ein drückendes Messer in meiner Seite. Seitenstechen. Unregelmäßige Atmung.

Alles in mir schrie nach einem Halt, nach einer Pause, doch ich wusste, dass ich jetzt nicht aufgeben durfte. Nicht dieses Mal.

Ich presste die Zähne zusammen, versuchte die ungleichmäßigen Atemzüge zu kontrollieren, die mich jedes Mal fast zum Stillstand brachten. Doch der Gedanke, dass hinter mir das Ungeheuer lauern würde, sollte ich nur für einen Moment stocken, trieb mich weiter.

Es gab keinen Peter mehr, der mich retten würde. Nicht mehr.

„Komm schon", flüsterte ich zu mir selbst, als ich die Gänge vor mir schneller durchflog. Die Wände zogen sich wie ein Tunnel zusammen, während das Krokodil sich durch den Raum bewegte, mit jedem Schritt immer näher. Ich hörte es, wie es sich durch die Dunkelheit schlich, unaufhaltsam, bedrohlich. Die Geräusche seiner Bewegungen hallten durch den Gang, als ob sie die Luft zerrissen. Ich spürte, wie der Boden unter meinen Füßen zu zittern begann, und der Gedanke, dass es mich jederzeit erwischen konnte, war wie ein eisiger Hauch in meinem Nacken.

Die Dunkelheit schien mich zu verschlingen, als ich weiter rannte, die Schmerzen in meiner Brust ignorierend, die immer wieder versuchte, mich zu bremsen. Aber ich wusste: Wenn ich jetzt stehen blieb, war es vorbei.

Nur vorwärts. Nur weiter.

Die schweren Schritte des Krokodils hallten hinter mir wider, jedes Knirschen und Zischen ein bedrohliches Vorzeichen. Mein Herz raste rapiden Tempo, als die Erde unter meinen Füßen bebte. Jedes Platschen, das ich in den Pfützen hinterließ, verstärkte nur das Gefühl, dass das Ungeheuer näher kam.

Der Klang seiner schuppigen Haut, die über den nassen Boden schabte, schien sich mit jedem Atemzug zu verdoppeln. Ich wagte nicht, mich umzudrehen. Jede Bewegung, die ich machte, war nur auf das Weiterlaufen ausgerichtet. Es war das Einzige, was ich noch tun konnte.

Der Himmel hatte sich in ein unheimliches, bläulich-grünes Licht getaucht, als die Sonne langsam an den Horizont kroch. Ihr erstes schwaches Licht erhellte die Ruinen um mich, doch ich konnte mich nicht darauf konzentrieren. Die Zeit schien sich zu dehnen, jeder Atemzug war ein Kampf, der sich immer schwerer anfühlte. Mein Atem ging immer schneller, als würde er gegen die Verzweiflung ankämpfen, die in mir aufstieg.

Der kalte, feuchte Nebel der Nacht hüllte mich ein, während ich weiter rannte, aber es fühlte sich an, als würde der Boden unter mir immer rutschiger, immer schwerer. Ich traute mich nicht, einen Blick über meine Schulter zu werfen.

Das Geräusch der nahenden Bestie dröhnte in meinen Ohren, lauter und näher, als ob es direkt hinter mir stand, bereit, mich mit einem Satz zu erwischen. Der Geruch des Wassers, das von meinen Füßen hochspritzte, mischte sich mit dem fauligen, modrigen Gestank des Krokodils. Doch selbst das war nicht so entsetzlich wie der Gedanke, dass ich jeden Moment von den massiven Kiefern des Tieres zerrissen werden könnte. Die Luft schien zu vibrieren, während ich weiter in die Dunkelheit raste.

Ich musste es schaffen. Die Gedanken in meinem Kopf waren ein einziges Durcheinander, die einzige klarere Idee war die, dass ich nicht stehen bleiben durfte. Alles, was ich tun musste, war laufen – und zwar schneller als je zuvor. Doch je mehr ich mich anstrengte, desto stärker spürte ich die Erschöpfung, die mich zu erdrücken drohte. Mein Körper schrie nach einer Pause, meine Beine brannten, und der Husten, der mich überkam, als die Luft immer dünner wurde, war kaum zu unterdrücken.

Der Boden war rutschig, jede Pfütze, die ich mit meinen Füßen durchbrach, spritzte und ließ meine Kleidung in Kälte ertrinken. Doch ich wusste: Stoppen war keine Option. Ich konnte nicht stoppen. Wenn ich das tat, würde das Krokodil mich einholen, und alles, was ich in diesem Moment fürchtete, würde zur bitteren Realität werden.

Mein Herz hämmerte gegen meine Brust, und die Zeit schien zu verschwimmen. Ich war allein hier, mit nichts als der flimmernden Angst in mir, die mich weitertrieb.

Ich bremste abrupt ab, meine Füße rutschten auf dem feuchten Boden, als ich versuchte, die plötzliche Panik in mir zu bekämpfen. Das atemlose Hecheln in meiner Brust wurde immer lauter, als die Erkenntnis in mir heranbrach, dass das Krokodil anscheinend nicht mehr hinter mir war.

Das war schlimmer, als es mir die ganze Zeit direkt im Nacken zu spüren. Das Tier hatte sich, wie ein Schatten, lautlos an mir vorbeigeschlängelt – und nun war es irgendwo oben, auf dem flachen Dach des Ganges.

Die wenigen Strahlen der Morgensonne, die sich durch die fast nicht existente Decke der Burg kämpften, fielen trübe auf den Boden vor mir und warfen lange, unheimliche Schatten. Doch der Gang, den ich erreichen wollte, lag weiterhin in Dunkelheit gehüllt. Ich konnte nur die Umrisse des unheimlich dunklen Eingangs erkennen, der mich für einen Moment wie ein Fluchtweg anlächelte. Doch jetzt war ich mir nicht mehr sicher.

Das Gefühl des Drucks in meiner Brust verstärkte sich, und ich begann zu zittern, obwohl die Kälte nicht von außen, sondern aus meiner eigenen Angst zu kommen schien.

Das Krokodil stand auf dem Dach des Ganges.

Mein Fluchtweg. Diesen Plan konnte ich nun vergessen.

Das Biest war wie ein Albtraum, der aus den Tiefen der Dunkelheit emporstieg. Es war riesig, viel größer als ein gewöhnliches Krokodil, und dennoch verharrte es völlig reglos auf dem instabilen Dach des Ganges. Das

Tier schien sich perfekt in die Schatten der Schädelskluft einzufügen, die noch tiefer und dunkler waren als zuvor. Die wenigen Lichtstrahlen, die durch das trübe Morgengrauen brachen, glitzerten schwach auf seinen glänzenden Schuppen, die in der Dunkelheit schwarz und spiegelnd wie poliertes Onyx wirkten.

Ich fühlte, wie ein kaltes Schaudern über meinen Rücken lief. Die Augen des Krokodils waren riesig, leuchtend gelb, und sie funkelten mit einer fast übernatürlichen Intelligenz. Die Pupillen waren schmal, in der Dämmerung nahezu unsichtbar, aber ich konnte sie in meinem Kopf sehen – auf mich gerichtet.

Es beobachtete mich.

Das Licht, das immer schwächer wurde, die Sonne, die sich noch immer nur zaghaft über den Horizont schob, ließ alles noch unheimlicher erscheinen. In meinem Kopf begannen die Gedanken zu rasen. Ich konnte nicht weiterrennen, und ich konnte auch nicht in den Gang zurückkehren – es wäre der sicherste Ort gewesen, doch nun war er der gefährlichste.

Es war zu nah, viel zu nah.

Ich konnte das Biest förmlich spüren, wie es dort oben auf dem instabilen Dach lauerte – ruhig, geduldig. Wie eine dunkle, unaufhaltsame Macht, die nur darauf wartete, dass ich einen Fehler machte. Und ich war mir sicher, dass es auf den Moment wartete, in dem ich die Kontrolle über meine Handlungen verlor. Aber ich durfte nicht aufgeben. *Nicht jetzt.*

„Ich werde nicht sterben", flüsterte ich, fast wie ein Mantra, das meine verzweifelte Hoffnung wiederbelebte. Der Gedanke an Anne, an die gemeinsame Flucht, an all das, was noch auf mich wartete, holte mich zurück. Ich war noch nicht bereit zu gehen. Noch nicht bereit, hier in der Schädelskluft zu enden. Nicht auf diesem steinernen Altar, unter dem kalten Blick eines Monsters.

„Wenigstens wird es nicht Peter sein, der mich tötet," hörte ich mich selbst flüstern, während mein Blick starr auf das Krokodil gerichtet blieb.

Das Biest kam immer näher, seine Augen funkelten in der fahlen Morgendämmerung wie glühende Kohlen. Meine Beine zitterten unter der Last meiner Angst, doch ich rannte nicht. Ich wusste, dass es zwecklos war. Egal wie schnell ich laufen konnte, das Krokodil war schneller – und gnadenloser.

„Hol mich," flüsterte ich in einem Moment kalter Verzweiflung, meine Stimme kaum hörbar im tosenden Wind. Ich schloss die Augen, bereit, mich meinem Schicksal zu stellen. Doch bevor die Dunkelheit mich vollständig umfassen konnte, riss mich ein Ton aus meinem inneren Abgrund.

Ein schrilles Pfeifen durchschnitt die Luft, so grell und durchdringend, dass ich glaubte, meine Trommelfelle könnten reißen.

Mein Kopf fuhr ruckartig herum, mein Blick suchte die Quelle dieses Geräuschs, und dann sah ich sie.

Anne.

Sie stand weit entfernt auf der Brücke der alten Burg, hoch oben auf dem Schädelsfelsen. Der dunkle Stein, geformt wie ein grotesker Schädel, wirkte bedrohlich und angsteinflößend. Seine leeren Augenhöhlen schienen direkt in meine Seele zu blicken, während die aufklaffenden „Kiefer" in einem stummen Schrei verharrten. Anne war eine kleine, schattenhafte Figur auf dem Felsen, aber ich konnte ihre Gestalt klar erkennen, wie sie dort stand, den Blick fest auf das Krokodil gerichtet.

Das war kein Zufall. Dieses Pfeifen war kein bloßer Ton, kein Hilferuf oder Warnsignal. Es war eine Technik – *Peters Technik.* Der magische Ruf.

Der Klang hatte etwas in der Luft verändert, eine unsichtbare Welle ausgelöst, die nicht nur mich, sondern auch das Biest tief unter seiner schuppigen Haut zu erreichen schien. Das Krokodil hielt abrupt inne, seine mächtigen Krallen gruben sich in den schlammigen Boden. Es wandte seinen

Kopf, der auf einem breiten, muskulösen Hals saß, langsam in Richtung von Anne.

Dann geschah das Unfassbare. Das riesige Tier, dessen Körper wie ein lebender Panzer wirkte, schnellte plötzlich herum. Seine schweren Schritte ließen den Boden erbeben, doch es bewegte sich mit einer Geschwindigkeit und Geschmeidigkeit, die ich nicht für möglich gehalten hätte. Es stürmte in einem wilden, unaufhaltsamen Ansturm auf Anne zu, als wäre sie die eigentliche Beute, für die es all seine Kraft gespart hatte.

„Nein! Anne! Lauf!" schrie ich, doch meine Stimme schien in der Weite des Schädelsfelsen zu verhallen.

Anne bewegte sich nicht. Sie stand aufrecht, unerschütterlich, während das Krokodil mit einer monströsen Geschwindigkeit näherkam. Ihre Haare flatterten im Wind, und in ihrer Haltung lag eine Art von Entschlossenheit, die ich nie zuvor an ihr bemerkt hatte.

„Anne!" Mein Schrei durchbrach die eisige Stille, die sich wie ein bleierner Schleier über die Schädelskluft gelegt hatte. Der Klang meiner eigenen Stimme riss mich aus der Starre, in die der Schock mich gezwungen hatte. Ich konnte nicht länger einfach stehen bleiben – ich musste etwas tun.

Meine Gedanken überschlugen sich, meine Brust hob und senkte sich, doch nur ein einziger Gedanke war klar: Ich musste zu ihr!

Ohne weiter nachzudenken, nahm ich meine Beine in die Hand und rannte los. Der schmale Weg, der direkt zur Zugbrücke führte, schien sich endlos vor mir auszudehnen. Jeder Schritt fühlte sich an wie ein Kampf gegen die Zeit, als würde die Welt gegen mich arbeiten, doch ich zwang mich weiter. Ich durfte nicht langsamer werden. Meine Beine brannten, meine Lungen schrien, aber ich ignorierte alles, außer meinem Ziel: das Ende der Brücke, der Weg zu Anne.

Der Steinboden unter mir war uneben, von Pfützen und losem Geröll bedeckt, doch ich wagte es nicht, auf meine Schritte zu achten. Der Schweiß lief mir in Strömen von der Stirn und vermischte sich mit dem kalten Sprühregen, der vom windgepeitschten Meer emporgetragen wurde. Meine Kleidung klebte an meiner Haut, schwer und einschränkend, doch ich rannte weiter. Ich hatte keine Wahl.

Als ich mich der Zugbrücke näherte, hob ich kurz den Blick, und mein Herz setzte einen Schlag aus. Anne stand noch immer auf dem Schädelsfelsen, eine kleine, unbewegte Gestalt auf der massiven, dunklen Formation. Der Felsen wirkte zugleich wie ein Wächter, der sie beschützte, und ein Henker, der auf ihren Fall wartete. Doch es war nicht der Felsen, der mir die Luft abschnürte. Es war das Krokodil.

Das Biest war fast bei ihr. Seine riesige Gestalt schob sich mit einer erschreckenden Präzision über das unebene Terrain, als würde es die gefährliche Nähe des Abgrunds nicht einmal bemerken. Jeder Schritt, den es machte, ließ die Brücke beben, ließ Staub und lose Steine in die Tiefe stürzen. Es war ein lebender Albtraum, ein Monstrum, dessen ganze Existenz auf Zerstörung ausgerichtet schien. Doch Anne… sie bewegte sich nicht.

„Nein, Anne!" schrie ich, meine Stimme überschlug sich vor Panik. Warum rührte sie sich nicht? Warum rannte sie nicht? Meine Schritte wurden schneller, unkoordiniert, fast stolpernd. Mein Herz pochte wild, mein Kopf war wie leergefegt von jedem rationalen Gedanken. Alles, was blieb, war Angst. Die Angst um sie.

Die steinerne Zugbrücke streckte sich vor mir aus, wie ein stiller Zeuge, ein unbewegter Pfad zwischen mir und dem unausweichlichen Unheil. Sie war alt und rissig, gezeichnet von den Jahrhunderten, die sie überdauert hatte. Ihre massiven Bögen ragten über die tosende Flut, die sich weit unter mir auftürmte. Das Brüllen der Wellen stieg zu mir hinauf, doch es war das donnernde Geräusch der Schritte des Krokodils, das alles übertönte.

Ich schnappte panisch nach Luft, als ich sah, wie nah das Tier bereits bei ihr war. Anne stand dort, die Arme an den Seiten, ihr Blick fokussiert auf das Biest. Sie hatte das Krokodil gerufen, und nun würde es sie holen. *Warum?* Warum hatte sie das getan? Ich wollte schreien, sie anschreien, sie dazu bringen, endlich wegzulaufen, sich zu verstecken, irgendetwas zu tun, aber kein Laut kam über meine Lippen.

Meine Gedanken überschlugen sich. Warum hatte sie sich das Biest zunutze gemacht? Warum hatte sie es auf sich gelenkt? Und warum, bei allem, was heilig war, stand sie noch immer dort, als hätte sie all das geplant? Ich konnte es nicht begreifen. Alles, was ich wusste, war, dass sie in Gefahr war, und ich musste sie retten – auch wenn ich selbst nicht wusste, wie.

Die letzte Etappe der Brücke lag vor mir. Meine Beine fühlten sich an wie Blei, aber ich zwang mich weiter. Ich durfte nicht aufhören, nicht jetzt. Tränen brannten in meinen Augen, ob vom Wind oder von der verzweifelten Angst, wusste ich nicht. Der Felsen kam näher, und damit auch Anne. Das Krokodil war so nah bei ihr, dass ich glaubte, ich könnte den heißen Atem des Biests spüren. Sein riesiger, gepanzerter Körper spannte sich, bereit zum finalen Sprung.

„Anne!" schrie ich ein letztes Mal, die Verzweiflung zerriss meine Stimme. Doch sie reagierte nicht. Sie stand wie eine Statue, nur die flatternden Haare verrieten, dass der Moment real war.

Erschrocken sah ich, wie das Krokodil seine massigen Beine unter seinen gepanzerten Körper spannte und plötzlich lossprintete. Es war ein schockierendes Bild – etwas so Schweres und Träges schoss mit der Geschwindigkeit eines Jägers auf Anne zu. Der Boden unter seinen Klauen schien zu beben, als es mit erbarmungsloser Präzision auf sie zustürmte. Ich wollte schreien, wollte sie warnen, aber meine Stimme versagte. Und dann passierte es.

Mit einem schmetternden Aufprall trafen die messerscharfen Krallen des Biests ihren Oberschenkel. Anne schrie auf, ein herzzerreißender Laut voller Schmerz und Entsetzen, der die Luft durchdrang und mein Herz wie ein Dolch durchbohrte. Sie fiel auf die Knie, ihre Hände griffen reflexartig nach dem verletzten Bein, und ihr Gesicht verzog sich vor Qual. Blut tropfte auf den dunklen Stein, verschmolz mit den kleinen Pfützen, die sich auf der Oberfläche des Schädels gesammelt hatten. Ihr Blut.

„Nein!" schrie ich, meine eigene Stimme ein dünner, zitternder Laut im Vergleich zu ihrem Schmerzensschrei. Mein Atem ging stoßweise, mein Kopf war leer, erfüllt nur von der einen schrecklichen Realität: Anne würde sterben, wenn ich nichts unternahm.

Ich versuchte einen Schritt vorwärts, doch der Abgrund und die monströse Präsenz des Krokodils ließen mich erstarren. Ich war machtlos. Jede Bewegung in Richtung des Felsens würde mich selbst zum Opfer machen, und das würde Anne nicht helfen. Ich war zu weit weg, zu hilflos, und das Biest würde nicht warten.

In ihrem Schock und Schmerz ließ sie das Notizbuch, das sie so fest gehalten hatte, aus den zitternden Fingern gleiten. Noch im selben Moment sackt sie zusammen. Das Notizbuch wirbelte durch die Luft, fast als würde die Zeit langsamer werden, und landete mit einem klatschenden Geräusch im Meer unter uns. Wasser spritzte hoch, als das Buch die Oberfläche durchbrach und verschwand. Doch das war mir gleichgültig. Das Buch bedeutete nichts im Vergleich zu Annes Leben.

„Verdammt!" schrie ich verzweifelt, meine Stimme brach. Ich konnte nicht länger einfach nur zusehen. Doch jede Möglichkeit, die mir in den Sinn kam, war zum Scheitern verurteilt. Das Biest war schneller, stärker – und erbarmungslos. Alles, was zählte, war sie zu retten. Aber wie?

Und dann passierte etwas, das mich innehalten ließ. Zum ersten Mal, seitdem sie den magischen Ruf angewendet hatte, hob Anne ihren Kopf und sah mich an.

Es war kein zufälliger Blick – es war ein intensives, tiefes Hinsehen, als wollte sie sichergehen, dass ich dort war, dass ich sah, was geschehen würde. Ihre Augen glänzten vor Tränen, aber ihr Blick war klar. Es war, als würde sie mir etwas mitteilen.

„Du darfst nicht sterben", flüsterte ich, meine Stimme kaum mehr als ein Hauch, der vom Wind fortgetragen wurde. Doch ich wusste, dass sie mich hörte. Sie nickte fast unmerklich, ihre Lippen zitterten, aber sie sagte nichts. Noch nicht.

Und dann sprach sie, ihre Stimme laut und fest, trotz des Zitterns, das sie durchzog. „Harlow, hör mir zu!" rief sie, während sie verzweifelt versuchte, sich von dem lauernden Krokodil fortzubewegen. Das Krokodil folgte ihr, sein Körper straffte sich, bereit zum finalen Sprung.

„Harlow, das hier…" Sie atmete scharf ein, als der Schmerz durch ihr Bein jagte, aber sie zwang sich weiterzusprechen. „Das hier ist eine riesengroße Lüge. Diese ganze Welt ist eine Lüge! Alles!"

Ihre Worte ließen mich erstarren. Eine Lüge? Was meinte sie?

Tränen rannen mir über die Wangen, heiß und salzig, während ich ihren Worten nachhing. Doch es war keine Zeit, sie zu verstehen. Das Biest spannte sich zum Angriff, und Anne versuchte abermals sich dem hungrigen Blick des Krokodils zu entwenden.

„Nein! So darf es nicht enden!" schrie ich verzweifelt, doch sie schüttelte den Kopf. Ihre Augen funkelten, ihre Stimme wurde fester, fast trotzig: „Harlow, hör zu. Du musst weiterlaufen. Das hier… das hier ist nicht das Ende, nicht deins!"

Bevor ich antworten konnte, unterbrach ein ohrenbetäubender Knall die gespannte Szene. Es war ein Geräusch, das alles übertönte – tief, gewaltig, wie ein Donnerschlag, der vom Himmel selbst gesandt wurde. Der Boden unter mir bebte, kleine Steinchen lösten sich von den Klippen und fielen in die tobenden Wellen. Ich hielt mir die Ohren zu, doch das Krokodil reagierte sofort.

Mit einem tiefen, kehligem Knurren drehte es sich um, seine Augen blitzten wild, fast panisch. Und dann – so schnell, wie es aufgetaucht war – stürzte es über den Rand des Felsens und verschwand im Wasser. Ein massiver Schwall spritzte empor, als sein Körper eintauchte, und es war, als hätte die Natur selbst das Biest verschluckt.

„Anne!", schrie ich, die Panik in meiner Stimme deutlich spürbar, als ich mich durch das Loch im hohlen Auge des Totenschädels zwängte. Meine Finger griffen nach den Rändern des Felsens, und ich zog mich hastig, fast krampfhaft hindurch. Die Luft war stickig, und mein Herz schlug wild gegen meine Brust, als ich endlich auf der anderen Seite landete, völlig außer Atem, aber mit einem einzigen Gedanken im Kopf: *Anne.*

„Steh auf!", rief ich erneut, doch es war, als würde die Welt ihren Namen verschlucken. Keine Antwort. Keine Bewegung. Der Boden vor mir schien mit etwas Dunklem und Glänzendem bedeckt zu sein. Ich ging einen Schritt näher und dann blieb ich wie erstarrt stehen.

Da lag sie.

Annes Körper war zusammengekrümmt, ihre Arme fest um ihre Beine geschlungen, als versuche sie, sich selbst zu schützen.

Ich konnte ihre schmerzverzerrte Haltung in den steinernen Felsen nicht mehr ertragen, der sie zu erdrücken schien. Ihr Atem ging schwer und unregelmäßig, ein leises Keuchen, das fast von den Wellen des nahen Meeres verschluckt wurde.

Doch was mich am meisten erschreckte, war das Blut. Es war überall. Eine riesige Pfütze hatte sich um sie gebildet, und sie reflektierte das schwache Licht, das durch die Ritzen des Himmels brach. Der rote, dickflüssige Strom lief in sanften Wellen über den steinernen Boden, als würde er auf die kleinste Bewegung von mir warten, um wieder zu plätschern. Die Stille war fast so erdrückend wie das Blut selbst. Jedes Geräusch, das ich machte, verstärkte nur die Angst, die sich wie ein Knoten in meinem Magen festsetzte.

„Anne", flüsterte ich, als meine Knie den Boden berührten und ich mich neben sie hockte. Meine Hände zitterten, als ich versuchte, sie sanft zu berühren. Sie reagierte nicht, aber ich konnte den schmerzhaften Ausdruck in ihrem Gesicht sehen, wie sich jede Faser ihres Körpers gegen das Leben stemmte, das langsam aus ihr entwichen war.

„Bitte, sag doch etwas", flehte ich und meine Stimme war kaum mehr als ein verzweifeltes Wispern. Ihre Augen öffneten sich, und sie sah mich an. Doch es war kein Blick, der Hoffnung oder Lebenswillen verriet – es war der Blick eines Menschen, der wusste, dass das Ende nahe war.

„Ich will nicht sterben", brachte sie mit Mühe hervor. Ihre Stimme war schwach, brüchig, als würde jedes Wort ein weiteres Stück ihrer letzten Kraft rauben. Die Worte schmerzten, und ich wusste, dass es mehr als nur die Realität war, die sie gerade erlebte. Es war der Schmerz der Erkenntnis, dass sie sich verabschieden musste.

Ich konnte nicht begreifen, was vor sich ging. So viel Leben, so viel Wissen, so viele Kämpfe, und jetzt war sie hier – hilflos, in ihrem eigenen Blut, das sich wie eine kalte Umarmung um sie legte.

„Bitte", flüsterte ich erneut, und ich nahm ihren Kopf in meinen Schoß. Ihre Haare klebten an ihrer Stirn, und ihr Gesicht war blass, so blass, dass es schien, als würde sie in diesem Moment mit der Steinoberfläche verschmelzen. „Es tut mir leid", murmelte ich, doch sie schüttelte schwach den Kopf.

„Harlow", hauchte sie, und ich beugte mich näher zu ihr. „Wenn ich gehe…", sie brach ab, hustete heftig, und ich konnte spüren, wie sie sich gegen den Schmerz ankämpfte.

„Vertraue Peter bei nichts", sagte sie schließlich mit einem unerschütterlichen Blick.

„Bitte…", sagte ich, meine Worte erstickten in meiner Kehle. Tränen stiegen mir in die Augen, doch ich wusste, dass ich ihr jetzt nicht weiter helfen konnte. Ich wusste nur, dass ich bei ihr bleiben musste. „Anne… bitte nicht", flüsterte ich, als ich versuchte, ihre Hand zu greifen. Doch sie schüttelte nur den Kopf, ihr Blick verschwamm, und ich konnte den Kampf in ihren Augen sehen.

„Wein nicht um mich, Harlow", sagte sie mit einem rauen, beinahe selbstverständlichen Ton. „Ich werde nicht da sein, um dich zu trösten."

Ihre Worte rissen sich tief in mein Herz, wie ein Messer, das die letzten Reste meiner Hoffnung durchbrach. Sie war nicht mehr die Anne, die ich gekannt hatte – voller Leben, voller Feuer. Jetzt war sie nur noch ein Schatten dessen, was sie gewesen war.

„So darf es nicht enden", flüsterte ich, Tränen rannen über meine Wangen, meine Kehle schnürte sich zusammen. Ich wollte sie retten. Ich konnte sie nicht loslassen. Doch Anne nickte langsam, als würde sie wissen, dass nichts mehr zu tun war.

„Schicksal, nimm deinen Lauf", wisperte sie, und der Hauch ihres Atems ließ sich mit dem Wind vermischen, als wäre auch sie ein Teil des Schicksals, das sie zu ihrem Ende führte.

„Schicksal, nimm deinen Lauf?", wiederholte ich, meine Stimme fast unhörbar, während ich ihre Augen betrachtete – so leer, so still. Ihre Hand lag nun regungslos in meiner, als das Leben aus ihr entwich, Stück für Stück, bis nichts mehr übrig war als die Erinnerung an die Freundin, die ich verloren hatte.

Ich spürte, wie sich ihre Körperhaltung versteifte. Ihr Atem verlangsamte sich, bis er ganz zum Stillstand kam. Da war nichts mehr in ihr, kein Leben, keine Wärme, keine Antwort. Nur noch der kalte Hauch des Todes, der durch die Stille wehte, als ich den letzten Funken Leben aus ihren Augen sah. Der Schmerz in meinem Herzen war unvorstellbar – und doch wusste ich, dass sie nun fort war.

Langsam schloss ich ihre Augen, die nun in einem eiskalten, bleichen Grau erloschen waren. Mit den Fingern, die noch immer zitterten, zog ich ihre Lider sanft zu.

Und während ich dies tat, flüsterte ich noch einmal ihren Namen:

„Anne."

Es war doch das Ende gewesen. Das Ende für sie, und das Ende für alles, was uns jemals verbunden hatte.

Nicht jeder, der fliegt, ist frei

Aufstehen. Ich musste aufstehen. Der Gedanke pochte in meinem Kopf, aber mein Körper wollte nicht folgen. Meine Beine waren wie aus Stein, schwer und unbeweglich, als wären sie tief im Boden verwurzelt. Jede Faser in mir schrie danach, hier zu bleiben, an diesem Platz, wo ich Anne noch halten konnte, wo ihre Wärme noch nicht ganz von mir gewichen war. Doch ich wusste, dass ich nicht bleiben konnte. Nicht hier, nicht so.

Ich blickte auf ihren leblosen Körper, der immer noch auf meinem Schoß lag. Ihr Kopf ruhte gegen meine Beine, ihr Gesicht war so ruhig, als ob sie schliefe. Aber die Stille war zu absolut, zu endgültig.

Anne war tot.

Das Blut war überall. Ein klebriger See, der sich um uns ausgebreitet hatte, glänzend und dunkel in der grauen Dämmerung, als würde die Erde selbst ihr Leben nicht aufnehmen wollen. Meine Hände zitterten, als ich sie vorsichtig hob.

Sie waren rot, verschmiert mit ihrem Blut, das noch warm war und langsam an meinen Fingern hinabtropfte. Es war, als würde es mich festhalten wollen, als wollte es nicht, dass ich mich bewegte.

So viel Leben, ausgelöscht.

Ich schloss die Augen und atmete tief ein, versuchte, die Übelkeit hinunterzuschlucken, die in mir hochstieg. Sie hatte nichts falsch gemacht. Sie war unschuldig gewesen, eine Kämpferin, die alles getan hatte, um uns zu retten. Wenn jemand schuld war, dann ich.

Ich war diejenige, die sie hierhergebracht hatte, die sie in diesen Wahnsinn hineingezogen hatte. Sie hatte für mich gekämpft, für uns, und

403

jetzt war sie tot, während ich noch atmete. Es fühlte sich falsch an. Alles fühlte sich falsch an.

„Aufstehen", flüsterte ich leise zu mir selbst, als ob der Befehl mich retten könnte. Es klang hohl, fast lächerlich in der kalten, toten Stille der Schädelskluft. Aber ich musste. Ich konnte nicht einfach hierbleiben, nicht mit dem Wissen, dass das Krokodil noch irgendwo lauerte, dass es zurückkommen könnte. Es würde kommen.

Meine Muskeln fühlten sich an, als würden sie jeden Moment versagen, als ich mich endlich zwang, aufzustehen. Ich hob Annes Kopf vorsichtig von meinem Schoß und legte sie sanft auf den Boden, wobei ich ihr Gesicht mit zitternden Händen glattstrich.

Sie hatte mehr verdient, so viel mehr als diesen Ort, dieses Schicksal. Meine Beine zitterten, als ich mich aufrichtete, und ich musste mich an der rauen, unebenen Wand des Totenschädels abstützen, um nicht gleich wieder zusammenzubrechen.

Was sollte ich tun? Ich blickte auf sie hinab, auf ihren zierlichen Körper, der so verlassen wirkte. Der Gedanke, sie hier zurückzulassen, schnürte mir die Kehle zu. Sie einfach auf diesem kalten, steinigen Boden liegen zu lassen, fühlte sich wie ein Verrat an, als ob ich sie im Tod im Stich ließ. Aber wohin hätte ich sie bringen sollen? Die Erde hier war hart, durchzogen von scharfen Felsen und Wurzeln, die sich wie Klauen aus dem Boden reckten. Ich hätte sie nicht begraben können, selbst wenn ich die Kraft dazu gehabt hätte.

Und das Meer…

Mein Blick glitt unwillkürlich zur nahen Klippe, wo die Wellen gegen die Felsen schlugen. Der Gedanke, sie ins Wasser zu geben, widerstrebte mir. Es war das Reich des Krokodils, des Ungeheuers, das sie getötet hatte. Ich konnte sie nicht dort lassen, nicht in diesem kalten, feindseligen Wasser, wo sie niemals Frieden finden würde. Aber was blieb mir dann? Was sollte ich tun?

Ich strich mir mit zitternden Händen durch die Haare, hinterließ Spuren von Blut an meinen Schläfen. Meine Gedanken waren ein Durcheinander, ein Strudel aus Schmerz, Schuld und Hilflosigkeit. Ich musste handeln. Aber jede Option, die ich in Erwägung zog, schien unmöglich.

Ein leises Geräusch riss mich aus meinen Gedanken. Es war mein eigener Atem, rau und unregelmäßig, vermischt mit einem Schluchzen, das ich nicht hatte kommen hören. Tränen liefen mir über das Gesicht, brannten auf meinen Wangen wie Säure, und ich konnte nichts dagegen tun. Ich hatte versagt. Ich hatte Anne nicht retten können, und jetzt war sie fort, und ich war allein.

Doch ich durfte nicht aufgeben. Ich starrte auf ihren Körper, auf ihre blasse Haut, die in der trüben Morgendämmerung fast leuchtete. Ihre Hände waren immer noch leicht geöffnet, als ob sie noch etwas festhalten wollte, doch sie war leer. Meine Kehle schnürte sich zu. Sie hatte alles gegeben, bis zum letzten Moment, und ich konnte nicht zulassen, dass ihr Tod umsonst gewesen war.

„Es tut mir leid", flüsterte ich, und meine Stimme brach unter der Last der Worte. „Es tut mir so, so leid."

Noch einmal ließ ich meinen Blick über ihren Körper gleiten, suchte nach einem Zeichen, nach irgendetwas, das mir helfen könnte, mich zu entscheiden. Aber da war nichts. Nur der kalte Stein, das Blut und die unnachgiebige Stille.

Die erste Person, der ich beim Sterben zugesehen hatte. Jeder Teil von mir sehnte sich danach, dass dies nur ein Albtraum war, aus dem ich gleich aufwachen würde. Doch tief in mir wusste ich, dass sie nicht die Letzte sein würde. Irgendetwas in dieser grausamen Welt versprach, mir noch mehr zu nehmen.

Ich durfte nicht zu lange nachdenken. Die Gedanken drohten, mich zu ersticken, jede rationale Entscheidung zu zerschmettern. Ich musste hier weg. Der Totenschädel mit seinen schwarzen Höhlenaugen und der klaffenden Maulöffnung schien mich höhnisch zu beobachten, als wollte er mich daran erinnern, wie viel er mir bereits genommen hatte.

Doch ich konnte Anne nicht einfach hierlassen. Nicht hier, an diesem kalten, grausamen Ort, wo der Wind das Blut auf den Steinen verkrustete und die Dunkelheit selbst, ihren Namen vergessen zu wollen schien.

Mit zitternden Händen ging ich auf sie zu, jeder Schritt fühlte sich an wie ein Waten durch zähen, undurchdringlichen Schlamm. Ich kniete mich wieder hin und sah ihr Gesicht.

Ihre Lippen waren leicht geöffnet, als hätte sie gerade etwas sagen wollen, als hätte sie einen letzten Atemzug genommen, der nicht mehr kam. Ich durfte sie nicht hierlassen.

Langsam legte ich sie auf den Rücken, sorgsam, als ob sie immer noch Schmerzen spüren könnte, obwohl ich wusste, dass sie nichts mehr fühlte.

Ihre Arme lagen schlaff an ihrer Seite, und ihre Beine waren in einem unnatürlichen Winkel gebeugt. Mit einer vorsichtigen Bewegung schob ich ihre Gliedmaßen zurecht, bis sie in einer würdevolleren Position lag.

Dann griff ich unter ihre Rippen, meine Finger fanden Halt an den heißen, feuchten Stoffen ihrer Kleidung. Sie war schwerer, als ich erwartet hatte – nicht nur wegen ihres Körpers, sondern auch wegen der unermesslichen Last, die sich in meiner Brust ausbreitete.

Mit einem tiefen Ächzen hob ich sie an. *Blut.* Es tropfte von ihr, perlte von ihrer Kleidung und hinterließ eine Spur auf den Steinen. Jeder Tropfen fühlte sich an wie ein Teil von ihr, der zurückblieb, ein Teil, den ich nicht mitnehmen konnte. Meine Beine zitterten unter der Last, nicht nur körperlich, sondern seelisch. Ihre Stille war ohrenbetäubend.

Ich machte einen Schritt. Nur einen, doch es fühlte sich an, als würde ich ein ganzes Gebirge tragen. *Tote Körper sind schwerer als lebende*, sagt man, und ich wusste jetzt, dass das nicht nur ein Sprichwort war. Es war nicht das Gewicht ihres Körpers, das mich niederdrückte, sondern das Wissen, dass nichts von dem, was ich tat, sie zurückbringen konnte.

Ich kämpfte mich weiter, meine Schritte langsam und ungelenk. Der Totenschädel lag nun hinter mir, aber ich konnte ihn noch spüren, wie er mich beobachtete, wie eine dunkle Präsenz, die mich verhöhnte. Ich wagte es, zurückzublicken.

Die Sonne war aufgegangen und schien durch das hohle Auge des Schädels. Ihr Licht brach durch den dunklen Stein, so perfekt positioniert, dass es aussah, als hätte der Schädel eine Pupille – eine glühende, feurige Pupille, die mich ansah. Ein schauriges Kunstwerk der Natur, das ich niemals vergessen könnte. Doch es war nicht das Licht, das mich zum Weitergehen zwang. Es war Anne. Anne, die jetzt in meinen Armen lag, still und verloren, aber immer noch bei mir.

Ich drehte mich um, meine Kehle zugeschnürt, meine Gedanken leer. Schritt für Schritt überquerte ich die Steinbrücke, die Anne und mich einst zum Schädelfelsen geführt hatte. Jetzt führte sie mich fort.

Der Wind hatte sich gelegt, und alles, was ich hören konnte, war mein eigener Atem und das gelegentliche Klatschen eines Bluttropfens auf den Stein unter mir. Es war fast wie ein Takt, der mich vorwärts trieb.

Ich trat auf die Brücke, der die Burg mit der Welt dahinter verband. Ihre Steine waren rau und feucht, und die Kälte umhüllte mich wie ein Leichentuch. Doch in meinem Kopf war ich nicht hier. Ich war bei Anne.

Ich erinnerte mich an ihr Lachen, an ihre Blicke, an den Moment, als sie für mich gepfiffen hatte – diesen verhängnisvollen Moment, der alles verändert hatte. Und doch war sie so viel mehr als das. Sie war mein Anker, meine Freundin, diejenige, die mich daran erinnert hatte, was es bedeutete, Hoffnung zu haben.

Die Brücke führte mich immer weiter, Schritt für Schritt, aber mein Bewusstsein war irgendwo anders. Der einzige Ort, an dem ich sie wiedersehen könnte, war nicht hier. Es war eine andere Welt. Eine Welt, die uns nicht verraten hatte. Meine Welt.

Als ich schließlich wieder vor dem Tor stand, an der Stelle, an der ich noch vor wenigen Stunden mit Anne gestanden hatte, fühlte es sich an, als wäre eine Ewigkeit vergangen. Ich brach auf die Knie, meine Beine gaben einfach nach, und Anne glitt sanft aus meinen Armen, bis sie reglos vor mir auf dem Boden lag. Ihr Körper, der so vertraut und doch jetzt so fremd wirkte, ruhte da wie eine zerbrochene Puppe, und ich konnte nichts anderes tun, als sie anzusehen.

Meine Brust hob und senkte sich hektisch, meine Kehle war wie zugeschnürt, und der Schwall, der sich in meinem Magen zusammenbraute, ließ sich nicht länger ignorieren. Es war, als würde mein Körper all die Last, den Schmerz und die Schuld nicht mehr ertragen können.

Ein brennendes Gefühl kroch meine Speiseröhre hinauf, und ich sprang auf, stolperte einige Meter zur Seite und suchte panisch nach einer Ecke, in der ich mich übergeben konnte.

Ich konnte Anne nicht beschmutzen. Sie war schon so voller Blut, doch selbst das hatte etwas Reines, etwas Würdevolles. Das hier war anders. Es war roh, schmutzig, schwach – und es durfte sie nicht berühren.

Als ich meinen Kopf zur Seite drehte, öffnete sich meine Kehle unkontrolliert, und mit einem heftigen Würgen entlud sich der gesamte Inhalt meines Magens. Es war nicht nur das wenige, was ich zuletzt gegessen hatte, sondern auch all die Bitterkeit, die sich in mir aufgestaut hatte. Es kam in Schüben, immer wieder, bis mein Körper vor lauter Krämpfen zitterte und ich keine Kraft mehr hatte, mich aufrechtzuhalten. Ich stützte mich mit den

Händen ab, meine Finger rutschten auf dem kalten, feuchten Boden aus, und ich fühlte den Geschmack von Galle, der sich wie Feuer in meinem Mund ausbreitete.

Ich keuchte und hustete, spuckte die letzten Überreste aus und starrte auf die Lache vor mir. Der Geruch war widerlich, eine Mischung aus Säure und Verzweiflung, und ich fühlte, wie die Tränen, die ich bisher zurückgehalten hatte, endlich über meine Wangen liefen. Sie brannten auf meiner Haut, vermischten sich mit dem Schmutz und dem Schweiß, der mich klebte.

Ich kniete in einer Pfütze Wasser und tauchte meine zitternden Hände ins Wasser, versuchte, sie sauber zu bekommen, doch das Zittern ließ sie kaum kontrolliert bewegen. Ich schöpfte Wasser und spülte meinen Mund aus, spuckte erneut aus und wiederholte es, bis der Geschmack erträglicher wurde. Anschließend wusch ich den Dreck von meinen Händen, das Blut.

Mein Atem ging stoßweise, und ich schloss kurz die Augen, doch in der Dunkelheit meiner Lider sah ich nur Anne – wie sie gefallen war, wie sie mich angesehen hatte, wie ihre letzten Worte in der Luft gehangen hatten.

„Anne..." flüsterte ich. Meine Stimme brach, und ich zwang mich aufzustehen, zurück zu ihr zu gehen. Es gab keine Zeit, mich selbst zu bemitleiden. Sie durfte nicht hierbleiben. Nicht an diesem Ort, der so viel Schmerz bedeutete.

Ich kniete mich erneut zu ihr hinunter, strich eine Haarsträhne aus ihrem Gesicht, das jetzt so still war. Ihre Wimpern schienen im Licht der Morgendämmerung zu glitzern, doch es war kein Licht, das zurückstrahlte – es war eine Illusion. Ihre Wärme war verschwunden, und der Gedanke, sie in den Wald zu bringen, fühlte sich an wie ein letzter Verrat, den ich nicht verhindern konnte.

Mit einem tiefen Atemzug griff ich wieder unter ihre Schultern, zog sie vorsichtig hoch. Mein Körper protestierte, doch ich ignorierte die Schmerzen in meinem Rücken und den Drang, einfach zusammenzubrechen. Sie verdient es nicht, von mir zurückgelassen zu werden.

Die Sonne stand nun höher, ihre Strahlen brachen durch das dichte Laub, als ich den Wald betrat. Die Vögel sangen, als ob die Welt einfach weitermachen würde, als ob sie nicht wüssten, dass sie nun weniger eine Anne war. Es war so surreal, als ob die Zeit um mich herum zerfloss. Jeder Schritt war schwer, meine Füße fühlten sich an, als wären sie in Blei gegossen, und doch ging ich weiter.

Was würde Peter sagen? Was würde er tun, wenn er erfuhr, dass ich Anne verloren hatte? Der Gedanke stach wie ein Dorn in meine Gedanken, aber ich schob ihn beiseite. Jetzt ging es nur darum, sie an einen Ort zu bringen, an dem sie Frieden finden konnte. Was danach kommen würde, war eine andere Geschichte – eine, für die ich noch keine Worte hatte.

Meine Füße ließen das trockene Laub unter ihnen knistern und knacken, ein unbarmherziges Echo in der bedrückenden Stille des Waldes. Der Wind, der zuvor noch durch die Äste gefegt hatte, war jetzt verstummt, als hätte er selbst den Atem angehalten. Die Szenerie wirkte friedlich, beinahe zu friedlich, doch in mir tobte ein Sturm, der diesen trügerischen Frieden zerstörte.

Das Blut an meinen Armen und meiner Kleidung hatte begonnen zu trocknen, es spannte auf meiner Haut und klebte wie ein zäher, dunkler Mantel an mir. Der Gedanke ließ meinen Magen erneut rebellieren, doch ich konnte mir keine weitere Schwäche leisten. Nicht jetzt.

Ich wusste, ich konnte nicht einfach immer weiter laufen, ohne ein Ziel. Mein Verstand zwang mich dazu, mich zu fokussieren, zu planen. Annes Körper konnte ich nicht ewig mit mir herumtragen – ich musste einen Ort finden, an dem sie ruhen konnte. Einen Ort, der ihrer würdig war. Doch wo sollte ich suchen?

Ich hielt inne, zwang mich dazu, auf die Umgebung zu hören. Meine Ohren nahmen ein leises, beruhigendes Plätschern wahr – das Geräusch von fließendem Wasser. Sollte ich sie dorthin bringen? Sollte ich ihr Blut abwaschen, sie reinigen, so gut ich es konnte?

Entschlossen folgte ich dem Geräusch, meine Schritte unsicher und schwerfällig, und fand mich schließlich an einer kleinen Abzweigung des Krokodilflusses wieder. Das Wasser war klar, fast spiegelnd, und der schmale Bach war zu flach und zu eng, als dass das Biest hierher gelangen könnte. Es war ein sicherer Ort – zumindest für diesen Moment.

Ich legte Anne behutsam auf den moosbedeckten Boden neben dem Bach. Ihre Glieder lagen seltsam unnatürlich da, steif und reglos, doch ich hatte keine Kraft, sie anders zu positionieren. Meine Finger zitterten, als ich mich niederkauerte, um mit den Händen Wasser aus dem Bach zu schöpfen.

„Anne", flüsterte ich leise, als hätte sie mich hören können. Meine Stimme brach, und ein Schluchzen schüttelte meinen Körper. Das kühle Wasser rann zwischen meinen Fingern, und ich ließ es vorsichtig über ihre Arme träufeln. Es war fast wie ein Ritual, ein letzter Akt der Fürsorge. Ich wusch ihre schlanken Hände, jede einzelne Fingerkuppe, als könnte ich dadurch die Schrecken der letzten Stunden wegspülen.

Das Wasser rann über ihre Wangen, als ich es sanft auf ihr Gesicht strich, ihre Lippen, die einst so voller Leben waren, die Worte gesprochen hatten, die mich gerettet und getröstet hatten. Jetzt waren sie blass, wie der Rest ihres Körpers.

Ich arbeitete mich langsam weiter vor, reinigte ihren Hals, ihre Schultern, jeden Fleck, den ich erreichen konnte, doch ich vermied es, das Bein zu berühren. Es blutete noch immer, eine unheimliche Erinnerung an das, was geschehen war. Das Blut floss in trägen, dunklen Tropfen herab und versickerte im Moos.

Meine Finger waren taub vom kalten Wasser, doch ich hielt nicht inne. Ich konnte nicht. Ich wusste, dass ich sie niemals so vollständig reinigen konnte, wie sie es verdient hatte, aber das war alles, was ich ihr noch geben konnte.

„Ich hätte dich beschützen müssen", flüsterte ich, während die Tränen unkontrolliert über meine Wangen liefen. „Ich hätte... ich hätte stärker sein müssen." Meine Worte ertrankcn im Rauschen des Baches, und dennoch sprach ich weiter, als könnte ich ihr so all das sagen, was ich nicht gesagt hatte, als sie noch lebte.

Als ich endlich innehielt, schien die Welt um mich herum für einen Moment stillzustehen. Das Wasser tropfte von ihren Armen und hinterließ feine Spuren auf ihrer Haut, als würde es sie noch einmal in Licht tauchen. Doch nichts konnte sie zurückbringen.

Ich setzte mich schwerfällig neben sie, legte eine Hand auf ihre Schulter und schloss für einen Moment die Augen.

Der Gedanke, dass sie hierbleiben könnte, an diesem ruhigen Ort, war verlockend. Doch ich wusste, dass ich weitermachen musste. Nicht für mich, sondern für sie. Ich musste eine Antwort finden, den Grund für all das.

Ich riss ein Stück meines Unterhemds ab, das ohnehin schon zerrissen und blutverschmiert war – mein einziger Schutz vor der kalten Morgenluft.

Sie lag dort so ruhig im Gras, wie in einem tiefen Schlaf, umgeben von einem Kranz aus Gänseblümchen und Löwenzahn, die der Wind um sie verstreut hatte. Der Kontrast zwischen ihrem leblosen, blassen Körper und dem lebendigen Grün und Gelb der Wiese um sie herum stach mir ins Herz.

Ich kniete mich zu ihr, meine Bewegungen vorsichtig, fast ehrfürchtig. Ihre Gesichtszüge waren entspannt, und für einen schmerzhaften Augenblick konnte ich mir einreden, sie würde jeden Moment ihre Augen öffnen, mich ansehen und mit ihrer üblichen Mischung aus Ernst und Zärtlichkeit etwas sagen, das mir den Mut zurückgeben würde. Aber diese Illusion hielt nicht lange.

Meine Finger streiften eine der zarten Blumen, ein einzelnes Gänseblümchen, das besonders frisch und rein wirkte. Ich pflückte es langsam, als wäre die Blume zerbrechlicher als Glas, und legte sie behutsam in ihre kalte Hand. Ihre Finger fühlten sich steif an, und ich musste mich zwingen, nicht loszuweinen.

Die Erde am Ufer war schlammig, fast wie ein Versprechen, dass es leicht wäre, sie hier zur Ruhe zu betten. Aber war das der richtige Ort? Zweifel nagten an mir. Ich hatte das Gefühl, dass nichts, was ich tat, jemals gut genug sein könnte, um dem gerecht zu werden, was sie verdient hatte. Und doch konnte ich nicht zulassen, dass sie einfach hier lag, ausgeliefert den Krähen, dem Regen, der Zeit.

Vorsichtig hob ich ihren Körper an. Sie war leichter geworden, als hätte ihr Lebensgeist nicht nur ihre Seele, sondern auch einen Teil ihres Gewichtes mitgenommen. Dennoch lastete sie schwer in meinen Armen, weniger körperlich, sondern durch die unermessliche Bedeutung dieses Moments. Schritt für Schritt bewegte ich mich zur Seite, legte sie mit sanften Bewegungen in das Gras und sah sie noch einmal an.

Die Arbeit begann langsam. Mit meinen bloßen Händen, schmutzig und blutverschmiert, begann ich die Erde zu lockern. Der Boden gab leicht nach, der Schlamm glitt mir zwischen den Fingern hindurch, und dennoch fühlte es sich an, als würde jedes Schaufeln an meiner Seele zerren. Meine Fingernägel gruben sich in den Boden, immer wieder, bis sich Dreck und Blut darunter sammelten.

Zwischen den Stößen hörte ich nur meinen eigenen Atem, schwer und zittrig, und das gelegentliche Platschen des Baches. Manchmal hielt ich inne, um meine Hände zu betrachten, um sicherzugehen, dass ich noch die Kraft hatte, weiterzumachen. Doch diese kurzen Pausen ließen meinen Kopf nur von Gedanken überfluten: Erinnerungen an Anne, ihr Lachen, ihre Stimme, ihr Leben

Nach einer halben Stunde, die sich wie ein halbes Leben anfühlte, war die Mulde fertig. Sie war tief genug, um ihren Körper zu schützen, und breit genug, dass sie mit Würde darin ruhen konnte. Ich ließ mich auf die Knie sinken, mein ganzer Körper zitterte vor Erschöpfung, doch die Arbeit war noch nicht getan.

Ich hob Anne erneut hoch. Diesmal fühlte es sich endgültig an, und ein schwerer Kloß bildete sich in meiner Kehle. Ihre Arme, die ich sorgsam an ihren Seiten gelegt hatte, hingen schlaff herab, und das Gänseblümchen in ihrer Hand zitterte leicht, als der Wind darüber strich.

„Ich hoffe, du findest deinen Frieden", flüsterte ich, als ich sie langsam in die Mulde legte. Meine Stimme war kaum mehr als ein Hauch, verschluckt von der endlosen Einsamkeit dieses Ortes. Ich legte ihre Arme über ihrer Brust zusammen, die Blume noch immer in ihrer Hand. Dann trat ich zurück, nur einen Schritt, und ließ meine Tränen ungehindert fließen.

Ich begann mit meinen heftig zitternden Händen, die Erde zurück über ihren Körper zu schaufeln. Jeder Handgriff fühlte sich an wie Verrat, wie ein Schlag gegen die Hoffnung, sie je wieder bei mir zu haben. Doch ich wusste, dass es das Richtige war.

Als die letzte Schicht Erde auf ihr ruhte, legte ich meine zitternde Hand auf den frischen Hügel. Eine letzte Verbindung, ein letzter Moment mit ihr. Der Wind begann wieder zu wehen, und ich konnte schwören, einen Hauch von ihrem Lachen darin zu hören. Vielleicht jedoch war das nur meine Sehnsucht, die mir einen Streich spielte.

Ich pflückte eine weitere Blume, eine kleine Löwenzahnblüte, und legte sie auf den Hügel. „Ruhe sanft, Anne", wisperte ich.

„Ich werde es weitertragen – für dich."

Dann stand ich auf, meine Beine wackelig, und wandte mich ab. Doch mit jedem Schritt, den ich ging, ließ ich ein Stück meines Herzens bei ihr zurück.

„Du bist jetzt dran."

Die Worte trafen mich wie ein Dolchstoß in den Rücken. Die Stimme war so kalt, so unerbittlich, dass ich sie fast nicht erkannte. Ich wirbelte herum, mein Herz hämmerte in meiner Brust, und da stand er.

Peter Pan.

Seine Augen brannten wie zwei glühende Kohlen, und sein Gesicht war von einer dunklen, undurchdringlichen Maske überzogen. Die Linien um seinen Mund waren hart, seine Kiefer fest zusammengepresst. Er war ein Bild von Zorn und Kalkül – eine Mischung, die mich erstarren ließ.

„Was?", stieß ich keuchend aus, meine Stimme nicht mehr als ein ersticktes Flüstern. Mein Blick traf seine stechenden Augen, und in ihnen lag etwas, das ich nicht entschlüsseln konnte. Eine Art von Entschlossenheit, die wie ein Raubtier wirkte, das sein Opfer fixiert hatte, eine Wildheit, die mich frösteln ließ.

„Was machst du hier?", fragte ich, doch meine Worte klangen hohl, als würden sie irgendwo im Raum verwehen, ohne je wirklich gehört zu werden. Die Frage fühlte sich sinnlos an, denn tief in mir wusste ich, dass die Antwort nichts war, was ich hören wollte.

„Was ich hier mache?", wiederholte er, und sein Tonfall war so ruhig, dass es fast noch schlimmer war als ein Schrei. „Ich stelle die Dinge richtig." Seine Lippen verzogen sich zu einem Lächeln, das mehr Kälte als Freude ausstrahlte.

„Du bist eine Verräterin. Eine Heuchlerin." Die Worte kamen wie Peitschenhiebe, jedes einzelne mit einem Gewicht beladen, das mich auf der Stelle lähmte. „Ich dachte, ich könnte dir vertrauen, Harlow. Aber du bist nicht besser als all die anderen."

Ich wich einen Schritt zurück, meine Füße fanden kaum Halt auf dem unebenen Boden. „Peter, bitte, hör mir zu", begann ich, aber er ließ mich nicht ausreden.

„Hören?", schnitt er mir das Wort ab. „Das habe ich schon zu lange getan. Du redest von Freundschaft, von Loyalität – und doch bringst du Unheil über uns alle."

„Das Krokodil hat sie umgebracht", sagte er plötzlich, seine Stimme beinahe beiläufig, als würde er über das Wetter sprechen. Doch in diesem Satz lag eine Schärfe, die mich innerlich zerriss.

„Einen Schritt kam es mir zuvor, Harlow. Ich habe euch gesehen. Wie dumme Mäuse seid ihr in die Falle geraten, seid sogar freiwillig zu dieser gottverdammten Burg gerannt. Du wolltest wissen wer ich bin, wolltest wissen, was falsch mit mir ist und jetzt habe ich dich genau da, wo ich dich will."

Ich schüttelte heftig den Kopf, meine Kehle wie zugeschnürt.

„Wenn dieses Biest mir nicht zuvorgekommen wäre hätte ich euch da festgebunden. Eure Körper verrotten lassen, Tag für Tag. Das Schicksal über euch entscheiden lassen."

Er trat näher, und ich konnte spüren, wie die Luft um uns herum sich veränderte – dichter wurde, bedrückender. Seine Präsenz war überwältigend, und die eiskalte Angst, die mich durchfuhr, der Schock, der mich überkam, ließ mich dastehen, gefroren, wie eine Statue.

„Jetzt bist du dran", wiederholte er, seine Stimme so sanft, dass sie beinahe wie eine Liebkosung klang. Doch es war keine Wärme in seinen Worten, keine Spur von Trost. Die Zärtlichkeit darin war falsch, trügerisch wie der letzte Atemhauch vor einem Sturm, der alles verschlingen würde.

Ich fröstelte, obwohl der Wind längst aufgehört hatte zu wehen. Etwas an der Art, wie er sprach, ließ meine Beine weicher werden, als hätte sich das Gewicht der Welt plötzlich auf meine Knie gelegt. Es war nicht nur das, was er sagte, sondern wie er es sagte – als wäre er sich seines Sieges sicher, als wäre mein Schicksal längst besiegelt.

Die Dunkelheit in seiner Stimme war mehr als nur ein Gefühl, sie war greifbar. Sie schien sich in der Luft um uns herum auszubreiten, legte sich wie eine kalte, unsichtbare Hand um meinen Hals und zog mir langsam die Luft ab. Seine Worte hatten eine Schwere, die jede Sekunde dehnte, bis sie sich wie Minuten anfühlte.

Ich wollte etwas sagen, irgendetwas – einen Protest, eine Bitte, einen Schrei. Doch mein Mund blieb trocken, meine Stimme versagte. Es war, als hätte die Dunkelheit in seinen Worten meine eigene Sprache verschluckt, sie zu Asche verbrannt, bevor sie je die Chance hatte, gehört zu werden.

Etwas in seinem Blick ließ meinen Magen sich zusammenziehen. Es war nicht die Wut, die ich erwartet hatte. Nein, es war schlimmer. Es war Genugtuung. Seine Augen glitzerten, kalt und berechnend, und der Ausdruck auf seinem Gesicht war der eines Puppenspielers, der die Fäden eines Marionettentheaters in der Hand hielt – und ich war die Hauptfigur.

„Peter…", wollte ich sagen, aber die Worte blieben mir im Hals stecken, erstickt von der Furcht, die wie ein eiserner Griff um mein Herz lag.

Die Pause nach seinen Worten war das Schlimmste. Sie dehnte sich aus wie ein endloser Abgrund, und ich spürte, wie ich in ihn hineinblicke – und zurückblickte nichts als Leere. Aber es war keine Leere, die Frieden versprach.

Es war die Leere, in der Monster lauern.

Die Hand des Verrats

Ich hob zitternd die Hände, ein stilles Zeichen des Friedens, als stünde ich einem Raubtier gegenüber. Mein Herz hämmerte gegen meine Rippen, und ich zwang mich, ruhig zu atmen. Peter durfte nicht merken, wie nah ich am Zusammenbruch war. Nicht jetzt. Nicht, nachdem Anne… Mein Magen krampfte sich zusammen, und ich zwang mich, den Gedanken zu verdrängen. Ich musste stark bleiben. Ich musste herausfinden, was wirklich geschehen war – die Wahrheit, nicht die Lügen, die er oder irgendjemand anderes mir auftischen wollte.

„Du tötest mich nicht!" Meine Stimme klang brüchig, schwächer, als ich es beabsichtigt hatte, und Peter reagierte, wie ich es befürchtet hatte. Ein langsames, unheimliches Lächeln breitete sich über sein Gesicht aus, ein Lächeln, das nichts Menschliches mehr an sich hatte.

„Warum nicht?" Seine Stimme war leise, fast sanft, aber in seinen Augen glomm etwas Dunkles, etwas, das mir das Blut in den Adern gefrieren ließ. „Wenn deine kleine Freundin den Tod gefunden hat… warum nicht auch du?"

Die Worte bohrten sich wie scharfe Klingen in meinen Kopf. Sie hallten in mir wider, und ich konnte nichts dagegen tun.

Er machte einen Schritt nach vorn, gemächlich, mit der Ruhe eines Jägers, der genau wusste, dass seine Beute in der Falle saß. Reflexartig trat ich zurück, meine Beine zitterten unter meinem eigenen Gewicht.

„Peter, hör auf!" Meine Worte waren ein kläglicher Versuch, Stärke zu zeigen, doch meine Stimme war kaum mehr als ein heiseres Krächzen.

Er neigte leicht den Kopf, als würde er mich studieren, und seine Lippen verzogen sich zu einem Lächeln, das mehr Wahnsinn als Freude verriet. „Ich dachte, du seist ein Kind." Die Worte waren gehaucht, doch sie trafen mich wie ein Schlag.

Dann, überraschend, brach seine Stimme, ein Hauch von Trauer darin, der so schnell wieder verschwand, dass ich mich fragte, ob ich ihn mir eingebildet hatte. „Aber du bist kein Kind mehr, nicht wahr? Du siehst nur noch so aus."

Seine Worte hingen in der Luft wie giftiger Rauch, und ich spürte, wie mein Verstand gegen die Bedeutung ankämpfte, die er mir aufzwingen wollte.

„Wenigstens verhalte ich mich nicht wie eins! Werd doch endlich mal erwachsen!" Meine Stimme war höher, verzweifelter, als ich wollte. Ich klammerte mich an jeden Strohhalm, an jedes Wort, das ihn vielleicht zum Nachdenken bringen könnte.

Doch Peter lachte – ein kurzes, bitteres Geräusch, das mir einen Schauer über den Rücken jagte. „Erwachsen?" Er spuckte das Wort aus wie etwas Giftiges.

„Erwachsene suchen immer nach Problemen. Sie zerstören alles, was sie berühren. So wie *du*."

Seine Worte brannten, und mein Kopf schwirrte vor der Wut und der Angst, die ich nicht länger kontrollieren konnte.

„Wie kannst du nur so leben?" Peters Worte hallten wie ein Urteil in der Luft, sein Ton kalt und abgründig. Geschockt schüttelte ich den Kopf, meine Beine trugen mich rückwärts, immer schneller weg von der Stelle, an der Anne begraben lag. Der Platz, der für einen Moment Frieden bedeutet hatte, war jetzt zu einem Albtraum geworden.

„Nein… nein, nein!" Meine Stimme war nicht mehr als ein Flüstern, das in einen Schrei überging. Ich durfte nicht sterben! Doch Peters Augen glühten vor Entschlossenheit, und in seiner Hand blitzte der Dolch wie eine kalte Bestie, bereit, seinen tödlichen Biss zu setzen.

Er kam näher, jeder seiner Schritte war schwer, drohend, und schien die Luft selbst zu erdrücken. Der Blick in seinen Augen sagte mir, dass es keinen Ausweg gab, keinen Platz, an dem ich mich verstecken konnte.

Der Schrei erstickte in meiner Kehle, als Peter auf mich zusprang, der Dolch in seiner Hand wie ein Raubvogel, der seine Beute anvisiert. Reflexartig riss ich die Hände nach oben, griff nach seinem Handgelenk, gerade rechtzeitig, um den tödlichen Schlag auf meine Brust abzuwehren.

„Nein! Hör auf!" schrie ich, meine Stimme zitternd vor Verzweiflung. Doch meine Worte waren für ihn nichts weiter als bedeutungslose Geräusche, die von seinem unerbittlichen Willen verschluckt wurden.

Ich packte sein Handgelenk mit all meiner Kraft, spürte, wie die Sehnen in meinen Armen brannten, als ich gegen den Druck ankämpfte, den er auf mich ausübte. Seine Stärke war überwältigend, sein ganzer Körper war in diesen Angriff eingespannt, und ich konnte spüren, wie die Kontrolle über die Situation mir entglitt.

„Lass los!" keuchte ich, meine Stimme ein verzweifeltes Heulen. Doch Peter hörte nicht auf. Sein Gesicht war verzerrt vor Anstrengung und unbändiger Wut, während er immer mehr Gewicht auf den Dolch ausübte.

„Du kannst nicht gewinnen", zischte er durch zusammengebissene Zähne, sein Atem ein heißer Sturm aus Anspannung und Wahnsinn.

Ich drückte mit aller Kraft gegen sein Handgelenk, zwang seine Hand tiefer, weg von meinem Herzen, weg von meinem Leben. Doch es war nur ein Moment des Sieges, ein Atemzug der Hoffnung, bevor er sich mit einem tiefen Ächzen gegen mich stemmte und mich fast zu Boden drückte.

Meine Arme zitterten unter der Belastung, mein Körper schrie nach Erleichterung, nach einem Ausweg. Doch es gab keinen. Meine Knie gaben beinahe nach, meine Muskeln brannten, und mein Geist war ein einziges Chaos aus Panik und Überlebenswillen.

Peters Hand war unerbittlich, seine Entschlossenheit eine schreckliche Kraft, die mich zu überwältigen drohte. Und dann, plötzlich, ein Ruck – sein ganzer Körper drückte nach unten, und ich fühlte, wie der Widerstand meiner Arme zu bröckeln begann.

„Nein!" schrie ich, ein letzter, verzweifelter Versuch, die unausweichliche Katastrophe aufzuhalten. Doch es war zu spät.

Der Dolch drang mit einem unbarmherzigen Ruck in meinen Bauch.

Ein letzter Hilferuf

Die Wucht des Dolches riss mich förmlich von den Füßen. Ein unvorstellbarer Schmerz durchzuckte meinen Körper, als die Klinge in meinen Bauch eindrang. Ich fühlte, wie sich das kalte Metall durch meine Haut bohrte, dann tiefer in mein Innerstes, als ob es mich von innen heraus zerreißen wollte.

Der stechende Schmerz raubte mir die Luft. Mein ganzer Körper verkrampfte sich, als ob ich mich gegen den Schmerz wehren könnte – doch es war sinnlos. Der Dolch hatte sein Ziel gefunden, und ich spürte, wie mein Blut langsam um die Klinge herumtrat, sich von mir löste, als ob es auch von mir fortwollte.

Ich taumelte zurück, der Druck des Schmerzes war so stark, dass ich die Kontrolle über meinen Körper verlor. Der Boden unter mir schwankte, und ich sackte in eine kniende Position. Meine Hände flogen reflexartig zu meiner Wunde, aber das Blut schoss nur schneller aus mir heraus, als ich es halten konnte. Die frische, warme Flüssigkeit lief mir über die Finger und tropfte auf den Boden, wo sie sich mit dem Staub und Laub vereinigte, das mich jetzt umgab. Ich keuchte, versuchte zu atmen, aber es war, als ob mein Brustkorb in einem eisernen Griff gefangen war.

Peter sah mich mit einer seltsamen Mischung aus Mitleid und Abscheu an. „*Du*", versuchte ich zu flüstern, doch es kam nichts anderes als ein schmerzhaftes Husten über meine Lippen. Jedes Wort, das ich versuchte, fühlte sich an wie das letzte, als ob es von meiner Kehle erzwungen wurde. Die Wunde in meiner Seite pulsierte mit jedem Herzschlag, ein ständiges, schmerzhaftes Pochen, das mich daran erinnerte, wie nah das Ende war.

„Die Geschichte wiederholt sich", sagte Peter mit einem kalten, fast leeren Ton, als ob diese Worte eine Wahrheit wären, die er längst akzeptiert hatte. Die Worte hallten in meinem Kopf wider, als ob sie von irgendwoher in der Dunkelheit kamen, nicht aus seiner Kehle.

Ich hatte keine Energie mehr, mich gegen das Schicksal zu wehren. Die Welt verschwamm um mich herum, und es fühlte sich an, als ob alles in einen immer tiefer werdenden Nebel eintauchte. Die Dunkelheit schlich heran, und ich konnte den kalten Wind spüren, der durch die Bäume wehte, als wäre er bereits ein Vorbote dessen, was noch kommen würde.

Mit einem lauten Ächzen zog ich den Dolch aus mir heraus. Ich wollte schreien, konnte es jedoch nicht. Mit zitternden Händen ließ ich ihn fallen. *Schwach.* Ich war schwach, absolut verletzlich. Sollte er doch gehen. Mich alleine im Wald sterben lassen, während seine Waffe neben mir lag und gemeinsam mit meinem Körper verrottete.

Peter entfernte sich langsam. Ich hörte das Rascheln von Laub, das leise Knistern, als er sich weiter von mir entfernte. Der Wind wehte durch die Äste und ließ die Blätter über den Boden tanzen, während mein Bewusstsein weiter schwand. Verwunderlich, dachte ich noch, dass er so ruhig blieb, als ob er nach dieser Tat noch in der Lage war, klar zu denken. Peter war der wahre Verräter.

Ich kroch. Jeder Schritt fühlte sich an wie eine Ewigkeit, als ich mich durch das dichte Unterholz quälte. Mein Bauch brannte wie Feuer, das frische Blut, das unaufhörlich aus meiner Wunde sickerte, tropfte auf den Boden und hinterließ dunkle Flecken auf dem verrottenden Laub. Der Schmerz in meinem Körper war unerträglich – ein stechendes Pochen, das sich wie Wellen durch jede Faser meines Seins zog. Es war, als ob mein Körper von innen heraus zerbrach, als ob jeder Atemzug, den ich tat, mich näher an den Abgrund brachte.

Der Schmerz in meiner Seite, wo der Dolch eingedrungen war, zog sich bis in meine Glieder, machte das Atmen zu einer Qual. Jedes Mal, wenn ich versuchte, mich weiter zu bewegen, verstärkte sich der pochende Schmerz, als würde etwas in mir zerreißen. Mein Atem war schwer, keuchend, als ob er mir aus der Kehle gerissen wurde. Der Boden unter mir schwankte, und die Welt um mich herum verdoppelte sich, bevor sie sich wieder einrieb, als ob ich in einer endlosen Schleife aus Schmerz und Dunkelheit gefangen war.

Tropfen für Tropfen fiel mein Blut, verteilte sich auf dem Waldboden, das satte Rot kontrastierte mit der düsteren Umgebung. Es war, als ob der Wald sich mit mir vereinte, als ob der Tod in den Ästen und den Wurzeln um mich lauerte, um mich zu verschlingen. Ich konnte kaum noch klar denken. Ich wollte nicht aufgeben, wollte nicht sterben, aber mein Körper gehorchte mir nicht mehr. Jedes Mal, wenn ich versuchte, mich aufzurichten, um weiterzukriechen, wurde der Schmerz in meiner Wunde fast unerträglich. Es war, als ob mein Bauch explodierte, als ob der Dolch noch immer in mir steckte, auch wenn er längst herausgezogen war. Die Ränder der Wunde brannten, und ich fühlte, wie mein Blut in heißen Wellen über meine Handflächen lief, als ich mich stützte.

„Hilfe", versuchte ich, doch die Worte kamen nur als schwaches Röcheln über meine Lippen.

Mein Hals war trocken, die Luft in meiner Lunge brannte, als ich versuchte, noch einen Laut zu erzeugen. Es war ein verzweifeltes, ersticktes Geräusch, das in der Stille des Waldes verloren ging. Niemand würde mich hören. Niemand würde kommen. Der Wald verschluckte mein Flehen.

Ich blickte verzweifelt umher, suchte nach irgendetwas – irgendjemandem, der mir helfen könnte. Doch alles, was ich sah, war die weite, dunkle Stille, die mich erdrückte. Am Rande meines Blickfelds tauchte eine Bucht auf, eine unheimliche Ruhe lag auf dem Wasser. Es war nicht viel mehr als ein ferner Schein, doch in meiner Zerrissenheit hoffte ich, dass es der Weg zur Rettung war. Ich kroch weiter, doch der Boden war uneben und steinig, und mit jedem Schritt fühlte ich den Druck in meiner Seite stärker.

„Hilfe!" Der Schrei kam aus mir heraus, doch er war nicht mehr als ein flackerndes Geräusch. Es hallte durch den Wald, doch niemand antwortete. Die Welt schien sich zu leeren, der Wind nahm die Geräusche mit sich, als ob sie nie existiert hätten. Der Boden wackelte unter meinen Händen, und ich fühlte, wie die Dunkelheit sich um mich legte. Langsam, beinahe schleichend, setzte das Gefühl der Ohnmacht ein.

Mit letzter Kraft versuchte ich es erneut: „Hilfe!" Meine Sicht veränderte sich, die Welt um mich herum verschwamm, und ich fühlte mich, als ob ich in den Boden versank. Die Wunden, die Peter mir zugefügt hatte, verschlangen mich förmlich.

Der Tod war nahe, das wusste ich. Und mit ihm kam eine unerbittliche Dunkelheit. Niemand würde kommen. Niemand würde mir helfen.

Die Bucht war weit entfernt, und ich konnte nicht mehr weiter. Langsam, viel zu langsam, sank mein Körper zu Boden. Die Welt war nur noch ein verschwommener, blutiger Nebel. Der kalte Hauch des Todes kroch mir über die Haut, und ich konnte den letzten Rest meines Lebens förmlich entgleiten fühlen.

„Bitte", flüsterte ich noch einmal, doch es war kein Laut, den ich mehr ausstoßen konnte.

Nur noch der dunkle, kalte Wind, der mir den Verstand raubte.

Fortsetzung folgt!

Danksagung

Von Herzen danke ich meinen großartigen Testleserinnen, die mit kritischem Auge, einer bewundernswerten Geduld und einem Gespür für die Feinheiten der Sprache meine Geschichte von der ersten bis zur letzten Seite begleitet haben. Ihr habt nicht nur auf Fehler und Unklarheiten hingewiesen, sondern auch eure Kreativität und euer Herzblut in diesen Roman gesteckt.

Jede eurer ehrlichen Rückmeldungen hat mich weitergebracht, jede eurer Anregungen eine neue Perspektive eröffnet, und eure Unterstützung hat mich durch so manche Schreibflaute getragen.

Ihr wart wie Leuchttürme in der stürmischen See des Schreibens, die mir immer wieder den Weg gewiesen haben. Ohne euch wäre dieses Buch nicht das, was es heute ist – und vermutlich auch ich nicht existent. Ich bin euch unendlich dankbar, dass ihr diese Reise mit mir gemacht habt!

Ein ganz besonderer Dank geht an Frau H., meine Grundschullehrerin, die schon früh den Funken meiner Begeisterung fürs Schreiben entfacht hat. Damals waren es kleine, wilde Geschichten, die ich mit leuchtenden Augen aufs Papier brachte, und Frau H. war diejenige, die diese Flamme mit ihrer Ermutigung am Brennen hielt. Sie hat mir gezeigt, dass Worte nicht nur Worte sind, sondern Türen zu ganzen Welten.

Ihre Begeisterung für meine ersten Schreibversuche hat mich geprägt, und bis heute höre ich ihre Worte der Ermutigung, wenn ich mich mit einem leeren Blatt Papier konfrontiert sehe. Danke, Frau H., dass Sie an mich geglaubt haben, bevor ich selbst es konnte – Sie haben mir den Mut gegeben, mich auf diesen Weg zu wagen.

Und natürlich darf ein riesiges Dankeschön an die Allesfresser nicht fehlen – meine unersetzlichen Freunde, die jede noch so verrückte Idee mit einem Lächeln und manchmal auch einem Stirnrunzeln ertragen haben.

Ihr habt meine Schreibphasen mit euren humorvollen Kommentaren und eurer ehrlichen Meinung belebt, und euer Interesse an meinem kreativen Chaos hat mir mehr bedeutet, als ich in Worte fassen kann.

Ein ebenso großes Dankeschön geht an meine Familie, die stets an meiner Seite stand – auch wenn ich mich manchmal hinter meinem Computer vergraben habe und die Welt um mich herum vergessen habe.

Eure Geduld, euer Vertrauen und euer Glaube an mich sind das Fundament, auf dem all meine Worte stehen. Ohne euch alle – Testleserinnen, Frau H., Freunde und Familie – wäre dieses Buch nicht das, was es geworden ist. Ihr seid nicht nur Teil der Geschichte, sondern auch Teil meines Herzens.

Danke, dass ihr mich begleitet, inspiriert und getragen habt.

Nachwort

Manchmal entstehen Geschichten nicht am Schreibtisch, sondern in uns – lange bevor wir das erste Wort zu Papier bringen. So war es auch mit dieser hier. Bevor ich überhaupt schreiben konnte, lebte diese Geschichte bereits in mir. Sie war ein Teil von mir, wuchs mit meinen Gedanken, meinen Erfahrungen, meinen Träumen.

Sie formte sich in leisen Momenten, in Gesprächen, in Augenblicken, die für andere vielleicht unscheinbar waren, für mich jedoch den Kern dieser Erzählung prägten. Das Buch selbst war schnell geschrieben, schneller, als ich es erwartet hätte. Aber einfach war es deswegen noch lange nicht. Jeder Satz fühlte sich wie ein kleiner Sprung über eine unsichtbare Hürde an – manchmal getragen von einem klaren Bild in meinem Kopf, manchmal begleitet von Zweifeln, ob meine Worte dieser Geschichte gerecht werden können.

Sie verlangte von mir, dass ich tief in mich hineinhöre, dass ich ehrlich zu mir bin und den Mut finde, das zu erzählen, was erzählt werden wollte.

Jetzt, am Ende dieses Prozesses, halte ich das fertige Werk in den Händen – und mit ihm ein Stück von mir. Es ist ein seltsames, wunderbares Gefühl, etwas loszulassen, das so lange in einem selbst gelebt hat.

Gleichzeitig ist es auch ein Geschenk, diese Geschichte mit euch, den Leserinnen und Lesern, teilen zu dürfen. Vielleicht findet ihr darin etwas von euch selbst wieder, oder vielleicht einfach nur ein paar Stunden, die euch Freude bereiten, euch zum Nachdenken bringen und euch in eine andere Welt entführen.

Ich möchte mich bei euch bedanken – für eure Zeit, eure Aufmerksamkeit und euer Vertrauen in diese Geschichte. Ohne euch wäre sie nicht vollständig.

Geschichten werden erst lebendig, wenn sie gelesen werden, und es macht mich glücklich, dass sie jetzt auch ein Stück weit zu eurer werden kann.

Danke, dass ihr mich auf dieser Reise begleitet habt.

Herzlich, Laila

Scann mich um zur Buchplaylist zu kommen!

Warnung:

Dieses Buch behandelt eine Reihe von potenziell belastenden und traumatisierenden Themen. Im Folgenden findet ihr eine genaue Auflistung aller Inhalte, die sensible Reaktionen auslösen könnten. Bitte seid achtsam und schützt eure emotionale Gesundheit beim Weiterlesen.

Im Verlauf der Geschichte werden unter anderem folgende Themen behandelt:

- Körperliche Gewalt: Detaillierte Beschreibungen von Angriffen, bei denen die Protagonistin verletzt wird, inklusive Blutverlust und sichtbaren Verletzungen.

- Psychische/emotionale Gewalt: Wiederholte Situationen von Demütigung, Manipulation, Einschüchterung und emotionaler Abhängigkeit.

- Missbrauch: Themen wie emotionaler und körperlicher Missbrauch werden thematisiert, teils in der Vorgeschichte der Figuren.

- Kindesmisshandlung: Explizite Hinweise auf Vernachlässigung und Gewalt gegenüber Kindern.

- Tod und Trauer: Mehrere Todesfälle, darunter auch der Verlust von nahestehenden Personen (Familie, Freunde).

- Unfalltod: Schilderung eines plötzlichen, tragischen Todes durch einen Unfall.
- Begraben einer verstorbenen Person: Die Protagonistin ist gezwungen, eigenhändig eine verstorbene Person zu bestatten, was in einer sehr emotionalen Szene beschrieben wird.

- Verstümmelung und Amputation: Körperliche Verstümmelungen und der Verlust von Körperteilen werden thematisiert und beschrieben.

- Psychische Erkrankungen: Darstellungen von Depressionen, Angststörungen und Dissoziation.

- Verlust der eigenen Identität: Die Hauptfigur erlebt psychische Zustände, in denen sie sich selbst entfremdet fühlt und ihre Identität infrage stellt.

- Übergeben: Es gibt explizite Darstellungen von Übelkeit und Erbrechen, die bei Leser*innen mit entsprechender Empfindlichkeit (z.B. Emetophobie) belastend wirken können.

- Blut: Häufige Erwähnungen und Beschreibungen von Blut, Verletzungen und deren Folgen.

- Verrat: Vertrauensbrüche durch nahestehende Personen, die starken emotionalen Stress bei der Protagonistin auslösen.

- Gefangenschaft und Kontrollverlust: Es gibt Szenen, in denen die Protagonistin in Gefangenschaft oder unter starkem psychischem und physischem Druck steht, wodurch sie das Gefühl der völligen Kontrolllosigkeit erlebt.

- Hilflosigkeit: Es gibt Szenen, in denen die Protagonistin sich extrem hilflos fühlt und keine Möglichkeit zur Selbsthilfe hat.

- Überlebensschuld (Survivor's Guilt): Die Protagonistin kämpft mit Gefühlen der Schuld, weil sie überlebt hat, während andere nicht überlebten.

Hinweis:

Alle genannten Themen können in Form von direkten Beschreibungen, inneren Monologen oder Rückblenden auftreten. Manche Szenen sind grafisch und intensiv dargestellt.

Bitte nehmt Rücksicht auf eurem eigenen Befinden und brecht die Lektüre ab, wenn ihr euch unwohl fühlt.

Hinweis zur Sprache:

In diesem Buch wird der Begriff „Indianer" verwendet, da ich mich an der ursprünglichen Geschichte von *Peter Pan* orientiert habe.

Mir ist jedoch bewusst geworden, dass dieser Begriff heute als problematisch und respektlos gegenüber indigenen Völkern angesehen wird.

Leider habe ich das erst spät im Schreibprozess bemerkt, sodass es in diesem Buch noch zur Anwendung kommt.

In zukünftigen Werken werde ich respektvollere Begriffe wie „Stammeskrieger" oder, wenn möglich, spezifische kulturelle Bezeichnungen verwenden.

Die Verwendung des Begriffs in diesem Buch spiegelt nicht meine persönliche Haltung gegenüber indigenen Gemeinschaften wider. Ich bitte um Verständnis.

The Hundredth Child
Copyright © [2024] [Laila Boutemin]

Haftungsausschluss

Dieses Werk ist eine kreative Nacherzählung und wurde mit dem Ziel geschrieben, das Original durch neue Perspektiven und Ideen zu bereichern. Alle Ergänzungen und Änderungen sind Teil der literarischen Interpretation der Autorin und wurden mit größtmöglichem Respekt gegenüber dem Ursprungstext erstellt.

Cover:

Das Cover wurde von Mariella Lowell designed.

Erstveröffentlichung: [2.11.2024]

Für Anfragen und Rückmeldungen: [Laila.Boutemin@gmx.de]

Verlag: BoD · Books on Demand GmbH,
Überseering 33, 22297 Hamburg, bod@bod.de
Druck: Libri Plureos GmbH,
Friedensallee 273, 22763 Hamburg
ISBN: 978-3-7693-1857-9